ROBYN YOUNG

Die Blutsfeinde

Historischer Roman

Aus dem Englischen von Nina Bader

blanvalet

Die Originalausgabe erschien 2008
unter dem Titel »Requiem« bei Hodder & Stoughton,
a division of Hodder Headline, London.

MIX
Papier aus verantwortungsvollen Quellen
FSC® C014496

Verlagsgruppe Random House FSC® N001967
Das für dieses Buch verwendete FSC®-zertifizierte Papier
Holmen Book Cream liefert Holmen Paper, Hallstavik, Schweden.

1. Auflage
Taschenbuchausgabe Mai 2015 bei Blanvalet Verlag,
einem Unternehmen der
Verlagsgruppe Random House GmbH, München

Umschlaggestaltung und -illustration © Johannes Wiebel |
punchdesign, unter Verwendung von Motiven von Shutterstock.com
Redaktion: Werner Bauer
LH · Herstellung: sam
Druck und Einband: GGP Media GmbH, Pößneck
Printed in Germany
ISBN: 978-3-7341-0159-5

www.blanvalet.de

ROBYN YOUNG

Die Blutsfeinde

Buch

Im Jahr 1295 nach Christus: Das Heilige Land liegt in Ruinen, die Überlebenden des letzten Kreuzzugs sind auf dem Rückweg in ihre Heimat. Unter ihnen befindet sich der Ritter Will Campbell, von Trauer geplagt ob des Verlustes seiner Geliebten Elwen, und voller Sorge um seine Tochter Rose. Er hat nur ein Ziel: Rache zu nehmen an König Edward I. von England, seinem größten Feind, der den Tod Elwens zu verantworten hat. Doch auf dem Kontinent ist die Atmosphäre angespannt. Nicht nur wird der Verlust des Heiligen Landes beklagt, auch stecken England und Frankreich inmitten kriegerischer Auseinandersetzungen. Nach Jahren der politischen Ränkeschmiede hat Edward es nun zudem auf den Nachbarn Schottland abgesehen. Während Will auf Rache sinnt, entgeht ihm, dass längst eine weit größere Gefahr heranwächst. Denn auf dem Thron von Frankreich sitzt ein skrupelloser Mann, der in seinem Streben nach Macht keine Grenzen kennt und auch vor Rose nicht haltmacht, um seine ehrgeizigen Pläne zu verwirklichen ...

Autorin

Mit ihrem Debüt *Die Blutschrift* gelang der Britin Robyn Young in Großbritannien und den USA ein großartiger Durchbruch, der sie auf die Bestsellerlisten schnellen ließ. Geboren 1975 in Oxford, begann sie schon früh, Gedichte und Kurzgeschichten zu schreiben. Aber erst während eines Seminars in Kreativem Schreiben, fand sie den Mut, ihre Ideen zu *Die Blutschrift* zu Papier zu bringen. Heute lebt Robyn Young in Brighton und wenn sie nicht gerade an einer historischen Trilogie schreibt, unterrichtet sie Creative Writing an verschiedenen Colleges.

Bei Blanvalet von Robyn Young außerdem bereits erschienen:

Die Blutschrift (38360) · Die Blutritter (38402)
Rebell der Krone (37246) · Krieger des Friedens (37247)

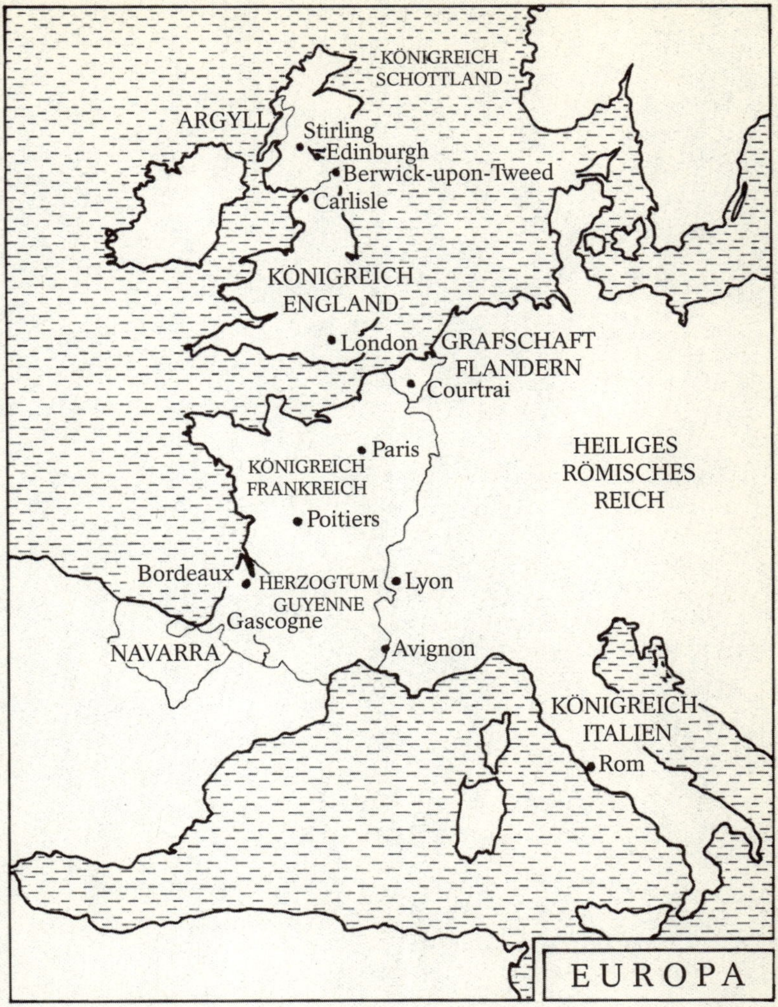
KÖNIGREICH
SCHOTTLAND
ARGYLL
Stirling
Edinburgh
Berwick-upon-Tweed
Carlisle
KÖNIGREICH
ENGLAND
London
GRAFSCHAFT
FLANDERN
Courtrai
Paris
KÖNIGREICH
FRANKREICH
Poitiers
HEILIGES
RÖMISCHES
REICH
Bordeaux
HERZOGTUM
GUYENNE
Lyon
Gascogne
NAVARRA
Avignon
KÖNIGREICH
ITALIEN
Rom
EUROPA

Prolog

Die eisige Kälte des Bodens drang durch den dünnen Stoff seiner Hose, als der junge Mann auf die Knie sank. Der Stein unter ihm fühlte sich hart und unnachgiebig an, dennoch zog er fast so etwas wie Trost daraus: Die Fliesen schienen das einzig Solide in dieser Kammer zu sein. Dichter Weihrauchnebel umwaberte ihn; der beißende Geruch erinnerte ihn an brennende Blätter und hatte nichts mit dem süßlichen, vertrauten Duft gemein, der ihn willkommen hieß, wenn er die Kirche betrat. Ringsum tanzten verschwommene Schatten über die Wände, wenn Gestalten an den Kerzen vorbeihuschten, die in so weit voneinander auf dem Boden aufgestellten Haltern steckten, dass das schwache rötliche Licht nur noch stärker zu seiner Disorientierung beitrug. Ein paar Schritte links von ihm waren die steinernen Fliesen mit einer feucht schimmernden Substanz bespritzt. Im Dämmerlicht wirkten die Flecken fast schwarz, doch der junge Mann wusste, dass sie am helllichten Tag in einem abscheulichen Rot leuchten würden. Trotz des schier erstickenden Weihrauchqualms stieg ihm der scharfe metallische Geruch in die Nase, der von ihnen ausging, und er musste mehrmals schlucken, weil ihm sein Mageninhalt in die Kehle zu steigen drohte.

Nichts war so, wie er es erwartet hatte. Ein Teil von ihm war froh darüber – hätte er gewusst, was ihm in dieser Nacht bevorstand, hätte er vielleicht nicht den Mut aufgebracht, sich hier einzufinden. Das Einzige, was ihn davon abhielt, blindlings die Flucht zu ergreifen, statt auszuharren und zu tun, was von ihm verlangt wurde, war die Gegenwart der Männer im Schatten und die Angst vor dem, was geschehen würde, wenn er sich weigerte. Aber er wollte keinerlei Schwäche zeigen. Trotz seines wachsenden Unbehagens wollte er die Zeremonie durchstehen, also starrte er – die bloße, bleiche Brust vorgestreckt, die schweißfeuchten Hände hinter dem Rücken gefaltet – mit unbewegter Miene vor sich hin.

Die Männer waren stehen geblieben, und da in der Kammer jetzt Totenstille herrschte, konnte er das Vogelgezwitscher hören, das durch die mit schweren schwarzen Tüchern verhängten hohen Fenster drang. Die Morgendämmerung musste bald anbrechen.

Links neben ihm regte sich etwas. Er sah eine Gestalt auf sich zukommen. Nagende Furcht breitete sich in seinem Magen aus. Es war ein Mann, dessen Umhang aus Hunderten einander überlappender runder Seidenstücke in allen Schattierungen von Blau und Rot – Kobaltblau, Saphirblau, Rosa und Violett – gefertigt zu sein schien. Hier und da war der Stoff mit Silberfäden durchwirkt, die glitzerten, wenn sich das Kerzenlicht darin fing und den Eindruck erweckte, die unheimliche Gestalt sei in Fischschuppen gekleidet. Der junge Mann wusste, dass es sich um einen Mann handelte, denn er hatte während der Zeremonie oft das Wort ergriffen, hatte seinen Schützling angeleitet und ihm Befehle erteilt, aber bislang war sein Gesicht von einer Kapuze aus demselben Material wie der Umhang verdeckt geblieben. Sie hing ihm fast bis zur Brust herab; es war erstaunlich, dass er nicht ständig stolperte. Unter dieser Kapuze wirkte sein Kopf merkwürdig missgestaltet, und wenn er sprach, klang seine Stimme dumpf und wie erstickt.

»Du hast deinen Weg gewählt und eine weise Wahl getroffen. Du hast dein Gelübde abgelegt und dich im Angesicht von Versuchungen und Furcht als standfest erwiesen. Nun steht dir die letzte und gefährlichste Probe bevor. Gehorche mir, so wie du es geschworen hast, und dir wird nichts geschehen.« Die Gestalt hielt inne. »Wirst du mir gehorchen, jetzt und immerdar?«

»Das werde ich«, gelobte der junge Mann.

»Dann beweise es«, grollte die Gestalt, schlug die Kapuze zurück und kauerte sich vor dem jungen Mann nieder, der vor dem unter dem Stoff zum Vorschein gekommenen grinsenden Totenschädel erschrocken zurückwich. Der Kerzenschein ließ das Gebein noch gelber, die großen, leeren Augenhöhlen noch schwärzer erscheinen.

Obwohl er wusste, dass der Schädel nur eine Maske war; obwohl er hinter den Augenhöhlen dunkle menschliche Augen glitzern sah, wollte sein Entsetzen nicht weichen, und als der Mann ein kleines goldenes Kreuz aus den Falten des Fischschuppenumhangs zog, meinte er, das Herz müsse ihm in der Brust zerspringen.

»Spuck darauf.«

»Was soll ich tun?«

»Befreie dich von seiner Macht über dich. Beweise, dass du nur mir allein ein treuer Diener bist und dass du dich zu deinen Brüdern bekennst.«

Die Augen des jungen Mannes schossen nach rechts und nach links, als die anderen Männer sich aus den Schatten lösten. Auch sie trugen Masken: blutrote, auf denen vorne der Kopf eines weißen Hirsches prangte.

»Spuck darauf!«, erscholl der Befehl von neuem.

Als er spürte, wie sich die anderen Gestalten so eng um ihn scharten, dass er das schwache Kerzenlicht nicht mehr wahrnehmen konnte, beugte sich der junge Mann über das Kreuz. Mühsam sammelte er Speichel im Mund, schloss die Augen und spie aus.

Erster Teil

1

Bordeaux, Königreich Frankreich
23. November A.D. 1295

Mathieus Handflächen waren glitschig vor Schweiß. Er packte sein Breitschwert fester und schielte zu seinem Kommandanten hinüber, der rechts von ihm Kampfhaltung angenommen hatte, doch der Blick des Mannes war auf die mächtigen Flügeltüren am Ende der Halle gerichtet. Während Mathieu ihn beobachtete, rann eine ölige Schweißspur über seine Wange. Wieder ertönte das donnernde Krachen, die Tür erzitterte heftig, und die neun in der Halle aufgereihten Wächter zuckten zusammen. In der darauffolgenden kurzen Stille sogen alle scharf den Atem ein. Einen Moment später wurde das Holz von einem neuen dröhnenden Stoß erschüttert. Die Türen zerbarsten, ein Regen von Eichenholzsplittern ergoss sich in die Halle und übersäte die Wandbehänge und Fliesen. Der an der Spitze mit Eisen beschlagene Rammbock wurde knirschend zurückgezogen, dann strömten Soldaten durch die Bresche.

Mathieu überkam eine Welle heißer Angst. Eine Sekunde lang stand er wie gelähmt da. Unzusammenhängende Gebete und Beteuerungen gingen ihm durch den Kopf. Er war erst neunzehn Jahre alt. Mit dem, was sich hier abspielte, hatte er nicht gerechnet, als sein Vater ihm diesen Posten verschafft hatte. *Lieber Gott, bitte verschone mich!* Doch als er seinen Kommandanten den Befehl zum Angriff bellen hörte und sah, wie seine Kameraden den Soldaten entgegentraten, zwang er sich, zusammen mit ihnen vorzurücken. Viel zu schnell drang ein Soldat auf ihn ein. Mathieu konnte gerade noch einen mit Eisennieten besetzten, blauen und scharlachroten Schild vor sich aufblitzen sehen, der zu dem Überwurf des Mannes passte, dann musste er mit seinem Breitschwert auch schon einen gegen seinen Kopf gerichteten Hieb abfangen. Überall ringsum waren seine Gefährten in erbitterte Zweikämpfe mit den Gegnern verstrickt. Schwerter klirrten, unterdrückte Schreie drangen an seine Ohren, Schilde zerbarsten splitternd unter wuchtigen Angriffen, schwere Stiefel ließen den Boden der Halle erzittern. Im Gegensatz zu den in lange Kettenhemden gekleideten und mit eisernen Helmen bewehrten Soldaten trugen die Wächter nur gefütterte lederne Wämser und gepolsterte Beinschienen, um Rumpf und Schenkel zu schützen.

Mathieu knirschte mit den Zähnen, als sein Gegner erneut auf ihn losging und ihm beinahe das Schwert aus der Hand geschlagen hätte. Er versuchte, sich umzudrehen und zu flüchten, doch der Soldat trieb ihn zurück, bis er gegen die Wand prallte und in der Falle saß. Ein verzweifelter Aufschrei entrang sich seiner Kehle, als es ihm nicht gelang, seinen Widersacher zur Seite zu drängen. Schweiß rann ihm in die Augen und blendete ihn. Ihm fehlte der Raum, um sein Breitschwert zum Einsatz zu bringen. Er wich einem auf seine Seite zielenden Hieb aus, wehrte einen weiteren, gegen seine Brust geführten ab und holte dann ungeschickt zum Gegenangriff aus. Der Soldat duckte sich unter der Klinge hinweg. Scharlachrot und Blau flammte vor Mathieu auf, als der Mann ihm seinen schweren Schild mitten in das Gesicht schmetterte. Ein greller Schmerz durchzuckte ihn, Blut schoss aus seiner Nase und seinem Mund, er taumelte gegen die Wand zurück, und seine Klinge verfehlte ihr Ziel. Im nächsten Moment bohrte sich etwas Weißglühendes hoch oben in seine Seite – das Schwert des Soldaten war in das weiche Fleisch unter seiner Achselhöhle gedrungen, das an dieser Stelle nicht von der ledernen Rüstung geschützt wurde. Mathieu kreischte laut auf, als der Mann mit seiner behandschuhten Hand gegen das Heft hämmerte und ihm die Klinge mit einem angestrengten Grunzlaut tiefer in den Leib trieb.

Er spürte, wie das Breitschwert seinen Fingern entglitt. Auf der anderen Seite der Halle sah er weitere Soldaten, die sich durch die geborstenen Türen drängten, um den anderen zu Hilfe zu kommen. Doch dazu bestand wenig Anlass; Mathieus Kameraden waren in der Unterzahl und den Gegnern hoffnungslos unterlegen. Alles war so schnell gegangen. Vom Haupthaus aus hatten sie mit angesehen, wie die Wachposten am Torhaus niedergemetzelt wurden, dann waren die Soldaten auch schon wie entfesselt über den Hof galoppiert und hatten ihnen kaum Zeit gelassen, die Türen zu verriegeln. Als er zu Boden sank, sah Mathieu einen seiner Kameraden über dem Schwert zusammenbrechen, das seinen Magen durchbohrt hatte. Die anderen wichen zu den Stufen zurück, die zu einer Galerie emporführten. Wie aus weiter Ferne hörte er irgendwo donnerndes Gebrüll, doch bevor er die Quelle davon ausmachen konnte, verlor er das Bewusstsein und sackte schlaff in sich zusammen, wobei er eine rote Spur an der Wand hinter sich zurückließ.

Das Brüllen wurde lauter, übertönte das Getöse in der Halle. Dann kam ein Mann die Treppe herunter. Bei seinem Anblick ließen die Soldaten einer nach dem anderen von ihren Gegnern ab. Der Mann stapfte, noch immer etwas in einem schwer verständlichen Französisch brüllend, die letzten Stufen hinunter. Er hob das Schwert, das er in einer Hand hielt, schwang es über den Kopf, drängte sich an seinen Männern vorbei und stürmte auf die Soldaten zu, die jetzt alle stehen geblieben waren und unter ihren Helmen keuchend nach Atem rangen. Aber sie wichen keinen Schritt vor dem zornigen Neuankömmling zurück. Dieser machte kurz vor ihnen Halt und musterte ihre Überwürfe. Dass er sie sofort erkannte, schien nicht gerade zu seiner Beruhigung beizutragen. »Was hat das alles zu bedeuten?« In seiner Stimme schwang ein Anflug von Furcht mit, doch sein Schwertarm zitterte nicht. »Wie könnt ihr es wagen, hier so rüde einzudringen? Und meine Männer anzugreifen!« Er deutete mit der freien Hand auf die Leichen seiner Wächter. Sein Blick verharrte einen Moment lang auf dem reglosen Körper von Mathieu, dem Jüngsten von ihnen. »Wer ist euer Kommandant? Ich will mit ihm sprechen, und zwar sofort!« Als ihm nur eisiges Schweigen entgegenschlug, herrschte er sie an: »*Antwortet mir!*«

»Ihr könnt mit mir sprechen, Pierre de Bourg.« Ein weiterer Mann betrat die Halle und sah sich nach allen Seiten um, als er über die Überreste der Tür hinwegstieg. Er musste Anfang dreißig sein, hatte ein längliches Gesicht, braune Augen und einen fahlen Teint, der darauf schließen ließ, dass er schon lange keine Sonne mehr gesehen hatte. Sein Haar wurde von einer weißen Seidenkappe verdeckt, und er trug einen bodenlangen Reitumhang, der ihn größer und breiter erscheinen ließ, als er tatsächlich war. Der Umhang war schlicht, aber offenbar von einem ausgezeichneten Schneider gefertigt, und wurde vor der Brust von einer kostbaren Silberkette zusammengehalten.

»Wer seid Ihr?«, schnarrte Pierre.

Der Mann streifte ein Paar seidene Handschuhe ab und entblößte blau geäderte, spindeldürre Hände. Sein Blick heftete sich auf den Fremden. »Mein Name ist Guillaume de Nogaret.«

Er befleißigte sich der *langue d'oïl*, doch Pierre hörte einen weichen südlichen Akzent aus der rauen Mundart des Nordens heraus. Die Soldaten traten zur Seite, als Guillaume de Nogaret auf sie zukam, hielten ihre Waffen aber weiterhin auf Pierre gerichtet. Dessen Leibwächter hatten sich schützend hinter ihm aufgebaut.

Nogaret deutete auf ihn. »Lasst Euer Schwert sinken.«

Pierre rang um Fassung. Er wusste, dass er angesichts von Nogarets unerschütterlicher Ruhe nicht seine Autorität einbüßen durfte. »Ich werde nichts dergleichen tun. Ihr seid gewaltsam in mein Haus eingedrungen und habt meine Leute getötet. Wer hat Euch das Recht dazu gegeben?«

»Ich bin Minister König Philipps IV. und handele auf seinen Befehl.«

Pierre schielte zu den Soldaten in ihren scharlachrot und blau gemusterten Überwürfen hinüber: die Farben der unter dem Kommando von Charles de Valois, dem Bruder des Königs, in Bordeaux stationierten königlichen Leibgarde.

»Uns wurde zugetragen«, fuhr Nogaret fort, »dass Ihr unsere Truppen ausspioniert und dann die Engländer in Bayonne informiert habt.«

»Lächerlich! Wer hat so etwas behauptet? Wer beschuldigt mich?«

»Ihr werdet Euer Schwert sinken lassen«, wiederholte Nogaret. »Oder meine Männer werden Euch dazu zwingen.«

Nach einer langen Pause gehorchte Pierre widerstrebend.

»Sagt Euren Männern, sie sollen ihre Waffen auf den Boden legen und zur Wand zurücktreten.«

Pierre wandte sich mit einem knappen Nicken an seine Wächter. Sowie diese ihre Schwerter fallen gelassen hatten, brach hektische Aktivität im Raum aus. Die königlichen Soldaten sammelten die Waffen ein und drängten die geschlagenen, verbitterten Männer an die Wand. Die Leichen von Mathieu und den anderen Gefallenen wurden zu einer Seite der Halle geschleift.

»Wie viele Menschen halten sich in diesem Haus auf?«, fragte Nogaret barsch.

»Nur meine Familie und unsere Dienstboten, aber was immer Ihr von mir wollt, betrifft sie nicht.«

»Durchsucht die oberen Räume.« Nogaret winkte fünf Soldaten zu sich. »Bringt jeden herunter, auf den ihr stoßt. Leisten sie Widerstand, wendet Gewalt an.«

Pierre sah ihnen angsterfüllt nach, als sie die Treppe hinauftrampelten. »Tut ihnen nichts, ich bitte euch!« Er wandte sich an Nogaret. »Meine Frau und meine Kinder haben nichts verbrochen!«

»Führt ihn ab«, befahl Nogaret zwei weiteren Soldaten. Er

deutete auf einen düsteren Gang, der von der Eingangshalle abzweigte. »Geht es dort zur Küche?«, fragte er. Als Pierre keine Antwort gab, trat er drohend einen Schritt vor.

Pierre nickte stumm. Die Soldaten packten ihn und schleiften ihn den Gang entlang. Nogaret folgte ihnen etwas langsamer. Der Rest seiner Leute blieb in der Halle zurück.

Die Küchenräume waren weitläufig, die Hauptkammer wurde von einem mächtigen Arbeitstisch beherrscht, auf dem zwei mit gewürfeltem Gemüse gefüllte Töpfe standen. Daneben lag ein Bündel knorriger Karotten neben einem Messer. Über dem Feuer brodelte ein dampfender Kessel. Zwei Fasane hingen an einem Deckenbalken. Ihre bronze- und türkisfarbenen Federn schimmerten im Licht, das durch eine Reihe hoher Fenster fiel. Der Raum war warm und duftete nach Kräutern.

Nogarets Blick blieb auf den Karotten haften. Eine war zur Hälfte gehackt, die Stücke lagen neben dem Messer verstreut. »Wo sind die Köche?«

»Oben. Als der Alarm gegeben wurde, habe ich alle nach oben geschickt. Sie sollten dort warten, bis ich herausgefunden hatte, was hier vor sich geht.« Pierre funkelte Nogaret finster an. »Aber dazu habt Ihr mir ja keine Zeit gelassen, Ihr habt einfach meine Tür eingeschlagen und meine Männer angegriffen.«

»Verräter werden für gewöhnlich nicht vorgewarnt, und es waren Eure Männer, die mir den Zutritt verwehrt und mich somit gezwungen haben, gewaltsam in Euer Haus einzudringen. Eure Wachposten sind auf meine Soldaten losgegangen, ohne ihnen die Gelegenheit zu geben zu erklären, wer sie sind und was sie wollen.«

»Ich bin kein Verräter«, entgegnete Pierre mit fester Stimme.

»Das wird sich zeigen.« Nogaret trat zu dem Tisch und griff nach dem Messer. »Haltet ihn gut fest.«

»Wartet … bitte«, stammelte Pierre, als die Soldaten ihn packten.

Nogaret betrachtete das Messer. Die dünne Klinge war mit Gemüsesaft verklebt. »Wir wissen, dass Ihr mit den englischen Truppen in Bayonne in Verbindung gestanden und ihnen Informationen über unsere Armee in Bordeaux geliefert habt. Die genaue Anzahl unserer Männer. Berichte über ihre Ausrüstung und über die Art unserer Waffen.«

»Ich weiß nicht, von wem diese Behauptungen stammen, aber sie sind falsch, das schwöre ich Euch. Ich habe nie etwas mit englischen Soldaten zu tun gehabt.«

»Und das soll ich Euch glauben?« Nogarets Lippen verzogen sich zu einem spöttischen Lächeln. »Während der Zeit, zu der sich König Edward in der Stadt aufgehalten hat, müsst Ihr ja geradezu über sie gestolpert sein.«

»Das ist etwas ganz anderes.«

»Ihr habt Edward als Euren Lehnsherrn anerkannt, als sich das Herzogtum in seinem Besitz befand. Ihr habt ihm sogar Arbeiter zur Verfügung gestellt, um seine befestigten Städte zu bauen.« Nogaret schnaubte verächtlich. »Ihm geholfen, die gesamte Gegend damit zu überziehen… wie ein Hund, der sein Territorium markiert!«

»Wie Ihr ganz richtig bemerkt habt, ist Edward mein Lehnsherr, und ich verwalte mein Land in seinem Namen. Wie hätte ich oder sonst irgendein Edelmann in dem Herzogtum Guyenne es denn vermeiden können, irgendwann einmal mit einem Engländer in Berührung zu kommen?«

»Edward *war* Euer Lehnsherr«, berichtigte Nogaret ihn scharf. »Dieser Titel steht ihm seit über einem Jahr nicht mehr zu. So lange herrscht König Philipp nämlich wieder über dieses Herzogtum, aber mir scheint, dass Eure Loyalität noch immer Eurem alten Herrn gilt.«

»Das stimmt nicht. Ich bin ein treuer Untertan meines Königs.« Pierre hob den Kopf. »Trotz allem, was er hier angerichtet und uns angetan hat.«

»Was er Euch angetan hat?«, echote Nogaret.

»Ich bin nicht blind; ich weiß, was sich in der gesamten Region abspielt. Königliche Truppen kommen immer noch in Strömen vom Norden hierher und nehmen Städte und Burgen ein – nur dass sie jetzt auch noch die Edelleute vertreiben und ihr Land und ihr Gold beschlagnahmen. Ich habe das alles während der vergangenen Monate mit angesehen und es mit zusammengebissenen Zähnen geduldet. Aber trotz alledem hatte ich keinerlei Kontakt mit Edwards Truppen und habe auch nie beabsichtigt, mit ihnen in Verbindung zu treten.«

»Ihr habt es ›geduldet‹?« Nogarets Stimme klang gefährlich leise. »Ihr sprecht von Eurem König wie von einem ungezogenen Kind, das Euer Missfallen erregt hat. Der rechtmäßige Herrscher dieses Königreiches entreißt sein eigenes Land einem Fremden, der durch seine Taten jeden Anspruch darauf verwirkt hat, und Ihr habt es ›geduldet‹?« Seine braunen Augen wurden schmal. »Bringt ihn her«, wies er die Soldaten an.

Die Männer zerrten Pierre trotz seines Widerstandes zu dem Tisch in der Mitte der Küche hinüber.

»Presst seine Hand flach auf den Tisch und haltet sie fest.« Pierre setzte sich verzweifelt zur Wehr, als einer der Soldaten sein Handgelenk packte. Der andere legte ihm einen Arm um den Hals und schnürte ihm den Atem ab. Sein Kamerad drückte Pierres Hand mit der Handfläche nach unten auf die Tischplatte. Nogaret reichte ihm das Messer. »Wir werden Euren Stolz schon brechen, Pierre de Bourg.«

Draußen im Gang entstand plötzlich ein Tumult. Nogaret fuhr herum, als er eine unbekannte ärgerliche Stimme hörte. Die Tür wurde geöffnet, und ein Mann trat in die Küche. Zorn und Besorgnis spiegelten sich in seinem geröteten Gesicht wider. Er war ungefähr in Nogarets Alter, klein und schlank, hatte eine Hakennase und einen hängenden Mund, der zu einem schwach ausgeprägten Kinn abfiel. Ein königlicher Leibgardist hielt sich unschlüssig hinter ihm. Nogaret achtete nicht auf die gemurmelten Entschuldigungen des Soldaten, sondern musterte den Eindringling mit undurchdringlicher Miene. Er trug einen voluminösen, mit braunem Pelz gesäumten Umhang mit Kapuze und darunter eine bis zum Boden reichende weiße Tunika. Unter den Falten des Gewandes ragten Sandalen hervor. Seine Kleidung ließ darauf schließen, dass er dem geistlichen Stand angehörte.

Sein Blick heftete sich auf das über Pierres Hand schwebende Messer. »Ich befehle Euch, diesen Mann unverzüglich freizugeben!«

»Wie kommt Ihr dazu, mir Befehle erteilen zu wollen?«, bellte Nogaret. »Wer seid Ihr überhaupt?«

»Ich bin Bertrand de Got, Bischof von Comminges.« Der Bischof sah Pierre an, der seinen Widerstand aufgegeben hatte und ihn mit neu erwachter Hoffnung anstarrte.

»Ihr habt Euch weit von Eurer Diözese entfernt.«

»Ich habe einen meiner Neffen besucht, er bekleidet hier in Bordeaux ein Priesteramt. Ich befand mich gerade in seiner Kirche, als ich erfuhr, dass königliche Truppen auf dem Weg zu Lord Bourg sind, um ihn festzunehmen.«

»Was geht Euch das an?«

Bertrand holte tief Atem. »Pierre de Bourg hat die Kirche meines Neffen stets mit großzügigen Spenden bedacht und ist ein angesehenes Mitglied dieser Gemeinde. Ich kann mir nicht vorstellen, dass er etwas getan hat, was eine solche Behandlung rechtfertigt. Ein Bote ist bereits auf dem Weg zum Erzbischof, um ihn von dem Vorfall in Kenntnis zu setzen«, fügte er viel sagend hinzu.

Nogaret zeigte sich unbeeindruckt. »Dieser ach so angesehene Mann ist ein Verräter. Er und seine Komplizen hier in der Gegend haben Berichte über die Bewegungen unserer Truppen an die Engländer weitergegeben, die, wie wir wissen, nur auf eine günstige Gelegenheit warten, um uns anzugreifen und das Herzogtum zurückzuerobern.«

»Das kann ich nicht glauben!«

»Es ist bekannt, dass er in engem Kontakt mit Edward von England steht. Was den Schluss nahelegt, dass er seinen ehemaligen Herrn auch weiterhin unterstützt.«

»Aber die meisten Würdenträger hier haben irgendwann einmal mit Lord Edward zu tun gehabt oder gar Geschäfte mit ihm getätigt«, hielt Bertrand ihm entgegen. »Ich bin ihm während seines Aufenthaltes in der Gascogne selbst einige Male begegnet.«

»Ich bin Euch keine Rechenschaft schuldig, *Bischof.*« Nogaret verlieh dem letzten Wort eine besondere Betonung. Zum ersten Mal schwang eine echte Gefühlsregung in seiner Stimme mit. Er wandte sich an den hinter Bertrand wartenden Soldaten. »Begleite ihn hinaus. Sorg dafür, dass er von hier verschwindet.«

»Das ist unerhört!« Bertrand durchbohrte Nogaret mit einem herausfordernden Blick. »Der Erzbischof wird eine solche Eigenmächtigkeit nicht dulden, nicht in dieser Provinz!«

»Dieses Haus wurde konfisziert und befindet sich jetzt im Besitz des Königs von Frankreich. Macht, dass Ihr fortkommt, sonst werde ich Euch wegen widerrechtlichen Betretens königlichen Eigentums bestrafen lassen!«

»In dieser Angelegenheit ist das letzte Wort noch nicht gesprochen.« Bertrand de Got sah den Adeligen kopfschüttelnd an. »Es tut mir leid, Pierre. Ich habe getan, was ich konnte.«

Pierre bäumte sich im Griff der beiden Soldaten auf. Seine Augen waren vor Angst geweitet. »Um der Liebe Gottes willen, Bertrand! So helft mir doch!«

Nogaret trat zu ihm. Um seine Mundwinkel zuckte es höhnisch. »Gott übt in diesem Land keine Macht mehr aus.«

»*Bertrand!*«, kreischte Pierre schrill, doch der Bischof hatte sich bereits abgewandt. Der königliche Wächter führte ihn aus dem Raum und schlug die Tür hinter sich zu, sodass Bertrand nicht sehen konnte, wie der Soldat das Messer hob, und Pierres Schmerzensschrei, als es herabsauste, nur gedämpft vernahm.

Nach Vollzug dieses Folteraktes kehrte Nogaret in die Halle zurück und überließ es einem der beiden Männer, den halb bewusstlosen Pierre zu bewachen. Der andere folgte ihm in den Gang hinaus, dabei wischte er sich mit einem schmuddeligen Lumpen die Hände ab. In der Halle hatten sich unterdessen weitere Menschen eingefunden: drei Männer und vier junge Mädchen, ihrer Kleidung nach zu urteilen Dienstboten, und eine schlanke, blasse, in ein elegantes Gewand gehüllte Frau, die zwei kleine Jungen an sich drückte. Einer davon presste die Fäuste gegen sein Gesicht und schluchzte leise.

Als Nogaret den Raum betrat, hoben einige von Pierres Wächtern die Köpfe. In ihren Augen loderte ohnmächtige Wut. Die Frauen starrten den blutbespritzten Soldaten benommen an. Einer der Diener, ein älterer Mann, machte Anstalten, auf Nogaret zuzugehen, zog sich aber hastig zurück, als ein Schwert auf ihn gerichtet wurde. Nogaret bemerkte, dass ein weiterer Wächter neben den beiden lag, die zu Anfang des Kampfes getötet worden waren, und dass einer der Soldaten des Königs verwundet zu sein schien. Er trat zu einem Mann, dessen Überwurf mit gelbem Brokat gesäumt war. »Was ist geschehen, Hauptmann?«

Der Hauptmann zog ihn zur Tür, wo sie sich außerhalb der Hörweite der Gefangenen befanden. »Als sie den hohen Herrn schreien hörten, versuchten sie uns anzugreifen. Einem gelang es, einem meiner Männer sein Schwert zu entreißen. Ich hoffe, der verräterische Bastard hat gestanden«, fügte er grollend hinzu.

»Bis jetzt noch nicht.«

Der Hauptmann runzelte die Stirn. »Es klang aber so, als hättet Ihr ihn sehr … eingehend befragt.«

»Habt Ihr getan, was ich Euch aufgetragen habe?«, fragte Nogaret, ohne auf die Bemerkung einzugehen.

»Der Karren wird just in diesem Moment beladen.« Der Hauptmann zögerte. »Aber sollten wir nicht warten, bis wir hieb- und stichfeste Beweise für seine Schuld haben, bevor wir weitermachen? Vielleicht waren unsere Informationen ja doch falsch …«

»Ganz sicher nicht«, erwiderte Nogaret ungerührt. »Diese Leute müssen unschädlich gemacht werden, bevor sie uns bloßstellen können. Zurzeit behaupten wir uns recht gut gegen die Engländer, aber wir dürfen nicht zulassen, dass irgendetwas den momentanen Status gefährdet. Zu Beginn des Krieges haben sie uns Blaye und Bayonne abgerungen. Wenn sie mit genaueren Informationen versorgt werden, könnten sie noch weitere Gebiete an sich reißen.«

Der Hauptmann nickte zustimmend.

»Sorgt dafür, dass der Hausherr und seine Familie in das Garnisonsgefängnis gebracht werden. Über ihr Schicksal wird zu gegebener Zeit entschieden.« Der Hauptmann erteilte seinen Leuten ein paar knappe Befehle, und Nogaret trat in den hellen Novembernachmittag hinaus.

Vor dem Haus herrschte geschäftiges Treiben. Knappen behielten die Pferde im Auge, während die Soldaten eifrig damit beschäftigt waren, durch eine Seitentür eine Vielzahl kostbarer Gegenstände herbeizutragen und sie auf einen großen Karren zu laden: kunstvoll verzierte Kandelaber, ein Bündel seidener Frauengewänder, wegen der der rotgesichtige Soldat, der sie an sich drückte, von seinen Kameraden gnadenlos verspottet wurde, Stapel silberner Platten, Bücher, zwei Schwerter in bestickten Scheiden, ein Gewürzkästchen aus Rosenholz.

Nogaret trat zu dem Karren und inspizierte die auf der Ladefläche angehäuften Möbel und Kleider. Als er auf den Brettern etwas glitzern sah, bückte er sich und zog eine Glasperlenkette zwischen zwei ledergebundenen Büchern hervor, die er mit einem angewiderten Grunzen wieder fallen ließ. Er konnte nur hoffen, dass sich dieser ganze Tand zusammen mit der Beute früherer ähnlicher Überfälle als wertvoll genug erwies, um die dafür aufgewandte Zeit zu rechtfertigen – vor allem, weil die Plünderungen seine Idee gewesen waren.

»Minister?«

Ein Soldat deutete zum Haupttor hinüber. Nogaret blinzelte in das Sonnenlicht und sah einen Reiter auf sich zukommen. Die Hufe des Pferdes wirbelten feine Staubwolken auf. Einen Moment lang dachte er, der Bischof habe sich anders besonnen und sei zurückgekommen, aber als der Reiter näher kam, sah er, dass er den vertrauten schwarzroten Umhang trug. Es war ein königlicher Bote; Nogaret kannte ihn von Paris her.

»Minister de Nogaret«, grüßte er atemlos, als er sein Pferd zügelte, abstieg, in seinem staubbedeckten Lederbeutel wühlte und eine Schriftrolle zu Tage förderte. »Die Stadtgarnison hat mir gesagt, wo ich Euch finden kann.«

Nogaret erbrach das Wachssiegel, entrollte den Pergamentbogen und überflog die Botschaft.

»Minister?« Der Hauptmann, der das Hufgetrommel gehört hatte, war gleichfalls ins Freie getreten.

Vom Haus her erscholl ein angstvoller Schrei. Zwei Soldaten zerrten die junge Frau, die aus vollem Hals nach ihren Kindern kreischte, durch die aufgebrochene Tür. »Seht zu, dass ihr hier fertig werdet.« Nogaret erhob seine Stimme über den Lärm. »Schafft den Karren auf direktem Weg zu Prinz Charles. Er wird sich darum kümmern, dass die Schätze an König Philipp weitergeleitet werden.«

»Wie Ihr wünscht.« Der Hauptmann warf dem Boten einen fragenden Blick zu. »Verlasst Ihr uns schon, Minister?«

»Ich muss nach Paris zurück.« Nogaret befahl den Knappen, der sein Pferd hielt, mit einem Fingerschnippen zu sich. »Der König hat mich zu sich befohlen.«

2

Die Ufer der Seine, Paris
19. Dezember A.D. 1295

Die Galeere glitt langsam an der Mole entlang. Männer auf dem Kai packten die Seile, die ihnen zugeworfen wurden, und zogen sie durch in den Boden eingelassene Eisenringe, um das Schiff zu vertäuen. Die Planken wurden krachend herabgelassen, und eine

Gruppe von Rittern schickte sich an, an Land zu gehen. Ihre Gesichter waren von Sonne und Wind gegerbt, ihre weißen Mäntel feucht von dem Nebel, der träge über den Fluss und um den Mast herumwaberte, von dem ein buntes Banner schlaff herabhing.

Will Campbell trat zur Seite, als die Männer vor ihm zum Kai hinunterstiegen. Seine Lunge füllte sich mit feuchter, kalter Luft, während sein Blick über das Gewirr der Dächer und Türme der Gebäude der Stadt schweifte. Die Reihen der aus Stein und Holz erbauten, mehrere Stockwerke hohen Häuser wirkten in dem Nebel verschwommen, nahezu unwirklich. Fast unmittelbar vor ihnen ragte das Hôtel de Ville, der Verwaltungssitz der Kaufmannsgilde, über der Place de la Grève auf. Das imposante Bauwerk beherrschte das Labyrinth von Werkstätten, Märkten und Häusern, das sich quer über das rechte Ufer der Stadt hinwegzog: das Stadtzentrum von Paris. Will erkannte auch andere Gebäude wieder, aber der Nebel und die seit seinem letzten Aufenthalt hier verstrichene Zeit bewirkten, dass er sich trotzdem seltsam desorientiert vorkam. Es war Jahre her, seit er zum letzten Mal an diesem Ufer gestanden hatte. Er drehte sich um. Hinter ihm erhob sich der höckrige Umriss der Ile de la Cité aus der Seine. Das Herz Frankreichs. Als er einen Blick auf die Palasttürme am Westende der Insel erhaschte, verhärteten sich seine Züge.

»Sieht immer noch genauso aus wie früher, findest du nicht?«

Simon trat neben ihn und stützte die dicken Arme auf die Reling. Während der Reise war sein Bart buschiger geworden, doch sein brauner Haarschopf begann auf dem Scheitel schütter zu werden. Will, der den kräftig gebauten Pferdeknecht um fast einen Fuß überragte, bemerkte eine nicht zu übersehende kahle Stelle.

»Robert und ich versuchen uns zu erinnern, wie lange es her ist. Meiner Schätzung zufolge über dreißig Jahre.«

»Neunundzwanzig.«

Simon lächelte betreten, wobei er einen abgebrochenen Vorderzahn entblößte. »Dann hat Robert mich geschlagen.«

»Habe ich da eben meinen Namen gehört?«

Die beiden Männer drehten sich um. Ein hoch gewachsener, grauäugiger Ritter, dessen zerfurchtes Gesicht noch immer jungenhaft anziehend wirkte, kam zu ihnen hinüber.

»Du hast die Wette gewonnen«, teilte Simon ihm mit.

»Daran habe ich nie gezweifelt.« Robert grinste. »Du könntest noch nicht einmal die Finger eines einarmigen Mannes abzählen.« Er klopfte Simon auf den Rücken, dann sah er Will an, der verstummt war und versonnen über die Stadt hinwegblickte. »Ein merkwürdiges Gefühl, wieder hier zu sein, nicht wahr?« Sein Lächeln erstarb. »So viel ist in der Zwischenzeit geschehen.«

»Du solltest dich um die Pferde kümmern, Simon«, sagte Will abrupt. Er wandte sich ab und ging auf die Planken zu. Die letzten Ritter verließen gerade das Schiff und ließen die Sergeanten und die Besatzung zurück.

Robert wechselte einen Blick mit Simon, dann folgte er Will. »Der Großmeister wünscht, dass wir mit ihm an der Spitze des Trupps gehen. Ich glaube fast, er hat den Weg zum Ordenshaus vergessen.«

Sie schritten die unter ihren Füßen vibrierenden Planken hinab. Als Will die steinerne Mole betrat, überkam ihn plötzlich das Gefühl, etwas Unwiderrufliches getan zu haben. Am liebsten hätte er kehrtgemacht, wäre wieder an Bord gegangen und weitergesegelt.

Gemeinsam stapften die beiden Männer über stinkende, mit Unrat – zerrissene Aalreusen, einem Holzschuh und toten Vögeln – übersäte Schlammbänke hinweg, die bald braunem Sand und hartem Gras und dann einer morastigen Straße wichen. Die Gegend wimmelte von Männern und Frauen, die nach dem Morgengottesdienst zur Arbeit hetzten. Eine Kutsche, in der zwei kostbar gekleidete Edelfrauen saßen, rumpelte vorbei. Eine Schar zerlumpter Kinder rannte in der Hoffnung, ein paar Münzen zu ergattern, hinter dem Gefährt her, doch die Frauen blickten mit einstudierter Gleichgültigkeit in die andere Richtung. Als die

Kinder außer Sicht waren, strömte eine Schweineherde aus einer Gasse, gefolgt von einem Hirten, der sie mit Stockhieben zum Wasser hinuntertrieb, auf einen Kai zu, wo Karren mit Holz beladen wurden.

Vor ihnen hatten sich die Ritter zu einer Gruppe zusammengeschlossen, an deren Spitze der Großmeister stand. Jacques de Molay war ein Hüne von einem Mann, Anfang fünfzig, mit struppigem grauem Haar, das ihm in dicken Wellen bis auf die Schultern fiel. Wie alle Tempelritter trug auch er einen Bart, doch statt ihn wie Will und Robert säuberlich zu stutzen, hatte er den seinen wachsen lassen, bis er ihm bis zur Brust reichte. Will hatte einen Ritter einmal behaupten hören, der Großmeister würde ihn zu einem Zopf flechten und ihn in sein Hemd schieben, bevor er in eine Schlacht zog. Jacques wandte sich gerade an einen seiner Männer. Sein Französisch klang barsch und guttural. »Sprich mit dem Hafenmeister, und finde heraus, wo unser Schiff ankern kann, dann weise die Sergeanten an, uns mit unserem Gepäck zu folgen. Hoffentlich ist meine Nachricht rechtzeitig im Ordenshaus eingetroffen, und man erwartet uns.«

»Ja, Monsieur.« Der Mann wartete ab, bis ein Karren an ihm vorbeigerattert war, dann überquerte er die Straße.

Jacques' Blick fiel auf Will, Robert und die letzten soeben zu ihnen gestoßenen Ritter, er winkte die kleine Gruppe zu sich. »Kommandant Campbell, geht voran.«

Will nahm sich einen Moment Zeit, um sich zu orientieren, dann führte er die sechzig Ritter in Richtung der Kirche St. Gervais, deren hoher Turm im Nebel verborgen lag. Ein paar Leute starrten sie an, als sie in einer geordneten Kolonne die belebte Straße entlangmarschierten, aber die meisten schenkten ihnen keinerlei Beachtung, sondern gingen unbeirrt ihrem Tagewerk nach. In Paris, dem Hauptsitz des Ordens im Westen, gehörten Templer zum alltäglichen Stadtbild, ebenso wie die Professoren und Studenten der Sorbonne am linken Seineufer und die königlichen Würdenträger der Ile de la Cité. Kurz vor der Kirche bog Will in eine schmale

Seitenstraße ab, die sich durch ein Gewirr von Gassen und niedrigen Treppen hindurchwand und von sich einander zuneigenden Fachwerkhäusern gesäumt wurde. Die oberen Stockwerke einiger dieser Gebäude lagen so nah beieinander, dass die Bewohner sich über die Straße hinweg die Hände schütteln konnten. Von Wäschestücken, die an zwischen den Häusern gespannten Leinen hingen, fielen schwere Wassertropfen auf die Köpfe der Ritter. Will waren diese düsteren Sträßchen auf schmerzliche Weise vertraut. Hinter jeder Ecke lauerten die Geister der Vergangenheit auf ihn; machten leise in Form von verblassten Schildern und Fensterläden, von denen die Farbe abblätterte, und nachdrücklicher in Gestalt eines mit Wasserspeiern geschmückten Kirchturmes auf sich aufmerksam, der in einer Lücke zwischen den Gebäuden auftauchte. Mit der Vertrautheit kamen die Erinnerungen. Sie hingen körperlos in der Luft und materialisierten sich hier und da in Eingängen von Läden, abbröckelnden Fassaden und den Gesichtern vorübereilender Menschen. Dinge, die er während der endlosen Reise von Zypern hierher erfolgreich verdrängt hatte, drohten ihn nun zu überwältigen.

Zwei Fleischer mit blutbespritzten Schürzen standen müßig in einem Türrahmen. Ein Bäcker schwatzte angeregt mit einer Kundin, der er zwei Brotlaibe reichte. Will starrte sie an. Er fragte sich, ob er nach all dieser Zeit wohl irgendjemanden wiedererkennen würde. Vor ihm glitt eine junge Frau im Schlamm aus und ließ dabei ihren Korb fallen. Als sie sich bückte, um ihn aufzuheben, verrutschte ihr Schleier und gab kupfergoldene Locken frei. Will blieb stehen. Sein Blick ruhte wie gebannt auf ihr, auch noch, als sie sich aufrichtete und er ihr Gesicht sah – das Gesicht einer völlig Fremden. Er schrak zusammen, als Robert ihn am Arm berührte.

»Stimmt etwas nicht?«

Erst jetzt bemerkte Will, dass er einen Moment lang alles um sich herum vergessen hatte. »Nein, nein. Ich musste nur überlegen, wo es langgeht.«

Robert musterte das weiterhastende Mädchen, dann Will, sagte aber nichts. Schweigend setzten sie ihren Weg fort.

Nachdem sie den Fluss hinter sich gelassen hatten, wurde der Nebel dünner, und bald ragten die von Türmen flankierten Stadtmauern aus gelbem Stein vor ihnen auf. In einiger Entfernung hatte sich vor dem Tempeltor eine Menschenmenge versammelt. Als die Ritter näher kamen, vernahmen sie eine weithin hallende Stimme.

»Weint, meine Kinder! Weint um den Verlust von Gottes Königreich auf Erden! Weint um den Fall Jerusalems und den Aufstieg Babylons! Weint um die Männer, deren Sünden uns diese Zeit der Dunkelheit beschert haben!«

Will kniff die Augen zusammen und sah einen Mann mit weit ausgebreiteten Armen auf den Stufen einer Kirche stehen. Seine Stimme klang heiser, als habe er sich schon seit geraumer Zeit so verausgabt. Er war noch jung; seine Tonsur hob sich bleich von seinem dunklen Haar ab. Seine graue Kutte war abgetragen und zerschlissen, die bloßen Füße schlammverkrustet. Er war ein Franziskaner: einer der Anhänger des heiligen Franz von Assisi, die als Bettelmönche in die Welt hinauszogen, um das Evangelium zu predigen, und sich darauf verließen, dass die Gläubigen sie ernährten und kleideten. Will hatte schon lange keinen mehr gesehen.

»Weint um eure Könige und Prinzen, die die Heilige Stadt für Gold verkauft haben, um ihre Taschen zu füllen und ihre Huren mit Geschmeide zu schmücken!«

Einige Zuschauer gingen desinteressiert weiter, aber die meisten blieben stehen, um zu lauschen, als der junge Mönch seine leidenschaftliche Predigt fortsetzte. Ein paar bekundeten sogar mit einem nachdrücklichen Nicken ihre Zustimmung.

»Und vor allem weint um die Ritter, meine Kinder, deren Blutdurst nur erwacht, wenn es ihren Zwecken dient. Ist dies nicht der Fall, so lassen diese Krieger Mütter und Kinder, alte Männer und Blinde gewissenlos im Stich, sodass diese den Schwertern der Ungläubigen allein mit Gebeten entgegentreten müssen!« Er deutete mit einer Hand auf das Tempeltor. »Sie haben die Stadt Gottes in einen Scheiterhaufen und unseren Traum in Asche verwandelt!«

Donnernder Jubel und Beifall brandeten auf.

»Was hat das zu bedeuten?«, wandte sich Jacques mit einem fragenden Stirnrunzeln an Will.

Der Mönch holte tief Atem, um weitere Anschuldigungen folgen zu lassen, hielt aber inne, als sein Blick auf die Ritter fiel. Seine Augen leuchteten auf. »Dies sind jene Männer!« Sein Zeigefinger richtete sich anklagend auf die Templergruppe. »Ihre Gier und ihre Gottlosigkeit haben dieses Unheil über uns gebracht!«

Zahlreiche Köpfe fuhren herum. Einige Zuschauer zogen sich angesichts der näher rückenden Gestalten in den weißen Mänteln mit dem leuchtend roten Kreuz auf der Brust hastig zurück, doch viele andere starrten die Ritter herausfordernd an.

»Dies sind die Männer, die vor den Sarazenen geflohen sind, um ihre eigenen Reichtümer in Sicherheit zu bringen, statt Frauen und Kinder davor zu bewahren, geschändet und niedergemetzelt zu werden!«

»Achtet nicht auf ihn, Monsieur«, riet einer der hochrangigeren Ritter, als Jacques einen Schritt vortrat. »Er weiß nicht, wovon er spricht.«

»Dann wird es Zeit, dass jemand ihn darüber aufklärt«, grollte Jacques, ihn zur Seite schiebend.

»Kommt mit.« Der Ritter bedeutete Will und Robert, ihm zu folgen.

»Bei allem Respekt, Sir«, warf Robert rasch ein, als der Templer sich anschickte, sein Schwert zu ziehen. »Ich denke, das wird nicht nötig sein.« Alle Ritter waren jetzt stehen geblieben. Die im hinteren Teil der Gruppe verrenkten sich die Hälse, um zu sehen, was da vorne vor sich ging. »Diese Menschen sind unbewaffnet«, fuhr Robert fort, als der andere Mann zögerte. »Wir werden nur eine Panik auslösen.«

»Was glaubst du, wer du bist?« Jacques stapfte mit grimmiger Miene auf den Mönch zu. Die Menge teilte sich vor ihm wie Wasser. Er überragte fast alle Männer ringsum; das große rote Kreuz auf seinem Rücken hob sich hell leuchtend von ihren tristen grauen und braunen Tuniken ab. »Warum beleidigst du meine Ritter?«

»Ich bin die Stimme der Wahrheit«, erwiderte der Mönch trotzig, dabei schritt er die Stufen hinab; sichtlich entschlossen, Jacques die Stirn zu bieten. Durch die Menge, die auf eine dramatische Konfrontation hoffte, lief ein Raunen. »Ich komme jeden Tag hierher und verkünde den Bewohnern dieser Stadt alles, was sie nicht wissen.«

»Und was soll das sein?«

»Dass Ihr und Eure Männer das Heilige Land in der Stunde der Entscheidung im Stich gelassen habt.« Der Mönch wandte sich an seine Zuhörer und hob die Stimme. »Zweihundert Jahre lang hat der mächtige Templerorden nicht nur Geld von Königen und Prinzen erhalten, sondern auch Spenden von frommen, großzügigen Bürgern wie euch. Dieses Geld sollte zum Schutz christlicher Pilger im Osten verwendet werden. Aber diese Männer ließen ebenjene Pilger tatenlos in die Hände der Sarazenen fallen, weil sie zu sehr damit beschäftigt waren, ihr eigenes Leben und ihre Reichtümer zu retten.« Er konzentrierte sich wieder auf Jacques. »Vielleicht haben die Templer einst gute Arbeit geleistet und dem Christentum gedient, aber heute heißen Eure Herren Stolz, Gier und Überheblichkeit. Euer Wohlstand fließt in bequeme Unterkünfte, kostbare Kleider und Fleisch und Wein für Eure Tafel. Euer Armutsgelübde hat keinerlei Wert mehr, denn selbst wenn Männer alles aufgeben, was sie besitzen, wenn sie in Euren Orden eintreten, führen sie danach ein Leben im Luxus.«

Einige Ritter traten mit vor Zorn verdunkelten Gesichtern drohend vor.

»Du verbreitest bösartige Gerüchte, sonst nichts«, herrschte

Jacques den Franziskaner an. »Tausende Ritter dieses Ordens haben ihr Leben gegeben, um das Heilige Land zu verteidigen.«

Vor Will, der den Großmeister nicht aus den Augen ließ, flammte plötzlich ein Bild auf. Er sah sich selbst in einer Kirche auf einer Plattform neben einem anderen Großmeister stehen, der versuchte, eine aufgebrachte Menge dazu zu bewegen, Frieden mit den Muslimen zu schließen. Die Bewohner Akkons hatten nicht auf ihn gehört, hatten ihn einen Verräter genannt und in dem darauffolgenden Massaker einen hohen Preis dafür bezahlt.

»Wir konnten genauso wenig darauf hoffen, die Sarazenen aufzuhalten, wie wir darauf hoffen können, der einsetzenden Flut Einhalt zu gebieten«, fuhr Jacques fort, dabei richtete er seinen durchdringenden Blick auf die Menge. »Als die ersten Breschen in die Mauern Akkons geschlagen wurden, gewährten wir Tausenden von Christen Zuflucht und brachten so viele wie möglich nach Zypern in Sicherheit.« Seine Stimme klang mit einem Mal gepresst. »Kurz bevor das Ordenshaus eingenommen wurde, setzte unser letztes Schiff mit mehr als hundert Flüchtlingen an Bord die Segel, und viele der Unseren blieben zurück und sahen dem sicheren Tod entgegen.«

Vor Wills geistigem Auge nahm ein anderes Bild Gestalt an. Die Mameluckenarmee strömte durch die Breschen in der Mauer nach Akkon hinein. Der Himmel über den wogenden Menschenmassen war schwarz von Rauch, die Luft von Pfeilhageln erfüllt. Überall rings um ihn herum schrien seine Kameraden vor Schmerz und Entsetzen, als sie erbarmungslos niedergestreckt wurden oder in Flammen aufgingen, wenn sie von explodierenden Naphthageschossen getroffen wurden. Die Straßen waren mit Leichen übersät, es herrschte Chaos, Ströme von Blut wurden vergossen, und überall loderten Feuer auf. Will schloss die Augen. Furchtbare, alles verzehrende Feuer.

»Handeln so selbstsüchtige Männer? Oder Feiglinge?« Als niemand antwortete, donnerte Jacques: »*Tun sie das?*« Die Menge begann sich aufzulösen; kaum jemand vermochte dem stahlharten Blick des Großmeisters standzuhalten. Jacques fuhr zu dem Mönch herum. »Sollten mir deine Lügen je wieder zu Ohren kommen, lasse ich dich durch diese Straßen peitschen. Meine Männer haben den Traum der Christen jahrzehntelang aufrechterhalten, haben dafür gekämpft und sind dafür gestorben. Du wirst ihnen den Respekt erweisen, der ihnen gebührt!«

Er wandte sich ab und ging davon, doch der Mönch bahnte sich einen Weg durch die Menge und folgte ihm. »Wenn Ihr mehr Mut gezeigt hättet, wäre Akkon nicht gefallen. Während die Sarazenen eine Armee zusammengezogen haben, habt Ihr untereinander belanglose Kämpfe ausgetragen. Es ist allgemein bekannt, dass Eure Zwistigkeiten mit den Hospitalitern unsere Truppen entzweit und geschwächt haben!«

Will schlug die Augen auf, als die krächzende Stimme des Mannes in seinen Ohren widerhallte. Jacques setzte seinen Weg unbeirrt fort, doch der Franziskaner heftete sich an seine Fersen und zeterte weiter, ohne die Warnung in den grimmigen Gesichtern der Ritter zu beherzigen.

»Ihr solltet für all die toten Kinder und Frauen zur Rechenschaft gezogen werden! Ihr solltet Euch schämen! Ihr habt sie schutzlos zurückgelassen, obwohl es Eure Pflicht war, sie notfalls mit Eurem Leben zu verteidigen. Ihr nennt Euch Krieger Christi? Ich sage Euch, dass Christus Euch verdammen wird!«

Will war mit einem Satz an der Seite des Mönches. Alles, was er sah, war der aufgerissene Mund des Mannes; ein dunkles, sich öffnendes und schließendes Loch, dem diese durchdringende Stimme entströmte. Er wurde nur noch von dem Gedanken beherrscht, sie zum Schweigen zu bringen. Hinter ihm rief jemand etwas, doch er war taub für alles außer dem Protestgekreische des Mönches. »Warst du dort?« Er packte den Franziskaner bei seiner Kutte. »*Warst du dort?*« Als er keine verständliche Antwort erhielt, ballte er eine Faust und schmetterte sie in das Gesicht des Mannes. Das Knirschen von Knochen und der Schmerz, der durch seine Knöchel zuckte, verschaffte ihm eine ebenso tiefe Befriedigung wie das Blut, das aus dem Mund des Mönches strömte, als sein Kopf zur Seite flog und ein gelblicher Zahn zu Boden fiel. Will holte gerade zu einem zweiten Schlag aus, als eine harte Hand ihn packte und von seinem Opfer wegzerrte.

»Schluss jetzt!«

Jacques' Stimme durchdrang den roten Schleier seiner Wut. Will ließ den Arm sinken und atmete tief durch.

Jacques funkelte ihn finster an. »Beherrscht Euch, Kommandant! Wir prügeln uns nicht wie betrunkene Strauchdiebe auf offener Straße, auch wenn wir noch so sehr provoziert werden.«

»Es tut mir leid, Großmeister«, murmelte Will. Als er sich mit dem Handrücken über den Mund fuhr, stellte er fest, dass sein Bart mit Speichel durchtränkt war.

»Ihr werdet für Euer unziemliches Verhalten Buße tun.«

»Jawohl, Großmeister.«

Die Gruppe wandte sich von dem im Schlamm kauernden Mönch ab und setzte ihren Weg schweigend fort. Am Tempeltor hielten die Stadtwächter jeden zurück, der die Stadt betreten oder verlassen wollte, während die Ritter ihrem Wegerecht gemäß in einer weißen Kolonne das Tor passierten. Will legte seine pochende Hand auf den Griff seines Krummschwertes, ohne auf die verstohlenen Blicke zu achten, die Robert ihm zuwarf. Sie überquerten den Stadtgraben und gelangten auf eine Straße, die an großen Herrenhäusern, einem Hospital für Leprakranke und mehreren Gasthäusern vorbeiführte. Die Stadtmauern von Paris waren vor über einem Jahrhundert erbaut worden, doch schon Jahrzehnte später hatte sich die Stadt über diesen steinernen Ring hinaus ausgebreitet; Abteien, Gebäude und Weingärten waren entstanden und bildeten jetzt überfüllte Vororte. Dahinter lagen von Kornfeldern umgebene Weiler und Dörfer. Hinter den majestätischen Türmen der Kluniazenserpriorei Saint-Martin-des-Champs erhob sich ein noch mächtigerer, von einer hohen Mauer umringter Gebäudekomplex über den winterlich braunen Feldern.

Das Tempelgelände empfing Will wie einen alten, vor langer Zeit verlorenen, aber nie vergessenen Freund. Seit er Akkon verlassen hatte, war er nie lange genug in einer Stadt geblieben, um sich dort heimisch zu fühlen. Hier in diesen feuchten Feldern, Welten von den trockenen Ebenen Palästinas getrennt, stieg das überwältigende Gefühl in ihm auf, nach Hause gekommen zu sein, und verdrängte weniger angenehme Erinnerungen. Er dachte an die anderen Orte, an denen er längere Zeit gelebt hatte – London und den Landsitz bei Edinburgh –, und zum ersten Mal seit Jahren sehnte er sich dorthin zurück.

Das höchste Bauwerk innerhalb der Mauern war der große Donjon, dessen Türmchen sich dunkel vom weißen Himmel abhoben. Darum herum drängten sich zahlreiche andere Gebäude, deren unterschiedlich hohe und winkelige Dächer eine gezackte Silhouette bildeten. Als die Ritter sich dem Torhaus näherten, nahmen die wachhabenden Sergeanten Haltung an. Ihre Augen hefteten sich mit respektvollem Staunen auf die bullige Gestalt von Jacques de Molay, dann schoben sie die Tore auf, die sich knarrend zu einem vom Wachhausturm überschatteten Hof öffneten. Ein Sergeant eilte davon, um die Ankunft des Großmeisters zu melden, und Will betrat den Hof, wo er sofort von Erinnerungen überwältigt wurde.

Dieser Ort war ihm so vertraut; er kannte hier jeden Winkel, jedes Haus, jedes Nebengebäude. Er kannte den beißenden Geruch, der von den Ställen herüberwehte, und die Hitze, die in der von Dienstboten wimmelnden Küche herrschte. Die tröstliche Wärme der nach Hefe duftenden Backstube war ihm ebenso vertraut wie der Gestank der in den Lagerhäusern gärenden Äpfel und die morgendliche Kälte in der von den Gebeten von fünfhundert Männern erfüllten Kapelle. Er wusste, wie es war, Wasser direkt aus dem Brunnen zu trinken; wusste, wie die Fische in den Teichen nahe der Unterkünfte der Sergeanten zur Fütterungszeit ein silbrig zappelndes Meer bildeten, wie das Gehämmer in der Waffenschmiede in den Ohren dröhnte und was es hieß, auf einem mit Raureif überzogenen Übungsfeld sein tägliches Training zu absolvieren. Als störrischer dreizehnjähriger Sergeant, der keine Ahnung hatte, wie sein Leben weitergehen sollte, war er hierhergekommen, nachdem er Zeuge des Mordes an seinem Herrn geworden war. Hier hatte er Owein begraben, hier war er Everard begegnet, hier hatte so vieles seinen Anfang genommen. Er hätte gern die Zeit zurückgedreht, um den von Kummer und Angst erfüllten Jungen davor zu warnen, das Ordenshaus zu verlassen und Everards Befehle zu befolgen. Hätte er das nicht getan, würde er heute nicht hier stehen; ein Mann, der wie ein Geist durch sein eigenes Leben huschte und nur Tod und Verrat hinter sich her zog.

Der Rittertrupp strömte in den Hof, über dem die größten Gebäude des gesamten Komplexes aufragten: der Donjon und die Schatzkammern, die Unterkünfte der Amtsträger, die große Halle und das Domkapitel. Dienstboten hielten mit ihren Tätigkeiten inne, als sie Jacques sahen, und starrten ihn an. Irgendwo erklang eine Glocke. Im nächsten Moment wurde die Tür des Hauses zu ihrer Rechten geöffnet, und eine Gruppe von Menschen trat heraus. Angeführt wurde sie von einem kleinen, untersetzten Mann mit öligem, streng aus dem Gesicht zurückgekämmtem Haar. Er hatte eine aufgeworfene Nase und dünne, von einem drahtigen Bart umrahmte Lippen. Die Veränderung, die mit seinem alten Kameraden vorgegangen war, riss Will aus seiner Versunkenheit. Er hatte Hugues de Pairaud vor über zehn Jahren zum letzten Mal in Akkon gesehen. Damals waren sie beide Ende dreißig gewesen, und seither hatte das Alter Spuren bei dem Visitator des Templerordens hinterlassen. Sein schwarzes Haar war mit grauen Strähnen durchzogen, seine Wangen waren schlaff geworden, und unter seinem Überwurf zeichnete sich ein nicht zu übersehender Schmerbauch ab.

Hugues nickte Will verhalten zu, dann richtete er seine Aufmerksamkeit auf den Großmeister. »Sire.« Er verneigte sich. »Es ist mir eine Ehre.«

Jacques winkte ungeduldig ab. »Ihr habt meine Botschaft erhalten?«

»Vor zwei Monaten. Wir haben Eurer Ankunft mit großer Freude entgegengesehen. Ich habe auch unsere Ordenshäuser in diesem Königreich und in England von Eurem bevorstehenden Besuch in Kenntnis gesetzt.«

»Schön, dass sich zur Abwechslung jemand freut, uns zu sehen.« Als Hugues verständnislos die Stirn runzelte, berichtete Jacques ihm von dem Zwischenfall mit dem Franziskaner.

»Diesen Unruhestifter kennen wir. Wir haben schon des Öfteren versucht, ihn zu vertreiben.«

»Ihr habt ihn zu vertreiben versucht? Er hätte verhaftet werden sollen, wenn er sich Eurem Befehl widersetzt. Es gab einmal eine Zeit, da war es ein Verbrechen, uns zu beleidigen. Haben sich die Zeiten so geändert, dass ein Mann unbehelligt an einer Straßenecke stehen und uns verleumden kann?«

Ein neben Hugues stehender Templerbeamter antwortete. »Wir wollten seinen Predigten keine übermäßige Bedeutung verleihen, indem wir großes Aufhebens darum machen. Wir fürchteten, man würde glauben, dass seine Worte eine Spur von Wahrheit enthalten, wenn wir ihn in den Kerker geworfen hätten.«

»Ich versichere Euch«, warf Hugues rasch ein, als sich die Augen des Großmeisters verdunkelten, »dass wir uns eingehender mit diesem Franziskaner befassen werden, wenn Ihr es befehlt.«

»Mir macht nicht der Mann als solcher Sorge, sondern der Umstand, dass die Leute ihm so aufmerksam zuhören. Machen sie uns wirklich für den Verlust des Heiligen Landes verantwortlich?«

»Nur eine unzufriedene Minderheit«, erwiderte Hugues nach kurzem Zögern. »Und nicht nur uns, sondern auch noch viele andere: die Hospitaliter, die Deutschordensritter und…« Er lachte geringschätzig auf. »Sogar die Franziskaner, weil sie angeblich nicht inbrünstig genug gebetet haben. Als wir vom Fall Akkons erfuhren, herrschte zuerst allgemeine Panik. Die Menschen waren überzeugt, dass Gott sich von uns abgewandt hatte. Einige sind sogar zum Islam konvertiert und nach Granada geflohen, andere haben nach Gründen für die über uns hereingebrochene Katastrophe gesucht und nach möglichen Sündenböcken Ausschau gehalten. Aber inzwischen hat sich die Lage beruhigt, Akkon ist nicht mehr das Hauptgesprächsthema in der Stadt.« Hugues presste die Lippen zusammen, als habe er dem nichts mehr hinzuzufügen, fuhr dann aber doch fort: »Die Abdankung von Papst Coelestin und natürlich der Krieg beschäftigen die Leute jetzt weit mehr.«

Jacques sog zischend den Atem ein. »In der Tat. Ihr erwähntet das in der letzten Botschaft, die ich auf Zypern erhielt, aber nach unserer Abreise nach Rom erwies es sich als äußerst schwierig, weitere Informationen zu bekommen. Für einen ausführlichen Bericht wäre ich Euch sehr dankbar.«

»Selbstverständlich, Großmeister. Aber wollen wir das nicht in einer angenehmeren Umgebung besprechen? Ich werde die Diener anweisen, Eure Privatgemächer herzurichten. In der Zwischenzeit können wir uns in mein Studierzimmer zurückziehen.«

»Meine Offiziere werden sich uns anschließen. Das erspart uns die Mühe, uns wiederholen zu müssen. Lasst den Rest der Männer zu ihren Unterkünften bringen.«

Hugues nickte zwei in seiner Nähe stehenden Rittern zu, die die erschöpften Neuankömmlinge über den Hof auf ein niedriges Gebäude zuführten.

Jacques deutete auf sechs Templer, die sich um ihn geschart hatten. »Und Ihr kommt auch mit, Campbell.« Er winkte Will zu sich. »Ein Kommandant sollte bei dieser Besprechung anwesend sein. Ihr könnt hinterher die restlichen Männer über die wichtigsten Punkte informieren.«

Robert schloss sich der Rittergruppe an, Simon führte zusammen mit den Sergeanten die Pferde, die sich gleichfalls an Bord befunden hatten, zu den Ställen hinüber, und Will trottete müde hinter dem Visitator und dem Großmeister her.

»Die Nachricht, dass Großmeister Gaudin so kurz nach seiner Wahl verstorben ist, war ein schwerer Schlag für uns«, sagte Hugues gerade. »Und dann hat sich diese Tragödie auch noch so bald nach Guillaume de Beaujeus Tod in Akkon ereignet. Aber«, fügte er rasch hinzu, »wir sind über Eure schnelle Ernennung alle sehr froh.«

Jacques maß ihn mit einem schwer zu deutenden Blick. »Ich bin der Erste, der zugibt, dass meine Wahl zum Großmeister sehr überraschend kam, Visitator de Pairaud. Immerhin bin ich ein Militärkommandant und kein Diplomat, wie es einige meiner Vorgänger waren.«

»Aber Ihr dient dem Orden weit länger als die meisten von uns. Wenn ich mich recht erinnere, führte mein Onkel Humbert Eure Initiation durch, als er der Meister von England war, oder täusche ich mich da?«

»Nein, das tut Ihr nicht.«

Als Jacques nicht weiter darauf einging, wechselte Hugues das Thema. »Eure Reise von Italien hierher verlief ohne Zwischenfälle?«

»Ja. Wir sind, so wie es uns empfohlen wurde, von Genua nach Montpellier gesegelt, obwohl ich gerne unser Ordenshaus in Colliure besucht hätte.«

»Die östliche Route war die sicherste. Seit die Engländer Bayonne und Blaye eingenommen haben, sind die unter Charles de Valois in Guyenne stationierten königlichen Truppen immer unberechenbarer geworden. Die Gewaltbereitschaft wächst, vor allem gegen die Barone der Gascogne und des Umlands. Gerüchten zufolge hat König Philipp die Konfiskation des gesamten Besitzes aller Edelleute angeordnet, denen eine Verbindung zum König von England nachgewiesen werden kann, aber da fast der ganze Adel Lord Edward während seiner Herrschaft über die Grafschaft als Regenten anerkannt hat, wurde so gut wie jeder Großgrundbesitzer südlich der Garonne verhaftet.«

Jacques duckte sich unter der niedrigen Tür eines großen Gebäudes hinweg. »Soweit mir bekannt ist, wurde diese ganze Krise durch die Versenkung einiger Handelsschiffe ausgelöst. Hätte man dem Problem nicht auf andere Weise beikommen können?«

»Leider ist die Sachlage sehr viel komplizierter, Großmeister«, entgegnete Hugues. Er führte die Männer eine Treppe aus poliertem Holz empor, die in einem von Fackeln erleuchteten Gang endete. Ritter und Schreiber gingen geschäftig ihrem Tagewerk nach. Alle gaben dem Großmeister und seinem Gefolge respektvoll den Weg frei. Ihre Augen blieben auf dem vorbeirauschenden Jacques haften. Die Goldstickerei, die das rote Kreuz auf seinem Mantel säumte, schien im Fackelschein zu glühen. »Es ist über dreißig Jahre her, seit König Louis den Vertrag von Paris mit Henry III. von England unterzeichnet und ihm zugesagt hat, Guyenne an ihn und seine Erben abzutreten. Im Süden dieses Herzogtums liegt die Gascogne, eine der reichsten Regionen Frankreichs. Unser König teilt seine Macht nicht gerne mit anderen, und es war eine schwere Bürde für ihn, dass ein anderer Monarch über einen Teil seines Reichs herrscht – noch dazu über einen für ihn so wichtigen Teil. Edward mag ja nur ein Vasall sein, aber er verfügt über eine beträchtliche Macht. König Philipp war nie wirklich gewillt, den Vertrag von Paris anzuerkennen, ihm war jedes Mittel, ob nun legal oder nicht, recht, um zu verhindern, dass Edward die Gesamtherrschaft an sich reißt.« Hugues stieß eine Flügeltür auf und betrat eine geräumige Kammer. Neben dem Fenster stand ein mit Schriftrollen und Karten übersäter Tisch, dahinter ein hochlehniger Stuhl. Über dem Kamin hing das Templerbanner, aber außer dem Schreibtisch und einem mächtigen Schrank an der Wand war der Raum fast leer.

Jacques blickte sich flüchtig um. Die kahle Schlichtheit der Kammer schien ihm zuzusagen. Er wandte sich wieder an Hugues. »Ihr klingt, als hätte Philipp diesen Krieg ganz allein zu verantworten, Pairaud, aber mir ist zu Ohren gekommen, dass es die Engländer waren, die die französischen Kaufleute angegriffen und ihre Schiffe versenkt haben.«

Hugues, dem diese unverblümte Offenheit missfiel, verzog ärgerlich das Gesicht. »Das ist richtig, und wie Ihr schon sagtet, hätte das Problem mittels einer Entschädigung aus der Welt geschafft werden können. Philipp hat den Vorfall allerdings zum Anlass genommen, die Herrschaft über das Herzogtum wieder an sich zu reißen.«

Will rückte näher an den Kamin heran und lauschte gebannt. Seine Aufmerksamkeit galt insbesondere einem bestimmten Namen.

»Anfang letzten Jahres«, fuhr Hugues fort, »bestellte Philipp König Edward nach Paris, um sich für den Angriff zu rechtfertigen. Edward ließ sich von seinem Bruder vertreten, der sich schließlich bereit erklärte, vorübergehend auf einige Städte zu verzichten und der Stationierung einer kleinen Anzahl französischer Truppen in Bordeaux zuzustimmen. Als Geste des Friedens bot Philipp Edward die Hand seiner Schwester an und versprach, auf das Herzogtum auch weiterhin zu verzichten, wenn Edward auf diese Bedingungen einging, was dieser auch tat. Aber Philipps Vorstellungen von einer kleinen Anzahl von Truppen wichen erheblich von denen Edwards ab. Er postierte eine ganze Armee in Guyenne, und als Edward protestierte, annektierte er das Herzogtum.«

»Woraufhin Edward ihm den Krieg erklärte.«

»Er konnte nichts anderes tun, wenn er seine französischen Herrschaftsgebiete zurückgewinnen wollte.«

Jacques trat zum Fenster.

»Und wie verläuft der Krieg?«, fragte einer der anderen Ritter den Visitator.

»Beide Seiten haben sich in eine Sackgasse manövriert. Den Engländern ist es gelungen, einige Städte zurückzuerobern, aber Bordeaux und die umliegenden Gebiete verbleiben fest in französischer Hand. Seit einiger Zeit rührt sich in beiden Lagern nur wenig, obwohl die königlichen Truppen vor kurzem begonnen haben, Angehörige des lokalen Adels zu verhaften.« Hugues sah Jacques an, der über die Mauern des Tempelkomplexes hinwegblickte. Nebelschwaden zogen über die Felder hinweg. Die Krähen in den Bäumen bildeten einen krächzenden Chor. »Aber mit dieser Angelegenheit können wir uns eingehender befassen, wenn Ihr Euch ausgeruht habt. Ich brenne darauf, Eure Neuigkeiten zu hören. Ihr wart bei der Amtseinführung des neuen Pontifex in Rom zugegen?«

Jacques drehte sich zu ihm um. »Ich denke, Papst Bonifaz wird sich in diesen Zeiten als standfestes Oberhaupt der Kirche erweisen.«

»Ist es Euch gelungen, im Westen Unterstützung für die Pläne des Ordens zu finden?«

Will entging der zögernde Unterton in der Stimme des Visitators nicht.

»Meine Vorschläge sind auf Interesse gestoßen. Ich bin sogar der Meinung, dass mich der Rat der Dreizehn aus diesem Grund zu Gaudins Nachfolger gewählt hat. Wir dürfen jetzt nicht auf Diplomatie setzen, sondern müssen Stärke zeigen. Wenn wir in das Heilige Land zurückkehren und unsere einstigen Herrschaftsgebiete von den Mamelucken zurückerobern wollen, müssen wir uns darauf konzentrieren, unseren Königen und Prinzen hier im Westen militärische und finanzielle Hilfe zu entlocken. Ohne ihre Unterstützung wird ein neuer Kreuzzug scheitern. Wir brauchen Männer und Waffen, um unseren Kampf fortführen zu können.« Jacques hob die massigen Schultern. »Dann sollen die Völker dieser Königreiche sehen, dass die Ritter des Salomontempels weder ihren Mut noch ihre Entschlossenheit verloren haben. Ich beabsichtige, sowohl Philipp als auch Edward auf dieses drängende Problem anzusprechen. Trotz der momentanen Schwierigkeiten dürfte sich ein Treffen doch sicherlich arrangieren lassen?«

Hugues' Gesicht verriet nicht, was in ihm vorging, aber er zögerte mit der Antwort, schien gar mit sich zu ringen. »Eine glückliche Fügung will es, dass Ihr sogar ziemlich bald mit Edward werdet sprechen können.«

»Er kommt hierher?«

Will stockte der Atem, so gebannt wartete er auf Hugues' nächste Worte.

»Nein, Meister, aber er hat sicherlich ebenfalls von Eurer Reise nach Paris erfahren, denn letzten Monat erging ein königlicher Erlass, in dem Ihr ersucht werdet, Euch nach Eurer Ankunft nach England zu begeben, um dort an einer Versammlung im Neuen Tempel in London teilzunehmen.«

»Eine Versammlung? Aus welchem Anlass?«

»Das wissen wir nicht. Die Botschaft besagte lediglich, dass dringende Angelegenheiten besprochen werden müssten und auch ein Repräsentant des Papstes sowie König Edward persönlich anwesend sein würden.«

Einer der Ritter erkundigte sich besorgt, ob Hugues irgendeine Vermutung bezüglich des Hintergrundes dieser ungewöhnlichen Aufforderung hegte. Bald waren die Männer so tief in ihr Gespräch vertieft, dass keiner bemerkte, wie Wills Hand sich so fest um das Heft seines Krummschwertes schloss, dass die Knöchel weiß hervortraten.

3

Jüdisches Viertel, Paris
21. Dezember A.D. 1295

Will bahnte sich einen Weg durch die labyrinthähnlichen Gassen, bis er in ein überfülltes Viertel in der Nähe der Mauer im östlichen Teil der Stadt gelangte. Es war noch früh am Morgen, der Himmelsstreifen über der Straße leuchtete strahlend blau. Sein Atem bildete kleine Wölkchen in der Luft, als er stehen blieb, um einen Blick auf das zerknitterte Pergament in seiner Hand zu werfen und dann die Häuser ringsum zu betrachten. Nachdem er ein paarmal falsch abgebogen war, fand er endlich das, was er suchte. Es war in einem warmen Orangeton gestrichen und lag zwischen den Läden zweier Buchhändler. Als Will darauf zuging, stellte er fest, dass die Tür halb offen stand. Drinnen war Stimmengemurmel zu vernehmen. Noch während er überlegte, ob er anklopfen oder direkt hineingehen sollte, kamen zwei dunkelhaarige Kinder, ein Junge und ein Mädchen, auf die Straße gerannt. Will sprang zurück, als sie an ihm vorbeischossen. Das Mädchen krähte triumphierend, dabei hielt es einen Lederball knapp außerhalb der Reichweite des Jungen. Will sprach sie an. »Ist das das Haus des Rabbis?«

Das Mädchen warf ihm einen misstrauischen Blick zu. »Ja. Du bist viel zu langsam«, quiekte es dann und tänzelte davon, als der Junge nach dem Ball greifen wollte.

Will überließ die Kinder ihrem Spiel und betrat das Haus.

Das Innere wirkte genauso warm und einladend wie das Äußere. Ein dunkelroter Läufer bedeckte den Boden der Eingangshalle, bunte Gobelins schmückten die Wände. Ein schwacher Geruch nach Räucherwerk und Gewürzen hing in der Luft. Einen Moment lang fühlte sich Will beinahe nach Akkon zurückversetzt, dann betrachtete er den Raureif auf seinen Stiefeln und seufzte leise. Von der Halle zweigten einige dämmrige Räume ab, doch das Licht und die Stimmen rührten vom Ende des Ganges vor ihm her.

Er führte zu einer kleinen Küche, in der drei Männer in ein angeregtes Gespräch verstrickt waren. Im Kamin prasselte ein helles Feuer, das eine angenehme Wärme verbreitete. Zwei der Männer waren so in ihre Debatte vertieft, dass sie Will gar nicht bemerkten. Erst nach einem Moment hob der dritte von ihnen eine Hand.

»Still jetzt«, sagte er mit einer brüchigen alten Stimme, die einem leichten Windhauch glich, aber dennoch bewirkte, dass die beiden jüngeren Männer augenblicklich verstummten. Langsam erhob er sich von seinem Stuhl am Feuer. Sein Haar war schlohweiß, sein Gesicht so braun und runzlig wie eine getrocknete Feige. »William.« Ein Lächeln erhellte seine wässrigen Augen.

»Rabbi Elias.« Einer der beiden anderen Männer blickte von dem alten Mann zu Will, den er mit unverhohlenem Argwohn beäugte. »Diese Angelegenheit ist noch nicht geklärt.«

»Sie wäre es längst, wenn du zugeben würdest, dass du unrecht hast«, konterte der andere.

»Das reicht, Isaak«, beschied Elias ihn bestimmt. »Kommt morgen wieder, wenn ihr euch beruhigt habt.« Er runzelte die Stirn, als in der Halle ein Klirren ertönte, dem ein erschrockener Aufschrei folgte. »Und nehmt eure Kinder mit, bevor sie mein gesamtes Haus abreißen.«

Beide Männer neigten widerstrebend, aber respektvoll den Kopf. Als sie sich mit einer gemurmelten Entschuldigung an ihm vorbeidrängten, sah Will, dass jeder von ihnen ein leuchtend rotes, wagenradförmiges Stück Stoff an den hinteren Teil seiner Tunika geheftet hatte – das Zeichen, das alle Juden auf Befehl von König Louis IX. tragen mussten, damit man sie von dem Rest der Bevölkerung unterscheiden konnte.

»In dieser Welt gibt es immer noch so vieles, was geändert und verbessert werden muss, nicht wahr?« Elias trat zu ihm. »Wie ich hörte, ist Euer neuer Großmeister kreuz und quer durch die christlichen Lande gereist. Ich hatte gehofft, Ihr würdet ihn begleiten.«

Als sie sich umarmten, spürte Will kaum mehr als Haut und Knochen unter dem Gewand des alten Mannes. »Ihr seht erschöpft aus, Elias«, wechselte er ins Arabische über, das beide gut beherrschten. Die melodischen Worte kamen wie von selbst über seine Lippen, und er genoss sie wie eine lange entbehrte Lieblingsspeise.

»Ich habe so viel zu tun, dass ich manchmal kaum weiß, wo mir der Kopf steht. Dieses Haus ist oft noch überfüllter als die Synagoge.« Elias kicherte. »Nein, ich kann nicht klagen. Als ich Zypern verließ, besaß ich kaum mehr als die Kleider, die ich am

Leib trug. Ich kam als Habenichts in diese Stadt, daher bin ich froh, mich für die Großzügigkeit meiner Freunde und Nachbarn erkenntlich zeigen zu können. Mein Leben ist in jeder Hinsicht ausgefüllt. Aber wie geht es Euch?« Die Falten auf seiner Stirn vertieften sich. »Ihr kommt mir vor, als würde Euch etwas bedrücken.«

»Es ist nur eigenartig, wieder hier zu sein.« Will nahm den schlichten wollenen Umhang ab, den er über seinem Überwurf trug, und ließ sich auf den Stuhl sinken, auf den Elias deutete. »Verkauft Ihr keine Bücher mehr?«

»Ich habe mich in Akkon zu lange zu sehr abgeschottet, habe es mir in meinem kleinen Laden zu bequem gemacht.« Elias kehrte zu seinem Platz am Feuer zurück. »Ich habe meine Pflichten vernachlässigt. Es ist meine Aufgabe … nein, mein *Wunsch*, bei meinen Leuten zu sein, sie zu unterrichten und ihre Kinder aufwachsen zu sehen.« Er hob eine Braue. »Und bei Zwistigkeiten als Vermittler zu fungieren.« Er spähte in den Gang hinaus, als er hörte, wie die Vordertür zugeschlagen wurde. »Ich vermute, Ihr habt Isaak nicht wiedererkannt, nicht wahr, William?«

»Sollte ich das denn?«

»Er war einer der Männer, die Ihr im Hafen von Akkon gerettet habt, zusammen mit seiner Frau und seiner Tochter – der kleinen Range, die draußen meine Nachbarschaft terrorisiert.« Elias wurde ernst. »An jenem Tag habt Ihr viele Menschen gerettet, William. Ich hoffe, das ist Euch bewusst.«

»Ich kann mich nicht erinnern. An gar nichts mehr.«

Elias runzelte die Stirn, als Will den Kopf senkte. »Ihr erinnert Euch nicht mehr? Nicht mehr an die Schlacht? Und an unsere Flucht?«

»Nein.« Will zwang sich, den Kopf wieder zu heben und dem alten Rabbi in die Augen zu sehen. Seine Worte klangen sogar in seinen eigenen Ohren durchaus überzeugend, und er begriff nicht, warum Elias ihn so ungläubig musterte. Er hatte viele andere Männer genau dasselbe behaupten hören; sie hatten verwirrt davon gesprochen, dass Stunden, ganze Tage oder gar die gesamte Belagerung Akkons aus ihrem Gedächtnis getilgt zu sein schienen. Will beneidete sie darum. Mehr als vier Jahre lang hatten jene letzten Tage seine Gedanken beherrscht. Er konnte sich an jeden einzelnen Augenblick mit grausamer Klarheit erinnern. Er stand auf der baufälligen östlichen Mole des äußeren Hafens. Unter ihm toste das schwarze, hungrige Meer, hinter ihm stand die Stadt in Flammen. Das Schwert in seiner Hand schimmerte nass und rot. Ein Mann taumelte vor ihm zurück, stürzte ins Wasser und versank in den Fluten.

»William?«

Will blickte auf. Elias stand an der Feuerstelle, über der ein eiserner Kessel hing.

»Ich hatte gefragt, ob Ihr etwas trinken möchtet.«

Will schüttelte geistesabwesend den Kopf. »Ich kann nicht lange bleiben. Ich wollte Euch nur Bescheid geben, dass ich wieder in der Stadt bin.«

Elias löste den Kessel vom Haken, legte ein Tuch über den Henkel und goss eine dampfende, nach Zimt und Nelken duftende Flüssigkeit in eine Schale. »Wollt Ihr in Paris bleiben?«, fragte er, nachdem er mit schmerzlich verzogenem Gesicht wieder auf seinem Stuhl Platz genommen hatte.

»Das hängt von den Plänen des Großmeisters ab.«

Elias nippte gedankenverloren an seinem Tee. »Da Euer Visitator ein Mitglied der Bruderschaft ist, dürfte es nicht weiter wichtig sein, wo Ihr Euch gerade aufhaltet. Ihr habt sicherlich jemanden dazu bestimmt, Eure Interessen hier im Westen zu vertreten.« Als Will nichts darauf erwiderte, beugte Elias sich vor. »Außerdem ist mir zu Ohren gekommen, dass Euer Großmeister einen weiteren Kreuzzug vorbereitet. Entsprechen diese Gerüchte der Wahrheit?«

»Deswegen ist er hergekommen – um sich Unterstützung dafür zu sichern.«

»Was werdet Ihr dagegen unternehmen?«

»Bitte?«

»Ja, William«, versetzte Elias mit fester Stimme. »Wie gedenkt Ihr als Kopf der Anima Templi dies zu verhindern?« Er seufzte schwer. »Von den Mamelucken aus Akkon vertrieben zu werden war zugegebenermaßen nicht das, was wir uns erhofft hatten. Keiner von uns, der das Ende dieses jahrelangen Krieges herbeigesehnt hat, hätte sich gewünscht, dass der zweihundertjährige Zwist zwischen Ost und West in einer so blutigen Tragödie endet. Aber Ihr könnt nicht leugnen, dass Ihr nun, wo die christlichen Truppen gezwungen worden sind, das Heilige Land zu verlassen, eine gute Chance habt, die Arbeit der Bruderschaft ungehindert fortzusetzen. Meint Ihr nicht, dass die Anima Templi jetzt im Stande ist, wesentlich freundlichere Beziehungen zu den Muslimen anzuknüpfen als zu der Zeit, wo die Armeen des Westens in Palästina stationiert waren?« Elias' Augen glühten. »Könnte die Bruderschaft jetzt nicht endlich die lange ersehnte Gelegenheit bekommen, die Versöhnung zwischen den drei großen Glaubensrichtungen der Welt herbeizuführen? Geteiltes Wissen, von dem wir alle profitieren; Handel, der allen Seiten Wohlstand bringt; Frieden, der uns innere Ruhe beschert? Everard hat uns gelehrt, dass Muslime, Christen und Juden alle Kinder ein und desselben Gottes sind, auch wenn wir Ihn mit verschiedenen Namen belegen. Wenn wir unseren Brüdern ein Leid zufügen, sagte er immer, verletzen wir uns selbst.« Elias wartete erst gar nicht auf eine Antwort. »Ich nehme an, die Wogen haben sich inzwischen so weit geglättet, dass wir es riskieren können, einen Abgesandten zu dem Mameluckensultan zu schicken. Wir sollten unbedingt versuchen, mit ihm in Verhandlungen zu treten.« Er schüttelte den Kopf. »Wenn Euer Großmeister allerdings seinen Willen durchsetzt, wird es in absehbarer Zeit wieder zu einem Krieg kommen. Ihr müsst alles daransetzen, das zu verhindern.«

»Der Templerorden verfügt alleine nicht über die Männer und die Mittel, um im Osten wirklich etwas bewegen zu können«, erwiderte Will tonlos. Elias' leidenschaftlicher Appell verfehlte seine Wirkung auf ihn. Wie oft hatte er Everard über diese Dinge sprechen hören? Sie erschienen ihm jetzt wie die törichten, im Feuer und Chaos des Untergangs von Akkon zu Asche verbrannten Träume eines alten Mannes. Mehr als hundert Jahre waren verstrichen, seit die Anima Templi von einem ehemaligen Großmeister der Templer gegründet worden war, und obgleich die Bruderschaft während dieser Zeit viele Zwistigkeiten beigelegt oder abgewendet hatte, war es ihr nie gelungen, den zwischen den Christen und den Muslimen herrschenden Krieg zu beenden. »Wie ich gehört habe, sind die Herrscher des Westens zu sehr in ihre eigenen Dispute verstrickt, um Jacques' Wünschen nachzugeben.«

»Wie sehen dann Eure Pläne für die Anima Templi aus? Stimmt Ihr mir zu – sollte ein Abgesandter gen Osten geschickt werden?«

»Offen gestanden hatte ich noch nicht die Zeit, um eingehender darüber nachzudenken, Elias.« Will ballte auf dem Tisch eine Faust. »Mich haben andere Dinge beschäftigt.« Das Bild eines kalten, unbewegten Gesichtes mit grauen Augen, die ihn zu verhöhnen schienen, stieg vor ihm auf. Während der letzten beiden Tage seit der Besprechung im Ordenshaus waren seine Gedanken ständig um König Edward gekreist. Sein Gesicht und sein Name bildeten dunkle Wolken in seinem Inneren, die alles andere verdeckten.

Elias' Augen wurden schmal. »Ich hatte eigentlich gedacht, Zeit wäre das Einzige, worüber Ihr im Übermaß verfügen würdet. Aber wenn man von etwas zu viel hat, kann es sich auch als nachteilig erweisen«, murmelte er halb zu sich selbst.

»Was kann ich denn schon tun?«, begehrte Will auf. »Mehr als die Hälfte der Brüder ist in Akkon gefallen, und die Handvoll, die von uns noch übrig geblieben ist, ist im ganzen Westen verstreut. Der Orden hatte innerhalb von vier Jahren drei Großmeister, die ihn alle in verschiedene Richtungen gelenkt haben. Der momentane Amtsinhaber ist so erpicht auf einen neuerlichen Kreuzzug, dass er kreuz und quer durch alle christlichen Länder gereist ist, um Unterstützung für seinen Plan zu erbitten. Wie kann die Anima Templi unter diesen Umständen ihr Werk fortsetzen? Wir haben keine Basis im Osten mehr, und seit Kalawuns Tod ist der Kontakt zu den Muslimen vollkommen abgerissen. Es ist vorbei.«

»Solange es den Tempel noch gibt, existiert auch seine Seele noch! Everard würde sich in seinem Grab umdrehen, wenn er solche Worte aus dem Mund seines Nachfolgers vernehmen würde! Wie kann unsere Arbeit beendet sein, solange der Osten und der Westen einander immer noch misstrauisch beäugen und auf eine Gelegenheit warten, zurückzuschlagen, ihre Toten zu rächen und ihre Botschaft von Hass und Zerstörung zu verbreiten?« Elias wies mit einer Hand zur Tür. »Wie kann alles vorüber sein, wenn die Angehörigen meines Volkes diese Abzeichen wie ein Brandmal auf dem Rücken tragen müssen? Die Anima Templi wurde gegründet, um Frieden zwischen unseren Glaubensrichtungen zu schaffen. Warum kommen solche Dinge dann immer noch vor?« Er dämpfte seine Stimme ein wenig. »Everard hat Euch eine schwere Last aufgebürdet, unter der Ihr während der Jahre nach seinem Tod fast zusammengebrochen sein müsst. Aber dennoch ist es von immenser Wichtigkeit, dass Ihr als Kopf der Bruderschaft das Werk fortsetzt, das er und andere begonnen haben. Unsere Völker müssen einen Weg finden, in dieser sich ständig verändernden Welt friedlich miteinander zu leben. Frieden zwischen den Nationen ist genauso zwingend notwendig wie Frieden zwischen den Glaubensgemeinschaften, und wir brauchen ihn hier jetzt dringender denn je, seit Frankreich und England im Krieg miteinander liegen und Schottland sich anschickt, in den Konflikt einzugreifen.«

Will hob ruckartig den Kopf. »Schottland?«

Elias nickte. »Eine Delegation aus Edinburgh hat in Paris mit König Philipp gesprochen. Es heißt, dass sich die beiden Königreiche gegen England verbünden werden. Eure Arbeit ist noch lange nicht beendet; im Gegenteil, ich möchte behaupten, sie beginnt gerade erst.« Er stieß zischend den Atem aus, lehnte sich zurück und schlürfte seinen Tee. »Aber Ihr seid ja gerade erst hier angekommen und müsst Euch erst einleben. Euch ein Bild von der Lage hier machen. Dabei kann ich Euch helfen. Wenn Ihr etwas braucht oder wissen müsst, fragt mich nur.« Elias entspannte sich ein wenig. »Und wie geht es Rose?«

Will kratzte an einer Kerbe in der Tischplatte herum. Es beunruhigte ihn, dass sein Heimatland sich jetzt auch in den Konflikt verwickeln ließ. Hier hatte sich so vieles ereignet, auf das er sich noch keinen Reim machen konnte. In Akkon waren Neuigkeiten nur bruchstückhaft zu ihnen durchgedrungen, und auf der Straße hatten sie lediglich widersprüchliche und unvollständige Informationen erhalten. Jetzt erkannte er, wie unsinnig es gewesen war, aber er war davon ausgegangen, dass sich während seiner Abwesenheit nicht viel geändert hatte. Der Gedanke, eines Tages in eine vertraute, stabile Umgebung zurückkehren zu können, hatte ihm in den von Krieg und politischen Verwicklungen erschütterten Wüsten Palästinas und Syriens jahrelang immer neue Kraft verliehen. Nun musste er einsehen, dass er einem Irrglauben aufgesessen war. Erst nach einiger Zeit wurde ihm bewusst, dass Elias auf eine Antwort wartete. »Ich habe Rose noch nicht gesehen, ich wollte sie nach meinem Besuch bei Euch aufsuchen.«

»Dann will ich Euch nicht länger aufhalten.« Elias erhob sich und streckte Will eine Hand hin. Als dieser sie ergriff, legte der Rabbi seine andere Hand fest darüber. »Vergesst nicht, wo Euer Weg hinführt, William. Vergesst nicht, wer Ihr seid und wozu Ihr fähig seid.«

Der Königspalast, Paris
21. Dezember A.D. 1295

Das Gras in den königlichen Gärten war mit Raureif überzogen und knirschte unter Guillaume de Nogarets Reitstiefeln, als er die Rasenfläche überquerte und Obstbäume und frisch gestutzte Eibenhecken hinter sich ließ. Zwei Gärtner fegten herabgefallene Blätter von den Fußwegen. Sie blieben stehen und machten ihm Platz, als er auf eine bogenförmige Öffnung in einer hohen Mauer zuschritt. Dahinter lag ein von Gebäuden umschlossener viereckiger Hof, der das Ende des Palastkomplexes auf der Ile de la Cité bildete. Der größte Teil des Hofes wurde von einer Reihe hölzerner, Miniaturhäusern mit bunt bemalten Fensterläden nachempfundener Hütten eingenommen. Rund um diese Hütten herum verlief ein Zaun, und vor jeder war eine Stange aufgestellt, auf der ein Vogel saß.

Dutzende kleiner, glitzernder Augen folgten Nogaret, als er an den Sitzstangen vorbeiging. Sie gehörten Hühnerhabichten, Sperbern, Zwergfalken, einem Baumfalken und einem Feldeggsfalkenpärchen. Die Hütten wurden aufwändiger, als er zu den Geierfalken kam. Insgesamt hockten zwölf davon auf mit Leinen gepolsterten Holzpflöcken. Ein Weibchen, dessen Federn im Sonnenlicht strahlend weiß glänzten, schoss plötzlich auf ihn zu. Die Glöckchen an ihren Füßen klirrten hell. Nogaret wich zurück. Der Vogel zerrte an seinem Riemen und flatterte wild mit den Flügeln, dann landete er anmutig wieder auf seinem Sitz und schlug die Klauen in das Leinen. Als Nogaret seinen Weg fortsetzte, stieß das Geierfalkenweibchen einen Schrei aus, der wie Hohngelächter klang. Der Minister beschleunigte seine Schritte. Sein Blick heftete sich auf eine Gruppe von Menschen vor ihm. Ein junger Mann mit hellbraunem Haar, der die anderen um einiges überragte, drehte sich zu ihm um. Auf seinem von einem Lederhandschuh geschützten Handgelenk saß ein Wanderfalkenweibchen mit angelegten pulvergrauen Schwingen. Als Nogaret stehen blieb und sich verneigte, richteten sich zwei Augenpaare auf ihn – ein goldberingtes, schwarzes über einem scharfen Schnabel und ein eisblaues, weit auseinanderliegendes, das ein ungewöhnlich attraktives Gesicht beherrschte.

»Was hat Euch so lange aufgehalten?«

»Ich bitte um Verzeihung, Sire, aber die Straßen waren verschneit und schlecht passierbar.«

König Philipp schien einen Moment lang zu überlegen, ob er diese Entschuldigung gelten lassen sollte. Die anderen Männer waren verstummt. Einer von ihnen, der dasselbe gut geschnittene schwarze Gewand trug wie Nogaret unter seinem Reiseumhang, musterte ihn mit geschürzten Lippen. Nogaret schenkte Pierre Flote, dem Kanzler und Siegelbewahrer des Königs, keine Beachtung und wartete.

Endlich lächelte Philipp leicht, und die gespannte Atmosphäre lockerte sich. »Maiden hat sich eine Schwungfeder gebrochen, aber Monsieur Henri hat sie wieder zusammengeflickt.« Er hob die Faust, woraufhin der Falke einen heiseren Schrei ausstieß und erwartungsvoll die Flügel ausbreitete. »Man muss schon sehr genau hinschauen, um die geklebte Stelle zu sehen, aber dazu müsstet Ihr einen Schritt näher kommen, Nogaret. Keine Angst, sie wird Euch nichts tun. Nicht wahr, Flote?« Philipp lachte auf, und der Kanzler fiel ein.

Nogarets Miene verfinsterte sich. Auf seinem Nacken prangte immer noch die Narbe, die Maidens messerscharfer Schnabel dort hinterlassen hatte. Philipp hatte sie damals für diesen unerschrockenen Angriff auch noch belohnt.

»Monsieur Henri hat sich wirklich selbst übertroffen.« Der König wandte sich an den Mann neben ihm, dessen Kappe ein Büschel Taubenfedern zierte.

Der oberste Falkner lächelte. »Wir lassen sie diese Woche regelmäßig fliegen, Sire, damit sie ihre Kraft zurückgewinnt.«

»Ich möchte, dass sie nach Weihnachten jagdbereit ist«, erwiderte Philipp knapp. Er reichte den Vogel an Henri weiter, der ihn geschickt auf seinen Handschuh nahm und nach seinen Fußfesseln griff. Philipp streifte seinen eigenen Handschuh ab und gab ihn einem Knappen, dann bedeutete er Nogaret und Flote, ihm zu folgen. »Kommt mit. Wir sprechen in meinen Privatgemächern weiter.«

Sie verließen den Hof und gelangten wieder in den Garten. Die zwischen den Rasenflächen verlaufenden Pfade waren so schmal, dass nur zwei Männer nebeneinanderher gehen konnten. Zu Flotes sichtlichem Ärger drängte sich Nogaret an ihm vorbei und an Philipps Seite. »Euer Bruder lässt Euch grüßen, Sire. Er wird Euch in Kürze das Vermögen zukommen lassen, das wir bislang zusammengetragen haben.«

»Ist unser Plan aufgegangen?«, fragte Philipp. Nogaret, der einen Kopf kleiner war als der König, hatte Mühe, mit ihm Schritt zu halten. »Wie viel haben uns die Verhaftungen und Beschlagnahmungen denn eingebracht?«

»Unseren Schätzungen nach genug, um bis zum Frühjahr nächsten Jahres Soldaten in Guyenne stationieren zu können.«

Philipp blieb abrupt stehen und sah ihn an. »Ist das alles?«

»Ein Großteil des Vermögens in dieser Region steckt in Grundbesitz: Landsitzen, Weinbergen und Ähnlichem. Das zu Geld zu machen dauert seine Zeit.«

Philipp setzte sich wieder in Bewegung. »Ich benötige weit mehr Mittel, wenn ich diese widerspenstige alte Krähe aus meinem Reich vertreiben will. Beim Bau der Flotte ergeben sich große Probleme. Die Schiffsbauer verlangen mehr Geld, um ihre Arbeit beenden zu können.« Als Nogaret etwas darauf erwidern wollte, hob Philipp eine Hand. »Nein, ich muss nachdenken.« Mit gerunzelter Stirn stieg er die Stufen zu den königlichen Gemächern empor. Die Wächter auf dem Treppenabsatz stießen die Türen auf, um ihn einzulassen. »Was Ihr mir berichtet habt, war ganz und gar nicht das, was ich hören wollte.«

»Wir könnten auf einigen Gebieten der Staatsausgaben Kürzungen vornehmen, Sire«, schlug Flote vor. Er beschleunigte seine Schritte und hielt sich links von Philipp, als sie einen breiten Gang hinuntergingen.

»Bietet Ihr zu diesem Zweck etwa Euer eigenes Gehalt an?«, fragte Philipp säuerlich, ehe er begann, die Wendeltreppe zu seinem privaten Studierzimmer zu erklimmen.

»Wir müssen Wege finden, die königlichen Schatztruhen zu füllen, statt die Ausgaben zu beschränken oder, schlimmer noch, die gute Arbeit zunichtezumachen, die wir bereits geleistet haben«, warf Nogaret mit einem Blick zu Flote ein. »Ohne ausreichende Geldmittel kann das Reich nicht ausgeweitet werden, und wenn der König keine Möglichkeit hat, seine Macht uneingeschränkt auszuüben, werden ihm die Vasallen, Bischöfe und Prinzen genauso vorsätzlich Steine in den Weg legen, wie sie es bei seinen Vorgängern getan haben.« Nogaret blieb vor der Tür des Studierzimmers stehen und öffnete sie.

Philipp nickte beifällig, als er die sonnendurchflutete Kammer betrat. »Nogaret hat recht. Expansion muss unser vorrangiges Ziel bleiben. Unter der Herrschaft meines Vaters hat die kapetingische Dynastie viel von ihrer Macht eingebüßt. Wenn ich die Autorität wiederherstellen will, die mein Großvater ausgeübt hat, darf ich in meinen Bemühungen nicht nachlassen.«

»Bei allem Respekt, Sire … König Louis hat seine Autorität nicht durch die Annexion von Städten und Bistümern erworben«, widersprach Flote. »Er hat sich den Respekt seiner Untertanen durch Kreuzzüge verdient.«

Nogaret lächelte in sich hinein, als Philipp sich umdrehte und den älteren Minister mit einem eisigen Blick durchbohrte.

»Es heißt doch immer, Anwälte würden zu viel reden. Besser, Ihr widerlegt diese Behauptung, statt sie zu bestätigen, sonst könnte es nicht nur Euer Gehalt sein, das gekürzt wird.«

»Es tut mir leid, Sire. Ich wollte nicht anmaßend klingen.«

Philipp trat an einen Schreibtisch, auf dem Pergamentbögen, Schreibfedern und Tintenfässer, die allesamt unbenutzt wirkten, säuberlich angeordnet waren. Er streifte seinen mit weichem Hermelinpelz gesäumten Winterumhang ab und reichte ihn Flote. Dann ließ er sich auf eine gepolsterte Bank sinken, von der aus er den Garten überblicken konnte, und schlug seine langen Beine übereinander. »Über Bordeaux sprechen wir später. Ich habe beunruhigende Nachrichten erhalten, mit denen ich mich vornehmlich befassen muss.« Seine blauen Augen hefteten sich auf Nogaret. »Vor zwei Tagen ist der Großmeister des Templerordens in der Stadt eingetroffen. Kurz davor haben wir herausgefunden, dass er aufgefordert wurde, sich im Londoner Ordenshaus mit König Edward und einem Abgesandten von Papst Bonifaz zu treffen, einem Mann namens Bertrand de Got.«

»Der Bischof?«

»Ihr kennt ihn?«

»Gewissermaßen. Ich bin ihm in Bordeaux begegnet.« Nogaret berichtete dem König, wie der Bischof versucht hatte, eine der Verhaftungen zu verhindern. »Er könnte uns Probleme bereiten, vor allem, wenn er seine Drohung wahr gemacht und sich an den Erzbischof gewandt hat.«

»Wegen Bertrand mache ich mir keine Sorgen. Ich hatte schon mit ihm zu tun, er ist nur bestrebt, so viele Kirchenämter wie möglich mit Mitgliedern seiner Familie zu besetzen. Für andere Dinge bringt er wenig Interesse auf. Der Mann ist ein gieriger kleiner Blutsauger, der den größten Teil des Jahres seit seiner Ernennung damit verbracht hat, sich beim Papst einzuschmeicheln. Ich glaube nicht, dass uns von seiner Seite ernste Schwierigkeiten drohen, und wenn doch, wird eine fette Pfründe für einen seiner Neffen ihn bei Laune halten. Nein, der Grund für dieses Treffen beunruhigt mich. Ich fürchte, Edward wird versuchen, die Templer in seinen Kampf gegen mich mit einzubeziehen.«

Nogaret zog die Brauen hoch. »Ich wüsste nicht, wie ihm das gelingen sollte. Die Templer unterstehen nicht Edwards Befehl, sondern verantworten sich einzig und allein vor dem Papst.«

»Ganz genau.« Philipp erhob sich. »Deswegen dürfte auch Bertrand de Got als Bonifaz' Vertreter an der Versammlung teilnehmen. Meine Truppen können sich momentan noch gegen die Engländer behaupten, aber gegen die volle Stärke des Ordens?« Er schüttelte grimmig den Kopf.

»Selbst wenn sich die englischen Templer auf Edwards Seite stellen würden, hättet Ihr doch von den hier in Frankreich, den

Seehandelsstaaten, Deutschland und Portugal ansässigen Rittern nichts zu befürchten. Sie sind auf die Spenden und die Privilegien angewiesen, die ihnen die Könige und Prinzen des Westens zugestehen, und wollen sich ihr Wohlwollen erhalten.«

»In diesem Punkt muss ich Nogaret zustimmen«, warf Flote ein.

»Was ist diesen Rittern denn nach dem Ende der Kreuzzüge geblieben?«, hielt Philipp ihm entgegen. »Was sind sie jetzt noch? Eine Armee ohne Ziel, auf der Suche nach einem Krieg, und zwar eine Armee, die mit vereinter Kraft Guyenne innerhalb weniger Wochen einnehmen könnte.«

»Sie können sich aber nicht zu einer vereinigten Armee zusammenschließen«, versetzte Flote. »Die Hälfte des Ordens ist vorübergehend auf Zypern stationiert, die andere Hälfte in der gesamten christlichen Welt verstreut. Seit dem Fall Akkons haben sie ihre Energie weitgehend darauf verwandt, ihre Monopolstellung im Wollhandel auszuweiten, und so weit wir wissen, ist Jacques de Molay hierhergekommen, um den westlichen Herrschern einen neuerlichen Kreuzzug schmackhaft zu machen, nicht, um den Krieg eines englischen Königs zu führen.«

»Trotzdem möchte ich mich vergewissern, dass ich von ihnen nichts zu befürchten habe. Die Templer mögen sich vielleicht weigern, für Edward in den Kampf zu ziehen, aber er könnte sie dazu bringen, ihn finanziell zu unterstützen. Ich weiß, dass er unbedingt auch weiterhin in der Gascogne starke Präsenz zeigen will, und die Revolte in Wales muss seine Schatzkammern erheblich belastet haben.«

»Und was ist, wenn sie ihm wirklich ihre Hilfe zusagen?« Nogaret runzelte die Stirn.

»Dann muss ich das Geld für meine Flotte anderswo auftreiben. Vielleicht werde ich in diesem Fall meine Pläne für einen Einmarsch in England vorantreiben.« Philipp drehte sich zu Nogaret um. »Ihr werdet nach London reisen. Ich werde dafür sorgen, dass Ihr so bald wie möglich aufbrechen könnt, damit Ihr vor Jacques de Molay dort eintrefft. Findet den Grund für dieses Treffen heraus.«

»Wäre dafür nicht einer unserer Kundschafter wesentlich geeigneter?« Nogaret missfiel die Vorstellung, dass er, der persönliche Rechtsberater des Königs und ehemalige Professor einer der angesehensten Universitäten Frankreichs, wie ein billiger kleiner Spion in London herumschnüffeln sollte. Er musterte Flote nachdenklich, fragte sich, ob dieser Vorschlag vielleicht von ihm stammte. Doch der Kanzler wich seinem Blick aus.

»Nein«, erwiderte Philipp schroff. »Ich brauche diese Informationen so schnell wie möglich. Nach Eurer Ankunft in London begebt Ihr Euch sofort zum Königspalast in Westminster. Sagt, Ihr wolltet meine Schwiegermutter aufsuchen, Ihr hättet eine dringende Botschaft von ihrer Tochter für sie. So müsstet Ihr die Formalitäten eines offiziellen Besuchs eigentlich umgehen können, obwohl ich bezweifle, dass irgendjemand Euch erkennen und Verdacht schöpfen wird. Sie soll so viel wie möglich über das geplante Treffen und seine Hintergründe herausfinden.«

»Das könnte schwierig werden, da König Edwards Bruder die Engländer in Bayonne befehligt. Vielleicht weiß die Königinmutter überhaupt nichts.«

»Sie gehört dem königlichen Hof an, Nogaret. Ihr Gemahl ist sicherlich nicht ihre einzige Informationsquelle.«

Ehe Nogaret etwas darauf erwidern konnte, klopfte es an der Tür. Ein Sekretär erschien. »Die schottischen Abgesandten wollen in Kürze abreisen, Sire.«

»Ich bin gleich bei ihnen.«

»Schottische Abgesandte?«, fragte Nogaret, als der Sekretär die Tür wieder hinter sich geschlossen hatte.

»Sie sind während Eurer Abwesenheit eingetroffen; sie sind auf der Suche nach Verbündeten im Kampf gegen Edward, der ständig die Grenzen ihres Reiches verletzt. Vor zwei Monaten habe ich einen Vertrag unterzeichnet, der ihnen meine Hilfe zusichert.«

»Die Schotten sind ein Volk von Barbaren«, versetzte Nogaret verächtlich. »Sie hausen immer noch in Lehmhütten und streiten darum, wer ihre unzähligen Clans anführen soll.«

»Das mag sein, aber sie sind auch Edwards Feinde, was sie zu meinen Verbündeten macht. Sie werden ihn in Kämpfe an den Grenzen seines Königreichs verstricken, während ich seine hier stationierten Truppen zurückdränge. Wenn seine Armee auf diese Weise aufgerieben wird, dürfte er sich in der Gascogne nicht mehr lange halten können. Edward hat mit Sicherheit von diesem Bündnis erfahren, was genau der Grund für das Treffen mit den Templern sein könnte – weshalb diese Angelegenheit auch Vorrang vor Eurem Wirken in Bordeaux hat.« Philipp holte tief Atem. »Und jetzt lasst mich allein, ihr Herren. Ich möchte mich noch umkleiden, bevor ich mich von unseren Barbarenfreunden verabschiede.«

Nachdem die Minister den Raum verlassen hatten, trat Philipp zu einem mannshohen silbernen Spiegel, nahm seinen goldenen Stirnreif ab und legte ihn auf den Schreibtisch. Dann löste er den silberbeschlagenen Gürtel, der sein weinrotes Gewand zusammenhielt, und streifte es von seinem muskulösen Oberkörper. Dabei hielt er den Blick die ganze Zeit auf die schimmernde Fläche des Spiegels gerichtet und betrachtete sich mit so kühler Teilnahmslosigkeit, als beobachte er einen Fremden. Unter dem Gewand trug er ein härenes Hemd. Das eng anliegende Kleidungsstück war aus rauem Ziegenhaar gefertigt und verströmte einen scharfen Geruch, der sich verstärkte, wenn er schwitzte. Ihm fiel auf, dass das Gewebe etwas abgewetzt wirkte, deshalb nahm er sich vor, bei seinem Schneider ein neues Hemd in Auftrag zu geben. Er trug es jeden Tag, und das steife Haar wurde im Laufe der Zeit so weich, dass es seinen Zweck nicht mehr erfüllte. Als er die ledernen Schnüre löste und das Hemd lockerte, verspürte er eine solche Erleichterung, dass er all seine Willenskraft aufbieten musste, um es sich nicht mit Gewalt vom Leibe zu reißen. Betont langsam schnürte er es weiter auf, zog es aus und legte es neben sein Gewand. Dann begutachtete er im Spiegel das Ergebnis der Buße dieses Tages. Seine Haut war rot und wirkte entzündet. Als er sich zur Seite drehte, entdeckte er frische Bissspuren der Läuse, die sich in dem Kleidungsstück eingenistet hatten. Sein Rücken war von einem Narbenmuster überzogen. Einige waren alt und silbrig weiß, andere frischer und verschorft, wenn seine Haut unter der Geißel aufgeplatzt war. Sie verliefen von seinen Schulterblättern bis zum Bund seiner Hose, unter dem sie verschwanden. Vom Hals aufwärts war Philipps Haut hell, glatt und ebenso unversehrt wie sein Gesicht. Er fand den Kontrast faszinierend; es war, als gehörten Kopf und Körper zwei verschiedenen Menschen.

Einen Moment lang blieb er mit bloßer Brust am Fenster stehen und sog die kühle Luft in tiefen Zügen ein. Sein Blick schweifte über den Garten, in denen einige Männer eifrig arbeiteten, wie er zufrieden registrierte. Philipp, der mit siebzehn Jahren den Thron bestiegen hatte, hatte anfangs befürchtet, seine Dienstboten würden ihm nicht so bereitwillig und widerspruchslos gehorchen wie seinem Vater oder seinem Großvater, und obwohl er seit zehn Jahren herrschte, fragte er sich manchmal immer noch, ob sie ihn wirklich respektierten. Aus diesem Grund hatte er sich auch mit Ministern wie Nogaret umgeben, die ihm altersmäßig näher standen und denen er sich überlegen fühlte.

Eine Bewegung direkt unter ihm erregte seine Aufmerksamkeit. Eine Frau eilte über den Hof auf das Dienstbotentor in der Palastmauer zu. Mit einer Hand raffte sie ihre Röcke, damit sie nicht über den Boden schleiften. Die Art, wie sie immer wieder verstohlen über ihre Schulter spähte, erweckte Argwohn in ihm. Die Frau schlüpfte zum Tor hinaus, wurde einen Moment lang von der hohen Außenmauer verdeckt und tauchte dann am dahinter liegenden Flussufer wieder auf. Sie hatte ihre Haube abgenommen, sodass ihr goldenes Haar ihr lose um die Schultern fiel. Philipp runzelte die Stirn, als er den Mann sah, der auf dem schmalen Uferstreifen auf sie wartete. Er ging auf die Zofe zu und umarmte sie. Als sie sich mit einem Blick auf den Palast hastig von ihm losmachte, konnte er ihre Gesichtszüge deutlich erkennen. Philipp prägte sie sich genau ein, dann wandte er sich vom Fenster ab. Er würde mit dem Haushofmeister sprechen und die Frau wegen unschicklichen Betragens entlassen lassen. Dienstboten, die gegen die Regeln verstießen, säten im ganzen Haushalt die Saat des Ungehorsams, das hatte ihn sein Vater gelehrt. Philipp hatte das, was sein Vater, ein schwacher, richtungsloser Mann, ihm gesagt hatte, selten beherzigt, aber dieser Rat war ihm im Gedächtnis haften geblieben. Der königliche Haushalt war das Spiegelbild seiner selbst. Was sich seine Dienstboten zuschulden kommen ließen, fiel auf ihn zurück, und er würde nicht dulden, dass sein guter Ruf in den Schmutz gezogen wurde. Er war der Enkel von Louis IX. Seine Untertanen sollten nur seine Größe sehen. Philipp griff nach dem härenen Hemd, streifte es über und ignorierte das unangenehme Kratzen, als er die Schnüre festzog.

Die Ufer der Seine, Paris
21. Dezember A.D. 1295

Über eine Stunde war verstrichen, seit er den Grand Pont überquert hatte, der zum Ufer der Ile führte. Will begann allmählich daran zu zweifeln, dass seine Botschaft ihre Empfängerin überhaupt erreicht hatte. Die Palastmauern ragten steil und abweisend vor ihm auf. Dramatische Veränderungen waren hinter ihnen vorgegangen. Zwei neue Türme flankierten ein mächtiges Tor. Hinter den Mauern waren außer den Gebäuden, die die königlichen Gemächer und die Verwaltungsräume beherbergten, noch eine Vielzahl weiterer Bauwerke entstanden. Am hinteren Ende des Komplexes erhob sich die majestätische Sainte-Chapelle. Diese Kapelle, die Louis IX. hatte erbauen lassen, um ein Fragment der Dornenkrone Christi darin aufzubewahren, war das Einzige, was diesem Ort, der Will noch unzugänglicher und festungsgleicher vorkam als je zuvor, einen Hauch von Schönheit verlieh.

Als er sich umblickte, sah er ein Mädchen das schlammige Ufer entlanglaufen. Will stockte der Atem, als sie näher kam und er seinen Irrtum bemerkte, denn sie war kein Mädchen mehr, sondern eine erwachsene Frau. Die weiße Tunika, die sie über einem Leinengewand trug, war eng geschnitten und betonte ihre Größe und ihre schlanke Figur. Ihr goldenes Haar flatterte in dem vom Wasser herüberwehenden Wind. Ihr blasses Gesicht wirkte eine Spur zu hager, die hohen Wangenknochen betonten das energische Kinn. Der Anblick dieses Antlitzes, in dem sich vertraute und fremde Züge mischten, löste einen ziehenden Schmerz in seiner Brust aus.

»Rose.«

Sie blieb wie erstarrt stehen. Er trat auf sie zu und zog sie an sich. Ihr Haar fühlte sich weich an und roch nach Holzrauch. Es war zwei Jahre her, seit er sie zum letzten Mal in den Armen gehalten hatte, aber es kam ihm viel länger vor.

»Ich habe mich schon gefragt, ob du überhaupt noch kommst.«

»Ich darf meine Pflichten nicht vernachlässigen«, erwiderte sie; dabei machte sie sich mit einem viel sagenden Blick zum Palast hinüber von ihm los.

Will sog zischend den Atem ein. Er hätte nicht erwarten dürfen, dass sie sich freudestrahlend in seine Arme stürzte, sie hatten sich nicht im Guten voneinander getrennt, und während der Zeit, die er auf Reisen verbracht hatte, hatte er keine Gelegenheit gehabt, mit ihr in Verbindung zu treten. »Wie geht es dir?« Er versuchte, so unbefangen wie möglich zu klingen, hätte die Frage aber am liebsten sofort wieder zurückgenommen. Sie klang so floskelhaft und unpersönlich.

Rose zuckte nur stumm die Achseln.

»Andreas hat mir versichert, man würde dir hier einen guten Posten zuteilen. In seinem Brief stand, er hätte der Königin geschrieben und sie gebeten, etwas Passendes für dich zu finden.«

Will starrte zu Boden; er konnte den Anblick ihres zu einer steinernen Maske erstarrten Gesichts nicht ertragen. »Er versprach mir, all seinen Einfluss aufzubieten, um dafür zu sorgen, dass man sich gut um dich kümmert.«

»Dann muss ja alles gut sein, nicht wahr?«, gab sie schnippisch zurück.

Der Wind wehte ihr eine Haarsträhne über die Schulter, und sie strich sie ungeduldig zurück. Dabei bemerkte Will die Brandwunden an ihrer Hand; die rote, verschrumpelte Haut. Als sie seinen Blick auffing, verschränkte sie die Arme vor der Brust. »Ich wollte mich doch nur davon überzeugen, dass du glücklich bist.« Will hörte selbst, wie hilflos er klang.

Sie gab einen scharfen, höhnischen Laut von sich. »Damit du danach keinen Gedanken mehr an mich verschwenden musst.« Ihre dunkelblauen Augen umwölkten sich zornig. »Damit du dich nicht mehr schuldig fühlen musst, weil du mich fortgeschickt hast.«

Ihre Worte versetzten ihm einen Stich. Er legte ihr die Hände auf die Schultern. Sie war gewachsen. Wie alt war sie jetzt? Siebzehn? Nein, sie musste letzten Monat achtzehn geworden sein. »Ich weiß, dass die letzten Jahre schwierig für dich gewesen sein müssen, aber …«

»Schwierig? Du hast ja keine Ahnung! Sobald wir in Zypern angekommen waren, hast du mich allein gelassen. Ich habe dich monatelang nicht gesehen!«

»Was hätte ich denn tun sollen?«, gab Will ruhig zurück. »Auf dem Schiff haben dich die Leute einfach nur für eine weitere aus Akkon gerettete Waise gehalten, aber nachdem wir Zypern erreicht hatten, blieb mir nichts anderes übrig, als mich von dir zu trennen.« Er blickte auf die still neben ihnen her fließende grüne Seine hinweg. »Ich wäre aus dem Orden ausgestoßen worden, wenn meine Mitbrüder erfahren hätten, dass ich eine Tochter habe.« Er sah Rose wieder an. »Aber ich habe dafür gesorgt, dass sich jemand um dich kümmert.«

Sie schnaubte nur verächtlich.

Wills Züge verhärteten sich. »Ich habe getan, was ich konnte. Du hattest bei Elias ein gutes Leben.«

»Ja! Und dann hast du mich gezwungen, nach Paris zu kommen!«

»Elias sagte mir, dass er sich hier niederlassen wollte, und Großmeister de Molay begann gleich nach seiner Wahl seine Reise durch die christlichen Länder vorzubereiten. Ich konnte dich nicht ganz allein in Limassol zurücklassen. In Paris warst du am besten aufgehoben. Ich wusste, dass Andreas seine Beziehungen zur Königsfamilie nutzen würde, um dir Arbeit zu verschaffen.« Will schüttelte den Kopf. »Andere Kinder, die das Massaker von Akkon überlebt haben, hatten nicht so viel Glück, Rose. Sie haben beide Elternteile verloren und waren gezwungen, auf den Straßen zu betteln. Oder Schlimmeres zu tun.«

»Ich weiß, wie sie sich gefühlt haben müssen. Ich habe ja auch meine Eltern verloren.«

Will zuckte zusammen, als hätte sie ihn geschlagen. Er schwieg, als sie sich halb von ihm abwandte und ihre Wangen sich röteten. Obwohl er die Worte nicht aussprechen wollte, konnte er nicht an sich halten. »Was soll das heißen?«

»Nichts«, murmelte Rose.

»Ich will wissen, was du damit gemeint hast!«

Rose fuhr zu ihm herum. »Ich habe damit gemeint, dass auch meine Eltern in Akkon gestorben sind. Alle beide!«

Einen Moment lang blickte Will ein anderer Mensch aus diesen stürmischen meerblauen Augen an, verspottete ihn, und in diesem Augenblick hätte er Rose am liebsten geschlagen, diese Frau vor ihm, die eigentlich gar keine Frau sein dürfte; die ohne ihn zu dem perfekten Ebenbild ihrer Mutter herangewachsen war. Sein Fleisch gewordener Schmerz, die Erinnerung an einen furchtbaren Verrat, deren blaue Augen weder die seinen noch die ihrer Mutter waren, sondern die eines Mannes, dessen Namen er nicht auszusprechen vermochte.

Rose wandte sich ab und ging davon. Will trat einen Schritt vor und streckte eine Hand aus, wie um sie zurückzuhalten, ließ sie aber wieder sinken, als die Entfernung zwischen ihnen zu groß wurde. Er wartete, doch sie drehte sich nicht mehr um, sondern huschte durch das Dienstbotentor des Palastes und verschwand. Will hob den Kopf und starrte zum Himmel empor, bis das Sonnenlicht ihn blendete.

Als er den Grand Pont überquerte und zum Ordenshaus zurückging, hörten die schwarzen Pünktchen allmählich auf, vor seinen Augen zu tanzen. Er schlenderte gerade durch die Unterkünfte der Ritter, als Hugues und Robert ihn aufhielten.

»Wir müssen miteinander reden«, sagte der Visitator.

Robert musterte den zusammengefalteten Umhang unter Wills Arm mit einem erstaunten Stirnrunzeln.

»Kommt.« Hugues hatte Roberts Blick nicht bemerkt. Er ging voraus und betrat das Haus, in dem die hochrangigen Templer untergebracht waren, dann stieg er die Treppe zu seiner Kammer empor. »Wir haben nicht viel Zeit. Bald läutet es zur Non, und Jacques will während des Gottesdienstes eine Ansprache halten.« Er schloss die Tür hinter sich. »Heute Morgen erhielt ich eine Nachricht von unserem Bruder in London. Direkt nachdem der Großmeister aufgefordert wurde, sich zu diesem Treffen dort einzufinden, bat ich Thomas herauszufinden, was dahintersteckt.« Hugues presste die Lippen zu einem schmalen Strich zusammen. »Wie es aussieht, will der Papst einen Zusammenschluss der Templer und der Hospitaliter erwirken. Der Plan sieht vor, beide Orden als vereinte Macht in das Heilige Land zurückzuschicken. Dieser neue Kreuzzug soll von uns gemeinsam finanziert werden.«

Will zog die Brauen zusammen, schüttelte aber den Kopf. »So weit wird es nie kommen.«

»Woher willst du das wissen?«, widersprach Robert scharf.

Will warf ihm einen schwer zu deutenden Blick zu, dann wandte er sich wieder an Hugues. »Weiß Jacques Bescheid?«

»Ich habe heute Morgen mit ihm gesprochen; habe behauptet, ich hätte es von dem Meister von England erfahren, was ja teilweise sogar der Wahrheit entspricht. Thomas hat eine an den Meister gerichtete Botschaft von König Edward abgefangen, die auf die Absichten des Papstes anspielt. Edward wurde scheinbar aufgefordert, an dem Treffen teilzunehmen, weil er über großen Einfluss verfügt und enge Beziehungen zum Templerorden unterhält. Wahrscheinlich will der Papst ihn dazu bringen, ihm den Rücken zu stärken.«

»Und wie hat Jacques darauf reagiert?«

»Jacques ist ein glühender Befürworter eines neuen Kreuzzugs und bereit, einen hohen Preis dafür zu entrichten. Ich fürchte, er würde noch nicht einmal davor zurückschrecken, den Orden finanziell zu ruinieren, um seinen Traum zu verwirklichen. Aber er will bei einem solchen Unternehmen das alleinige Sagen haben. Niemals wird er mit den Hospitalitern zusammenarbeiten, und ich kann ihm keinen Vorwurf daraus machen. Vom militärischen Standpunkt aus betrachtet wäre das eine Katastrophe. Jegliche Hoffnung, eine Versöhnung unserer beiden Orden herbeizuführen, wurde vor Jahren endgültig zunichtegemacht.«

Will wusste, dass Hugues sich auf die Belagerung der Hospitaliterfestung in Akkon durch die Templer bezog, die nach einem Streit zwischen rivalisierenden königlichen Lagern erfolgt war. Sie lag inzwischen mehrere Jahrzehnte zurück, doch die Hospitaliter hatten ihnen nie verziehen. Seither hatten Templer und Hospitaliter bei jeder Unstimmigkeit zwischen den westlichen Mächten im Heiligen Land gegensätzliche Positionen bezogen. Nur einmal hatten beide Orden auf einer Seite gestanden – beim Fall Akkons, als die beiden Großmeister gemeinsam in den Kampf gegen die Mamelucken geritten waren. Aber Will bezweifelte, dass es in dieser unübersichtlichen Arena westlicher Politik, in der es keine klaren Fronten gab und Bündnisse oft auf Sand gebaut waren, noch einmal zu einer solchen Union kommen würde. Zu viele Hospitaliterritter erinnerten sich an die grausamen Geschichten von Brüdern, die die Templer angefleht hatten, ihre Toten, Verwundeten und Dahinsiechenden aus der Festung hinausschaffen zu dürfen, und nur mit Hohn und Spott überschüttet worden waren. Umgekehrt hatten die Templer stets darauf beharrt, im Recht gewesen zu sein, und behauptet, die Hospitaliter würden sich nicht aus Rachegelüsten einer Versöhnung widersetzen, sondern den Zwist bewusst fortführen, weil sie hofften, dadurch die Herrschaft über Templergebiete zu erlangen und die Hände auf das Vermögen des Ordens legen zu können. Unter diesen Umständen war eine Vereinigung beider Orden äußerst unwahrscheinlich, wie Hugues richtig erkannt hatte.

»Aber was ist, wenn Papst Bonifaz es ausdrücklich befiehlt?«, fragte Robert den Visitator.

»Dann könnte es zu ernsthaften Auseinandersetzungen kommen. Aber da er lediglich einen Bischof zu seinem Vertreter bestimmt hat, liegt der Schluss nah, dass er dieser Angelegenheit im Moment noch keine große Bedeutung beimisst. Vielleicht will er erst einmal nur ausloten, wie wir auf einen solchen Vorschlag reagieren? Während deines Aufenthalts in Rom hat er kein Wort darüber verloren, nicht wahr, Will?«

»Nein«, bestätigte Will. »Aber das ist nicht weiter verwunderlich. Papst Bonifaz' Wahl stieß nicht bei allen Mitgliedern des Heiligen Kollegiums auf Zustimmung, und während unserer Zeit dort war er fast ausschließlich damit beschäftigt, seine Rivalen versöhnlich zu stimmen. Jacques war monatelang unterwegs, hat den König in Neapel und unsere Ordenshäuser in Venedig und Genua besucht, deswegen haben wir Seine Heiligkeit insgesamt nur ein paarmal zu Gesicht bekommen.«

»Du sagtest, diese schriftliche Aufforderung kam von Edward«, meinte Robert nachdenklich. »Das kann doch nur bedeuten, dass er die Pläne des Papstes unterstützt. Genau das haben wir befürchtet, seit er angefangen hat, von Everard Geld zu verlangen. Der alte Mann war immer der Ansicht, es wäre nur eine Frage der Zeit, bis sich der Ehrgeiz des Königs auf das Heilige Land richtet, und jetzt, wo unser Großmeister darauf brennt, dorthin zurückzukehren…« Robert hob die Schultern. »Verdenken kann ich es ihm nicht. Manchmal lechze ich selbst nach Vergeltung für all das, was uns in Akkon angetan wurde, und manchmal erfüllt mich ein so unbändiger Zorn, dass ich nicht mehr begreifen kann, wie ich jemals einen Muslim als Bruder betrachten konnte.« Er sah seine beiden Gefährten an. »Aber die Kreuzzüge sind vorüber, und das ist gut so, obwohl wir so immense Verluste erlitten haben. König Edward hat sich dem Werk der Bruderschaft verschrieben. Er sollte das Ende der Feindseligkeiten als Möglichkeit nutzen, sich für einen dauerhaften Frieden zwischen dem Osten und dem Westen einzusetzen, statt auf einen neuerlichen Krieg hinzuarbeiten – selbst wenn dies auf das Geheiß des Papstes hin geschieht.«

Will schwieg dazu. Sein Kamerad hatte keine Vorstellung davon, wie weit Edward gehen würde, um seine Ziele zu erreichen. Edward sprach sich nur für Frieden aus, wenn es seinen Zwecken dienlich war. Er ging Bündnisse ein und wurde danach wortbrüchig, ohne sich darum zu scheren, welche Folgen seine Handlungsweise für andere nach sich zog, und er legte dabei eine erschreckende Skrupellosigkeit und Gerissenheit an den Tag.

»Schon als du mich in die Bruderschaft eingeführt hast, hast du Edwards wegen Bedenken gehegt«, sagte Hugues. »Aber in all den Jahren, seit er den Waffenstillstandsvertrag mit den Muslimen unterzeichnet hat, hat er nichts gegen den Osten unternommen. Wieso bist du so sicher, dass er gegen uns arbeitet? Hätte Everard an seinen Absichten gezweifelt, hätte er ihn nie zu unserem Hüter ernannt. Zugegeben, ich habe den alten Priester nie persönlich gekannt, aber eines ist mir während der Zeit, die ich mit unseren Brüdern in Akkon verbracht habe, klar geworden: Everard hat mit ganzem Herzen an die Anima Templi geglaubt und hätte nie etwas getan, was sie in Gefahr bringen könnte.«

»Everard hat einen Fehler gemacht«, versetzte Will leise. »Der Diebstahl des Gralsbuches hätte damals fast unseren Untergang herbeigeführt. Er wollte unsere Macht wieder herstellen und wählte den falschen Mann als Werkzeug. Und das hat er bis zu seinem Tod bereut.«

»Wir wissen nicht, warum Edward an dem Treffen teilnimmt«, fuhr Hugues unbeirrt fort. »Er hatte in der Gascogne Kontakt zu Bertrand de Got. Vielleicht will er sich zu unserem Fürsprecher aufschwingen? Wenn jemand den Papst und den Bischof von ihrem Kurs abbringen kann, dann er.«

Wills Stimme klang stahlhart. »Edward ist nicht unser Verbündeter. Er hat uns wieder und wieder verraten und hintergangen.«

»Inwiefern denn?«, beharrte Hugues. »Was hat er denn schon getan, außer uns um Geld zu bitten, das sehr wohl zu gänzlich unschuldigen Zwecken hätte verwendet werden sollen? Ich habe Everards Aufzeichnungen gelesen, die du mir vor dem Fall von Akkon zugeschickt hast. Darin fanden sich keine Hinweise auf Verrat, nur Everards Furcht, der König hätte nicht nach Frieden gestrebt, als er sich einverstanden erklärte, unser Hüter zu werden, sondern nach einer Geldquelle für einen Krieg gegen Wales gesucht – eine Furcht, die hauptsächlich durch deine Verdächtigungen genährt wurde, wie ich noch anmerken möchte. Doch selbst wenn sie der Wahrheit entsprochen haben, musst du zugeben, dass die Unterwerfung von Wales zwingend notwendig war. Nur weil ein Mann an Frieden glaubt, heißt das noch lange nicht, dass er ihn im Angesicht von Rebellen und Kriegstreibern auch halten kann.«

»Und seine militärischen Aggressionen in Schottland?«, entrüstete sich Will. »Seit Jahren will er die Herrschaft über das Königreich an sich reißen, und dem steht nun, wo er Wales sozusagen unter seinem Absatz zermalmt hat, nichts mehr im Weg.«

»In Schottland herrschte nach König Alexanders Tod Chaos; zu viele einflussreiche Bewerber kämpften um den Thron. Edward hat ihnen seine Hilfe angeboten.«

»Ja, indem er versucht hat, seinen fünfjährigen Sohn mit Alexanders Erbin zu verheiraten, womit England die wahre Macht hinter dem Thron geworden wäre!«

»Und wenn das Mädchen am Leben geblieben wäre, wären die beiden Königreiche jetzt durch diese Verbindung in Frieden vereint.« Hugues schüttelte den Kopf, als Wills Augen kampfbereit aufleuchteten. »Wenn die Schotten Edward nicht getraut hätten, hätten sie ihn nicht nach dem Tod der Kindkönigin zu ihrem Oberherrn ernannt. Seitdem versucht er, in dem Reich für Ordnung zu sorgen; befestigt Burgen und stationiert Garnisonen in Städten, wo die Spannungen zwischen den rivalisierenden Familien am stärksten sind. Und wie danken die Schotten es ihm? Sie hätten verhandeln und ihre Differenzen so beilegen können. Stattdessen haben sie einen Pakt mit seinem Feind geschlossen.«

»Wann bist du eigentlich zu einem Engländer geworden?« Robert musterte seinen Freund kopfschüttelnd.

»Ich versuche nur, die Sachlage von Edwards Standpunkt aus zu betrachten«, erwiderte Hugues ruhig. »Und zu begreifen, warum Will ihm so misstrauisch gegenübersteht. Wir sind Brüder, nicht wahr?« Er fixierte die beiden aufgebrachten Männer vor ihm. »Wir stehen auf derselben Seite. Ich will nur den Orden um jeden Preis vor Schaden bewahren. Die Zeiten sind unsicher. Unser Großmeister will einen neuen Kreuzzug führen, und der Papst wünscht, dass wir uns mit unseren Rivalen zusammentun. Beides könnte verheerende Folgen für uns haben. Jacques will gleich nach dem Weihnachtsfest nach London aufbrechen. Wir drei begleiten ihn, ich habe bereits alles arrangiert.«

»Wir begleiten ihn?«, wiederholte Will.

»Ja, und ich denke, wir sollten uns daran gewöhnen, Edward als unseren Freund zu betrachten.«

»In diesem Fall ist die Diskussion für mich beendet.« Will wandte sich ab und ging zur Tür.

Hugues starrte ihm nach. Sein Gesicht rötete sich vor Zorn. »Bleibt stehen, Kommandant! Wie könnt Ihr es wagen, so eigenmächtig …«

Weiter kam er nicht, denn Will fuhr so heftig zu ihm herum, dass Hugues unwillkürlich zurückwich. »Wir haben über Angelegenheiten der Anima Templi gesprochen. Deren Kopf ich bin, falls du es vergessen hast. Wenn ich ein Gespräch für beendet erkläre, dann ist es beendet!«

»Zur Hölle mit ihm«, murmelte Hugues, als Will den Raum verließ. Robert öffnete den Mund, doch der Visitator gebot ihm mit erhobener Hand Schweigen. »Nein, Robert, nimm ihn nicht in Schutz. Wenn er noch einmal in einem solchen Ton mit mir spricht, dann lasse ich ihn aus dem Orden ausschließen!«

4

Neuer Tempel, Ordenshaus London
7. Januar A.D. 1296

Die Stadt stand in Flammen. Schwarze Rauchsäulen stiegen zum Morgenhimmel auf und verdunkelten die Sonne. Von Katapulten abgefeuerte riesige Steingeschosse durchschlugen die Mauern und zermalmten die darauf kämpfenden Männer. Staubverschmierte Frauen und Kinder drängten sich auf der Hafenmauer und rangen um einen Platz in den wenigen Booten, um zu den vor dem Hafenbecken ankernden Galeeren zu gelangen. Will trieb sein Pferd an und bahnte sich rücksichtslos einen Weg durch die Masse von Leibern. Seine Aufmerksamkeit konzentrierte sich einzig und allein auf eine Gestalt in der Ferne, die sich über die östliche Mole schleppte.

Es war immer Edward, der die Fäden gezogen hat. Und ich habe schlaff in seinem Griff gehangen, während all meine Träume zunichtegemacht wurden und sich die seinen erfüllt haben.

Will setzte sich auf, als Garins bittere Worte in seinem Kopf widerhallten. In seiner Brust hatte sich ein Druck aufgebaut, der ihm das Atmen erschwerte.

Ich war schon so lange Edwards Marionette, dass ich sogar dann noch nach seiner Pfeife tanzte, als er längst keine Kontrolle mehr über mich hatte.

Er stand auf, durchquerte den leeren Schlafsaal, trat an das Fenster, stützte die Hände auf das Sims und blickte über eine viereckige, von Kreuzgängen gesäumte Rasenfläche hinweg. Der morastige Geruch der nahe gelegenen Themse wehte zu ihm herüber. Das Londoner Ordenshaus barg unzählige Erinnerungen für ihn, aber sie waren schwächer, weniger greifbar als die, die ihn in Paris heimsuchten. Er hatte nur zwei Jahre im Neuen Tempel verbracht, doch der Umstand, dass er hier seinen Vater zum letzten Mal gesehen hatte, löste einen leisen, wehmütigen Schmerz in ihm aus. Ihm war, als würde er die Stationen seines Lebens in umgekehrter Reihenfolge passieren: erst Paris, dann London. Er musste an Schottland und seinen Geburtsort denken. Der Brief von seiner Schwester Ysenda steckte noch immer in seinem Reisesack. Sowohl sie als auch seine ältere Schwester Ede waren, soweit er wusste, noch am Leben.

Drei Templersergeanten liefen über den Rasen. Ihre schwarzen Tuniken schlotterten an ihren schmalen Körpern, deren Muskeln noch nicht von Arbeit oder Kämpfen gestählt waren. Er war einst genau wie sie gewesen, grün hinter den Ohren, von Ehrfurcht gegenüber den Rittern erfüllt, die ihm in ihren strahlend weißen Mänteln wie Racheengel erschienen waren. Er erinnerte sich an viele Tage, an denen er Simon im Stall geholfen oder mit Garin an seiner Seite Runden um das Übungsfeld gedreht hatte. Es kam ihm so vor, als gehörte diese Zeit einem anderen Leben an.

Als die Glocke zu läuten begann, beschleunigten die Sergeanten ihre Schritte und verschwanden in dem Kreuzgang. Will ging zu seiner Pritsche zurück, bückte sich, zog seinen Reisesack darunter hervor und wog ihn einen Moment lang in der Hand.

Es ist vorbei, Will. Begreifst du das denn nicht? Es ist vorbei, für uns beide. Wir haben alles verloren. Jetzt können wir nur noch sterben.

Als Garins Stimme nicht verstummen wollte, griff er in den Sack. Seine Finger schlossen sich um einen harten Gegenstand, der in ein sauberes Hemd eingewickelt war. Langsam löste er die Stoffschichten und förderte ein Messer zutage. Er hatte es gestern Abend, als die meisten Männer dem Vespergottesdienst beigewohnt hatten, aus der Küche des Ordenshauses entwendet. Niemand hatte ihn wegen seiner Verspätung gerügt, als er in die Kapelle gehuscht war. Der Ordensmeister von England und sein Stellvertreter waren damit beschäftigt gewesen, den Großmeister willkommen zu heißen, und falls einer der Ritter etwas gemerkt hatte, hatte er es für sich behalten. Schließlich bekleidete er, Will, den Rang eines Kommandanten. Er fuhr mit der Fingerspitze über die Klinge. Sie war lang und schmal und hatte einen stabilen hölzernen Griff. Die Waffe ließ sich mühelos in seinem Ärmel verbergen. Niemand würde merken, wenn er sie zückte.

Garin war eine Schachfigur gewesen, eine gefährliche zwar, aber trotzdem nur eine Figur, die von dem eigentlichen Spieler Edward über das Brett geschoben wurde, und dieser Spieler hatte mit jedem Zug gewonnen. Er dachte an den Mord an Owein in Honfleur zurück, an seine eigene Demütigung in einem Pariser Freudenhaus, den Hinterhalt, in den er außerhalb von Mekka gelockt worden war, und an das Feuer in Andreas' Haus. Edward hatte sich selbst nie die Hände schmutzig gemacht, dennoch war er die treibende Kraft hinter Garins Taten gewesen. Er hatte getötet, Komplotte geschmiedet und gelogen, um sich das zu verschaffen, was er wollte, und das alles unter einem Mantel der Ehre, von dem sich sogar Everard hatte täuschen lassen. Edwards wegen hatte Will fast alles verloren, was ihm im Leben lieb und teuer gewesen war. Und nun würde Edward dafür bezahlen.

Als die *Phönix* aus dem Hafenbecken von Akkon gesegelt war und die in Trümmern liegende Stadt hinter sich gelassen hatte, hatte er Rache geschworen. Damals hatte ein helles Feuer in ihm getobt, das aber im Lauf der Jahre zu grauer, kalter Asche niedergebrannt war, die sein Denken und Tun vergiftete. Nach seiner Rückkehr in den Westen war dieses Feuer erneut aufgeflammt, und nun, so nahe bei dem Machtsitz des Königs und dem Mann selbst, loderte es heißer denn je.

Wills Finger krochen auf den Griff des Messers zu; bereit, sich darum zu schließen. Doch kurz bevor sie es berührten, hielt er inne, stieß zischend den Atem aus, den er unbewusst angehalten hatte, wickelte das Messer mit einem gemurmelten Fluch wieder in das Hemd und schob es in den Sack zurück. Er würde es später in die Küche zurückbringen, ehe jemand es vermisste.

Die Tür wurde aufgestoßen, und Robert betrat den Raum. »Was tust du denn hier?«

Will beförderte den Sack mit einem Fußtritt unter die Pritsche. »Nichts.«

»Hörst du die Glocke nicht?«

Erst jetzt nahm Will das monotone Läuten draußen im Hof bewusst wahr.

»Er ist da«, teilte ihm Robert grimmig mit. »Du solltest jetzt kommen.«

Will nickte wortlos, warf einen letzten Blick auf seine Pritsche und verließ dann hinter Robert den Schlafsaal.

Der Haupthof des Londoner Ordenshauses, der zur Akeman Street führte, wimmelte von Männern. Ein paar Pferde, die kostbare Schabracken trugen, wurden zu den Ställen geführt. Plötzlich blieb Will wie erstarrt stehen. Edward schritt an der Seite des Großmeisters direkt auf ihn zu.

Auch bei Wills Kameraden hatte das Alter Spuren hinterlassen, aber sie ließen sich nicht mit dem vergleichen, was die Jahre dem englischen König angetan hatten. Sie hatten den hochmütigen jungen Mann, den Will vor dreiundzwanzig Jahren zuletzt gesehen hatte, aufgezehrt und bis zur Unkenntlichkeit verändert. Seinen athletischen Körperbau und seine beeindruckende Größe hatte er sich bewahrt, aber damit endete jegliche Ähnlichkeit mit seinem einstigen Selbst. Sein einst dunkles Haar schimmerte jetzt, mit sechsundfünfzig, so weiß wie eine Schwanenfeder, sein silberner, kurz gestutzter Bart verlieh seinen Zügen eine übermäßige Härte, und sein linkes Augenlid hing noch stärker herab als früher. Er bewegte sich etwas steif, dennoch gelang es ihm, den Eindruck zu erwecken, es an Körperkraft und Energie mit all den jüngeren Männern ringsum aufnehmen zu können.

Als Edward samt seinem Gefolge von Leibwächtern und Ratgebern näher kam, fiel sein Blick auf Will. Einen Moment lang spiegelte sich auf seinem Gesicht keinerlei Zeichen des Wiedererkennens wider, doch dann glomm ein Funke in seinen Augen auf. »Campbell.«

Der Ordensmeister von England, ein jugendlicher, lebhafter, schwarzgelockter Mann namens Brian le Jay, blickte von dem König zu Will, der sich im Gegensatz zu den anderen Rittern nicht vor Edward verneigt hatte. »Kennt Ihr einen unserer Brüder, Mylord?«

»Von früher her.« Edward musterte Will unverwandt. Sein Französisch war perfekt.

Will bemerkte, dass Hugues, der rechts neben Edward stand, ihn mahnend ansah.

»*Verbeug dich*«, formten die Lippen des Visitators stumm.

Alle Augen ruhten jetzt auf ihm. Brian le Jay runzelte tadelnd die Stirn, Hugues' Züge verhärteten sich. Will biss die Zähne zusammen und neigte den Kopf leicht in Edwards Richtung, woraufhin ein kaum merkliches befriedigtes Lächeln um die Mundwinkel des Königs zuckte. Endlich löste sich le Jay aus seiner Erstarrung und ging weiter, und der Moment knisternder Spannung verflog.

»Mylord.« Der englische Ordensmeister bedeutete Edward,

ihm in den Kapitelsaal zu folgen. »Großmeister de Molay erwartet Euch bereits.«

Will hielt sich dicht hinter den beiden Männern und ließ Edward keinen Moment aus den Augen. Der Großmeister saß neben einem kleinen, schmächtigen Mann mit einer Tonsur, bei dem es sich nur um Bertrand de Got handeln konnte, auf einem Podest. Er erhob sich, um Edward zu begrüßen, als dieser zusammen mit Brian und Hugues die Stufen emporstieg und seinen Platz auf einem der freien Stühle einnahm. Die Ritter und königlichen Berater ließen sich auf den vor dem Podest aufgestellten Bänken nieder. Jacques blieb stehen, als die Türen des Kapitelsaals geschlossen wurden.

»Vor fast zweihundert Jahren reiste Hugues de Payns mit acht Ritterkameraden gen Osten. Die ersten Kreuzfahrer hatten Jerusalem für das Christentum erobert, und die Heilige Stadt war zu einer gut besuchten Pilgerstätte geworden. Hier sah Hugues, damals ein junger Edelmann und Vasall des Grafen der Champagne, welchen Gefahren die zahlreichen Christen ausgesetzt waren, die Jerusalem besichtigten. Er fasste den Entschluss, dafür zu sorgen, dass diese Männer ungehindert, ohne Angriffe der Sarazenen fürchten zu müssen, über denselben Sand schreiten konnten, über den einst Christus gewandelt war, und gründete einen Ritterorden, dessen Aufgabe es sein sollte, die Pilger zu schützen.« Jacques' Stimme hallte durch den Saal. Die Männer lauschten der vertrauten Geschichte schweigend. »Hugues de Payns war unser erster Großmeister, und obwohl unser Orden seither auch politisch tätig ist, Handel treibt und mit jedem Jahr an Einfluss gewinnt, so haben wir doch nie unser ursprüngliches Ziel aus den Augen verloren. Wir sind die Beschützer des Heiligen Landes. Deswegen wurde der Templerorden ins Leben gerufen. Und diesem unserem Ziel müssen wir treu bleiben!«

Will war überrascht. Jacques, ein wortkarger Mann, der wie viele andere Brüder des Ordens weder lesen noch schreiben konnte, verfügte normalerweise über keine besonders ausgeprägte

Redegabe. Ihm fiel auf, dass der in der vordersten Reihe sitzende Schreiber des Großmeisters immer wieder beifällig nickte. Vermutlich stammte ein großer Teil der Rede aus seiner Feder.

»Deswegen ist unsere Aufgabe noch lange nicht beendet. Ich bin stolz darauf, der dreiundzwanzigste Großmeister dieses Ordens zu sein, und werde wie alle meine Vorgänger nicht ruhen, bis das Heilige Land aus den Händen der Ungläubigen befreit ist und wieder Gott und der Christenheit gehört.«

Nach diesen Worten brandete Applaus auf. Die Mienen der Männer auf dem Podest spiegelten jedoch gemischte Gefühle wider. Brian le Jay lauschte mit respektvollem Interesse, Hugues starrte gedankenversunken zu Boden, und Bertrand de Got nickte nachdrücklich, während Edwards kühles, unbewegtes Gesicht nichts von dem verriet, was in ihm vorging.

Jacques wandte sich an den Bischof. »Ich glaube, Papst Bonifaz ist in diesem Punkt mit mir einer Meinung.«

Bertrand erhob sich und strich sein Gewand glatt. »Das ist richtig, Master de Molay, und Ihr habt den Wünschen des Papstes höchst beredt Ausdruck verliehen. Aber ich habe lange mit Seiner Heiligkeit darüber gesprochen, und wir sind der Ansicht, dass Eure Männer die ungeheure Aufgabe, den Sarazenen das Heilige Land zu entreißen, nicht alleine bewältigen können. Daher schlägt Papst Bonifaz vor, dass sich die Templer und die Hospitaliter zusammenschließen. Mit vereinter Kraft können diese beiden altehrwürdigen Orden unser großes Ziel leichter erreichen.«

Unwilliges Geraune lief durch die Reihen der Ritter, aber die zornigen Proteste, mit denen Will gerechnet hatte, blieben aus, woraus er schloss, dass die meisten Männer bereits wussten, worum es bei dieser Versammlung ging.

Jacques schwieg einen Moment. »Das ist unmöglich«, sagte er endlich barsch.

Seine abrupte Verwandlung vom gewandten Redner zum schroffen Militärkommandanten verstörte Bertrand sichtlich. »Aber Master de Molay, wir haben uns doch eigens hier zusammengefunden, um über diesen Vorschlag zu diskutieren. Ihr werdet Euch doch sicherlich meine Argumente anhören?«

»Dazu sehe ich keine Veranlassung. Mein Entschluss steht fest. Ich sähe es gern, wenn sich die Hospitaliterritter an einem neuen Kreuzzug beteiligen würden, aber als eigenständiger Orden, so wie es immer gewesen ist.«

»Es sind Befürchtungen laut geworden, dass die zwischen Euch und den Hospitalitern herrschende Rivalität zum Verlust des Heiligen Landes beigetragen haben könnte.« Bertrand hob die Hände, als einige Ritter empört protestierten. »Ich gebe nur wieder, was andere denken.«

»Diese Rivalität war eine Hilfe, kein Hindernis. Sie spornte unsere beiden Orden zu einem Wettstreit an, bei dem wir alle unser Bestes zum Wohle der Christenheit gegeben haben. Auf dem Schlachtfeld stellte die eine Seite die Vorhut, die andere die Nachhut.«

»Das wäre ja jetzt wieder der Fall«, hielt der Bischof ihm entgegen. »Der einzige Unterschied bestünde darin, dass Ihr diesmal unter demselben Banner kämpfen würdet.« Als seine Worte mit eisigem Schweigen beantwortet wurden, schluckte er hart. »Nicht wahr?«

»Und was ist mit meinen Männern?« Jacques nickte zu Hugues und Brian le Jay hinüber. »Es kann nicht zwei Visitatoren und zwei Ordensmeister von England geben. Was wäre mit mir? Ich kann mit absoluter Gewissheit sagen, dass sich der Großmeister der Hospitaliter ebenso wenig bereitfinden wird wie ich, sein Amt aufzugeben. Viele Männer würden rangmäßig zurückgestuft werden, und Ritter, die bislang gewöhnt waren, ihren vertrauten Kommandanten blind zu vertrauen, müssten plötzlich Befehle von Fremden entgegennehmen, die sie zuvor als Rivalen betrachtet haben. Folgen wir Eurem Vorschlag, schaffen wir dadurch keine einheitliche Armee, sondern eine unzufriedene, unorganisierte Kriegerhorde, die sich spätestens in Marseille gegenseitig an die Gurgel geht.«

Bertrand schürzte die Lippen und sah sich Hilfe suchend um. Sein Blick blieb auf Edward haften. »Mylord, Ihr habt diese Versammlung einberufen. Was sagt Ihr dazu?« Sichtlich erleichtert kehrte er zu seinem Platz zurück, als der König das Wort ergriff.

»Ich würde einen neuen Kreuzzug ausgesprochen begrüßen.«

Eine Ader begann an Wills Schläfe zu pochen, während er den König beobachtete. Er beugte sich vor.

»Aber im Moment habe ich dringendere Probleme zu lösen.« Der König wandte sich an Jacques, als Bertrand die Stirn runzelte. »Wie Ihr vielleicht wisst, haben die Schotten unter John Balliol einen Pakt mit König Philipp von Frankreich geschlossen. Ich hatte gehofft, wir könnten uns wie zivilisierte Menschen gütlich einigen. Jetzt sehe ich ein, dass es unmöglich ist, mit solchen Leuten zu einer Übereinkunft zu gelangen. Dieser Vertrag stellt eine Kriegserklärung dar, die ich rasch und unmissverständlich beantworten muss. Gestern habe ich Befehl gegeben, alle Schotten in England zu verhaften.«

Wills Finger krallten sich um den Rand seiner Bank.

»Mylord«, wandte Jacques ein. »Zu den Mitgliedern unseres Ordens gehören auch Schotten.«

»Templer sind von diesen Maßnahmen ausgenommen.« Edwards graue Augen ruhten unverwandt auf dem Großmeister. »Ihr müsst verstehen, dass mir keine andere Wahl blieb. Die Schotten haben sich mit Philipp gegen mich verbündet. Ich kann nicht dulden, dass sie sich innerhalb der Grenzen meines Königreiches eine sichere Basis schaffen, von der aus sie zuschlagen könnten.«

Nach kurzem Zögern nickte der Großmeister. »Das ist wohl richtig.«

Bertrand starrte Edward so fassungslos an, als hätte er mit einer solchen Antwort zuallerletzt gerechnet. »Mylord, bei allem Respekt, aber Ihr sprecht davon, Krieg gegen eine andere christliche Nation zu führen, obwohl wir uns hier zusammengefunden haben, um zu überlegen, wie wir den Ungläubigen das Heilige Land wieder entreißen können. Das muss unser oberstes Ziel sein.«

»Im Gegensatz zu der Kirche kann ich mir den Luxus, mir meine Feinde selbst auszusuchen, leider nicht leisten, Bischof. Philipp und die Schotten haben die Waffen gegen mich erhoben. Ich würde mein Volk im Stich lassen und meiner Königswürde nicht gerecht werden, wenn ich darauf nicht reagieren würde.« Edward wandte sich wieder an Jacques. »Ich bereite einen Feldzug gen Norden vor, um Balliol entgegenzutreten, aber da mein Bruder die englischen Truppen in der Gascogne befehligt und einige meiner anderen Kommandanten die Revolte in Wales niederschlagen, ist meine Armee stark geschwächt. Ich benötige disziplinierte, kampferprobte Männer und schwere Kavallerie. Daher ersuche ich um die Hilfe des Templerordens.«

Will registrierte erleichtert, dass der Großmeister unbeeindruckt blieb.

»Meine Reise hierher diente dem Zweck, die westlichen Könige zu bitten, *mir* Soldaten und Ausrüstungsgegenstände zur Verfügung zu stellen, Mylord. Ich hatte nicht erwartet, selbst mit einer solchen Forderung konfrontiert zu werden. Meine Männer werden im Osten gebraucht.«

Edward zog finster die Brauen zusammen. Er machte Anstalten, etwas darauf zu erwidern, doch Hugues kam ihm zuvor.

»Meine Herren, darf ich vorschlagen, diese Besprechung zu vertagen? Da so viele unerwartete Fragen aufgeworfen wurden, erscheint es mir ratsam, dass wir uns Zeit nehmen, um über alles nachzudenken, ehe wir übereilte Entscheidungen treffen.« Er sah Jacques an. »Wir können unsere Diskussion morgen fortsetzen.«

Der Großmeister nickte. »Einverstanden, Visitator de Pairaud. Mylord?«

Edward rang kurz mit sich, dann neigte er leicht den Kopf.

»Ich bin ganz Eurer Meinung.« Bertrand warf dem König einen gekränkten Blick zu.

Als sich die Menge zu zerstreuen begann und die Ritter aufgeregt miteinander tuschelten, lehnte sich Will zurück und sah

Edward nach, der, gefolgt von seinen Beamten und Leibwächtern, den Gang hinunterrauschte und den Kapitelsaal verließ.

In Paris hatte jemand seinen Namen auf ein Stück Pergament gesetzt. Jetzt lagen England und Schottland im Krieg miteinander.

Der Tower von London
7. Januar A.D. 1296

Hugues blieb auf dem Absatz der Treppe stehen, die sich ins Dunkel hinunterwand. Ein fauliger Gestank schlug ihm entgegen. Er sah den Mann an seiner Seite an.

»Dort hinunter, Sir.« Der Wärter nickte zu den Stufen hinüber.

Hugues stieg die ersten vorsichtig hinunter. Einen Moment lang umgab ihn schwarze Finsternis, und er musste die Finger gegen die Steinmauern zu beiden Seiten pressen und sich Stufe für Stufe weitertasten. Nach einigen Schritten schimmerte vor ihm rötlicher Fackelschein auf, und er konnte seine Umgebung genauer erkennen. Er bewältigte die letzten Stufen und gelangte in einen Gewölbegang. Hier war der Gestank noch unerträglicher. Hugues atmete flach durch den Mund. Am Ende des Ganges wurde der Fackelschein heller, und er konnte umherhuschende Gestalten ausmachen. Fünf ungeschlacht wirkende Wärter drehten sich zu ihm um, als er einen etwas breiteren Gang betrat, dessen rechte Seite von schweren Türen gesäumt wurde. »Man hat mich angewiesen, mich hier einzufinden«, sagte Hugues in stockendem Englisch. Irgendwo erscholl ein erstickter Schrei.

»Ich bringe Euch zu ihm, Sir«, erwiderte einer der Wärter. »Er erwartet Euch bereits.« Er deutete nach links. »Bleibt auf dieser Seite und achtet darauf, wo Ihr hintretet.«

Der Visitator blickte nach unten und bemerkte, dass der Boden leicht abfiel. In die Mitte des Ganges war eine Rinne eingelassen, die mit einer klebrigen, öligen Flüssigkeit gefüllt war.

»Passt auf, dass Ihr nicht in ihrem Dreck ausrutscht, Sir.«

Dass er jetzt die Quelle des Gestanks kannte, machte alles nur noch schlimmer. Hugues widerstand dem Drang, sich die Nase zuzuhalten, als der Wärter vor einer Tür stehen blieb, einen Schlüssel von dem Bund an seinem Gürtel löste und ihn in das Schloss schob. Wieder ertönte ein Schrei, diesmal bedeutend näher. Der Wärter stieß die Tür auf.

Dahinter befand sich eine winzige Zelle, in der sich vier Männer drängten. Drei drehten sich um, als Hugues eintrat, doch der vierte, der an den Handgelenken an einer Kette hing, die an einem Ring an der Decke befestigt war, hob noch nicht einmal den Kopf. Die Luft war von dem beißenden Geruch verbrannten Fleisches erfüllt, der Hugues auf unangenehme Weise an geröstete Schweine erinnerte.

»Visitator de Pairaud.«

Hugues verneigte sich. Sein Blick wanderte von König Edward zu der schlaff an der Kette baumelnden Gestalt vor ihm. Der Mann trug nur ein schmutziges Lendentuch, seine gerötete Haut war schweißüberströmt. Neben ihm stand ein mit glühenden Kohlen gefülltes Becken. Der Sand rings um ihn herum war mit Blut getränkt, das aus zahlreichen Schnittwunden auf seinem Oberkörper rann. Daneben prangten schwärzlich verkohlte Male, die vermutlich von dem Brandeisen stammten, das einer der beiden Wärter in der Zelle in der Hand schwang. Übelkeit stieg in Hugues auf. »Soll ich später wiederkommen, Mylord?«

»Nein«, beschied Edward ihn knapp. »Ich werde hier und jetzt mit Euch sprechen.«

Hugues rümpfte die Nase, als der Gefangene blutigen Schleim in den Sand spie. »Wer ist er?«

»Ein schottischer Spion.« Edward trat zur Seite und nickte dem Wärter zu, der das Eisen in die glühenden Kohlen stieß. Funken stoben auf, und der Gefangene erschauerte. »Er hat sich vor einigen Monaten wie eine Schlange in meinen Haushalt eingeschlichen, mich ausspioniert und auf eine Gelegenheit gewartet, seinem Herrn Bericht zu erstatten. Zum Glück haben ihn meine Männer vorher enttarnt, sonst wären die Schotten schon über meine Kampfstrategie informiert, bevor meine Truppen London verlassen haben.«

»Das ist nicht wahr«, krächzte der Gefangene. »Ich bin unschuldig!«

Edward schnippte mit den Fingern, woraufhin der Wärter das Eisen aus der Glut zog. Die Spitze leuchtete jetzt orangefarben. »Noch einmal.«

Der Mann schrie gellend auf, als sich das Eisen in seine Brust fraß und sein Fleisch Blasen warf. »Großer Gott … Gnade!« Er rang keuchend nach Atem.

Edward beugte sich vor. »Dann sag mir, was ich hören will. Haben die Informationen Balliol erreicht? Kennt er meine Pläne?«

»Nein«, stieß der Mann hervor. Einen langen Moment herrschte Stille, dann hob er langsam den Kopf. »Aber das macht nichts. Er ist auf alles vorbereitet.«

»Da hört Ihr es«, murmelte Edward.

»Meine Leute werden dich abstechen wie ein Schwein, du falscher Bastard!« Der Gefangene kniff die Augen zusammen und warf den Kopf in den Nacken. »Lang lebe König John!«

»Töte ihn.«

Einer der Wärter trat vor, zog sein Schwert und stieß es dem Mann in den Bauch.

»Diese Menschen haben mich um Hilfe gebeten«, schnaubte Edward, als der Schotte mit einem Grunzlaut über der Klinge zusammenbrach. »Nach dem Tod des Königs und seiner einzigen Erbin kamen sie zu mir und flehten mich an, etwas für sie zu tun. Unter großem Aufwand beraumte ich eine Gerichtsverhandlung an, um zu hören, wer rechtmäßige Ansprüche auf den Thron erhob.« Er wandte sich an Hugues. »Nachdem John Balliol gewählt und gekrönt worden war, kehrte in ihrem Königreich wieder Ruhe ein. Ich dachte, sie wären mir dankbar. Wie sich herausstellte, habe ich mich geirrt.« Der Gefangene sackte vornüber zusammen, als der Wärter sein Schwert zurückzog und ein Strom von Blut und Eingeweiden aus der klaffenden Wunde quoll. »Ich brauche die Unterstützung der Templer. Ihr müsst Jacques dazu bringen, mir genug Männer zur Verfügung zu stellen, um Balliols Rebellion niederzuschlagen.«

Hugues riss den Blick von dem Sterbenden los und folgte Edward in den Gang hinaus. »Das dürfte schwierig werden, Mylord. Jacques wird nur von dem Gedanken an einen neuen Kreuzzug beherrscht. Ich bezweifle, dass er sich bereitfinden wird, irgendwelche Mittel für andere Zwecke einzusetzen.« Er blinzelte ins Licht, als ein windiger Hof vor ihnen sichtbar wurde. Er wurde von einem riesigen Schuppen beherrscht, der die königliche Menagerie beherrschte.

Edward drehte sich abrupt um, wodurch er Hugues zwang, auf der obersten Stufe stehen zu bleiben. »Vielleicht doch … wenn die Stimmen, die sich für einen Zusammenschluss der Templer und der Hospitaliter aussprechen, zum Schweigen gebracht werden.«

»Was schlagt Ihr vor?«

»Ich kenne Bertrand de Got. Er mag wie ein schwächlicher Geheimniskrämer wirken, aber er hat das Ohr des Papstes. Mit der richtigen Ermutigung von meiner Seite könnte er Bonifaz von dieser Idee abbringen. Ihr und ich, wir haben in der Vergangenheit immer gute Beziehungen zueinander unterhalten. Ihr habt mir schon früher Eure Hilfe zugesichert. Lasst mich jetzt nicht im Stich.«

»Was ist mit Eurem Gelübde mir gegenüber, Mylord? Nun, wo Akkon für uns verloren ist, braucht der Orden eine sichere Basis. Die Hospitaliter haben sich auf Zypern niedergelassen und die Deutschordensritter in Preußen. Wir müssen ihrem Beispiel folgen und uns ein Hauptquartier aufbauen, wo uns die westlichen Herrscher nichts anhaben können und wo wir vor den Launen der Kirche sicher sind. Dank unseres Rufes konnten wir uns immer auf die Unterstützung einflussreicher Männer verlassen – der Adel hat uns Männer und Geldmittel zur Verfügung gestellt, Könige gewährten uns zahlreiche Privilegien. Jetzt ist unsere Position geschwächt, und wir benötigen vor allen Dingen Land. Nur so wäre gewährleistet, dass der Orden seine Arbeit fortsetzen kann.«

»Und ich habe weit bessere Möglichkeiten, Euch zu helfen, wenn die schottischen Rebellen unterworfen sind. Vielleicht findet sich in Schottland eine brauchbare Basis für Euren Orden? Ihr unterhaltet dort doch bereits Ordenshäuser. Wir können in diesem Punkt sicherlich zu einer Einigung gelangen.«

Hugues schwieg einen Moment. »Ich werde tun, was ich kann«, sagte er schließlich. »Ich werde versuchen, Jacques zu überreden, Euch zu helfen. Aber im Gegenzug muss dieses ganze Gerede von einer Vereinigung der Templer und der Hospitaliter ein für alle Mal aufhören. Über die genaue Lage unserer neuen Basis können wir zu gegebener Zeit noch sprechen.«

Edward trat in den Hof hinaus. Von dem Schuppen wehte das schmerzliche Brüllen eines Tieres zu ihnen herüber. »Was ist mit Campbell? Er ist der Kopf der Anima Templi und hält an Everards Traditionen fest. Außerdem ist er Schotte. Er wird mit diesen Plänen nicht einverstanden sein.«

»Campbell mag ja der Kopf der Bruderschaft sein, aber ich bin der Visitator des Ordens. Er wird sich meinen Befehlen fügen müssen.«

5

Neuer Tempel, Ordenshaus London
8. Januar A.D. 1296

Als Will zusammen mit den anderen Rittern den Kapitelsaal betrat, ließ er den Blick sogleich durch den Raum wandern. Hugues stand mit Jacques auf dem Podest. Will nahm auf der vordersten

Bank Platz und versuchte, Augenkontakt mit dem Visitator herzustellen.

Nach der gestrigen Besprechung hatte er eine dringende Versammlung der Bruderschaft einberufen, an der jedoch nur Robert und Thomas, ihr englischer Bruder, teilgenommen hatten. Wills Gedanken waren fast ausschließlich um Edwards Forderung und Hugues' beunruhigende Abwesenheit gekreist, und das Treffen war ohne Ergebnis zu Ende gegangen. Danach hatte er beim Mittagsmahl in der großen Halle nach Hugues Ausschau gehalten, ihn aber nirgendwo entdecken können, und so hatte er sich nach der Komplet von Sorgen erfüllt in seinen Schlafsaal zurückgezogen. Bis spät in die Nacht hinein hatte er schlaflos auf seiner Pritsche gelegen und immer wieder an das in seinem Reisesack verborgene Messer denken müssen.

Als Hugues neben Brian le Jay Platz nahm, fiel sein Blick auf Will, aber falls er dessen fragenden Gesichtsausdruck bemerkte, ließ er es sich nicht anmerken, sondern senkte den Kopf, als sich Edward auf seinem Stuhl niederließ.

Jacques wirkte erschöpft, aber seine Stimme klang entschlossen, als er das Wort ergriff. »Ich habe mich viele Stunden lang mit meinen Mitbrüdern besprochen, und meine Entscheidung steht fest. Es würde dem Kampf um das Heilige Land mehr Schaden als Nutzen bringen, wenn sich unser Orden mit dem der Hospitaliter zusammentäte. Ich kann mich nicht damit einverstanden erklären, das ließe sich mit meinem Gewissen nicht vereinbaren«, wandte er sich an Bertrand de Got.

Der Bischof, der einen blassen, verhärmten Eindruck machte, erhob sich. »Ich habe gleichfalls Zeit gehabt, über diese Angelegenheit nachzudenken.« Er zögerte. Will runzelte die Stirn, als er sah, wie er zu Edward schielte. »Ich hatte Zeit zum Nachdenken«, wiederholte Bertrand. »Und ich bin zu dem Schluss gekommen, dass Ihr recht habt.«

Zustimmendes Gemurmel antwortete ihm. Jacques hob eine Hand.

»Für den Augenblick, Master de Molay«, fuhr Bertrand fort, wobei er den Großmeister mit einem Blick bedachte, in dem fast so etwas wie Bedauern lag, »werde ich mich Eurer Erfahrung beugen, nach Rom zurückkehren und Seiner Heiligkeit raten, die Templer und die Hospitaliter auch weiterhin als eigenständige Orden zu akzeptieren, die gemeinsam auf einen Kreuzzug hinarbeiten.«

Will war von der plötzlichen Meinungsänderung des Bischofs genauso überrascht wie alle anderen, aber im Gegensatz zu seinen Kameraden alles andere als erfreut darüber. Er witterte Unheil, das ihnen von einer anderen Seite drohte, und die Bestätigung dieses Verdachts ließ nicht lange auf sich warten.

Der Großmeister blieb stehen, während Bertrand sich wieder setzte. »Auf die Frage, die Lord Edward gestern in den Raum gestellt hat, habe ich ebenfalls eine Antwort.« Jacques nickte dem König zu. »Der Templerorden wird Euch Eure Bitte gewähren. Wir werden Euren Feldzug gegen Schottland unterstützen.«

Will sprang auf. Ein paar neben ihm sitzende Ritter musterten ihn verwundert, doch er hatte nur Augen für Edward, der kühl, gefasst und von der Entscheidung des Großmeisters nicht im Geringsten überrascht wirkte.

»Master le Jay wird die Einzelheiten mit Euch besprechen. Aber es werden sich nur Ritter aus den englischen Ordenshäusern Euren Truppen anschließen. Ich will unsere Verbündeten in Frankreich und anderen Ländern nicht vor den Kopf stoßen.«

Edward neigte den Kopf in Jacques' Richtung. »Das ist verständlich, obwohl es vorteilhaft für mich wäre, Euer Haupthaus in Schottland als Basis nutzen zu können. Ich beabsichtige, nach Ostern oberhalb von Berwick den Tweed überquert zu haben. Sowie sich die Stadt ergeben hat, steht mir das Tor nach Schottland offen, und ich werde gen Norden vorrücken. Balantrodoch wäre eine geeignete Zwischenstation. Dort könnten sich meine Truppen ausruhen, und von dort aus könnten wir direkt auf Edinburgh zumarschieren.«

»Das lässt sich einrichten.«

»Ich setze doch voraus, dass sich die Ritter in Balantrodoch mit diesen Plänen einverstanden erklären werden, selbst wenn ihre Sympathien den Partisanen gehören?« Während der König sprach, ruhte sein Blick nachdenklich auf Will, der noch immer nicht wieder Platz genommen hatte.

»Sie werden jedem Befehl gehorchen, der von mir kommt«, erwiderte Jacques. »Außer fünfzig Rittern dieses Ordenshauses werden wir Euch noch hundert Sergeanten zur Verstärkung Eurer Infanterie schicken. Master le Jay wird sich darum kümmern. Er wird unsere Truppen persönlich befehligen.«

»Ich weiß Eure Großzügigkeit zu schätzen«, gab Edward glattzüngig zurück. »Und ich denke, dank Eurer Hilfe ist der Kampf schon so gut wie gewonnen.«

Der Großmeister fügte noch hinzu, wie sehr er sich darauf freue, mit dem König ausführlich über seinen Kreuzzug sprechen zu können, sobald die Probleme in Schottland gelöst waren, aber Will hörte nicht länger zu.

Als sich die Besprechung dem Ende zuneigte, erhob sich Edward und wandte sich an einen seiner Berater. »Ruft die Männer zusammen. Wir treffen uns am 1. März in Newcastle. Von dort aus rücken wir Richtung Norden vor.«

Will, der Hugues den Gang entlang auf die Tür zugehen sah, drängte sich an den anderen Männern auf seiner Bank vorbei und folgte ihm in den Hof hinaus. »Hugues!«

Hugues fuhr ärgerlich zu ihm herum. »Ihr werdet mich in Zukunft mit meinem Titel anreden, Kommandant!«

»Was ist passiert? Warum hat Jacques sich darauf eingelassen?«

»Sprich gefälligst leise«, zischte Hugues, als die Ritter hinter ihnen aus dem Kapitelsaal zu strömen begannen. Er deutete auf das Gebäude, in dem sich seine Privatgemächer befanden. »Dort hinein.« Sowie sie Hugues' Studierzimmer betreten hatten, machte Will Anstalten, das Wort zu ergreifen, doch der Visitator gebot ihm mit erhobener Hand Schweigen. »Das muss aufhören. Dein Benehmen fällt schon auf. Seit Akkon sind vier Jahre vergangen. Ja, es war eine Katastrophe, aber du musst aufhören, ständig darüber nachzugrübeln.«

»Ich weiß, dass wir nicht immer einer Meinung waren, Hugues, aber ich respektiere dich und den Rang, den du bekleidest – deshalb habe ich dich auch in die Anima Templi aufgenommen. Du musst mit Jacques reden. Ihn von seinem verhängnisvollen Kurs abbringen.«

»Das kann ich nicht.«

»Und warum nicht?« Will starrte ihn an, als er zum Fenster trat.

Hugues blickte in den Hof hinunter. Edwards hohe Gestalt überragte die der meisten Ritter, das Sonnenlicht fing sich in dem Goldreif auf seinem Kopf. »Ich habe es dir in Paris schon klarzumachen versucht, aber du wolltest ja nicht hören.« Er drehte sich zu Will um. »Der Westen verändert sich. Jacques ist ein Teil des alten Ordens, er richtet den Blick noch immer fast ausschließlich gen Osten und will das Kreuz über Jerusalem sehen. Wir können nicht zulassen, dass er uns alle in dieser Welle mit sich fortreißt.«

»Dem stimme ich zu. Du und ich, wir werden mit ihm sprechen. Es muss uns gelingen, ihn umzustimmen.«

»Ich kenne ihn noch keinen Monat lang, aber ich weiß trotzdem, dass er von seinem Kurs nicht abweichen wird. Jacques ist Soldat durch und durch. Du bist zwei Jahre lang mit ihm durch die Welt gezogen und hast zugehört, wie er die Kriegstrommel rührt. Hätte er sich von seinem Vorhaben abbringen lassen, hättest du ihn längst dazu gebracht.« Als Will nichts darauf erwiderte, fuhr Hugues fort: »Hör mich doch an. Jacques wird seinen Willen durchsetzen, und wenn er ganz allein mit erhobenem Schwert gen Osten marschieren muss. Wir können ihn nicht aufhalten, aber wir können den Orden schützen. In dieser sich verändernden Welt zählt nichts mehr als Landbesitz. Darum kämpfen Philipp und Edward so erbittert. Wer Land besitzt, verfügt über Macht, und Macht bedeutet Unabhängigkeit. Seit über zweihundert Jahren stehen wir außerhalb der Gerichtsbarkeit von Königen und Prinzen, weil wir uns nur vor dem Papst zu verantworten haben, aber nun ist die Macht des Papstes im Schwinden begriffen. Gottes Stellvertreter auf Erden wird sich nicht mehr lange gegen den aufgehenden Stern dieser Kriegerkönige behaupten können. Wenn wir uns nicht vom Papsttum lossagen, könnten auch wir an Macht verlieren. Aber mit einer sicheren Basis können wir wachsen und gedeihen. Wir können uns unseren Status als eine der mächtigsten und einflussreichsten Bruderschaften der Welt bewahren.« Hugues' Augen leuchteten. »Wir können Könige manipulieren, königliche Schätze in unseren Besitz bringen und die See- und Landwege kontrollieren, wie wir es auf dem Höhepunkt unserer Macht getan haben. Seitdem die Kreuzzüge vorüber sind, verfolgen wir in den Augen der Welt keine Ziele mehr. Das muss sich ändern, sonst wird bald ein anderer unsere Entscheidungen für uns treffen. Das Unheil nimmt ja schon seinen Lauf. Früher hätte der Papst nie gewagt, von uns zu verlangen, uns mit den Hospitalitern zusammenzuschließen.«

Will schüttelte nachdrücklich den Kopf. »Und was ist mit der Anima Templi und ihren Zielen?«

»Die Macht der Bruderschaft ist gebrochen, und sie sieht auch keinen klaren Weg mehr vor sich, den sie beschreiten will«, versetzte Hugues. »Das weißt du selbst, Will, sonst hättest du direkt nach dem Untergang Akkons versucht, unseren Zirkel wieder aufzubauen. Aber hast du auch nur einen einzigen Schritt in diese Richtung unternommen?« Er hob eine Hand. »Ich mache dir keinen Vorwurf, Gott bewahre. Was hättest du denn schon tun können? Wie hätte die Anima Templi nach dem Verlust des Heiligen Landes ihr Werk fortsetzen sollen?«

Will erwiderte nichts darauf. Hugues hatte nur in Worte gefasst, was er sich schon die ganze Zeit lang fragte: Hatte es überhaupt noch einen Sinn, die Anima Templi aufrechtzuerhalten? Er entsann sich, wie der Seneschall, der Mann, von dem er immer angenommen hatte, er werde Everards Nachfolge antreten, ihn beschworen hatte, ihre Arbeit im Westen fortzusetzen und den Orden vor allen Feinden innerhalb seiner Reihen und außerhalb zu schützen. Aber der Seneschall hatte nicht wissen können, dass er ihm eine unlösbare Aufgabe gestellt hatte. *Er hat sich dafür geopfert*, wisperte eine Stimme in seinem Hinterkopf, doch Will verschloss bewusst die Ohren vor ihr.

Hugues, der sein Schweigen als Zustimmung deutete, nickte. »Aber wenn die Zukunft des Ordens gesichert ist, können wir die Anima Templi zu neuem Leben erwecken und unsere Ziele verwirklichen. Du hast es ja selbst oft genug gesagt: Die Bruderschaft kann ohne den Orden und die Mittel, die er uns unwissentlich zur Verfügung stellt, nicht existieren. Wenn wir zulassen, dass ein anderer die Kontrolle der Templer übernimmt, dann laufen wir Gefahr, in dessen ehrgeiziger Faust zerquetscht zu werden.« Hugues hielt inne. »Edward kann uns zu dem verhelfen, wovon wir träumen, Will. Er könnte sich als unser wertvollster Verbündeter erweisen.«

Will meinte, eine eisige Hand würde sich um sein Herz schließen. »Großer Gott, Hugues! Was hast du getan?«

»Was ich tun musste.«

»Es war nicht Jacques, der Edwards Kriegsplänen zugestimmt hat, sondern du. Du hast ihn dazu überredet.«

Hugues warf sich in die Brust. »Ja.«

»Was auch immer Edward dir versprochen haben mag – er lügt! Er benutzt dich nur.«

»Er hat uns bereits geholfen. Als Gegenleistung für militärische Unterstützung in Schottland hat er zugesagt, Bischof de Got auszureden, die beiden Orden zusammenzuschließen. Und dieses Versprechen hat er gehalten. Wenn in Schottland wieder Ordnung herrscht, wird er uns dabei behilflich sein, uns dort eine dauerhafte Basis einzurichten, von der aus wir unsere künftigen Geschicke lenken können.«

»Bist du wirklich so blind, Hugues? Edward will das Land für sich selbst! Bildest du dir tatsächlich ein, er wird einer mächtigen, unangreifbaren Armee wie der unseres Ritterordens auch noch eine Basis schaffen, von der aus sie ungehindert zu noch mehr Macht gelangen kann? Edward ist ein hinterlistiger Bastard und ein ehrgeiziger, wortbrüchiger Tyrann, aber ein Narr ist er nicht!«

»Er wird die Vorteile sehen, die ihm ein Bündnis mit uns bringt«, beharrte Hugues.

»Ja – er meint, uns dann nach Belieben als seine ganz persönliche Armee einsetzen zu können! Du spielst ihm genau in die Hände.« Will trat zu ihm. »Hugues, ich schwöre dir, dass du unser aller Ende herbeiführst. Mit diesem Bündnis rettest du den Orden nicht, du zerstörst ihn!« Er zögerte. »Erinnerst du dich an Garin de Lyons?«

»Wie könnte ich ihn je vergessen? Er hat das Gralsbuch gestohlen und fast den Untergang der Anima Templi herbeigeführt. Robert hat mir alles über ihn erzählt.«

»Was Robert nicht weiß, was *überhaupt niemand sonst weiß*, ist, in wessen Auftrag er gehandelt hat. Als Akkon fiel, gestand Garin, dass er in Edwards Diensten gestanden hat. Der Angriff auf die Templertruppe, die die Kronjuwelen nach Paris eskortiert hat – dahinter steckte Edward. Aber sein Plan, die Juwelen auf diese Weise wieder an sich zu bringen, scheiterte, und als Garin ihm von dem Gralsbuch erzählte, benutzte Edward ihn, um ihm das Buch zu verschaffen. Er wollte die Bruderschaft damit erpressen, sie zwingen, ihm zu helfen, die Grenzen seines Königreichs zu erweitern. Er wusste, dass wir den Orden, sein Vermögen und seine Macht kontrollierten, und er wollte unsere Mittel für seine Zwecke verwenden. Aber sein Versuch, das Buch in die Hände zu bekommen, misslang ebenfalls, und damit wäre vielleicht alles zu Ende gewesen, wenn Everard nicht eine Fehlentscheidung getroffen und ihn zu unserem Hüter ernannt hätte. Edward versuchte, diesen Posten zu nutzen, um seinen Krieg gegen Wales zu finanzieren, aber inzwischen hatten Everard und ich Verdacht geschöpft und setzten alles daran, uns seinem Einfluss zu entziehen.« Wills Worte überschlugen sich beinahe. »Edward schickte Garin aus, um uns durch ihn seinen Willen aufzuzwingen, und während er im Heiligen Land weilte und alles daransetzte, sich wieder in mein Leben zu drängen, erfuhr Garin von Großmeister de Beaujeus Plan, den Schwarzen Stein von Mekka zu stehlen.« Er beobachtete, wie sich auf Hugues' Gesicht widersprüchliche Gefühle abzeichneten: Überraschung, Erschrecken, Ungläubigkeit. »Er sabotierte auf Edwards Befehl hin meine Pläne, um den Stein selbst in die Finger zu bekommen. Mit Hilfe der heiligen Reliquie der Muslime hoffte er, Edward das zu verschaffen, was dieser wollte: Geld für einen Einmarsch in Schottland und seinen eigenen Kreuzzug.«

Hugues wandte sich ab. »Hat Garin dir das erzählt?«, fragte er.

»Ja.«

»Wo steckt er denn jetzt? Was ist mit ihm passiert?«

»Er ist in Akkon umgekommen.«

»Bist du sicher?«

Als Will nickte, seufzte Hugues tief. »Dann lässt sich nichts von alledem beweisen. Garin kann dich auch angelogen haben. Oder gibt es noch andere Beweise?«

Will setzte zu einer hitzigen Erwiderung an, dann schüttelte er den Kopf. »Nein«, bekannte er frustriert, »aber …«

»Weißt du, worum es hier meiner Meinung nach wirklich geht?« Hugues trat zu seinem Schreibtisch und lehnte sich mit vor der Brust verschränkten Armen dagegen. »Um deine ganz persönliche Abneigung gegen Edward. Du warst es, nicht Everard, der zu dem Schluss gekommen ist, Edward würde gegen uns arbeiten. Das geht zumindest aus Everards Aufzeichnungen hervor. Er hat seine Worte zwar sehr sorgfältig gewählt, aber zwischen den Zeilen war einiges zu lesen. Er bezeichnete Garin als einen fehlgeleiteten Pfeil und glaubte, er würde im Heiligen Land ausschließlich seine eigenen Ziele verfolgen. Hättest du Garin mit deinem Verdacht konfrontiert, hätte er zweifellos irgendeinen Sündenbock ins Spiel gebracht, um sich von jeglicher Schuld reinzuwaschen – so viel weiß ich von ihm.«

»Du verstehst nicht, wozu …«

»Ich denke«, schnitt Hugues ihm das Wort ab, »dass du – vielleicht unbewusst – eifersüchtig warst, als der Priester, dein Mentor, Edward zum Hüter der Anima Templi ernannt hat. Bis dahin warst du ja sein engster Vertrauter. Mit Edwards Ankunft änderte sich das. Dazu kommen deine Bindungen an Schottland. Ich weiß, dass du dort noch Familie hast und es dir schwer fallen muss, die Entscheidung, einen Krieg gegen dein Heimatland zu führen, zu akzeptieren, aber du darfst dich in dieser Angelegenheit nicht von deinen persönlichen Gefühlen leiten lassen. Hier geht es um Politik, Will. Edward könnte für den Orden die einzige Überlebenschance darstellen. Ich darf jetzt keinerlei Risiko eingehen. Es tut mir leid, Will. Ich muss meinem Instinkt vertrauen, und mein Instinkt sagt mir, dass es Garin war und nur Garin allein, der uns verraten hat.«

Will konnte seiner ohnmächtigen Wut kaum Herr werden. »Das kannst du nicht tun!«

»Mein Entschluss steht fest.«

»Noch bin ich der Kopf der Bruderschaft«, fuhr Will ihn an, dabei griff er nach seinem Schwert.

Hugues' Augen wurden schmal. »Der Kopf eines geheimen Zirkels, von dessen Existenz niemand weiß.« Er trat einen Schritt auf Will zu. Seine Hand fuhr zum Griff seines eigenen Schwertes. »Ich bin der Visitator des Templerordens und stehe somit rangmäßig direkt unter dem Großmeister. Wessen Macht ist also größer? Du wirst dich meinen Entscheidungen beugen, oder ich werde dich aus dem Orden ausschließen lassen.« Er schlug einen etwas versöhnlicheren Ton an. »Sowie Edward die Rebellen in Schottland unterworfen hat, herrscht dort wieder Ruhe, und wir haben, was wir brauchen, um den Tempel zu schützen.«

»Edward schnitzt sich seine Nation aus Fleisch und Blut zurecht!«

»Hat Everard nicht selbst gesagt, Frieden müsse manchmal mit Blut erkauft werden? Auch wir müssen um unserer Freiheit willen Opfer bringen.« Hugues löste seine Hand vom Schwertheft. »Komm schon, Will. Stell dich auf meine Seite. Ich möchte meine Autorität als Visitator nur sehr ungern gegen dich ausspielen.«

Will wandte sich ab, ging zur Tür und marschierte den Gang entlang, ohne auf Hugues' zornige Rufe zu achten. Er stürmte aus dem Gebäude und lief über den Hof. Pferde wurden aus den Ställen geführt. Edward sprach noch immer mit Jacques. Will betrat die Unterkünfte der Ritter und stapfte die Treppe zu seinem Schlafsaal hinauf. Er stieß die Tür auf, trat zu seiner Pritsche und zog seinen Reisesack darunter hervor. Seine Gedanken kreisten um seinen Vater, einen stolzen Schotten und Tempelritter, aber vor allem ein Mann des Friedens. Will leerte den Inhalt des Sackes auf sein Bett – eine Hose, ein Anhänger an einer angelaufenen Silberkette, der zerknitterte Brief von seiner Schwester, ein paar Schreibfedern und sein Hemd. Will griff danach und schüttelte es aus. Schon dabei merkte er, dass es sich entschieden zu leicht anfühlte.

»Suchst du das hier?«

Will fuhr herum. Robert stand mit dem Messer in der Hand bei der Tür. »Du weißt ja nicht, was hier passiert, Robert!«

»Nein? Du hattest also nicht die Absicht, einen König zu ermorden? Ich habe dich gesehen.« Roberts Stimme klang schneidend. »Ich habe dich gestern diesen Sack unter dein Bett schieben sehen, und du hast dabei ausgesprochen schuldbewusst gewirkt. Du hast das geplant, seit Hugues dir gesagt hat, dass wir nach London reisen, nicht wahr?«

Will zögerte. Stimmte das? Er wusste nicht mehr, was er denken sollte. Diese lähmende, von unerwarteten Erinnerungen und Anflügen von Schmerz durchsetzte Benommenheit war unerträglich.

»Ich weiß, dass du Edward für Garins Taten verantwortlich machst, Will. Gut, er hat viel Unheil angerichtet, und er hat auch versucht, die Anima Templi für seine Zwecke einzuspannen, aber trotzdem trägt Garin die Schuld an dem, was Elwen zugestoßen ist, nicht er. Garin hat dieses Feuer gelegt, nicht Edward.«

»Nimm ihren Namen nicht in den Mund, verdammt!«

»Du wolltest ja nicht darüber sprechen, aber Simon und Rose haben mir während der Reise nach Zypern einiges erzählt. Ich weiß zwar nicht genau, was geschehen ist, aber dies hier muss aufhören. Seit unserer Flucht aus Akkon haben wir dich wie ein rohes Ei behandelt – ich, Simon, wir alle. Aber jetzt beginnen die Dinge aus dem Ruder zu laufen.« Robert schüttelte den Kopf. »Das ist zum Teil meine Schuld. Ich hätte dich zwingen sollen, mit mir zu sprechen, aber ich hatte Angst vor deiner Reaktion. Jesus, Will, siehst du denn nicht, was aus dir geworden ist?« Er trat einen Schritt vor. »Was du vorhast, ist Königsmord. Dafür kommst du in die Hölle.«

»Ich bin ja schon auf dem Weg dorthin.«

»Die Bruderschaft wurde gegründet, um den Frieden durch Diplomatie zu erhalten, nicht durch Gewalt. Wenn du jetzt mit diesem Messer in den Hof hinuntergehst, ist alles zu Ende. Dann vernichtest du dich selbst und die Anima Templi. Was Robert de Sablé und andere nach ihm – dein Vater, Hassan, Everard – geschaffen haben, ist größer als wir beide. Größer als Hass und Rachedurst.«

Will schritt rastlos im Raum auf und ab, dabei fuhr er sich mit den Fingern durch das Haar.

Robert beobachtete ihn scharf. »Wenn du dieses Messer zückst, wird zweierlei geschehen. Entweder tötest du Edward und wirst selbst getötet, oder du wirst niedergestreckt, ehe du Hand an ihn legen kannst. Egal was passiert, für dich bedeutet es den sicheren Tod, und vielleicht bezweckt ein Teil von dir ja genau das, aber du bringst Unheil über uns alle. Wer wird uns dann führen? Wer wird unser Werk fortsetzen?«

Will blieb stehen. »Die Anima Templi ist bereits dem Untergang geweiht. Es war Hugues, nicht Jacques, der sich dafür ausgesprochen hat, Edward zu unterstützen.«

Robert runzelte die Stirn, ließ aber nicht locker. »Wir werden mit ihm sprechen.«

»Hugues kennt Edward nicht so gut wie ich und du auch nicht.« Will ließ sich schwer auf seine Pritsche sinken und barg den Kopf in den Händen. Dann berichtete er Robert von Garins Geständnis. »Ich hätte dir das alles schon viel früher erzählen sollen«, schloss er, als der Ritter ihn fassungslos ansah. »Aber ich konnte nicht darüber sprechen.«

Robert trat zu ihm und kauerte sich neben ihm nieder. »Lass mich mit Hugues reden.«

»Dazu ist es zu spät. Jacques und le Jay sind jetzt in die Sache verstrickt. Die Zeit für Diplomatie ist vorüber. Ich werde nicht zulassen, dass das, was Everard so mühsam aufgebaut und mein Vater mit seinem Leben zu schützen versucht hat, jetzt dazu dienen soll, Edwards Ehrgeiz zu befriedigen. Das ist ein zu hoher Preis für Frieden. Ich löse die Anima Templi lieber auf, als dass ich zusehe, wie sie zu Edwards Marionette gemacht wird. Er hat mein Leben ruiniert.« Will musterte das Messer in Roberts Hand. »Wenn ich ihn nicht töte, wird er Schottland zerstören, und wir helfen ihm auch noch dabei!«

Robert richtete sich auf. »Du bist kein kaltblütiger Mörder, Will.«

Will senkte den Blick. Er stand wieder auf jener Mole, sein Schwert blitzte auf, und er verspürte eine tiefe innere Befriedigung, als sich die Klinge in Garins Rücken bohrte. Elias hatte ihm geraten, nicht zu vergessen, wozu er fähig war, aber er war sich dessen nur allzu sehr bewusst. Täuschung, Selbstsucht, Schwäche, Mord – das waren die Dinge, zu denen er fähig war. Er zog sein Krummschwert. Vielleicht war diese Waffe passender; vielleicht war es besser, wenn er Edward offen gegenübertrat.

»Tu es nicht«, warnte Robert. »Der König hat sich mit Männern umgeben, die sich genau wie er der Ausweitung des Reiches verschrieben haben. Sein Sohn ist zu jung, um ohne ihren Rat zu regieren. Schottland wird trotzdem von der englischen Armee besetzt werden, und du kannst nichts tun, um das zu verhindern. Du kannst nur versuchen, Hugues von diesem Bündnis abzubringen.«

Will starrte das Schwert in seiner Hand an. Es war eine schottische Waffe, sie hatte seinem Vater und davor seinem Großvater gehört. Dann betrachtete er seine auf dem Bett verstreuten Habseligkeiten. War das alles, was ihm nach einem lebenslangen Kampf geblieben war?

»Edward wird seine Kriegspläne nicht aufgeben, wenn wir ihm keine Soldaten zur Verfügung stellen. Er sucht sie sich einfach anderswo. Er wird seine Armee trotzdem nach Norden führen. Er wird trotzdem …« Er brach ab.

Robert sagte etwas, aber Will hörte ihm nicht zu. Es traf nicht zu, dass er gar nichts unternehmen konnte. Er verfügte über Informationen. Er kannte Edwards Pläne; wusste zumindest genug über sie, um den schottischen Truppen einen kleinen Vorteil verschaffen zu können.

Robert starrte ihn an, als er das Schwert in die Scheide zurückschob und die Schnalle seines Mantels aufhakte. »Was hast du vor?«

Will streifte das weiße Kleidungsstück mit dem leuchtend roten Kreuz ab und ließ es zu Boden fallen. Ihm war, als sei eine schwere Last von seinen Schultern genommen worden. Er legte seinen Überwurf ab, stopfte seine Habseligkeiten in den Reisesack zurück, griff nach dem schlichten Wollumhang, der ihm als Kissen gedient hatte, und zog ihn über sein Kettenhemd. »Ich gehe nach Hause zurück.«

Roberts Verwirrung wich fassungsloser Ungläubigkeit. »Nein, Will. Um Gottes willen, tu das nicht!«

»Wenn das meine einzige Gelegenheit ist, ihm Steine in den Weg zu legen, dann werde ich sie nicht ungenutzt verstreichen lassen.«

»Du verrätst deine eigenen Leute! Dort, wo du hingehst, wirst du auch keine Gerechtigkeit finden«, rief Robert, als Will den Sack schulterte. »Dort findest du nur Krieg!«

»Everard hatte recht. Frieden muss manchmal mit Blut erkauft werden. Und es wird Edwards Blut sein, mit dem ich ihn erkaufe.«

»Was ist mit Rose?«

Will blieb auf der Türschwelle stehen. Die Worte seiner Tochter hallten in seinem Kopf wider. *Ich habe auch meine Eltern in Akkon verloren. Alle beide.* Sie glaubte nicht, dass er ihr Vater war. »Ohne mich kann sie ein besseres Leben führen«, murmelte er. »Passt ihr beiden ein wenig auf sie auf, du und Simon?«

»Dein Vater hat seine Familie verlassen, hat dich verlassen. Darunter leidest du bis heute noch. Tu ihr nicht dasselbe an.«

»Mein Vater ist gegangen, weil er in der Welt etwas bewirken wollte. Er wollte sie zum Guten verändern, das weißt du. Ich habe sein Werk nicht fortführen können, ich habe versagt. Vielleicht hätten wir das Heilige Land doch noch erbitterter verteidigen sollen. Vielleicht hätten wir unseren Feinden entschlossener entgegentreten und uns mehr auf unsere Schwerter als auf unsere Zungen verlassen sollen.«

»Wir setzen unsere Schwerter erst ein, wenn keinerlei Hoffnung auf eine diplomatische Lösung eines Konflikts mehr besteht.«

»Und dieser Fall ist jetzt eingetreten.«

Robert trat zu ihm und nahm ihn am Arm. »Du kannst nicht mehr zurückkommen, Will. Du würdest als Deserteur in den Kerker geworden. Ist dir das klar? Du kannst nie mehr zurückkommen.«

»Das will ich auch gar nicht.« Noch während die Worte über Wills Lippen kamen, spürte er, wie seine Überzeugung, die richtige Entscheidung getroffen zu haben, wuchs. Er machte sich von Robert los und verließ den Raum.

6

Der Königspalast, Paris
14. Januar A.D. 1296

Philipp hob den Kopf, als die Tür seines Schlafgemachs geöffnet wurde. Seine Frau betrat den Raum, gefolgt von zwei Zofen, die ihre Stickutensilien trugen. Philipp widmete sich wieder dem Pergament in seiner Hand, dann blickte er erneut auf und konzentrierte sich auf eine der Zofen, die ein paar Spulen Seidengarn auf den Tisch neben dem prächtigen Bett legte, das die Kammer beherrschte. Er sah ihr nach, als sie hinausging und die Tür hinter sich schloss.

»Was ist denn?« Jeanne war sein Interesse nicht entgangen. Ihre Stimme klang weich und dunkel.

»Wer war das Mädchen?« Philipp legte den Pergamentbogen auf den Tisch und erhob sich.

»Marguerite?«

»Nein, die andere. Wer ist sie?«

Die Königin runzelte angesichts seines scharfen Tons die Stirn. »Ihr Name ist Rose. Sie arbeitet schon seit einiger Zeit hier im Palast. Ich habe sie gerade erst in mein Gefolge aufgenommen.«

»Ich habe sie letzten Monat gesehen. Sie hat sich außerhalb des Palastes mit einem Mann getroffen. Der Haushofmeister hatte Anweisung, sie zu entlassen.« Philipp ging zur Tür.

»Warte.« Jeanne trat zu ihm und legte ihm sanft eine Hand auf den Arm. »Das war ein Missverständnis. Der Mann, den du gesehen hast, war nicht ihr Liebhaber, wie du dachtest. Er war ihr Vater.«

»Warum hat sie sich dann wie eine Dirne heimlich am Flussufer mit ihm verabredet?«

»Er ist ein Tempelritter.«

Philipp hob die Brauen. »Ein Templer, der eine Tochter hat?«

»Ihre Mutter war hier im Palast Kammerzofe deiner Großmutter. Andreas di Paolo, der venezianische Kaufmann, der meinen Schneider beliefert, schrieb mir und fragte mich, ob ich Arbeit für sie hätte. Ich habe einige Male mit ihm gesprochen; er scheint ein Mann mit einem guten Urteilsvermögen zu sein.« Jeanne ging zu dem Tisch, auf den Rose die Garnspulen gelegt hatte, und griff nach einer leuchtend blauen. »Sie spricht nur selten von ihrer Familie. Ich glaube, ihre Mutter ist in Akkon umgekommen. Die anderen Mädchen sagen, dass sie manchmal nachts weint.« Seufzend legte sie die Spule wieder zurück. »Sie hat mir leidgetan.«

Philipp zog die Brauen zusammen. Er legte ihr die Hände auf die Schultern und blickte in ihre ausdrucksvollen braunen Augen. Dann strich er mit einem Finger über ihr Gesicht, das genauso weich und rund war wie der Rest von ihr. An Jeanne gab es nichts Hartes. Sie war eine kurvenreiche Frau mit dunklen, schweren Zügen und dichtem schwarzem Haar, einem Erbteil ihrer Heimat Navarra. Nach der Geburt ihres sechsten Kindes, eines Mädchens namens Isabella, war sie noch fülliger geworden, aber Philipp fand sie immer noch genauso reizvoll wie an dem Tag, an dem er sie zum ersten Mal gesehen hatte. Sie waren vor zwölf Jahren verlobt worden, als sie elf und er sechzehn gewesen war, aber davor waren sie in dem königlichen Haushalt in Vincennes gemeinsam aufgewachsen. Jeanne, die schon als kleines Kind den Thron von Navarra geerbt hatte, war von ihrer verwitweten Mutter dorthin geschickt worden, und die beiden Kinder hatten sich rasch angefreundet, wobei Philipp die Beschützerrolle des älteren Bruders übernahm.

Er zog sie an sich und strich ihr über das Haar. »Ich hasse es, wenn du so bedrückt wirkst.« Ihre Arme schlangen sich um ihn, ihre Hände glitten über seinen Rücken, und er zuckte zusammen, als ihre Finger eine frische Wunde streiften.

Jeanne hob den Kopf. »Ich wünschte, du würdest dich nicht gar so sehr kasteien«, murmelte sie. Jetzt galt der Kummer in ihren Augen allein ihm.

Philipp löste sich sacht von ihr. »Guillaume de Paris hält es für notwendig.«

»Dein neuer Beichtvater scheint schwer zufriedenzustellen zu sein – schwerer vielleicht als Gott selbst.«

»Ich bin König, Jeanne. Gott verlangt einem Mann in meiner Position viel ab.« Er seufzte. »Genau wie dieses Königreich. Mein Großvater ist noch nicht einmal kanonisiert, und doch bezeichnen die Leute ihn schon als Heiligen. Ob sie mich je auch so respektieren und bewundern werden.«

»Lass ihnen Zeit. Sobald sie dich so gut kennen wie ich, werden sie dich genauso lieben, wie sie Louis geliebt haben.«

Philipps Blick schweifte über den mit den Pergamentbogen übersäten Tisch hinweg, die Flote ihm heute Morgen gebracht hatte. Auf einigen waren seine Ausgaben in Guyenne aufgelistet, andere enthielten Berechnungen seines Schatzmeisters bezüglich der Summen, die aufgewendet werden mussten, um seine Armee in den kommenden Monaten auch weiterhin in dem Herzogtum zu halten. Überall, wohin er sich drehte, versuchte ihn jemand daran zu hindern, die Grenzen seines Königreiches zu festigen: Edward, raubgierige Herzöge im Süden, halsstarrige Grafen im benachbarten Flandern. Wenn er nicht die Mittel aufbringen konnte, um sie unter Kontrolle zu halten, konnte er sich genauso gut gleich König der Ile de la Cité nennen und es dabei belassen. »Mein Volk wird mich nach meinen Taten beurteilen, Jeanne. Wenn ich als großer König verehrt werden will, muss ich auch wie ein solcher handeln.« Er küsste ihre Braue, dann griff er nach dem blauen Seidengarn und drückte es ihr in die Hand. »Aber belaste du dich nicht mit meinen Sorgen.«

Er überließ Jeanne ihrer Stickarbeit und schlenderte gedankenverloren durch die Gänge der königlichen Gemächer. Dienstboten verneigten sich ehrerbietig, wenn er an ihnen vorbeikam. Er trat durch eine Tür und auf einen überdachten Balkon hinaus, der zu einem prächtigen Portal führte, hinter dem das obere Stockwerk der Sainte-Chapelle lag. Im Hof unter ihm gingen Höflinge und Beamten ihren Tätigkeiten nach, ohne zu bemerken, dass ihr König vor der Kapellentür stehen geblieben war und die steinerne Christusfigur betrachtete, die die Schwelle bewachte. Philipps Blick wanderte von der Statue zu dem darüberliegenden Mauerstück zwischen den Fenstern, in das eine Szene vom Tag des Jüngsten Gerichts eingemeißelt war. Eine wimmelnde Masse von Menschen mit angstverzerrten Gesichtern drängte sich um den Erzengel Michael, der ihre Seelen wog. Wenn er die Figuren lange genug anstarrte, schienen sie anzufangen, sich zu bewegen. Sein Herzschlag beschleunigte sich, als er auf die Tür zutrat, die Hände auf das Holz legte, tief Atem holte und sie aufstieß. Dahinter erstreckte sich ein weitläufiger, fast leerer, totenstiller Raum.

»Sire.«

Philipp schrak zusammen und fuhr, verärgert darüber, überrumpelt worden zu sein, zu Flote herum, doch sein Zorn verrauchte und machte freudiger Erregung Platz, als sein Blick auf den Mann an der Seite des Kanzlers fiel.

Guillaume de Nogaret verneigte sich. »Ich bringe Neuigkeiten aus London, Mylord, pardon – *Sire*.«

Mit größerer Erleichterung, als die beiden anderen Männer ahnen konnten, schloss Philipp die Kapellentür wieder und blendete den Anblick des gruftartigen Raumes dahinter entschlossen aus. Dann zog er seinen pelzgesäumten Umhang enger um sich und ging zu seinen Ministern hinüber. »Nun?«

»Edward hat mit den Templern tatsächlich ein Bündnis geschlossen, wie Ihr befürchtet hattet«, erwiderte Nogaret. »Aber gegen Schottland, nicht gegen Euch. Laut der Königinmutter wurde das Treffen ursprünglich anberaumt, um über den Vorschlag des Papstes zu diskutieren, die Templer und die Hospitaliter zu einem Orden zusammenzuschließen, aber Edwards Schottlandpläne hatten scheinbar Vorrang. Sie lässt ihre Tochter grüßen«, fügte er hinzu, als Philipp nichts darauf erwiderte.

»Ich werde es Jeanne ausrichten«, gab Philipp geistesabwesend zurück. Er sah Flote an. »Was meint Ihr dazu?«

»Ich würde sagen, das sind gute Nachrichten, Sire. Eure Befürchtung, Edward könnte sich mit den Templern gegen Euch verbünden, hat sich nicht bewahrheitet.«

»Aber es beunruhigt mich, dass sie sich überhaupt auf dieses Bündnis eingelassen haben.« Philipp nagte an seiner Unterlippe. »Habt Ihr sonst noch etwas herausgefunden, Nogaret? Über Edwards Pläne hinsichtlich der Gascogne? Seine Truppenbewegungen?«

»Leider hatte Blanche keinen Zugang zu den Berichten, die ihr Mann Edward geschickt hat. Wie es aussieht, misstraut der König ihr und lässt sie beobachten, seit sein Bruder in die Gascogne aufgebrochen ist. Edward konzentriert sich im Moment hauptsächlich auf Schottland, so viel steht fest. Er will die Rebellion König Johns niederschlagen, bevor er weitere Vorstöße in Euer Herrschaftsgebiet unternimmt. Wir könnten den Umstand, dass er anderweitig beschäftigt ist, ausnutzen, um unsere eigene Position in der Region zu stärken.«

Philipp nickte, doch Flote mischte sich hastig ein. »Sire, wenn Ihr Gelegenheit hattet, die Unterlagen zu studieren, die ich Euch heute Morgen geschickt habe, dann werdet Ihr wissen, dass unsere Mittel für eine Verstärkung der dortigen Truppen nicht ausreichen. Wir sind finanziell bereits an unsere Grenzen gestoßen. Vielleicht wäre ein zeitlich begrenzter Waffenstillstand mit Edward die beste Lösung, zumindest so lange, wie er mit Schottland beschäftigt ist. Dadurch würden wir uns Zeit verschaffen, unsere Geldmittel aufzustocken und …«

»Nein, der König muss jetzt unbedingt Stärke zeigen«, widersprach Nogaret. »Es könnte fatale Folgen haben, wenn die Engländer erfahren, wie prekär unsere momentane Situation ist.«

»Was schlagt Ihr ergo vor?«, konterte Flote. »Sollen wir das Reich ausbluten lassen?«

»Belegt den Klerus wieder mit Steuern«, wandte sich Nogaret an den König.

Flote schüttelte den Kopf. »Wir dürfen uns die Kirche nicht

zum Feind machen. Schon die Steuern, die wir letztes Jahr erhoben haben, stießen auf großen Widerstand. Viele Bischöfe haben sich schlichtweg geweigert, sie zu entrichten.«

»Dann treibt sie diesmal gewaltsam ein«, versetzte Nogaret barsch. »Die Geistlichen sind reich und gierig. Wann habt Ihr zuletzt einen ärmlich gekleideten Bischof gesehen? Oder einen dünnen Kardinal?«

»Die Franziskaner«, fauchte Flote. »Die Dominikaner.«

»Diese Orden sind entstanden, weil ihre Gründer es abstoßend fanden, wie verschwenderisch die Kirche mit ihrem Reichtum umgeht – zu ihrem eigenen Wohl, versteht sich!«

»Das reicht.« Philipp nickte. »Eine gute Idee, Nogaret. Kanzler, Ihr werdet sofort eine diesbezügliche Verfügung erlassen.« Er sprach weiter, ohne auf Flotes Proteste zu achten. »Die Geistlichkeit wird es mir danken, wenn dieses Königreich dank ihrer Opfer stärker und mächtiger denn je aufersteht. Und jetzt lasst mich allein.«

Nogaret verneigte sich und eilte davon, doch Flote rührte sich nicht von der Stelle.

»Was gibt es denn noch, Kanzler?«

»Sire, die Besteuerung des Klerus wird unsere finanziellen Bedürfnisse nur kurzfristig befriedigen. Wir müssen aber auf lange Sicht planen.« Flote dämpfte seine Stimme. »Nogaret ist jung und ehrgeizig, aber es fehlt ihm an Glauben, und sein mangelnder Respekt gegenüber der Kirche bereitet mir Sorgen. Ich rate Euch eindringlich, nicht zu sehr auf ihn zu hören. Wir wissen beide, dass er von purem Hass angetrieben wird.«

»Das ist im Moment unerheblich. Nogaret sieht, dass sich das Machtgleichgewicht verlagert. Die Kirche ist die Mutter: die Lehrerin und Trösterin, der Staat der Vater: der Gesetzgeber und Beschützer seiner Kinder. Sollen sich die Bischöfe ruhig um die Seelen meiner Untertanen kümmern. Ich befasse mich derweilen mit der Verteidigung ihres Landes.« Philipp wandte sich um, um zu seinen Gemächern zurückzugehen. »Die Welt ändert sich, Flote.

Es sind die Männer des Gesetzes, die jetzt das Sagen haben. Ich hatte gedacht, das würde gerade Euch freuen.«

»Das tut es auch, Sire. Aber deswegen dürfen wir uns nicht von Gott abwenden.«

Philipp blieb abrupt stehen.

Flote runzelte die Stirn, als er sah, wie der König die geschlossenen Kapellentüren anstarrte. »Sire?«

»Nein«, murmelte Philipp. Er wandte sich an Flote. »Erlasst die Verfügung.« Dann drehte er sich um und schlurfte mit schleppenden Schritten zu der Kapelle zurück.

Midlothian, Schottland
7. Februar A.D. 1296

Es war später Nachmittag, und das Licht wurde rasch schwächer; dennoch trieb Will sein Pferd unerbittlich weiter. Die Hufe des Tieres sanken mit jedem Schritt in den morastigen Boden ein, Schlamm spritzte auf und blieb an seinen Beinen und Flanken haften. Ein- oder zweimal brach es in vereiste Pfützen ein und hätte ihn beinahe aus dem Sattel geschleudert. Trotzdem verlangsamte er sein Tempo nicht. Er war fast am Ziel. Noch ein paar Meilen, und er würde es sehen.

Dreißig Tage waren verstrichen, seit er seinen Mantel abgelegt und das Pferd aus den Ställen des Neuen Tempels gestohlen hatte. Vor dreißig Tagen war er desertiert.

Er hatte London über die Ermine Street verlassen und war in den Wäldern der Grafschaften zunächst gut vorangekommen; war tagsüber von Weiler zu Weiler geritten und dabei immer auf der Hut vor Räubern und Halsabschneidern gewesen, da er wusste, was für eine verlockende Beute er abgab: ein einzelner Reiter auf einem kostbaren Pferd, unter dessen Umhang ein ebenso kostbares Kettenhemd aufblitzte. Die Tage waren kurz und dämmrig, und als die Wälder endlosen Getreidefeldern wichen, drang kaum noch Licht durch die dicke graue Wolkendecke, bis es endlich zu schneien begann und das Land auch noch seine letzte Farbe verlor. Die breite Straße war trügerisch, mit tiefen, von Karrenrädern verursachten Rillen und Löchern übersät, die bald von Schneewehen verdeckt wurden, sodass er statt siebenundzwanzig Meilen pro Tag nur noch knapp fünfzehn zurückzulegen vermochte. Außerdem musste er einige Umwege in Kauf nehmen, um Flüsse zu überqueren, ohne dafür Brückenzoll entrichten zu müssen. Als Templer war er von solchen Abgaben ausgenommen und hätte überall entlang seiner Reiseroute kostenlose Unterkünfte gefunden, aber er war ja kein Ritter mehr und konnte auch nicht beweisen, dass er je dem Orden angehört hatte. Er verwünschte seinen Mangel an Weitsicht. Warum hatte er seinen Mantel nicht behalten, statt ihn mit großer Geste von sich zu schleudern? Deshalb war er schon am zweiten Tag gezwungen, den einzigen Wertgegenstand zu verkaufen, den er außer seinem Schwert noch besaß.

Er saß eine Weile auf den Stufen einer Kirche in St. Albans und rieb den angelaufenen Anhänger mit klammen Fingern blank. Unter den Schmutzschichten kam die Figur des heiligen Georg zum Vorschein. Elwen hatte sich auf die Zehenspitzen stellen müssen, um ihm die Kette umzulegen. Fast meinte er, ihren warmen Atem auf seinem Nacken zu spüren, als sie an dem Verschluss herumnestelte. Er hatte gedacht, es würde ihm das Herz brechen, sich von dem Schmuckstück zu trennen, doch stattdessen empfand er Erleichterung, als er dem Händler den Anhänger aushändigte. Er war eine weitere Bürde, von der er sich befreit hatte; eine greifbare Erinnerung, die ihn nicht mehr belastete. Mit dem Geld, dass er dafür erhielt, würde er bis nach Edinburgh kommen, wenn er sparsam damit umging.

Die Landschaft veränderte sich allmählich, Wälder und Ackerland machten Städten Platz, abgeerntete Felder Lagerhäusern und Mühlen, und die Straße bevölkerte sich zusehends mit Kaufleuten. Will rechnete damit, dass die bevorstehenden militärischen Auseinandersetzungen in den Gasthäusern, in denen er übernachtete, das Hauptgesprächsthema sein würden, aber er fing nur einmal die Bemerkung eines Mannes auf, die Engländer in Schottland würden nach und nach verhaftet werden. Ein anderer meinte daraufhin, die Schotten planten eine Invasion, aber abgesehen davon hörte Will nichts. Das Leben in den Städten und Dörfern Englands ging weiter wie bisher, und wenn die Leute sich bewusst waren, dass sich ihr Land im Krieg befand, ließen sie es sich nicht anmerken. Erst als er den verfallenen Wall überquerte, den die Römer einst erbaut hatten, um den wilden Norden einzuschließen, begann sich vieles zu verändern. Diese Veränderung vollzog sich schleichend; die Männer in den Schänken verhielten sich zurückhaltender und ließen sich schwerer in Gespräche verstricken. Dann fiel ihm auf, dass sich die Reisenden jetzt zu Karawanen zusammenschlossen, die nicht selten von bewaffneten Eskorten beschützt wurden. In dem windumtosten Hochland Northumberlands, wo die Hügel mit dem Himmel zu verschmelzen schienen, wurde er kaum noch irgendwo gastfreundlich aufgenommen und war gezwungen, in steinernen Hütten zu schlafen, die er sich mit Schafherden teilen musste.

Vor einer Woche hatte es aufgehört zu schneien, und eine rötliche Wintersonne war am Himmel aufgegangen. Vier Tage später überquerte er den Tweed und bei Kelso den Teviot und gelangte in das Grenzgebiet. Die Städte wimmelten von Soldaten, die Tore wurden bewacht und waren oft verriegelt. Will wurde mehrfach angehalten und befragt, durfte aber dank seiner Ortskenntnisse immer passieren. Doch unter der Anspannung spürte er immer deutlicher auch Zuversicht. Die Männer machten den Eindruck, als seien sie auf den Krieg gut vorbereitet, würden ihm teilweise sogar entgegenfiebern. Sie standen in Gruppen vor neu errichteten Palisaden und spotteten über die verweichlichten Engländer. Ihr unbekümmertes Selbstvertrauen bereitete Will Sorge. Im Gegensatz zu ihnen wusste er nur zu gut, was ihnen bevorstand.

Die Grafen und Barone, die der König zu den Waffen gerufen hatte, würden zusammen mit ihren Rittern ihre Landsitze verlassen und in bewaffneten Kolonnen über Englands Straßen marschieren, um sich in drei Wochen in Newcastle zu einer unter dem Löwenbanner vereinten Armee zusammenzuschließen; einer Armee von einer Größe, wie sie die Schotten seit hundert Jahren nicht mehr gesehen hatten. Diese jungen Männer mit ihren Holzkeulen und höhnischen Scherzen waren in keiner Weise auf das vorbereitet, was dann folgen würde.

Doch trotz seiner Eile konnte sich Will der seltsamen Vertrautheit der Landschaft nicht entziehen. Je mehr er sich Edinburgh näherte, den Biegungen seichter, steiniger Flüsse folgte, desto stärker wurde seine Sehnsucht nach seiner alten Heimat, bis er schließlich spät an diesem Morgen, kaum sieben Meilen von der Stadt, dem Sitz des Königs entfernt, Richtung Westen abschwenkte.

Er trieb sein Pferd einen steilen Uferhang hoch und gelangte auf einen mit Hufspuren übersäten Pfad, der wenig später eine scharfe Kurve beschrieb. Am Ende dieses Pfades stand in der Ferne das Haus, in dem er geboren worden war. Er hatte sich oft gefragt, ob er es überhaupt noch vorfinden würde oder ob es, wie so viele seiner Bewohner, im Lauf der Zeit zu einer bloßen Erinnerung verblasst sein würde. Doch zu seiner Überraschung ragte es unverändert vor ihm auf. Eine niedrige Mauer umgab das Haupthaus, einige Nebengebäude und eine Koppel. Will zügelte sein Pferd, von dessen Nüstern kleine Wölkchen aufstiegen, glitt aus dem Sattel und führte das Tier von dem Pfad herunter. Der Landsitz befand sich im Besitz des Templerordens, seit sein Vater zum Ritter geschlagen worden war und seine Mutter und seine Schwestern in ein Kloster bei Edinburgh gebracht worden waren. Er bezweifelte, dass die Nachricht von seiner Desertion schneller gereist war als er selbst, aber er wollte hier draußen niemandem begegnen, wenn es nicht unbedingt sein musste.

Will steuerte auf das Wäldchen zu, in dem er mit seinem Vater immer Feuerholz gesammelt hatte. Zwischen den Bäumen machte er Halt, schlang die Zügel um einen Ast, löste sich dann wieder aus seiner Deckung und schlich auf die Mauer zu. Auf der Koppel standen zwei kräftige Pferde, in der dahinterliegenden Scheune schien Vieh gehalten zu werden. Er duckte sich, als ein Mann mit einem Eimer in der Hand ins Freie trat und hinter dem Haus verschwand. Vorsichtig pirschte er sich weiter vor. Die Kräuter in dem kleinen Garten, den seine Mutter angelegt hatte, wuchsen üppiger und buschiger als früher, aber ansonsten sah alles noch genau so aus, wie er es in Erinnerung hatte. Er kauerte sich auf den Boden. Bilder aus seiner Kindheit zogen an ihm vorüber: seine Mutter mit einem duftenden Salbeibündel in der Hand, seine Schwester Mary, die jauchzend über die Koppel rannte, sein Vater, der ihn auf ein Pferd hob, seine ältere Schwester Alycie, die vor dem Feuer saß und vor sich hin summte. Auch sie war vor einigen Jahren gestorben …

Nach einiger Zeit richtete er sich auf, weil seine Beine zu schmerzen begannen. Hinter ihm raschelte etwas. Will fuhr herum. Er konnte gerade noch das furchterfüllte Gesicht eines jungen Mannes, einen blonden Haarschopf und eine erhobene Hand erkennen, die etwas umschloss, dann sauste die Hand herab, und der Gegenstand darin wurde gegen seine Stirn geschmettert.

7

Midlothian, Schottland
7. Februar A.D. 1296

Ganz in der Nähe erklangen Stimmen, aber so schwach und gedämpft, als höre er sie unter Wasser. Mühsam schlug Will die Augen auf. Vor sich, hinter einer Türschwelle, konnte er mehrere Fußpaare erkennen, aber der Blickwinkel erschien ihm eigenartig, bis er begriff, dass er auf dem Boden lag. Jemand hatte ihm seinen Umhang abgenommen; er hing an einem Haken neben einem Kamin, in dem ein helles Feuer brannte. Sein Kopf schmerzte, und seine eine Gesichtshälfte war mit etwas Klebrigem bedeckt. Als er danach tasten wollte, stellte er fest, dass man ihm die Hände auf dem Rücken gefesselt hatte. Die Stimmen verstummten, und jemand betrat den Raum. Will blinzelte benommen nach oben. Ein muskulöser dunkelhaariger Mann starrte auf ihn herab. Hinter ihm stand ein blonder Jugendlicher, der die Daumen herausfordernd in seinen ledernen Gürtel gehakt hatte.

»Er ist wieder bei Bewusstsein«, rief der kräftige Mann über seine Schulter hinweg. Er sprach mit starkem schottischem Akzent.

Will erkannte in ihm den Mann wieder, der mit dem Eimer aus der Scheune gekommen war. Bei dem Jugendlichen handelte es sich um seinen Angreifer. Fast im selben Moment wurde ihm bewusst, wo er sich befand – in der Küche seines Elternhauses. Sogar einige der alten Möbel waren noch vorhanden.

»Wer seid Ihr?«

Will wappnete sich gegen das Pochen in seinem Kopf, zog sich auf die Knie und rappelte sich auf. Beide Männer wichen zurück.

»Hol ein Messer, David!«, rief eine ängstliche Frauenstimme.

»Sagt mir eines«, krächzte Will, während er auf die Männer zuwankte. »Empfangt Ihr alle Eure Besucher so freundlich?«

»Nur englische Spione«, erwiderte der ältere Mann, während der jüngere zu einem Regal trat und dort vermutlich nach einem Messer suchte.

»Da ich keiner bin, könnt Ihr mich vielleicht losbinden, damit ich erklären kann, was mich hierhergeführt hat?«

»Ihr seid nicht geknebelt, oder?«

Will lehnte sich gegen die Wand. »Ich habe früher einmal hier gelebt. Ich bin auf dem Weg nach Edinburgh und habe beschlossen, kurz hier vorbeizuschauen. Und ich wollte weder Euch etwas zuleide tun noch etwas stehlen, ich wollte nur mein Elternhaus wiedersehen.«

»Er lügt.«

Diese Stimme gehörte einer Frau, die gerade in den Raum trat. Sie war ungefähr Ende dreißig, groß und schlank und hatte sandfarbenes, zu zwei Zöpfen geflochtenes und an den Seiten ihres Kopfes aufgestecktes Haar. Ihre Augen schimmerten dunkelgrün, fast wie die seinen, und ihr längliches, eckiges Gesicht erschien ihm irgendwie vertraut.

»Bleibt zurück, Mistress«, riet der muskulöse Mann.

»Dieses Landgut gehörte dreißig Jahre lang den Templern«, erwiderte die Frau, ohne die Warnung zu beherzigen. »Davor befand es sich nur im Besitz einer einzigen Familie, einer Familie, die ich gut kenne. Ihr seht nicht älter aus als vierzig, wie könnt Ihr also hier geboren sein?«

»Ich bin neunundvierzig«, berichtigte Will sie. »Und ich kenne diese Familie auch, denn ich bin der älteste Sohn.«

Die Frau verstummte und schlug die Hände vor das Gesicht, sodass nur ihre grünen, jetzt hell aufleuchtenden Augen zu sehen waren. »Lieber Gott«, flüsterte sie.

»Wer ist das, Mama?« Eine jüngere Frau kam aus der Halle in den Raum und starrte Will an. Hinter ihrem Rücken verbarg sich ein Mädchen, das finster die Stirn runzelte, als die Ältere sie am Betreten der Küche hinderte, indem sie ihr eine Hand fest auf die Brust legte.

»Mein Bruder.«

Will spürte, wie sich in seiner Kehle ein Kloß bildete, als er begriff, dass die Frau vor ihm, die seine Augen hatte, die Schwester war, die er zuletzt gesehen hatte, als er elf Jahre und sie vier Monate alt gewesen war – ein greinendes, schrumpeliges Bündel in den Armen seiner Mutter. Die schockierende Realität vergangener Zeit, Tod und vieler verlorener Sommer verkörperte sich in ihr. Sein Blick wanderte von ihr zu den anderen Menschen im Raum, die sie schützend umringten. Ihre Kinder? Er stieß vernehmlich den Atem aus. Sein Neffe und seine Nichten. »Ysenda.«

Die Frau winkte den muskulösen Mann zu sich. »Mach ihn bitte los, Tom.«

Tom zog die Brauen zusammen, ging aber widerstrebend zu Will hinüber.

Will zuckte zusammen und spannte seine verkrampften Schultermuskeln an, als seine Hände von den Fesseln befreit wurden.

»Mama dachte, du wärst tot«, sagte das jüngere Mädchen zu Will.

»Hoffte es«, berichtigte ihre ältere Schwester sie scharf.

»Hinaus«, befahl Ysenda plötzlich. »Ihr alle.«

»Mutter!«

»Hinaus. Du auch, Tom.«

Ysenda schloss die Tür hinter Tom. Als sie auf ihn zukam, dachte Will, sie wolle ihn umarmen, aber sie blieb am Tisch stehen, zog einen Stuhl darunter hervor, setzte sich und faltete die Hände auf dem Tisch. »Willst du stehen bleiben?«

Will nahm zögernd ihr gegenüber Platz. Da er nicht wusste, was er sagen sollte, platzte er mit dem Erstbesten heraus, das ihm in den Sinn kam. »Wie kommt es, dass du hier lebst?«

»Die Templer von Balantrodoch hatten das Gut an einen Schafzüchter verpachtet. Er starb vor einem Jahr, und sie beschlossen, den Besitz zu verkaufen, statt ihn neu zu verpachten.« Ysenda schien sich ein wenig zu entspannen. »Ich habe immer noch Kontakt zu einem Priester, der mit Mutter befreundet war. Als ich herausfand, dass das Landgut verkauft werden sollte, bat ich meinen Mann, es zu kaufen.«

»Dann muss dein Mann sehr wohlhabend sein.«

»Duncan hielt es für eine gute Geldanlage. Und da er seit kurzem so viel Zeit in Edinburgh verbringt, hat sich der Kauf für uns als Glücksfall erwiesen.« Sie erhob sich und ging zu einem Regal hinüber. Der Himmel draußen hatte sich schiefergrau verfärbt. Ysenda griff nach einem Lappen, tauchte ihn in einen Wassereimer neben der Tür, wrang ihn aus und reichte ihn Will. »Hier.« Sie nickte in Richtung seines Kopfes.

»Dein Sohn ist ein kräftiger Bursche.« Will presste den Lappen auf die Wunde und rieb das antrocknende Blut weg. »Er würde einen guten Ritter abgeben.«

»Ich schätze, er empfängt nächstes Jahr den Ritterschlag. Wenn er achtzehn ist.«

»Ist er ein Templer?« Will ließ den Lappen sinken.

»Nein«, erwiderte seine Schwester schroff.

»Deinen Brief trage ich immer noch bei mir. Den, in dem du mir von Mutters Tod geschrieben hast.« Will zögerte. »Ist sie friedlich gestorben?«

»Das ja. Leider lässt sich von ihrem Leben nicht dasselbe behaupten. Warum bist du nicht zurückgekommen?«

»Ich konnte nicht.«

»Konntest du nicht, oder wolltest du nicht?«

In Will keimte ein Anflug von Schuldbewusstsein auf, das jedoch einem weit kürzlicher erfolgten Verrat galt. »Ich war elf Jahre alt, als ich euch verlassen musste, Ysenda. Ich hatte in dieser Angelegenheit nicht viel zu sagen.«

»Mutter wollte mir nie sagen, warum du und Vater fortgegangen seid, aber als ich älter war, erfuhr ich es von Alycie und Ede. Sie erzählten mir, du hättest ihre Schwester Mary getötet.«

»Es war ein Unfall, und sie war auch meine Schwester.« Er fuhr sich mit der Hand über das Haar. »Gott, ich wünschte, ich könnte diesen Tag ungeschehen machen, aber das kann ich nicht. Ich muss damit leben.«

Ysenda schwieg einen Moment. »Mutter meinte immer, ich sähe Mary ähnlich.«

»Das tust du auch, ein wenig jedenfalls.«

»Du kannst dir sicher vorstellen, dass das nicht ganz leicht für mich war.«

Beide verstummten.

»Ist Ede noch …« Will zögerte; unsicher, wie er die Frage formulieren sollte. Er kam sich vor wie ein Fremder, der in das Leben, in die Familie eines anderen einzudringen versuchte.

»Am Leben?« Ysenda nickte. »Sie ist vor ein paar Jahren mit ihrem Mann nach Elgin gezogen. Seit Beginn der Unruhen ist es schwierig für uns, in Verbindung zu bleiben, aber ich glaube, es geht ihr gut. Sie hat drei inzwischen erwachsene Söhne.« Ysenda holte tief Atem. »Was war er für ein Mensch?«

»Wer?«

»Unser Vater.«

»Diese Frage lässt sich nicht mit ein paar Worten beantworten, wenn die Antwort ihm gerecht werden soll, und ich habe nicht viel Zeit.«

Sie musterte den hinter ihm neben dem Feuer hängenden Umhang stirnrunzelnd. »Wo ist dein Mantel? David hat dein Pferd im Wald gefunden, aber in deinem Gepäck befanden sich keine Templerkleider.«

»Ich habe den Orden verlassen.« Will erhob sich, als sie Anstalten machte, weiter in ihn zu dringen. »Ich bin auf dem Weg nach Edinburgh, ich habe wichtige Informationen für König John. König Edwards Armee befindet sich weniger als einen Monat hinter mir.«

»Dann ist es also wahr? Die Engländer kommen?« Ihre Hand glitt zu ihrem Hals, an dem ein kleines Silberkreuz hing.

»König John muss mich anhören. Was ich ihm zu sagen habe, kann ihm vielleicht helfen.«

»John Balliol verkörpert nicht mehr die Macht in diesem Land. Ein Rat der Adeligen hat die Kontrolle übernommen, als er sich weigerte, sich Edwards Forderungen zu widersetzen. Er sagt, er sei jetzt dazu bereit, aber wenn es so weit ist, macht er mit Sicherheit wieder einen Rückzieher.«

»Sie sind in Edinburgh?«

»Sie inspizieren die Grenzbefestigungen. Der König ist bei ihnen. Sie ziehen die Männer für den Krieg zusammen. Das Feuerkreuz ist durch das Reich gesandt worden.« Sie hielt inne. »Aber mein Mann ist in Edinburgh. Du kannst deine Informationen an ihn weitergeben.«

»Nimm es mir nicht übel, Ysenda, aber ich muss mit jemandem sprechen, der etwas damit anfangen kann.«

»Duncan ist ein Ritter von Sir Patrick Graham of Kincardine, einem sehr einflussreichen Mann. Er wird dafür sorgen, dass sein Herr dich anhört. Ich schicke David morgen beim ersten Tageslicht los. Jetzt ist es zu spät dazu«, beharrte sie, als er Einwände erheben wollte. »Außerdem würde ich gern mehr über dich erfahren … Bruder.«

Die Königsburg von Edinburgh
3. März A. D. 1296

Das Sonnenlicht glitzerte auf den nassen Dächern der eng beieinanderstehenden Häuser, die sich bis zur Holyrood Abbey den Hügel hinunterzogen, die sich als schwache Silhouette von dem Hintergrund des schroffen Berges abzeichnete, der dahinter über der Stadt aufragte. Will legte eine Hand vor die Augen, um nicht geblendet zu werden. Er stand auf der Brustwehr, und der Wind vom Firth of Forth wehte durch die Schießscharten und wirbelte Stroh und Staub auf.

»Sir William!«

Will drehte sich um und hielt die Kapuze seines Umhangs fest, die der Wind ihm vom Kopf zu reißen versuchte. Zwei Männer kamen den steilen Pfad herunter, der unter einem bogenförmigen Tor hindurchführte, hinter dem sich die Hauptgebäude auf dem Gipfel des Felsens drängten. »Jetzt nur noch William«, erinnerte Will seinen Neffen. »Ich bin kein Ritter mehr.«

»Aber du warst ein Kommandant, ein *Templerkommandant*. Du solltest dich immer noch als Ritter bezeichnen, auch wenn du deinen Mantel nicht mehr trägst.« David zuckte die Achseln. »Ich täte es jedenfalls.«

»Du wolltest mich sprechen.« Der andere Mann legte David eine Hand auf die Schulter.

Will musterte seinen Schwager, eine stämmigere, strengere Ausgabe seines Neffen. »Ich möchte wissen, woran diese ständige Verzögerung liegt, Duncan. Ich warte jetzt schon seit drei Wochen. Du weißt, was ich aufgegeben habe, um diese Informationen hierherzubringen. Es würde mir gar nicht gefallen, wenn mein Opfer umsonst gewesen wäre.«

Duncan ließ sich nicht beirren. »Ich habe doch gesagt, ich kann nichts tun. Ich muss warten, bis Sir Patrick zurückkommt.«

»Was ist mit dem Sheriff? Dem Konnetabel? Das englische Heer dürfte Newcastle bereits erreicht haben. Edward will Ostern in Berwick sein. Das ist in weniger als einem Monat.«

»Die Burg ist bis zum Platzen mit Soldaten vollgestopft, die Vorratslager müssen gefüllt werden, die Verteidigungsanlagen werden verstärkt, und von überall her treffen Berichte über Waffeninspektionen ein. Da bleibt keine Zeit, jemandem eine Audienz zu gewähren.«

»Selbst dann nicht, wenn diese Audienz das Reich retten könnte?«

Als Duncan daraufhin schwieg, hakte Will nach: »Glaubst du mir nicht?«

»Es steht mir nicht zu, über den Wahrheitsgehalt oder die Genauigkeit deiner Informationen zu urteilen. Du bekommst deine Audienz, sobald Sir Patrick zurückkehrt. Ich stehe zu meinem Wort«, fügte Duncan steif hinzu.

»Und was soll ich in der Zwischenzeit tun?«

»Warten. Für uns andere gibt es Arbeit genug.«

Will unterdrückte seinen Ärger, als Duncan sich abwandte und den widerstrebenden David mit sich zog. Er verstand die Feindseligkeit und das Misstrauen des Mannes; er war hier ein Fremder, der Verbindungen zum Feind hatte und der die Frau im Stich gelassen hatte, die Duncan liebte – ja, der es noch nicht einmal für nötig befunden hatte, Briefkontakt zu ihr aufzunehmen und stattdessen einfach unverhofft vor ihrer Tür aufgetaucht war. Er verstand Duncans Reaktion, doch sie erfüllte ihn mit hilfloser Wut. Jahrelang war er respektiert, sogar gefürchtet worden, hatte Armeen befehligt und mit Königen verhandelt. Und nur weil er seinen Mantel abgelegt hatte, war er zu einem Nichts reduziert worden. Er besaß keine Abzeichen seiner Macht mehr, hatte kein Geld und verfügte über keinerlei Einfluss mehr. Das Einzige, worauf er sich berufen konnte, war der Name Campbell, aber die Familie, die sein Großvater vor Jahren verlassen hatte, lebte irgendwo weit im Westen, und er hatte keinen von ihnen je zu Gesicht bekommen.

Gekränkt und aufgebracht stützte Will die Arme auf die Brustwehr. Draußen an der Flussmündung glitten vier Schiffe auf den Hafen von Leith zu. Die Wolkenberge am Himmel spiegelten sich in dem schwarzen Wasser wider, das ab und an golden glitzerte, wenn Sonnenstrahlen darüber hinwegtanzten. Alles an diesem Ort wirkte wild und ungezähmt. Er strahlte eine eigenartige primitive Macht aus, die sich in dem schwarzen Vulkangestein manifestierte, auf dem die Schotten ihre uneinnehmbare Festung erbaut hatten. Der Burg und der Stadt darunter haftete etwas Trotziges an; eine kühne Herausforderung an das unwirtliche Land, das sie von allen Seiten einschloss.

Als er ein Junge gewesen war, hatte sein Vater ihn einmal in die Burg mitgenommen. Sie waren mit einer Templergruppe aus Balantrodoch gekommen, um König Alexander III. aufzusuchen – es war um Pachtgelder gegangen, wenn er sich richtig erinnerte. Damals hatten die königlichen Gemächer und die Verwaltungsgebäude, in denen der Konnetabel des Königs und der Sheriff von Edinburgh mit ihren Schreibern und Sekretären untergebracht waren, noch weitgehend aus Holz bestanden. Inzwischen waren viele Gebäude durch größere, aus Stein erbaute ersetzt worden. An einigen wurde gearbeitet; die hölzernen Gerüste erzitterten im Wind.

Als er spürte, wie jemand neben ihn trat, drehte Will sich um und sah sich David gegenüber. »Ich sollte besser aufpassen. Du schleichst dich so leise an wie ein Fuchs.« Er tippte gegen seine Stirn, auf der eine kleine Narbe zurückgeblieben war.

David grinste verlegen und lehnte sich gegen den feuchten Stein. »Das muss man auch, wenn man in den Wäldern Wild erlegen will.«

»Also bist du nicht nur ein Ritter, sondern auch ein Jäger.«

»Ein Ritter noch nicht«, wehrte David ab. »Nimm meinem Vater sein Verhalten nicht übel«, fügte er hinzu und blickte dabei über die Flussmündung hinweg. »Er versucht nur, Mutter zu schützen.«

»Ich vermute, sie war lange Zeit sehr böse auf mich.«

David zuckte die Achseln. »Sie hat dich nicht oft erwähnt, aber nach Großmutters Tod hat sie oft geweint, und manchmal hörte ich sie mit Vater über dich und Großvater sprechen. Sie sagte immer, Großmutter wäre an einem gebrochenen Herzen gestorben.«

Will senkte betreten den Kopf.

David nestelte an seinem Gürtel herum, dann schielte er verstohlen zu ihm hinüber. »Hast du wirklich einem Großmeister das Leben gerettet?«

»Ja, vor langer Zeit.«

»Erzähl mir mehr von Akkon.«

Will lächelte. Er hatte mit seinem Neffen eine Art Pakt geschlossen; er erzählte ihm vom Heiligen Land, und im Gegenzug berichtete David ihm von den jüngsten Ereignissen in Schottland und dem Kampf gegen Edward; so füllte Will seine Wissenslücken.

Besonders ausführlich ließ David sich über den ein Jahrzehnt zurückliegenden Tag aus, an dem König Alexander bei einem nächtlichen Ritt tödlich verunglückt war. In einem ernsten Ton, der Will an Duncan erinnerte, beschrieb er, wie die Enkelin des Königs, die so genannte Maid of Norway, kurz darauf gestorben und damit das Unheil über Schottland hereingebrochen war.

Mehr als vierzehn Thronanwärter hatten damals ihre Ansprüche auf die Krone geltend gemacht, und da ein Bürgerkrieg auszubrechen drohte, war Alexanders Schwager Edward gebeten worden, sich als Schiedsrichter einzuschalten. Doch Edward hegte Hintergedanken, wie sich bald herausstellte, als er von den Schotten verlangte, ihn als Obersouverän anzuerkennen und ihm die königlichen Städte und Burgen zu unterstellen. Dem schottischen Adel blieb nichts anderes übrig, als sich zu fügen; er bestand allerdings darauf, dass Edward sich wieder zurückzöge, sobald der neue König gekrönt worden sei.

Nach einjährigen Verhandlungen bestimmte Edward schließlich John Balliol zu Alexanders Nachfolger, und eine Zeitlang herrschte in Schottland wieder Frieden. Doch dann begann Edward, Balliols Macht geschickt zu untergraben. Als König stand es Balliol zu, in seinem Reich Recht zu sprechen, doch Edward verfügte, dass juristische Streitfälle nicht in Schottland, sondern in England verhandelt wurden. Dieser Zustand hielt mehrere Jahre lang an; Balliol musste immer größere Demütigungen hinnehmen und wurde einmal sogar nach Westminster befohlen, um sich dort vor dem englischen König zu rechtfertigen. So machte Edward deutlich, dass der König der Schotten lediglich ein Vasall, eine Marionette der englischen Krone und an die englische Autorität gebunden war. Die Situation war letztes Jahr eskaliert, erklärte David, als die schottischen Adeligen, über Edwards anmaßende Eigenmächtigkeiten und Balliols Schwäche verärgert, einen an seiner Stelle herrschenden Regierungsrat gebildet und Abgesandte zu Philipp geschickt hatten, um ihn um Hilfe zu bitten.

Davids Schilderung all dieser Ereignisse steigerte Wills Hass auf Edward noch. Den Orden zu verlassen, um die Schotten zu warnen, war ihm als ein befriedigender Schlag gegen den Mann erschienen, der sein Leben zerstört hatte, aber als ihm niemand zuhören wollte, begann er sich allmählich zu fragen, ob er nicht vielleicht voreilig gehandelt hatte.

»Ich möchte eines Tages gern selbst dorthin reisen.«

Will, der tief in seine eigenen Gedanken versunken war, starrte seinen Neffen verständnislos an.

»Nach Akkon.« David lachte über seine verdutzte Miene. »Hast du mir überhaupt zuge…« Er brach ab, als auf den Mauern über ihnen ein Horn erscholl, beugte sich vor und legte eine Hand vor die Augen, um sie vor der Sonne zu schützen. »Sieh doch!«

Will blickte in die Richtung, in die sein Neffe deutete, und sah eine Reitergruppe den Hügel heraufgaloppieren. Bunte Banner flatterten hinter den Männern her, Hufgetrommel erfüllte die Luft.

»Es ist der König.« David packte Will am Arm und zog ihn von der Brustwehr weg. »Komm, wir wollen es Vater sagen. Jetzt bekommst du deine Audienz.«

Aber die Vorhersage seines Neffen erwies sich als verfrüht, denn als Balliols Trupp durch das Tor in den Hof strömte, wurde Will von einem Wachposten grob zur Seite gestoßen. Er erhaschte lediglich einen Blick auf den König, dem ein Knappe vom Pferd half, doch Balliol schenkte ihm nicht mehr Aufmerksamkeit als den Stallburschen, die die erschöpften Pferde davonführten, und begab sich mit seinen Edelleuten in die große Halle, deren Türen sofort hinter ihm geschlossen wurden.

Fast fünf Stunden später schritt Will noch immer rastlos im Hof vor den Ställen auf und ab. Seit König Johns Ankunft hatte ein ständiges Kommen und Gehen geherrscht: Diener und Boten eilten in die Halle und kamen wieder heraus, gelegentlich von einem Earl oder Lord in Begleitung seiner Ritter gefolgt. Die Zeit verstrich, und er musste an sich halten, um nicht geradewegs in den Raum zu marschieren und um ein Gespräch mit dem König zu ersuchen.

»Will.«

Will drehte sich um. Hoffnung keimte in ihm auf, als er Duncan sah, erstarb aber angesichts des Gesichtsausdrucks seines Schwagers sofort wieder. »Hast du mit Patrick gesprochen?«

Duncan nickte.

»Und?«

»Sie wollen nicht hören.« Duncan hatte zumindest den Anstand, verlegen zu klingen, als er Will diese verheerende Nachricht überbrachte.

Will ließ nicht locker. Er konnte nicht glauben, dass alles, was er getan hatte, umsonst gewesen sein sollte; dass diese Männer so begriffsstutzig waren. »Hast du ihm meine Worte ganz genau wiedergegeben? Ihm gesagt, dass Edward beabsichtigt, Berwick einzunehmen und dann Balantrodoch als Sammelpunkt zu benutzen, von dem aus er nach Edinburgh vorrücken will?«

»Sir Patrick hat lange auf Balliol eingeredet, aber der König und seine Berater haben andere Pläne, von denen sie nicht abweichen wollen.«

Will ließ sich schwer auf eines der vor den Ställen aufgestapelten Wasserfässer sinken.

Duncan seufzte tief. »Ich weiß, es hilft dir nicht weiter, aber ich denke, sie machen einen Fehler.«

Will konnte noch nicht einmal mehr die Energie aufbringen, für diese unvermutete Unterstützung dankbar zu sein. »Dann war also alles umsonst.«

Duncan setzte sich neben ihn und verschränkte die muskulösen Arme. »Sie arbeiten seit Monaten darauf hin, Will. Alles ist vorbereitet. Der Vertrag mit Frankreich ist unterzeichnet, die Verteidigung der Grenzen gesichert.«

»All diese Maßnahmen werden sich als fruchtlos erweisen, wenn Edward bei Berwick der Durchbruch gelingt.«

»Sir William Douglas verteidigt Berwick. Er ist einer der furchtlosesten Ritter im ganzen Reich. Wenn deine Informationen der Wahrheit entsprechen und Edward zuerst diese Stadt angreifen will, dann steht ihm eine schwere Aufgabe bevor.«

»Wenn meine Informationen der Wahrheit entsprechen?«, wiederholte Will. »Sie haben mir doch geglaubt, oder?«

»Sie waren argwöhnisch«, gab Duncan zu. »Sie hatten einen Spion in Edwards Haushalt eingeschleust, der versuchen sollte, etwas über seine Strategie in Erfahrung zu bringen, aber es steht zu befürchten, dass er entdeckt worden ist. Einige Edelleute glauben, Edward könnte dich geschickt haben, um Verwirrung zu stiften und uns dazu zu bringen, unsere Truppen in einer Stadt zusammenzuziehen und den Rest ungeschützt zurückzulassen. Manche sprachen sich sogar für deine Verhaftung aus.«

Will starrte ihn an.

»Aber Sir Patrick hat sich um meinetwillen für dich eingesetzt.« Duncan schüttelte den Kopf. »Ich hoffe, du enttäuscht uns beide nicht.« Er erhob sich. »Die Edelleute wollen Carlisle angreifen. Das letzte Jahr ist die Stadt von der Familie Bruce verteidigt worden, die ihr Vaterland verraten hat, um für Edward zu kämpfen. Scheinbar waren sie nicht willens, die Landsitze aufzugeben, die sie in England besitzen. Sieben Earls werden den Feldzug führen, und ich werde bald mit meinem Herrn aufbrechen, aber ich habe David hier untergebracht, als Mitglied der Burgwache. Er ist für diesen Kampf nicht bereit, noch nicht.« Er schob das Kinn vor. »Ich möchte, dass du meine Frau und meine Kinder hierherbringst. Wenn Edward Berwick angreift und wenn …« Er sog scharf den Atem ein. »Ich möchte sie in Sicherheit wissen.«

»Ich soll sie beschützen?«

»Das bist du Ysenda schuldig.« Duncan nickte, als er resignierte Zustimmung in Wills Augen las, dann ging er davon.

Will stand auf und schickte sich an, zu den Baracken zurückzukehren, wo er zusammen mit vierzig Soldaten in einem überfüllten, zugigen Schlafsaal untergebracht war, als ein Mann, der seinen Wortwechsel mit Duncan beobachtet hatte, auf ihn zukam.

»William Campbell?«

Will nickte misstrauisch, dabei beäugte er das große Schwert am Gürtel des Mannes und fragte sich, ob Duncan recht hatte und man ihn verhaften wollte.

Der Mann hatte dichtes, rötliches Haar, braune Augen und eine raue Stimme. »Ich bin Sir Patrick Graham.«

Will neigte überrascht den Kopf.

Sir Patrick lächelte. »Wenn all das zutrifft, was Duncan und sein Sohn mir erzählt haben, dann bin ich derjenige, der sich verbeugen sollte. Leider sind meine Landsleute Euch nicht ebenso dankbar dafür, dass Ihr es auf Euch genommen habt, zu uns zu kommen und uns zu warnen, wie ich es bin. Ich habe getan, was ich konnte, um sie dazu zu bewegen, ihre Meinung zu ändern, aber sie wollen von ihrem einmal eingeschlagenen Weg nicht abweichen.«

»Ich danke Euch für Eure Unterstützung. Ich weiß, dass Ihr ein Risiko eingegangen seid, indem Ihr zu meinen Gunsten gesprochen habt.«

»Das Risiko für unser Königreich ist weit größer.« Patrick seufzte. »Ich fürchte, der Hass der Adeligen auf König Edward hat in ihnen eine übermäßige Kampfeslust geweckt, die dann in eine ganz und gar nicht angebrachte Zuversicht umgeschlagen ist. Es stimmt, die Männer sind tapfere Krieger, und die Edelleute haben die letzten Wochen genutzt, um sie nach Kräften anzuspornen, aber letztendlich ist und bleibt alles hauptsächlich eine Frage der Truppenstärke. Nur Zahlen zählen, was Euer Vater, der Buchhalter, sicher bestätigt hätte.« Angesichts von Wills sichtlicher Verwirrung wurde sein Lächeln noch breiter.

»Wie kommt es, dass Ihr ihn gekannt habt?« Will musterte Patrick forschend. Er konnte nicht älter als fünfunddreißig sein, und sein Vater war seit fast ebenso vielen Jahren tot.

»Persönlich bin ich ihm natürlich nie begegnet. Mein Vater hatte mit den Templern von Balantrodoch zu tun, es ging um die Zusicherung eines Stückes Land. James Campbell hat das Geschäft im Namen des Ordensmeisters von Schottland abgewickelt. Mein Vater hat es ihm hoch angerechnet, dass er sich während der gesamten Verhandlungen absolut neutral verhalten hat, und schwor nach der Unterzeichnung der Verträge, dass er tief in James' Schuld stünde. Sie blieben jahrelang in Verbindung, bis James Schottland verließ. Mein Vater hat nie wieder etwas von ihm gehört, sich aber immer voller Dankbarkeit an ihn erinnert. Und als er mich zu seinem Erben einsetzte, sagte er mir, dass ich ohne James sehr viel weniger Land besitzen würde, als es heute der Fall ist. Euer Vater hat nie versucht, diese Schuld einzutreiben, und als Duncan mir erklärte, wer Ihr seid und was Euch hierhergeführt hat, dachte ich, ich sollte mich für Euch einsetzen. Das war das Mindeste, was ich für James Campbells Sohn tun konnte.«

»Danke«, murmelte Will, der sich nicht sicher war, ob er Patrick für seine Unterstützung oder die Ehrerbietung dankte, mit der er von seinem Vater gesprochen hatte.

»Ich befürchte, dass unsere Truppen Edwards Armee nicht allzu viel entgegenzusetzen haben. Leider kann keiner von uns im Moment etwas daran ändern. Wir können nur mit aller Entschlossenheit kämpfen und beten, dass Gott auf unserer Seite ist. Ich sähe es gerne, wenn Ihr Euch uns anschließen würdet, Campbell. Ihr seid ein erfahrener Soldat und kennt Edward und seine Vorgehensweisen besser als wir, daher denke ich, Ihr könntet uns von großem Nutzen sein. Ich werde dafür sorgen, dass Ihr eine Eurem Stand angemessene Position zugeteilt bekommt. Seid Ihr bereit, Edinburgh gemeinsam mit uns gegen einen gemeinsamen Feind zu verteidigen?«

Einen Moment musste Will an Roberts Warnung, er werde in seiner Heimat keine Gerechtigkeit, sondern auch nur Krieg finden, denken, doch er verdrängte die Worte des Freundes energisch und sah Sir Patrick an. »Ich denke, ich werde sogar noch mehr als das tun können.«

8

Berwick-upon-Tweed, Schottland
30. März A.D. 1296

Die vier Jungen kletterten rasch und geschickt auf die Brustwehr hinauf. Ihre Hände krallten sich in die harte, mit stachligem, ihre bloßen Knie aufscheuerndem Gras bewachsene Erde. Der Wall erstreckte sich zu ihrer Linken am Ufer des Tweed entlang auf die Burg zu und bildete zu ihrer Rechten einen breiten Erdring rund um die Stadt, der erst an dem zum Meer führenden Tor endete. Er war mit einer Holzpalisade gekrönt, die mit Sehschlitzen zwischen den Pfählen versehen war. Die Jungen drängten sich um einen dieser Ausgucke. Ihr Atem bildete in der kühlen Luft kleine Wölkchen. Vor ihnen fiel der Untergrund steil zu einem schmalen Graben ab, der rund um die Stadt herum angelegt worden war. Dahinter lagen Häuser, Bauernhöfe und Felder. Es war ein feuchter, dunstiger Morgen, aber da keine Nebelschwaden über das Land waberten, konnten die Jungen die Armee ausmachen, die weniger als eine Meile nordöstlich von ihnen auf einem niedrigen Hügel aufmarschiert war – eine Masse von Männern und Pferden, durchsetzt von leuchtenden Bannern und glitzerndem Stahl.

»Wie viele mögen es sein?«, flüsterte der Jüngste von ihnen, der eine rote Filzkappe trug.

Einer seiner Kameraden kniff die Augen zusammen, als versuche er, die Soldaten zu zählen. In der Ferne konnten sie schwache Rufe, Hundegebell und das metallische Klirren einer Armee in voller Rüstung hören, die sich zum Kampf formierte. »Hunderttausend«, verkündete er nach einem Moment.

Der Mund des Jüngsten verzog sich zu einem erstaunten O, aber sein Bruder, der Älteste der Gruppe, versetzte dem Sprecher einen Stoß. »Unsinn. Nicht mehr als zehn.«

»Zehntausend?«, murmelte der Jüngste, dem dieser zahlenmäßige Unterschied wenig Trost zu bringen schien.

»Bis zu uns kommen sie nie«, gab sein Bruder abfällig zurück, dabei zog er ihm die rote Kappe über die Augen. »Unsere Bogenschützen werden sie alle erschießen.« Er grub einen Stein aus dem Erdreich neben seinem Knie, stellte sich auf die Zehenspitzen und schleuderte ihn in Richtung der Armee über die Palisade. »Englische Hunde!«, brüllte er aus vollem Hals, als der Stein in den Büschen direkt hinter dem Graben landete.

Die beiden anderen zogen sich grinsend auf die Füße. Auf dem Weg zur Brustwehr hatten sie gehört, wie einige Soldaten die Feinde mit einem Schwall von Beschimpfungen überschütteten. Sie kletterten an den Pfählen hoch, bis sie darüber hinwegspähen konnten, und fielen in die Schmährufe mit ein.

»Englische Hunde! Englische Hunde! Kommt nur her, dann schneiden wir euch die Schwänze ab!«

Der Jüngste schob seine Kappe zurück. Die Stimmen seiner Freunde und seines Bruders klangen schrill und gepresst, und obwohl sie johlten und kreischten, schwang Furcht darin mit. Plötzlich brach der Pfahl, an den sich der Älteste klammerte, mit einem Knirschen ab, und er konnte nur verhindern, dass er rücklings den Damm hinunterrollte, indem er sich an dem Jungen neben ihm festhielt. Nachdem er das Gleichgewicht wiedererlangt hatte, starrten sie alle das morsche Holzstück in seiner Hand stumm an.

»Heda, ihr da oben!«

Die Jungen fuhren herum und entdeckten direkt unter sich eine Gruppe von Soldaten, die die Farben der unter dem Befehl von William Douglas stehenden Stadtgarnison trugen.

»Kommt sofort herunter!«, bellte einer der Männer.

Die Jungen gehorchten widerspruchslos und rutschten zu der schlammigen Straße hinunter.

»Vielleicht könnten sie unseren Platz einnehmen?«, schlug ein anderer Soldat kichernd vor.

»Geht nach Hause zu euren Müttern«, fauchte sein Kamerad; dabei versetzte er dem ältesten Jungen eine Kopfnuss.

Außerhalb von Berwick-upon-Tweed, Schottland
30. März A.D. 1296

König Edwards Gesicht blieb unbewegt, als er die Erdwälle rund um die Stadt beobachtete. Hinter seinen Augen hatte sich ein Druck aufgebaut, ein schwacher, ziehender Schmerz. Er schnäuzte sich vernehmlich. Die feuchte Kälte des Nordens bekam ihm nicht, und er war schon ein paar Tage nach Beginn des Feldzugs krank geworden. Das geschah nicht oft, und die Kopfschmerzen verdrossen ihn sichtlich. Hinter ihm erklang Hufschlag. Anthony Bek, der Bischof von Durham, gesellte sich zu ihm auf den eine halbe Meile von der Stadt entfernten kleinen Hügel. Sein violettes Gewand war über einer Schulter zurückgeschlagen und gab den Blick auf ein prachtvolles Kettenhemd und das Breitschwert an seiner Seite frei.

»Die Schiffe halten sich an der Flussmündung bereit, Mylord. Die Kapitäne warten auf Euer Zeichen.«

Edward musterte ihn. Bek mochte ja ein mit einem eisernen Willen ausgestatteter Mann der Kirche sein, aber der Krieg lag ihm noch mehr. Als Befehlshaber der Armee, die er von St. Cuthbert's Land mitgebracht hatte, entfaltete er allen Prunk eines Militärgenerals. Bek herrschte in seinem Bistum wie ein König; sein Territorium bildete einen Teil von Edwards nördlichen Verteidigungsstellungen. Edward hatte ihn vor sechs Jahren, als sein Sohn mit der Maid of Norway verheiratet werden sollte, zum Statthalter von Schottland ernannt. Seither hatte Bek bei der Kriegsplanung eine wichtige Rolle gespielt.

Edward richtete seine Aufmerksamkeit wieder auf die Stadt mit ihren hinter der Palisade zusammengedrängten Holzgebäuden, zwischen denen hier und da eine steinerne Kirche aufragte. Dahinter verschmolz die fahle Silberscheibe der Nordsee mit dem aschgrauen Himmel. Es war schwer zu glauben, dass dieses bescheidene Städtchen, das zur anderen Seite von dem träge dahinfließenden Tweed und den schlammigen Untiefen der Flussmündung gesäumt wurde, die reichste Stadt Schottlands sein sollte. Die ungefähr zwölftausend Einwohner setzten sich aus Schotten und einer blühenden Gemeinschaft ausländischer Kaufleute zusammen, von denen viele aus den Niederlanden stammten. Sie verschifften die in der Gegend produzierten Häute und Wolle nach Flandern und Deutschland und brachten rote flämische Ziegel mit zurück.

»Ein paar Männer haben gehört, wie die Stadtbewohner Beleidigungen zu uns herübergebrüllt haben.« Bek musterte die Stadt mit gerümpfter Nase. »Diese Barbaren haben einfach kein Benehmen.«

»Dann werden wir es ihnen beibringen.« Edward hob eine behandschuhte Hand und deutete auf Berwick. »Und wir fangen dort drüben damit an.«

Bek kniff die Augen zusammen, um besser sehen zu können. »Dort ist der Schutzwall etwas niedriger«, stellte er fest.

Edward nickte. »Die Kundschafter haben einen künstlich aufgeschütteten, mit Tierspuren übersäten Pfad entdeckt, der über den Graben führt. Ich nehme an, sie nutzen ihn, um ihr Vieh auf die Weiden zu treiben. Dort werden wir uns Zugang zu der Stadt verschaffen.« Mit festem Schenkeldruck und einem Anziehen der Zügel wendete der König sein Schlachtross Bayard. Der mächtige Kopf des Tieres wurde von einer metallenen Stirnplatte geschützt. »Kommt. Es ist Zeit, ein paar Knappen zum Ritter zu schlagen.«

Vom Wind herübergetragene schwache Hohnrufe folgten den beiden Männern, als sie zu dem breiten Hang zurückritten, auf dem die englische Armee Schlachtaufstellung genommen hatte.

Die Kavallerie und Infanterie wurde zum größten Teil von zweihundert von Edwards Pächtern gebildet, von denen jeder gemäß der Gesetze des Lehnssystems eine vollständig ausgerüstete Rittertruppe mitgebracht hatte. Diese mehr als achttausend Mann umfassende Armee wurde durch walisische Bogenschützen und die Templer unter dem Kommando von Brian le Jay verstärkt. Alle brannten darauf, die morgendliche Kälte aus ihren Knochen zu vertreiben und sich im Kampf für ihren König zu bewähren.

Drei Tage nach Ostern hatten sie Berwick erreicht, etwas später, als Edward geplant hatte, aber ein Zwischenfall in der Stadt Wark hatte sie aufgehalten. Hier hatte der Feldzug außerplanmäßig begonnen, als der Stadtoberste, ein englischer Adliger, zu den Schotten überlief. Das erste Blut wurde dann von den Schotten vergossen, die Wark angriffen und den König so zwangen, die Marschrichtung seiner Armee zu ändern, um die Stadt zu befreien. Danach überquerte Edward bei dem Dorf Coldstream den Tweed, wobei er schwor, dem, was die Schotten begonnen hatten, ein rasches Ende zu bereiten. Die große Brücke von Berwick war zwei Jahre zuvor von einer Flut davongerissen worden, und bei Coldstream lag die nächstgelegene Übergangsstelle. Zur See folgten der englischen Armee mehr als vierzig Galeeren, die von East Anglia aus küstenaufwärts gesegelt waren und nun unterhalb der Stadt in der Mündung des Tweed ankerten.

Letzte Nacht waren Boten eingetroffen, die berichteten, die schottische Armee würde auf das weit im Südwesten gelegene Carlisle vorrücken, aber Edward zog keine Truppen ab, um sie dorthin zu schicken. Carlisle war eine gut befestigte Stadt, die unter dem Befehl eines seiner treuesten schottischen Vasallen, Bruce of Annandale, stand. Er ging davon aus, dass sie nicht eingenommen werden würde, aber selbst wenn dieser Fall eintrat, stellte dieser Kampf eine unerwartete und willkommene Ablenkung für die schottische Armee dar, die den Weg nach Edinburgh weit offen gelassen hatte. Das Einzige, was dem König noch im Weg stand, war diese Horde von Schotten und Ausländern hinter der Palisade. Je eher sie unterworfen oder vernichtet wurde und sein Feldzug mit einem Sieg auf der ganzen Linie endete, desto besser. Er hasste den kalten Norden, und es nagte an ihm, dass er all diese Strapazen nicht hätte auf sich nehmen müssen, wenn die Enkelin Alexanders III. nicht so früh gestorben wäre.

Sechs Jahre zuvor hatte er mit der Billigung des Papstes und der zögerlichen Zustimmung des schottischen Adels die Heirat seines Sohnes und Erben Edward of Caernarvon mit der Kinderkönigin in die Wege geleitet, um so Englands Vorherrschaft über das Reich zu sichern. Doch ihr unerwarteter Tod hatte alle seine Pläne zunichtegemacht, und statt dieser einfachen Lösung hatte es ihn jahrelange Mühe und viel Geld gekostet, seine Macht über das Königreich zu erhalten. Er war davon ausgegangen, dass die Wahl Balliols, den seine Spione als den schwächsten und beeinflussbarsten Thronanwärter bezeichneten, seine Position als heimlicher Herrscher hinter dem Thron stärken würde – was auch der Fall gewesen wäre, wenn sich der Adel nicht gegen ihn aufgelehnt hätte. Nun musste er sich die Schotten mit Gewalt statt durch Ränke und Listen untertan machen, wie er es schon mit den Walisern getan hatte, und deswegen verabscheute er sie nur noch mehr.

Wie sein Vetter und Rivale Philipp wurde Edward von dem Wunsch nach absoluter Kontrolle beherrscht. Als König von England betrachtete er es als sein Recht, seine zerstrittenen und zerrütteten Nachbarn zu unterwerfen und sie seinem Königreich einzuverleiben, das in den nächsten Generationen von seinen Nachkommen regiert werden würde. Ein hochrangiger königlicher Schreiber, ein anmaßend auftretender, aber kompetenter Mann namens Hugh Cressingham, hatte seine Vorgehensweise einmal mit dem Ausschütteln eines Umhangs verglichen, um die Falten zu glätten. Edward gefiel diese Beschreibung. Und am Ende dieses Tages würde die Falte Berwick glatt gestrichen sein.

Auf dem Hang vor der Vorhut, die unter dem Befehl des Earl of Surrey stand, warteten dreißig von nahezu greifbarer freudiger Erregung erfüllte junge Männer. Sie verstummten, als Edward und Bek sich ihnen näherten. Edward stieg von seinem Pferd, ohne auf die sich ihm entgegenstreckenden Hände der Knappen zu achten. Nachdem er mit dem Earl of Surrey und den anderen Kommandanten über ihre endgültige Angriffsstrategie gesprochen hatte, schritt der König auf die Männer zu, bei denen es sich samt und sonders um die Söhne angesessener adliger Grundbesitzer handelte. Sie sanken auf die Knie und senkten die Köpfe, als er sein Schwert aus der Scheide zog. Auch über die Armee legte sich einen Moment lang Schweigen, das nur von Hundegebell, Waffenklirren und dem Schnauben der Pferde zerrissen wurde. Edward trat auf den ersten Knappen zu. Zwei Schreiber hielten sich an seiner Seite, um ihm unauffällig den Namen zuzuflüstern. Edward hob sein Schwert und legte es dem jungen Mann auf die Schulter, der den Treueeid fehlerlos, ohne ins Stocken zu geraten mit weithin vernehmlicher Stimme schwor. Dann erhob er sich – nun ein Ritter und als erwachsener Mann anerkannt, noch ohne Kampferfahrung, aber bereit, seine Fähigkeiten unter Beweis zu stellen. Jubel brandete in den Reihen der Soldaten auf, woraufhin ein breites Grinsen auf sein Gesicht trat. Doch als der Jubel erstarb, war in der Ferne ein monotoner Gesang zu hören, der von der Brustwehr Berwicks kam. Der König runzelte die Stirn, als er zu dem nächsten jungen Mann ging. Erneut hob er sein Schwert, hielt aber abgelenkt inne, als er seinen Namen vernahm, neigte den Kopf zur Seite und lauschte angestrengt. Ja, da war es wieder.

Edward von England, marschier auf deinen langen Stelzen nach Hause! Edward Longshanks, zieh den Schwanz ein, du englischer Hund!

Der junge Mann blickte sich verunsichert um, als rote Flecken auf Edwards Wangen aufzulodern begannen.

Bischof Bek wandte sich an die Offiziere hinter ihm. »Jubelt eurem König zu«, grollte er. »Und du«, zischte er den Mann an, der das königliche Banner mit den drei goldenen Löwen trug. »Hoch damit!«

Der Bannerträger starrte ihn unschlüssig an. Er war es nicht gewohnt, von Bischöfen Befehle erteilt zu bekommen. Bek trat zu ihm hinüber. Inzwischen wurden Hochrufe laut, die sich ausbreiteten wie Wellen auf der Oberfläche eines Teiches. »Heb jetzt endlich diese Fahne, oder ich ramme sie dir in den Arsch!«

Der Bannerträger gehorchte eingeschüchtert und begann seine Fahne wild zu schwenken. Der Jubel wurde lauter, übertönte die von Berwick herüberwehenden Verhöhnungen. Edward drehte sich wieder zu dem Knappen um und berührte mit der flachen Seite seiner Klinge dessen Schulter. Seine Augen glühten vor Zorn.

Die Ritterschläge nahmen ihren Fortgang; jeder wurde mit noch lauterem Beifall beantwortet als der vorhergehende, bis die Ebene vor Berwick vom Gebrüll von achttausend Männern erzitterte. Es war der Earl of Surrey, der die in die Flussmündung hinter der Stadt einlaufenden Schiffe als Erster bemerkte. Er runzelte die Stirn, stellte sich in den Steigbügeln auf, um besser sehen zu können, knirschte dann einen Fluch und trieb sein Pferd zu Edward hinüber, der gerade den letzten Knappen in den Ritterstand erhob.

»Mylord!« Er zügelte das Tier und deutete auf die Schiffe, nachdem er die Aufmerksamkeit des Königs auf sich gelenkt hatte.

Edwards graue Augen weiteten sich angesichts des Anblicks, der sich ihm bot.

Bek, der die Schiffe gleichfalls gesehen hatte, gesellte sich zu ihnen. »Warum greifen sie an? Wir haben doch noch kein Zeichen dazu gegeben?«

»Das ganze Getöse hier«, entfuhr es Edward. »Die Banner. Sie glauben, *wir* hätten zum Angriff geblasen!« Er erteilte den Kommandanten in seiner Nähe ein paar knappe Befehle, dann stapfte er zu Bayard hinüber.

Einen Moment lang herrschte Durcheinander, als sich die Neuigkeit wie ein Lauffeuer verbreitete. Ritter rannten zu ihren Schlachtrössern; die, die bereits im Sattel saßen, zerrten die Halteriemen ihrer Schilde fest. Die ehemaligen Knappen schwangen sich mit vor Aufregung wild hämmernden Herzen auf ihre Pferde. Bogenschützen zogen Pfeile aus Köchern, Infanteristen zückten ihre Schwerter oder schulterten ihre Streitkolben, während die Ritter sich formierten und die Pferde mit den Hufen stampften und die Köpfe hochwarfen.

Unten am Tweed flammte der Himmel plötzlich hell auf, als ein Hagel von Brandpfeilen von der Brustwehr abgeschossen wurde und lautlos auf das Flaggschiff von Edwards Flotte niederging. Edward beugte sich im Sattel vor. Sogar aus der Entfernung konnte er sehen, dass etwas nicht stimmte: Das Schiff rührte sich nicht von der Stelle. Er stieß eine üble Verwünschung aus, als er begriff, dass es auf eine Schlammbank aufgelaufen sein musste. Die Geschosse trafen ihr Ziel, das weiße Hauptsegel ging in Flammen auf. »Mir nach!«, donnerte er in Richtung seiner Kommandanten, dabei grub er seine Sporen in Bayards muskulöse Flanken.

Die englische Kavallerie folgte ihm, der Earl of Surrey führte gemeinsam mit dem König die Vorhut an. Brian le Jay und die Templer bildeten die rechte Flanke, ihre weißen Mäntel wehten im Wind, die Hufe ihrer Pferde trommelten über den Boden. Die Linke wurde von Bek befehligt; der violette Umhang des Bischofs bauschte sich um seine kräftige Gestalt. Die Bogenschützen eilten hinter ihm her, hielten auf einen Punkt direkt hinter dem kleinen Hügel zu, von dem aus Edward zuvor die Stadt beobachtet hatte. Von dort aus würden sie den Rittern und der jetzt hügelabwärts strömenden Infanterie Rückendeckung geben. Auf dem Tweed brannte das Schiff mittlerweile lichterloh, die gelben Flammen wurden von der Brise vom Meer noch zusätzlich angefacht. Schreie hallten über das Wasser hinweg, gingen jedoch in dem Lärm unter, den Edward und seine Angriffstruppen verursachten.

Zwei weitere Schiffe versuchten dem ersten zu Hilfe zu kommen, aber durch ein Seitentor stürzte plötzlich eine Gruppe feindlicher Soldaten auf die Schlammbänke hinaus, wo sie die von dem brennenden Schiff fliehenden Männer in Stücke hackten. Weitere Pfeile schwirrten durch die Luft und verglühten zischend im Wasser. Ein weiteres englisches Schiff lief auf Grund, was den Verteidigern der Stadt gellendes Triumphgebrüll entlockte. Nachdem sie ihre Pfeile verschossen hatten, warfen sie brennende Holzbündel über die Seiten der Galeeren. Die trockenen Planken der Decks fingen schneller Feuer, als die Besatzungsmitglieder es zu löschen vermochten. Männer sprangen in Panik über Bord, um dem Inferno zu entkommen, nur um dann von ihren schweren Kettenhemden in den zähen Morast gezogen zu werden. Der von dem ersten Schiff aufsteigende Rauch verschleierte den Engländern die Sicht auf die auf sie zustürmenden Schotten, deren leichte Rüstungen es ihnen ermöglichten, den Schlick sicher zu überqueren.

Edward lenkte Bayard auf die Stelle zu, wo der breite Wall abfiel und ein mit Erde und Steinen aus dem Graben aufgeschütteter Pfad über den Graben führte. Ein hohes, breites Holztor verschloss diese Lücke in dem Erdwall, doch eine Holzbarriere vermochte keine achttausend Männer aufzuhalten, schon gar nicht, wenn ihre Ehre auf dem Spiel stand. In Edward loderte eine heiße Wut, die ihm das Blut in die Wangen getrieben hatte. Die Verhöhnungen der Stadtbewohner hallten noch immer in seinen Ohren wider, und der Anblick seines brennenden Schiffes auf dem Fluss löste in ihm einen glühenden Rachedurst aus, der nur mit Blut gestillt werden konnte. Jede Bitte um Gnade seitens der Einwohner von Berwick würde jetzt bei ihm auf taube Ohren stoßen. Sie würden seinen Zorn mit voller Wucht zu spüren bekommen.

Als die Männer sich dem Erdwall näherten, schlugen rings um sie herum Pfeile in den Boden ein. Einer traf einen Ritter in die Brust. Er wurde nach hinten geschleudert, stürzte von seinem Pferd und wurde von den Hufen der über ihn hinwegjagenden Schlachtrösser zermalmt. Andere Pfeile prallten von Helmen ab oder verhakten sich in Kettenhemden. Zahlreiche bohrten sich auch in die Leiber der Pferde, die sich schrill wiehernd aufbäumten und ihre Reiter abwarfen. Edward hob seinen Schild, aber die Geschosse schwirrten an ihm vorbei, ohne ihn auch nur zu streifen. Hinter ihnen gingen die walisischen Bogenschützen zum Angriff über; schickten Pfeilhagel um Pfeilhagel über die Palisade, die auf die dahinter kauernden Schotten niederprasselten. Edward zügelte sein Pferd, als er sich dem Graben näherte, und ließ zwei seiner Kommandanten mit ihren besten und den jüngsten Rittern voranreiten. Es fiel ihm schwer, er musste all seine Willenskraft aufbieten, um Bayard nicht anzutreiben und die Palisade selbst zu durchbrechen, doch die dreißig neuen Ritter glichen Jagdhunden, die die Witterung ihres Wildes aufgenommen hatten. Er würde sich diesen Eifer zunutze machen. Diese jungen Männer kannten nur die kontrollierte Erregung, die auf dem Turnierfeld herrschte. Sie hatten das Chaos auf einem Schlachtfeld noch nicht erlebt; hatten noch nicht gelernt, es zu fürchten. Sie waren von sich eingenommen, kühn und erbarmungslos, und sie würden die Barriere niederreißen, um an das Fleisch dahinter heranzukommen, oder bei dem Versuch sterben.

Bek und ein älterer Veteran, der zusammen mit Edward zahlreiche Schlachten bestritten hatte, darunter auch die von Lewes und die in Wales, befahlen vier Rittern, den Graben zu überqueren. Alle hielten Wurfhaken in den Händen. Einer wurde von einem Pfeil ins Gesicht getroffen und stürzte von seinem Pferd, ohne die Zügel loszulassen. Vor Schmerzen schreiend, rollte er den Hang hinunter und verstummte erst, als sein panikerfülltes Pferd über ihm zusammenbrach. Die anderen drei Ritter schleuderten ihre Haken zum Tor hinauf. Zugleich schossen die walisischen Bogenschützen Pfeile über die Palisade, von denen einige den Aufschreien dahinter nach zu urteilen ihre Ziele getroffen hatten. Die Haken hielten, die Ritter schlangen die Stricke um ihre Sattelknäufe und trieben ihre Pferde über den Graben zurück. Die Stricke spannten sich. Einer der Haken fraß sich durch das verfaulte Holz, fiel herunter und schleifte hinter dem Reiter über den Boden. Die anderen zwei lösten sich Sekunden später aus dem Tor, dessen obere Hälfte krachend abbrach und den Blick auf die erschrockenen Gesichter einiger Soldaten freigab.

»Das Tor ist morsch!«, brüllte einer der Ritter, als einige der Verteidiger der Stadt die zerstörte Barrikade im Stich ließen und flohen. Andere leisteten auch weiterhin Widerstand und ließen Pfeile durch die Bresche schwirren.

»Weiter!« Bek jagte auf das Tor zu. Kurz davor bäumte sich sein Pferd auf, setzte über die zersplitterten Überreste hinweg und galoppierte die dahinterliegende Straße entlang. Die Bogenschützen wichen vor Beks nach ihm durch die Bresche drängenden Männern entsetzt zurück. Hinter ihnen kamen die jüngsten Ritter, die, von Blutdurst beseelt, versuchten, einander zu überholen, weil jeder der Erste sein wollte, der sich auf den Feind stürzte. Ein Pferd scheute in letzter Minute, beschrieb eine scharfe Kehrtwende und prallte gegen die Seite des Tores, das zwar erzitterte, aber hielt. Der Reiter verlor die Kontrolle über das Tier, das den Erddamm hinunterschlitterte, ohne auf den Zügeldruck zu achten. Zweien seiner Kameraden gelang es gerade noch, ihre ebenfalls scheuenden Pferde zurückzureißen.

Edward konnte seine Ungeduld nicht länger bezähmen. Er gab Bayard die Sporen und stürmte das Tor. Das mächtige Schlachtross sprang anmutig über das zersplitterte Holz hinweg. Als die Ritter sahen, dass ihr König das Tor durchbrochen hatte, trieben sie ihre Pferde an und folgten ihm. Ein Strom von Männern in glitzernden Rüstungen ergoss sich durch die Bresche und wurde zu einer reißenden Flut.

Die johlende Zuversicht von Berwicks jungen Soldaten, die die Engländer noch kurz zuvor von der Brustwehr aus verhöhnt hatten, schlug in nacktes Entsetzen um, als die Ritter durch die Straßen schwärmten. Ihre Gesichter lagen hinter stählernen Visieren verborgen oder waren vor Hass und Triumph verzerrt, als sie ihre Schwerter in entblößte Kehlen trieben oder mit ihren Streitkolben Schädel zerschmetterten. Die Schotten hatten noch nie mit den riesigen Schlachtrössern zu tun gehabt, die sie zu Boden stießen und unter ihren Hufen zertrampelten, und ihre Rüstungen bestanden größtenteils aus Leder, nur die Befehlshaber trugen Kettenhemden. Pfeile und Speerspitzen bohrten sich in verwundbares Fleisch. Der hastige Rückzug der Verteidiger der Stadt verwandelte sich in ein heilloses Chaos, als sie erkannten, dass sie einem übermächtigen Gegner gegenüberstanden.

Ein Soldat hetzte davon, dabei blies er aus vollem Halse in ein Horn. Zwei junge Ritter verfolgten ihn mit vor freudiger Erregung glitzernden Augen. Der erste hatte ihn fast eingeholt und holte mit seinem Schwert zu einem mächtigen Hieb aus, doch der Mann schlug im letzten Moment einen Haken und verschwand in einer Seitenstraße. Der vorderste Ritter fluchte, weil er das Manöver zu spät erkannt hatte, doch sein Kamerad setzte die Verfolgungsjagd fort, hielt seine Lanze wie bei einem Turnier in die Armbeuge geklemmt und wappnete sich für den Zusammenprall. Er traf den Flüchtenden in den Rücken, direkt zwischen die Schulterblätter; die Lanzenspitze fraß sich durch Leder, Muskeln und Knochen und trat aus der Brust wieder aus. Der Mann wurde von den Füßen gerissen, sein Gegner hielt die Lanze noch einen Moment lang fest, bis der Kraftaufwand zu groß wurde und er gezwungen war, sie loszulassen. Der Ritter ritt weiter. Ein eisenbeschlagener Huf seines Pferdes zermalmte den Kopf des gefallenen Schotten wie eine faule Frucht, ein anderer landete auf dem Horn und zertrümmerte es. Der Ritter zog sein Schwert und folgte seinem Kameraden, um sich ein neues Opfer zu suchen.

Die Hornfanfare hatte Alarm ausgelöst, doch die von William Douglas befehligte Garnison, die den Stadtbewohnern zu Hilfe eilte, kam zu spät, um dem Gemetzel Einhalt gebieten zu können, außerdem zählte sie nur zweihundert Mann, denen auf der gegnerischen Seite achttausend gegenüberstanden – es war, als wolle man die einsetzende Flut mit einem Damm aus Kieselsteinen aufhalten. Die englische Kavallerie drängte die Verteidiger von

Berwick, zum größten Teil Bauern und Fischer, in die schmalen Straßen zurück, wo dann das eigentliche Massaker begann. Die der Kavallerie folgenden Infanteristen brachen die Türen der Häuser auf und stießen sich dabei in ihrer Gier, in das Innere zu gelangen, Beutestücke an sich zu reißen, Frauen zu schänden und Männer niederzumetzeln, rücksichtslos gegenseitig beiseite. Altgediente Veteranen befahlen jüngeren Rittern, die fliehenden Stadtbewohner auf offenen Plätzen zusammenzutreiben, um sie leichter niederstrecken zu können. Einige Schotten hatten provisorische Barrikaden errichtet, sich dahinter verschanzt und beschossen die heranrückenden Ritter mit Steinen und Pfeilen, aber für jeden, den sie töten konnten, fielen zehn der Ihren, wurden von Speeren durchbohrt und von Äxten enthauptet. Die Männer, die vom Ufer des Tweed aus die Schiffe angriffen, von denen jetzt drei in Flammen standen, gaben ihren Posten auf, als weitere herbeisegelten – diesmal langsamer, die Kapitäne waren jetzt vor dem trügerischen Schlamm auf der Hut – und die Besatzungsmitglieder von Bord gingen, um den schwachen Widerstand am Ufer zu brechen.

Niemand, der in den Straßen von Berwick aufgegriffen wurde, wurde verschont; Männer, Frauen und Kinder fielen den Klingen und Speeren der Engländer zum Opfer. Eine Schar von Jungen rannte, verfolgt von grölenden Soldaten, durch ein Labyrinth von Gassen und schrien vor nacktem Entsetzen laut auf, als sie sich hinter einer Kirche in einer Sackgasse wiederfanden. Einer presste sich gegen die Mauer und machte sich so klein wie möglich, als ihre sieben Verfolger ihre schnaubenden Schlachtrösser am Anfang der Gasse zum Stehen brachten. Ein Ritter rief ihnen zu, sie würden am Leben gelassen werden, wenn sie sich ergaben. Die Jungen drängten sich vor Angst nach Atem ringend aneinander. Einer bückte sich und hob einen Stein auf, warf ihn aber nicht. Wieder rief der Ritter ihnen etwas zu. Misstrauisch traten die Jungen auf die Engländer zu, nur der jüngste rührte sich nicht von der Stelle, sondern sah mit vor Schrecken geweiteten Augen zu, wie seine Kameraden das Ende der Gasse erreichten und augenblicklich von den Rittern auf ihren schweren Pferden umzingelt wurden. Schwerter blitzten auf und sausten nieder, ein Regen von Blut ergoss sich über die Mauern der umliegenden Gebäude, als die Kinder nacheinander niedergemetzelt wurden. Der Jüngste sprang auf und versuchte in Todesangst die Kirchenmauer zu erklimmen. Er hatte sie schon zur Hälfte bezwungen, als er hinter sich Hufschläge vernahm und spürte, wie ihn etwas hart in den Rücken traf. Als er zu Boden stürzte, rutschte ihm seine rote Filzkappe vom Kopf.

Das Blutbad hielt den ganzen Tag lang bis spät in die Nacht an. Edward drang persönlich zusammen mit dem Earl of Surrey und fünfhundert Rittern so erbittert auf Douglas und seine Soldaten ein, bis diese gezwungen waren, sich in die Burg zurückzuziehen. Douglas passierte als einer der Letzten das Tor; sein hilfloses Wutgebrüll übertönte die Schreie, die über Berwick hinweghallten. In der Marienkirche wurden die Leichen der Stadtbewohner, die dort Zuflucht gesucht hatten und getötet worden waren, als die Ritter die Kirche gestürmt hatten, auf die Straße hinausgeschleift, um Platz für den König zu schaffen, der im Inneren sein Lager aufzuschlagen gedachte. Überall in der Stadt wüteten Feuer; die blutbespritzten Gesichter der Ritter wirkten in dem roten Schein wie die Fratzen von Dämonen.

Im Morgengrauen stand auch die Rote Halle der flämischen Kaufleute in Flammen. Drinnen kauerten über vierzig Männer mit tränenden Augen und zum Schutz vor dem beißenden Rauch vor den Mund gepressten Händen. Sie hatten sich bis zuletzt erbittert gegen die Engländer zur Wehr gesetzt und sie von den oberen Fenstern ihrer Halle aus mit Pfeilhageln überschüttet. Der Pfeil eines von ihnen war mehr durch Zufall als durch Treffsicherheit durch den Sehschlitz im Helm eines der Ritter gedrungen, hatte sein Auge durchbohrt und ihn auf der Stelle getötet. Der Triumph der Kaufleute verstärkte sich noch, als das Gerücht aufkam, bei dem Getöteten handele es sich um keinen Geringeren als einen Vetter König Edwards. Aber jetzt, ohne Fluchtmöglichkeit und keinerlei Hoffnung auf Gnade, waren sie nur noch Gefangene in ihrem eigenen Zunfthaus, und das Lachen und die Hohnrufe der Ritter, die die Türen blockiert und das Feuer gelegt hatten, wurde nun vom Prasseln der Flammen übertönt.

Als der Morgen kalt und fahl anbrach, war Berwick in ein Leichentuch aus schwarzem Rauch gehüllt. Die Straßen waren mit Leichen übersät, und der Gestank, der den aufgeschlitzten Leibern entströmte, war so ekelerregend, dass auch den hartgesottensten Kriegern der Mageninhalt in die Kehle zu steigen begann, wenn ihre Pferde in dem Morast aus Eingeweiden auszugleiten drohten. Es war so viel Blut vergossen worden, dass es bis zum Ufer des Tweed geflossen war und das Wasser rot verfärbt hatte. Das Gemetzel erfolgte jetzt nur mehr mechanisch, die Ritter und ihre Pferde waren erschöpft, der Blutdurst gestillt, der Kampfgeist erloschen, die Ehre wiederhergestellt. Dennoch weigerte sich Edward, dem Blutvergießen ein Ende zu setzen.

Nachdem er die Messe gehört und sein Fasten gebrochen hatte, verließ der König die Kirche, um sich ein Bild von der Situation zu machen. Bischof Bek begleitete ihn, ebenso Brian le Jay, der den König bereits vor Stunden gebeten hatte, das Massaker zu beenden.

»Mylord«, hatte der englische Ordensmeister ihn beschworen, »diese Stadt liegt auf den Knien. Ist es nicht langsam an der Zeit, ein Ende zu machen?«

»Wir müssen hier ein Exempel statuieren«, hatte der König erwidert. »Ganz Schottland soll sehen, was denen bevorsteht, die es wagen, meine Autorität auch weiterhin in Frage zu stellen.«

Le Jay hatte Anstalten gemacht, weitere Einwände zu erheben, aber Bek hatte ihn zur Seite gezogen und leise daran erinnert, wie unberechenbar Edward war und was mit anderen geschehen war, die ihm widersprochen hatten, wenn er sich in einer so üblen Laune befand wie jetzt.

Der Templermeister schritt jetzt, in grimmiges Schweigen verfallen, an Edwards Seite. Hinter ihnen lenkten seine Ritter ihre Pferde behutsam um die Leichenberge herum.

Vor ihnen zerriss plötzlich ein markerschütternder Schrei die Luft. Es ließ sich nicht sagen, ob er von einem Mann oder einer Frau stammte, aber wer immer ihn ausgestoßen hatte, litt offenbar furchtbare Qualen. Die Gruppe ritt in Richtung der Schreie, die einen Moment lang verstummten und dann erneut einsetzten – ein grässliches, geradezu animalisches Geräusch. Als die Ritter um eine Ecke bogen, sahen sie auch die Ursache dafür. Eine junge Frau schleppte sich die Straße entlang auf das Haus eines Schuhmachers zu. Die Tür war eingeschlagen worden, die klaffende Lücke führte in schwarze Finsternis. Der angeschwollene Bauch der Frau schwang hin und her, als sie auf allen vieren vorwärtskroch. Der hintere Teil ihres weißen Kleides hatte sich rot verfärbt, aber es war nicht zu erkennen, ob dies von der Wunde in ihrer Seite oder von dem Geburtsvorgang herrührte, der scheinbar schon seit einiger Zeit im Gange war. Hinter ihr raffte sich ein Soldat vom Boden auf und griff mit einem wütenden Schrei nach seinem einige Schritte von ihm entfernt liegenden Schwert. Ehe ein Mitglied der Gruppe ihn zurückhalten konnte, stürmte er auf die Frau zu und begann auf sie einzuhacken. Ihr Kreischen brach abrupt ab.

Von dieser sinnlosen Raserei zutiefst angewidert, wandte sich le Jay an Edward. »Macht ein Ende, Mylord. Blast den Angriff ab, und ruft Eure Männer zurück.«

Der König, der zwei Männer ausgeschickt hatte, um den blutüberströmten Soldaten von seinem Opfer loszureißen, hob eine Braue. »Erteilt Ihr mir einen Befehl, Master le Jay?«

»Ich stelle Euch vor eine Wahl«, erwiderte le Jay barsch. »Blast den Angriff ab oder ich entziehe Euch meine Unterstützung. Ihr werdet diesen Krieg ohne meine Ritter und ohne Balantrodoch als Basis fortführen müssen.«

»Euer Großmeister hat Euch befohlen, auf meiner Seite zu kämpfen!«

»Großmeister de Molay hat mir befohlen, eine Rebellion niederzuschlagen, nicht auf offener Straße schwangere Frauen abzuschlachten.«

Unheilvolles Schweigen trat ein, das nur vom Klirren des zu Boden fallenden Schwertes des Soldaten und seinen Würgelauten zerrissen wurde, als er neben der toten Frau und ihrem halb geborenen Kind auf die Knie sank und sich geräuschvoll übergab.

»Mylord«, mischte sich Bek vorsichtig ein. »Vielleicht ist es jetzt wirklich genug. Wir dürfen uns nicht in einer einzigen Schlacht völlig verausgaben, uns stehen noch zahlreiche andere Kämpfe bevor.«

Edward sah ihn an. Ein Funke von Vernunft glomm in seinen starren grauen Augen auf. Nach einem langen Moment nickte er. »Gebt den Befehl, den Angriff zu beenden, und dann teilt Douglas mit, dass ich seinen Soldaten das Leben schenke, wenn er sich ergibt. Durchsucht die Häuser. Alle Frauen und Kinder, die ihr lebend antrefft, sind frei, aber ihr werdet jeden Mann töten, der kein Lösegeld einbringt. Diese Menschen werden keine Söhne mehr in die Welt setzen, die sich mir widersetzen.« Er wendete sein Pferd und lenkte es an die Seite von Brian le Jay. »Heute habt Ihr Euren Willen durchgesetzt«, murmelte er. »Aber widersprecht mir nie wieder, sonst werdet Ihr es bitter bereuen.« Er hob die Stimme, als er das Wort an Bek und die anderen richtete. »Sobald die Straßen gesäubert sind, beginnen wir mit der Wiederinstandsetzung der Verteidigungsanlagen. Berwick wird als englische Stadt wieder aufgebaut.«

Später an diesem Morgen versammelten sich die erschöpften, blutüberströmten Truppen wieder vor den Toren der Stadt. Männer versorgten ihre Wunden, sprachen Gebete für gefallene Kameraden oder kehrten mit vollgestopften Satteltaschen zu ihren Kommandanten zurück. Am Ufer waren Reihen englischer Soldaten damit beschäftigt, Leichen in den Tweed zu werfen. Es war eine kräftezehrende Arbeit, denn über achttausend Bewohner Berwicks hatten ihr Leben gelassen. Die Leichname trieben träge in der Strömung und verstopften die Flussmündung wie Tausende riesiger toter Fische. Über ihnen zogen Möwen und Krähen kreischend ihre Kreise und bereiteten sich auf ein Festmahl vor.

9

Ordenshaus, Paris
23. April A.D. 1296

»Die Tröge müssen dringend gescheuert werden, Etienne.« Simon winkte einen sommersprossigen Sergeanten zu sich, als sie die große Halle verließen. »Und wenn sich diesmal nicht dein Gesicht im Wasser widerspiegelt, macht es Bekanntschaft mit dem Misthaufen.«

»Ja, Sir«, murmelte Etienne, ehe er zu den Ställen hinübertrottete.

Simon kicherte in sich hinein. Es amüsierte ihn immer noch, wenn die Jüngeren ihn so titulierten; er war der Sohn eines Gerbers aus der Cheapside und ein Sergeant wie sie. Doch als einer der ältesten Pferdeknechte unterstand er rangmäßig nur dem Stallmeister, was ihm fast ebenso viel Respekt eintrug, wie er Rittern entgegengebracht wurde. Doch Simons gute Laune schwand, als er eine hoch gewachsene Gestalt mit silberblondem Haar auf ein Gebäude auf der anderen Seite des Hofes zusteuern sah. »Sir Robert!« Er eilte dem Ritter hinterher, ohne auf den missbilligenden Blick eines Priesters zu achten, den ihm sein lauter Ruf eintrug. Als Robert in dem Gebäude verschwand, folgte Simon ihm und holte ihn in dem Bogengang ein, der die Unterkünfte der Ritter mit dem Palast des Großmeisters verband.

Diesmal drehte sich Robert um, blieb in einem Flecken Sonnenlicht stehen, das durch die Bogen fiel, und begrüßte Simon knapp.

Simon fand, dass er plötzlich alt aussah, alt und müde. »Ich habe gehört, dass du erst heute Morgen zurückgekommen bist, aber ich suche Will, und niemand weiß, wo er steckt.« Als Robert keine Antwort gab, fügte er hinzu: »Ich habe nicht gedacht, dass du so lange fortbleiben würdest.«

»Der Großmeister wollte verschiedene Ordenshäuser in England besuchen.«

»Wills Freund, der Rabbi, hat nach ihm gefragt. Er war enttäuscht, dass Will ihn nicht noch einmal aufgesucht hat.«

»Elias?« Robert nickte matt. »Ich werde ihn besuchen, sobald ich die Gelegenheit dazu habe. Und erkläre ihm, was passiert ist.«

»Was willst du ihm denn erklären?« Als Robert den Blick abwandte, trat der stämmige Pferdeknecht einen Schritt auf ihn zu. »Was ist passiert? Wo ist Will?«

»In Schottland, glaube ich.« Robert dämpfte seine Stimme, als zwei Ritter vorbeigingen, und stieß scharf den Atem aus. »Er ist fort, Simon. Ich konnte ihn nicht aufhalten.«

Simon schwieg, als Robert ihm erzählte, was in London geschehen war. »Das muss ein Irrtum sein«, murmelte er, als der Ritter geendet hatte. »Will würde nie desertieren.« Er runzelte die Stirn, als Robert keine Miene verzog. »Das würde er nie tun«, wiederholte er. »Und ganz sicher würde er Rose nicht verlassen. Du musst ihn falsch verstanden haben, vielleicht will er sich nur davon überzeugen, dass seine Schwester in Sicherheit ist, und dann zurückkommen.«

»Ich habe selbst gesehen, wie er den Mantel abgelegt hat.« Roberts Züge verhärteten sich. »Er kommt nicht zurück.«

»Es ist Elwen. Ihretwegen ist er gegangen. Er hat vor Kummer den Verstand verloren. Hat er sonst noch irgendetwas gesagt? Hat er dir eine Nachricht für Rose hinterlassen?« Die Furchen auf Simons Stirn vertieften sich. »Oder für mich?«

»Nur, dass wir uns um sie kümmern sollen.«

Simon ließ sich auf einer niedrigen Mauer nieder. »Hat ihm der Großmeister irgendjemanden hinterhergeschickt?«

»Hugues hat ihn gedeckt, indem er behauptet hat, Will würde eine Botschaft nach Schottland bringen. Niemand außer uns beiden und jetzt du weiß, dass er desertiert ist, aber irgendwann fliegt alles auf, darauf kannst du dich verlassen.«

»Ich dachte immer, unser Visitator pocht so streng auf die Einhaltung der Regeln?«

Robert zögerte. »Der Visitator glaubt, Will wolle seine Familie schützen – sie vor den Engländern warnen.« Er sprach leise, aber bestimmt. »Ich habe ihm Wills Absicht verschwiegen, den Schotten Edwards Pläne zu verraten, und das musst du auch tun. Für Desertion kann er ins Gefängnis geworfen werden, aber dafür könnte man ihn hinrichten. Durch sein unüberlegtes Handeln bringt er unsere eigenen Männer in große Gefahr.« Seine Kiefermuskeln spannten sich an. »Was ihn aber nicht im Geringsten zu interessieren scheint.«

»Ich habe es dir ja gesagt«, beharrte Simon. »Er ist außer sich vor Kummer, er weiß nicht, was er tut.« Er schwieg einen Moment lang. »Ich werde ihm nachreisen.«

»Wie bitte?«

»Ich gehe nach Schottland und versuche, ihn wieder zur Vernunft zu bringen.«

»Das ist doch Irrsinn!«

»Warum denn? Möchtest du nicht, dass er zurückkommt?«

»Wie kommst du darauf, du könntest ihn dazu überreden, wo es mir schon nicht gelungen ist?«

»Einen Versuch ist es wert.« Simon erhob sich und sah den Ritter fest an.

Sein entschlossenes Gesicht entlockte Robert ein Lächeln, das aber rasch erstarb. »Du kannst Paris nicht einfach verlassen, das würde Verdacht erregen.«

»Du kannst mich nach Balantrodoch versetzen lassen. Ich muss noch nicht einmal im Ordenshaus vorstellig werden, ich brauche nur die Papiere. Wenn ich Will gefunden und ihn dazu bewogen habe, zu uns zurückzukommen, kannst du dafür sorgen, dass ich hierhin zurückversetzt werde. Du verfügst über genügend Einfluss, Robert«, drängte Simon, als der Ritter keine Antwort gab. »Das weiß ich.«

»Es würde mir keine große Mühe machen«, stimmte Robert zögernd zu. »Aber es wäre eine gefährliche Reise. Der Krieg …«

»Er würde dasselbe für uns tun.«

»Und wenn er gar nicht zurückkommen will?«

»Das wird er, wenn ich ihm sage, dass Rose ihn braucht.«

Nach einer langen Pause stieß der Ritter vernehmlich den Atem aus. »Ich denke darüber nach.«

Simon kehrte zu den Ställen zurück, und Robert steuerte auf seine Unterkunft zu. Seine Stimmung, die sich angesichts der unerschütterlichen Entschlossenheit des Pferdeknechts vorübergehend gehoben hatte, verdüsterte sich wieder. Während der letzten Monate hatte er das Gespräch mit Will im Neuen Tempel wieder und wieder an sich vorüberziehen lassen und sich gefragt, ob er wirklich überzeugend genug gewesen war; ob er nicht doch noch irgendetwas hätte sagen können, was Will zu einer Meinungsänderung bewogen hätte. Er war zu dem Schluss gekommen, alles getan zu haben, was in seiner Macht stand, trotzdem machte er sich Vorwürfe, weil er tatenlos zugesehen hatte, wie Will nach ihrer Flucht aus Akkon immer tiefer in seiner seelischen Dunkelheit versunken war. Wenn er damals den Mut aufgebracht hätte, irgendetwas zu sagen oder zu tun, wäre Will vielleicht nie so weit gegangen. Will war nicht nur sein Kamerad und Waffenbruder, er war auch für die Anima Templi verantwortlich. Irgendwie ließ der Umstand, dass er sich von ihrer gemeinsamen Sache abgewandt hatte, auch Roberts eigene Gelübde und die Opfer, die er für die Bruderschaft gebracht hatte, sinnloser erscheinen. Doch Will und Simon standen sich schon seit der Zeit, die sie als Jungen gemeinsam im Neuen Tempel verbracht hatten, sehr nah, und er wusste, welche Gefühle der Pferdeknecht für seinen Freund hegte. Wenn auch nur die leiseste Hoffnung bestand, dass Simon Erfolg hatte, wo er selbst versagt hatte, dann sollte er ihn sein Glück versuchen lassen.

»Du kommst spät«, tadelte Hugues, als Robert sein Studierzimmer betrat. Er erhob sich von seinem Schreibtisch und rollte einen Pergamentbogen auf. »Schließ die Tür.«

Robert unterdrückte eine bissige Antwort. Hugues konnte Spott zur Zeit schlecht vertragen.

»Ich hatte heute Morgen eine Unterredung mit dem Großmeister«, sagte Hugues. »Er beabsichtigt, in den nächsten Wochen nach Zypern aufzubrechen, um mit den Vorbereitungen für den Kreuzzug zu beginnen. Er hofft, dank der Unterstützung, die ihm die Herrscher des Westens zugesagt haben, im Frühjahr nächsten Jahres gen Osten ziehen zu können.«

»Du klingst, als wärst du davon nicht allzu sehr überzeugt.«

»Du siehst doch selbst, wie sehr sie von ihren eigenen Zwistigkeiten in Anspruch genommen werden. Sowie König Edward Schottland unterworfen hat, wird er seine Aufmerksamkeit wieder auf Philipp und die Gascogne richten, und er wird dabei zweifellos die Hilfe des Grafen von Flandern in Anspruch nehmen, der Philipp um jeden Preis davon abhalten will, einen Versuch zu unternehmen, sein Herrschaftsgebiet zu annektieren. König Philipp seinerseits macht sich mit diesen neuen Steuern, die er vom Klerus fordert, die Kirche zum Feind. Wie ich hörte, ist ein Priester bei einem Gefecht mit der königlichen Leibgarde getötet worden. Scheinbar wollten sie ihm die Kollekte abnehmen, und er weigerte sich, das Geld herauszugeben. Der König hat Herolde ausgeschickt, um die Gerüchte zu zerstreuen. Sie behaupten, der Priester habe einen der Wächter angegriffen, aber nur die leichtgläubigsten Pariser dürften auf diese Geschichte hereinfallen.« Hugues legte das Pergament auf den Tisch und trat zu ihm. »Deswegen habe ich den Großmeister gebeten, dir zu gestatten, hier bei mir zu bleiben, wenn er nach Zypern zurückkehrt.« Er legte Robert eine Hand auf die Schulter. »Uns stehen schwierige Zeiten bevor.«

»Und der Großmeister hat eingewilligt?«

»Ich habe alles darangesetzt, ihn zu überzeugen. Ich brauche einen vertrauenswürdigen Mann, der mir hilft, sowohl meine Pflichten als Kopf der Anima Templi als auch als Visitator des Ordens zu erfüllen.«

»Du hast dich selbst zum Kopf der Bruderschaft ernannt?« Robert starrte seinen alten Gefährten an, der kaum noch etwas mit dem Mann gemein hatte, den er so gut zu kennen geglaubt hatte.

»Das Amt musste ja schließlich von irgendjemandem übernommen werden.«

»Und was ist, wenn Will zurückkommt?«, hielt Robert ihm entgegen.

Hugues' Miene verdüsterte sich. »Campbell hat durch seine Desertion jedes Recht auf diese Position verwirkt. Er hat seine Familie über die Belange der Bruderschaft gestellt.« Er zögerte. »Aber wenn er zurückkehrt und für seinen Ungehorsam Abbitte leistet, teile ich ihm vielleicht irgendeinen untergeordneten Posten zu.«

Robert entging Hugues' Gesichtsausdruck nicht, als dieser sich abwandte, und er war mit einem Mal nicht mehr so sicher, ob Will jemals wieder hier willkommen sein würde. Simons Bemerkung bezüglich der Regeltreue des Visitators kam ihm wieder in den Sinn. Er war nicht offen zu dem Pferdeknecht gewesen, der von der Existenz der Anima Templi zwar keine Ahnung hatte, aber zu wissen glaubte, warum Hugues sich einverstanden erklärt hatte, Wills Desertion nicht mit Strafmaßnahmen zu ahnden. Der Visitator liebte es nicht, seine Macht zu teilen, und es war offensichtlich, dass er eigene Vorstellungen bezüglich der Zukunft der Bruderschaft und des Ordens hatte – Vorstellungen, die sich mit denen Wills ganz und gar nicht vereinen ließen. Roberts Befürchtungen verstärkten sich, als er an Wills Vermutung dachte, Edward habe sie all diese Jahre lang zum Narren gehalten und Hugues sei ihm wie ein Gimpel auf den Leim gegangen.

»Ich muss gute Männer um mich scharen, Robert. Gemeinsam müssen wir alles tun, was in unseren Kräften steht, damit der Orden nichts von seiner Autorität einbüßt.« Hugues ging zu seinem Schreibtisch zurück. »Wenn Jacques fort ist, blicken wir einer neuen Zukunft entgegen … einer Zukunft, in der der Orden auch ohne seinen überholten Krieg überleben kann.«

Der Lateranpalast, Rom
14. Mai A.D. 1296

Bertrand de Got hatte Mühe, mit dem Geistlichen Schritt zu halten, der am Eingang der Laterankirche vorbei auf das Hauptgebäude des Palastes zusteuerte. Es war ein klarer, heller Tag, und westlich des Palastes funkelte die Stadt Rom mit ihren eleganten Türmen und den prächtigen Kuppeln der Kirchen wie ein kostbares Juwel. Dahinter wand sich der Tiber wie ein blaues Band um die neu erbauten Palazzi und die verfallenen Überreste der alten Zivilisation herum, die einst die Erde beherrscht hatte.

Bertrand rang keuchend nach Atem und begann unter seinem Reiseumhang zu schwitzen, als der Geistliche ihn die breiten Marmorstufen hinauf in das kühle Innere des Palastes geleitete, in dem Beamte der päpstlichen Kurie geschäftig herumeilten.

»Ich muss Euch warnen, Bischof. Seine Heiligkeit wird momentan von großen Sorgen geplagt.« Er stieß vernehmlich den Atem aus. »Der Tod Coelestins hat ihm unerwartete Schwierigkeiten beschert.«

»Coelestin ist tot?«

Der Geistliche runzelte angesichts von Bertrands Verwirrung tadelnd die Stirn. »Das wisst Ihr noch nicht?«

»Ich bin gerade erst angekommen.«

Der Mann blieb stehen und blickte sich um. Bertrand nutzte die Gelegenheit, um ein wenig zu verschnaufen.

»Coelestin starb vor zwei Wochen in seinem Bett«, fuhr der Geistliche mit unbeteiligter Stimme fort. »Seine Leiche war kaum herausgeschafft worden, als Giacomo und Pietro Colonna auch schon eine eingehende Untersuchung der Angelegenheit forderten. Es wurde eine natürliche Todesursache festgestellt, woran auch kein Zweifel bestand.« Er dämpfte seine Stimme noch weiter. »Aber das hat die Colonnas nicht davon abgehalten, bösartige Gerüchte in Umlauf zu bringen. Sie haben behauptet, Seine Heiligkeit habe bei Coelestins Tod die Hand im Spiel gehabt.«

»Die Colonna-Kardinäle haben den Papst des Mordes bezichtigt?«, vergewisserte sich Bertrand erschüttert.

»Nicht öffentlich natürlich, aber viele sind überzeugt davon, Kardinal Giacomo hätte diese Gerüchte verbreitet. Er ist dem Papst feindlich gesinnt, seit Seine Heiligkeit Coelestin wegen seiner Abdankung hat einkerkern lassen. Er hat ihm sogar einmal vorgeworfen, Coelestin zum Rücktritt überredet zu haben, damit er sich selbst die päpstliche Tiara auf sein Haupt setzen kann. Aber Giacomo ging es nicht um Coelestin – er dachte nur an sich selbst. Es hat ihn erbittert, dass Bonifaz an seiner Stelle …« Er brach abrupt ab, als zwei schwarz gekleidete Beamte an ihnen vorbeirauschten. »Kommt«, sagte er, sowie die Männer außer Hörweite waren. »Aber ich rate Euch, nach Möglichkeit nichts zu sagen, was Seine Heiligkeit verstimmen könnte.«

Bertrand dachte an die Neuigkeiten, die er mitbrachte, und sein Herz wurde schwer, als der Geistliche ihn eine weitere Treppe hinauf und durch einen breiten Gang auf eine mächtige Tür zuführte. Er klopfte einmal an und stieß sie dann auf.

Die weitläufige Kammer war mit prunkvollen Möbeln vollgestopft – es dauerte einen Moment, bis Bertrand ihren Bewohner darin ausmachen konnte. Papst Bonifaz VIII. saß in einem großen, gepolsterten Stuhl am Fenster. Hinter ihm stand ein Barbier mit einem gezückten Elfenbeinkamm in der Hand. Mit zweiundsechzig hatte Bonifaz noch immer volles Haar, auch wenn es jetzt schneeweiß und an den Rändern seiner Tonsur dünner geworden war. Seine dunklen Augen hefteten sich auf Bertrand, der sich in der Kammer umblickte, als der Geistliche die Tür hinter ihnen schloss.

»Bischof«, begrüßte Bonifaz ihn knapp. »So, das genügt jetzt.«

Bertrand stutzte, dann wurde ihm klar, dass die letzte Bemerkung an den Barbier gerichtet gewesen war, der ein Tuch von Bonifaz' Schultern zog, sich tief verneigte und über die dicken Teppiche hinweg auf eine kleinere Tür auf der anderen Seite der Kammer zutappte. Als Bonifaz sich erhob und eine Hand ausstreckte, trat Bertrand mit brennenden Wangen auf ihn zu. Einmal mehr hatte er vergessen, dass er sich in der Gegenwart des Papstes immer wie ein linkischer Akolyt vorkam. Er holte tief Atem, beugte sich vor und streifte den goldenen Ring mit den Lippen.

Bonifaz zog seine Hand zurück und ging zu einen Marmortisch hinüber. Sein Gewand aus blutroter Seide schleifte raschelnd über den Boden. »Ich hatte Euch schon früher erwartet«, bemerkte er, griff nach einer juwelenbesetzten Tiara und setzte sie sich auf den Kopf.

»Ich bitte um Verzeihung, Eure Heiligkeit, aber ich habe viele Monate fern von meiner Diözese verbracht und wollte mich überzeugen, dass dort alles seinen geregelten Gang geht, bevor ich die Reise hierher angetreten habe.«

»Und wie verlief Eure Mission in England?« Der Papst rückte vor einem Spiegel die Tiara zurecht.

»Nicht so gut, wie ich gehofft hatte«, bekannte Bertrand. »Nachdem ich König Edward geschrieben und ihm vorgeschlagen hatte, die beiden Ritterorden zusammenzulegen, hörte ich eine Zeitlang nichts von ihm, dann erhielt ich eine Nachricht, in der ich aufgefordert wurde, ihn und Jacques de Molay in London zu treffen.« Bertrand war sich bewusst, wie grämlich seine Stimme klang, konnte sich aber nicht bezwingen; er wollte, dass Bonifaz ebenso wütend auf den englischen König wurde wie er selbst. Noch immer ärgerte er sich über Edwards plötzlichen Meinungsumschwung und über seine eigene Naivität – wieso hatte er das Unheil nicht kommen sehen? »In seinem Brief ließ der König noch durchblicken, dass er bereit war, über eine Zusammenlegung der Orden wohlwollend nachzudenken, aber die Versammlung hatte kaum begonnen, als es auch schon einzig und alleine um seine eigenen Pläne ging.«

Bonifaz' Spiegelbild runzelte die Stirn. »Seine eigenen Pläne?«

»Er wollte die Templer dazu bringen, ihm in seinem Krieg gegen Schottland zur Seite zu stehen. Ich habe ihn gewarnt, dass es Euch gar nicht gefallen würde, wenn er statt gegen die Sarazenen gegen ein anderes christliches Land ins Feld zieht, aber er wollte nicht auf mich hören.«

»Es freut mich, dass Ihr Euch bemüßigt gefühlt habt, meiner Meinung so eloquent Ausdruck zu verleihen.« Bonifaz' Blick heftete sich auf den Bischof, der unbehaglich mit den Füßen zu scharren begann.

»Eure Heiligkeit, ich …« Bertrand brach ab, denn die Miene des Papstes verfinsterte sich noch mehr, und außerdem hatte Edward ihm versprochen, seinem Neffen eine einträgliche Pfründe zuzuschanzen, sowie er seine Ländereien in Guyenne zurückgewonnen hatte – sofern sich Bertrand seinen Wünschen fügte. Also schluckte er seinen Ärger hinunter und sah dem Papst fest in die Augen. »Edward hat zumindest zugesagt, einen weiteren Kreuzzug zu führen, nachdem der schottische Aufstand niedergeschlagen ist, und Jacques de Molay ist nach wie vor fest entschlossen, gen Osten zu ziehen. Also besteht noch Hoffnung, Jerusalem zurückzuerobern.«

»Diese Hoffnung ist im Moment zweitrangig. Reicht mir mein Zepter.«

Der Papst deutete auf eine längliche, kunstvoll geschnitzte Truhe unter dem Fenster. Bertrand ging zu ihr hinüber und klappte sie auf. Darin ruhte das päpstliche Kreuz auf einem weißen Tuch. Als sich Bertrands Finger darum schlossen und er es aus der Truhe hob, fing sich das durch das Fenster fallende Sonnenlicht in dem Gold und ließ es hell aufschimmern. »Zweitrangig?«, wiederholte er und hielt dabei dem Papst das Kreuz hin.

»Ich habe beunruhigende Berichte aus Frankreich erhalten.

König Philipp hat den Klerus vor kurzem wieder mit hohen Steuern belegt, und er und seine Minister gehen zunehmend gewalttätiger vor, um sie einzutreiben. Priester, die sich gegen seine ungeheuerlichen Forderungen zur Wehr gesetzt haben, wurden ausgeraubt und sogar geschlagen. Ich habe Philipp davor gewarnt, sich die Kirche zum Feind zu machen, als er letztes Jahr ebenso vorgegangen ist. Scheinbar hat er meine Warnung nicht ernst genommen. Diesmal kommt er nicht ungestraft davon.«

»Was wollt Ihr tun?«

»Ich habe schon etwas getan. Ich habe eine Bulle erlassen – *clericis laicos*. Darin habe ich die Besteuerung des Klerus ohne ausdrückliche päpstliche Genehmigung strikt verboten. Jeder, der gegen diesen Erlass verstößt, wird mit Exkommunikation bestraft.«

Bertrand konnte seine Überraschung nicht verbergen. »Aber die Könige von Frankreich und anderen Nationen haben der Kirche seit jeher Gelder abverlangt, um ihre militärischen Aktionen zu finanzieren.«

»Ab jetzt werden sie sich halt meinem Willen beugen und mich ausdrücklich um Hilfe bitten müssen, und dann werde ich entscheiden, ob ich ihrer Bitte entspreche oder nicht.«

»Wissen die Kardinäle schon davon?« Bertrand fragte sich, wie die Rivalen des Papstes im Heiligen Kollegium diese Neuigkeit wohl aufgenommen hatten. Die Familie Colonna stand auf Seiten Frankreichs, wie er wohl wusste, und Bertrand bezweifelte, dass sie diese provokative Bulle widerspruchslos hingenommen hatten – schon gar nicht in Anbetracht dessen, was der Geistliche ihm erzählt hatte.

»Die meisten ja«, erwiderte Bonifaz kühl. »Und die anderen werden es in Kürze erfahren. Ich werde es bei der Kardinalsversammung bekanntgeben.« Bertrands besorgter Gesichtsausdruck entging ihm nicht. »Keine Angst, Bischof de Got«, fügte er hinzu. »Sie werden sich meinem Willen fügen. Ich handele im Namen Gottes, das wird Philipp sehr schnell begreifen.« Er umschloss das päpstliche Kreuz mit beiden Händen und bewunderte sein beeindruckendes Spiegelbild. »Genau wie alle anderen, die es wagen, sich mir entgegenzustellen.«

10

Die Königsburg von Edinburgh, Schottland
15. Mai A. D. 1296

Will erwachte urplötzlich und gewahrte, dass sein Neffe sich über ihn beugte. »Was gibt es denn?«, stöhnte er, ehe er den Jungen wegschob. Er hatte zwei Tage lang auf den Mauern der Burg Wache gestanden, ohne eine Minute zu schlafen, und war vor einer knappen Stunde auf seine Pritsche gefallen, ohne sich die Mühe zu machen, seine Stiefel auszuziehen. Grunzend setzte er sich auf und rieb sich über das Gesicht.

David kauerte sich auf seine Fersen. »Vater ist zurück.«

Angesichts von Davids Gesichtsausdruck fiel jegliche Müdigkeit von Will ab. Er schlug die grob gewebte Decke zurück und erhob sich. Als er sein Kettenhemd anlegte und sich seinen Umhang um die Schultern legte, bückte sich David, griff nach seinem Krummschwert und reichte es ihm wortlos. Will schnallte sich seinen Schwertgurt um und folgte seinem Neffen in den Hof hinaus.

Der Tag brach gerade an, der sternenübersäte Himmel glühte im Osten türkisfarben. Alles, was unterhalb des Felsens lag, war in Nebel gehüllt; die Burg glich einem Schiff, das über ein illusorisches Meer hinwegglitt. Die kühle Luft war vom beißenden Rauch brennender Fackeln erfüllt. Im Hof hatte sich eine große Menschenmenge versammelt, und vor den Ställen standen ungefähr dreißig Pferde. Knappen waren eifrig damit beschäftigt, sie abzusatteln und zu tränken. Will erblickte mehrere Tragen, auf denen Verwundete lagen. Einer hatte ein Bein verloren. Es musste sich um eine ältere Wunde handeln, sie war fest verbunden, und der Verband starrte vor Blut und Schmutz. Das Gesicht des Soldaten hatte eine ungesunde grünliche Farbe angenommen. Will erkannte die Anzeichen von Wundbrand; er nahm nicht an, dass der Mann noch lange durchhalten würde. In einiger Entfernung von ihm stand Duncan, er sprach gerade mit dem Sheriff von Edinburgh. Als Will sich einen Weg durch die aufgeregte Menge bahnte, fing er Gesprächsfetzen auf.

»Gefallen?«

»… ich weiß nicht, wie groß unsere Verluste sind, wir wurden in alle Winde zerstreut.«

»… die meisten sind tot.«

Als Will näher kam, sah er, dass Duncan gleichfalls verwundet war, über eine Gesichtshälfte verlief ein hässlicher Schnitt. Die aufgeschlitzte Haut war provisorisch mit Garn genäht worden, und zwischen den Stichen war Blut hervorgequollen. Es sah aus, als würde eine große schwarze Raupe über seine Wange kriechen. Sein Umhang und sein Kettenhemd waren blutverklebt und verströmten einen metallischen Gestank. Als Duncan sich von dem Sheriff abwandte, bemerkte Will den Ausdruck in seinen Augen. Sein Schwager hatte nichts mehr mit dem entschlossenen, unerschütterlichen Mann gemein, der die Stadt vor über zwei Monaten mit Patrick Graham und den schottischen Truppen verlassen hatte. Jetzt wirkte er verhärmt und abgekämpft. David hielt sich stumm an seiner Seite, sein Blick wich nicht von dem vernarbten Gesicht seines Vaters.

Duncan spähte zu Will hinüber, dann richtete er das Wort an seinen Sohn. »Hast du Mutter geweckt?«

David schüttelte den Kopf.

»Guter Junge.« Duncan blickte an sich herab. »Ich möchte mir erst einmal diesen Schmutz abwaschen, bevor ich ihr gegenübertrete.« Er rang sich ein Lächeln ab, das eher einer verzerrten Grimasse glich.

»Was ist passiert?« Will hob die Stimme, um den Lärm ringsum zu übertönen. Immer mehr Menschen strömten, angelockt von dem Tumult, in den Hof. Die Verletzten wurden mit vereinten Kräften zur Krankenstube hinübergetragen.

Duncan zögerte unschlüssig, als wüsste er nicht, wo er beginnen sollte. »Wir waren vor ungefähr drei Wochen in Dunbar«, sagte er endlich. »Es ist unseren Truppen nicht gelungen, Carlisle einzunehmen, die Bruces wehrten unsere Angriffe ab, also sind wir nach Nordengland weitergezogen.« Duncan dämpfte seine Stimme, dabei blickte er sich verstohlen nach allen Seiten um. »Unsere Männer begnügten sich damit, Dörfer und Klöster niederzubrennen, Landgüter zu plündern, das Getreide auf den Feldern zu zerstören und Vieh abzuschlachten. Sie verwandten fast ihre gesamte Kraft auf diese sinnlosen Verwüstungen, während Edward und seine Armee wie Aasgeier in Berwick ausharrten und sich an einer fetten Mahlzeit gütlich taten.« Es dauerte einen Moment, bis er sich so weit gefasst hatte, dass er weitersprechen konnte. Will wusste, was in ihm vorging. In Edinburgh hatte man vor einem Monat von dem Massaker von Berwick erfahren, aber die Stadt befand sich noch immer in einer Art Schockzustand. »Nachdem wir Northumberland mit Beute beladen verlassen hatten, rückten wir auf Dunbar vor. Doch der Earl of Dunbar hatte sich auf Edwards Seite geschlagen.« Duncan knirschte vernehmlich mit den Zähnen. »Diese Bastarde bezeichnen sich als Schotten, aber ihr Blut ist dünner als Wasser. Zum Glück für uns war seine Frau nicht so ehrlos und öffnete seine Burg für unsere Truppen. Doch die Engländer erfuhren innerhalb kürzester Zeit von ihrem Verrat und unseren Absichten.

Sie kamen unter dem Befehl von John de Warenne, dem Earl of Surrey. Er postierte einige seiner Ritter vor der Burg, um die Leute dort davon abzuhalten, sich mit uns zusammenzutun, dann griff er uns an. Wir befanden uns auf höher gelegenem Gelände, wir hatten den Vorteil auf unserer Seite.« Duncan schüttelte den Kopf und starrte zum allmählich heller werdenden

Himmel empor. »Wir alle waren wie von Sinnen, nachdem wir vom Schicksal Berwicks erfahren hatten; wir wurden nur noch von dem Wunsch beherrscht, englisches Blut zu vergießen und unsere Toten zu rächen. Die englischen Truppen rückten hügelabwärts in ein steiles Tal vor. Wir konnten sie von unserer Position aus nicht sehen, aber quer durch das Tal verlief ein kleiner Fluss. Die Engländer begannen sich zu trennen – ich nehme an, das war eine taktische Maßnahme, um den Fluss zu überqueren, aber ich schwöre bei Gott, dass es so ausah, als würden sie die Flucht ergreifen. Als wir sahen, dass sich ihre Reihen auflösten, stürmten wir den Hügel, als würden uns die himmlischen Heerscharen zur Seite stehen. Aber als wir die Talsohle erreichten, hatten die Engländer dort Gefechtsformation eingenommen und warteten auf uns. Wir konnten den Angriff nicht mehr abblasen und liefen hilflos in die Falle, die sie uns gestellt hatten. Viele Kavalleristen fielen gleich in den ersten Momenten des Kampfes, dann wurden unsere Fußsoldaten zu Hunderten niedergemetzelt.« Mit einer Hand betastete er geistesabwesend seine Wunde. »Danach brach Chaos aus, wir waren gezwungen zu fliehen, wenn wir nicht auf der Stelle getötet werden wollten.« Seine Stimme zitterte. »Aber mein Herr weigerte sich, vom Schlachtfeld zu flüchten. Er war vom Pferd gestoßen worden und kämpfte wie ein Löwe gegen drei englische Ritter zugleich. Als ich ihn zum letzten Mal sah, brach er unter ihren Klingen zusammen.«

Will hatte Patrick Graham kaum gekannt, trotzdem traf ihn der Tod des Ritters überraschend tief.

»Die meisten, die vom Schlachtfeld fliehen konnten, haben in den Wäldern von Selkirk Zuflucht gesucht. Ich habe einige Tage lang bei den Überlebenden meiner Kompanie ausgeharrt, Verwundete versorgt und Tote begraben. Wie wir hörten, wurden viele unserer Anführer während der Schlacht gefangen genommen, darunter auch drei Earls.«

»Was ist mit Sir Patricks Sohn?«, fragte David plötzlich.

»Auch Sir David Graham geriet in Gefangenschaft. Alle Gefangenen wurden in Kerker in ganz England geschafft. Wenn kein Lösegeld gezahlt werden kann, werden wir sie wohl nie wiedersehen.« Duncan drückte die Schulter seines Sohnes. »Es tut mir leid, ich weiß, dass ihr befreundet wart. Der Sheriff hat mir gesagt, dass es seit Wochen keine Nachricht von König John gibt«, fügte er an Will gewandt hinzu.

»Es heißt, er könnte sich bei Stirling oder noch weiter nördlich aufhalten. Aber niemand weiß etwas Genaues.«

Ringsum machten Ungläubigkeit und Besorgnis bedrücktem Schweigen Platz, während die Männer sich bemühten, die Nachrichten zu verarbeiten, die Duncans zerlumpte Kriegerschar mitgebracht hatte.

Nach dem Massaker von Berwick hatte sich die Stimmung in Schottland verändert, das hatten sie alle gespürt. Die anfängliche Zuversicht war grimmiger Entschlossenheit gewichen, das willkürliche Abschlachten Tausender ihrer Landsleute hatte seine Wirkung auf die Gemütsverfassung der Nation nicht verfehlt. Männer, die König John früher für seine Schwäche angesichts Edwards Forderungen verachtet hatten, schlossen sich jetzt unter seinem Banner zusammen. Ein Schrei hallte durch das Königreich; ausgestoßen von den wenigen Männern und Frauen, denen die Flucht aus Berwick gelungen war und die entsetzliche Geschichten über das Schicksal gefallener Väter, Brüder, Söhne und Töchter hervorstammelten. Was als leises Wimmern begonnen hatte, wurde jetzt zu wildem Gebrüll.

Doch hier, in dem von Menschen wimmelnden Burghof, über dem sich der Himmel im Osten rötlich zu verfärben begann, herrschte nur die bedrückende Gewissheit des Unausweichlichen. Wie sollten sie ohne ihre Anführer kämpfen? Diese Frage stand jedem Mann klar und deutlich ins Gesicht geschrieben.

Das Geräusch einer auffliegenden Tür zerriss die Stille. Ysenda kam in den Hof gestürzt, schlang sich dabei hastig einen Schal um die Schultern. Ihr Haar flatterte offen im Wind, als sie auf Duncan zulief, doch die Erleichterung in ihren Augen machte angesichts seiner Gesichtsverletzung rasch tiefem Entsetzen Platz. »Großer Gott! Duncan?«

»Mir fehlt nichts, Frau«, knurrte er, sie an sich ziehend. »Alles halb so schlimm.«

Sie löste sich von ihm, umfasste sein blutiges Gesicht und küsste ihn auf den Mund.

Will wandte sich voller Unbehagen ab. Die offenkundige Zuneigung zwischen den beiden, die ihn eigentlich hätte freuen müssen, löste in ihm Bitterkeit aus.

Als Duncan seine Frau erneut in die Arme zog, fing er Wills Blick auf. »Es heißt, die Burg von Roxforth wäre gefallen«, teilte er ihm über seine Schulter hinweg mit. »Jetzt werden sie uns ins Visier nehmen.«

Die Königsburg von Edinburgh
7. Juni A. D. 1296

Ein dumpfer Einschlag ertönte, Staub und Gerollteilchen rieselten von der Decke. Irgendjemand nieste im Dunkel. Ein Säugling greinte; die schrillen Laute hallten durch die gewölbeähnliche Kammer, die in den Fels am Fuß der Burg gehauen worden war. Die Menschen darin erhoben ihre Stimmen von Flüstern zu Gemurmel, um den Lärm zu übertönen. Das Gestein erzitterte unter einem weiteren Einschlag. Will griff nach dem Wasserschlauch, den Ysenda ihm reichte, nahm einen Schluck daraus, spülte sich den Mund aus und spie das Wasser auf den Boden.

»Wie sieht es oben aus?«, wisperte sie, als er ihr den Schlauch zurückgab.

»Wir halten ihnen stand.« Will musterte die Frauen und Kinder, die sich in dem Lagerraum zusammendrängten. Ein paar Kerzen flackerten zaghaft, aber der größte Teil der Kammer lag im Schatten, nur die Umrisse von Leibern und Hunderte glitzernder Augen waren im Dunkel zu erkennen. Es war unerträglich stickig. Will, den schon nach wenigen Momenten Platzangst überkommen hatte, fragte sich, wie diese Menschen es sieben Tage und Nächte lang hier ausgehalten hatten – ihnen blieb kaum Platz, um sich zwischen den Getreidesäcken und Alefässern zum Schlafen auszustrecken, und jeder musste die schalen Ausdünstungen seines Nachbarn ertragen. Als die Burg erneut von einem Katapultgeschoss getroffen wurde, zuckte seine jüngere Nichte Alice vor Schreck zusammen. Will beugte sich vor und zwickte sie ins Kinn. »Keine Angst. Die Mauern halten, sie sind so massiv wie die Steine, aus denen sie erbaut wurden.«

Alice lächelte schwach und legte den Kopf an Ysendas Schulter.

Ihre Schwester Margaret legte beschützend einen Arm um sie und maß Will mit einem kalten Blick.

»Soll ich dir das verbinden?«

Als er sah, wie Ysenda seine Hand betrachtete, blickte Will selbst darauf. Die Hälfte der Haut über seinen Knöcheln war abgeschürft, die Wunde nässte stark. Er konnte sich überhaupt nicht erinnern, wo er sich die Verletzung zugezogen hatte. »Nein, nicht nötig.«

»Bitte versprich mir, dass ihr beide ein Auge auf David habt.« Ihr Gesicht wirkte im Kerzenschein aschgrau.

»Keine Sorge.« Will rang sich ein tröstendes Lächeln ab. »Er wollte oben auf den Mauern kämpfen, aber Duncan hat dafür gesorgt, dass er im Hof bleibt. Ich muss jetzt wieder nach oben.« Er machte Anstalten, sich zu erheben, doch sie packte ihn am Handgelenk.

»Pass auf dich auf.«

Will nickte und drückte ihre Hand. Vorsichtig, um niemandem auf die Finger oder die Beine zu treten, bahnte er sich einen Weg durch die Kammer, stieg die Treppe empor und trat aus dem Turm in den Hof hinaus. Hier war die Luft zwar staubgeschwängert, aber trotzdem wesentlich frischer als unten. Nach der gedrückten Stille dort empfand er das hier herrschende Getümmel als geradezu unwirklich.

Im Hof wimmelte es von Soldaten und königlichen Beamten sowie von Hirten, Bauern und Ladenbesitzern, die sich aus der Stadt in die Burg geflüchtet hatten. Truppen in voller Rüstung strömten aus der Halle, Boten huschten zwischen den Reihen umher und gaben Anordnungen der Befehlshaber an die Männer auf den Mauern weiter. Unter den Dachtraufen der Unterkunft des Konnetabels lagen die Verwundeten auf provisorischen Pritschen. Zwei Ärzte mit vor Erschöpfung aschfahlen Gesichtern versorgten sie, wiesen die Frauen, die ihnen zur Hand gingen, an, mehr Wasser zu holen oder noch einen Priester zu rufen. Der Boden rings um die Margaretenkirche war mit Leichen übersät; einige hatte man mit Säcken bedeckt, über anderen surrten schwarze Fliegenschwärme und ließen sich auf den blutigen Löchern nieder, die die feindlichen Pfeile in ihrem Fleisch hinterlassen hatten. Die am schlimmsten verstümmelten, fast bis zur Unkenntlichkeit zermalmten Toten waren in die Kapelle geschafft worden, um anderen den grässlichen Anblick zu ersparen.

Will holte tief Atem und schritt in das Chaos hinaus. Steingeschosse prallten krachend gegen die Mauern, gefolgt vom Prasseln des herabstürzenden Mauerwerks und den Schreien verwundeter Männer. Der Boden unterhalb der Brustwehr war mit Geröll bedeckt. Kleine Jungen rannten zwischen den Beinen der Soldaten umher und sammelten die Pfeile auf, um sie den Bogenschützen zu bringen. Hier und da lagen die Leichname gerade Gefallener herum, weil noch niemand Zeit gefunden hatte, sie zu bergen.

Will wich scharf nach rechts aus, als ein großer Stein neben ihm einschlug und Splitter aufspritzten, und stürmte die Treppe zur Brustwehr hinauf. Überall war der Fußweg durch Einschläge beschädigt worden. Über ihm knirschte Holz, dann wurde eines der Katapulte oben auf den Mauern abgefeuert. Einige der Soldaten, die das Gerät bedienten, blickten sich um, als Will zu ihnen hinaufkam. Zu Anfang der Belagerung hatte man sie noch mühelos voneinander unterscheiden können, aber nun waren ihre Gesichter und Züge unter der dicken Steinstaubschicht nicht mehr zu erkennen. Auch ihr Haar und ihre Bärte waren damit verklebt.

Will half zweien der Männer, einen Stein von dem neben dem Katapult aufgeschichteten Stapel zu heben und in die Aushöhlung am Ende des Balkens zu legen. Der Stapel wurde rasch kleiner. Dieser Stein war stark beschädigt und von anderer Farbe als die, die sie zu Anfang der Woche verwendet hatten. Will vermutete, dass es sich um eines der Geschosse handelte, die in der Enceinte gelandet waren. Jetzt würden sie sie dem Gegner zurückschicken. Die drei Männer traten zur Seite, und ihre Kameraden, die die am kürzeren Ende des Balkens befestigten Seile hielten, machten sich bereit. Ihr Hauptmann hob eine Hand und ließ sie wieder sinken.

»Feuer!«

Gemeinsam zogen die Männer an den Seilen. Der Balken schwang auf sie zu, das Ende mit dem Stein schoss hoch und prallte gegen ein Querholz, und der Stein wurde in die Luft geschleudert. Will eilte zur Brustwehr, um durch die Schießscharte zu starren. Sein Blick folgte dem Geschoss, doch seine Miene verfinsterte sich, als es unterhalb des Burgfelsens im Gras landete und den Hügel hinunterrollte, ohne Schaden anzurichten. Dann betrachtete er die großen Steinschleudern auf der Ebene. Alle paar Minuten wurden von ihnen Steine auf die Burg abgefeuert, die in die Mauern einschlugen oder direkt darüber hinwegflogen. Die Schotten hatten mit angesehen, wie diese Schleudern, jede von zwanzig Ochsen gezogen, sieben Tage zuvor im Tal in Position gebracht worden waren.

Die Katapulte der Engländer arbeiteten mit Schlingen, die, wie die Burggarnison bald erfahren musste, wesentlich genauer trafen als ihre eigenen unbeweglichen Geräte. Doch zuerst hatten die Schotten gelacht, als sie sie gesehen hatten, und gehöhnt, der Feind würde mit diesen Waffen kaum den Fels unterhalb der Burg beschädigen. Doch sie wurden bald eines Besseren belehrt, als die Engländer begannen, für jede Schleuder eine hohe Turmplattform zu bauen, wozu sie karrenweise Holz von ihrer Flotte herbeischaffen ließen, die als dunkler Fleck auf dem Forth zu sehen war. Zum Schutz der Soldaten, die die Katapulte bedienten, waren rund um die Geräte hölzerne, mit essiggetränkten Häuten bespannte Wände errichtet worden, die von den Bogenschützen auf der Brustwehr nicht in Brand gesetzt werden konnten. In einer Lücke zwischen zwei Steinschleudern lagen die Überreste des einzigen Sieges der Schotten: ein von drei Steinen getroffener beschädigter Turm und die Trümmer eines Katapults. Das war am zweiten Tag der Belagerung gewesen, und seitdem hatte es keinen Grund zum Jubeln mehr gegeben.

Hinter der Armee erstreckte sich ein Meer aus Hunderten von Zelten. Vor dem größten, blauweiß gestreiften, flatterte ein rotes Banner im Wind. Aus der Entfernung waren die eingestickten Embleme nur als Farbtupfer auszumachen, aber Will wusste, dass es sich um drei goldene Löwen handelte. Obwohl sich das Zelt außerhalb der Reichweite der Katapulte befand, hatte er die ganze Woche versucht, es zu treffen; irgendein kindischer Teil von ihm hatte gehofft, das Geschoss mit bloßer Willenskraft zu seinem Ziel zu lenken. Ein glücklicher Treffer, ein von Gott gesandtes Wunder, und alles wäre vorüber.

Seufzend wandte er sich ab, um seinen Kameraden zu helfen, das Katapult erneut zu laden. Ganz in seiner Nähe schlug ein Stein in den Fußweg ein und riss den hinter der Mauer kauernden Bogenschützen in einem Geröllhagel in die Enceinte hinunter. Will biss die Zähne zusammen, als der Balken der Schleuder in die Höhe flog und das Geschoss abgefeuert wurde. Im nächsten Moment ertönte ein scharfer Ruf. Zwei Soldaten, die die Farben des Sheriffs trugen, stürmten den Fußweg entlang.

»Stellt das Feuer ein!«, brüllte einer. »Feuer einstellen!«

Will und die Soldaten zögerten, zwei von ihnen ließen den Stein in ihren Händen auf den Stapel zurückfallen.

»Sir?«, fragte einer der Männer verwirrt.

Der eine Soldat blickte unschlüssig drein, doch der andere rannte auf die Männer zu, die die restlichen Katapulte bedienten, und befahl ihnen barsch, mit ihrem Tun einzuhalten. »Wir ergeben uns!«

Will vertrat ihm den Weg. »Wie bitte? Das können wir nicht!«

»Es ist eine beschlossene Sache. Der Sheriff hat die Burg bereits verlassen, um die Bedingungen auszuhandeln.«

Die anderen Männer traten von den Katapulten zurück und sahen einander verstört an. Irgendwo ertönte eine Trompetenfanfare. Die Bogenschützen ließen ihre Bogen sinken und spähten durch die Schießscharten.

Will trat an die Mauer, als die Soldaten davonstapften. Eine Reitergruppe kam vom englischen Lager her auf die Burg zu. Über ihr wehte das königliche Banner. Sein Blick fiel auf einen Mann in der Mitte der Gruppe, der statt eines Helms einen Goldreif auf dem Kopf trug. Er fuhr herum und ging zu dem Steinhaufen hinüber. »Helft mir!«, rief er seinen Kameraden zu, die ihn nur erschrocken anstarrten, als er einen Stein packte und anzuheben versuchte. Die Adern an seinem Hals traten hervor, und er fletschte vor Anstrengung die Zähne.

»Lasst das!«, herrschte ihn sein Hauptmann an. »Ihr habt den Befehl gehört.«

Stöhnend wuchtete Will den Stein hoch und ließ ihn mit einem erstickten Grunzen in die Aushöhlung des Balkens fallen. Dann drängte er sich an den Männern vorbei und griff nach einem der lose herabhängenden Seile.

Der Hauptmann baute sich vor ihm auf. »Hört auf, habe ich gesagt!«

Will stieß ihn zurück. Als er an dem Seil zu zerren begann, spürte er, wie sich eine Hand in seine Schulter grub und ihn herumriss. Eine Faust schoss vor und traf ihn im Gesicht. Will taumelte zurück, stolperte und stürzte zu Boden.

Der Hauptmann beugte sich über ihn. »Wenn ich Euch einen Befehl erteile, gehorcht Ihr!«

Will rappelte sich hoch, wischte sich mit einer Hand über seinen blutigen Mund und wollte sich außer sich vor Zorn auf den Mann stürzen, doch Duncan hielt ihn zurück.

»Was zum Teufel tust du denn da?«, grollte sein Schwager, dabei drückte er ihn gegen die Mauer der Brustwehr. »Lasst mich das regeln, Sir«, wandte er sich dann an den Hauptmann.

»Wir können uns nicht ergeben!«, schäumte Will. »Nicht ihm!«

»Der Sheriff und der Konnetabel sind sich einig. Wir haben über hundert Männer verloren.«

»Wenn wir uns ergeben, hat er gewonnen!«

»Aber wir bleiben am Leben und behalten vielleicht sogar unser Land.«

»Vater?«

Duncan drehte sich um. Sein Sohn war hinter ihn getreten. »Bleib, wo du bist.«

Die Angst in Duncans Stimme verfehlte ihre Wirkung auf Will nicht. Er heftete den Blick auf seinen Neffen, der aus einer Schnittwunde auf der Stirn blutete. »Ich werde nicht zulassen, dass er gewinnt.« Sein Gesicht verzerrte sich, als er Duncan wieder ansah. »Ich *kann* es nicht zulassen!«

»Dir bleibt keine andere Wahl.« Duncan löste seine Hand von Wills Brust. »Zumindest heute nicht.« Er trat zurück. Will glitt an der Mauer hinunter und sackte inmitten des Gerölls schlaff in sich zusammen.

Vor den Burgmauern von Edinburgh
8. Juni A. D. 1296

Als Edward in das Wasser blickte, starrte ihm sein Spiegelbild entgegen. Ja, es ließ sich nicht leugnen, dass er im Winter seines Lebens stand. Schneeweißes Haar umrahmte ein Gesicht, das immer hagerer und eingefallener wirkte. Tiefe Falten zogen sich um seine Augen; er konnte für jedes Jahr, das nach dem Tod seiner geliebten Gemahlin Eleanor verstrichen war, eine neue zählen. Er hatte sie und die meisten seiner Kinder überlebt. Dir bleibt nicht mehr viel Zeit, flüsterte ihm eine innere Stimme zu. Nicht mehr viel Zeit, um seine Herrschaft zu festigen, die Gegner zu unterwerfen und seinem Sohn ein mächtiges Reich zu hinterlassen. *Dafür zu sorgen, dass man dich nie vergessen wird.* Sein Spiegelbild verzerrte sich, als der Page, der das silberne Becken hielt, sein Gewicht auf seinen Knien verlagerte.

»Halte sie still«, befahl Edward gereizt, beugte sich vor, tauchte das weiße Leinentuch in seiner Hand in das Wasser, wrang es aus und betupfte damit sein Gesicht. Es war unangenehm stickig und feucht in dem Zelt, in dem sich die Hitze der letzten Tage angestaut zu haben schien. Er hatte den Pagen angewiesen, Weihrauch zu verbrennen, um den Geruch nach Schweiß und Stahl zu überdecken, der wie eine Wolke über dem Lager hing, trotzdem stank es in dem Zelt noch immer unerträglich. Edward blickte zu John de Warenne hinüber, der auf einem gepolsterten Stuhl kauerte und gierig in ein Hühnerbein biss. Braune Schweißringe unter seinen Armen besudelten seine Tunika. Edward verspürte plötzlich den heftigen Wunsch, den Pagen anzuweisen, das Wasserbecken über dem Earl auszuleeren, der eine Hauptquelle des Gestanks sein musste.

Die Zeltklappe wurde geöffnet, und ein stämmiger, schwarz gekleideter Mann trat ein – Hugh Cressingham, einer der mächtigsten Beamten des Reiches. »Mylord«, grüßte er mit seiner schrillen Stimme. »Die Letzten von ihnen kommen gerade herunter.«

Edward ließ das Tuch in das Becken fallen, erhob sich, drängte sich an dem Pagen vorbei und trat ins Freie. In einiger Entfernung hinter den Belagerungstürmen, die gerade abgebaut wurden, strömte eine Reihe von Menschen durch das Tor und den steilen Hügel hinunter. Edward legte eine Hand vor die Augen, um sie vor der Sonne zu schützen, konnte aber dennoch nur die grellen Farben der Uniformen seiner Leibgarde von den grauen und braunen Gewändern der Einheimischen unterscheiden. Er blickte zu den Burgmauern hinüber, über denen sich Rauchwolken kräuselten.

»Bischof Bek lässt überall nach Versprengten suchen«, teilte Cressingham ihm mit, als sich John de Warenne zu ihnen gesellte.

Der Earl warf das abgenagte Hühnerbein einem in der Sonne schlafenden Hund zu und wischte sich seine fettigen Finger an seinem Gewand ab. »Bek gebärdet sich allmählich wie ein kleiner Kaiser«, bemerkte er rülpsend.

Cressingham, der sich stets makellos sauber hielt, runzelte missbilligend die Stirn. Sein Doppelkinn bebte, als er die Lippen schürzte.

De Warenne, dem Cressinghams Abscheu völlig entging, schlug mit der Hand gereizt nach einer Fliege. »Nun ja, von mir aus, solange er ihnen Beine macht. Je eher wir diesen Misthaufen verlassen können, desto besser. Zur Hölle mit diesen Fliegen! Warum müssen sie mich so piesacken?«

Cressingham setzte zu einer Erwiderung an, doch ein Blick auf seinen König belehrte ihn eines Besseren. »Wollt Ihr die Überlebenden freilassen, Mylord?«

Edward faltete die Hände hinter dem Rücken, während er die den Hügel hinabtrottenden Männer, Frauen und Kinder musterte. »Natürlich. Wer soll denn sonst die Felder bestellen, das Korn mahlen und die Wolle produzieren, deren Erlös unsere Schatztruhen füllen wird? Wir brauchen hier dringend Arbeitskräfte.«

»Da habt Ihr allerdings recht«, bestätigte de Warenne.

Edward wandte den Blick nicht von den Überlebenden ab. »Von hier aus rücken wir nach Stirling vor – die letzte Hürde.«

»Die letzte Hürde?«, echote Cressingham.

»Stirling ist der Schlüssel zum Norden«, gab de Warenne zurück. »Die Burg dort bewacht den Übergang über den Forth. Wenn wir Stirling einnehmen, befindet sich ganz Schottland in unserer Gewalt.« Ein zufriedenes Lächeln spielte um seine Lippen.

»Ich möchte, dass dieses Königreich noch vor dem Michaelistag vor mir auf den Knien liegt.« Edward wandte sich zu den beiden Männern um. »Wenn ich es unterworfen habe, werde ich mich auf eine Reise durch alle größeren Städte begeben, damit jeder sieht, wer der neue Herrscher im Land ist. Unsere Arbeiter aus Northumberland werden die Befestigungsanlagen von Berwick bald wieder instand gesetzt haben. Sowie die Stadt wieder aufgebaut ist, werden wir sie als Hauptquartier nutzen. Ich werde euch beiden einflussreiche Positionen zuteilen.«

John de Warennes Lächeln verblasste. Cressingham hingegen strahlte wie ein Schuljunge, der soeben erfahren hatte, dass er seine Prüfungen bestanden hatte.

»Wir werden ausführlicher darüber sprechen, wenn …« Edward brach ab, als zwei seiner Leibwächter auf ihn zukamen. Sie führten einen Mann zwischen sich, der eine Ledertasche über der Schulter trug. »Wer ist das?«

»Ein Bote, Mylord«, entgegnete einer der Wächter. »Er sagt, er kommt aus Balliols Lager.«

Edward musterte den Boten, der ihn grimmig anstarrte, forschend. »Wie lautet die Botschaft?«

Der Wächter reichte ihm eine Schriftrolle. Auf einen Wink Edwards hin trat Cressingham vor, um sie entgegenzunehmen. Hastig überflog er den Text.

»Nun?«, fragte Edward ungeduldig.

»Balliol erklärt, er will den Vertrag widerrufen, den er mit Philipp abgeschlossen hat.« Cressingham sah den König an. »Er bietet bedingungslose Kapitulation an.«

Ein leises Lächeln zuckte um Edwards Mundwinkel. »Vor dem Michaelistag, sagte ich?« Sein Blick streifte den Earl. »Ich denke, es wird eher sein. Verfasst unverzüglich eine Antwort«, befahl er Cressingham. »Teilt ihm mit, dass wir seine Kapitulation akzeptieren. Sowie ich diesem Rebellen seine Krone entrissen habe, werde ich dafür sorgen, dass jeder Mann von adligem Geblüt in diesem Reich mir untertänigst huldigt.«

»Und dann, Mylord?«

»Dann kehre ich nach England zurück«, erwiderte Edward stirnrunzelnd, als läge die Antwort auf der Hand. Sein Blick wanderte zu dem Boten mit den grimmig verhärteten Zügen, und sein Lächeln wurde breiter. »Ein Mann leistet erst dann gute Arbeit, wenn er sich von dem Kot unter seinem Absatz befreit hat.«

11

Midlothian, Schottland
5. Juli A. D. 1297

Im Wald war es kühl und schattig, der dichte Baldachin der Baumkronen hielt die Mittagssonne ab. Insekten summten träge durch die süß nach Sommer duftende Luft. Auf einer Lichtung graste ein Hirsch. Als er den Kopf mit dem samtigen Geweih senkte, lenkte Will sein Pferd näher an ihn heran. Der mit einem langen Strick an der Kruppe des Tieres angeleinte Jagdhund gab ein nahezu unhörbares Winseln von sich. Will brachte ihn mit einem Klaps mit seiner Gerte zum Schweigen und betrachtete den Hirsch. Er hatte den Kopf gehoben, stand regungslos da und nahm Witterung auf. Eines seiner dunklen Augen ruhte auf Will, der still im Sattel saß, sein Pferd grasen ließ und mit seiner grünen Tunika und gleichfarbigen Hose mit den Bäumen verschmolz. Sein Gesicht wurde von Blättern verdeckt, die an einem um seinen Kopf gewundenen Reif auf Zweigen hingen. Eine leise Brise ließ das Unterholz rascheln. Der Hirsch widmete sich wieder dem saftigen Gras vor ihm, aber er war jetzt auf der Hut, seine Muskeln waren angespannt. Er hatte Wills Geruch wahrgenommen. Als dieser sein Pferd behutsam weiter auf ihn zutrieb, begann er langsam in die Richtung zu trotten, in die Will ihn treiben wollte. Er hatte Angst, wusste aber nicht, wovor; er sah nur ein anderes vierbeiniges Tier, das immer näher kam, dabei jedoch keinerlei Anzeichen von Aggressivität zeigte. Will, dessen Aufmerksamkeit einzig und allein dem Hirsch galt und dessen Blickfeld von der Blättermaske eingeschränkt wurde, sah den losen Ast nicht, bis er beinahe sein Gesicht streifte. Instinktiv hob er eine Hand und riss sich dabei den Reif aus Zweigen herunter. Bei der Bewegung fuhr der Kopf des Hirsches hoch, und im nächsten Moment verschwand er zwischen den Bäumen.

Will folgte ihm fluchend. »Er kommt direkt auf dich zu!«, rief er, ehe er gerade noch verhindern konnte, sich die Kniescheibe an einem Baum zu prellen, als sein Pferd durch den Wald galoppierte und der Hund vor Aufregung hechelnd hinterherlief.

David, der ein Stück entfernt auf der vom Wind abgekehrten Seite wartete, blickte nach links, als er den Schrei hörte. Der Hirsch stürmte geradewegs auf sein Versteck zu. Er biss die Zähne zusammen, legte einen Pfeil an die Sehne seines Eibenholzbogens und spannte sie. Plötzlich änderte der Hirsch seine Richtung und preschte nach rechts davon. David sog zischend den Atem ein, fuhr herum, kniff die Augen zusammen, richtete den Blick auf einen Punkt vor dem Tier und ließ den Pfeil von der Sehne schwirren. Die Spitze bohrte sich in die Seite seiner Beute und durchstieß den Brustkorb. Der Hirsch bäumte sich röhrend auf, dann brach er zusammen und blieb auf der Seite liegen. David rannte mit einem gezückten Dolch in der freien Hand auf ihn zu; bereit, dem Tier den Todesstoß zu versetzen, aber der Hirsch war bereits tot, nur seine Hinterläufe zuckten noch leicht.

»Ein sauberer Schuss«, stellte er fest, erhob sich und schob den Dolch in die Scheide zurück, als Will sein Pferd neben ihm zügelte.

Will stieg ab und schüttelte bewundernd den Kopf. »Wie du ihn aus diesem Winkel überhaupt treffen konntest, ist mir ein Rätsel.«

David zuckte lässig die Achseln, errötete aber vor Stolz.

»Es war mein Fehler«, bekannte Will, als sie die Beine des Tieres zusammenbanden und den Kadaver über den Sattel hievten. »Ich fürchte, ich bin immer noch eher ein Hindernis als eine Hilfe.«

David griff in eine an seinem Gürtel befestigte Ledertasche, förderte ein Stück weichen, gelblichen Käses zu Tage und verfütterte es an den Hund, dabei zauste er ihm die langen Ohren. »Es dauert eben eine Weile, bis man alle Kniffe beherrscht.«

»Eine Weile?« Will lachte. »Du unterrichtest mich ja schon seit einem Jahr.«

David grinste. »Wahrscheinlich lernt man in deinem fortgeschrittenen Alter nicht mehr so schnell.« Er schrie auf und versuchte sich zu ducken, als Will ihn mit einer Kopfnuss bestrafte.

»Dieser alte Knabe nimmt es im Kampf immer noch leicht mit dir auf, mein Junge.«

Davids Lachen erstarb. Als er sich abwandte, verwünschte Will sich innerlich.

»Wir sollten jetzt nach Hause gehen«, murmelte sein Neffe. Er griff nach der Leine des Hundes.

Will, der das Pferd mit seiner leblosen Last am Zügel führte, folgte ihm durch den Wald. »Habe ich dir je erzählt, warum mir die Ritterschaft verweigert wurde?«, fragte er, nachdem sie eine Weile geschwiegen hatten.

David spähte über seine Schulter. »Wie bitte?«

»Als ich in deinem Alter war, wurde mir der Ritterschlag verweigert.«

David blieb stehen. »Und warum?«

»Ich habe das Abendmahl entweiht«, entgegnete Will mit einem leisen Lächeln. Er erinnerte sich noch gut daran, wie Everard ihn mit einem Fußtritt geweckt hatte, als er zusammengerollt auf dem Boden der Sakristei des Pariser Ordenshauses gelegen hatte. Das von Falten zerfurchte Gesicht des alten Priesters hatte sich vor Wut verzogen, als er auf den leeren Kelch und die ringsum verstreuten Krumen der Hostien hinabgestarrt hatte.

David erwiderte das Lächeln nicht. »Dann war es eine berechtigte Strafe.« Er schüttelte den Kopf, sodass ihm eine blonde Haarsträhne in die Stirn fiel. »Aber bei mir verhält sich die Sache anders. Ich habe nichts Unrechtes getan.« Er setzte sich wieder in Bewegung und zog hart an der Leine des Hundes, als dieser einem Hasen nachsetzen wollte.

»Du kommst an die Reihe, wenn sich die Situation ändert.«

»Und wann wird das sein?«, begehrte David auf. »Wann wird sich hier etwas ändern?«

Darauf fiel Will beim besten Willen keine Antwort ein. Wieder verfielen sie in ein angespanntes Schweigen, das nur vom Knacken der Zweige unter ihren Füßen und dem Gezwitscher der Vögel unterbrochen wurde.

Als sie aus dem Wald in die träge Nachmittagshitze hinaustraten, wurde Will einmal mehr bewusst, wie seltsam es war, dass alles ringsum so friedlich wirkte – die in goldenes Licht getauchten Hügel, das sacht im Wind wehende lange Gras, die Blumen, deren Pollen an ihren Kleidern klebten. Der Kontrast zu den Ereignissen des letzten Jahres war so stark, dass er es fast als beleidigend empfand, weil das Land den Eindruck erweckte, als habe sich nichts geändert. Noch immer verstrichen die Tage, und die Jahreszeiten gingen ineinander über. Die Veränderungen waren nur der schottischen Bevölkerung anzumerken. Für manche ging das Leben tatsächlich weiter, als sei nichts geschehen, nur dass alle alltäglichen Dinge etwas schwieriger geworden waren. Andere traf es wesentlich härter. Doch allen kam es so vor, als sei die Welt für einen Moment stehen geblieben; als warteten sie alle auf irgendetwas; als könnten sie nicht glauben, was ihnen widerfahren war, und als könnten sie nicht mehr in die Zukunft blicken, obwohl es schon ein Jahr her war, dass Edwards Armee Edinburgh eingenommen hatte. Seit einem Jahr war Schottland ein englisches Lehen.

Während Will zusammen mit der Familie seiner Schwester Edinburgh verlassen und sich auf das Landgut in Midlothian zurückgezogen hatte, war die englische Armee nach Stirling weitergezogen. Später hatten sie erfahren, dass bis auf den Torhüter, der dem zweifellos vor Triumph platzenden Edward die Schlüssel ausgehändigt hatte, alle Bewohner die Burg verlassen hatten. Nachdem die Übergangsstelle über den Forth gesichert und der letzte schottische Widerstand gebrochen war, drang der König bis in das weit im Norden gelegene Elgin vor und sorgte in jeder Stadt und jeder Burg, in der er Quartier bezog, dafür, dass jeder Edelmann von Rang und Einfluss in der Gegend ihm seine Reverenz erwies. Sie hörten, dass Edward Balliol in Montrose empfing, wo der schottische König sich formell ergab und der Abzeichen seiner Königswürde beraubt wurde. Der Mann, den Edward zu seiner Marionette auserkoren und der sich dann gegen seinen Herrn aufgelehnt hatte, wurde geschlagen und gedemütigt in den Tower von London gebracht – zusammen mit dem in vier Teile zerschlagenen Siegel Schottlands. Als letzten Beweis seines Sieges auf ganzer Linie ließ Edward den so genannten Schicksalsstein aus der Abtei von Scone entfernen und nach Westminster schaffen. Dieser alte Stein, auf dem über vierhundert Jahre lang die Könige von Schottland gekrönt worden waren, war mehr als nur eine Reliquie: Er war das Symbol einer ganzen Nation, und mit seiner Beschlagnahmung und Überführung nach England hatte Edward seine Eroberung des Landes besiegelt. Im Herbst war Berwick erneut befestigt worden, und die auf den Gräbern ihrer Bewohner neu erbaute Stadt wurde der neue Regierungssitz. Edward ließ John de Warenne als Statthalter, Hugh Cressingham als Schatzmeister und eine große Anzahl englischer Beamter dort zurück und kehrte heim nach England.

Ein Gnadenerlass, der ein wenig später erfolgte, bestand in der Freilassung einiger in England eingekerkerter schottischer Grundbesitzer, unter denen sich auch Sir Patricks Sohn David Graham befand. Diese Männer waren zusammen mit eintausendfünfhundert ihrer Landsleute gezwungen worden, sich Edward als Lehnsherrn zu verpflichten, und verwalteten ihre Güter nun in seinem Namen, aber kleine Landbesitzer wie Duncan konnten ihre Güter auch weiterhin weitgehend selbständig führen. Ysenda und die Kinder hielten sich die meiste Zeit nicht bei Duncan in Kincardine auf, sondern auf dem Gut in Midlothian, das weit genug von den Hauptsitzen der Engländer entfernt lag, um nicht ins Visier der englischen Gerichtsbarkeit unter des verhassten Cressingham zu geraten.

Als sie schweißüberströmt den steilen Pfad zum Haus erklommen, sahen Will und David kleine Rauchwölkchen zum Himmel aufsteigen.

»Sieht aus, als wäre unser Essen gleich fertig«, bemerkte Will. Sein Magen knurrte bei der Aussicht auf eine Mahlzeit vernehmlich.

»Geh nur schon hinein.« David nahm die Zügel des Pferdes. »Ich lade den Hirsch ab.«

Da Will spürte, dass sein Neffe, der geschwiegen hatte, seit sie den Wald verlassen hatten, allein sein wollte, ließ er zu, dass er das Pferd mit seiner Last zur Scheune führte. Auf der Koppel fütterte ihr Knecht Tom, der während der gesamten Kriegszeit auf dem Landgut ausgeharrt hatte, ihre beiden Ziegen. Drei hatten sie im Winter verloren und sie bislang nicht ersetzen können. Nahrungsmittel waren knapp gewesen, die Ernten waren entweder vernichtet worden oder auf den Feldern verdorrt, während die Männer im Krieg gewesen waren.

Will ging hinten um das Haus herum durch den Kräutergarten, den seine Mutter angelegt hatte, und stieß die Tür auf.

Ysenda saß am Küchentisch und hackte Salbei. Sie sah auf, als Will eintrat. »Hast du irgendetwas erlegt?«

»Dein Sohn hat Erfolg gehabt. Er hat einen Hirsch mitgebracht.«

Sie lächelte. »Das sollte eine Weile vorhalten.«

Will streifte seine Stiefel ab, zog sich einen Stuhl heran und rieb sich den Schweiß von der Stirn. Seine Haut fühlte sich angespannt an. »Duncan ist noch nicht zurück?«

Ysenda schüttelte den Kopf, während sie Salbei in den eisernen Kessel gab, in dem eine Suppe brodelte. Ihr sandfarbenes Haar kräuselte sich in der Hitze über der Stirn.

Der Kräuterduft erinnerte Will an seine Mutter, und einen Moment lang schloss er die Augen und lauschte dem Knirschen des Messers auf dem Holz. Jeder andere in diesem Haus hatte fest umrissene Aufgaben, die ihn davon abhielten, über die Vergangenheit oder die Zukunft nachzugrübeln. David ging auf die Jagd, Ysenda verwaltete das Gut, und Duncan verrichtete unter Sir Graham in Kincardine seinen Dienst, Tom und die Mädchen hatten gleichfalls ihre Pflichten. Er war der Einzige, der nur hier und da einsprang, wenn er gebraucht wurde, aber im Grunde genommen hatte er kein festes Ziel. Deswegen fühlte er sich wie die meisten Schotten in einer seltsamen Erstarrung gefangen; wartete darauf, dass etwas geschah. Dass der Bogen überspannt wurde.

»Ist das Essen fertig?«

Will hob den Kopf, den er in den Händen geborgen hatte, als Alice in die Küche gehüpft kam. Er lächelte seine Nichte an, dann erstarrte er, sein Blick heftete sich auf einen kleinen Silberanhänger an ihrem Hals. Er sprang so heftig auf, dass der Stuhl hinter ihm umkippte. Alice blieb angesichts seiner verhärteten Züge wie angewurzelt stehen, ihr Lächeln erstarb. Ysenda drehte sich um.

»Bruder…«, begann sie, doch Will schnitt ihr das Wort ab, indem er auf Alice zutrat.

»Wo hast du das her?«, herrschte er sie an.

»Was denn?« Alice' Augen wurden groß.

»Den Anhänger! Wo hast du ihn her? Hast du in meinen Sachen herumgeschnüffelt, Mädchen?«

»Will!« Ysenda setzte den Stapel Schüsseln ab, den sie in der Hand trug.

»Er hat Margaret gehört.« Alice erstarrte vor Angst, als Will sich über sie beugte und nach dem auf ihrer Brust baumelnden Anhänger griff. »Sie hat ihn mir letzten Monat zu meinem dreizehnten Geburtstag geschenkt. Vater hat ihn ihr gegeben, als sie in meinem Alter war.« Alice fuhr herum, als Margaret in die Küche kam. »Es war doch deiner, oder nicht?«, stieß sie hervor.

Noch während sie sprach, erkannte Will, der den Anhänger in den Händen drehte, seinen Irrtum. Statt eines Mannes, dessen Fuß auf einer Schlange ruhte, zeigte er die zarten Umrisse einer mit einem Kreuz gekrönten Frau. Jetzt erinnerte er sich wieder: Ihre Schwester hatte ihn ihr feierlich und von einem von Duncans seltenen Lächeln begleitet überreicht.

Margaret entriss ihm den Anhänger, legte ihrer Schwester beschützend einen Arm um die Schulter und funkelte Will finster an.

»Was ist nur los mit dir?« Ysendas Stimme klang gefährlich leise, als sie neben ihn trat.

»Es tut mir leid«, murmelte Will. »Ich dachte, es wäre… Es tut mir leid.« Er ging zum Tisch zurück, hob den Stuhl wieder auf, setzte sich und rief sich den Moment wieder ins Gedächtnis, als er das Medaillon des heiligen Georg dem Händler übergeben hatte – am Tag nach seiner Desertion. Wie hatte er das nur vergessen können?

Ysenda widmete sich wieder ihrer Suppe, doch ihr Blick wanderte immer wieder verstohlen zu Will, während sie darin herumrührte. Margaret begann die Schalen auf dem Tisch zu verteilen, Alice glitt auf einen Stuhl und nestelte an dem Anhänger herum. Margaret setzte Wills Schale so hart vor ihm auf den Tisch, dass dieser zusammenzuckte. Zwischen ihm und seiner älteren Nichte hatte sich gerade eben erst eine zaghafte Freundschaft entwickelt, und nun hatte er auf eine so unbedachte Weise alles wieder zunichtegemacht.

Die Tür flog auf, und David trat ein. Jetzt erhellte ein breites Grinsen sein Gesicht. »Seht einmal, wen ich mitgebracht habe.«

»Vater!«, entfuhr es Alice, als Duncan hinter seinem Sohn auftauchte. Sie warf sich in seine Arme, woraufhin er mit einem überraschten Grunzen zurücktaumelte.

»Man könnte fast denken, ich wäre einen ganzen Monat fort gewesen«, brummte er.

»So kommt es mir auch vor.« Ysenda küsste seine Wangen.

Die gespannte Atmosphäre im Raum lockerte sich allmählich. Duncan legte seinen Reiseumhang ab, David verstaute seinen Bogen hinter der Tür. Ysenda füllte die Schalen mit Suppe.

»Bald gibt es Wild.« Sie bedachte David mit einem Lächeln, als sie Platz nahm. »Wir werden speisen wie die Könige.«

»Wir gehören zu den Glücklichen«, erwiderte Duncan müde. »Gott sei Dank.« Alle senkten die Köpfe, als er ein Gebet murmelte.

Will griff nach seinem Löffel, dann ließ er ihn wieder sinken. Er hatte keinen Hunger mehr.

»Jetzt hat doch die Erntezeit begonnen, da muss es doch besser werden.« Ysenda beobachtete ihren Mann beim Essen.

»Das wäre ja auch der Fall, wenn der Verräter den Leuten genug zum Leben lassen würde.«

David lächelte kalt, als sein Vater den Spitznamen gebrauchte, mit dem viele Schotten den Schatzmeister Hugh Cressingham bedachten.

»Aber sowie das Korn geerntet ist, wird es den Bauern auch schon wieder abgenommen. Alles geht in den Süden, zusammen mit unserer Pacht und unserer Wolle. In Kincardine habe ich Familien gesehen, denen nicht genug blieb, um ihre Kinder zu ernähren, und seit die Kämpfe ausgebrochen sind, wird alles immer schlimmer. Die englischen Sheriffs gehen härter und härter gegen uns vor, und das alles nur wegen dieser Rebellen.« Duncan starrte finster in seine Suppenschale. »Sie sollten auf den Feldern arbeiten wie wir anderen auch, statt das bisschen Frieden zu stören, das bei uns eingekehrt ist.«

Davids Lächeln verblasste. »Wir leben nicht in Frieden, Vater. Nicht unter dem Joch der Engländer.« Er legte seinen Löffel zur Seite. »Wir sollten uns den Rebellen anschließen, statt Kritik an ihnen zu üben.«

Ysenda warf ihm einen warnenden Blick zu. »Sprich nicht so respektlos mit deinem Vater.«

»Aber es ist doch die Wahrheit.« David schielte zu Will. »Du bist doch meiner Meinung, Onkel, das weiß ich. Du willst auch nicht tatenlos hier herumsitzen und so tun, als wäre alles in schönster Ordnung, nicht wahr?« Er sah seinen Vater an, der in Schweigen verfallen war. »Als Tom in Edinburgh war, hörte er, dass Wallace den Sheriff von Lanark getötet und den Richter von Scone gestürzt hat. Sir William Douglas soll an seiner Seite kämpfen, genau wie andere auch. Willst du denn gar nichts tun? Hast du überhaupt keinen Stolz?«

Duncan sprang mit hochrotem Gesicht auf. Er hob eine Hand, um David zu schlagen, hielt aber inne, als Alice entsetzt aufschrie.

Die Hintertür wurde geöffnet, und Tom betrat den Raum. Er musterte die erstarrten Gestalten am Tisch stirnrunzelnd, dann nickte er Duncan zögernd zu. »Fünf Männer kommen den Pfad herauf, Sir.«

»Ich komme sofort hinaus«, murmelte Duncan, dabei starrte er seinen aufsässigen Sohn finster an. »Geh ihnen entgegen, und begrüße sie.«

»Wer kann das nur sein?«, wunderte sich Ysenda, sowie Tom außer Hörweite war.

Duncan griff nach einem Leinentuch und wischte sich den Mund ab. »Ich habe keine Ahnung.« Er ging zur Tür. »Ich gehe allein«, zischte er scharf, als Will sich erhob. »Noch bin ich hier der Herr!«

Duncan trat in die drückende Nachmittagssonne hinaus. In seinen Adern kochte heiße Wut, doch sie war mit einem Hauch von Scham gepaart. Sein Sohn hatte recht. Er sollte nicht jede Woche mit Sir David Graham durch dessen Ländereien reiten. Sie standen beide unter der Knute der Engländer und pressten den Bewohnern von Kincardine trotzdem Nahrungsmittel und Geld ab. Nein, er sollte seinen Landsleuten im Kampf gegen den Tyrannen beistehen. Doch sein Stolz rang mit dem weit stärkeren Drang, seine Familie zu beschützen.

Als er um die Hausecke bog, sah er, wie Tom die Reiter begrüßte. Sein Unbehagen wuchs angesichts des Anblicks ihrer Kettenhemden. Englische Soldaten. Einer der Männer war aufwändiger gekleidet als die anderen, er trug einen Umhang aus grüngoldenem Brokat. Dieser Mann blieb auf seinem Pferd sitzen, während die Soldaten abstiegen. »Ich wünsche euch einen guten Tag«, rief Duncan ihnen zu, dabei wappnete er sich innerlich für das, was kommen würde.

»Wer ist hier der Herr?« Der Mann in dem kostbaren Umhang starrte gebieterisch auf ihn hinab. Er sprach mit starkem Akzent, die Worte schienen miteinander zu verschmelzen. Sein Pferd versuchte den Kopf hochzuwerfen, doch er zog fest an den Zügeln.

Duncan musterte das Schwert, das neben einem großen Lederbeutel an dem Gürtel des Mannes hing. »Das bin ich.«

»Ich bin gekommen, um die vierteljährliche Pacht zu kassieren.«

Duncan schüttelte den Kopf. »Da muss ein Irrtum vorliegen. Ich habe bereits bezahlt. Letzten Monat war ein Pachteintreiber bei mir.«

»Seitdem ist die Pacht leider erhöht worden.«

»Um wie viel?« Duncan hatte Mühe, Ruhe zu bewahren.

»Vater?«

Duncan drehte sich um, als David aus dem Haus kam. »Wie viel?«, wiederholte er und prallte ungläubig zurück, als der Mann ihm die geforderte Summe nannte. »Das ist unmöglich. So viel kann ich nicht aufbringen.«

»Wir akzeptieren auch andere Zahlungsmittel«, erwiderte der Pachteintreiber. Er nickte zu der Koppel hinüber, auf der Duncans Pferd, ein Schecke mit seidig glänzendem Fell, angebunden war. »Ein schönes Tier habt Ihr da.«

Duncan knirschte mit den Zähnen. »Ich brauche ein Pferd, um

mit Sir Graham über sein Land zu reiten und seinen Pächtern Geld für Euren Herrn abzupressen.«

Der Pachteintreiber runzelte die Stirn. »Ist König Edward nicht *unser* Herr?«

Duncan schielte zu den Soldaten hinüber, die das Haus auf eine gierige Weise betrachteten, die ihm nicht gefiel. Plötzlich wünschte er, sein Schwert zur Hand zu haben. »Geh wieder hinein, David«, befahl er, als er Schritte hinter sich hörte.

»Ist das Euer Sohn?«, fragte der Pachteintreiber. »Ein gesunder Bursche. Gut genährt. Findet Ihr nicht auch?«, wandte er sich an einen seiner Soldaten.

Der Mann lächelte unbehaglich. »Ja, Sir.«

Tom warf dem Pachteintreiber einen finsteren Blick zu und baute sich vor dem Soldaten auf, der geantwortet hatte.

»Die Zeiten sind schwer«, fuhr der Pachteintreiber mit einem Achselzucken fort. »Wenn Ihr jemandem die Schuld daran geben wollt, dann gebt sie Euren Landsleuten. Würden sie sich nicht gegen König Edward auflehnen, müssten wir die Pacht nicht anheben. Irgendwo müssen die Mittel, ihren kleinen Aufstand niederzuschlagen, ja herkommen. Sie kämpfen, und Ihr und die Euren zahlt dafür.«

»Dank der Beute, die Wallace und seine Leute in Scone gemacht haben, dürften *sie* über genug Mittel verfügen, um diesen so genannten kleinen Aufstand erfolgreich zu beenden.«

Duncan fuhr herum, als Davids Stimme laut und vernehmlich durch die Luft hallte. »Geh wieder ins Haus!«

Die Augen des Engländers wurden schmal. »An Eurer Stelle würde ich ein ernstes Wort mit Eurem Sohn reden. Ich kann die Pacht jederzeit weiter erhöhen, wenn es mir angemessen erscheint.« Er durchbohrte Duncan mit einem bösen Blick. »Aber ich bin ein gerechter Mann. Lasst Euren Diener Euer Pferd herholen, und dann belassen wir es für heute dabei.«

»Das geht nicht, das habe ich Euch doch schon gesagt.« Duncan trat ein paar Schritte auf ihn zu und dämpfte seine Stimme.

»Beim nächsten Mal zahle ich Euch eine größere Summe. Ich bin einer der Ritter von Sir Graham, er wird für mich bürgen.«

»Ich frage Euch nicht noch einmal.«

»Hört mir doch zu, Ihr verdammter Narr!«, entfuhr es Duncan, der nicht länger an sich halten konnte.

Der Pachteintreiber deutete auf Tom. »Tötet ihn.«

Duncan und David schrien wie aus einem Mund auf, als einer der Soldaten sein Schwert zog, sich auf Tom stürzte und es ihm in den Bauch stieß. Der Knecht wirkte eher überrascht als entsetzt, als ihn die stählerne Klinge durchbohrte. Der Soldat drehte sie und riss sie brutal wieder heraus. Tom presste eine Hand auf seinen Bauch und taumelte zurück. Blut quoll zwischen seinen Fingern hervor. Er starrte Duncan ungläubig an, ehe er zur Seite kippte und sein Gesicht sich vor Qual verzog. Noch ehe er leblos in sich zusammensackte, warf sich Duncan auf den Soldaten. Im selben Moment griffen die anderen Soldaten nach ihren Waffen, und David rannte auf Tom zu. Vom Haus her ertönte ein gellender Schrei, dann kam Ysenda herausgelaufen und sah gerade noch, wie Tom zusammenbrach und ihr Mann auf den Soldaten losging, der ihn niedergestreckt hatte.

Duncan duckte sich unter einem Schwerthieb hinweg und prallte dann so hart gegen seinen Gegner, dass dieser zu Boden stürzte. Sein Schwert flog ihm aus der Hand, und der Riemen seines Helmes riss, als Duncan sich auf ihn stürzte. Während der Helm des Mannes davonrollte, krallte Duncan, taub für die Schreie seiner Frau und seines Sohnes, die Finger in sein Haar und schmetterte seinen Kopf mit aller Kraft auf das harte Erdreich. Dabei wurde er nur von dem Gedanken beherrscht, seinen Widersacher lange genug außer Gefecht zu setzen, um das ihm entfallene Schwert zu fassen zu bekommen. Er wälzte sich von dem Soldaten herunter, als die anderen Männer auf ihn eindrangen, wehrte ihren ersten Angriff ab, warf sich auf den zweiten Soldaten und versetzte ihm einen so heftigen Schlag, dass der Mann ein paar Schritte zurücktaumelte. Er stolperte, verlor das

Gleichgewicht, und sein Schwert beschrieb einen weiten Bogen, aber dieser kurze Moment der Überraschung verschaffte Duncan genug Zeit, um ihn mit seiner Klinge zu durchbohren. Er zog sein Schwert zurück. Im nächsten Moment hörte er Hufschläge hinter sich und den gellenden Schrei seines Sohnes, dann traf ihn etwas in den Rücken, genau zwischen die Schulterblätter. Seine Finger wurden taub, das Schwert entglitt ihm und fiel klirrend zu Boden. Duncan sah seine Frau mit hoch erhobenen Armen erstarren, als wolle sie tanzen oder beten. Dann durchzuckte ihn ein nie gekannter, unerträglicher heißer Schmerz, und er sank auf die Knie.

Der Pachteintreiber, der auf seinem Pferd wie ein Turm über seinem Opfer aufragte, zog sein rot gefärbtes Schwert zurück. »Tötet sie!«, brüllte er außer sich vor Zorn. »Tötet sie alle!«

David wich entsetzt zurück, als einer der Soldaten auf ihn zukam, aber als er sich umdrehte und flüchten wollte, verfing er sich in den Beinen des Mannes, den sein Vater bewusstlos geschlagen hatte, und stürzte hart zu Boden. Der andere Soldat machte Anstalten, sich auf Ysenda zu stürzen, die auf ihren Sohn zurannte.

Ein markerschütternder Schrei zerriss die Luft.

Will kam mit Davids Bogen in den Händen um das Haus herum. Der Pfeil war auf den Pachteintreiber gerichtet, der sich erschrocken im Sattel umgedreht hatte. Er hielt sein mit Duncans Blut besudeltes Schwert hoch erhoben, sein Pferd scharrte aufgeregt mit den Hufen. Vor ihm lag Duncans lebloser Körper auf dem des Mannes, den er niedergestreckt hatte. Die beiden anderen Soldaten zögerten, ihr Blick wanderte unschlüssig zwischen Will und ihrem Herrn hin und her.

Der Engländer schnaubte wütend und trieb sein Pferd auf Will zu, der den Pfeil von der Sehne schnellen ließ.

Der Mann warf sich im Sattel zur Seite, um dem Geschoss auszuweichen, doch Will hatte nicht auf ihn gezielt. Der Pfeil traf das Pferd in den Hals, das sich daraufhin schrill wiehernd aufbäumte, zusammenbrach und seinen Reiter unter sich begrub. Der Soldat, der auf Ysenda losgehen wollte, besann sich und eilte ihm zu Hilfe. Will zog einen weiteren Pfeil aus dem Köcher auf seinem Rücken, zielte und schoss auf den Gegner, der den immer noch auf dem Boden liegenden David angreifen wollte, doch er verfehlte sein Ziel; der Pfeil schlug ein paar Fuß entfernt in das Erdreich ein. Fluchend ließ Will den Bogen sinken, riss sein Krummschwert aus der Scheide und rannte los.

David rollte sich zur Seite, als der Soldat mit seinem Schwert auf ihn einhieb, zog sich auf Hände und Knie, warf sich nach vorn und packte den in der Erde steckenden Pfeil. Der Soldat drang erneut auf ihn ein. Ysenda kreischte laut auf. David, der das auf ihn herabsausende Schwert im letzten Moment bemerkte, warf sich herum und trieb dem Gegner den Pfeil direkt oberhalb der Beinschiene, die seine Oberschenkel schützte, in den Unterleib. Der Soldat sank aufheulend auf die Knie. Will trat hinter ihn. Als der Mann versuchte, sein Schwert zu heben, rammte er ihm die Spitze seines Krummschwerts in den sonnenverbrannten, schmutzigen Nacken. David zuckte zusammen, als die Klinge aus der Kehle des Soldaten wieder austrat und er einen Schwall Blut aushustete. Will trat ihm mit voller Wucht in den Rücken, riss sein Schwert aus seinem Leib und wandte sich dann zu dem Mann, der versuchte, den Pachteintreiber unter seinem Pferd hervorzuziehen. Er legte dem Soldaten einen Arm um den Hals und schnitt ihm mit seiner kurzen Klinge den Hals durch.

»Nein!«, schrie der Pachteintreiber auf, als Will sich über ihn beugte. »Bitte nicht! Ich …«

Aber er verstummte abrupt, als Will ihm die Klinge so tief in den Hals stieß, dass sie in den Boden unter ihm eindrang. Danach trat er zu dem bewusstlos unter Duncan liegenden Soldaten, rollte seinen Schwager behutsam von ihm herunter und tötete den Engländer ebenfalls. Zuletzt erlöste er das vor Schmerzen schnaubende Pferd von seinen Qualen. Es war das einzige Wesen, für das er Mitleid aufbrachte.

Ysenda, die zu David geeilt war und ihn fest an sich drückte, drehte sich zu Will um, als er sein blutverschmiertes Schwert am Rock des Soldaten abwischte. Ihr Gesicht verzerrte sich, als sie Duncan rücklings, mit ausgebreiteten Armen im Gras liegen sah. Sie stürzte zu ihm, kauerte sich neben ihm nieder, umfasste sein Gesicht mit beiden Händen und rief immer wieder seinen Namen. Als er nicht reagierte, wurden ihre Schreie immer lauter, bis sie schließlich in einem unzusammenhängenden Gestammel endeten. David, totenbleich im Gesicht und mit Blut bespritzt, trat zu ihr und umarmte sie.

Will schob sein Schwert in die Scheide zurück und fuhr mit beiden Händen durch sein schweißfeuchtes Haar. »Lieber Gott«, murmelte er zwischen zwei keuchenden Atemzügen. »Lieber Gott.« Mehr Gefühlsregungen gestattete er sich nicht.

Er ging zum Haus zurück. Margaret kauerte auf der Türschwelle und stützte sich mit beiden Händen am Rahmen ab. Ihre Lippen bewegten sich, doch sie brachte keinen Ton heraus. Will zog sie mit sanfter Gewalt auf die Füße. Sie wehrte sich nicht, doch ihre Augen starrten an ihm vorbei auf ihre über Duncans Leichnam gebeugte Mutter und ihren Vater.

»Margaret, hör mir jetzt gut zu. Du musst alles Geld holen, das Duncan hier im Haus aufbewahrt hat, außerdem etwas zu essen und Wasserschläuche. Alice soll dir helfen. Achte darauf, dass sie nicht hier herauskommt.«

Seine Worte schienen nicht zu ihr durchzudringen.

Zähneknirschend schüttelte Will sie. »Margaret!« Sie schrak zusammen, ihr Blick wurde klar. »Tu, was ich dir gesagt habe«, befahl er, dabei schob er sie mit sanftem Nachdruck auf die Halle zu. Als sie davonstolperte, hastete er wieder nach draußen zu Ysenda und David und streckte eine Hand nach seinem Neffen aus.

David holte aus und versetzte ihm einen Hieb gegen das Kinn.

Will taumelte zurück, bezwang aber seinen Ärger. »Du musst dich jetzt wie ein Ritter verhalten, David, verstehst du?« David rang keuchend nach Atem, leistete aber keinen Widerstand mehr. »Sattele die beiden Pferde, und hol deinen Bogen sowie das Schwert und den Schild deines Vaters. Danach musst du mir helfen, die Leichen in den Wald zu schaffen.« Will nickte zu dem Wäldchen unterhalb des Hügels hinunter. »Traust du dir das zu?«

David wandte sich unwillig ab. »Ja.«

Will wartete, bis sein Neffe außer Hörweite war, dann kniete er neben der noch immer über Duncan gebeugten Ysenda nieder. Die qualvollen Schreie seiner Schwester schnitten ihm tief ins Herz. Er kannte diesen alles überwältigenden Schmerz nur zu gut, er überfiel ihn erneut, als er die Arme um Ysenda schlang und sie an sich zog. »Wir müssen hier fort«, murmelte er. »Man wird diese Männer vermissen, und andere werden nach ihnen suchen. Und dann wird man uns keinen gerechten Prozess machen, sondern mit aller Härte gegen uns vorgehen.«

»Ich kann meinen Mann nicht verlassen«, schluchzte Ysenda. »*Ich kann es nicht!*«

»Du musst es tun – um deiner Kinder willen.«

»Wo sollen wir denn hin?«, krächzte sie. »Großer Gott, wo sollen wir nur hin?«

»Nach Selkirk«, erwiderte Will nach kurzer Überlegung. »Das ist nicht weit weg. Wir werden dort Zuflucht suchen, bis Gras über die Sache gewachsen ist. Mit etwas Glück haben die Engländer ganz andere Sorgen, als sich mit dem Tod irgendeines Beamten zu befassen.«

Sie blickte aus rot verquollenen Augen zu ihm auf. »Ich will nach Kincardine. Zu Sir Graham.«

»Dort spüren sie uns zu leicht auf. Sie können sich ja denken, dass wir dorthin flüchten würden.« Will erhob sich und blickte Richtung Süden zu den Hügeln hinüber, die in einem grünen Dunst gehüllt waren. »Wir verbergen uns im Wald.«

Der Tower von London
6. Juli A.D. 1297

»Schickt sofort nach Earl de Warenne!«

»Selbstverständlich, Majestät.« Der Schreiber hatte Mühe, mit dem den Gang entlangeilenden Edward Schritt zu halten.

»Er befindet sich zweifellos auf seinem Landsitz in Yorkshire«, versetzte Edward säuerlich. »Aber wenn er sich einbildet, von dort aus Statthalter spielen zu können, hat er sich gewaltig geirrt. Weist ihn an, sich in Berwick mit Cressingham zu treffen. Von dort aus werden sie die Truppen in Marsch setzen.« Seine Züge verhärteten sich. »Wenn diese Rebellen einen Krieg wollen, dann sollen sie ihn bekommen. Richtet dem Earl aus, dass ich den Aufstand niedergeschlagen und die Köpfe der Rädelsführer auf der London Bridge aufgespießt zu sehen wünsche,wenn ich zurückkomme.«

Edward entließ den Schreiber mit einer knappen Handbewegung, setzte seinen Weg fort und stieg eine lange Treppe hinunter; dabei zuckte er zusammen, als seine Gelenke knackten. Die Nachricht von der Rebellion in Schottland, an der sich einige der Adligen beteiligten, die er früher im Jahr freigelassen hatte, nagte an ihm. Aber er musste sich mit dringenderen Angelegenheiten befassen. Während er an der nördlichen Grenze beschäftigt gewesen war, hatte Philipp seine Vorherrschaft über Guyenne gefestigt. Einige der Barone waren des erlahmenden Krieges in Flandern überdrüssig geworden und hatten sich geweigert, weiterhin in seinen Diensten zu kämpfen. Sie fanden am königlichen Hof Unterstützung, und er wusste, wie gefährlich aufrührerische Barone werden konnten. Simon de Montfort hatte es ihn gelehrt.

Edward trat in die drückende Nachmittagshitze des Hofes hinaus, wo ihn zwei seiner Ratgeber schon erwarteten.

»Euer Schiff ist bereit, die Segel zu setzen, Mylord«, sagte einer von ihnen. »Wir können aufbrechen, wann immer Ihr wollt.«

»Ich möchte Ende dieser Woche in Flandern sein.« Edward betrachtete den weiß und majestätisch hinter ihm aufragenden Tower. »Wir wollen doch einmal sehen, wie weit die Feinde meines teuren Vetters zu gehen bereit sind, um Frankreichs Herrschaft über sie zu beenden.«

12

Die Wälder von Selkirk, Schottland
20. Juli A.D. 1297

Will wischte sich den Schweiß vom Gesicht, als er den Hang erklommen hatte. Er drehte sich um und hielt dem hinter ihm kletternden David eine Hand hin. Sein Neffe zögerte einen Moment, dann ergriff er sie und ließ zu, dass Will ihn das letzte Stück hochzog. Die frisch gefüllten Wasserschläuche schlugen gegen ihre Beine, als sie zwischen den Bäumen verschwanden und das Gurgeln des Flüsschens hinter ihnen allmählich erstarb.

Sowie sie sich der Lichtung näherten, sanken Wills Lebensgeister, die sich angesichts einer so notwendigen Aufgabe wie der des Wasserholens gehoben hatten, wieder. Sie lagerten hier erst seit drei Tagen, aber er hasste diesen stickigen, von Kiefern und Dornbüschen gesäumten Ort bereits aus tiefster Seele. Ysenda machte ein großes Gewese um Alice, die nach einem Sturz vor einigen Tagen mürrisch und reizbar war. Sie hatte sich nicht ernsthaft verletzt, sondern nur einen Schock erlitten. Ihr Knöchel war geschwollen und entzündet gewesen, doch obwohl Will ihr unter Zuhilfenahme seines Hemdes eine Kompresse angelegt hatte, beklagte sie sich immer lauter über Schmerzen, bis sie schließlich in Tränen ausbrach und sich weigerte, auch nur einen Schritt weiterzugehen.

Ysenda blickte sich um, als sie die Lichtung betraten, dann

richtete sie ihre Aufmerksamkeit wieder auf ihre Tochter. David legte die Wasserschläuche neben ihren Gepäckstücken nieder und streckte sich unter einer mächtigen Kiefer mit rötlichem Stamm aus, in deren Schatten sein Jagdhund in der Hitze hechelte. Ganz in der Nähe stand Duncans Wallach und schlug mit dem Schweif ärgerlich nach den Fliegen, die ihn peinigten. Margaret kauerte auf einem Holzklotz neben dem ersterbenden Feuer und stocherte mit einem Stock in der Glut herum. Sie hatte ihre Haube verloren, ihr Haar fiel ihr offen und zottig auf die Schultern. Will registrierte unmutig, dass sie kein Holz gesammelt hatte, wie er es ihr aufgetragen hatte.

»Ich brauche etwas Wasser«, rief Ysenda ihnen zu.

Als David sich nicht rührte, biss Will die Zähne zusammen und ging zu ihr. Alice saß mit dem Rücken gegen einen Baum gelehnt auf dem Boden, ihr Gesicht war schmerzlich verzogen. Ysenda hatte die Kompresse abgenommen und untersuchte behutsam ihren Fuß. Als Will seiner Schwester den Wasserschlauch reichte, sah er, dass der Knöchel seiner Nichte wieder vollständig geheilt war.

Ysenda goss etwas von dem eiskalten Wasser darauf, woraufhin das Mädchen nach Atem rang. »Tut das weh?«, erkundigte sich Ysenda besorgt.

»Es ist nur kalt«, warf Will schärfer als beabsichtigt ein.

Alice blickte zu ihm auf. Auf ihr Gesicht trat augenblicklich ein Ausdruck von Abneigung, der Will alles verriet, was er wissen musste.

»Woher willst du das wissen?«, begehrte das Mädchen aufsässig auf. »Es ist ja nicht dein Fuß, der so wehtut.«

»Deiner auch nicht, Alice.« Will bemühte sich, einen freundlichen Ton anzuschlagen, obwohl er seine Nichte am liebsten angeschrien hätte. »Nicht mehr. Er war ja noch nicht einmal verstaucht.«

Alice'erhitztes kleines Gesicht lief rot an. Sie machte Anstalten, etwas zu erwidern, dann brach sie in Tränen aus.

»Wie kannst du nur!« Ysenda erhob sich und funkelte ihn finster an. Ihre Wangen waren mit Schweiß und Schmutz verschmiert. Will bemerkte eine kleine Reihe von Insektenstichen, die wie eine Halskette unter ihrem Schlüsselbein verlief. Einige nässten, weil sie sie aufgekratzt hatte. Seit sie im Wald von Selkirk lebten, hatten sie alle unter Mücken und Zecken gelitten, aber Ysenda hatte es am schlimmsten getroffen. »Wenn sie sagt, ihr Fuß tut weh, dann tut er weh. Du bist schließlich kein Arzt.«

»Sie behauptet, er würde wehtun, um nicht weiterlaufen zu müssen«, gab Will zurück, wobei er seine Stimme erhob, um Alice' Schluchzen zu übertönen. »Und wenn du ihrem Theater nicht nachgegeben hättest, wären wir jetzt schon Meilen von hier entfernt.« Er hatte das schon seit Tagen loswerden wollen, aber sie hatten seit ihrem überstürzten Aufbruch von dem Landgut kaum miteinander gesprochen, und er hatte das Schweigen nicht brechen wollen, nur um Streit anzufangen.

»Meilen von hier entfernt!« Ihre Stimme wurde schrill. »Und wo wären wir dann?« Sie deutete mit einer Hand auf die Bäume, die sie zu allen Seiten umschlossen. »Du führst uns seit zwei Wochen ziellos in der Gegend herum. Wo genau wollen wir denn hin?« Will setzte zu einer Erwiderung an, aber sie sprach schon weiter. »Ich habe gesagt, wir sollen Sir Graham um Hilfe bitten, aber du hast uns gezwungen, alles aufzugeben, was ich besessen habe, und wie eine Gesetzlose in den Wald zu flüchten.« Sie fuhr herum und begann, erregt im Lager auf und ab zu gehen. Margaret hatte den Stock fallen lassen und barg den Kopf in den Händen. David pfiff eine laute, fröhliche Melodie vor sich hin. Der Hund saß kerzengerade aufgerichtet da und bellte lauthals. »Du hast mir weisgemacht, wir hätten keine andere Wahl, aber das stimmte nicht.« Ysenda bückte sich und fing an, Decken in eine der Satteltaschen zu stopfen.

»Ich habe dir doch gesagt, Ysenda, dass die Engländer, wenn sie auf Vergeltung aus sind, als Erstes bei Sir Graham nach uns suchen würden.«

»Dann lass uns nach Elgin gehen. Ede nimmt uns gerne bei sich auf. Mein Gott, da tauchst du nach all den Jahren wie aus dem Nichts wieder auf, und ich bin auch noch dumm genug, auf dich zu hören!«

»Du weißt ja gar nicht, ob Ede überhaupt noch lebt«, gab Will ruhig zu bedenken. »Du hast schon lange nichts mehr von ihr gehört.«

»Hört auf!«, kreischte Margaret plötzlich und sprang auf. »Hört auf, alle beide! Ich kann es nicht länger ertragen!«

Ysenda ging wie eine wütende Katze auf Will los. »Du hast mich dazu gebracht, meinen Kindern ihr Heim zu nehmen! Sie von ihrem *Vater* zu trennen!« Als ihre Stimme bei den letzten Worten brach, stürmte Margaret davon.

»*Nein*!« Alice war gleichfalls aufgesprungen, presste sich mit dem Rücken gegen den Baum und starrte ihre Mutter voller Entsetzen an.

»Lass sie nur gehen«, bemerkte David plötzlich. »Dann bleibt für uns andere mehr zu essen übrig.«

Ysenda stürzte sich auf ihn. David schrie auf und versuchte sie abzuwehren, als sie ihm eine schallende Ohrfeige versetzte. Das Gebell des Hundes steigerte sich zu einem frenetischen Jaulen, er zerrte wie wild an seiner Leine. David packte seine Mutter bei den Handgelenken. Beide schrien sich aus vollem Hals an.

Als Will die beiden zu trennen versuchte, gellte ganz in der Nähe ein Schrei durch den Wald.

Ysenda erstarrte. Sie schielte zu Will hinüber, der bereits nach seinem auf der Decke liegenden Schwert griff.

Er riss es aus der Scheide und rannte in die Richtung, aus der der Schrei gekommen war. Während er sich durch das Unterholz kämpfte und Zweige und Äste an seinen Kleidern hängen blieben und sein Gesicht zerkratzten, ertönte der Schrei erneut, diesmal aus größerer Nähe. Vor ihm erhob sich ein mit Kiefernzapfen und trockenen Nadeln bedeckter Hang. Oben auf diesem Hang erblickte Will eine sich im Sonnenlicht abzeichnende Silhouette mit ausgebreiteten Armen.

»Margaret!«

Das Mädchen fuhr mit einem erleichterten Aufschrei zu ihm herum. Im selben Moment glitt sie aus und stürzte rücklings den Hang hinunter. Will ließ sein Schwert fallen, stürmte auf sie zu, schlang einen Arm um einen Baumstamm, griff nach ihr und bekam das Rückenteil ihres Kleides zu fassen. Der Stoff zerriss knirschend, aber es gelang ihm, ihren Sturz aufzuhalten. Will ließ den Baum los, balancierte gefährlich auf den Knien, packte Margarets Hand und zog das Mädchen auf die Füße, dann musterte er den mit Bäumen bewachsenen Hang. Wäre sie gegen einen davon geprallt, hätte sie das Bewusstsein verloren. Sich sämtliche Knochen gebrochen, und weit und breit war kein Arzt aufzutreiben. Energisch verdrängte er diese dunklen Gedanken. Margarets Haar starrte vor Tannennadeln, und über ihre Wange verlief ein Kratzer, aber ansonsten schien ihr nichts geschehen zu sein. »Dem Himmel sei Dank, dass du so ein Fliegengewicht bist, Mädchen, sonst hielte ich jetzt vermutlich dein Kleid ohne dich darin in der Hand.«

Margaret achtete gar nicht auf ihn. Ihr Blick war auf einen Punkt hinter ihm gerichtet.

Noch während er sich umdrehte hörte Will eine schroffe Aufforderung, aufzustehen. Jetzt begriff er auch, warum Margaret geschrien hatte – drei mit Keulen bewaffnete Männer kamen den Hang heruntergeschlittert, vier andere waren oben stehen geblieben und zielten mit Pfeil und Bogen auf ihn und Margaret. Weitere zwei lösten sich rechts von ihnen aus dem Schatten der Bäume, einer schlich auf Wills Krummschwert zu.

Der Königspalast, Paris
20. Juli A.D. 1297

»Das sind ausgezeichnete Neuigkeiten, Sire. Ein Triumph!«

Philipp lächelte. Seine hellblauen Augen leuchteten in dem Licht, das durch das Fenster seines Studierzimmers fiel. »Das stimmt.« Er legte den Pergamentbogen auf seinen Schreibtisch, lehnte sich zurück und richtete den Blick auf Guillaume de Nogaret. Sein Lächeln erstarb. »Natürlich hätte es schon vor Jahren geschehen sollen … aber besser spät als nie.« Wieder betrachtete er das Schriftstück mit dem Siegel des Papstes, das Symbol seines Sieges. Er verspürte den überwältigenden Drang, es an das Portal von Notre Dame zu nageln, damit alle Bürger von Paris es sehen konnten. Es war der greifbare Beweis für die Macht ihres Königs, und die Kunde von seinen großen Taten würde sich wie ein Lauffeuer in der Stadt verbreiten. Die Franzosen mochten seinen Großvater ja als Heiligen bezeichnet haben, aber es war sein, Philipps Verdienst, dass er endlich auch heiliggesprochen worden war. Wenn sie jetzt in allen Kirchen des Königreichs Kerzen für den heiligen Louis entzündeten, würden sie dabei an ihren König denken und Lobeshymnen auf ihn singen. Er stellte sich ihre Gebete wie winzige Vögel vor, die direkt zu Gott aufstiegen. Philipp wurde abrupt aus diesen erfreulichen Gedanken in die Gegenwart zurückgerissen, als sich die Tür öffnete und Pierre Flote den Raum betrat.

»Sire«, grüßte der Kanzler atemlos.

Philipp griff nach dem Pergamentbogen. »Habt Ihr es schon gehört, Flote?« Er erhob sich. »Papst Bonifaz hat meinen Forderungen nachgegeben. Mein Großvater wird heiliggesprochen.«

»Sire, ich …«

»Seht her«, schnitt Philipp ihm das Wort ab, trat zu dem Kanzler und zeigte ihm das Dokument. »Nogaret hatte recht, wir mussten nur angesichts seiner Proklamation die Nerven behalten, dann würde er am Ende nachgeben.« Er warf Nogaret einen

Blick zu. »Es war eine gute Idee, die Ausfuhr von Gold und Silber aus Frankreich zu verbieten.« Sein Tonfall klang so förmlich, als könne er sich nur schwer dazu durchringen, den Erfolg seines Ministers zu würdigen. »Angesichts der Unfähigkeit, die Abgaben von den französischen Kirchen einzutreiben, blieb dem Papst gar nichts anderes übrig, als einen Rückzieher zu machen.«

»Und dabei hat er sich komplett zum Narren gemacht«, fügte Nogaret mit einen verächtlichen Lächeln hinzu. »Er hat die *Clericis laicos* mit allem Prunk und Pomp verkündet, den er aufbieten konnte, und dann musste er klein beigeben und seinen Befehl widerrufen, als er erkannte, welchen Schaden wir ihm zufügen können. Jetzt weiß er, wo sein Platz ist, Sire. Wir haben Bonifaz genau da, wo wir ihn haben wollten.«

»Sire!«

Philipp wandte sich stirnrunzelnd zu dem Kanzler um. »Ich verbitte mir diesen Ton, Flote!«

»Verzeiht, Sire, aber ich habe soeben Nachricht aus England erhalten. König Edward ist nach Flandern aufgebrochen.«

»Flandern?«, echote Nogaret. Der triumphierende Ausdruck war aus seinem Gesicht gewichen.

Flote würdigte den Minister keines Blickes. »Es heißt, er würde auf ein Bündnis bauen, indem er seinen Sohn mit der Tochter von Guy de Dampierre verheiratet.«

Philipps Hand war schlaff herabgefallen, den Pergamentbogen hatte er geistesabwesend in der Faust zerknüllt. Er blickte darauf, dann warf er ihn achtlos auf den Schreibtisch, trat zum Fenster und blieb dort, den beiden anderen Männern den Rücken zukehrend, schweigend stehen.

»Zur Hölle mit ihm«, murmelte Nogaret.

»Aber diese Nachrichten lassen auch Hoffnungen aufkommen«, wandte sich Flote an die hohe, vom sonnendurchfluteten Fenster umrahmte Gestalt des Königs. »Edwards Barone lehnen sich gegen seinen Krieg in der Gascogne auf. Sie weigern sich, für ihn zu kämpfen, sodass er anderswo um militärische Unterstützung ersuchen muss. Sein Versuch, sich mit dem Grafen von Flandern zusammenzutun, ist vielleicht noch verzweifelter, als es den Anschein hat.«

»Nein.« Philipp drehte sich um. »Mein Vetter spielt mein eigenes Spiel. Er will mich dazu veranlassen, an zwei Fronten zu kämpfen – meine Truppen zwischen Guyenne und Flandern aufzuteilen. In genau so eine missliche Lage wollte ich ihn bringen, als ich den Vertrag mit Schottland unterzeichnete.«

»Aber Edward verfügt gleichfalls über keine zweite Armee, die er zum Einsatz bringen kann«, bemerkte Nogaret nachdenklich. »Er muss seine Truppen auch aufteilen, und dadurch schwächt er seine Kräfte.«

Philipp hörte ihm überhaupt nicht zu. »Und in der Zwischenzeit verzögert sich der Bau meiner Flotte immer mehr, und meine Schatztruhen werden täglich leerer.« Er nahm hinter seinem Schreibtisch Platz und funkelte den Pergamentbogen mit Bonifaz' Siegel darauf so finster an, als fühle er sich davon verhöhnt. Sein Zwist mit dem Papst war nur eine der Sorgen, mit denen er sich im letzten Jahr hatte herumschlagen müssen. Er kam sich vor wie ein Stück Fleisch, um das mehrere wilde Tiere kämpften – alle schlugen ihre Zähne in seinen Leib, und es gelang ihm nicht, sich seine Feinde einen nach dem anderen vorzunehmen.

Er dachte, er hätte das vor drei Jahren geschlossene Bündnis zwischen Edward und den Herrschern der Niederlande untergraben. Nachdem er davon erfahren hatte, hatte er sofort den Grafen von Holland bestochen, damit er seinen Partnern seine Unterstützung entzog. Philipp hatte gewusst, dass er in Guy de Dampierre, der sich mit Hilfe der einflussreichen Textilgilden, deren Arbeiter einen großen Teil der flämischen Bevölkerung ausmachten, erfolgreich all seinen Versuchen widersetzte, Flandern vollständig unter französische Herrschaft zu stellen, einen nicht zu unterschätzenden Gegner hatte. Aber er hatte gedacht, den Grafen in seine Schranken weisen zu können, sobald die Engländer in Guyenne besiegt waren. Dass sich seine beiden Widersacher gegen ihn verbündet hatten, war ein schwerer Schlag für ihn. »Ich hätte es kommen sehen müssen.« Seine Augen wurden schmal, als er den Blick auf seine beiden Ratgeber heftete. »Ihr hättet es kommen sehen müssen.«

»Wie hätten wir das vorhersehen können, Sire?«, fragte Nogaret.

»Ihr habt recht«, unterbrach Flote den Minister. »Wir hätten Verdacht schöpfen müssen.« Er funkelte Nogaret finster an. »Flanderns Hauptindustrie besteht in der Tuchweberei, und England exportiert vornehmlich Wolle. Die beiden Länder standen jahrelang in freundschaftlicher Verbindung miteinander – weitaus länger, als die Grafen von Flandern Vasallen französischer Könige waren. Dass Edward die Freundschaft zu seinen engsten Verbündeten auf diese Weise zu festigen versuchen würde, war geradezu unvermeidlich, würde ich sagen.« Er sah Philipp eindringlich an. »Die Frage lautet jetzt nur, wie wir den Lauf der Dinge aufhalten können.«

»Vielleicht könnten wir …«, begann Nogaret.

»Neue Truppen zusammenziehen?«, wandte sich Philipp an Flote. »Wie lange können wir sie denn noch ausreichend versorgen?«

Flote schürzte die Lippen. »Ich müsste mit dem Schatzmeister sprechen, aber ich würde sagen, dank der Steuern, mit denen wir die Kirche belegt haben – einige Monate bestimmt.«

Philipp setzte sich auf die Kante seines Schreibtischs. Seine Aufmerksamkeit war ganz auf den Kanzler gerichtet. »Wenn wir entschlossen handeln, bevor sich diese englisch-flämische Union festigen kann, könnten wir mehrere Fliegen mit einer Klappe schlagen. Ein Sieg würde bedeuten, dass ich über Flandern herrschen würde … dann wäre unser reiches Nachbarland eine französische Provinz. Und er würde zugleich einen Teil von Edwards Armee vernichten.« Philipp lächelte, presste die Handflächen gegeneinander und legte die Fingerspitzen an seine Lippen. »Und damit seinen immer stärker angeschlagenen Ruf.«

»Und wenn Ihr den Bau der Flotte eine Zeitlang aufschiebt, Sire«, fügte Flote hinzu, »könntet Ihr für den Rest des Jahres eine Armee im Nordosten unterhalten, falls sich dies als notwendig erweisen sollte.«

»Ja, so werden wir vorgehen.« Philipp nickte. »Sobald wir eine Armee zusammengezogen haben, setzen wir sie in Marsch und zwingen die Engländer und die Flamen zu einem Gegenschlag, bevor diese Ehe vollzogen werden kann. Mit etwas Glück reicht ein einziger Schlag aus, um ihnen den Todesstoß zu versetzen.«

»Sire«, mischte sich Nogaret ein, »es bereitet mir Sorgen, dass der Bau der Flotte aufgeschoben wird, nachdem wir schon so viel Zeit und Geld darauf verwandt haben.«

»Meiner Ansicht nach, Minister de Nogaret«, versetzte Flote, ehe der König etwas erwidern konnte, »ist gerade der Aufwand an Zeit und Geld der Grund dafür, die Flotte vorläufig auf Eis zu legen.«

Nogarets dunkle Augen begannen gefährlich zu glitzern, rote Flecken loderten auf seinen bleichen Wangen.

Der König trat an ihnen vorbei zur Tür. »Flote, beruft für morgen nach der Non eine Versammlung meiner Ratgeber ein. Ich will diese Pläne in die Tat umsetzen.«

»Sehr wohl, Sire.«

Nogaret starrte Flote hinterher, der zusammen mit dem König das Studierzimmer verließ. Eine leichte Brise wehte durch das Fenster herein und ließ das auf dem Schreibtisch vergessene Dokument, das die Heiligsprechung von König Louis bescheinigte, leise rascheln.

Tief in Gedanken versunken begab sich Philipp zu seinem Schlafgemach. Trotz seiner Wut auf Edward, der ihn in die Enge getrieben und zum Kämpfen gezwungen hatte, verspürte er ein seltsames Triumphgefühl. Wenn sich der englische König einbildete, ihn mit seinen Listen in Angst und Schrecken versetzen zu können, irrte er sich gewaltig. Hatte nicht er, Philipp, soeben einen

Sieg über den Papst davongetragen? Dieser Gedanke löste sofort Unbehagen in ihm aus und trübte die tiefe innere Befriedigung, die er empfand. Er durfte nicht zulassen, dass er wie Nogaret wurde und sich in seinem Sieg über die Kirche sonnte. Er musste seine Taten bereuen, obwohl ihn das Versagen des Papstes dazu gezwungen hatte; er würde der bußfertige Hirte sein, nicht der strahlende Eroberer. Er würde jetzt unverzüglich seinen Beichtvater zu sich bestellen, um sich von jeglicher Schuld zu reinigen.

Philipp stieß die Tür zu seiner Schlafkammer auf. Das Erste, was er erblickte, war eine Frau, die in eines der Gewänder seiner Gemahlin gehüllt vor dem mannshohen silbernen Spiegel stand. Erst einen Moment später bemerkte er, dass er nicht seine Frau vor sich sah.

Rose schrie auf, wirbelte zu ihm herum und legte beide Arme vor die Brust, als wäre sie nackt und versuche, sich zu bedecken. Tatsächlich hatte sie den Rückenteil des Kleides nicht zugeschnürt, sodass ein Dreieck heller Haut zu sehen war, welches bis zu der Spalte zwischen ihren Hinterbacken verlief. Während Philipp dieses Bild in sich aufnahm, hüpfte Rose zum Bett hinüber, auf dem ein zerknülltes schlichtes weißes Kleid lag. »Sire, ich …« Sie griff nach dem Kleid und drückte es gegen ihre Brust. »Es tut mir leid. Ich dachte …«

»Wo ist meine Gemahlin?«, fragte Philipp. Das Gewand seiner Frau war für die zierliche Zofe viel zu groß, es hing wie ein roter Sack an ihr. »Warum trägst du ihr Kleid?«

»Wegen des Risses«, erwiderte Rose hastig. »Meine Herrin meinte, es hätte einen Riss, aber ich konnte ihn nicht entdecken. Ich dachte … Ich dachte, wenn ich es anziehe, würde ich ihn vielleicht eher finden.«

Angesichts dieser so offenkundigen Lüge begann eine Ader an Philipps Schläfe zu pochen. Er war erbost, zugleich aber auch verwirrt, denn er wusste nicht, wie er diese junge Frau bestrafen sollte, die da im Kleid seiner Frau vor ihm stand und ihn so unverfroren anlog. Am besten berichtete er Jeanne von dem Vorfall und überließ es ihr, die Angelegenheit zu regeln. Schließlich musste er sich mit einem bevorstehenden Krieg befassen. »Geh jetzt«, befahl er, dabei deutete er auf die Tür, die zu der Schlafkammer der Zofen führte.

Rose flüchtete mit brennenden Wangen. Mit einer Hand umklammerte sie ihr Kleid, mit der anderen versuchte sie das Gewand der Königin am Rücken zusammenzuhalten, als sie sich an ihm vorbeidrängte. Ehe die Tür zufiel, erhaschte er einen weiteren Blick auf ihren nackten Rücken, der sich blass von der tiefroten Seide abhob.

Die Wälder von Selkirk, Schottland
20. Juli A.D. 1297

»Was werden sie mit uns anstellen?«

Will drehte sich zu seiner Schwester um. Ihre Augen waren vor Furcht geweitet, aber sie schritt hoch erhobenen Hauptes neben ihm her, als wolle sie sich ihre Angst vor ihren Kindern oder den neun Männern, die sie umringten, um keinen Preis anmerken lassen.

»Ich glaube nicht, dass wir in unmittelbarer Gefahr schweben«, murmelte er, dabei musterte er ihre Häscher, die in der Tat eine bunt zusammengewürfelte Schar bildeten, verstohlen.

Drei von ihnen hatten die Führung übernommen, einer führte Duncans mit ihrem Gepäck beladenes Pferd am Zügel, an dessen Kruppe der Jagdhund angebunden war. Dieser stämmige, barfüßige, nur mit abgewetzten Lederhosen bekleidete Mann mit dem zottigen Haar schwang eine Keule in seiner freien Hand und wirkte, als hätte er den größten Teil seines Lebens im Wald verbracht. Seine breite Brust und seine Arme waren mit Narben übersät. Die anderen beiden waren schmaler gebaut und trugen Kettenhemden sowie gut geschnittene Überwürfe. Sie waren mit

Pfeilen und Bogen bewaffnet. Zu beiden Seiten von Will und seiner Familie gingen vier weitere Männer. Einer hielt einen langen Speer in der Hand, die anderen drei sahen eher wie Bauern aus. Die Nachhut bildeten zwei in die Tracht der Highlander – schulterlange Tuniken aus gefärbter Wolle – gekleidete große Burschen, die den Eindruck erweckten, mit ihren langstieligen Äxten und Wills und Duncans an ihren Gürteln baumelnden Schwertern ausgezeichnet umgehen zu können.

»Wie kannst du so sicher sein, dass uns nichts geschieht?« Ysenda senkte den Kopf, damit niemand ihre Worte hörte, obwohl die unter ihren Füßen knackenden Zweige ihr Flüstern übertönten. Alice und Margaret gingen vor ihr her, David hielt sich an Wills Seite. Margaret drehte sich ständig zu ihnen um, Alice starrte blicklos vor sich hin. Ihre angeblichen Schmerzen im Fuß waren vergessen. Seit die Männer ihr Lager aufgestöbert hatten, nachdem David Will und Margaret hinterhergerannt war, hatte sie keinen Ton gesagt.

»Hätten sie die Absicht gehabt, uns auszurauben, hätten sie uns unsere Habseligkeiten abgenommen und uns unserem Schicksal überlassen. Und hätten sie uns etwas zuleide tun wollen, hätten sie das bereits getan. Aus dem, was ich aufgeschnappt habe, während sie unsere Sachen zusammenpackten, habe ich geschlossen, dass sie uns in ihr Lager bringen.«

»Ihr Lager?«

»Ich glaube, sie gehören der Widerstandsbewegung an.«

Ysenda starrte ihn an. »Du wusstest, dass wir hier auf sie stoßen könnten!«

»Tom hat mir gesagt, dass die Rebellen ein Lager im Wald unterhalten, ja.«

»Hast du uns deswegen hierherverschleppt? Weil du dich ihnen anschließen willst?«

»Still!«, warnte der Mann mit dem Speer.

Ysendas Wangen liefen hochrot an. Als der Mann den Blick abwandte, zischte sie: »Du hast meine Kinder – *deine Nichten* –

in die Höhle einer Bande von Dieben und Halsabschneidern gebracht, auf die Kopfgelder ausgesetzt sind, nur weil du deinen Kampf fortführen willst?« Sie legte Margaret und Alice die Hände auf die Schultern.

»Deine Kinder sind hier sicherer als irgendwo sonst«, murmelte Will. »Wenn wir im offenen Gelände geblieben wären, hätten uns die Engländer früher oder später aufgestöbert. Du hast dieselben Gerüchte gehört wie ich; du weißt, wie diese Bastarde mit Leuten umspringen, die sich ihnen widersetzen, geschweige denn mit denen, die einen ihrer Beamten umbringen. Ritterlichkeit ist auf dieser Seite der Grenze nichts wert. Ich glaube noch nicht einmal, dass sie deine Töchter verschont hätten.«

Doch Ysenda wollte nicht auf ihn hören. Sie beschleunigte ihre Schritte und schob Alice und Margaret vor sich her. »David«, fauchte sie, dabei befahl sie ihm mit einem Blick, ihr zu folgen.

David schüttelte nur stumm den Kopf.

»Weitergehen«, ordnete einer der Männer an; dabei zwang er Ysenda, nach vorne zu schauen. David wich auch weiterhin nicht von Wills Seite.

Fast eine Stunde später, als das goldene, über den Boden tanzende Licht zu verblassen begann und sich der Himmel über ihnen rötlich verfärbte, hörten sie in der Ferne plötzlich nicht unerheblichen Lärm, der auf die Anwesenheit einer größeren Anzahl von Menschen schließen ließ. Der stämmige Mann stieß drei scharfe Pfiffe aus. Als eine Antwort erscholl, bemerkte Will in den Büschen und zwischen den Bäumen verborgene, schwer auszumachende Gestalten, erhaschte Blicke auf Bogen und Messer und kam zu dem Schluss, dass sie nicht viel weiter gekommen wären, wenn ihr Führer nicht das Signal gegeben hätte. Das gedämpfte Stimmengewirr vor ihnen wurde von Rufen, Gelächter, dem Krachen von Äxten auf Holz, Hundegebell und Pferdegewieher zerrissen. Zwischen den Bäumen huschten Menschen umher, es roch nach Rauch und Essen. Ysenda zog ihre Töchter enger an sich, als ihre Häscher sie in ein großes Lager führten, das sich zwischen den Kiefern erstreckte.

In die verschiedensten Gewänder gekleidete Männer, die alle möglichen Arten von Waffen trugen, standen in Gruppen an den Lagerfeuern oder saßen auf Holzklötzen und löffelten aus hölzernen Schalen. Einige versorgten Tiere: Schweine, Schafe und Ziegen in kleinen Pferchen. Andere saßen unter zwischen den Bäumen aufgespannten Baldachinen auf dem moosbewachsenen Boden. Ferner gab es einige provisorische Hütten aus zusammengebundenen Ästen und Zweigen, die mit Torf bedeckt waren, und sogar ein paar Zelte. Zahlreiche Augenpaare folgten Will und seiner Familie, als sie durch das Lager geleitet wurden. Ein Mann pfiff Margaret lüstern hinterher, was bei seinen Kameraden schallendes Gelächter auslöste. Margaret senkte den Kopf, und Ysenda durchbohrte Will über ihre Schulter hinweg mit einem giftigen Blick. Doch ihre finstere Miene hellte sich auf, als eine junge Frau aus einer der Hütten kroch, dem Pfeifer einen tadelnden Klaps auf den Arm versetzte und ihr entschuldigungsheischend zulächelte. Ysenda sah ihr verwirrt nach, als sie auf einen Kreis von Zelten in der Mitte der Lichtung zusteuerten. Will, der über ihre Schulter schielte, bemerkte, dass einige der Männer, die sie gefangen genommen hatten, plötzlich verschwunden waren.

Als sie sich den Zelten näherten, rief der stämmige Mann etwas, woraufhin ein halbwüchsiger Junge auf sie zukam. Der Mann drückte ihm die Zügel von Duncans Pferd in die Hand, dann betrat er ein großes, blauweiß gestreiftes Zelt und überließ Will und die anderen der Obhut der beiden Highlander. Kurz darauf kehrte er mit einem kleinen, kräftigen Mann zurück, der nicht älter als ungefähr dreißig aussah, obwohl sein kurz geschorenes Haar schon weiß gesprenkelt war. Sein braunes, wettergegerbtes Gesicht war fast so narbenübersät wie die seiner Kameraden, er trug ein ledernes Wams, und in seinem Gürtel stak ein scharf geschliffener Dolch. Sein Blick wanderte gleichgültig über

Ysenda und die beiden Mädchen hinweg, ruhte kurz auf David und heftete sich dann auf Will.

»Das hier hatten sie bei sich, Gray.« Der stämmige Mann reichte ihm den Geldbeutel, den er bei der Durchsuchung ihres Gepäcks gefunden hatte. Es war der Beutel, den Will dem Pachteintreiber abgenommen hatte – prall mit Münzen gefüllt, dazu kam noch Duncans Geld, das sie vor ihrer Flucht hastig eingesteckt hatten.

Der Mann namens Gray wog den Beutel sichtlich zufrieden in der Hand. »Nicht schlecht.«

»Das gehört meinem Vater.« David trat einen Schritt vor.

Der stämmige Mann hob seine Keule, und Ysenda gab einen zischenden Laut von sich.

»Dein Vater sollte dir beibringen, wann man den Mund zu halten hat.« Grays Blick wanderte wieder zu Will.

David funkelte ihn finster an. »Das ist mein Onkel!«

»Wie kommt eine Gruppe Reisender wie ihr mit Taschen voller Gold, einem kostbaren Pferd und einer Ritterrüstung in die Wildnis von Selkirk? Wir leben in unsicheren Zeiten; es ist gefährlich, ohne Schutz unterwegs zu sein.« Gray grinste seinen Kameraden an. »Man weiß nie, wem man so begegnet, nicht wahr, Adam?«

»Wir haben einen Beschützer«, gab David hitzig zurück, bevor Will eingreifen konnte.

»Wen denn?« Gray lachte, als Davids Augen zu Will wanderten. »Ihn etwa? Er sieht aus, als stünde er schon mit einem Fuß im Grab. Allerdings kann man unter diesem ganzen Bartgestrüpp kaum etwas von seinem Gesicht erkennen. Hast du dein Rasiermesser verloren, alter Mann?«

»Wir wollen euch keine Schwierigkeiten machen.« Will legte David warnend eine Hand auf die Schulter. Er spürte die Anspannung im Körper seines Neffen. »Wir hatten eine Auseinandersetzung mit einem englischen Pachteintreiber und waren danach gezwungen, im Wald Zuflucht zu suchen.«

»Das muss ja eine heftige Auseinandersetzung gewesen sein, wenn ihr sogar eure Frauen mitgenommen habt.«

»Der Engländer sowie seine Begleiter wurden getötet.«

Der Mann lächelte, aber seine Augen verrieten, dass er jetzt auf der Hut war. »Von Euch?«

Als Will nickte, schnaubte Adam verächtlich. »Und welcher Armee?«

»Er braucht keine«, entfuhr es David. »Er ist ein Tempelritter.«

Grays Lächeln erstarb. Er starrte Will an, dann machte er seinem Kameraden ein Zeichen. »Pass auf sie auf.« Er wandte sich ab und verschwand im Schatten der Bäume.

»Es tut mir leid«, murmelte David, als er Wills finstere Miene sah, hob aber trotzig die Schultern. »Aber sie hätten es ohnehin herausgefunden.«

Sie warteten schweigend ab – eine Ewigkeit, wie es ihnen vorkam, obwohl tatsächlich nur ein paar Minuten verstrichen, dann traten zwei Gestalten auf sie zu. Bei der einen handelte es sich um Gray, der jetzt argwöhnisch wirkte, bei der anderen um einen der hünenhaftesten Männer, die Will je gesehen hatte.

Er war nicht nur außergewöhnlich groß, sondern auch breit gebaut; Arme und Beine strotzten vor Muskeln, sein Nacken war dick, der Kopf eckig. Trotz seiner Statur bewegte er sich leichtfüßig, geradezu anmutig. Er trug eine schlichte dunkelblaue Tunika, unter der sich eine Rüstung abzeichnete, und sein braunes schweißfeuchtes Haar fiel ihm lose ins Gesicht. Er musste ungefähr Mitte zwanzig sein.

»Ich glaube, das ist er«, raunte David Will zu. In seinen Augen spiegelte sich mit Staunen gepaarte Bewunderung wider.

Der Hüne blieb vor ihnen stehen und musterte Will lange, bevor er das Wort ergriff. »Wie lautet Euer Name?«

»Campbell?«, wiederholte der stämmige Mann, nachdem Will geantwortet hatte. »Und wo stammt Ihr her?«

»Still, Gray«, mahnte der Hüne.

»Mein Großvater hat sein Landgut in Argyll vor langer Zeit verlassen«, entgegnete Will. »Und ich bin schon als Junge aus Schottland fortgegangen.«

»Gray sagte, Ihr wärt ein Templer.« Der Hüne betrachtete Ysenda, die Alice an sich drückte und sich auf die Unterlippe biss. »Wo ist Euer Mantel?«

Will verspürte wenig Lust, diesem Fremden irgendetwas über sich selbst zu erzählen. Er war erschöpft, hungrig und misstrauisch, aber ihm blieb keine andere Wahl. Außerdem – war er nicht eigens deswegen hergekommen? Ysenda hatte recht, er hatte diese Männer finden wollen.

Er rang einen Moment lang mit sich, dann erzählte er von seinem Dienst als Templerkommandant im Heiligen Land, seiner Rückkehr in den Westen und seiner Desertion. Es erschien ihm seltsam unwirklich, hier in den Tiefen des allmählich dunkler werdenden Waldes über diese Dinge zu sprechen. Ab und an unterbrach der Hüne ihn. Seine zielgerichteten Fragen erinnerten Will an seine Inititation vor siebenundzwanzig Jahren. Dieses Verhör verlief weniger eindringlich, doch die Geächteten nahmen es ebenso ernst wie einst die Ordensritter. Sie prüften eingehend, ob er ihrer würdig war. Als er von seiner Beteiligung an der Belagerung Edinburghs und Duncans Tod berichtete, war es dunkel geworden, und Fackeln leuchteten wie Glühwürmchen zwischen den Bäumen auf.

»Warum seid Ihr hierhergekommen?«

Die Stimme des Hünen klang unverändert barsch, aber in seinen Augen glomm ein Funke auf, der verriet, dass er Wills Beweggründe verstand.

»Ich kann Euch hier nicht beherbergen.« Er nickte zum Lager hinüber. »Hier muss jeder arbeiten. Auch diejenigen, die nicht kämpfen, haben ihre Pflichten.«

»Wird diese Widerstandsbewegung nicht immer größer und mächtiger? Da müsstet Ihr doch jedes neue Mitglied willkommen heißen.«

»Soldaten immer«, erwiderte der Hüne, dabei nickte er zu David hinüber. Dann musterte er Ysenda und die Mädchen. »Aber ich kann keinen nutzlosen Ballast brauchen.« Sein Ton klang weder bösartig noch verächtlich; er stellte lediglich eine Tatsache fest. Ysendas Gesicht hatte sich verfinstert.

Will wusste nicht, ob ihr Stimmungsumschwung daher rührte, dass der Hüne soeben ihren Sohn rekrutiert hatte oder ob es sie ärgerte, dass er ihre Töchter als nutzlos abgetan hatte. »Meine Schwester und meine Nichten verfügen über zahlreiche Fähigkeiten. Sie haben eine gute Ausbildung genossen und können kochen, nähen, lesen und schreiben.«

Der Hüne gab keine Antwort.

Gray brach das Schweigen. »Wir könnten noch Hilfe beim Zubereiten des Essens brauchen. Adams Frau würde sogar Schnee anbrennen lassen, wenn sie versuchen würde, ihn zu kochen.«

Der andere Mann warf ihm einen bösen Blick zu.

Nach einer weiteren langen Pause nickte der Riese. »Also gut. Aber ihr müsst alle mit anpacken. Und damit meine ich wirklich alle«, fügte er mit einem viel sagenden Blick auf Alice hinzu, die das Gesicht an Ysendas Schulter vergrub. »Gray, zeig ihnen, wo sie schlafen können. Ihr nicht«, wandte er sich an Will. »Ihr müsst mir erst bei etwas behilflich sein. Kommt mit.« Er ging in die entgegengesetzte Richtung davon, dabei duckte er sich unter den herabhängenden Ästen hinweg.

Will nickte David zu und folgte ihm. Ihm entging nicht, dass Adam sich ihnen anschloss.

»Als Gray mir erzählte, dass Ihr ein Templer seid, dachte ich, Ihr wärt seinetwegen gekommen. Wir haben ein Mitglied Eures Ordens hier«, erklärte der Hüne.

Will blieb stehen. »Dann ist es wohl das Beste, wenn er mich nicht zu Gesicht bekommt. Ich sagte ja schon, dass ich desertiert bin.«

»Er ist ein Gefangener, kein Gast. Wir wollen Lösegeld für ihn fordern, aber ich wüsste gern, wie viel er uns einbringen kann.«

Der Hüne griff nach einer im Boden steckenden Fackel und steuerte auf eine Stelle abseits des Hauptlagers zu.

Sie kamen an ein paar Männern vorbei, die sofort Haltung annahmen, was Will in seinem Verdacht, David könne recht haben, bestärkte – dass es sich bei dem Hünen, der sich noch nicht namentlich vorgestellt hatte, um William Wallace handelte, den Anführer der schottischen Widerstandsbewegung. Vor sich erblickte er einen um einige Bäume herum errichteten Käfig aus Holzpfählen. Darin befanden sich ungefähr ein Dutzend Männer; einige lagen zusammengesunken auf dem Boden, andere waren rücklings an die Bäume angebunden worden.

Einer von ihnen versuchte aufzustehen, aber der um sein Bein geschlungene Strick war so kurz, dass er sich nur auf die Knie ziehen konnte. »Ich verlange, mit eurem Anführer zu sprechen. Wisst ihr eigentlich, wer ich bin?«

»Halt dein Maul«, grollte Adam.

»Weck ihn auf.« Der Hüne deutete auf eine etwas abseits zusammengerollte Gestalt.

Einer der Männer, die den Käfig bewachten, stieß dem reglosen Mann das Ende seines Speers zwischen die Rippen, woraufhin dieser mit einem Aufschrei hochfuhr.

Will erhaschte einen Blick auf etwas Rotes auf einer schwarzen Tunika, erschrockene braune Augen unter einem struppigen Haarschopf, ein schmutzverschmiertes Gesicht und einen ungepflegten buschigen Bart. Er schrak zusammen. »Simon?«

»Ihr kennt ihn?« Der Hüne wirkte mit einem Mal hellwach.

Will drehte sich um und sah, dass Adam seine Keule schwang.

»Seid Ihr hier, um ihn zu retten? Sind noch mehr von euch in der Nähe?«

»Nein.« Will betrachtete Simon, der auf den Knien lag und ihn verwirrt anstarrte. Dann wandte er sich wieder an den Mann, den er für Wallace hielt. »Ich habe ihn nicht mehr gesehen, seit ich Paris vor achtzehn Monaten verlassen habe. Ihr habt mein Wort darauf.«

Wallace musterte ihn forschend. Dann nickte er Adam zu, woraufhin dieser die Keule sinken ließ.

»Wo habt ihr ihn aufgegriffen?« Will brachte es nicht über sich, Simon anzusehen, der ihm mit vor Erleichterung heiserer Stimme etwas zurief.

»Ein Kundschaftertrupp ist vor ein paar Monaten auf ihn gestoßen. Er weigerte sich, uns zu sagen, was er allein in dieser Wildnis zu suchen hat, also haben wir ihn für einen Spion gehalten. Zum Glück waren meine Männer so vorausschauend, ihm die Augen zu verbinden, als sie ihn zum Verhör ins Lager gebracht haben. Wir konnten zwar nichts aus ihm herausbekommen, aber wir können immer noch eine hübsche Summe Gold für ihn verlangen, ohne unseren Aufenthaltsort zu verraten. Ich wollte Euch fragen, wie viel ein Sergeant uns einbringen kann, aber da Ihr ihn kennt, könnt Ihr mir sicher sagen, was er Eurem Orden wert ist.«

»Er ist ein Pferdeknecht, kein Spion.«

»Was führt dann einen Pferdeknecht aus Paris hierher?«

Jetzt endlich sah Will Simon an. Seine Züge hatten sich verhärtet. »Ich nehme an, er suchte nach mir.«

Simon konnte nicht verstehen, was sie sagten, beugte sich aber vor, als Will sich zu ihm umwandte … »Will! Sag ihnen, sie sollen mich freilassen!« Auch die anderen Gefangenen regten sich jetzt, einige stimmten in Simons Bitte mit ein.

»Ich kann mich für ihn verbürgen«, erklärte Will Wallace. »Er wird Euch keine Schwierigkeiten bereiten.«

»Er ist ein Engländer«, grollte Adam. »Engländer machen immer Schwierigkeiten.«

Wallace schwieg dazu.

»Ihr habt mein Geld, das Pferd meines Schwagers und meine Rüstung«, versetzte Will. »Das wiegt den Wert von zehn Sergeanten auf.«

»Ganz recht, das haben wir«, entgegnete Adam. »Und für ihn können wir einen noch besseren Preis erzielen. Ihr sagtet, er wäre ein Pferdeknecht. Das macht ihn wertvoll.«

»So ist es.« Will winkte Simon verstohlen zu, hielt den Blick aber auf Wallace gerichtet. »Niemand versteht so viel von Pferden wie er. Ihr habt ihn schon einige Monate in Eurer Gewalt, also könnt Ihr nicht so dringend auf Lösegeld für ihn angewiesen sein. Gebt ihm doch die Möglichkeit, seine Fähigkeiten unter Beweis zu stellen. Er kann Euch äußerst nützlich sein. Wenn nicht, dann behaltet mein Gold und verkauft uns an den Orden, dann habt Ihr auf keinen Fall einen Verlust.«

»Binde den Gefangenen los«, befahl Wallace einem der Wächter vor dem Käfig.

»Tu das nicht, William«, protestierte Adam.

»Ich habe lange genug mit englischen Soldaten zu tun gehabt, um Lügen von der Wahrheit unterscheiden zu können, Vetter«, entgegnete Wallace. »Ich glaube ihm.«

Die anderen Gefangenen begannen zu murren, als Simon freigelassen wurde, wurden aber von den Speeren der Wächter bald zum Schweigen gebracht.

Simon humpelte aus dem Käfig heraus. Verblassende Prellungen zeichneten sich als dunklere Flecke unter dem Schmutz ab, der sein Gesicht bedeckte, als er in den Fackelschein trat. »Will! Dem Himmel sei Dank!«

Will packte ihn am Arm, ohne darauf zu achten, dass er bei der Berührung zusammenzuckte, und führte ihn so weit fort von Wallace und seinen Kameraden, wie er es wagte, ohne ihr Misstrauen zu wecken. »Was tust du denn hier?«

»Ich habe nach dir gesucht. Robert hat mich nach Balantrodoch versetzen lassen.«

Will knirschte angesichts der Selbstverständlichkeit, mit der Simon dies sagte, erbittert mit den Zähnen. Es klang, als wundere sich der Pferdeknecht, dass er überhaupt gefragt hatte. »Warum?«

Simon musterte ihn verwirrt. »Du hast den Orden verlassen, Will. Kannst du dir nicht denken, dass ich wissen möchte, was dich dazu bewogen hat?«

»Ich hatte gehofft, du würdest meine Entscheidung respektieren.«

»Respektieren?« Simons Verwirrung schlug in Ärger um. »Was gab es denn da zu respektieren? Du hast den Orden, deine Mitbrüder, deine Freunde und sogar deine Tochter im Stich gelassen. Ich weiß, dass du um Elwen getrauert hast, aber das ist kein Grund, dich deinen Pflichten wie ein Feigling zu entziehen und …« Weiter kam er nicht, weil Will ihm hart ins Gesicht schlug. Simon taumelte gegen einen Baum zurück und klammerte sich Halt suchend daran fest.

Will schwieg betreten, als Simon sein Gesicht betastete. Blut tropfte auf seine Tunika, die aufgrund schlechter Behandlung und zu wenig Nahrung an seiner hager gewordenen Gestalt schlotterte. Heiße Scham stieg in ihm auf. »Simon.« Er trat einen Schritt auf seinen alten Freund zu, dann blieb er stehen. Er brachte keine Entschuldigung über die Lippen, weil er damit eingestanden hätte, dass Simon in gewisser Weise recht hatte. Und das konnte er nicht, nicht nach all den Mühen, die er auf sich genommen hatte, um seine Vergangenheit hinter sich zu lassen. Er hatte Simon nicht gebeten, nach ihm zu suchen; wie ein Jagdhund seiner Fährte zu folgen. Er wollte ihn nicht hierhaben. Wortlos wandte sich Will ab und ging davon.

13

Die Wälder von Selkirk, Schottland
25. August A.D. 1297

Simon stapfte entschlossen durch das Lager und steuerte auf Wills provisorische Hütte zu. Noch ehe er sie erreicht hatte sah er schon, dass sie leer war. Nur eine grob gewebte Decke lag zerknüllt unter dem Dach aus Zweigen und Blättern. Er blieb stehen und blickte sich um. Hier und da saßen Männer in kleinen Gruppen beieinander und schürten Feuer, andere brachten Holz oder Eimer mit Wasser heran. Will war nirgendwo zu sehen. Nach einem Moment ließ sich Simon in das taufeuchte Gras sinken und lehnte sich mit dem Rücken gegen einen Baumstamm. Er hatte stundenlang wach gelegen und sich in Gedanken ganz genau zurechtgelegt, was er sagen wollte, doch jetzt schienen all diese Worte in seiner Kehle stecken zu bleiben.

Über ein Monat war verstrichen, seit Will in das Rebellenlager gekommen war und ihn aus Wallace' Gefangenschaft befreit hatte. In den darauffolgenden Wochen hatte sein Freund kaum ein Wort mit ihm gewechselt, wich bei den Mahlzeiten seinem Blick aus und setzte sich auf die andere Seite des Feuers. Insgeheim hatte Simon dieses Verhalten als Schuldeingeständnis gedeutet. Es dauerte einige Zeit, bis die Wunde in seinem Gesicht heilte, und er hatte gehofft, dass Will nach dieser Zeit auch seine Zurückhaltung aufgeben würde. Aber stattdessen war Will ihm mehr und mehr aus dem Weg gegangen, und Simon begann zu begreifen, dass er sich falsche Hoffnungen gemacht hatte. Will wollte ihn wirklich nicht hierhaben, und er hatte ihm den Schlag mit voller Absicht versetzt.

Letzte Nacht hatte er überlegt, was er tun sollte, und flüchtig erwogen, nach Paris zurückzukehren. Doch sosehr er sich auch nach der Sicherheit und Vertrautheit seiner Pferdeställe sehnte – eine Rückkehr kam für ihn nicht in Frage. Wenn er Schottland jetzt verließ, würde er Will wahrscheinlich nie wiedersehen, und diesen Gedanken konnte er nicht ertragen. Er liebte Will wie einen Bruder und auch noch auf eine andere Art, die er nie ganz verstanden hatte. Ein Leben ohne ihn war undenkbar. Es gab nur eine Möglichkeit: Er musste Will überreden, mit ihm nach Paris zurückzugehen, und dazu musste er erneut sein Vertrauen erringen.

Simon blickte auf, als ein Schatten über ihn fiel.

David stand vor ihm. Er hielt einen Bogen in der Hand. »Kommst du mit auf die Jagd?«

Simon schielte zu der verlassenen Hütte hinüber, dann erhob er sich und klopfte seine Hose ab. Er würde später zurückkommen und mit Will reden.

Das eisige Wasser traf spritzend Wills Gesicht und Hals und löste ein Prickeln auf seiner Haut aus. Er ließ es über seine bloße Brust rinnen, betrachtete sein Spiegelbild in der Wasserschüssel und setzte die Klinge dann erneut an. Das Metall fühlte sich noch kühler an als das Wasser. Entschlossen schabte er die letzten Stoppeln weg. Dort, wo er zu fest zudrückte, traten winzige Blutströpfchen aus.

Als er fertig war, säuberte er das Messer. Er kam sich seltsam nackt und verwundbar vor. Seit seinem achtzehnten Lebensjahr hatte er sich nicht mehr ohne Vollbart gesehen. Aber nur alte Männer trugen solche Bärte – alte Männer und Templer, und er gehörte zu keiner der beiden Gruppen.

Will griff nach seinem Hemd und ging zum Fluss hinunter. Mit der Morgendämmerung war ein leichter Dunst aufgezogen, die ersten Sonnenstrahlen fielen durch den Blätterbaldachin, die feuchte Luft duftete nach Gras. Vor ihm erklang helles Lachen und das Plätschern von Wasser. Einige Frauen saßen auf den Felsbrocken, die einen der tiefen Teiche säumten, in die sich der Fluss ergoss, und wuschen Wäsche. Es gab eine beachtliche Anzahl von Frauen im Lager; bei den meisten handelte es sich um die Frauen und Töchter der Männer, die für vogelfrei erklärt worden waren und ihre Familien nicht in den von Engländern wimmelnden Städten hatten zurücklassen wollen, aus denen sie geflohen waren. Alice und Margaret kauerten nebeneinander, rieben nasse Hemden auf den Steinen und erzeugten bei jeder Handbewegung ein schmatzendes Geräusch. Ysenda unterhielt sich etwas abseits von ihnen mit einer jungen Frau, deren rotes Haar ihr in einem dicken Zopf über den Rücken fiel.

Nach außen hin schien seine Schwester sich mit Duncans Tod abgefunden zu haben, aber Will nahm an, dass sie sich das wahre

Ausmaß ihres Schmerzes nicht anmerken ließ, um ihren Töchtern weiteren Kummer zu ersparen. Trotzdem spürte er, dass sie hier im Wald, fernab von ihrem alten Leben und den Grausamkeiten, um deretwillen sie hierhergeflüchtet war, eine Art Trost gefunden hatte. Die immer gleich bleibende tägliche Routine und die im Lager herrschende Kameradschaft taten ihr sichtlich gut. Sogar Alice und Margaret waren ruhiger geworden und hatten sich an den Alltagsrhythmus angepasst.

Die Frauen hoben die Köpfe, als er auf sie zukam. Ysendas Augen weiteten sich angesichts seiner veränderten Erscheinung. Die junge rothaarige Frau, die Christian hieß, lächelte. Will nickte ihnen zu und steuerte auf eine Lichtung zu, wo Sägegeräusche und Gehämmer die Stille zerrissen. In der dunstigen Luft zeichneten sich die Umrisse halb fertig gestellter Belagerungsgeräte ab, es roch nach Harz. Ein lauter Ruf und ein Knirschen ertönten, als ein Baum umstürzte und im Unterholz landete. Will ging weiter, vorbei an einer Reihe von Männern, die mit kurzen Bogen auf an Baumstämmen befestigte Zielscheiben schossen. Gleich daneben unterwies ein muskulöser Highlander eine Gruppe von Jugendlichen im Umgang mit langen Speeren.

Als er seinen Unterschlupf erreichte, hängte er sein Hemd über einen Ast. Da Davids und Simons Zweighütten leer waren, vermutete er, dass sie auf die Jagd gegangen waren. Nachdem er das Messer dem Mann zurückgegeben hatte, von dem er es sich ausgeliehen hatte, kniete er nieder und murmelte das Vaterunser, das man ihn zu beten gelehrt hatte, wenn er im Feld stand und dem Gottesdienst nicht beiwohnen konnte. Von einigen alten Gewohnheiten vermochte er sich nicht zu trennen.

Während er die letzten Worte rezitierte, spürte Will, dass jemand hinter ihn trat. Er drehte sich um und erblickte einen hageren Mann in einer Kutte. »Guten Morgen, Vater.« Er erhob sich und begrüßte den Mann, der ihm vor zwei Wochen als John Blair, Wallace' Kaplan, vorgestellt worden war.

»Es tut mir leid, wenn ich Euch im Gebet gestört habe«, sagte John mit seiner ruhigen Stimme.

»Ich war gerade fertig.«

»Ich habe mich schon gefragt, warum Ihr Euch nicht zum Gottesdienst in meiner Kapelle einfindet, William. Ihr wärt uns allen willkommen.«

Will hatte Mühe, angesichts von Johns Worten nicht spöttisch zu lächeln – die »Kapelle« bestand nämlich lediglich aus einer kleinen Lichtung im Wald, und als Altar diente ein Baumstumpf. »Ich bin es gewohnt, alleine zu beten, aber trotzdem vielen Dank.«

»Vielleicht könntet Ihr den Männern vor der Predigt einmal vom Heiligen Land erzählen«, beharrte John, als Will sich abwenden wollte. »Ihr könntet sie inspirieren.«

»Sie inspirieren.« Will drehte sich um. »Das Heilige Land ist nicht das Paradies, als das es die Menschen betrachten. Wir haben es entweiht, als wir mit unseren Kreuzen und Schwertern dorthin zogen. Wie soll ich die Männer inspirieren, wenn ich nur von Tod und Entsetzen sprechen kann? Was, wenn es stimmt, was die Kundschafter sagen und die englische Armee auf dem Weg hierher ist? Dann werden sie es bald selbst herausfinden.«

John runzelte die Stirn. »Diese Männer haben sich bislang gegen einen übermächtigen Feind behauptet.«

Will dämpfte die Stimme. »Ich zweifle ja nicht an ihrer Tapferkeit, aber diese Kämpfe sind durch List gewonnen worden – durch Überfälle auf schlecht vorbereitete Garnisonen und Nachschublinien.«

»Sie haben Perth und Glasgow eingenommen.« Johns Ton blieb unverändert ruhig. »In Scone einen Sieg davongetragen, diesen Bastard von Sheriff von Lanark gestürzt und fünfzig seiner Soldaten getötet.«

Will hatte an fast jedem Abend, seitdem er sich im Lager befand, von diesen Ereignissen gehört, und mit jedem neu geöffneten Fass Wein wurden die Geschichten immer blumiger ausgeschmückt. Zuerst war Will beeindruckt gewesen. Auf dem Landgut hatten sie die Nachrichten nur sporadisch erreicht, und er hatte keine Ahnung gehabt, welche Erfolge die Widerstandsbewegung verzeichnen konnte.

Der Aufstand hatte im Frühling begonnen; Wallace hatte die Truppen im Süden angeführt und ein junger Adliger namens Andrew Moray, dessen Vater den höchsten Richter des Landes getötet hatte, die im Norden. Binnen kurzer Zeit war im ganzen Reich eine offene Revolution ausgebrochen. Wallace und seine Leute führten kühne Angriffe gegen Perth, Glasgow und andere von Engländern besetzte Städte, dann zogen sie sich reich mit Beute beladen in die Wildnis von Selkirk zurück. Inzwischen konnte auch der schottische Adel die Augen nicht mehr vor den Ereignissen verschließen, und viele hatten ihre englischen Landsitze aufgegeben, um sich den Rebellen anzuschließen.

Will hätte sich gern über die Triumphe von Wallace und seinen Männern gefreut, hätte gern dieselbe Entschlossenheit und Zuversicht verspürt. Danach hatte er gesucht, als er hierhergekommen war: nach einem neuen Ziel in seinem Leben, einem Weg, seinen Kampf gegen Edward fortzuführen, und vielleicht hätte er das auch erreichen können. Aber dann war Simon gekommen. Der Pferdeknecht war wie ein Schatten in sein Leben getreten und hatte ihm all das zurückgebracht, was er zu verdrängen versucht hatte – den Schmerz, die Erinnerungen, die Last vernachlässigter Pflichten. Als er jetzt in John Blairs fragendes Gesicht blickte, meinte Will, eine bleischwere Bürde würde auf seine Schultern gelegt. »Wallace und seine Männer haben von misshandelten, geschundenen Menschen bewohnte Städte eingenommen. Diese Leute hätten alles getan, um sich von den Engländern zu befreien. Aber sie haben noch nie auf einem Schlachtfeld einer Übermacht von schwerer Kavallerie gegenübergestanden.«

»Die Freiheit zurückzugewinnen erfordert große Opfer«, erwiderte John nach einer Pause. »Wir alle wissen das, und wir alle haben bereits dafür bezahlt.« In den Augen des Kaplans lag ein nachdenklicher, fast trauriger Ausdruck. »Aber jeder Mann hier hat etwas, was ihn aufrechthält. Etwas, was Euch scheinbar abhandengekommen ist.«

»Und was soll das sein?«

»Euer Glaube.« Dann neigte er den Kopf, ehe Will antworten konnte. »Meine Kapelle steht Euch jederzeit offen, falls Ihr Eure Meinung ändern solltet. Ich wünsche Euch noch einen schönen Tag.«

Will sah ihm nach. Ein Teil von ihm kämpfte gegen seine Zweifel an; wollte glauben, dass der Kaplan recht hatte und die Schotten die Schlacht gewinnen konnten, denn nach der Niederlage von Edinburgh sehnte er sich verzweifelt nach einem Sieg. Doch seit er erfahren hatte, dass die englische Armee unter Cressingham und de Warenne Berwick verlassen hatte, wuchs sein Unbehagen ständig. Im Gegensatz zu Wallace und seinen engsten Freunden, kampferprobten Söhnen von Rittern, setzten sich die schottischen Truppen größtenteils aus Hirten, Bauern, Schmieden und Kaufleuten zusammen. Trotz der Entschlossenheit ihrer Anführer konnte sich diese zusammengewürfelte Schar unmöglich gegen die Engländer behaupten.

Will streifte ein trockenes Hemd über und ging zu den ringförmig aufgestellten Zelten in der Mitte des Lagers hinüber, um mit Wallace zu sprechen. Er fand den jungen Hünen im Kreis seiner Generäle vor. Sie alle waren mit Narben übersät und starrten vor Schmutz, saßen aber lachend und entspannt an einem hell prasselnden Feuer, über dem ein eiserner Kessel hing. Der Duft von geschmortem Wild und Kräutern stieg Will in die Nase, sein Magen begann vernehmlich zu knurren. David hatte in der vorigen Woche wieder einen Hirsch erlegt. Sein Neffe hatte ihm stolz erzählt, Wallace habe gesagt, er habe selten einen so zielsicheren Schützen gesehen.

»Nein«, widersprach Adam gerade kopfschüttelnd. »Das war in Ayr. Dieser Ringer.«

Gray kicherte. Wallace lächelte, sagte aber nichts. Will blieb in einiger Entfernung von der Gruppe stehen, er wollte in Gegenwart der anderen nicht gerne offen mit Wallace sprechen.

»Was ist denn passiert?« Die heisere Stimme gehörte zu einem Mann namens Stephen, einem Krieger aus Irland.

»Da war ein englischer Soldat in der Stadt, ein Ringer, der gewettet hat, jeden Gegner besiegen zu können«, erwiderte Adam. »Man musste zahlen, um gegen ihn kämpfen zu dürfen. Wie viel doch gleich, Vetter?«, wandte er sich an Wallace. »Drei Pennys?«

»Vier«, gab Gray zurück, ehe Wallace antworten konnte.

»Nun, William hat jedenfalls acht bezahlt«, fuhr Adam grinsend fort. »Und dem Narren dann das Rückgrat gebrochen.«

»Jesus«, murmelte Stephen.

»Dann gingen die Kameraden des Mannes auf William los, und er hat sieben von ihnen getötet.«

»Drei«, berichtigte Wallace ihn mit seiner tiefen Stimme. »Und du hast zu erwähnen vergessen, dass sie mich in den Kerker geworfen und fünf Wochen lang gefoltert haben. Sie ließen mich hungern und verprügelten mich. Ich spürte, wie das Leben mit jedem Tag mehr aus meinem Körper wich, bis…« Er zuckte die Achseln.

Die anderen Männer schwiegen betreten. »Es hieß, du wärst gestorben«, sagte einer von Stephens Kameraden endlich.

»Auf jeden Fall haben die Engländer das geglaubt.« Wallace griff nach dem Wasserschlauch, den einer der Männer ihm reichte. »Sie warfen mich auf einen Misthaufen.«

»Elende Bastarde«, grollte ein Soldat.

»Aber das Glück wollte es«, spann Adam den Faden weiter, »dass eine alte Frau, eine Freundin von Williams Mutter, von seinem angeblichen Tod erfuhr, weil die Engländer überall damit herumprahlten. Sie machte sich auf die Suche nach seinem Leichnam, und ihre Söhne luden ihn auf einen Karren und schafften ihn fort, um ihn zu begraben. Doch als sie William in sein Leichentuch hüllte, sah sie, dass seine Augen sich bewegten. Sie brachte ihn in ihr Haus, um ihn dort gesundzupflegen – sie und ihre junge Tochter.« Er zwinkerte Wallace zu. »Erzähl ihnen, was dann passiert ist, Vetter.«

Wallace nahm einen Schluck aus dem Wasserschlauch. »Die alte Frau versuchte mich mit Suppe zu füttern, aber ich war zu schwach zum Essen, also holte sie ihre Tochter zu Hilfe.« Seine Mundwinkel begannen zu zucken. »Sie hatte gerade ein Kind bekommen, das sie noch stillte.«

Gray lachte schallend auf, und einige der anderen, die ahnten, was kommen würde, fielen ein.

»Nur so viel – ich hatte plötzlich den Mund voll«, schloss Wallace.

»Himmel, hast du ein Glück bei Frauen«, murrte Stephen. »Was finden sie nur an einem groben Klotz wie dir?«

»Das liegt an der Größe seines Schwertes.« Adam nickte zu dem riesigen Breitschwert hinüber, das an einem Baum neben Wallace lehnte. Die Klinge maß vom Heft bis zur Spitze fast sechs Fuß, somit war die Waffe größer als die meisten Männer im Lager.

Die zweideutige Bemerkung löste erneut Gelächter aus, aber Wallace war nach Stephens Worten verstummt. Sein Lächeln war verblasst, als hätte sich plötzlich eine Wolke vor sein Gesicht geschoben. Er erhob sich, griff nach ein paar Wasserschläuchen und ging davon.

Nach einer kurzen Pause folgte Will ihm, dabei schlug er einen großen Bogen um die Zelte, damit die anderen nichts bemerkten. Er beschleunigte seine Schritte, bis er Wallace eingeholt hatte.

Wallace fuhr herum und griff nach seinem Dolch, ließ ihn aber sinken, als er Will erkannte. »Was wollt Ihr?«

»Mit Euch reden.« Als Wallace weiter auf den Fluss zuging, heftete sich Will unbeirrt an seine Fersen. »Ihr und Eure Männer wisst viele Geschichten über Tapferkeit und kämpferisches Geschick zu erzählen.«

»Es sind nicht nur Geschichten.«

»Oh, ich glaube schon, dass all das wirklich passiert ist. Aber kann es sein, dass ihr alle etwas zu sehr auf eure Erfolge in der Vergangenheit baut?«

»Ihr solltet Euch wieder mit Euren Übungen befassen, Campbell. Die englische Armee wird bald hier sein, und Ihr habt lange nicht mehr im Feld gestanden, wie mir Euer Neffe sagte.«

»Hört mich an.« Will vertrat Wallace den Weg und zwang ihn so, stehen zu bleiben. »Engländer in Straßengefechten zu verprügeln ist etwas ganz anderes, als eine Armee auf einem Schlachtfeld zu befehligen. Ich denke, dass Euren Männern gar nicht wirklich klar ist, was da auf sie zukommt und welche Opfer ihnen abverlangt werden.«

»Opfer?« Wallace' Augen leuchteten zornig auf. »Ihr seid es, der nichts begreift. Wir erzählen uns diese Geschichten, um uns Mut zu machen. Ihr kennt die Erinnerungen nicht, die uns nachts heimsuchen und unsere Seelen verdunkeln. Ich hatte einst eine Frau. Ich musste sie in Verkleidung in Lanark besuchen, nachdem ich für vogelfrei erklärt worden bin, weil ich einen Engländer getötet hatte, der das Pferd meines Onkels beschlagnahmen wollte. Marion verstand mich. Ihr Bruder war von den Engländern ermordet worden, genau wie mein Vater. Sie war achtzehn Jahre alt und die alleinige Erbin ihres Vaters, aber ich habe sie um ihrer selbst willen geheiratet, nicht wegen ihrer Mitgift, wie es die Engländer behauptet haben.« Seine Stimme war eiskalt geworden. »Nachdem wir heimlich getraut worden sind, gebar sie mir eine Tochter. Während eines unserer Treffen stöberten mich die englischen Soldaten auf, und Marion verhalf mir zur Flucht. Als sie sich weigerte, dem Sheriff von Lanark meinen Aufenthaltsort zu verraten, ließ er sie und meine Tochter töten, also drang ich nachts in sein Haus ein und schnitt ihm in seinem Bett die Kehle durch. Ihr wisst nichts von mir und meinen Männern, Templer.«

»Ich bin kein Ritter mehr«, erwiderte Will ruhig. Er fand wenig Trost in den Gemeinsamkeiten seines Lebens und dem von Wallace.

»Ihr glaubt, die Tatsache, dass Ihr Euren Bart abrasiert habt, ändert etwas daran, wer Ihr seid?« Wallace schüttelte den Kopf. »Ihr seid immer noch ein Templer, der von seinem Weg abgekommen ist, und ich bin immer noch der verwitwete Sohn eines Edelmannes, der im Kampf für die Freiheit seines Landes gefallen ist. Der Wald verbirgt all diese Dinge, aber er ändert sie nicht. Wenn Ihr lange genug hierbleibt, werdet Ihr das verstehen.«

Als er sich abwandte, ließ sich Will erneut nicht abschütteln. »Ihr und Eure Männer haben noch keiner in voller Stärke aufmarschierten englischen Armee gegenübergestanden. Ihr habt dreitausend Soldaten, sie mindestens zwanzigtausend. Meint Ihr wirklich, sie besiegen zu können? Oder geht es Euch nur um Rache?«

»Noch ehe Balliol seiner Krone beraubt wurde, noch ehe er sich gegen die Engländer auflehnte, haben Edwards Soldaten schon unser Land ausgeplündert. Während Ihr in den Wüsten des Ostens für Gott gekämpft habt, befanden wir uns schon seit sieben Jahren in einem ganz anderen Krieg.« Wallace' Stimme klang rau. »Als die schottischen Edelleute Edward als ihren Lehnsherrn anerkannten, ließen sie einen Wolf in unser Land – einen unersättlichen, grausamen Wolf. Kurz darauf wimmelte es in unseren Städten und Burgen von englischen Soldaten. Sie betrachteten unser Land als ihr Eigentum, behandelten uns wie Sklaven und bezeichneten uns als unzivilisierte Barbaren. Wir begehrten dagegen auf, und sie brachten uns erst mit Drohungen, dann mit ihren Fäusten und schließlich mit ihren Schwertern zum Schweigen. Der Adel Schottlands blickte in die andere Richtung, als die Gewalt zunahm, weil jeder um sein Vermögen fürchtete.

Vor sechs Jahren warfen in der Nähe des Heims meiner Familie in Ayrshire ein paar Kinder Steine auf eine Burg, in der eine englische Garnison stationiert war. Die englischen Ritter auf der Brustwehr erschossen sie. Vier Jungen und ein Mädchen, der Älteste war gerade zwölf Jahre alt. In dieser Nacht überwältigte eine Gruppe unserer Männer, zu der auch mein Vater und mein

Bruder gehörten, einen Rittertrupp aus der Burg. Einigen der Ritter gelang die Flucht, aber fünf wurden gefangen genommen und mitten in der Stadt an einem Baum aufgeknüpft. Danach verfolgten uns die Engländer gnadenlos. An einem Ort namens Loudoun Hill kam es zu einer Schlacht, in deren Verlauf mein Vater getötet wurde. Man hat ihm beide Beine abgetrennt.« Wallace hielt inne. »Ihr wisst nicht, wofür wir kämpfen. Wie könntet Ihr auch? Ihr wart ja nicht hier, als all das geschah.«

In einiger Entfernung hinter ihnen ertönte Hufgetrommel, gefolgt von lauten Rufen. Wallace bahnte sich einen Weg durch das Unterholz, Will hielt sich dicht hinter ihm. Vor ihnen stiegen zwei Männer von ihren Pferden. Gray und seine Gefährten umringten sie.

»Was gibt es?«, rief Wallace.

»Wir haben Nachrichten über die englischen Truppenbewegungen.« Adam trat zu ihnen, dabei warf er Will einen argwöhnischen Blick zu. »Die Armee rückt unter dem Kommando von Cressingham und John de Warenne auf Stirling vor.«

»Dann werden sie dort den Forth überqueren und Richtung Norden marschieren, um zu versuchen, alles zunichtezumachen, was wir erreicht haben. Ich denke, sie werden versuchen, zuerst Perth und dann Dundee einzunehmen.« Wallace holte tief Atem. Seine Stimme klang wieder ruhig. »Dann werden wir ihnen in Stirling entgegentreten.«

»Die Kundschafter hatten noch mehr zu berichten«, fuhr Adam fort. Auf seinem narbenübersäten Gesicht lag ein triumphierender Ausdruck. »Andrew Moray und seine Armee möchten sich mit uns gegen sie verbünden.«

Wallace' Lippen krümmten sich zu einem breiten Lächeln. »Ruf die Männer zusammen, Vetter.« Er blickte sich zu Will um. »Wir reiten los.«

14

Das englische Lager, Stirling, Schottland
11. September A.D. 1297

John de Warenne, Earl of Surrey, blickte vom Sattel seines Schlachtrosses aus missmutig über das Land hinweg. Es war ein herrlicher goldener Morgen, das Gras unter den Hufen seines Pferdes glitzerte, und das Licht, das sich im stillen Wasser des Forth fing, blendete ihn. Die Luft war kühl, kündigte den nahenden Herbst an, und der Earl war froh, dass er über seiner Rüstung und seinem Überwurf einen schweren Mantel aus blaugoldenem Brokat trug. Seit er sich auf einem Jagdausflug eine fiebrige Erkältung zugezogen hatte, konnte er Kälte nicht mehr vertragen. Aus dieser Erkältung hatte sich eine Lungenkrankheit entwickelt, von der er sich nie vollständig erholt hatte, und das Letzte, was er wollte, war, in diesem verwünschten Land auf seinem Pferd sitzen zu müssen – mit einer zunehmend unruhiger werdenden englischen Armee im Nacken.

»Die Dominikaner sollten längst zurück sein«, erklang eine schrille Stimme hinter ihm. »Wir können nicht länger warten.«

De Warennes Brauen zogen sich finster zusammen, als Hugh Cressingham seinen rotbraunen Hengst an seine Seite lenkte. Es war ein mächtiges Tier mit muskulösen Beinen – die es auch brauchte, wenn man bedachte, welches Gewicht es zu tragen hatte.

Seit seiner Ernennung zum Schatzmeister von Schottland hatte sich Cressingham von einem dicklichen, aufgeblasenen Sekretär in einen fettleibigen, arroganten Beamten verwandelt. Vier Männer waren nötig gewesen, um ihn in den Sattel zu hieven, während eine Gruppe walisischer Bogenschützen ihre Bemühungen grinsend verfolgt hatte. In seinem schimmernden Kettenhemd sah Cressingham aus wie eine riesige, glänzende Schnecke. Trotz des kühlen Morgens lag ein Schweißfilm auf seinem Gesicht, und der Riemen seines Helms verschwand zwischen den Falten seines Doppelkinns. De Warenne war selbst nicht mehr der drahtige Mann seiner Jugend, aber unter seinem Altmännerschmerbauch verbargen sich wenigstens immer noch Muskeln. Die schwammige Kröte neben ihm hatte in seinen Augen kein Recht, die Rüstung eines Kriegers zu tragen, geschweige denn Tausende von Soldaten zu befehligen, die sich auf der Ebene zwischen dem Ufer des Forth und der Burg von Stirling drängten.

»Wir brechen auf, wenn ich den Befehl dazu gebe«, knurrte der Earl.

Cressingham hob die Brauen. »So? Ich dachte, das hättet Ihr bereits getan.«

De Warenne runzelte einmal mehr finster die Stirn, konnte aber nicht widersprechen. Cressingham hatte recht, er hatte den Befehl am Abend zuvor gegeben, und bei Tagesanbruch hatten die ersten Reihen von Soldaten die Brücke überquert, die über den Fluss führte. Den dreihundert walisischen Bogenschützen folgten fünftausend Fußsoldaten, die über die lange, schmale Brücke stampften. Als alle auf der anderen Seite angelangt waren, war die Sonne bereits aufgegangen, doch de Warenne hielt sich immer noch in seinem Zelt auf. Da vom Hauptteil der Armee nichts zu sehen war, hatte die Vorhut unter dem Murren vieler Männer wieder kehrtgemacht.

Der Earl machte seine Krankheit für seine Apathie verantwortlich, was aber nur zum Teil zutraf. Er zögerte noch aus einem anderen Grund, den Rest der Armee über den Fluss zu schicken. Die letzten beiden Tage seit ihrer Ankunft in Stirling waren verregnet gewesen, das Land so nebelverhangen, dass die Hügel nicht klar zu erkennen waren. An diesem Morgen jedoch konnte de Warenne seine Umgebung gut überblicken, und was er sah, gefiel ihm nicht.

Auf den flachen Ebenen vor der hoch oben auf ihrem Felsen thronenden Burg war der Boden fest und sicher. Aber hinter der Brücke – von der er auch nicht wusste, wie viele Männer sie gleichzeitig überqueren konnten – wurden die Felder hinter dem breiten Fluss weich und morastig und somit für die schwere Kavallerie ungeeignet. Vom Kopf der Brücke verlief ein erhöhter Fußweg, ein Erddamm über diese Sumpffelder bis hin zu einem Felsvorsprung, der Abbey Craig genannt wurde. Dieser Damm bot nur vier Reitern nebeneinander Platz. Als in der Ferne Speerspitzen und Helme im Sonnenlicht aufblitzten, stellte sich heraus, dass die Schotten ungefähr eine Meile nördlich links vom Abbey Craig auf ein paar niedrigen Hängen Position bezogen hatten. Hinter der schottischen Armee erhoben sich die dunklen Höhen der Ochil Hills im Morgenlicht. Um den Feind zu erreichen, musste de Warennes Armee die Brücke und den von morastigen Wiesen umgebenen Damm überqueren und sich dann die Hügel emporkämpfen. Diese Aussicht bereitete ihm Unbehagen.

»Je länger wir warten, desto rascher sind unsere Gelder aufgebraucht«, brach Cressingham de Warennes angespanntes Schweigen. »Lord Edward wünscht, dass dieser Aufstand niedergeschlagen wird, damit er sich auf die Probleme in Flandern konzentrieren kann. So lauten unsere Befehle. Außerdem werden die Männer ungeduldig.« Er deutete mit einer plumpen Hand hinter sich. »Die jungen Heißsporne brennen darauf, endlich schottisches Blut zu vergießen. Lassen wir sie von der Leine.«

Der Earl hätte den aufgedunsenen Schatzmeister am liebsten aus dem Sattel gestoßen, doch er bezwang sich. Cressingham hatte sich seiner Aufgabe voller Hingabe gewidmet, und obwohl Gerüchte im Umlauf waren, er würde von den Steuern, die seine Sheriffs eintrieben, einen Teil für sich abzweigen, stand er immer noch hoch in Edwards Gunst. De Warenne hatte dagegen seine Pflichten als Statthalter von Schottland vernachlässigt und seine Zeit mit Festen und Jagden auf seinem Landsitz in Yorkshire verbracht, ohne sich um das Reich zu kümmern, das er verwalten sollte. Während seiner Abwesenheit war Cressingham Edwards Auge und Ohr in Schottland geworden, und sosehr er den Mann auch verabscheute, de Warenne blieb nichts anderes übrig, als sich mit ihm zu arrangieren. Cressingham hatte bereits Verstärkungstruppen nach Berwick zurückgeschickt, um Geld zu sparen. Und er verfügte über die Macht, noch größeren Schaden anzurichten, wenn man ihn reizte.

»Wir geben ihnen noch eine Stunde. Wenn die Dominikaner dann immer noch nicht zurück sind, setzen wir die Armee in Marsch.« Ohne Cressingham die Gelegenheit zu geben, etwas darauf zu erwidern, wendete John de Warenne sein Schlachtross und ritt zu seinen wartenden Rittern zurück. Trotz seiner inneren Anspannung war er zuversichtlich, dass die beiden Mönche, die er ausgeschickt hatte, um mit den Schotten zu verhandeln, zurückkehren würden. Er war sich auch fast sicher, welche Antwort sie ihm überbringen würden und dass das Problem damit gelöst wäre. Die Schotten befanden sich in der Unterzahl, sie waren ihrem Gegner in jeder Hinsicht hoffnungslos unterlegen. Es waren Bauern, die von Gesetzlosen und Dieben angeführt wurden. Was hatten sie der Elite von Englands Adel schon entgegenzusetzen?

Doch obgleich die Dominikaner tatsächlich zurückkehrten und in ihren zerschlissenen Kutten, die um sie herumwehten, als sie den Damm entlangkamen, wie schwarze Krähen wirkten, brachten sie nicht die Nachricht mit, die der Earl of Surrey erhofft hatte.

Die Generäle der Armee versammelten sich zu Fuß vor de Warennes Zelt, um die Neuigkeiten zu hören. Das feuchte Gras beschmutzte den Saum ihrer Überwürfe, Tau glitzerte auf ihren schweren Stiefeln.

»Nun?«, fragte Cressingham ungeduldig, als die Männer näher kamen. »Wie lautet die Antwort dieses Banditengesindels?«

»Die Schotten denken nicht daran, sich zu ergeben«, erwiderte einer der Mönche grimmig. »Sie wollen kämpfen.«

Eine Stimme übertönte das überraschte, ärgerliche Geraune. »Sie wollen kämpfen?«, höhnte Henry Percy, ein ehrgeiziger junger Lord, dessen Stern strahlend hell am englischen Hof aufging. »Wissen diese Barbaren überhaupt, was sie erwartet?«

»Sie wissen es«, entgegnete der zweite Mönch. »Aber ihr Anführer Wallace sagt, sie würden lieber sterben als noch einen Tag länger unter der Knute der Engländer leben.«

Diesmal erklang außer Gemurmel auch schnaubendes Gelächter.

»Wallace sagt, sie seien hier, um ihr Land und ihre Toten zu rächen«, fuhr der Dominikaner fort, »und nicht, um mit einem Tyrannen Frieden zu schließen. Er sagte, sie würden uns das Fürchten lehren.«

Das Lachen erstarb. Ein paar jüngere Männer meldeten sich zu Wort.

»Dann geben wir ihnen doch, was sie wollen.«

»Uns das Fürchten lehren? Wenn sie unsere Schwerter zu spüren bekommen, singen sie ein anderes Lied.«

De Warenne, dessen Zuversicht angesichts der Neuigkeiten gesunken war, hob jetzt entschlossen den Kopf. »Sie haben ihre Entscheidung getroffen, und sie werden sie bereuen. *Wir* müssen nur noch entscheiden, wo wir ihnen ihr Grab bereiten. In ihrer momentanen Position befinden sie sich im Vorteil.« Er wandte sich an einen der Mönche. »Haben wir ihre Zahl richtig geschätzt?«

»Sie verfügen über viele Fußsoldaten, aber nur eine Hand voll Kavallerie.«

Einige Generäle äußerten jetzt ihre Meinung, aber Cressinghams schrille Stimme brachte sie zum Schweigen. »Ich wüsste nicht, was es da noch zu entscheiden gibt. Ihr habt doch schon den Befehl gegeben, die Brücke zu überqueren«, fügte er an de Warenne gewandt hinzu. »Also lasst die Männer diesen Befehl ausführen, und bringt es hinter Euch! Wegen Eurer Unschlüssigkeit ist genug Geld und Zeit verschwendet worden.«

De Warenne stieg das Blut in die Wangen, aber ehe er etwas erwidern konnte, mischte sich ein Offizier aus Percys Gefolge ein.

»Ich kann Earl de Warennes Zögern verstehen.« Er nickte dem finster dreinblickenden Earl zu. »Die Brücke ist schmal und das Gelände dahinter trügerisch. Aber nicht weit flussaufwärts gibt es eine Furt, die bei Ebbe viele Männer zugleich überqueren können. Das Gebiet ist dicht bewaldet, wir könnten uns von Norden her an sie heranpirschen und sie überrumpeln. Unsere Infanterie nutzt die Brücke, um die Schotten zu einem Angriff zu verleiten, und wir kommen von hinten und kesseln sie ein.«

De Warenne erwog diesen Vorschlag stirnrunzelnd, aber er konnte kaum einen klaren Gedanken fassen, weil er in der Nacht so gut wie gar nicht geschlafen hatte und seine Generäle sich alle gleichzeitig Gehör zu verschaffen versuchten.

Wieder war es Cressingham, der sie alle übertönte. »Nein. Wenn wir auf die Ebbe warten, vergeuden wir nur noch mehr kostbare Zeit. Lasst uns diese Debatte beenden und den verdammten Fluss überqueren. Sobald die Schotten uns sehen, ziehen sie sowieso die Schwänze ein und fliehen. Wenn nicht, vernichten wir sie. Sie waren bei Dunbar im Vorteil«, sagte er zu de Warenne, »und trotzdem habt Ihr sie dort vernichtend geschlagen. Und da hattet Ihr es mit der Elitearmee Schottlands zu tun, nicht mit einer Horde undisziplinierter Bauern.«

»Ich stimme Euch zu«, sagte Percy mit Nachdruck.

Niemand widersprach den beiden Befehlshabern. Alle Augen richteten sich jetzt auf de Warenne, dessen Blick von dem jungen Lord zu Cressingham wanderte. Percy stand nicht nur hoch in der Gunst des Königs und brannte vor Ehrgeiz, er hatte auch dreihundert Ritter und achttausend Fußsoldaten mitgebracht. Sich Cressingham und seinem Geiz zu widersetzen war schon riskant, sich auch noch Percy zum Feind zu machen wäre eine noch größere Dummheit. Außerdem hatte er ja am Abend zuvor schon den Befehl zum Überqueren des Flusses gegeben; er hatte das in dem Augenblick für die beste Lösung gehalten. Der Earl rieb sich geistesabwesend die Schläfen. Am liebsten hätte er sich noch ein paar Stunden hingelegt, bis sein Verstand wieder arbeitete. Aber er musste jetzt eine Entscheidung treffen. »Nun gut«, grollte er. »Wir überqueren die Brücke.«

Das schottische Lager in der Nähe von Stirling, Schottland
11. September A.D. 1297

Will zog die Zügel an, als sein Pferd, ein rauchgrauer Wallach, aufgeregt den Kopf hochwarf. Alle Tiere waren nervös, weil sich die Anspannung ihrer Reiter auf sie übertrug. Sie hatten sich auf einem sanft geschwungenen Hang aufgereiht und sahen zu, wie die Engländer den Fluss überquerten.

Es war ein Anblick, der ihnen das Blut in den Adern gefrieren ließ.

Die Vorhut bildeten die walisischen Bogenschützen mit ihren langen Bogen, deren Reichweite und Zielsicherheit inzwischen bekannt und gefürchtet war. In der Mitte marschierten die Bannerträger, die die Fahnen ihrer Befehlshaber stolz in die Höhe hielten. Die Farben leuchteten: Blau und Violett, Gelb und Rot, und die Banner waren mit Hirschen und Löwen, Greifen und Adlern bestickt. Dahinter ritten die mächtigen Edelleute, umgeben von ihren Rittern und Knappen. Die eisenbeschlagenen Hufe ihrer Streitrösser prägten sich in die hölzerne Brücke ein, unter der der Forth dunkel hinwegfloss. Danach kamen die Fußsoldaten, deren Helme und Speere ein auf und ab wogendes glitzerndes Meer bildeten. Sowie sie die Brücke hinter sich gelassen hatten, trennte sich eine Gruppe von fünfzig Berittenen vom Hauptteil der Armee und steuerte auf Abbey Craig zu, wo sie am Flussufer eine geschlossene Reihe bildeten, um der Vorhut Rückendeckung zu geben. Es war ein langsamer, stetiger Prozess. Dahinter, auf der südlichen Seite des Flusses in der Nähe der Burg, wartete der Hauptteil der englischen Armee, Tausende von Männern, die sich bereit hielten, der ersten Reihe zu folgen. Das Hufgetrommel wurde von Hörnerfanfaren übertönt, die über die Ebene bis hin zu den schottischen Truppen hallten.

Will blinzelte in die Sonne. Selbst aus dieser relativ geringen Entfernung konnte er die auffällige weiße Kleidung nicht ausmachen, die auf eine Templerkompanie in der englischen Armee hingedeutet hätte. Flüchtig überlegte er, ob die Templer doch noch ihre Unterstützung für diesen Krieg entzogen hatten, aber er hielt es für wahrscheinlich, dass der König die Hilfe des Ordens gar nicht erst angefordert hatte, weil er so fest an seinen Sieg glaubte. Edward hatte es noch nicht einmal für nötig befunden, sich persönlich hier einzufinden. Gerüchten zufolge war er in Flandern und kämpfte gegen die Franzosen.

»Heilige Mutter Gottes!«

Will drehte sich um. Ein junger Ire, der neben ihm auf seinem Pferd saß, starrte die näher rückende englische Armee fasziniert und angewidert zugleich an. Er gehörte zu Stephens Männern.

Der Mann fing Wills Blick auf. »Habt Ihr jemals etwas Vergleichbares gesehen?«

Will dachte an Antiochia und Akkon und nickte.

Daraufhin pfiff der Ire leise durch die Zähne. »Heilige Mutter Gottes«, wiederholte er, ehe er sich wieder zu der Armee hinwandte.

Er war nicht der Einzige, den seine Nerven im Stich ließen. Überall ringsum sah Will vor Furcht geweitete Augen, versteinerte Gesichter, an Schläfen pulsierende Adern, verspannte Schultern und Schweißperlen auf Stirnen. Furcht war ansteckend. Sie übertrug sich von den einhundertsechzig Kavalleristen auf ihre Pferde und breitete sich über die Hänge aus, wo die mehr als zehntausend Fußsoldaten unter dem Kommando von William Wallace und Andrew Moray Position bezogen hatten.

Am Abend zuvor hatte im Lager noch eine ganz andere Stimmung geherrscht. Will hatte den an ihren Lagerfeuern sitzenden Männern gelauscht, ihren Liedern und ihrem Lachen, und nur Zuversicht gespürt. Doch statt dass ihn dies wie im Jahr zuvor, als er nach Schottland gekommen war und dort eine zwar kampfesdurstige, aber völlig unvorbereitete Nation vorgefunden hatte, mit Besorgnis erfüllt hatte, fühlte er sich jetzt davon beflügelt. Während Edwards Invasion hatten sie ihre Lektion gelernt, angefangen von der blutigen Einnahme von Berwick bis hin zur Gefangennahme ihres Königs und den Schikanen, denen sie selbst in zunehmendem Maße ausgesetzt waren. Ihre Zuversicht wirkte jetzt grimmiger, was teils an den von Wallace und Moray errungenen Siegen, aber mehr noch an dem wachsenden Patriotismus lag, der diese Männer zusammenschweißte. Diese neue Einigkeit war Will am Abend zuvor besonders stark aufgefallen, als diese niedrig geborenen Männer, die aus allen Teilen des Reiches stammten, von ihren Familien und ihren Heimen erzählt hatten. Im Gegensatz zu den englischen Soldaten, von denen viele zwangsrekrutiert oder mit Versprechungen gelockt worden waren, waren diese schottischen Bauern aus freien Stücken hier. Sie waren keine Ritter mit Landbesitz oder mächtige Adlige; nur wenige trugen Rüstungen, die sie gefallenen Engländern abgenommen hatten, einige waren sogar barfuß und barbrüstig. Sie hielten Speere, Äxte, Messer und Keulen in den Händen. Aber trotz ihrer Furcht standen sie unbeirrt in geordneten Reihen einer der stärksten Armeen der Welt gegenüber.

Irgendwo in ihrer Mitte befanden sich David und Simon. Will blickte über die Linien der Infanterie hinweg, konnte sie aber nicht entdecken. Er hoffte inbrünstig, sein Neffe würde am Leben bleiben, unabhängig davon, was mit ihm selbst geschah. Ihr Aufbruch hatte Ysenda schwer zugesetzt. David hatte sich mit sanfter Gewalt aus ihrer Umarmung lösen und sie schluchzend in Christians Armen zurücklassen müssen, als die schottische Armee die Wälder von Selkirk verlassen hatte.

Als Will sich wieder umwandte, um die vorrückenden Engländer zu beobachten, spürte er, wie sein Herz im selben Rhythmus wie ihre Trommeln zu schlagen begann. Während die unerfahrenen Truppen ringsum unruhig wurden, die Soldaten vor sich hin murmelten, mit ihren Waffen hantierten und noch einmal ihre Blasen entleeren mussten, wich seine Nervosität unerschütterlicher Ruhe. Die Entschlossenheit zu kämpfen hatte eine Art inneren Frieden in ihm ausgelöst. Jetzt gab es kein Zurück mehr.

Bald würde diese Ruhe in prickelnde Erregung umschlagen, sein Herzschlag würde sich beschleunigen und das Blut in seinen Schläfen pochen. Dann würde er grinsen, wenn er seine Lanze hob und sie auf ein Ziel richtete.

Die Sonne stieg höher, der Morgen war fast zur Hälfte verstrichen. Will schätzte, dass siebentausend Engländer die Brücke überquert hatten. Jeden Moment würde das Zeichen gegeben werden. Erwartungsvoll blickte er zu dem felsigen Gipfel auf, wo Wallace und Moray zusammen mit ihren Generälen die Engländer im Auge behielten. Letzte Nacht hatten sie in einem geschlossenen Kriegsrat die Falle geplant. Als Will am nächsten Morgen seine Befehle erhalten und von dem kühnen Plan erfahren hatte, hatte er zu begreifen begonnen, wie es Wallace, dem jüngeren Sohn eines unbedeutenden Ritters, gelungen war, das zu erreichen, was er erreicht hatte. Obwohl der junge Riese nicht einmal halb so alt war wie er selbst, empfand er eine ebensolche Ehrfurcht für ihn wie früher für seinen Vater, für Owein und Everard.

»*Wir sind hier, um im Namen von König John zu kämpfen!*«, hatte Wallace den näher rückenden Truppen entgegengeschleudert. »*Wir sind hier, um die Söhne und Töchter Schottlands zu rächen, die unter den Stiefeln von Tyrannen zermalmt wurden!*«

Als vom Gipfel des Abbey Craig eine Hornfanfare erscholl, spürte Will, wie das Blut heißer durch seine Adern zu rauschen begann. Die Fanfare hallte von den Hügeln wider, übertönte die englischen Trompeten und jagte einen Schauer der Erwartung durch die Reihen der Schotten. Will hob seinen Speer und drückte den Schaft gegen seine Brust, während überall ringsum Kriegsgeschrei erscholl.

Wir sind hier, um für unser Land und um unser Leben zu kämpfen.

Geschlossen ging die schottische Armee zum Angriff über. Zuerst donnerte die Kavallerie von den niedrigen Hügeln auf den Damm zu.

Dahinter ergoss sich die Infanterie wie eine riesige, zerlumpte Welle über die Felder. Der rechte Flügel löste sich auf den Befehl eines ihrer Kommandanten vom Hauptteil der Truppe und rannte in südlicher Richtung auf die Brücke zu, wo die fünfzig Reiter, die den englischen Soldaten den Rücken deckten, aufgereiht waren.

Als Will mit der Kavallerie dahinjagte, hallten Wallace' Worte in seinen Ohren wider, lauter und immer lauter, bis sie plötzlich zu seinen eigenen wurden. Dies war sein Kampf, der Grund, weshalb er hier war. So wie sich die kleine schottische Armee wie David gegen Goliath gegen die Engländer zu behaupten versuchte, so ging es hier um ihn und Edward, um einen Ritter gegen einen König. Edward war nicht hier, aber seine Armee war es – sein ganzer Stolz. Das genügte ihm. Hass flammte in ihm auf, er gab seinem Pferd die Sporen, seine Lippen verzogen sich unter dem Helm zu einem grimmigen Lächeln. Die Reihen der Soldaten vor ihnen kamen rasch näher, Pferde wurden herumgerissen, Schilde gehoben, Lanzen gezückt. Sie verkörperten für ihn den Soldaten, der Tom so bedenkenlos getötet hatte, als wäre er ein Nichts, und den Pachteintreiber, der Duncan seine Klinge in den Rücken getrieben hatte. Sie waren jetzt keine Männer, keine Menschen mehr für ihn, sondern Teile von Edward, die es abzuhacken galt.

Die walisischen Bogenschützen auf dem Damm empfingen sie mit einem Pfeilhagel, doch die Schotten ließen sich davon nicht aufhalten. Pferde bäumten sich auf, wenn sie von den befiederten Geschossen getroffen wurden, brachen zusammen und schleuderten ihre Reiter aus dem Sattel. Einige gelangten wieder auf die Füße, andere blieben reglos liegen. Nun schlossen sich auch die von Wallace und Moray angeführten Generäle der Hauptarmee an. Wallace stieß ein donnerndes Gebrüll aus und schwang dabei eine mächtige Axt.

Schwerter prallten gegen Schilde, Speere gegen Rüstungen, als die beiden Armeen aufeinandertrafen. Die leichteren, kräftigen Pferde der Schotten kamen auf dem morastigen Untergrund weit besser zurecht als die mächtigen englischen Schlachtrösser. Will konzentrierte sich auf einen Gegner und stieß mit seinem Speer derart wuchtig zu, dass sich die eiserne Spitze durch das Kettenhemd des Mannes fraß und durch das Polster darunter tief in seine Brust drang. Der Engländer wurde nach hinten geworfen, der Speer aus Wills Hand gerissen. Er zog sein Krummschwert und drang weiter auf die Feinde ein. Die Klinge seines Großvaters war zwar wesentlich kürzer als ein Kavallerieschwert, ließ sich aber auf engem Raum besser handhaben. Da er zu allen Seiten von Feinden bedrängt wurde, wäre ihm kein Platz geblieben, um mit einem Breitschwert auszuholen, aber mit dem Krummschwert konnte er auf seine Gegner einstechen. Sein Pferd erhielt einen derben Stoß, bäumte sich mit rollenden Augen auf und prallte gegen ein anderes Tier. Ein Schwert pfiff an Will vorbei und verfehlte seinen Nacken nur um Haaresbreite, ein anderes traf seinen Helm. Sein Pferd mit den Knien lenkend, hob er seinen hölzernen Schild, um weitere auf ihn niederprasselnde Hiebe abzuwehren, bis sein Arm lahm wurde.

Wallace hatte derweilen eine blutige Schneise durch die Reihen der englischen Ritter geschlagen und drang jetzt auf die walisischen Bogenschützen ein, die immer noch auf die schottische Infanterie schossen. Seine Axt mähte die Männer nieder wie Korn.

Während er am nördlichen Ende des Damms kämpfte, traf die schottische Infanterie auf die englischen Fußsoldaten, die auf sie zurückten. In ihrer Mitte lief David, dem das Bild seines Vaters vor Augen stand und der nach Rache lechzte. Er war mit einem langen Speer bewaffnet, den er auf die auf ihn zustürmenden Gegner richtete und so balancierte, wie Wallace es ihn gelehrt hatte. Dicht hinter ihm kam Simon, der sein Sergeantengewand abgelegt hatte. Auch er hielt einen Speer in der Hand.

Zehntausend Fußsoldaten stürzten sich auf die englische Vorhut. Männer schrien, als sie von Speeren durchbohrt wurden.

Fleisch wurde aufgeschlitzt, Schädel zerschmettert. Der morastige Boden verwandelte sich unter ihren Füßen in einen glitschigen, schwarzen Sumpf. Doch die Engländer befanden sich in der Unterzahl, und zahlreiche Infanteristen wurden zum Forth zurückgetrieben, dessen Ufer unter ihnen abbröckelten. Das Wasser war tief, und diejenigen, die hineinfielen oder hineingestoßen wurden und zum Ufer zu schwimmen versuchten, wurden vom Gewicht ihrer Rüstungen in die Tiefe gezogen und ertranken. Die englischen Ritter und Kommandanten waren zu weit entfernt, um ihre sich auflösende Infanterie zusammenzuhalten.

Während der Hauptteil der schottischen Armee die Vorhut bedrängte, bahnte sich der rechte Flügel, der zu Beginn des Angriffs abgeschwenkt war, einen Weg durch die Gruppe der fünfzig Kavalleristen, die die Brücke bewachten. Hier war der Boden noch schlammiger, die Pferde glitten ständig aus, als ihre Reiter einen fruchtlosen Angriff gegen die Übermacht der Schotten führten. Einige versuchten über die Brücke davonzureiten, um dem Gemetzel zu entgehen, was ein heilloses Chaos zur Folge hatte, als die Männer auf der anderen Seite ihren Kameraden zu Hilfe zu eilen und die, auf die die Schotten eindrangen, zu fliehen versuchten. Pferde bäumten sich auf, zermalmten Männer unter ihren Hufen oder stießen sie von der Brücke. Auch einige Pferde stürzten ins Wasser, ihre Reiter fuchtelten noch kurz mit den Armen, ehe sie mit weit geöffneten Mündern untergingen. Andere hielten sich an den Brückenpfählen fest, wo sie jedoch alsbald von den Speeren der Schotten durchbohrt wurden.

Will wehrte mit seinem Schild den Angriff eines Ritters ab und traf den Mann dann in den Hals. Als der Ritter aus dem Sattel glitt und im Steigbügel hängen blieb, machte sein Pferd einen Satz nach vorn, und Will drängte sich durch die Lücke auf den jetzt mit Leichen übersäten Damm. Schweiß brannte in seinen Augen, als er sein Pferd durch eine Gruppe von englischen Fußsoldaten trieb. Vor sich sah er Wallace. Der junge Hüne kämpfte jetzt zu Fuß, schwang sein Breitschwert mit beiden Händen und führte mächtige Hiebe gegen seine Gegner. Er war blutüberströmt, seine Augen blickten wild. Adam kämpfte schweißtriefend und blutbespritzt an seiner Seite und zerschmetterte mit seiner Keule Schädel um Schädel. Gemeinsam boten die Vettern einen furchterregenden Anblick. Als er sein Pferd auf das Getümmel zulenkte, sah Will, wie ein Bogenschütze sich erhob, einen Pfeil aus seinem Köcher zog, ihn an die Sehne legte und damit auf Wallace zielte.

Will riss sein Pferd herum, donnerte auf ihn zu, beugte sich vor und ließ sein Schwert niedersausen. Der Schütze wirbelte herum, als er das Hufgetrommel hörte. Wills Hieb traf ihn an der Schulter. Die Klinge fraß sich durch die Rüstung und tief in das Fleisch darunter hinein. Der Mann kreischte vor Schmerz gellend auf und ließ den Bogen fallen. Der Pfeil schnellte von der Sehne und landete im Fluss, ohne Schaden anzurichten. Im nächsten Moment streckte ein anderer Mann den Schützen nieder. Es war Gray.

Er hatte seinen Helm verloren, Blut rann aus einer Kopfwunde in sein weißes Haar, aber er bedachte Will mit einem wölfischen Grinsen. »Auf sie!«, brüllte er, dabei schwenkte er sein Schwert in Richtung der zersprengten Reihen. »Auf sie! Sie können uns nicht standhalten!«

Als sich die schottischen Speerkämpfer erneut formierten, um die Brücke einzunehmen, starrte John de Warenne voller Entsetzen von der anderen Seite des Flusses zu ihnen hinüber. Seine mächtige Armee war säuberlich in zwei Hälften gespalten, der Kopf vom Leib getrennt worden. Da die Schotten jetzt den Zugang zu dem Damm mit einer Mauer aus Speeren versperrten, konnte er nur hilflos mit ansehen, wie fast siebentausend seiner Männer vor seinen Augen abgeschlachtet wurden. Seine Bogenschützen hätten die Schotten vielleicht lange genug aufhalten können, um ihm die Zeit zu verschaffen, die Brücke zurückzuerobern, doch sie befanden sich mit Cressingham bei der Vorhut. Da sie ihre tödlichen Waffen auf kurze Entfernung nicht einsetzen konnten, wurden sie zu Hunderten niedergemetzelt. De Warenne konnte das Banner des Schatzmeisters nicht mehr sehen. Er öffnete den Mund, um seinen Truppen Befehle zuzubrüllen, brachte aber keinen Ton heraus. Jedes seiner Worte würde ohnehin im Kampflärm untergehen.

»Mylord«, murmelte einer seiner Ritter neben ihm mit aschfahlem Gesicht. »Was sollen wir tun?«

John de Warenne, einer der mächtigsten Männer Englands und Kommandant von mehr als einem Dutzend Feldzügen, schüttelte den Kopf. »Ich weiß es nicht«, erwiderte er heiser. »Ich …« Er brach ab, sein Blick fiel auf einige Ritter, die in voller Rüstung in den Fluss sprangen. Die letzten der Männer auf der Brücke eilten zurück, einige krochen auf allen vieren, andere zerrten verwundete Kameraden hinter sich her. Ein paar Schotten folgten ihnen langsam und töteten die Verwundeten, schienen sich aber nicht allzu weit vorwagen zu wollen. »Verbrennt sie«, schnarrte de Warenne. »Verbrennt die Brücke und blast zum Rückzug.«

Nachdem die letzten ihrer Männer hinter ihnen niedergemetzelt und die Brücke in Brand gesteckt worden war, kehrte der Rest der englischen Armee unter dem Befehl von John de Warenne dem Forth den Rücken und rückte ab.

Nach weniger als einer Stunde war die Schlacht vorüber, die Schotten die triumphierenden Sieger. Die grausame Arbeit, die Verwundeten zu töten, dauerte noch etwas länger, aber bald waren die einzigen Lebewesen auf den Feldern ringsum Schotten. Mehr als hundert englische Ritter, über fünftausend Fußsoldaten und eine große Anzahl walisischer Bogenschützen waren gefallen. Allen Toten wurden Waffen und Rüstungen abgenommen, dann wurden sie in den Fluss geworfen. Die Schotten hatten kaum Verluste zu beklagen, Andrew Moray hatte allerdings eine Wunde in der Brust davongetragen und wurde von seinen Männern vom Feld geschleppt. Unter den Toten fand man auch den aufgedunsenen Leichnam Hugh Cressinghams, dessen mächtiger Bauch von einem Speer aufgeschlitzt worden war. Voller Ingrimm entkleideten die Schotten den verhassten Schatzmeister, dessen Steuern und Abgaben sie fast in den Hungertod getrieben hatten. Ein Mann zückte seinen Dolch und schnitt dem Toten unter dem Jubel seiner Kameraden die Genitalien ab. Das löste eine wilde Attacke aus, als die anderen Männer, die darauf brannten, ihren daheimgebliebenen Landsleuten zu beweisen, was sie heute vollbracht hatten, sich mit Messern und Dolchen auf den Leichnam stürzten und auf ihn einzuhacken begannen. Jeder blutige Hautfetzen, den sie erbeuteten, war ein greifbares Zeichen für ihren hart erkämpften Sieg.

Will fand David in den Feldern nahe am Fluss, wo die Brücke von Stirling in Flammen stand. Rauch stieg zum Himmel auf und brannte in ihren Augen. Beide Männer waren in Schweiß gebadet und mit Blut bedeckt. Will nahm seinen Helm ab und umarmte seinen Neffen, dann drehte er sich um und sah Simon schlammbespritzt, sich auf einen Speer stützend heranhumpeln. Er hatte eine tiefe Schnittwunde an einem Bein. Will, der mit dem Pferdeknecht seit dessen Befreiung aus Wallace' Gefängnis keine zwei Worte gewechselt hatte, streckte eine Hand aus. Simon ergriff sie, während überall ringsum die atemlosen Jubelrufe der Schotten ertönten.

Nachdem er jemanden aufgetrieben hatte, der Simons Wunde versorgte, ließ sich Will erschöpft zu Boden sinken. Sein Schildarm und seine Schulter brannten, sein Schwertarm pochte heftig. Er saß in der Mittagssonne, den Gestank des Todes in der Nase, schloss die Augen, stellte sich Edwards Gesicht vor, wenn er erfuhr, dass seine mächtige Armee von Bauern und Geächteten besiegt worden war, und kostete dieses Bild genüsslich aus. Ein Schatten fiel über ihn. Will schlug die Augen auf und sah Wallace vor sich stehen.

»Gray sagte mir, dass ich Euch zu Dank verpflichtet bin. Ihr habt mir den Rücken gedeckt.«

»Ich erwarte keinen Dank dafür.«

Wallace lächelte. »Kommt.« Er hielt Will eine Hand hin und zog ihn auf die Füße. »Es ist noch nicht vorbei.«

Als die Ebbe einsetzte, weckten Wallace und seine Generäle ihre ausgepumpten Männer und führten die Kavallerie zu der unteren Furt, wo sie den Fluss überquerten. Von dort aus verfolgten sie die englische Armee gnadenlos bis zum Grenzgebiet, wobei sie jeden versprengten Soldaten töteten und zahlreiche Packpferde erbeuteten.

Später hieß es, John de Warenne sei so wild geritten, um ihnen zu entkommen, dass er sein Pferd erst in Berwick wieder zum Stehen gebracht habe.

15

Die Wälder von Selkirk, Schottland
21. Juni A.D. 1298

Will zog sein Hemd aus, krempelte die Hosenbeine hoch, balancierte über die moosbewachsenen Steine und trat in den Teich. Trotz der Hitze in der Luft war das Wasser eiskalt. Er beugte sich vor, tauchte seine Essensschale hinein und begann mit etwas Seifenkraut das Fett der letzten Mahlzeit auszuwaschen.

»Guten Morgen.«

Will blickte auf. Christian kam mit einem Stapel Holzschalen beladen am Ufer entlang. Er nickte ihr zu.

Sie schob lächelnd die Ärmel ihres hellgrünen Kleides hoch und begann eine der Schalen zu spülen. Das durch das Geäst der Erlen und Bergulmen fallende Sonnenlicht tanzte über ihr Gesicht. »Es wird heiß werden heute.« Als sie Will wieder ansah, wurde ihr Lächeln neugierig. »Wie ist das denn passiert?«

Erst als sie auf seinen Rücken zeigte, begriff Will, dass sie die feinen silbrigen Linien meinte, die Everards Peitsche vor so vielen Jahren dort hinterlassen hatte. »Mein früherer Herr hat mich wegen eines Vergehens bestraft.«

Christian stellte die Schale auf das Gras, lehnte sich zurück und zog die Knie an. Sie war Anfang dreißig, hätte aber, wie sie mit ihrem zerzausten Haar so dasaß, für achtzehn durchgehen können. Will merkte, dass er sie anstarrte, und tauchte die Schale hastig erneut ins Wasser, obwohl sie bereits sauber war.

»Und diese hier?« Christian deutete auf sein Bein. Unterhalb seiner hochgerollten Hose prangte eine wulstige Narbe.

»Ich bin in einen Brunnen gefallen.« Will sah wieder Angelo Vitturis triumphierend verzerrtes, vernarbtes Gesicht über sich auftauchen, ehe alles dunkel um ihn wurde. Das Bein, das zweimal gebrochen gewesen war, machte ihm immer noch Scherereien, besonders im Winter, wo ihn oft in der Nacht ein ziehender Schmerz weckte.

»Diese hier kenne ich.« Christian deutete auf Wills Stirn, Schulter und Wade, die mit Narben frischerer Wunden übersät waren, die er im Lauf des letzten Jahres nach der Schlacht von Stirling davongetragen hatte. »Und…« Sie kniff die Augen zusammen, dann schüttelte sie den Kopf. »Das waren alle. Ich kann sonst nichts sehen… nein, warte. Da ist noch eine, auf deinem Arm.«

Will starrte den rötlichen Hautfleck auf der Seite seines Armes an. Die Schale in seiner Hand hatte er vergessen. Die Narbe war kaum zu sehen; es wunderte ihn, dass sie sie überhaupt bemerkt hatte. Er hatte sich mit dem Arm vor den züngelnden Flammen geschützt, glühende Holzteile waren auf ihn niedergeprasselt, und vor ihm hatte sich eine Feuerwand aufgetürmt, als er versucht hatte, die Treppe in Andreas' Haus zu erklimmen. Die Haare auf seinem Arm waren verbrannt, die Haut hatte Blasen geworfen. Dennoch war die Narbe so klein, so unbedeutend. Pathetisch. Hätte er größere Entstellungen zurückbehalten, hätte er sich vielleicht weniger Vorwürfe gemacht. Doch jedes Mal, wenn er den haarlosen rötlichen Fleck ansah, wurde er daran erinnert, wie schwach seine Bemühungen gewesen waren, seine Frau zu retten. *Du wolltest, dass sie verbrennt – wegen Garin. Wegen dem, was sie mit ihm getrieben hat. Sie hat dich betrogen, und dafür sollte sie büßen.* »Nein.« Erst als Christian die Stirn runzelte, merkte er, dass er laut gesprochen hatte. Will richtete sich auf und kippte die Schale aus. Doch seine Finger zitterten, als er sie an seiner Hose abtrocknen wollte, und er ließ sie fallen. Die Schale landete auf dem Wasser und trieb wie ein Spielzeugboot davon.

Christian raffte ihr Kleid, kam näher und zuckte zusammen, als die Steine unter ihren nackten Füßen knirschten.

»Ich hole sie schon«, sagte Will, als sie in das Wasser watete, einen Arm ausstreckte, um nicht das Gleichgewicht zu verlieren, und mit der anderen Hand ihr Kleid festhielt. »Sei vorsichtig, hier wird es tiefer.« Er trat zu ihr, tastete mit den Füßen vorsichtig über die glitschigen Steine.

»Ich habe sie.« Sie rang vor Kälte nach Atem, als sie die Schale aus dem Teich fischte. Das Wasser reichte ihr fast bis zu den Schenkeln, ihr Kleid färbte sich am Saum dunkel. Sie hielt ihm die Schale hin, doch als er danach greifen wollte, glitt sie aus. Die Schale flog ihr aus der Hand, und er packte stattdessen ihr Handgelenk. Christian fand mit einem atemlosen Lachen das Gleichgewicht wieder. Sie sah zu ihm hoch. Ihre Wangen röteten sich leicht.

Will spürte ihren beschleunigten Puls unter seinem Daumen.

»Will, ich …«

»Du hast deine Schale fallen lassen.«

Als Will über ihre Schulter spähte, sah er Simon und David am Ufer stehen. Der Pferdeknecht musterte ihn forschend, David grinste. Will gab Christians Handgelenk frei und fischte die Schale aus dem Wasser.

»Sir William Wallace will dich sehen«, sagte David, als er, dicht gefolgt von Christian, aus dem Teich stieg. »Wenn du nicht zu beschäftigt bist«, fügte er anzüglich hinzu.

»Sieht es so aus, als wäre ich beschäftigt?« Will schielte zu Christian, die ihr Kleid ausgewrungen hatte, ihm den Rücken zukehrte und sich über ihren Stapel schmutziger Essschalen beugte.

Als sie den Rückweg zum Hauptlager antraten, hielt sich David an seiner Seite. »Mach mir nichts vor, Onkel. Wir haben dich gesehen.«

Will blieb stehen und drehte sich zu ihm um. »Was auch immer du meinst, gesehen zu haben – du irrst dich.«

Davids Lächeln erstarb. »Es tut mir leid, ich …«

»Widme dich lieber wieder deinem Training. Es ist nicht so, als würdest du keine Übung mehr brauchen.«

David starrte ihn an. »Wenn ich deiner Meinung nach so ungeschickt bin, warum hat mich Sir William dann zum Ritter geschlagen?« Er wandte sich ab und begann, sich einen Weg durch das Unterholz zu bahnen.

Will wollte ihm etwas nachrufen, besann sich dann aber und schüttelte den Kopf.

»Schaffst du dir gerade Freunde?«

»Ich hätte das nicht sagen sollen, ich weiß.«

»Ich meinte die kleine Szene eben.« Simon nickte zum Fluss hinüber.

Will zog die Brauen zusammen. »Du auch?«

»Wenn man auf so engem Raum zusammenlebt, entgeht einem wenig.« Simon beeilte sich, Will einzuholen, als dieser sich abwandte. »Ich wäre an deiner Stelle etwas vorsichtiger. Du willst dir doch bestimmt nicht ihren Bruder zum Feind machen.«

»Sie war mit Grays Bruder verheiratet«, versetzte Will knapp. »Demnach ist er ihr Schwager.«

»Wie auch immer, er hegt ihr gegenüber jedenfalls einen starken Beschützerinstinkt. Ysenda sagt, Gray hätte geschworen, sich um sie zu kümmern, als sein Bruder im Sterben lag.«

»Himmel, Simon, sie kam her, um Geschirr zu spülen. Was hätte ich denn tun sollen? Sie ignorieren?«

»Was tust du eigentlich noch hier, Will?«, fragte Simon plötzlich. »Es ist jetzt über ein Jahr. Wie lange willst du dich noch hier verstecken und so tun, als existiere die Welt, die du verlassen hast, nicht mehr?«

»Verstecken?« Will funkelte ihn an. »Ich führe einen Krieg!«

»Den Krieg eines anderen. Dies ist Wallace' Kampf. Seiner, Grays und der seiner Gefährten, vielleicht sogar Davids. Dieses Land ist ihre Heimat.«

»Und meine.«

»Du hast mehr Zeit im Heiligen Land verbracht als hier.«

»Macht die Anzahl der Jahre einen Ort zu einer Heimat?«

»Nein. *Wir* machen einen Ort zu unserer Heimat, wenn wir uns dort niederlassen und uns wohl fühlen. Ich kenne dich, Will. Ich kenne dich, seit du elf Jahre alt warst, und ich weiß, dass du dich hier nicht wohl fühlst. Und erst recht nicht glücklich bist.«

»Ich will nicht darüber sprechen. Wie oft soll ich dir das denn noch sagen?«

Simon folgte ihm, als er sich erneut abwandte. »Ich höre auf, dich zu fragen, wenn du mir eine ehrliche Antwort gibst und mir sagst, wann wir von hier fortgehen.«

»Ich gehe erst, wenn Edward besiegt ist.«

»Ist es das, was du meinst, in England getan zu haben? Edward zu besiegen? Er soll für das büßen, was er hier angerichtet hat?« Simons braune Augen wurden hart. »Ich hatte eigentlich eher den Eindruck, du würdest rauben und morden.«

Will fuhr auf ihn los. »Ich habe niemals einen Menschen getötet. Ich bin nicht so wie …« Er brach ab.

»Wie wer? Wie diese Männer, die du als deine Kameraden bezeichnest?«

»Wallace hat versucht, die aufzuhalten, die zu weit gegangen sind. Du weißt, dass er das getan hat.« Will schüttelte den Kopf. »Du kannst ihnen keinen Vorwurf machen, Simon. Sie wollten Rache; Rache für sieben Jahre andauernder Vergewaltigungen und Morde. Rache für Berwick und Edinburgh. Aber vor allem wollten sie überleben. Nach Stirling war Schottland am Ende. Während wir versucht haben, das Reich zu retten, ist die Ernte auf den Feldern verdorrt. Siege lassen kein Korn wachsen oder

Vieh fett werden, nicht wahr? Wir mussten in England einfallen, sonst wären wir verhungert.«

»Und die Menschen in Northumberland und Cumbria? Was haben die im Winter gegessen?«

»Die meisten haben in Newcastle und Carlisle Zuflucht gefunden«, erwiderte Will barsch, doch seine Worte klangen sogar in seinen eigenen Ohren hohl.

Nach der Schlacht von Stirling war der Widerstand nicht erloschen, sondern im Gegenteil noch stärker geworden. Die Nachricht von dem unglaublichen Sieg über die Engländer hatte sich wie ein Lauffeuer verbreitet und in die Herzen der Schotten eingebrannt. Die Engländer waren keine furchteinflößende, nicht aufzuhaltende Armee mehr, sie waren nur noch Männer – verwundbare Männer. Sogar nach dem Tod von Andrew Moray, der der Wunde erlegen war, die er im Kampf davongetragen hatte, strömten die Schotten auch weiterhin zu Wallace, bis der junge Hüne seine Armee wenige Wochen später nach England führte.

Sie waren über den Tweed nach Northumberland vorgerückt, hatten Ernten vernichtet, Vieh geschlachtet, Klöster in Brand gesteckt, Städte geplündert und die Bewohner getötet. Die Bevölkerung von Northumberland, von der der größte Teil an den Übergriffen auf ihre Nachbarn gar nicht beteiligt gewesen war, zahlte jetzt den Preis für die Grausamkeit ihres Königs, und dieser Preis war hoch. Diejenigen, die vor den Schotten geflohen waren, kehrten in ihre Dörfer zurück, sobald die Horde weitergezogen war, nur um festzustellen, dass sie für den kommenden Winter nichts zu essen und kein Dach mehr über dem Kopf hatten. Newcastle konnte die Scharen der verzweifelten Heimatlosen bald kaum noch fassen. Die Schotten plünderten das Land aus, und alles, was sie erbeuteten, wurde über die Grenze zurückgeschafft, um die hungernden Familien zu ernähren, die sie zurückgelassen hatten.

Da ihnen kein Widerstand entgegengebracht wurde, ließen die Schotten ihrer jahrelang angestauten Wut freien Lauf. Wallace und seine Generäle versuchten die Ordnung wiederherzustellen, bestraften die schlimmsten Fälle unnötiger Gewalt sogar mit dem Tod durch den Strick, aber in Stirling war ein Damm gebrochen und eine reißende Flut ausgelöst worden. Wallace' Männer nannten ihn William den Eroberer, ein Name, der sich rasch in allen Grafschaften Englands verbreitete, wo die Furcht vor und der Hass auf ihn und seine Männer wuchs. Aber ihr König hielt sich immer noch in Flandern auf; es gab keinen Schutz für seine Untertanen. Die Lage besserte sich für die Bewohner Nordenglands erst mit dem Winter, als die einsetzenden Schneefälle die Schotten zwangen, sich über den Tweed zurückzuziehen.

»Du hast mir versprochen, darüber nachzudenken, mit mir nach Frankreich zurückzukehren«, sagte Simon, dem nicht entging, dass sich Wills Miene verändert hatte. »Robert kann dich vielleicht wieder im Orden unterbringen. Du weißt nicht, ob Hugues dir den Wiedereintritt wirklich verwehren würde. Er war einmal dein Freund. Aber du musst natürlich Buße tun, weil du deine Gelübde gebrochen hast. Du kannst nicht ewig hierbleiben und so tun, als wärst du nie ein Ritter gewesen – du wolltest nie etwas anderes sein. Du kannst nicht zulassen, dass die Trauer um Elwen alles andere auslöscht. Ich weiß, dass du deine Tochter vermisst; ich sehe es dir jedes Mal an, wenn du siehst, wie Ysenda Alice umarmt oder Margaret ausschimpft oder David lobt. Verdammt, Will, *ich* vermisse Rose. Und unsere Kameraden und unsere Heimat.«

»Ich glaube nicht, dass sie von mir ist, Simon.« Die Worte sprudelten wie von selbst aus Will heraus.

Simon verstummte. »Garin?« Er folgte Will mit den Blicken, als dieser sich abwandte. »Ich habe mich schon gewundert – nach dem, was er nach dem Feuer in Andreas' Haus gesagt hat. Bist du sicher, dass er ihr Vater ist?«

Will öffnete den Mund, dann presste er die Lippen zusammen. »Ich habe versprochen, über eine Rückkehr nach Frankreich nachzudenken, bevor wir erfuhren, dass Edward seine Armee in Marsch gesetzt hat. Ich kann jetzt nicht gehen. Ich werde hier gebraucht.«

»Anderswo wirst du mehr gebraucht«, rief Simon ihm nach, als er ohne ein weiteres Wort davonging. Doch diesmal folgte er ihm nicht.

Die Worte hallten noch in Wills Ohren wider, als er sich auf den Weg zu Wallace' Zelt machte. Nach ihrer Versöhnung in Stirling war er für die Gesellschaft eines alten Freundes dankbar gewesen, nachdem er so lange unter Fremden gelebt hatte. Doch nach der Invasion in England begann Simon ihn wieder zu bedrängen, wann sie in ihr altes Leben zurückkehren würden – als sei dies unvermeidlich. Simon verstand nichts. Er dachte, Will habe aus Kummer wegen Elwens Verlust und Angst um seine Familie den Orden verlassen und sei nach Schottland geflüchtet. Und er konnte ihm nicht die Wahrheit sagen, denn dann hätte er über die Bruderschaft und Edward sprechen müssen; hätte Simon gestehen müssen, dass er ihn all diese Jahre angelogen hatte und Simon nichts von ihm wusste. Und dass Garin nicht von einem Mameluckenpfeil in die Hölle befördert worden war, sondern durch sein Schwert.

»Campbell«, grüßte Wallace knapp, als Will auf den Zeltkreis zutrat. Er stand am Feuer und hielt eine Karte in der Hand, die Adam und Gray studierten. In dem Jahr nach seinem großen Sieg war Wallace übermäßig gealtert. Der Tod so vieler Kameraden und Feinde hatte Spuren hinterlassen, man sah es in seinen Augen, seinem Gesicht und an den neuen Narben auf seinen Armen. »Wir haben Neuigkeiten.«

»Über die Engländer?«

»Sie sind auf dem Weg nach Roxburgh. Die Vorhut sollte es in ein paar Tagen erreichen. Der König wird dicht dahinter sein.«

»Kennen wir die Truppenzahlen?«

»Die Kundschafter schätzen sie auf siebentausend Berittene, große Kompanien, die von Bek und de Warenne angeführt werden.«

»Der Earl will vermutlich seine Feigheit von Stirling ausbügeln«, höhnte Adam.

»Und über zwanzigtausend Fußsoldaten«, schloss Wallace.

»Großer Gott«, murmelte Will.

Gray nickte. »Der Bastard will uns eine Lektion erteilen.«

»Wir haben auch gehört …« Wallace sah Will eindringlich an. »Die Templer haben der Armee gestattet, in ihrem Ordenshaus in Liston Rast zu machen. Ritter unter dem Kommando von Brian le Jay begleiten sie nach Norden.«

Will spürte, wie sein Herz schwer wurde.

»Die Loyalität des Bischofs von Durham und des Earls of Surrey steht außer Frage. Aber Ihr habt mir bei unserem ersten Treffen gesagt, die Templer wären gezwungen worden, für Edward zu kämpfen. Würden sie das auf diesem Feldzug freiwillig tun?«

Will nickte zögernd. »Wenn der Großmeister Brian le Jay den Befehl dazu erteilt, ja.«

»Noch mehr schwere Kavallerie, mit der wir fertig werden müssen«, murmelte Adam. »Und wir haben weniger als tausend Pferde.«

Wallace richtete seine blauen Augen auf ihn. »Wir wussten, dass dieser Tag kommen würde. Warum haben wir wohl sonst das ganze letzte Jahr Truppen zusammengezogen und unsere Speerkämpfer ausgebildet? Unser Plan bleibt bestehen.« Er wandte sich an Will. »Ich möchte, dass Ihr und Gray die Verwüstung des Landes im Süden und Osten überwacht. Die meisten Bewohner der Städte dürften in den Wald geflohen sein, wir haben ihnen genug Warnungen zukommen lassen. Die, die geblieben sind, werden es zweifelsohne plötzlich eilig haben, wenn Ihr ihre Felder und Häuser zerstört.« Er biss die Zähne zusammen. »Ich will, dass jedes Getreidekorn verbrannt, jeder Tropfen Wasser vergiftet und jedes Stück Vieh in den Wald getrieben wird. Jedes Stück Erde, über das Edwards Armee marschiert, muss tot und verbrannt sein. Wenn Ihr fertig seid, reitet gen Norden. Wir lagern in der Nähe von Stirling.«

»Bist du sicher, dass Edward seine Armee dorthin führt?«, fragte Gray.

Will kam Wallace zuvor. »Das Ordenshaus von Liston liegt auf der nördlichen Route. Wenn Edward dort Halt machen will, ist mit Sicherheit Stirling sein Ziel. Die Stadt ist nicht nur von großer strategischer Bedeutung, sondern auch der Ort seiner größten Niederlage. Er wird die Scharte auswetzen wollen.«

»Dann werden wir in dieser Hitze Hunger und Durst ihr Werk tun lassen.« Wallace starrte zum blauen Himmel empor. »Und wenn seine Armee geschwächt und demoralisiert ist, schlagen wir zu.«

»Und dann wird sich der Rest des Adels dieses Königreiches dir vor Dankbarkeit zu Füßen werfen«, verkündete Gray.

Wallace gab keine Antwort.

Will, der ihn beobachtete, war sich nicht sicher, ob ihm das recht wäre. Wallace schien sein Ruf, der nach Stirling so groß geworden war, eher unangenehm zu sein. Sogar die mächtigen Edelleute Schottlands waren gezwungen gewesen, seinen Erfolg anzuerkennen und ihn in Form der Ritterwürde zu honorieren.

Robert Bruce, der Earl of Carrick, hatte die Zeremonie durchgeführt. Dieser junge Mann hatte sich seinem Vater, der Carlisle für Edward gehalten hatte, widersetzt und die Seite gewechselt, um für die Schotten zu kämpfen. Eine Reihe von Lords und Bischöfen war Bruce' Beispiel gefolgt. Sie hatten Wallace zum Hüter des Reiches ernannt, doch trotz seines neuen Ranges lebte er auch weiterhin mit seinen Männern in den Wäldern von Selkirk. Als Will ihn nach dem Grund dafür fragte, erwiderte er, der Umgang mit dem Adel sei voller Fallstricke, denn ihre Liebe zu Reichtum und Grundbesitz hätte viele Edelleute Schottlands dazu verführt, ihr Land zu verraten, und er würde keinesfalls denselben Fehler begehen. Diese Ansicht trug ihm nicht unbedingt die Zuneigung aller Adligen ein. Es war bekannt, dass vielen seine Aufnahme in ihre Reihen missfiel und sie seine Macht und die ständig wachsende Armee fürchteten, die er befehligte.

»Wir sollten besser aufbrechen, wenn wir den Engländern zuvorkommen wollen«, mahnte Gray.

In diesem Moment winkte Wallace Will zu sich.

»Bringt Ihr es über Euch, gegen Eure Ordensbrüder zu kämpfen?«

Die Frage und die Bestimmtheit, mit der sie gestellt worden war, überraschte Will. »Zweifelt Ihr an meiner Loyalität?«

»Ich weiß, dass Ihr mir gegenüber loyal seid, Campbell, das habt Ihr im vergangenen Jahr oft genug unter Beweis gestellt. Aber Ihr wart viel länger ein Templer als ein Soldat meiner Armee. Ich könnte verstehen, wenn die Aussicht, gegen Männer zu kämpfen, denen Ihr einst Euer Leben verschrieben habt, Euch unschlüssig werden lässt.«

Will dachte an die bevorstehende Schlacht. Doch er sah nur Edwards arrogantes Gesicht vor sich, verspürte nur den brennenden Wunsch, ihm auf diesem Schlachtfeld gegenüberzutreten. Entschlossen schüttelte er den Kopf. »Ich weiß, auf welcher Seite mein Platz ist.«

Ordenshaus Liston, Schottland
21. Juli A.D. 1298

Edward schloss die Augen und versuchte sich zu entspannen. Schweiß rann ihm über den Rücken, sein Seidengewand klebte an seiner Haut. Die durch das Fenster hereinwehende Luft war glühend heiß. Hinter den Mauern des Ordenshauses verschmolzen die Geräusche der Männer und Tiere zu einem monotonen Dröhnen. Im Raum erklang eine Harfenmelodie. Die Musik war dazu gedacht, ihn zu beruhigen, aber stattdessen empfand er sie als störend. Nach einem Moment erhob er sich von seinem Bett. »Das reicht.«

Die Musik verstummte.

»Eine Erfrischung, Mylord?« Ein Page trat mit einem Weinkelch auf ihn zu.

Edward nippte daran und verzog das Gesicht. »Er ist heiß.«

»Es tut mir leid, Mylord. Die Fässer haben zu lange in der Sonne gestanden.«

Edward schleuderte den Kelch von sich, dabei bespritzte er die Wand und einen anderen Pagen mit Rotwein. »Die königliche Menagerie wäre mir nützlicher als ihr! Geht mir aus den Augen!«

Die Pagen eilten erleichtert aus dem Raum. Edward begann in der Kammer auf und ab zu gehen. Er fand keine Ruhe. Sorgen, nichts als Sorgen plagten ihn und verhinderten, dass er klar denken konnte. Es schien ihm unbegreiflich, wie die Ereignisse eine solche Wendung hatten nehmen können. Erst einen Monat zuvor war er voller Zuversicht an der Spitze einer mächtigen Armee geritten.

Edward hatte für diesen Krieg die Unterstützung des gesamten Königreichs gewonnen – fast ein heiliger Krieg, zu dem seine Geistlichen und Herolde voller Eifer aufriefen. Während er Fußsoldaten aus Wales und Irland zwangsverpflichtete, Reiter und Bogenschützen aus der Gascogne zu den Waffen rief und seine Vasallen zu sich, peitschten diese seine Untertanen zu glühendem Hass auf. Die Geistlichen verbreiteten in jeder Ecke des Reiches Gräuelgeschichten über Wallace und seine Männer. Die Schotten waren Kannibalen. Sie aßen Kinder, schändeten Nonnen, schlachteten Priester ab. Als Edward mit seiner Armee aufbrach, begleiteten sie die Gebete von ganz England. Sie würden die verhassten Schotten zermalmen, das Grauen von Northumberland und Cumbria rächen. Das Monster Wallace und seine teuflischen Anhänger töten.

Nachdem sie die Grenze überquert hatten, rückten sie auf Edinburgh zu, eine der wenigen Burgen, die dem schottischen Aufstand widerstanden hatte. Doch statt einer verängstigten Bevölkerung, an der sie Rache nehmen konnten, und Städten zum Plündern fanden der König und seine Männer nur verlassenes, ödes Land vor. Zuerst waren sie überrascht. Doch als die Tage verstrichen, die Sonne erbarmungslos auf sie niederbrannte und sich die Strapazen des langen Marsches bemerkbar machten, machten sich erst Unmut und dann Verzweiflung breit.

Jedes Dorf zwischen Roxburgh und Liston, das sie passierten, war verlassen. Die kleinen Häuser aus Lehm und Flechtwerk standen leer, mit weit geöffneten Türen da. Die englischen Soldaten stürmten hinein, traten Möbelstücke um und öffneten Fässer und Truhen. Nachdem sie nichts von Wert und nichts zu essen gefunden hatten, zogen sie über die ausgedörrten Felder weiter, auf denen nichts als blutroter Mohn wuchs. Die Männer schwitzten und stöhnten unter dem metallisch blauen Himmel. Lippen platzten auf, Blasen bildeten sich an den Füßen. Die Rationen wurden erst gekürzt, dann konnte gar nichts mehr ausgegeben werden. Manchmal kamen sie an den rauchenden Überresten von Bauernhöfen und schwarz versengten Kornfeldern vorbei. Die Bogenschützen erlegten einige der Krähen, die um die Kadaver von Rindern herumflatterten. Das bittere Fleisch wurde unter einigen wenigen glücklichen Kompanien verteilt. Doch für die meisten Männer endete jeder kräftezehrende Marschiertag mit leerem Magen und quälenden Träumen von ausreichenden Mahlzeiten.

Niemand wusste, wo sich der Feind befand, denn sie stießen auf niemanden, der ihnen Auskunft über Wallace' Aufenthaltsort hätte geben können. Kundschafter kehrten ohne Neuigkeiten zurück. Viele Männer verbrachten schlaflose Nächte; warteten darauf, Stahl im Sternenlicht glitzern zu sehen. Zwei Tage bevor sie Edinburgh erreichten, türmten sich im Norden Gewitterwolken auf, und ein schneidender Wind trieb ihnen Staub in die Gesichter. An diesem Abend zuckten Blitze über den Himmel, die sich in der Ferne im Meer widerspiegelten. Edward hatte veranlasst, dass ihnen eine Schiffsflotte küstenaufwärts folgte, um sie in Leith mit dringend benötigten Vorräten zu versorgen. Doch als die Armee in Edinburgh eintraf, erwarteten sie an Stelle von mit Fleisch und Getreide beladener Schiffe nur gähnend leere Docks.

Es hieß, der Sturm habe die Schiffe zur Umkehr gezwungen, das Gespenst des Hungertodes hing nun dunkel drohend über ihnen. Am nächsten Tag schaukelten drei Koggen in den Hafen, in deren Laderäumen sich aber außer ein paar Säcken Korn, die sofort von der königlichen Leibgarde und den Befehlshabern beschlagnahmt wurden, nur Weinfässer befanden. Als die Truppen nach Liston weiterzogen, wurden die ersten Männer krank. Die Waliser und Iren, die schon zuvor von zu knapp bemessenen Rationen hatten leben müssen, bevor diese ganz ausgingen, begannen Gras und Baumrinde zu verzehren. Der König hatte Anthony Bek ausgeschickt, um zwei nahe gelegene Burgen zu belagern, die ihre Flanken bedrohten, aber das war vor einer Woche gewesen, und seither hatte er nichts mehr von dem Bischof gehört.

Edward blieb stehen und sank auf sein Bett, das von seinem Hauptquartier in York hierhergeschafft und im Ordenshaus der Templer wieder aufgebaut worden war. Für alle war die Niederlage von Stirling überraschend gekommen, niemand hatte damit gerechnet. Und dann, nur wenige Monate später, hatten sich die Ereignisse in Flandern wie ein Albtraum vor seinen Augen entfaltet.

Nachdem er im vorigen Herbst in Gent eingetroffen war, hatte sich Edward mit Guy de Dampierre getroffen, um das Bündnis gegen die Franzosen zu beschließen. Als sie erfuhren, dass König Philipps Soldaten nach Flandern marschierten; war diese anglo-flämische Truppenunion ihnen bei Vyve-Saint-Bavon entgegengetreten. Innerhalb von weniger als einer Stunde hatten die Franzosen ihnen eine verheerende Niederlage beigebracht. Kurz darauf, als die Überlebenden nach Gent zurückhumpelten, erfuhr Edward vom Ausgang der Schlacht von Stirling. Er überließ es Guy de Dampierre, sich allein mit den siegreichen Franzosen auseinanderzusetzen, widerrief den Ehevertrag und kehrte nach England zurück, um einen Rachefeldzug in die Wege zu leiten. Aber er war sich schmerzhaft bewusst, wie unfähig er zu wirken begann. Die Barone hatten sich seinem Feldzug zwar angeschlossen, aber er fürchtete, dass das frühere unzufriedene Gemurmel rasch erneut einsetzen und diesmal immer lauter werden würde, wenn er nicht bald mit einem entscheidenden Sieg aufwarten konnte.

Die Möglichkeit eines Bürgerkriegs hatte sich wie Gift in Edwards Gedanken geschlichen und ließ ihn nicht mehr los. Noch vor ein paar Monaten hatte er seinen Generälen in einer Ratsversammlung pompös verkündet, nach seinem Tod würde die Inschrift auf seinem Grabstein *Scottorum maleus* lauten. Der Hammer der Schotten.

Jetzt, wo seine hungernde, kranke Armee draußen vor den Mauern des Ordenshauses lagerte, kamen ihm diese Worte wieder in den Sinn, und diesmal schienen sie ihn zu verhöhnen.

»Mylord?« Die Tür wurde geöffnet, und der Earl of Surrey trat ein.

Die Niederlage von Stirling hatte John de Warenne über seine Jahre hinaus altern lassen. Er wirkte grau und verhärmt und ging steifbeinig, weil ihn die Gicht plagte. Ihm folgte Brian le Jay. Das Gesicht des Templermeisters war sonnenverbrannt, die Haut auf seiner Nase begann sich abzuschälen. Keiner der Männer war Edward sympathisch. De Warenne verkörperte für ihn die Niederlage von Stirling, und le Jay war von Anfang an mehr ein Hindernis als eine Hilfe gewesen, er befolgte Befehle nur widerwillig und stellte fast alle Entscheidungen seines Königs in Frage.

»Die Templer haben das letzte Korn verteilt, Mylord«, sagte de Warenne mit seiner rauen Stimme. »Es ist nichts mehr da.«

»Und was ist mit ihren persönlichen Vorräten?« Edward starrte le Jay finster an.

»Wir müssen genug für uns selbst behalten, Mylord«, erwiderte der Templermeister in einem Ton, der keinen Widerspruch duldete. »Mit leerem Magen sind wir auf dem Schlachtfeld nicht einsatzfähig.«

»Was für ein Schlachtfeld?«, zischte Edward giftig. »Sollte es tatsächlich Neuigkeiten geben?«

John de Warenne schüttelte den Kopf. »Nein, wir haben nichts gehört.«

»Dann könnt Ihr den Kundschaftern ausrichten, wenn sie nichts zu berichten haben, brauchen sie sich gar nicht erst die Mühe zu machen, hierher zurückzukehren.«

»Mylord«, erwiderte de Warenne, »die Männer werden unruhig. So kann es nicht weitergehen. Sie werden anfangen, reihenweise zu desertieren, wenn wir ihnen nicht die Bäuche füllen und ihnen ein sichtbares Ziel bieten, gegen das sie kämpfen können. Ich schlage vor, dass wir …«

»Nein«, beschied Edward ihn barsch. »Wir bleiben, bis Bek zurückkommt. Wenn er Erfolg hatte, bringt er Vorräte aus den Burgen mit.« Er hielt inne, sein Blick heftete sich auf ein Weinfass. Vor den Mauern des Ordenshauses standen noch ganze Karrenladungen davon. »In der Zwischenzeit haben wir den Wein von den Koggen, den wir an die Truppen ausgeben können. Er wird ihre Lebensgeister heben.«

De Warenne nickte. Le Jay griff hastig ein. »Wein, Mylord? Die meisten Männer haben seit Tagen kaum etwas Vernünftiges in den Magen bekommen. Zusammen mit dieser Hitze hätte das katastrophale Folgen …«

»Widersprecht mir in diesem Punkt lieber nicht, le Jay«, zischelte Edward. »Sonst befehle ich meinen Leuten, Euer Ordenshaus zu stürmen. Die Aussicht auf das Fleisch und Ale in Euren Vorratskammern wird sie zu reißenden Wölfen werden lassen.«

Brian le Jays Augen funkelten vor Zorn, doch er verbiss sich eine Antwort, nickte steif und verließ den Raum.

Eine Stunde später erhob sich schwacher Beifall, als die Fässer mit dem schweren Gascognewein im Lager verteilt wurden. Männer, die von der sengenden Sonne und vor Erschöpfung halb von Sinnen waren, gossen ihn gleich humpenweise in sich hinein. Einige stießen ihre Kameraden rücksichtslos beiseite, um an die süße Flüssigkeit zu gelangen, die in ihren ausgedörrten Kehlen brannte. Brian le Jay und der Ordensmeister der Schotten beobachteten in grimmigem Schweigen, wie Soldaten über die Felder taumelten und einige sich sofort erbrachen, weil ihre leeren Mägen rebellierten. Jubel und trunkenes Gelächter schlugen rasch in Zornesrufe und handfeste Streitereien um. Eine große Kompanie walisischer Fußsoldaten, die sich schon lange über ihre kargen Rationen ärgerte, versuchte die Vorratskarren der königlichen Leibgarde zu stürmen. Englische Soldaten versperrten ihnen den Weg, woraufhin es zu einem Handgemenge kam. Eine Gruppe von Priestern versuchte die Männer zur Vernunft zu bringen, dennoch wurden in dem allgemeinen Durcheinander einige von ihnen getötet.

Als der trunkene Tumult sich zu einem regelrechten Aufruhr auswuchs, befahlen die Barone ihren Rittern, dem Kampf ein Ende zu setzen, doch das Eingreifen von Reitern in Rüstungen trug keineswegs dazu bei, die Streitenden zu beschwichtigen. Die Waliser kamen ihren bedrängten Kameraden zu Hilfe, die Engländer den ihren, bis die eine Hälfte der Infanterie im Krieg mit der anderen lag. Doch die Engländer befanden sich in der Überzahl, und schon bald wurden die Waliser aus dem Lager verjagt. Sie flohen in einen nahe gelegenen Wald und ließen fast hundert gefallene Kameraden auf dem jetzt mit leeren Fässern übersäten Feld zurück.

Von den Toren des Ordenshauses aus beobachtete Edward das Bild der Verwüstung. Der Abend brach an, die Sonne warf ein rotes Licht über die Szene. Eine Grube war ausgehoben worden, in die die Toten geworfen wurden. De Warenne war zu ihm gekommen, um ihn davon in Kenntnis zu setzen, dass die Waliser eine Botschaft geschickt hatten, in der sie drohten, zu den Schotten überzulaufen. Daraufhin bekam Edward einen Tobsuchtsanfall und verkündete, seine Feinde könnten tun und lassen, was sie wollten, da er sie ohnehin bald alle miteinander vernichten würde. Doch inzwischen war Verzweiflung in ihm aufgekeimt; er fröstelte in der abendlichen Wärme. Durch eine einzige törichte Entscheidung lief er jetzt Gefahr, auch noch den letzten Rest seiner schwindenden Autorität einzubüßen.

Doch dann kehrte Anthony Bek mit den Rittern von St. Cuthbert's Land zum Ordenshaus zurück.

Edward stürzte auf ihn zu, als er die mit Fässern und Kisten beladenen Karren sah, die hinter der Kompanie hergezogen wurden. Seine zaghafte Hoffnung verwandelte sich in Optimismus, als der Bischof von Durham ihn am Tor begrüßte und von seinem Sieg über die beiden Burgen berichtete. Er hatte auch Nachricht aus Edinburgh erhalten: Die Versorgungsschiffe waren bis nach Leith gelangt, und die Vorräte würden bald eintreffen. Doch die beste Neuigkeit lautete, dass Beks Kundschafter den Feind gesichtet hatten. Wallace und seine Männer befanden sich nur dreizehn Meilen von ihnen entfernt südlich von Stirling in der Nähe einer Stadt namens Falkirk.

Falkirk, Schottland
22. Juli A.D. 1298

Die Luft war stickig, kein Lüftchen rührte sich, als die englische Armee vor einem schmalen Strom Position bezog. Darunter, auf den Hängen eines Moores, ließ Wallace seine Truppen Gefechtsaufstellung einnehmen. Es war nach zehn Uhr morgens, doch die Sonne brannte den Soldaten bereits heiß ins Gesicht, und der Himmel leuchtete gleißend blau.

Infanteriereihen strömten aus dem Wald oberhalb des Moors. Sie hielten zwölf Fuß lange Speere in den Händen. Gemäß dem Befehl von Wallace und seinen Generälen bildeten sie am Fuß des Hanges vier große Kreise. Der äußere Soldatenring kniete sofort nieder. Ein Knie berührte den Boden, mit dem anderen hielten sie die Speere so, dass der Schaft gegen das struppige Gras gepresst wurde und die Spitzen in einem schrägen Winkel in die Höhe ragten. Die Männer hinter ihnen blieben stehen und zückten gleichfalls ihre Speere, bis diese Schiltrons genannten Schutzringe auf dem Hang glitzerten wie überdimensionale Igel. Zwischen diesen Schiltrons hielten sich Bogenschützenkompanien bereit, und hinter dem Wald aus Speeren und Pfeilen formierte sich die schottische Kavallerie. Neben Wallace und seinen Männern warteten die von Rittern umringten Earls und Lords, doch im Vergleich zu der Armee aus Bürgerlichen, die die Schiltrons bildeten, stellten die Edelleute nur eine verhältnismäßig kleine Truppe dar.

Die Soldaten behielten den Feind am Fuß des Moores nervös im Auge, rührten sich aber nicht von der Stelle. Fast ganz Schottland befand sich wieder in ihren Händen. Hier hatten sie so viel mehr zu verlieren als an jenem Sommertag vor einem Jahr an den Hängen der Ochil Hills – und so viel mehr zu gewinnen. Wenn sie die Engländer noch einmal besiegen konnten – vor den Augen ihres tyrannischen Königs –, dann konnten sie dem Feind heute vielleicht den letzten Schlag versetzen.

Wallace ritt an der Spitze seiner Kavallerie, seine Stimme hallte donnernd über die Reihen hinweg. Er machte ihnen Mut, erfüllte sie mit Kraft und Zuversicht, dann spornte er sie ein letztes Mal mit einem wilden Grinsen an. »*Ich habe euch in den Ring geführt! Jetzt lasst sehen, ob ihr zu kämpfen versteht!*«

Tosender Jubel antwortete ihm.

Edward drehte sich um, als das Kriegsgeschrei der Schotten den Hügel herunterscholl. An seiner Schläfe begann eine Ader zu pochen, doch er verkniff sich eine böse Bemerkung, als er seinen Generälen befahl, ihre Positionen einzunehmen. Die Engländer, die den Fluss und den ansteigenden Hang wachsam im Auge behielten, fanden sich rasch bei ihren Kompanieführern ein. Wallace hatte das Schlachtfeld gut gewählt, er würde auf höherem Gelände kämpfen, im Schutz des Waldes hinter ihm. Sie dagegen mussten hügelaufwärts angreifen und hatten das Wasser im Rücken. Dennoch glühten Edwards Männer vor Kampfeslust. Zusätzlich zu der riesigen Masse von Fußsoldaten hatte der König noch vier große Kavallerieregimenter aufgeboten, die von den Earls of Lincoln, Norfolk und Herford sowie dem Bischof von Durham befehligt wurden. Diese Truppen wurden durch die Ritter John de Warennes und die englischen Templer unter Brian le Jay verstärkt. Dazu kamen ein Reiterkorps aus der Gascogne und eine Anzahl kleinerer Kompanien, angeführt von Baronen und Lords, die zur Erfüllung ihrer Lehnspflicht herangezogen worden waren. Edward selbst hatte fast eintausend in zu seinem Banner passende scharlachrote Überwürfe gekleidete Leibgardisten unter seinem Kommando.

Nachdem Bek am Abend zuvor die Nachricht vom Aufenthaltsort der Schotten gebracht hatte, waren alle Missstimmigkeiten im englischen Lager beigelegt worden. Die Waliser waren grollend, aber von der Aussicht auf Essen angelockt zurückgekehrt. Als der Abend hereinbrach, verließ die Armee Liston. Über die Hälfte des Sommers war bereits verstrichen, aber die Nächte blieben mild, und die Armee kam bis Linlithgow, wo Edward Halt machen ließ und die Männer sich auf dem warmen Gras ausstreckten. Später legte sich eine gespenstische Stille über das Lager, als die Soldaten sich innerlich auf den Kampf vorbereiteten, Rüstungen festzurrten, Klingen und Speere überprüften und stumm beteten. Kurz vor Tagesanbruch brachen sie erneut auf. Als sie sich der Stadt Falkirk näherten, entdeckten sie auf einem nahe gelegenen Hügel eine Reihe glitzernder Speerspitzen. Nachdem er die Position des Feindes ausgemacht hatte, ließ Edward eine Messe lesen. Danach wollte er die restlichen Vorräte unter den Männern verteilen, aber die Generäle waren so erpicht auf diesen Kampf, dass sie sich weigerten, ihr Fasten zu brechen, und trotz ihrer knurrenden Mägen darauf bestanden, unverzüglich weiterzureiten.

Jetzt begann sich die englische Kavallerie auf ein Trompetensignal hin in Bewegung zu setzen. Sie überquerten den Fluss. Die Ritter lehnten sich weit im Sattel zurück, als ihre Pferde vorsichtig das Ufer hinunterstiegen, durch das braune Wasser wateten, auf der anderen Seite wieder an Land gelangten und in einen leichten Trab verfielen. Doch da ihre ganze Aufmerksamkeit den Schotten auf den Hängen über ihnen galt, bemerkten die Ritter das sich vor ihnen erstreckende Moor erst, als die vordersten Reihen geradewegs hineingeritten waren. Pferde versanken in dem trügerischen, unter Schilfgras und Blumen verborgenen schwarzen Schlamm, Reiter schrien erschrocken auf, als die Tiere in Panik gerieten, mit großen Sätzen festen Untergrund zu erreichen versuchten und dabei nur noch tiefer in den Morast gerieten. Sie klammerten sich verzweifelt an ihren Sätteln fest, als sich die vor Angst wild schnaubenden Pferde in dem stinkenden Schlamm aufbäumten. Während der ganzen Zeit lachten und höhnten die Schotten oben auf dem Hügel über die Leichtigkeit, mit der der Feind in ihre Falle getappt war.

Als Edward seine Truppen in einer derart misslichen Lage sah, trieb er sein Schlachtross Bayard über den Fluss und bellte seinen Kommandanten Befehle zu. Langsam begannen sich die Frontlinien von dem Moor zurückzuziehen. Bischof Bek, der mit seinen Männern zwischen Fluss und Sumpf ritt, rief ihm zu, dass der Boden im Osten fester war. Eine andere Kompanie unter Hereford und Norfolk stellte fest, dass dies auch für den Westen galt. Die Schotten verstummten, als sich die englische Kavallerie neu formierte und rechts und links entlang des Moores in einem Bogen auf sie zugaloppierte.

»Bogenschützen!«, brüllte Wallace und stellte sich dabei in den Steigbügeln auf.

Die zwischen den Schiltrons postierten schottischen Bogenschützen legten Pfeile an die Sehnen und feuerten sie auf die Engländer ab, die die Schiltrons umgingen und direkt auf Wallace und seine Kavallerie zuhielten. Doch im Gegensatz zu den walisischen Langbogen, die über eine solche Schusskraft verfügten, dass ein von ihnen abgeschossener Pfeil ein Kettenhemd durchschlagen konnte, konnten die kürzeren schottischen Bogen gegen die metallenen Rüstungen der Gegner nichts ausrichten. Ein paar Pfeile trafen Pferde, doch für jeden Mann, der fiel, strömten tausend weitere herbei, erreichten den Hügel und donnerten auf die schottische Kavallerie zu. Furcht malte sich auf den Gesichtern von Wallace' Truppen ab, als diese stählerne Horde mit angelegten Lanzen auf sie zujagte. Einige rissen ihre Pferde herum, um im Wald Schutz zu suchen. Wallace rief ihnen nach, gefälligst auf ihrem Posten zu bleiben, doch auch der Mut jener, die blieben, konnte jetzt nichts mehr bewirken. Zum ersten Mal sahen sich die Schotten der furchtbaren Gewalt eines geballten englischen Kavallerieangriffs ausgesetzt.

Die englischen Truppen prallten wie eine eiserne Wand gegen sie, zersprengten die schwachen Verteidigungslinien und streckten jeden nieder, der sich ihnen entgegenstellte. Die schottischen Bauern in ihren Schiltrons verfolgten entsetzt, wie ihre Kommandanten sie im Stich ließen und in die Sicherheit der Wälder flohen, wo die Engländer ihnen auf ihren mächtigen Schlachtrössern nur schwer folgen konnten. Aber Wallace und eine Hand voll seiner Männer harrten aus. Als sie sahen, dass der Kampf auf dem Hügelkamm verloren war, sprengten sie hangabwärts zu der Infanterie hinunter. Wallace sprang von seinem Pferd, ließ seine Axt fallen, packte einen Speer, baute sich vor einem der Schiltrons auf und brüllte Befehle, bis er heiser war, während die englischen Ritter kehrtmachten und auf die schottischen Bogenschützen zuhielten. Die Fußsoldaten sahen hilflos mit an, wie die gegnerische Kavallerie ihre Kameraden wie verängstigte Hasen über die Hänge jagte. Die Ritter grölten vor Vergnügen, die ersten streckten ihre Opfer schon mit Schwerthieben oder Lanzenstößen nieder, ihre Gefährten hinter ihnen ritten achtlos über die Gefallenen hinweg, trampelten Körper in den Schlamm und zerbrachen Knochen und Rückgrate wie dürre Zweige. In weniger als fünfzehn Minuten standen von der gesamten schottischen Armee nur noch die vier großen Schiltrons, die sich für den Angriff wappneten, als die Engländer einen Bogen beschrieben und auf sie zugaloppierten.

»Haltet stand!«, donnerte Wallace. »*Haltet stand!*«

In der Sicherheit des Waldes beugte sich Will im Sattel vor. Ihm stockte der Atem, als die Engländer die Schiltrons angriffen. Einen Moment lang herrschte Verwirrung, Metall blitzte auf, dann zerrissen die Schreie von Männern und Pferden die Luft. Die Schotten hatten sich behauptet, die Engländer waren geradewegs in ihre Speere geritten. Sie machten kehrt, ohne sich um ihre verwundeten und sterbenden Kameraden zu kümmern. Pferde waren von den nadelscharfen Spitzen durchbohrt worden, zusammengebrochen und hatten ihre Reiter unter sich zermalmt oder sie direkt in das Speerdickicht geschleudert. Als die Verwundeten versuchten, wieder auf die Füße zu gelangen, senkten die Schotten in den Reihen hinter ihnen ihre Waffen und spießten sie auf. Überall rings um Will ertönte erleichtertes Gemurmel, als die anderen Männer im Wald bemerkten, dass die Schiltrons gehalten hatten.

»Onkel!«

Will drehte sich um. David ritt mit Adam auf ihn zu. Beide waren schweißüberströmt.

»Du bist verwundet.« David starrte Wills Oberarm an.

Seine Tunika war zerrissen, und auch in seinem Kettenhemd klaffte ein Riss, durch den er zerfetztes Fleisch sehen konnte. Ein Engländer hatte ihn während des Angriffs mit seinem Schwert getroffen. »Ich werde nicht daran sterben.« Will sah Adam an. »Wo sind die Earls geblieben?«

»Die meisten sind geflohen und haben ihre Ritter mitgenommen. Durch den Wald nach Stirling zurück. Sie meinten, es hätte keinen Sinn, dass wir alle unser Leben verlieren.« Adam spie aus. »Elende feige Ratten!«

Will blickte zwischen den Bäumen hindurch zu dem Rest von Wallace' Kavallerie hinüber, die von den Engländern in den Wald getrieben worden war. Dann sah er wieder zu, wie die Feinde auf die Schiltrons eindrangen. Es schienen weniger als fünfhundert zu sein. Gut die Hälfte von ihnen war verwundet, einige davon tödlich, und ungefähr dreißig waren von ihren Pferden abgeworfen worden. »Wir können nur hoffen, dass die Schiltrons halten. Die Hitze wird die Engländer bald schwächen. Wenn unsere Männer ihnen standhalten, werden sich die Ritter früher oder später zurückziehen müssen.«

»Und wenn ihnen das nicht gelingt?«, grollte Adam.

Will erwiderte nichts darauf. Sein Blick wanderte zu den Schiltrons zurück.

Wieder und wieder stürzten sich die Engländer auf die ringförmig angeordneten Speerkämpfer und wurden immer mutloser, als sie wieder und wieder zurückgedrängt wurden und Männer und Pferde einbüßten. Sie schleuderten Äxte und Lanzen in die Ringe, doch wenn ein Mann fiel, rückten seine Kameraden zu seinen beiden Seiten enger zusammen und schlossen die Lücke sofort. Wallace hatte sie gut gedrillt. Bald häuften sich in der Mitte eines jeden Schiltrons nutzlose englische Waffen.

Kurz darauf erschollen Trompeten, und die Ritter traten ergrimmt den Rückzug an. Will verfolgte zusammen mit dem Rest der Kavallerie, wie die Befehlshaber auf Edwards rechts vom Feld hoch erhobenes rotes Banner zueilten. Er nahm an, dass sich dort der König selbst befand, inmitten dieses Meeres aus Männern und Fahnen. Hilflose Wut stieg in ihm auf. Die Schotten im Wald verstummten, als die walisischen Bogenschützen vor der besiegten Kavallerie auf dem Hang aufmarschierten. Alle spannten zur gleichen Zeit ihre Bogen und feuerten. Die Pfeile flogen mit tödlicher Schnelligkeit auf die Schiltrons zu, durchbohrten Kleider und Rüstungen, Nacken und erhobene Arme, fraßen sich in Schädel und Brüste und schleuderten Männer durch die Wucht ihres Aufpralls nach hinten. Langsam, aber unaufhaltsam taten sich Breschen in den Ringen auf. Eine zweite Trompetenfanfare erklang, woraufhin die englische Kavallerie erneut zum Angriff ansetzte.

»Großer Gott, nein«, murmelte Will, der die Schiltrons auseinanderbrechen sah, als die Männer in Panik gerieten und blindlings die Flucht ergriffen. Wallace stand in diesen Reihen, ebenso wie Gray und hundert andere Männer, die im Lauf des letzten Jahres seine Waffenbrüder geworden waren. Schlimmer noch, auch Simon befand sich unter ihnen. Ohne nachzudenken stieß Will seinem Pferd die Fersen in die Flanken und galoppierte aus dem Wald hinaus.

Er war nicht der Einzige. Scharen von Männern, die ihre Kameraden in Gefahr sahen, ritten mit ihm, unter ihnen auch David und Adam. Ein paar englische Ritter, die sie bemerkt hatten, kamen ihnen entgegen, doch die meisten konzentrierten sich auf die Schiltrons, denn jetzt begann das eigentliche Gemetzel. Die Engländer richteten unter den fliehenden Schotten ein grausames Blutbad an. Viele rannten blindlings auf genau das Moor zu, in das sie die Gegner hatten locken wollen. Männer zappelten in dem schwarzen Schlamm wie in Honig gefangene Fliegen.

Brian le Jay setzte, sein Breitschwert schwingend, grimmig vier Schotten nach. Aber er schätzte den Boden falsch ein, sein Pferd geriet in den Sumpf, und das Schwert flog ihm aus der Hand. Einer der Schotten, der auf Händen und Füßen über den Matsch kroch, bekam die Waffe zu packen. Als er den Templermeister erfolglos mit seinem fast bis zum Bauch im Morast steckenden Pferd kämpfen sah, robbte er mit dem Schwert in der Hand zu ihm zurück. Le Jay sah ihn kommen. Er zog den Fuß aus dem Steigbügel, löste seinen schweren Stiefel mit einem schmatzenden Geräusch aus dem Schlamm und trat nach dem Mann. Dadurch verlor sein Pferd noch stärker das Gleichgewicht, taumelte zur Seite und warf ihn ab. Im selben Moment holte der Schotte aus und stieß seine Klinge in Brian le Jays Nacken.

Will jagte auf den Schiltron auf der äußersten linken Seite des Feldes zu, wo Simon postiert war. Hinter seinem Helm ging sein Atem schwer und keuchend. Da er den Blick auf die Masse der Männer gerichtet hielt, sah er den Reiter nicht, der direkt auf ihn zukam; er bemerkte ihn erst, als sich die Lanze des Gegners in die Flanke seines Pferdes bohrte. Das Tier bäumte sich mitten im Galopp auf, stürzte zu Boden und schleuderte ihn aus dem Sattel. Er schlug hart auf dem Boden auf und überschlug sich mehrmals.

Will blieb nach Atem ringend benommen auf dem Rücken liegen und blinzelte in die Sonne. Dann rollte er sich stöhnend zur Seite und stützte sich gerade noch rechtzeitig auf die Hände, um zu sehen, wie sein Angreifer sein Pferd herumriss und erneut auf ihn zukam. Will gelangte schwankend auf die Füße und zückte sein Schwert, dabei sah er etwas Rotes auf dem weißen Mantel des Ritters aufblitzen und begriff, dass er einen Templer vor sich hatte. Im nächsten Moment warf er sich blitzschnell zur Seite. Sein Krummschwert beschrieb einen weiten Bogen und fraß sich in die Vorderläufe des Pferdes, das nach vorne taumelte und seinen Reiter über seinen Kopf hinweg abwarf. Der Ritter prallte auf dem harten Untergrund auf und blieb reglos liegen. Will gab ihm erst gar keine Chance, sich zu erholen und wieder aufzustehen, sondern sprang mit einem Satz zu ihm hin und stieß sein Schwert mit voller Wucht durch den Sehschlitz im Helm des Templers. Blut spritzte auf, der Körper des Mannes zuckte noch ein paarmal, bis Will die Klinge zurückriss und atemlos auf dem Gras zusammensackte.

Die Kampfgeräusche schienen wie aus weiter Ferne an sein Ohr zu dringen, während er den Ritter anstarrte, dessen weißer Mantel nun von dem Blut durchtränkt war, das unter dem Helm hervorquoll. Plötzlich kroch er auf den Knien auf ihn zu. Er wollte einen Blick unter diesen Helm werfen, wollte wissen, ob sich darunter ein bekanntes Gesicht verbarg. Das Herz schlug ihm bis zum Hals, als Bilder von Robert, Jacques und sogar Hugues an ihm vorbeizogen, obwohl er wusste, dass kein französischer Ritter und schon gar nicht der Großmeister selbst auf diesem Feld zu finden sein würde. Ehe er den Toten erreichte, hörte er jemanden ganz in der Nähe seinen Namen rufen. Dann erklang Hufgetrommel. Will sprang auf. Als er sich umdrehte, sah er eine breite Klinge, geführt von einem anderen Templer, der gekommen war, um seinen Bruder zu rächen, auf sich zusausen. Will hob sein Krummschwert, um den Hieb zu parieren. Licht blitzte auf, als die Sonne sich in der Klinge fing, dann klirrte Metall, und sein Arm wurde weit zur Seite geschlagen. Der Ritter jagte an ihm vorbei, und Will taumelte zur Seite. Noch während er fiel, heftete sich sein Blick auf das Krummschwert in seiner Hand. Es war zerbrochen. Dann hob sich der Boden hinter ihm und krachte gegen seinen Kopf.

16

Schlachtfeld von Falkirk, Schottland
22. Juli A.D. 1298

Himmel und Erde schienen vertauscht worden zu sein. Er sah alles verzerrt, sein Mund war voller Blut und Erde. Will versuchte auszuspucken, konnte aber nicht genug Speichel sammeln. Sein ganzer Körper schmerzte, und in seinem Kopf hämmerte es.

Will stützte sich auf die Hände, grub seine Kettenhandschuhe in den Untergrund und zog sich hoch, bis er auf allen vieren kauerte. Er fühlte sich benommen, und ihm war übel. Ein ekelerregender Gestank verpestete die Luft und machte das Atmen fast unmöglich. Als sein Blick klarer wurde, sah er auch die Ursache dafür. Der Hang war mit Leichen übersät. Noch mit Kleiderfetzen bedeckte Körperglieder lagen neben grotesk verrenkten Leibern, abgetrennte Köpfe starrten blicklos zum Himmel empor. Ein Mann ganz in seiner Nähe war halb unter seinen eigenen Eingeweiden begraben, die aus einer klaffenden Wunde in seinem Bauch quollen. Will spürte, wie ihm die Galle in die Kehle stieg. Er beugte sich vor, übergab sich würgend und wischte sich den Mund mit seinem zerrissenen Ärmel ab. Das Hämmern in seinem Kopf setzte erneut ein. Nach einer Sekunde begriff er, dass es von außen kam. Es hallte überall ringsum durch die Luft.

Auf den Hängen wateten englische Soldaten durch das Leichenmeer und töteten die noch lebenden Verwundeten; hackten mit ihren Äxten und Schwertern auf sie ein wie auf Feuerholz. Reiter verfolgten Überlebende, die sich in den Wald zu retten versuchten. Will erinnerte sich, wie er sein Pferd zu den auseinanderbrechenden Schiltrons hinuntergetrieben hatte, an den Angriff des Templers, an den Sturz von dem Pferd. Dann … Er drehte sich um und tastete nach seinem Krummschwert. Es lag direkt neben ihm. Er hielt es in die Höhe und starrte wie gelähmt auf die Klinge, die einen Fuß oberhalb des Heftes abgebrochen war. Als er es in der Hand drehte, fiel ihm wieder ein, dass jemand seinen Namen gerufen hatte, bevor der zweite Templer auf ihn eingedrungen war. Jetzt erkannte er die Stimme wieder, und das Blut gefror ihm in den Adern. David. Er schob das zerbrochene Schwert in die Scheide und schleppte sich vorwärts. Der Gestank sprang ihn an wie ein Tier, als er über die Leichenberge hinwegkroch. Hier und da bewegten sich die Körper noch unter ihm, wanden sich in Todesqualen. Manchmal traf seine Hand auf etwas Klebriges, und die Polsterung seiner Handschuhe verfärbte sich rot. Als ihn jemand am Handgelenk packte, schrak er zusammen.

Die glasigen Augen eines Soldaten hefteten sich auf ihn. »Bitte hilf mir, Kamerad. Ich spüre meine Beine nicht mehr.«

Wills Blick wanderte vom Gesicht des Mannes zu der Stelle, wo seine Beine hätten sein sollen. Sein Leib endete am Rumpf. »Tut mir leid«, sagte er heiser und zog seine Hand hastig zurück. Als er weiterkroch, erzitterte die Luft ringsum von Schreien und Wimmern. Die Reihen der Engländer kamen näher.

Von aufkeimender Panik erfüllt, begann er die Köpfe der Männer an den Haaren hochzureißen, um in die Gesichter blicken zu können. Einige bestanden nur noch aus einem blutigen Brei. Die Sonne brannte heiß auf seinen Nacken herab, Fliegenschwärme surrten über die Toten und Sterbenden hinweg. Will stutzte. Ein Stück vor sich sah er ein Pferd, dessen großer Kopf schlaff auf der Seite lag. Über seinem Rumpf hing ein stämmiger Mann mit blutverklebtem Haar. Es war Adam. Als Will näher kam, sah er, dass sein Schädel eingeschlagen war. Er kauerte sich auf die Fersen, weil ihn die letzte Kraft zu verlassen drohte. Jemand packte seine Tunika. Er fuhr herum und blickte in das blutige, aber unversehrte Gesicht seines Neffen.

Davids Zähne klapperten. »Ich habe versucht, ihn zu wecken.« Blicklos starrte er Adam an. »Er hat mir das Leben gerettet.«

»Wir müssen hier weg.« Will zog sich stöhnend auf die Füße.

»Ich will, dass der Ordensmeister gefunden wird. Wer hat ihn zuletzt gesehen?«

Als die gebieterische Stimme erscholl, entdeckte Will in der Ferne eine Gestalt auf einem Schlachtross. Obwohl der Mann eine Kettenhaube trug, die seine Haare und einen Teil seines Gesichts bedeckte, hätte Will diesen herrischen Tonfall überall erkannt. Edward! Der König befand sich in Begleitung mehrerer Männer, darunter auch ein Templer.

David packte ihn am Arm. »Will, komm!«

Der Templer hielt auf den Leichnam des Ritters zu, den Will getötet hatte. Sein weißer Mantel hob sich hell von den graubraunen Gewändern der Schotten ab.

Einen Moment lang war Will wie versteinert. Sein Blick wanderte zwischen dem toten Ritter und dem König hin und her.

»*Will!*«, beschwor David ihn eindringlich und zerrte dabei an seinem Arm.

Der Templer ging auf seinen gefallenen Mitbruder zu, ohne ihm Beachtung zu schenken, doch einer der anderen Männer hatte die beiden Schotten entdeckt, trieb sein Pferd auf sie zu und zog sein Schwert.

Endlich löste sich Will aus seiner Erstarrung und schob David vor sich her. »Lauf!«, rief er, als er Hufschlag hinter sich hörte.

»*Wartet!*«

Im selben Moment, als der Befehl erklang, stolperte Will über den Leichnam eines Speerkämpfers und fiel auf die Knie. Der ihn verfolgende Reiter wendete sein Pferd und galoppierte davon.

»Ich will sie lebendig! Ergreift sie, und bringt sie zu mir!«

Will hob den Kopf. Die anderen Männer stiegen von ihren

Pferden und kamen mit gezückten Schwertern auf ihn zu. Der Reiter hatte einen Bogen geschlagen, um David den Fluchtweg abzuschneiden. Er spürte, wie Hände ihn in die Höhe zogen und ihn zum König hinüberschleiften. Hinter ihm stieß David einen Schmerzensschrei aus.

Edward ragte auf seinem Schlachtross wie ein Turm über ihm auf. In seinen gealterten grauen Augen sah Will Überraschung aufblitzen.

»Mylord!«

Über die Unterbrechung erbost, drehte Edward sich im Sattel um.

Ein Soldat in einem scharlachroten Überwurf ritt auf ihn zu. »Wir haben den Templermeister gefunden. Wie es aussieht, ist er im Moor ertrunken.«

»Aha. Dann blast die Suche ab.« Edward musterte Will, dann nickte er den Männern zu, die David gepackt hielten. »Diese beiden sind meine Gefangenen.«

Das Dominikanerkloster, Stirling, Schottland
28. Juli A.D. 1298

Die Tür flog auf, und eine Holzschüssel wurde mit einem Tritt in den Raum befördert. Die Hälfte des Inhalts schwappte heraus. »Du kannst vom Boden fressen, Hund«, höhnte eine Stimme.

Nachdem die Tür zugefallen war, kroch Will zu der Schüssel hinüber. Ein paar Löffel Getreide schwammen in der Wassersuppe. Sorgfältig klaubte er die auf, die den Staub durchweichten, und warf sie in die Schüssel zurück. Sie fest umklammernd, zog er sich in den hinteren Teil der Kammer zurück, wo ein Fleckchen Sonnenlicht den grauen Stein wärmte. Die Körner schmeckten bitter, aber es war die erste Mahlzeit, die er seit Tagen erhielt, und jedes einzelne verlieh ihm neue Kraft. Nachdem er gegessen hatte, setzte er die Schüssel an die Lippen und trank gierig. Das

Wasser rann seine ausgedörrte Kehle hinunter; ein beseligendes Gefühl, das sich mit nichts vergleichen ließ. Als er den letzten Tropfen aufleckte, fuhr seine Zunge über eine tiefe Furche im Boden. Er untersuchte sie genauer und entdeckte einen Riss, der quer durch das Holz verlief. Nach kurzer Überlegung packte er die Schüssel fester und zwang die Seiten auseinander, bis sie zerbrach und er zwei scharf gezackte Hälften in den Händen hielt. Es war nicht viel, aber wenigstens etwas.

Nachdem er die Schüsselhälften in dem Eimer verborgen hatte, den sie ihm für seine Notdurft gegeben hatten, lehnte er sich gegen die Wand. Seine Hose war alles, was sie ihm gelassen hatten. Kettenhemd, Tunika, Stiefel und sein zerbrochenes Krummschwert – alles war ihm in Falkirk abgenommen worden. Sobald Edward davongeritten war, hatten zwei seiner Leibwächter erbarmungslos auf ihn eingedroschen, während ein dritter ihn festgehalten hatte, sodass er sich nicht mit Händen und Armen schützen konnte. Als sie ihn auf den Karren geworfen hatten, war er kaum noch bei Bewusstsein gewesen. Er wusste noch, dass er David und ein paar andere Männer in einem ähnlichen Zustand neben sich hatte liegen sehen, danach erinnerte er sich an kaum etwas, bis die englische Armee Stirling erreichte.

Will konnte den Rauch schon von weitem riechen; der beißende Gestank riss ihn aus seiner Betäubung. Er schlug die blutunterlaufenen Augen auf und blinzelte ins Licht, während der Karren über die unebene Straße rumpelte. Stirling war dem Erdboden gleichgemacht worden. Die Häuser, die sich am Felsen unterhalb der Burg entlanggezogen hatten, waren nur noch ausgebrannte Ruinen, von denen Rauchwolken wie schwarze Gespenster zum Himmel aufstiegen. Die Dorfmauern waren rußgeschwärzt. Während er dem ärgerlichen Gemurmel der Soldaten lauschte, keimte eine leise Hoffnung in Will auf. Wenn diese Verwüstung nicht das Werk der Engländer war, dann mussten die Schotten dafür verantwortlich sein. Seine Hoffnung wuchs, als er Wallace' typische Taktik erkannte, und er betete inbrünstig, dies möge ein Zeichen dafür sein, dass er vom Schlachtfeld entkommen war. Auf jeden Fall befand er sich nicht unter den Gefangenen im Karren, von denen zwei unterwegs gestorben und achtlos auf die Straße geworfen worden waren. David schlief oder war bewusstlos. Will wagte nicht, ihn zu berühren. Stattdessen blieb er reglos liegen, während die Vorhut in Stirling einmarschierte, und hing seinen trüben Gedanken nach.

Während der Rest der Armee auf den Ebenen rings um die zerstörte Stadt sein Lager aufschlug, besetzten Edward und seine Generäle das einzige unversehrt gebliebene Gebäude: ein Dominikanerkloster. Will wurde von dem Karren gezerrt und unsanft hineingeschleift. Das Gebäude war verlassen, obwohl es Anzeichen dafür gab, dass sich vor kurzem noch Menschen hier aufgehalten hatten: ein im Gang zurückgelassener Sack Korn, dessen Naht an einer Seite aufgeplatzt war; ein Helm, der in der leeren Halle lag, eine Münze in den Bodenritzen. Er wurde in eine Kammer im zweiten Stock gebracht, bei der es sich vermutlich um eine Mönchszelle handelte. Ein vergittertes Fenster ging auf einen Kreuzgang hinaus. Die Soldaten entfernten die einzigen Möbelstücke im Raum – eine hölzerne Pritsche, eine Truhe und einen Stuhl –, dann schlugen sie erneut auf ihn ein und ließen ihn schließlich mit glasigen Augen auf ein Kruzifix an der Wand starrend in einem See von Blut zurück.

Er glaubte, das war vor zwei Tagen gewesen, aber er war sich nicht sicher. Schmerz verzerrte das Zeitgefühl, machte es schwer, darauf zu achten, was um ihn herum vorging. Die Welt war zu einem Ort tief in ihm selbst zusammengeschmolzen. In düsteren Meeren, über die er in seinem Delirium hinwegglitt, lagen Inseln des Schmerzes, aber sie schienen weit entfernt und ganz nah zugleich zu sein. Sein Kopf pochte, und in seinen gebrochenen Fingern und Rippen hatte ein heftiges Stechen eingesetzt. Die Mahlzeit, so karg sie auch gewesen war, brachte eine unliebsame Klarheit mit sich; er nahm sowohl seine Schmerzen als auch seine Gedanken bewusster wahr. Seine erste Sorge galt

David. Am Abend zuvor hatte er sich an den Gitterstäben festgehalten und leise seinen Namen gerufen, weil er gehofft hatte, sein Neffe könne sich in einer der Nachbarzellen befinden, doch er hatte keine Antwort erhalten. Nachdem er so lange in engster Nähe mit Wallace und seinen Männern gelebt hatte, erschien ihm die Stille unerträglich. Ohne Ablenkung wurde er unablässig von quälenden Bildern geplagt.

Ohne ihn wäre sein Neffe jetzt nicht hier. Er war derjenige, der seine Familie nach Selkirk, zu den Rebellen gebracht hatte. Er war derjenige, der vom Orden desertiert war – ohne ein Wort zu Simon, seinem treuen Kameraden vieler Jahre, der sich aus Sorge und Freundschaft auf die Suche nach ihm gemacht und den er zum Dank wie Dreck behandelt hatte. Lag Simons Leichnam jetzt als Fraß für die Würmer auf dem Schlachtfeld von Falkirk? Und was war mit dem Templer, den er getötet hatte und dessen Gesicht für immer hinter dem Helm verborgen bleiben würde? Lag auch er noch dort, oder hatten seine Mitbrüder ihn begraben? Es hätte Thomas sein können, eines der letzten Mitglieder der Anima Templi. Er könnte einen der Brüder auf dem Gewissen haben. Die Gesichter seines Vaters und Everards zogen an ihm vorbei, in ihren Augen las er eine stumme Anklage. Er hatte sie verraten. Er hatte seine Gelübde gebrochen und seine Pflichten im Stich gelassen. Seine Mitbrüder. Seine Tochter.

Die Tür wurde aufgestoßen. Will blieb kaum Zeit aufzublicken, ehe zwei Männer ihn bei den Armen packten und hochrissen.

König Edward trat ein. Sein Kettenhemd und die Haube hatte er gegen ein rotes Seidengewand und einen goldenen Stirnreif getauscht. Die Soldaten zerrten Will in die Mitte der Kammer. Einer trat ihm von hinten mit aller Kraft gegen die Beine und zwang ihn so auf die Knie. Auf einen Wink des Königs hin traten sie zur Seite.

»Lasst mich allein!«

»Mylord, der Gefangene …«, begann einer der Männer.

»Kann kaum aus eigener Kraft stehen. Lasst mich allein.«

Die Soldaten verneigten sich und verließen den Raum. Edward blickte auf Will hinab, dann ging er zum Fenster und ließ ihn auf dem Boden kniend zurück.

Trotz seiner Schmerzen spannten sich Wills Muskeln an. Nach all diesen Jahren, während denen er einzig von dem Gedanken an Rache beherrscht worden war, befand er sich jetzt mit seinem Erzfeind allein in einem Raum. Sein Blick flog zu dem Eimer, in dem die gezackten Hälften der Schüssel unter einer Urinschicht verborgen lagen.

»Habt Ihr heute schon einmal aus dem Fenster geschaut?« Als Will keine Antwort gab, drehte Edward sich zu ihm um. »Das solltet Ihr tun. Dort draußen ist eine äußerst kunstvolle Konstruktion aufgebaut.«

Will erinnerte sich an das Hämmern, das er an diesem Morgen gehört hatte. Um seine Kräfte zu schonen, war er nicht aufgestanden.

»Wisst Ihr, worum es sich dabei handeln könnte?«

Würgende Übelkeit stieg in ihm auf, doch es gelang ihm, keinerlei Gefühlsregung zu zeigen. »Um einen Galgen, nehme ich an.« Seine Stimme, die er seit Tagen nicht mehr gebraucht hatte, glich einem heiseren Flüstern.

Edward kam einen Schritt näher. »Habt Ihr schon einmal einen Mann hängen sehen, Campbell? Es ist kein erfreulicher Anblick. Das Gesicht läuft erst rot, dann violett an und verzerrt sich grässlich. Die Zunge ragt aus dem Mund und schwillt an. Die Augen quellen hervor, bis man meint, sie würden sich aus den Höhlen lösen. Der Hals verlängert sich … ungefähr um ein solches Stück.« Edward zeigte die betreffende Länge mit den Händen an. »Es kann bis zu einer halben Stunde dauern. In dieser Zeit entleert sich erst die Blase, dann der Darm. Die letzte Demütigung für einen Mann besteht darin, dass sein Glied steif wird und es zur Ejakulation kommt. Und während der ganzen Zeit werdet Ihr von einer lüsternen Menschenmenge begafft.« Er musterte Wills Miene. »Ich kann Euch dieses Schicksal ersparen.«

Will blickte zu ihm auf, dann grunzte er abfällig. »Ihr wollt mir doch nicht weismachen, dass Ihr mich am Leben lassen wollt?«

»Nein, aber ich kann Euch einen ehrenvolleren Tod anbieten – eine schnelle Hinrichtung durch ein Schwert statt der Folter des Galgens. Ich werde dies veranlassen, wenn Ihr mir sagt, warum Ihr hier in Schottland seid.«

Will blickte zu Boden, um sich seine Überraschung nicht anmerken zu lassen. Er hatte angenommen, wenn jemand zu den Leuten gehörte, die von seiner Desertion wussten, dann müsse es Edward sein. Der einzige Grund, weshalb dies nicht der Fall war, konnte nur lauten, dass er seit dem Treffen in London keinen Kontakt mit Hugues mehr gehabt hatte. Was Will für durchaus möglich hielt. Edward war in der letzten Zeit sowohl in Flandern als auch in Schottland beschäftigt gewesen. Die Frage war, ob er diesen Umstand irgendwie zu seinem Vorteil nutzen konnte. Er versuchte, seinen benebelten Verstand zu zwingen, klar zu denken, doch Edward fuhr bereits fort mit seinen Fragen.

»Warum seid Ihr hier? Antwortet mir! Hat der Orden Euch geschickt, um Verbindung mit Wallace aufzunehmen? Arbeiten die Templer gegen mich?«

Der Nebel löste sich auf. Edward wusste nicht, dass er den Orden verlassen hatte, aber wichtiger noch – er zweifelte an der Loyalität der Templer. Will fragte sich, was wohl zu diesen Zweifeln geführt hatte. War Hugues doch noch zur Vernunft gekommen und hatte das Bündnis aufgekündigt? Oder war es irgendetwas anderes? Er dachte an die gleichgültige Reaktion des Königs, als er vom Tod Brian le Jays erfahren hatte. Vielleicht waren nicht alle Templermeister damit einverstanden gewesen, dass der Orden Edward und seinen Krieg unterstützte. »Ich werde Euch alles sagen, was Ihr wissen wollt«, sagte er langsam, »wenn Ihr den Mann freilasst, der bei mir war.«

»Wer ist das? Auch ein Ritter?« Edward schnaubte verächtlich. »Ihn freilassen, damit er seinem Herrn Bericht erstatten kann?

Ich bin kein Narr, Campbell. Ihr werdet beide hier sterben. Ich gestehe euch nur zu, eure Todesart selbst zu wählen.«

»Dann werdet Ihr nie erfahren, warum ich hier bin.« Will hob den Kopf. Das Wissen, dass David nicht tot war, gab ihm Kraft. »Ich weiß alles über Honfleur, Edward.« Die Augen des Königs verengten sich zu schmalen Schlitzen – ob wegen der unerwarteten Enthüllung oder der beleidigenden Verwendung seines Vornamens, konnte Will nicht sagen. »Ich weiß, dass Ihr versucht habt, die Kronjuwelen zu stehlen, die Euer Vater uns als Pfand überlassen hat. Ich weiß, dass Ihr Garin gezwungen habt, das Gralsbuch zu stehlen. Ich weiß, dass Ihr Everard benutzt habt, genau wie Hugues. Ich weiß alles über Euren Verrat.«

Edward fuhr auf ihn los. »Nichts davon zählt mehr. Dank Eures Visitators hat mir Jacques de Molay gegeben, was ich wollte und wann ich es wollte.« Seine Stimme triefte vor Gift. »Meine Männer schätzen, dass zehntausend Soldaten auf den Hügeln von Falkirk gefallen sind. Was auch immer Ihr Hugues de Pairaud gesagt habt, was auch immer er weiß, ist nicht mehr von Belang. Ich brauche den Orden nicht, ich kann die Schotten aus eigener Kraft vernichten – was ich ja bewiesen habe. Die Barone werden mich jetzt voll unterstützen.«

»Und wenn Euer Krieg hier vorüber ist? Glaubt Ihr wirklich, der Orden wird tatenlos hinnehmen, dass Ihr ihn zum Narren gehalten habt? Bildet Ihr Euch wirklich ein, Eure Handlungsweise hätte keine Folgen für Euch? Denkt an Euren Verrat der Anima Templi!«

Edward lachte bellend auf. »Folgen? Der Orden ist am Ende. Dieser Narr de Pairaud ist ja praktisch vor mir auf die Knie gefallen und hat mich angefleht, ihm zu helfen, ihn wieder aufzubauen. Die Zeit der Ritter ist vorbei. Jetzt ist die Zeit von Königen angebrochen.« Seine Augen loderten. »Und von Königreichen!«

»Selbst der entschlossenste König kann das Opfer eines ebenso entschlossenen Mannes werden. Ihr seid immer noch ein Mensch aus Fleisch und Blut, und Ihr tätet gut daran, das nicht zu vergessen.«

Edward erstarrte. »Ist es das?«, murmelte er. »Seid Ihr deshalb hier?«

In diesem Moment nahm Will all seine Kraft zusammen und stürzte zu dem Eimer.

Noch als er die Hand hineinstieß, brüllte Edward bereits nach seinen Leibwächtern. Als Will sich auf den König warf, flog die Tür auf, und die beiden Soldaten stürmten in den Raum. Wills Hand mit der zerbrochenen Schüsselhälfte schoss vor. Der König taumelte zurück, die gezackte Kante verfehlte seinen Hals nur um Haaresbreite. Im nächsten Augenblick stießen die Soldaten Will auch schon gegen die Wand.

Er schrie auf, als sich seine gebrochenen Rippen aneinanderrieben. Die zerbrochene Schüssel entglitt seinen Fingern. Doch im nächsten Moment verflog der Schmerz und machte anderen, unsäglichen Qualen Platz, als die Soldaten ihn mit den Fäusten zu bearbeiten begannen.

»*Hört auf!*«

Aus tränenden Augen sah Will Edward auf sich zukommen.

»Ich will ihn lebendig«, keuchte der König atemlos. »Ehe er stirbt, soll er alle nur erdenklichen Qualen erleiden. Nicht nur den Galgen.« Seine grauen Augen weiteten sich. »Das ginge zu schnell.« Er kam näher. »Ehe Ihr am Galgen sterbt, werde ich Euch abschneiden lassen. Eure Handgelenke werden gefesselt und an Pferden festgebunden, die Euch auseinanderziehen, bis Eure Arme aus den Gelenken gerissen werden. Aber sterben werdet Ihr immer noch nicht.« Er schob sein Gesicht ganz nah an das von Will heran, dessen Kopf von einem der Soldaten am Haar hochgehalten wurde. »Dann werdet Ihr auf einen Tisch gelegt, sodass Euch alle meine Männer sehen können. Ein wahres Schauspiel. Danach werdet Ihr vom Kopf bis zu den Leisten aufgeschlitzt. Eure Eingeweide werden herausgerissen und vor Euren Augen verbrannt. Dann, und erst dann, wird die Axt Eure

Qualen in diesem Leben beenden. In Eurem nächsten beginnen sie gerade erst.«

Will sah, dass ein paar schlammfarbene Tropfen Edwards Wangen benetzten. Dumpf wurde ihm klar, dass er bei seiner Attacke den König mit seiner Pisse bespritzt hatte. Seine aufgeplatzten Lippen krümmten sich zu einem blutigen, bösartigen Lächeln.

Als er wenig später das Bewusstsein wiedererlangte, war es dunkel, das Viereck des Himmels hinter seinem Fenster mit Sternen übersät. Will blieb still liegen. Er spürte, wie das Gefühl langsam in seine Glieder zurückkehrte. Die Soldaten hatten den Eimer und die Überreste der Schüssel mitgenommen, in seiner Zelle gab es jetzt nur noch vier kahle Wände und das Kruzifix. Die Kühnheit, mit der er Edward entgegengetreten war, war längst verflogen. Jetzt empfand er nur noch tiefe Verzweiflung. Er hatte sich und David zu einem unvorstellbar grausamen Tod verurteilt. Er würde sterben, wahrscheinlich schon morgen, mit hundert Sünden auf seiner Seele und keiner Gelegenheit mehr, Buße zu tun und Vergebung zu erlangen. Die Gelübde, die er Gott gegenüber abgelegt hatte, hatte er gebrochen, und Edwards letzte Worte hallten wie das göttliche Strafgericht in seinen Ohren wider. Seine einzige, wenn auch schwache Hoffnung bestand darin, dass Edward in seinem Verlangen, ihn leiden zu sehen, Davids Hinrichtung weniger Aufmerksamkeit schenken würde.

Will kroch zur Wand hinüber. Er grub seine blutigen Fingerspitzen in den Stein, zog sich daran hoch, packte das Kruzifix, nahm es von seinem Nagel und sank damit zu Boden. »O Herr, hab Erbarmen mit mir, denn ich…« Doch obwohl sich seine Lippen weiter bewegten, kamen keine Worte mehr aus seinem Mund. Er war noch nicht bereit, sie auszusprechen. Es gab zuvor so viel anderes zu sagen, so viel zu bereuen.

Er starrte zur Tür. Sie würden ihm vor seinem Ende noch einmal etwas zu essen geben. Edward wollte sicher, dass er während der Folter bei vollem Bewusstsein und nicht halb ohnmächtig vor Hunger war. Sein eigener Verstand machte sich über ihn lustig; fragte ihn höhnisch, wie er bewaffnete Wächter überwältigen wollte, wenn er kaum gehen konnte, aber er verdrängte diese Frage. Nachdem er beschlossen hatte, Edward nicht die Genugtuung seines langsamen Todes zu gönnen, kroch er zur Tür hinüber und sackte dort zusammen. Er würde sich den Weg in die Freiheit erkämpfen oder bei dem Versuch sterben. Aber seine Augen fielen immer wieder zu, sein Kopf sank auf die Brust und fuhr wieder hoch, während er gegen die Erschöpfung ankämpfte. Trotz aller Bemühungen, wach zu bleiben, war er innerhalb kurzer Zeit fest eingeschlafen.

Will erwachte mit einem Ruck. Seine schlafverquollenen Augen wanderten zur Tür und flogen dann ganz auf, als er mehrere dumpfe Schläge hörte. Dann erklang ein lauterer Schlag, der diesmal direkt gegen das Holz gerichtet war. Will zog sich an der Wand hoch und umfasste das Kruzifix fester. Die Tür wurde geöffnet, ein Kopf schob sich hindurch. Will ließ das hölzerne Kreuz so fest darauf niedersausen, wie es ihm möglich war. Die Gestalt stürzte mit einem Aufschrei zu Boden und hob einen Arm, um weitere Hiebe abzuwehren, als Will über sie hinweg auf den Gang zukroch. Doch im nächsten Moment schloss sich eine große Hand um seinen Hals und schnürte ihm die Luft ab. Als er in den Raum zurückgestoßen wurde, sah er den Teil eines Kiefers und ein von einer Kapuze bedecktes Gesicht, dann holte er erneut mit dem Kruzifix aus. Die Gestalt packte sein Handgelenk und drückte zu. Wills Finger wurden taub, er ließ das Kreuz fallen. Zugleich hörte er, wie der Mann seinen Namen zischte. Die Kapuze verrutschte, und im Dämmerlicht kam das Gesicht von William Wallace zum Vorschein. Der Mann an der Tür, der sich gerade vom Boden erhob und sich den Kopf hielt, war Gray. Im Gang konnte er die Umrisse weiterer Männer ausmachen. Hier und da blitzte Stahl auf.

»Wie …«, begann Will verwirrt.

Wallace schüttelte den Kopf. »Später. Ist Adam hier?«

»Adam?«

»Sie wissen, dass er mein Vetter ist«, erwiderte Wallace ungeduldig. »Sie müssen ihn zusammen mit den anderen Gefangenen hierhergebracht haben. Gray sagt, er hat ihn mit Euch auf dem Schlachtfeld gesehen.«

Will zögerte. »Adam ist tot«, stieß er nach einer kurzen Pause hervor.

Wallace starrte ihn an.

Von der Tür her erklang Grays Stimme. »Lasst uns von hier verschwinden.«

Wallace schlang einen Arm um Wills Taille und führte ihn in den Gang hinaus.

Will erkannte Stephen aus Irland unter seinen Rettern. Er sah auch eine Reihe von Gefangenen, die mit ihm auf dem Karren gewesen waren. Sie waren in besserer Verfassung als er und mit Waffen ausgerüstet worden. Die Leichen der englischen Soldaten, die die Zellen bewacht hatten, lagen auf dem Boden verstreut.

»Wartet«, keuchte Will. »Sie haben David. Ich muss…« Er brach ab, als zwei weitere Gestalten aus einer Tür auf der anderen Seite des Ganges traten. Eine war David, mit Wunden und Prellungen übersät, aber im Stande, aus eigener Kraft zu gehen. Die andere war Simon. Der Pferdeknecht wechselte einen Blick mit ihm, als er seinen Umhang um Davids Schultern legte. Ehe Will etwas sagen konnte, wurde er den Gang hinuntergeschoben. Er bemerkte, dass ein Mann in einer Mönchskutte die Gruppe anführte.

Gray übernahm die Führung, als sie eine Wendeltreppe hinunterstiegen und über die toten Soldaten an ihrem Fuß hinwegtraten. Sie drängten sich durch die Tür, die zum Kreuzgang führte, und rannten über den vom Sternenlicht beschienenen Rasen, vorbei an dem Galgen in seiner Mitte, dessen Schlinge sich dunkel vom Himmel abhob. Hinter ihnen ertönte ein Schrei, als plötzlich drei königliche Leibwächter auftauchten. Zwei nahmen die Verfolgung auf, der dritte rannte durch die Tür zurück und gab lauthals Alarm. Wallace ließ Will los, der stolperte und fast gestürzt wäre, wenn Simon ihn nicht aufgefangen hätte. Wallace zog sein mächtiges Breitschwert und drang auf die Soldaten ein. Stahl klirrte, dann erschollen weitere Rufe, und mehr Soldaten kamen auf sie zu.

»Rasch!« Gray führte sie durch einen Bogengang, dann ein paar Stufen hinunter.

Schaler Essensgeruch stieg Will in die Nase. Er vermutete, dass sie in die Küche des Klosters hinunterstiegen. Mit zusammengebissenen Zähnen packte er Simons Arm. Wallace jagte hinter ihnen her. Sein Schwert triefte vor Blut. Er riss eine Fackel aus einem Halter an der Wand, als eine Glocke zu läuten begann.

Die Gruppe eilte durch die Küche. Stephen nahm sich kurz Zeit, um einen schweren Getreidesack vor die Tür zu schieben. Der Mönch führte sie in einen Lagerraum. In den Boden war eine Falltür eingelassen, die Gray anhob. Als Wallace mit der Fackel in der Hand hineinstieg, sah Will ein schwarzes Loch, aufgestapelte Fässer und einen Boden aus festgestampfter Erde. Die Männer sprangen in das Loch, Arme hoben ihn an. Er rang nach Atem, als die Schmerzen ihn überwältigten, dann spürte er, wie es schwarz um ihn wurde.

In der Nähe von Perth, Schottland
5. August A.D. 1298

»Können wir reden?«

Wallace blickte sich um, dann fuhr er fort, mit einem Stock im Feuer herumzustochern. Ein Holzscheit zerfiel zu Asche. »Ich hätte gedacht, dass Ihr eine ganze Weile keinen Fuß mehr vor den anderen setzen würdet.«

»Es sieht alles schlimmer aus, als es ist.« Will setzte sich auf einen der Holzklötze rings um das Feuer. Dabei verzog er das Gesicht, woraufhin Wallace vielsagend eine Braue hob. Zwischen den Bäumen erklang das Gemurmel von Männerstimmen, aber es war früh am Morgen, und die meisten schliefen noch neben den Feuern zusammengerollt auf dem Boden. »Konnten alle entkommen?«

»Erinnert Ihr Euch nicht mehr?«

»Nur bruchstückhaft. Ich hörte, dass die Dominikaner uns geholfen haben.«

Wallace nickte. »Nachdem bekannt geworden war, dass die Gefangenen in das Kloster gebracht worden waren, kamen die Mönche zu uns, um uns von dem Tunnel zu erzählen. Der Felsen unter der Burg von Stirling ist damit durchsetzt. Die meisten sind natürlichen Ursprungs, aber einige müssen als Fluchtwege in den Stein gehauen worden sein. Einer führt zu ihrem Kloster.«

»Es war mutig von ihnen, sich selbst in Gefahr zu bringen.«

Wallace zuckte die Achseln. »Sie standen in unserer Schuld. Das Kloster ist das einzige Gebäude, das wir verschont haben, als wir die Stadt niederbrannten. Zum Glück für Euch. Wäre es nicht mehr da gewesen, hätte man Euch auf ein Feld gebracht und von der gesamten englischen Armee bewachen lassen, und dann wären wir nie an Euch herangekommen.«

»Es tut mir leid, dass Adam nicht überlebt hat.«

Wallace schüttelte den Kopf, sagte aber nichts.

»Ich möchte Euch danken. Euch allen. Nicht nur für meine Rettung – für David.«

»Ich dachte, mein Vetter wäre dort.« Wallace' Kiefermuskeln spannten sich an. Er warf den Stock ins Feuer, wo die Flammen gierig an ihm zu lecken begannen. »Aber Ihr habt mir einmal das Leben gerettet, Campbell, also braucht Ihr mir nicht zu danken.«

»Simon erzählte mir, Ihr hättet Perth dem Erdboden gleichgemacht.«

»Höchstwahrscheinlich werden die Engländer von Stirling aus dorthin weiterziehen. Das Einzige, was wir jetzt tun können, ist, das Land vor ihnen zu verwüsten. Unsere Kundschafter haben die Bewegungen ihrer Truppen verfolgt. So haben wir auch erfahren, dass sie bei Falkirk Gefangene gemacht haben. Wir wissen, dass den Engländern die Vorräte ausgehen, die die Schiffe ihnen gebracht haben. Wenn wir ihnen den Zugang zu Nahrungsmitteln und Dächern über dem Kopf verwehren, werden sie früher oder später kehrtmachen müssen.« Wallace starrte in das Feuer. »Von Edwards Sieg können seine Truppen nicht leben.«

»Er denkt, er hat gewonnen.«

Wallace blickte auf. »Das hat er noch lange nicht. Er mag ja meine Infanterie vernichtet haben, aber mir ist immer noch der größte Teil meiner Kavallerie geblieben.«

»Und die Earls?«

»Sie haben sich trotz ihres feigen Verhaltens bei Falkirk nicht wieder auf die Seite der Engländer geschlagen. Und was noch mehr zählt – in Perth sind mir Gerüchte zu Ohren gekommen, dass Earl Robert Bruce Carlisle angreift.« Wallace stützte seine muskulösen Arme auf die Knie. Der Haltering seines Schildes hatte blaue Flecken auf seinen Händen hinterlassen. Er hob die Schultern. »Vielleicht führen überall in ganz Schottland noch andere ihre eigenen Kämpfe.«

Will schwieg. Seit gestern hatte er unablässig über diese Dinge nachgedacht, aber er wusste noch immer nicht, wie er dieses Thema Wallace gegenüber zur Sprache bringen sollte. »Ihr wisst, dass Ihr auf diese Weise nicht siegen könnt«, sagte er, nachdem er zu dem Schluss gekommen war, dass er mit absoluter Offenheit am besten fahren würde.

»Wir haben in Stirling gesiegt.«

»Diesen Fehler werden sie nicht noch einmal machen. Sie werden uns in offene Schlachten verwickeln, und dann werden wir unterliegen. So kann man Edward nicht besiegen. Auf dem Schlachtfeld wird er stets der Überlegene sein.«

»Was wollt Ihr damit sagen? Dass ich aufgeben soll?«

»Ich will damit sagen, dass Ihr auf eine andere Art gegen ihn kämpfen solltet. Dieses Bündnis mit Frankreich«, fuhr Will fort, ehe Wallace zu Wort kam. »Der Vertrag, der unterzeichnet wurde, als König John noch an der Macht war… Ist er noch gültig?«

Wallace nickte. »Als ich zum Hüter des Reiches ernannt wurde, schrieb ich König Philipp, dass ich die frühere Freundschaft und die Handelsbeziehungen zwischen unseren beiden Königreichen gern aufrechterhalten möchte.«

»Dann nutzt sie jetzt. Geht zu Philipp und zum Papst. Bittet um die Hilfe der Männer, von denen Edward sich bedroht fühlt. Männer, die Druck auf ihn ausüben können, diesen Krieg zu beenden. Dort liegt seine Schwachstelle.« Will fuhr sich mit der Hand durchs Haar. »Das ist mir klargeworden, als ich in dieser Zelle mit ihm allein war. Ich kenne Edward seit vielen Jahren und weiß, wozu er fähig ist. Aber er hat nie Furcht gezeigt, bis er meinte, der Templerorden würde gegen ihn arbeiten.«

Wallace' Brauen schossen in die Höhe. »Tut er das denn?«

»Ich denke nicht, da Brian le Jay und seine Ritter bei Falkirk dabei waren, aber es sah nicht so aus, als hätte Edward mit dem englischen Ordensmeister auf gutem Fuß gestanden. Ich glaube, er wusste nicht, dass ich den Orden verlassen habe. Er dachte, ich wäre als Ritter dort gewesen, und das hat ihm Unbehagen eingeflößt.« Will blickte auf seine Hände hinab. »Aber wie auch immer seine Beziehungen zu dem Orden aussehen mögen – eines ist klar: Er fürchtet jegliche Bedrohung seiner Macht. Wir wissen, dass dem Adel sein Krieg in der Gascogne missfallen hat, und dass er Philipp in Flandern unterlegen ist, bedeutet, dass er große Anstrengungen aufbieten muss, um die Unterstützung der Barone zurückzugewinnen. Der Sieg hier wird sein Ansehen eine Weile heben, aber wenn Philipp und der Papst Druck auf ihn ausüben, wird der Adel bald reagieren. Die Androhung einer Exkommunikation verfehlt ihre Wirkung nur selten.« Will spreizte die Hände. »Ausgestoßen zu sein, allein und verletzlich, alle Verträge null und nichtig, alle Handelsabkommen ungültig – das könnte eine ganze Nation in die Knie zwingen.«

Wallace schwieg. Seine blauen Augen ruhten nachdenklich auf Will.

Hinter ihnen ertönte ein Husten. Gray kam zu ihnen herüber, spie ins Feuer, dann nickte er Will zu. »Ihr lebt also noch.« Er griff nach einem Wasserschlauch und setzte sich. »Stephens Bruder ist in der Nacht gestorben«, fügte er an Wallace gewandt hinzu. »Wie viele Söhne Schottlands wird Gott uns noch nehmen?«

Wallace gab keine Antwort. Die drei Männer verfielen in Schweigen, das nur ab und an von Grays Husten unterbrochen wurde.

Da er einsah, dass Wallace in Grays Gegenwart nicht weitersprechen würde, erhob sich Will unsicher. »Tut mir leid«, sagte er. Dabei tippte er sich gegen die Stirn, auf die Stelle, wo auf der von Gray noch immer ein violettes Mal vom Schlag mit dem Kruzifix prangte.

»Das beweist nur, dass du es wert warst, gerettet zu werden ... Bruder.«

Als er sich entfernte, fragte sich Will, ob das letzte Wort eine Anspielung auf Christian gewesen sein sollte.

»Ich werde über das nachdenken, was Ihr mir gesagt habt«, rief Wallace ihm nach.

Will ging langsam weiter. Er musste immer wieder stehen bleiben, um Atem zu schöpfen; er hatte sich in seinem ganzen Leben noch nie so schwach gefühlt. Einige Männer, an denen er vorbeikam, grüßten ihn, aber die meisten verharrten in verbissenem Schweigen. Zu schwer lasteten die Niederlage und das Ausmaß des Gemetzels von Falkirk auf ihnen. Jeder hatte einen Kameraden oder einen Angehörigen verloren.

Als er auf eine Lichtung am Rand des Lagers zusteuerte, kam Simon mit einem Sack in der Hand auf ihn zu.

»Ich bin aufgewacht, und du warst verschwunden.« Der Pferdeknecht wirkte erleichtert. »Einen Moment lang dachte ich ...«

»Was hast du denn da?«

Simon hielt ihm den Sack hin. »Ich wollte es dir geben, sobald du dich erholt hast, aber da du ja schon wieder auf den Beinen bist…«

Will nahm den Sack stirnrunzelnd entgegen. Als er ihn öffnete, fand er darin einen zusammengerollten Gürtel, an dem eine lederne Scheide hing. Sein Herz machte einen Satz. Er packte das Heft des Krummschwerts, zog es heraus und ließ den Sack fallen. »Wo hast du es gefunden?«, murmelte er, während er die zerbrochene Klinge betrachtete.

»Eine der Zellen des Klosters, in die wir hineingeschaut haben, war bis auf einen Haufen Kleider und Waffen in einer Ecke leer. Ich habe die Scheide sofort erkannt und an mich genommen, aber ich weiß nicht, ob sich die Klinge reparieren lässt.«

»Ich auch nicht.« Will sah Simon an. »Danke.« Er schüttelte den Kopf. »Ich war ein Narr, Simon, ein absoluter Narr. Aber ich werde meine Fehler wiedergutmachen. Ich gehe nach Paris zurück. Ich habe mit Wallace über eine Idee gesprochen, die mir gekommen ist. Vielleicht begleitet er mich, vielleicht auch nicht, aber ich gehe auf jeden Fall zurück, und zwar so bald wie möglich. Es gibt einiges, was ich dort tun kann und tun muss.«

»Rose?«

»Sie zu verlassen war mein größter Fehler – das und die Art, wie ich dich behandelt habe.«

Simon hakte die Daumen in seinen Gürtel und senkte den Blick, konnte aber nicht verbergen, dass seine Augen aufleuchteten. »Soll ich mitkommen?«

»Ja.«

»Und was ist mit David? Und Ysenda?«

»Sie bleiben hier. Es ist gut möglich, dass meine andere Schwester Ede noch am Leben ist. Wenn sie sie finden, werden sie bei ihr unterkommen können.«

»Darüber wird David nicht gerade glücklich sein, das ist dir ja wohl klar.«

»Ich werde noch heute mit ihm sprechen, aber vorher muss ich noch etwas anderes erledigen.« Will reichte Simon das Schwert. »Bewahre es vorerst für mich auf, ja?«

Er ließ Simon mit der zerbrochenen Klinge in der Hand zurück und ging auf die Lichtung zu, auf der sich am Abend zuvor eine Gruppe von Männern versammelt und das Vaterunser gebetet hatte. Es war fast Zeit für den Morgengottesdienst. Und wie vermutet fand er dort John Blair vor, der sich die Hände in dem durch den Wald am Rand der Lichtung plätschernden Fluss wusch.

Der Priester drehte sich um, als er näher kam. Er musterte Will überrascht, nickte aber freundlich. »Ich wünsche Euch einen guten Tag«, sagte er, dann trat er zu einer in Leder gebundenen Bibel, die neben einem Weihrauchfass lag.

»Würdet Ihr mir die Beichte abnehmen, Vater?«

John musterte ihn forschend. »Selbstverständlich, mein Sohn.«

Will kniete vor dem Priester auf dem Gras nieder. John hörte schweigend zu, als er zu sprechen begann, zuerst langsam und stockend, dann immer schneller und lauter. Manchmal blieben ihm die Worte fast im Hals stecken, als er dem Priester von seiner Liebe zu Elwen und dem Bruch seiner Rittergelübde, ihrer heimlichen Heirat und der Geburt ihrer Tochter erzählte. Er sprach von dem Betrug, den sie mit Garin begangen hatte, und seinem vergeblichen Versuch, sie aus dem brennenden Haus in Akkon zu retten. Zuletzt sprudelten die Worte förmlich aus ihm heraus, als er den Mord an Garin, seinem früheren Weggefährten und Freund, und die Tötung des Templers bei Falkirk gestand. Und dann schienen sich seine Sünden, die alten wie die neuen, wie Rauch in dem goldenen Licht aufzulösen, in das sie gebadet waren, als John seine Hand auf Wills gesenkten Kopf legte und ihm die Absolution erteilte.

17

Die Docks von Paris
17. September A.D. 1299

Es war ein heller, windiger Nachmittag. Die Vögel, die die Türme von Notre Dame umkreisten, kämpften gegen die Böen an, die kleine Wellen über das Wasser der Seine trieben. Die Bäume am Ufer begannen sich bereits herbstlich zu verfärben. In wenigen Monaten würde das Jahr zu Ende gehen und ein neues Jahrhundert beginnen.

Will wandte sich an Simon. »Hier trennen sich unsere Wege.« Er lächelte. »Vorerst jedenfalls.«

Simon starrte zum Ordenshaus hinüber. »Es ist merkwürdig, nach allem, was geschehen ist, dorthin zurückzukehren.«

»Such Robert. Er weiß, weswegen du in Schottland warst, also kannst du ihm sagen, was du willst. Wenn dich ein anderer fragt, gibst du an, nach Balantrodoch versetzt worden und dann in den Krieg geraten zu sein.«

Simon blies die Wangen auf. »Das kommt der Wahrheit sogar ziemlich nah.«

»Darauf kommt es gar nicht an. Niemand wird es überprüfen. Im Ordenshaus von Britannien dürfte nach Brian le Jays Tod ein ziemliches Durcheinander geherrscht haben. Unterlagen können verlegt, Fehler gemacht worden sein.« Will packte Simon bei der Schulter. »Mach dir keine Sorgen.«

»Was ist mit dir? Wirst du Robert ebenfalls aufsuchen?«

Will blickte sich um, als Wallace ihm einen Gruß zurief. Der Rest der Gruppe hatte sein Gepäck von Bord geholt und wartete nun auf dem Dock. »Alles zu seiner Zeit.«

Während der Pferdeknecht allein das schlammige Ufer hochstapfte, lud Will sich seinen Reisesack auf die Schulter und gesellte sich zu Wallace.

Nachdem sie von den Wächtern am Grand Châtelet befragt worden waren, überquerten die Männer den Grand Pont und gelangten auf die Ile de la Cité. Ein paar Leute starrten ihnen hinterher. Wallace' Größe erregte stets Aufmerksamkeit, und obwohl seine wollene Tunika und sein Umhang gut geschnitten und seine Stiefel blank poliert waren, umgab ihn noch immer die Aura eines Geächteten. Sein langes Haar war im Nacken zusammengebunden, was den Blick noch stärker auf sein narbiges Gesicht lenkte. Als er über die Brücke schritt, vorbei an Blumenverkäufern und miteinander schwatzenden Ladenbesitzern, dachte Will darüber nach, wie sehr es auffiel, dass Gray nicht an seiner Seite war. Der General war in Schottland zurückgeblieben, um während Wallace' Abwesenheit den Befehl über die Armee zu übernehmen, und ohne ihn wirkte Wallace plötzlich seltsam allein, was ihn aber nicht unbedeutender erscheinen ließ, sondern im Gegenteil die Macht, die er ausstrahlte, noch zu verstärken schien. Hoch erhobenen Hauptes marschierte er auf den Königspalast zu.

Will führte seine Begleiter zum Haupttor. Die Posten, die dort Wache standen, musterten die ungewöhnliche Gruppe argwöhnisch, akzeptierten aber das Pergament mit dem Siegel des Königs, das Wallace ihnen reichte. Während die Wächter es überflogen, starrte Will zu den schmalen Fenstern der Türme empor, die das Tor flankierten, und rieb sich über das Kinn. Er hatte sich an diesem Morgen auf dem Schiff noch rasch den Bart abgeschabt. Zwar bezweifelte er, einen Templer im Königspalast anzutreffen, trotzdem fühlte er sich unangenehm nackt und verletzlich und zog sich seine Kapuze tiefer ins Gesicht, als die Wachposten sie in die Salles des Gardes winkten. Er war nicht sicher, dass man ihm seine Desertion vergeben würde, wie Simon behauptete. Doch trotz seiner Beklommenheit empfand er es als Erleichterung, endlich durch diese Türen zu treten.

Nachdem er sich im Jahr zuvor entschlossen hatte, nach Paris zurückzukehren, hatte Will ungeduldig auf die Abreise gedrängt, doch Wallace hatte erst in Ruhe seine Angelegenheiten ordnen wollen. Als Erstes hatte er sein Amt als Hüter des Reiches aufgegeben. Der schwere Umhang und die kostbaren Gewänder eines Politikers hatten ihm ohnehin nie zugesagt. Er fühlte sich in der Wildnis wohler, wo er nach seinen eigenen Regeln leben konnte. Später hatte er erfahren, dass Robert Bruce und ein Mann namens John Comyn sich nun diesen Posten teilten. Mit dieser Entscheidung war er durchaus zufrieden gewesen.

Während sich all dies ereignete, führte Edward seine Armee weiter durch Schottland, besetzte Burgen und fiel in Städten ein. Es kam zu einigen unbedeutenderen Gefechten, aber nicht mehr zu entscheidenden Schlachten, und gegen Ende des Sommers begannen seine Männer zu murren, sodass er sich schließlich gezwungen sah, sich über die Grenze zurückzuziehen. Er hatte in Falkirk einen blutigen Sieg errungen, aber einen hohen Preis dafür gezahlt. Die Schotten hörten mit grimmiger Befriedigung von ihren Kundschaftern, dass den Engländern auf dem Rückmarsch nichts anderes übrig geblieben war, als ihre toten Pferde zu verzehren, um nicht zu verhungern. Der Krieg ruhte vorübergehend, beendet war er nicht.

Als der Herbst hereinbrach, schrieb Wallace an Papst Bonifaz und König Philipp und bat um eine Audienz. Im darauffolgenden Frühjahr erhielt er ihre Antwort. Beide luden ihn ein, um mit ihm über die Zukunft seines Landes zu sprechen, denn John Balliol befand sich noch immer in Edwards Gewahrsam, und Schottland war ohne König. Wallace traf im Sommer seine letzten Vorbereitungen. Inzwischen waren beunruhigende Gerüchte über einen Waffenstillstand zwischen Edward und König Philipp aufgekommen.

Es waren seltsame Tage für Will, der zwischen Vorfreude und Traurigkeit hin und her gerissen wurde, obwohl der Trennungsschmerz, den er bei dem Gedanken empfand, seine Familie zu verlassen, durch eine Nachricht von seiner älteren Schwester gemildert wurde. Ein Brief, den Ysenda mit einem von Wallace' Kundschaftern nach Elgin geschickt hatte, war in die Hände eines alten Nachbarn von Ede gelangt, der wusste, dass sie in ein neues Haus ganz in der Nähe gezogen war. Der Kundschafter hatte eine freudige Antwort von Ede zurückgebracht, woraufhin sich Ysenda mit ihren Kindern sofort auf den Weg Richtung Norden gemacht hatte. David erklärte sich nach längerer Überlegung bereit, sie zu begleiten, schwor aber Wallace am Tag ihrer Abreise feierlich, wieder an seiner Seite zu kämpfen, wenn er einmal zurückkehrte. Dann drückte er Will lange die Hand. Keiner von ihnen sprach ein Wort. Alice und Margaret umarmten ihn, doch es war Ysenda, die ihn am längsten an sich gedrückt hielt. Danach musste Will sich noch von jemand anderem verabschieden. Das tat er an einem späten Nachmittag unten am Fluss, wo von den Bergulmen goldene Blätter herabrieselten. Welche Worte zwischen ihm und Christian fielen, behielt er für sich; er schloss sie in seinem Inneren ein.

Nachdem die Wächter sie in die große Empfangshalle geführt hatten und ein Diener davongeeilt war, um dem König ihre Ankunft zu melden, starrte Will die Marmorsäulen und die seidenen Wandbehänge voller Staunen an. Pagen und Beamte eilten geschäftig hin und her, einige streiften Wallace und seine Männer mit neugierigen Blicken. Dieser Raum hatte noch gar nicht existiert, als Will das letzte Mal als junger Mann in Davids Alter im Palast gewesen war. Demselben Alter, in dem seine Tochter jetzt stand. Der Gedanke löste Unbehagen in ihm aus. Nach zehn Minuten wurde die Tür, durch die der Diener verschwunden war, erneut geöffnet, und ein hagerer Mann mit fahler Gesichtsfarbe kam auf sie zu, um sie zu begrüßen. Er musterte sie mit einer Mischung aus Argwohn und Abneigung.

»Sir William Wallace, der König wird Euch jetzt in seinen Privatgemächern empfangen.«

Rose kniete vor der Tür nieder, die gespreizten Finger gegen das Holz gestützt. Ihr Herz hämmerte, als sie ein Auge an das Schlüsselloch presste und eine Bewegung im dahinter gelegenen Raum wahrnahm. Philipp schritt durch die Kammer und schnürte dabei sein Hemd auf. Sie zuckte zusammen, als ihr Blick auf das feine Narbennetz fiel, das über seinen Rücken verlief. Einmal hatte sie Jeanne zu einer ihrer Zofen sagen hören, wenn sie ihn berühre, fühle es sich so an, als würden sich alle seine Adern außen über seine Haut ziehen. Während er ein Seidengewand vom Bett nahm und überstreifte, stellte sie sich vor, wie es wäre, mit den Fingerspitzen über diese Linien zu streichen. *Philipp der Schöne.* Stumm formte sie die Worte mit den Lippen, ihr warmer Atem wehte über das Holz. Sein Volk hatte ihm diesen Namen gegeben, oder vielmehr seine Minister, aber bald war er im gesamten königlichen Haushalt in aller Munde, und er wurde bei den Besuchen von Würdenträgern so oft verwendet, dass er jetzt in ganz Frankreich bekannt war. Am schönsten klang er in der *langue d'oïl.* Auf Englisch hörte er sich rau an, auf Italienisch, das sie in ihrer Kindheit am häufigsten gesprochen hatte, pompös und übertrieben. Aber auf Französisch klang er feinsinnig. Verführerisch. Man konnte sich die Worte förmlich auf der Zunge zergehen lassen.

Philippe le Bel.

Rose erstarrte, als sie im Gang vor ihrer Kammer Schritte hörte. Sie blickte sich um, bereit, sofort aufzuspringen, wenn sich der Türknauf bewegte. Irgendwo ganz in der Nähe wurde an eine Tür geklopft. Sie legte das Auge wieder an das Schlüsselloch und sah, wie Philipp seinen Stirnreif auf sein hellbraunes Haar setzte. Dann blieb er mit auf dem Rücken verschränkten Händen im Raum stehen, den Blick auf die Tür gerichtet. Nach einer wohlberechneten Pause sagte er:

»Tretet ein.«

Rose beobachtete, wie eine Gruppe von Männern nacheinander das Privatgemach des Königs betrat. Guillaume de Nogaret machte den Anfang. Ihre Augen verengten sich beim Anblick seines verkniffenen Gesichts vor Abscheu, dann wanderte ihr Blick zu den Neuankömmlingen. Der Erste war ein Koloss von einem Mann, gegen den sogar Philipp klein wirkte. Er trug eine Tunika aus leichter Wolle, und in der auf seinem Rücken festgeschnallten Scheide steckte ein gefährlich aussehendes riesiges Schwert. Sie fragte sich, ob dies William Wallace war. Seit Wochen waren im Palast Gerüchte über die Ankunft dieses Barbaren aus dem wilden Norden im Umlauf. Sie sah, wie er sich vor Philipp verneigte und ihm dann mit einem so unbefangenen Lächeln die Hand hinstreckte, als seien er und der König die besten Freunde.

Philipp starrte die ihm dargebotene tellergroße Pranke an, dann hüstelte er höflich.

»Eine Erfrischung für Euch und Eure Männer, Sir William?« Nogaret trat vor und schnippte mit den Fingern in Richtung eines bei der Tür stehenden Dieners.

Der Riese ließ die Hand sinken. »Danke, gern.«

Der peinliche Moment verstrich, als sich der Diener beeilte, die bereitstehenden Weinkelche zu füllen.

»Bitte.« Philipp deutete auf einen Tisch in der Nähe des Bettes, an dem zwei Stühle standen. »Ihr müsst nach der langen Reise erschöpft sein.«

Wallace nahm den Kelch entgegen, den der Diener ihm reichte, und setzte sich. Rose betrachtete den Stuhl. Sie fragte sich, ob er sein Gewicht wohl aushalten würde. Dann seufzte sie ärgerlich, weil sich die anderen Männer um den Tisch drängten und ihr die Sicht auf Philipp versperrten. Drei von ihnen, die wie Wallace in wollene Umhänge gehüllt waren, kehrten ihr den Rücken zu, nur Nogaret konnte sie deutlich sehen.

Sie begannen die üblichen Floskeln auszutauschen, die Männer für notwendig erachteten, bevor sie auf geschäftliche Dinge zu sprechen kamen. Rose fühlte sich an einen Schwertkampf erinnert. Jeder Mann studierte die Reaktion seines Widersachers auf einfache Fragen und Feststellungen und suchte nach Schwachstellen, die er sich im eigentlichen Duell zunutze machen konnte. Philipp beherrschte dieses Spiel meisterhaft. Aber heute konnte er sein Geschick nicht voll entfalten, denn der Riese kam schnell zur Sache.

»Wie verhält es sich mit diesem Vertrag mit England, Mylord?« Er leerte seinen Kelch. »Entsprechen die Gerüchte der Wahrheit? Habt Ihr Frieden mit Edward geschlossen?«

Einer der Männer, die ihr die Sicht versperrten, bewegte sich, und sie sah, wie Philipp Nogaret einen raschen Blick zuwarf, ehe der Schotte sich wieder vor ihn stellte.

»Die Neuigkeiten erreichen Eure Grenzen schneller, als ich gedacht hätte«, hörte Rose den König sagen. Eine Pause trat ein. »Es ist wahr, aber ich versichere Euch, dass es sich lediglich um einen politischen Schachzug handelt. Ich habe nicht die Absicht, eine längerfristige Waffenruhe mit meinem Vetter einzuhalten. Der Krieg in der Gascogne ruht vorübergehend, während ich mich auf das vordringliche Problem Flandern konzentriere. Leider widersetzt sich Guy de Dampierre auch weiterhin allen unseren Versuchen, mit ihm über eine Zusammenlegung unserer Herrschaftsgebiete zu verhandeln.«

Rose schielte zu Nogaret, der säuerlich das Gesicht verzog. Sie hatte während des letzten Jahres viele Gespräche über *das Flandernproblem* belauscht: beim Essen in der großen Halle, beim Verlassen der Sainte-Chapelle … durch ebendieses Schlüsselloch. Daher wusste sie, dass der Plan, das Land des Grafen zu annektieren, von Pierre Flote stammte. Nogaret hatte die Gascogne nach all der Mühe, die sie auf die Region verwandt hatten, nicht aufgeben wollen, aber am Ende hatte sich der Kanzler durchgesetzt. In und um Guyenne waren noch immer Truppen stationiert, doch der Konflikt war zum Stillstand gekommen.

Wallace hatte erneut das Wort ergriffen. Er klang erleichtert. »Dann freue ich mich schon darauf, die Zukunft meines Landes in allen Einzelheiten mit Euch zu besprechen, Sire.«

»Ihr könnt bleiben, so lange Ihr wollt. Unsere schottischen Freunde sind hier stets willkommen.«

»Ich danke Euch für Euer großzügiges Angebot, aber ich kann

Eure Gastfreundschaft nur für eine Nacht in Anspruch nehmen. Morgen will ich nach Rom weiterreisen, um mit Seiner Heiligkeit dem Papst zu sprechen. Ich werde zurückkehren, sobald es mir möglich ist. In der Zwischenzeit lasse ich einen meiner Männer bei Euch zurück, der erste Gespräche mit Euch aufnehmen wird.« Wallace deutete auf einen der Schotten, die Rose den Rücken zukehrten. »Selbstverständlich nur, wenn es Euch recht ist.«

»Das lässt sich sicherlich arrangieren, aber wir wollen uns beim Essen weiter darüber unterhalten.« Ein Stuhl kratzte über den Boden, als Philipp sich erhob. »Ich bestehe darauf, dass Ihr mir Gesellschaft leistet.«

Als sie sah, dass die Besprechung beendet war, wollte sich Rose gerade aufrichten, als sie ihren Namen hörte. Sie spähte wieder durch das Schlüsselloch, da sie sicher war, sich verhört zu haben, dann schrak sie zurück, als einer der Diener auf die Tür zukam. Sie stürzte zu ihrem Bett und riss sich hastig einen Schuh vom Fuß. Als der Diener die Tür öffnete, tat sie so, als wolle sie ihn gerade anziehen, dann erhob sie sich und senkte den Kopf – teils als Respektsbezeugung, teils um ihre brennenden Wangen zu verbergen.

»Rose.«

Sie sah auf. Ihr Blick heftete sich auf den im Türrahmen stehenden Philipp, dann wanderte er zu der Gestalt neben ihm. Als er auf dem Gesicht des Mannes haften blieb, wurde sie aschfahl. Er war glatt rasiert und sah ohne Bart jünger aus, aber seine Züge hatten sich nicht verändert. Eine Vielzahl widersprüchlicher Gefühle – Kummer, Freude, Hass, Verlust – wallte in ihr auf.

Vom Gemach des Königs her wehte Nogarets Stimme zu ihnen herüber. »Sire?«

Philipp wandte sich an Will. »Ich sehe Euch dann bei Tisch.« Er verschwand in dem Nachbarraum und schloss die Tür hinter sich.

Rose presste sich gegen die Wand, als ihr Vater auf sie zukam. »Was tust du hier?«, flüsterte sie. Er erwiderte etwas, doch sie hob die Hände, als wären seine Worte Wespen, die auf sie zuschwirrten, um sie zu stechen. »Nein. Ich will nichts hören. Nein!« Sie kroch über das Bett, als er die Hände nach ihr ausstreckte.

»Rose, bitte.«

Rose blieb bei der Tür stehen, wirbelte herum und schleuderte ihm auf Französisch eine Hasstirade entgegen. Auch diese Sprache konnte zischend und fauchend klingen. Eine Sprache voller Flüche und Verurteilungen, und sie überschüttete ihn mit jeder, die sie kannte, ehe sie die Tür aufriss und hinausrauschte.

Zweiter Teil

18

Notre Dame, Paris
10. April A.D. 1302

Philipps Finger schlossen sich fester um die Lehnen seines Throns, der an diesem Morgen vom Palast hierhergeschafft und auf einem Podest aufgebaut worden war, als Nogarets Stimme durch das Kirchenschiff hallte. Der gegen die Bogenfenster prasselnde Regen klang, als würden Steine gegen das Buntglas geworfen, und ab und an übertönte Donnergrollen die Worte des Ministers. Es war später Nachmittag, doch der Himmel, an dem sich Wolkenberge türmten, war nachtschwarz. Eine Reihe entlang den Gängen von Notre Dame aufgestellter Fackeln spendete ein flackerndes Licht, das allerdings nur bis zur ersten Galerie und den darüber auf ihren Steinsäulen thronenden Engeln reichte. Darüber schienen sich die Schatten bis in die Unendlichkeit zu erstrecken.

Phlipp erinnerte sich noch gut an seinen ersten Besuch der Kathedrale. Sein Vater hatte ihn vom königlichen Landsitz in Vincennes dorthin mitgenommen, er konnte nicht älter als sechs Jahre gewesen sein damals. Als er die Kirche betreten hatte, hatte ihm die Weitläufigkeit des Inneren den Atem verschlagen. Er hatte den Kopf in den Nacken gelegt, um zur Decke emporzustarren, und sich gewundert, dass er dort keine Wolken entlangziehen sah, so nah war ihm der Himmel erschienen. Er erinnerte sich auch an das Unbehagen, das ihn erfüllt hatte. Hier, in diesem

Haus Gottes, war er sich klein und unbedeutend vorgekommen, wie ein Insekt auf dem Boden einer Höhle. Auch jetzt überkam ihn angesichts der Bedeutung dieses Augenblicks ein ähnliches Gefühl, als Nogaret sich an die im Kirchenschiff versammelte Menge wandte.

»… und so haben wir uns an euch, die Männer dieses Reiches, gewandt, um euch um eure Hilfe zu bitten, denn die Zukunft und die Freiheit unseres Königreiches sind in Gefahr.« Nogaret legte eine Pause ein. Ein Flüstern und Raunen lief durch die Reihen. Er deutete auf die rechts von Philipps Thron aufgestellte Bank. »Mein verehrter Kollege, Pierre Flote, Kanzler und Siegelbewahrer, wird euch jetzt die päpstliche Bulle *Ausculta fili* erläutern, damit ihr versteht, mit welch scharfen Mitteln Seine Heiligkeit gegen euch und euren König vorgeht.«

Einen Moment lang herrschte betretenes Schweigen, dann erhob sich Pierre Flote. In seiner leberfleckigen Hand hielt er eine Pergamentrolle. Er richtete den Blick auf Nogaret, der an der Seite des Königs Platz genommen hatte. Dann erhob er seine zittrige Stimme über das Heulen des Sturms und begann zu sprechen. »Papst Bonifaz hat unserem verehrten Herrn, König Philipp dem Schönen, Enkel von Louis dem Heiligen, einen Brief zukommen lassen, in dem er verkündet, dass er sowohl in weltlichen als auch in geistlichen Belangen über unserem Monarchen steht. Somit hat er sich über die allgemein bekannte Tatsache hinweggesetzt, dass ein König in jeder Hinsicht der alleinige Herrscher seines Reiches ist. Er hat ferner die Freilassung des Ketzers Bernard Saisset, des Bischofs von Pamiers, verlangt, eines Mannes, der vor kurzem des Verrates an der Krone angeklagt wurde. Mit dieser Forderung missachtet der Papst die gleichfalls allgemein bekannte Tatsache, dass unser König laut Recht und Gesetz der Herr über die gesamte Innenpolitik seines Reiches ist.« Flote hielt inne, um sich zu räuspern, und schien dann Mühe zu haben, sich über das Toben des Sturms hinweg Gehör zu verschaffen. »Zudem hat er eine Synode in Rom einberufen, an der alle Bischöfe Frankreichs teilzunehmen haben und in deren Rahmen er unserem König solche heimtückischen, jeglicher Grundlage entbehrenden Amtsmissbräuche wie Entwertung der Münzen dieses Reiches, gewaltsame Unterdrückung seiner Untertanen und Besteuerung des Klerus ohne jede Notwendigkeit und ohne Angabe von Gründen vorzuwerfen gedenkt.« Flote richtete den Blick wieder auf das Pergament. Seine Stimme wurde noch leiser, was Nogaret dazu veranlasste, unruhig auf seiner Bank herumzurutschen und die Stirn zu runzeln. »Aber was ist mit Bonifaz' eigenen Verfehlungen? Was ist mit den hohen Abgaben, mit denen er die Kirchen unseres Landes belegt hat, deren Lebensblut in die Schatztruhen Roms fließt, ohne dass sie selbst davon profitieren? Was ist mit der nicht zu leugnenden Tatsache, dass der Papst seine Untertanen gleichfalls unterdrückt, wie sich deutlich in seinen haltlosen Verleumdungen unseres Königs und seiner Einmischung in weltliche Angelegenheiten zeigt?«

Während Flote mit seiner quäkenden Stimme weitere Beschuldigungen gegen den Papst auflistete, umklammerte Philipp die Lehnen seines Throns noch fester. Die Gewaltigkeit seiner Umgebung drohte ihn zu erdrücken. Tausende Abbilder Gottes, Christus, Engel, Heilige starrten in Form von Statuen, Buntglas, Wandbildern und Wandbehängen finster auf ihn herab. Seine Kehle war wie zugeschnürt, und er schwitzte. Eigentlich hätte er Stolz und das Gefühl überwältigender Macht empfinden müssen, denn das, was sich hier abspielte, hatte es in der Geschichte Frankreichs noch nie gegeben. Es war das erste Mal, dass sich die drei gesetzgebenden Stände – Kirche, Adel und Bürgerliche – auf eine solche Weise zusammenfanden. Notre Dame wimmelte von Prälaten, Bischöfen, Grafen und Herzögen, Baronen und Gildeführern. Doch Philipp verspürte nur eine würgende Übelkeit.

Nachdem er den allzu freimütigen Bischof Bernard Saisset hatte verhaften lassen, hatten sich die Ereignisse geradezu überschlagen, und es war ihm nicht gelungen, den Lauf der Dinge unter Kontrolle zu halten, zumal Nogaret und Flote ihn in zwei verschiedene Richtungen zerrten. Flüchtig wünschte er, diese Versammlung im Palast abgehalten zu haben. Die Genugtuung, sich in einem Gotteshaus öffentlich gegen den Heiligen Stuhl auszusprechen, wog dieses Gefühl der Erdrückung nicht auf. Doch trotz seines Unbehagens wusste er, dass er die richtige Entscheidung getroffen hatte. Die Geistlichkeit, der erste gesetzgebende Stand, setzte sich aus Männern zusammen, bei denen es am wahrscheinlichsten war, dass sie sich seinem Vorgehen gegen den Papst widersetzten. Ihnen musste vor Augen geführt werden, dass er, Philipp, der jetzt auf dem Podest in dieser mächtigen Kathedrale saß, nicht nur die Macht des Staates, sondern auch die Gottes verkörperte. Die Vertreter des Adels und des Bürgertums der wichtigsten Städte hatten ihm bereits im Geheimen versichert, dass sie ihn unterstützen würden, aber obwohl er den Geistlichen unmissverständlich klargemacht hatte, dass sie als Feinde der Krone betrachtet werden würden, wenn sie sich ihm widersetzten, war er von ihrer Kooperation immer noch nicht überzeugt.

»Daher«, schloss Flote, »bitten wir euch, uns bei der Verteidigung unserer Freiheiten beizustehen. Edelleute und Bürger der Städte, wir rufen euch auf, uns von euren Vertretern unterzeichnete Briefe des Inhalts, dass sich Frankreich nicht zur Marionette Roms machen lassen wird, zur Verfügung zu stellen. Wir werden sie an den Papst und seine Kardinäle weiterleiten. Bischöfe und Priester, gebt uns euer Wort, dass ihr als Zeichen des Protestes gegen seine ungerechtfertigten Angriffe auf unseren König nicht an der Synode teilnehmen werdet, zu der Bonifaz euch befohlen hat. Seine Majestät wird in einer Stunde eure Entscheidungen anhören.«

Philipp erhob sich. Alle Augen ruhten auf ihm, während er über das Podest schritt. Als er im Schatten des Chorgangs verschwand, folgte Nogaret ihm und überließ es Flote und den restlichen königlichen Ministern, sich mit der jetzt zu aufgeregtem Leben erwachten Menge zu befassen.

Phipp betastete seine schweißfeuchte Braue, als einer der Chorherrn ihn in die Privaträume der Kathedrale geleitete.

In Nogarets Gesicht zuckte es, aber er beherrschte sich, bis der Chorherr sich zurückgezogen hatte, bevor er sich an Philipp wandte. »Mylord, ich muss Beschwerde über Kanzler Flote einlegen. Mit dieser …« – er knirschte vernehmlich mit den Zähnen –, »dieser saft- und kraftlosen Rede hat er bewusst versucht, unsere Anstrengungen zu untergraben.«

»Habe ich das Richtige getan?«

Nogaret blinzelte. »Sire? Ist Euch nicht wohl? Ihr seht blass aus.«

Philipp sah ihn an. »Antwortet mir, Nogaret. Habe ich das Richtige getan? Hätte ich Saisset wirklich verhaften lassen sollen?«

»Ohne Zweifel. Er hat das Volk gegen Euch aufgehetzt, Eure Entscheidungen in Frage gestellt und Euch lächerlich gemacht. Der Mann hat Euch mit Schmutz beworfen, Euch eine törichte Eule genannt, einen hirnlosen …«

»Schon gut«, zischte Philipp. Er holte tief Atem. »Aber es gab keine Beweise für Ketzerei. Mein Beichtvater Guillaume de Paris hält den Bischof eines solchen unaussprechlichen Verbrechens nicht für fähig.«

Nogaret nagte nachdenklich an seiner Unterlippe. »Wir haben ja schon darüber gesprochen, Sire«, begann er langsam. »Die Leute lassen sich immer noch auf die althergebrachte Weise von der Kirche leiten. Sie brauchen einen triftigen Grund, um zu verstehen, dass Ihr einen so bekannten Geistlichen verhaftet. Und Ketzerei verstehen sie nur zu gut.«

»Wie Ihr«, gab Philipp scharf zurück.

Nogarets bleiches Gesicht wirkte im Kerzenlicht wie erstarrt. Draußen hämmerte der Regen gegen die Fenster. Als der Minister erneut das Wort ergriff, klang seine Stimme sehr leise. »Ich tue das, was für Euch und das Reich am besten ist, Sire. In diesem Sinne habe ich Euch stets beraten. Wenn Ihr allein und uneingeschränkt über Euer Königreich herrschen wollt, müsst Ihr Euch stärker zeigen als Priester und Bischöfe, sogar stärker als der Papst, sonst wird die Kirche Eure Macht immer nach Belieben beschneiden. Wollt Ihr nicht, dass Euer Volk Euch als Heiligen verehrt – wie Euren Großvater?«

Philipps Blick heftete sich auf einen Wandbehang hinter Nogaret, der die Muttergottes mit ihrem Kind zeigte. Aus der Geborgenheit von Marias Armen heraus streckte der kleine Christus einen Finger aus. Seine Augen glichen zwei schwarzen Teichen. »Doch«, flüsterte Philipp. »Doch, das will ich.«

»Dann bleibt standhaft, Sire, und ich schwöre Euch, Euch zu helfen, Euer Ziel zu erreichen.«

Noch ehe die Stunde verstrichen war trat die Versammlung wieder zusammen. Die Vertreter der Edelleute und Bürger hielten flammende Reden, in denen sie Philipp ihre volle Unterstützung zusicherten, und verlasen Protestbriefe, die nach Rom geschickt werden sollten. Philipp hielt den Atem an, als sich der Bischof von Paris erhob, um für die Geistlichkeit zu sprechen. Er begann stockend, als würde er seine Worte sehr sorgfältig wählen, aber es stellte sich rasch heraus, dass die Kirche sich auf die Seite des Königs stellen würde. Philipp lehnte sich in seinem Thronsessel zurück.

Als er den Blick über die Gesichter der Geistlichen schweifen ließ, las er in vielen davon Ärger und Unmut, aber auch Resignation. Sie mussten sich seinem Willen fügen, oder sie würden all ihre Privilegien verlieren. Verstohlen musterte er Bertrand de Got, der in der vordersten Reihe saß. Der kleine Mann, der in seinen prächtigen Amtsgewändern beinahe verschwand, wirkte blass und müde, aber nicht aufgebracht, wie Philipp zufrieden registrierte. De Got war vor zwei Jahren zum Erzbischof von Bordeaux gwählt worden und verfügte nun im Herzen von Guyenne, wo es trotz des Waffenstillstands mit Edward noch immer zu Kämpfen kam, über eine beträchtliche Macht. Sosehr ihm der Erzbischof auch zuwider war – Philipp wusste, dass er ihn sich keinesfalls zum Feind machen durfte.

Der Bischof von Paris beendete seine Rede, und nach einer schwülstigen Ansprache Nogarets, in der er den Männern Frankreichs für ihre Unterstützung dankte, wurde die erste Versammlung der Vertreter aller drei gesetzgebenden Stände aufgehoben.

»Was habt Ihr Euch eigentlich dabei gedacht, Kanzler?« Nogaret packte Pierre Flote am Arm, als die Männer Notre Dame verließen und in den Sturm hinaustraten.

Flote funkelte den Minister böse an und schüttelte seine Hand ab. »Ich habe getan, was ich tun musste.«

»Ihr hattet zu tun, was unser König uns befohlen hat! Ihr hättet die Menge mit einer feurigen Rede mitreißen sollen! Stattdessen habt Ihr Euch angehört wie ein schüchterner Chorknabe bei seinem ersten Vortrag.«

»Wie könnt Ihr es wagen …«

»Wir können nur dankbar sein, dass Ihr die Abstimmung nicht zu unseren Ungunsten beeinflusst habt.«

Flote schnaubte abfällig. »Wir wussten schon vor Beginn der Versammlung, wie die Abstimmung ausfallen würde.«

»Von der Kirche drohte immer noch Gefahr. Ihr hättet alles gefährden können, worauf wir hingearbeitet haben!«

Flotes Augen flammten zornig auf. »Ausgerechnet Ihr sprecht von Gefährdung? Ihr seid auf dem besten Weg, *Frankreich* zu zerstören!« Er zog Nogaret in eines der Seitenschiffe. »Wieso führt Ihr diese Farce von einem Prozess gegen Saisset auf? Soll das eine selbstherrliche Zurschaustellung Eurer Macht sein, ein Rachefeldzug gegen mich, weil ich den König dazu gebracht habe, sich auf Flandern zu konzentrieren, während Ihr die Truppen in Guyenne lassen wolltet?«

»Ich bin zugegebenermaßen der Überzeugung, dass wir unsere Bemühungen, die Herrschaft über die Grafschaft zurückzugewinnen, hätten fortsetzen sollen, aber das ist nicht der Grund …«

»Ich kann nicht glauben, dass Ihr immer noch einen Sinn in diesem Unternehmen seht! Flandern ist genauso reich wie Guyenne, aber wesentlich leichter zu kontrollieren. Es wird von einem französischen Vasallen regiert, nicht von einem fremden König. Außerdem ist der Kampf mit den Engländern in der Gascogne zum Stillstand gekommen, wohingegen wir in Flandern bereits Siege zu verzeichnen haben. Jetzt, wo unsere Truppen in Brügge und Gent stationiert sind, haben wir gute Aussichten, dieses Gebiet unter unsere Herrschaft zu stellen«, fuhr Flote rasch fort, als Nogaret Anstalten machte, ihn zu unterbrechen. »Wenn wir Flandern kontrollieren, können wir dadurch Einfluss auf Edward ausüben. Wegen des Wollhandels ist England von Flandern abhängig. So können wir Macht über ihn gewinnen und vielleicht zu einer Einigung bezüglich Guyenne kommen. Seht Ihr denn nicht ein, dass das die weisere Entscheidung ist, Guillaume?«

Nogarets Miene blieb unverändert ausdruckslos. »Hier geht es nicht um Flandern oder die Gascogne, sondern um die Bestrafung von Männern, die sich des Verrats schuldig machen. Saisset war dabei, den Ruf unseres Königs in den Schmutz zu ziehen. Er musste unschädlich gemacht werden.«

»Habt Ihr alles vergessen, was Ihr während Eurer Ausbildung gelernt habt? Mit dieser Verhaftung habt Ihr gegen die Gesetze der Kirche verstoßen! Bischöfe können nur von der Kurie in Rom abgeurteilt werden. Papst Bonifaz hatte jedes Recht, Saissets Freilassung zu fordern.« Flote dämpfte seine Stimme zu einem Murmeln. »Und jeder Mann in der Kathedrale wusste das, auch wenn sie es nicht zugegeben haben, um unseren Herrscher nicht zu erzürnen. Alles, was jetzt weiter geschieht, wird nur dazu führen, dass sich die Kluft zwischen dem königlichen und dem päpstlichen Hof vergrößert.«

»Je größer diese Kluft ist, desto besser. Ihr habt ja den Bericht über Bonifaz' Ablassjahrfeier gehört. Eine Viertelmillion Pilger ist auf sein Versprechen hin, sie von ihren Sünden loszusprechen, nach Rom gereist und musste das Schauspiel eines mit Schwert und Zepter auf seinem Thron sitzenden und *Ich bin Cäsar* brüllenden Papstes über sich ergehen lassen.« Nogarets Ton klang schneidend. »Und nun, wo er so viele Mitglieder der Familie Colonna verbannt oder eingekerkert hat, wie er in die Hände bekommen konnte, ist niemand mehr da, der seiner zunehmenden Selbstherrlichkeit einen Dämpfer versetzt. Wenn er lange genug leben würde, um den Anbruch eines neuen Jahrhunderts zu erleben, würde er zweifellos rufen: *Ich bin Gott!*«

Flote schien sich innerlich zu krümmen. »Das ist kein Spiel, Nogaret. Durch Eure Handlungsweise habt Ihr Frankreich in ernste Gefahr gebracht.« Er hielt die Bulle in die Höhe, die er die ganze Zeit in der Hand gehalten hatte. »Habt Ihr das hier überhaupt gelesen? Der Papst kündigt an, alle Privilegien, die der Heilige Stuhl unserem Königreich gewährt, so lange aufzuheben, bis Saisset wieder frei ist.« Er entrollte das Pergament und begann laut zu lesen. »*Komm auf den Weg Gottes zurück, mein lieber Sohn, von dem du aufgrund deiner eigenen Fehler oder übler Einflüsterungen anderer abgewichen bist. Glaube nicht, dass niemand mehr über dir steht oder dass du dich von meiner Herrschaft als Vikar unseres Herrn auf Erden befreien kannst. Dies wäre in der Tat dein Ende, denn wer solche Gedanken hegt, müsste als Ungläubiger betrachtet und aus der Herde getilgt werden.*« Flote blickte auf. »Aus der Herde getilgt werden. Begreift Ihr denn nicht? Er droht mit Exkommunikation.«

»Das würde er nicht wagen. Bonifaz braucht die Gelder, die ihm die französische Kirche zur Verfügung stellt. Das haben wir ja gemerkt, als wir ihm diese Mittel gesperrt haben und er gezwungen war, *Clericis laicos* zu widerrufen. Damals hat er einen Rückzieher gemacht, und wenn wir die Nerven behalten, wird er es wieder tun. Und nun«, schloss Nogaret, »denke ich, haben wir beide unsere Befehle auszuführen, nicht wahr?« Er wandte sich zum Gehen.

Heiße Wut loderte in Flote auf und ließ ihn vergessen, wo er sich befand. »Ihr seid ein gottloses Ungeheuer, Nogaret! Ein Sohn von Ketzern! Und ich werde alles daransetzen, um Euren bösen Einfluss auf den König zu brechen!«

Nogaret drehte sich um und richtete seine dunklen Augen auf Flotes hochrot angelaufenes Gesicht. »Ich an Eurer Stelle würde darauf achten, mich nicht so aufzuregen, Kanzler. Schließlich seid Ihr ja kein junger Mann mehr.«

St. Gervais-St. Protais-Kirche, Paris
25. Mai A.D. 1302

Will griff nach einer Kerze und hielt den Docht in die Flamme einer anderen, bis er zu flackern begann. Er stellte sie zu den anderen vor den Altar und murmelte ein Gebet, während die Elfenbeinstatuen der Heiligen Gervais und Protais, den Zwillingsbrüdern, die unter Neros Herrschaft zu Tode gemartert worden waren, traurig auf ihn hinabblickten. Er spürte, wie jemand neben ihn trat. Eine Hand kam unter einem weißen Mantel hervor und nahm eine Kerze von dem Stapel.

»Sollen wir uns setzen?«

Will sah Robert an, dann nickte er zu den Bänken hinüber.

Als sie Platz nahmen, ging ein Sakristan mit einem Messer und einem Tablett in der Hand zum Altar hinüber. Er lächelte den beiden Männern – einem Templer und einer unauffälligen Gestalt in einem schlichten Wollumhang – unsicher zu, dann kniete er zwischen den Kerzen nieder und begann Wachs vom Boden zu kratzen. Es war später Nachmittag, die Zeit zwischen Non und Vesper, und abgesehen von ein paar Leuten, die mit gesenkten Köpfen ganz vorne in der Reihe saßen, war die Kirche leer. Nur das Kratzen des Messers des Sakristans auf dem Stein zerriss die Stille.

»Ich war nicht sicher, ob du überhaupt noch in der Stadt bist«, sagte Robert leise. »Ich dachte, du wärst vielleicht nach Schottland zurückgekehrt.«

»Dann hätte Simon dir Bescheid gegeben.«

»Simon richtet mir nur aus, wann du mich treffen möchtest. Die meiste Zeit geht er mir aus dem Weg. Ich glaube, er hat Angst, ich könnte Fragen stellen, und die falschen Leute könnten sie hören.«

Robert fuhr sich mit der Hand durch sein schütter werdendes silbrig weißes Haar. »Oder er traut mir nicht zu, dein Geheimnis zu bewahren.«

»Das halte ich für unwahrscheinlich.« Will runzelte die Stirn. »Aber es ist gut, dass er vorsichtig ist.«

»Ich würde mir an deiner Stelle keine großen Sorgen machen. Hugues glaubt, du bist schon lange fort, und da die meisten Ritter, die dich gekannt haben, mit dem Großmeister nach Zypern zurückgekehrt sind, bleibt kaum noch jemand übrig, der dich wiedererkennen könnte. Solange du dich vom Ordenshaus fernhältst, dürftest du niemandem auffallen.«

»Ich muss trotzdem auf der Hut sein.«

»Um deine ach so wichtige Arbeit nur nicht zu gefährden«, murmelte Robert sarkastisch.

Will stieß vernehmlich den Atem aus. »Ich hatte gedacht, du würdest mich verstehen.«

»Nein«, gab Robert scharf zurück. »Du hast gehofft, ich würde deine Schuldgefühle mildern.« Der Sakristan schielte zu ihnen hinüber, nahm aber sein Gekratze wieder auf, als Robert ihn mit einem finsteren Blick durchbohrte.

»Was soll das, Robert? Ich dachte, wir wären …«

»Was?«, unterbrach Robert. »Freunde?«

»Sind wir das denn nicht?«

»Ich weiß nicht, was wir noch sind. Du tauchst nach drei Jahren einfach so, ohne ein Wort wie aus dem Nichts wieder auf und erwartest, dass alles wieder denselben Gang geht wie früher. Aber wie soll das möglich sein? Du hast den Orden verlassen und anderen eine große Last aufgebürdet, die eigentlich du zu tragen hattest. Du warst Everards Nachfolger. Du hast der Bruderschaft die Treue geschworen.«

»Genau wie du.«

»Nachdem du mich da mit hineingezogen hast.« Robert brach ab, als er Wills schmerzlich verzogenes Gesicht sah, und wandte den Blick ab. »Was erwartest du denn? Alle fünf oder sechs Monate schickst du nach mir, als wäre ich dein Diener, und willst wissen, ob der Orden Informationen hierüber oder darüber hat. Du fragst noch nicht einmal nach der Anima Templi. Heute wäre ich beinahe nicht gekommen. Ständig frage ich mich, in wessen Namen du diese Treffen vereinbarst, aber ich finde keine Antwort darauf. Ist es William Wallace? Oder König Philipp? Oder arbeitest du inzwischen für jeden – wie ein Söldner?«

»Du weißt, dass das nicht stimmt.«

»Nicht? Simon hat mir nach seiner Rückkehr aus Schottland nicht alles erzählt, aber ich weiß, dass ihr beide bei Falkirk gekämpft habt. Templer sind dort gestorben. Der Ordensmeister von England ist dort gefallen.« Roberts Blick folgte Will, als dieser sich abwandte. »Vielleicht hast du die falsche Seite gewählt.«

»Ich habe mich nie geändert, Robert. Ich nicht, aber der Orden. Ich arbeite immer noch gegen den Mann, der unsere Ideale verraten und uns für seine eigenen Zwecke eingespannt hat.«

»Und wie genau kannst du das als Philipps Bluthund tun?«

»Der König und der Papst sind die Einzigen, die Macht über Edward ausüben können. Einer seiner Feldzüge ist durch ihre Intervention ja schon aufgehalten worden. Wallace muss sich auf seiner Seite halten, wenn der Krieg in Schottland ein Ende haben soll.«

»Ich dachte, zuvor hättest du gesagt, du würdest all das für den Orden tun.« Ein schneidender Unterton hatte sich in Roberts Stimme geschlichen.

»Solange Edward in politische und militärische Wirrnisse verstrickt ist, wird er den Orden in Ruhe lassen. Und ich habe noch Familie in Schottland. Wenn ich sie durch meine Arbeit hier schützen kann, dann tue ich das natürlich.«

Robert schwieg eine Weile. »Warum machst du Botengänge für Philipp, wenn du in Wallace' Namen hier bist?«

»Solange noch um die Herrschaft über die Grafschaft Guyenne gekämpft wird, braucht der König die Schotten. Sie können Edwards Truppen durch kleinere Angriffe in Atem halten. Deswegen schickt er ihnen auch immer noch Geld, allerdings lange nicht so viel, wie wir brauchen.« Will hob müde die Schultern. »Sagen wir, ich sorge dafür, dass Philipp die Dienste eines ehemaligen Templers auch weiterhin nützlich findet. Das ist einer der Gründe, warum Wallace mich hier zurückgelassen hat, als er nach Schottland zurückgekehrt ist. Ich soll mich mit Philipp gutstellen.«

»Einer der Gründe?«

»Ich habe ihn gebeten, in Paris bleiben zu dürfen. Wegen Rose«, erklärte Will. »Hauptsächlich stelle ich sicher, dass die Botschaften und das wenige Geld, das Philipp erübrigen kann, sicher zu Wallace gelangen.«

»Ich habe Gerüchte gehört, denen zufolge Wallace tot ist.«

»Nein. Aber er ist untergetaucht. Edward ist fest entschlossen, ihn zur Strecke zu bringen. Er lässt schottische Adlige im ganzen Land nach ihm suchen. Manche jagen ihn freiwillig, bei anderen hat er die Familien so lange bedroht, bis sie gehorcht haben.«

»Hast du mit Philipp über die Anima Templi gesprochen?«

»Nein. Er weiß, dass ich desertiert bin, weil der Orden Edward unterstützt hat, und dass ich Kommandant war. Aber das ist alles.« Will brach ab, als der Sakristan an ihnen vorbeiging. Auf seinem Tablett türmten sich gelbe Wachskrümel. »Wie sieht es denn bei der Bruderschaft aus? Steht Hugues noch mit Edward in Verbindung?«

»Zwischen ihnen gehen Botschaften hin und her, aber in unregelmäßigen Abständen, und soweit ich weiß, enthalten sie nur die üblichen politischen Bitten und Zusicherungen. Offen gestanden bewegt die Bruderschaft kaum noch etwas.«

Wills Überraschung wich einem Anflug von Ärger. »Bitte?«

»Wir sind nur noch zu dritt – Hugues und ich hier in Paris und Thomas in London. Was können wir schon bewirken?« Robert schnaubte. »Bei unseren jährlichen Treffen die Glaubensrichtungen der Welt vereinen?«

»Mehr Mitglieder anwerben?«, schlug Will, dem Roberts Ton missfiel, vor.

»Hugues hat mit den Ordensgeschäften genug zu tun. Er weitet unseren Wollhandel aus, rekrutiert Ritter, lässt Schiffe bauen und treibt Spenden ein. Und ich habe genug damit zu tun, ihm dabei zu helfen. Und mit anderen Dingen.«

Will spürte, dass Robert ihm etwas verschwieg. »Anderen Dingen?«

»Nichts Wichtiges, nur Gerüchte, denen ich auf den Grund zu kommen versuche.«

»Was für Gerüchte?«

Robert schüttelte den Kopf. »Ich bin sicher, es steckt nichts dahinter. Du weißt ja, wie die jungen Sergeanten sind. Versuchen immer, sich gegenseitig Angst vor ihrer Initiation einzujagen.« Er blickte sich um, als ein Priester aus der Sakristei kam. Ihm folgten zwei Akolyten mit einem Brevier. »Wenn du noch Fragen hast, auf die der König Antworten braucht, dann solltest du sie jetzt stellen. Bald läutet es zur Vesper.«

Will lehnte sich zurück. »Ich bin nicht König Philipps wegen hier, sondern meinetwegen. Es geht um Rose, Robert. Sie lehnt mich nach wie vor ab.«

»Kannst du ihr daraus einen Vorwurf machen?«

»Ich bin jetzt über zwei Jahre wieder hier, und sie tut immer noch so, als würde ich überhaupt nicht existieren. Wenn wir uns in der Palasthalle treffen, gibt sie vor, mich nicht zu sehen. Wenn ich sie etwas frage, ignoriert sie mich. Sie ist so kalt und abweisend.« Will zog die Brauen zusammen. »Und nicht nur mir gegenüber – gegenüber allen. Ich mache mir Sorgen um sie.«

»Ich wüsste nicht, wie ich dir da helfen könnte.«

»Du kennst sie von klein auf, und sie hat dich immer gemocht. Sie muss verstehen, warum ich so handeln musste.«

»Ich bin noch nicht einmal sicher, ob ich es verstehe.«

»Bitte«, sagte Will ruhig, als Robert sich abwandte.

Der Ritter blickte auf seine Hände hinab, dann seufzte er tief. »Also gut, ich spreche mit ihr. Lass mir durch Simon ausrichten, wo und wann. Aber ich kann dir nicht versprechen, dass sie mir zuhört.«

19

Sainte-Chapelle, Paris
30. Mai A.D. 1302

»Ich bin die Auferstehung und das Leben. Wer an mich glaubt, der wird leben, auch wenn er stirbt, und wer da lebt und glaubt an mich, der wird nimmermehr sterben.«

Rose hob den Blick, hielt aber den Kopf gesenkt, während der Priester aus dem Evangelium las. Die obere Kapelle der Sainte-Chapelle erstrahlte in leuchtenden Farben, wenn das diffuse Morgensonnenlicht durch die Buntglasfenster fiel. Es war, als stünde man in der Mitte eines riesigen Edelsteins.

Rose liebte die Kapelle – nicht wegen der prächtigen Architektur oder der Bedeutung der Reliquien, die sie beherbergte, sondern wegen der täglichen Momente, die es ihr gestatteten, das Objekt ihrer Anbetung unbemerkt zu beobachten. Im Schlafraum hielten sich zumeist noch andere Zofen auf, sie hatte nur selten Gelegenheit, durch das Schlüsselloch zu spähen, und während der Mahlzeiten in der großen Halle gab es zu viele neugierige Augen, denen nichts entging. Aber hier waren die Köpfe aller Mitglieder des Königshofes ehrfurchtsvoll gesenkt, und sie konnte ihn nach Herzenslust betrachten. Es verlieh ihr ein erregendes Gefühl von Macht, die Einzige zu sein, die ihn in einem so privaten Moment sah. Sie scharrte mit den Füßen. Ihre Haut prickelte in der durch die Fenster hereinwehenden Hitze.

Heute trug der König einen schwarzen Samtumhang, der wie Tinte über seinen Rücken floss und sich zu seinen Füßen sammelte, während er vor dem Priester stand. Sein Haar schimmerte im Sonnenlicht wie gebräunter Honig. Ein paar Strähnen waren über seine Schulter gefallen und gaben ein Dreieck von der Haut seines Nackens frei. Rose konzentrierte sich darauf und ließ ihrer Fantasie freien Lauf, stellte sich vor, sie würde mit den Fingerspitzen über das warme Fleisch streichen. Manchmal wurden solche Gedankenspiele geradezu unerträglich, dann beschleunigte sich ihr Herzschlag, ihr Gesicht brannte, und ihr Körper zitterte, bis es sich so anfühlte, als wären Tausende von Bienen darin gefangen. Sie spürte ihre Stiche in der Haut und an anderen, noch unerforschten Stellen.

An Philipps Seite bewegte sich etwas, und ihr Blick fiel auf Jeannes breiten Rücken in einem saphirblauen, eng geschnürten Gewand. Das dichte schwarze Haar wand sich in Zöpfen, die Rose an diesem Morgen geflochten und aufgesteckt hatte, um ihren Kopf. Jeannes rundliche Schulter berührte jetzt Philipps Arm und machte Roses Tagträume zunichte. Neben ihr standen ihre fünf Kinder: der dreizehnjährige Thronerbe Louis, dann Philipp, Charles, Robert und die jüngste, Isabella, ein dunkles, hübsches siebenjähriges Mädchen und ihre einzige überlebende Tochter. Rose musterte ihre Profile ohne Interesse, ehe sie sich wieder dem König zuwandte. Dabei kreuzte sich ihr Blick mit dem von Guillaume de Nogaret, der rechts von ihr hinter Philipp stand. Er sah sie direkt an. Rose senkte den Kopf und starrte erschrocken zu Boden, als der Priester seine Predigt beendete.

Philipp verließ die Kapelle als Erster, gefolgt von seiner Familie und seinen vertrautesten Ministern. Die Zofen und anderen Gottesdienstteilnehmer strömten zuletzt auf den Balkon hinaus. Als sie noch eine anonyme Dienstmagd gewesen war, hatte Rose dem täglichen Gottesdienst in der unteren Kapelle beigewohnt und ihre Mahlzeiten in der Kammer unter der großen Halle mit ihrem Labyrinth aus weißen Marmorsäulen eingenommen. Beide Räume waren wesentlich schlichter und karger eingerichtet, die Decken so niedrig, dass sie meinte, sie würden sich auf sie herabsenken – kein Vergleich zu den hellen, luftigen, weitläufigen oberen Räumen. Sie empfand die sicht- und greifbaren Beweise für die verschiedenen Rangstufen als bedrückend; so, als stellten sie den Unterschied zwischen Himmel und Hölle dar.

Das Licht blendete sie, als sie durch die Tür trat. Die Königin und ein Kindermädchen scheuchten die Kinder in die königlichen Gemächer, doch der König blieb mit Nogaret und Flote auf dem Balkon stehen. Bei ihnen stand ein scharlachrot und schwarz gekleideter Mann: ein königlicher Bote. Rose warf Philipp im Vorbeigehen einen Blick zu; hoffte, er würde ihn zurückgeben, aber er wirkte besorgt und lauschte dem Boten zu aufmerksam, um ihr Beachtung zu schenken.

»Massakriert?« Philipp schüttelte den Kopf. »Wie schnell können wir den Überlebenden Verstärkung schicken?«

Der königliche Bote fühlte sich sichtlich unwohl in seiner Haut. »Ich fürchte, Ihr versteht mich falsch, Sire. Es gab nur einen Überlebenden, der Rest der Garnison wurde getötet. Der Mann floh nach Courtrai und alarmierte unsere dort stationierten Soldaten. Ich wurde sofort losgeschickt, um Euch zu benachrichtigen.«

Philipp trat zu der steinernen Balustrade und stützte die Hände darauf. »Wie konnte das geschehen?« Sein Blick wanderte zu Flote und Nogaret, die schweigend dastanden. »Wie?« Er wandte sich wieder an den Boten. »Das waren Soldaten, um Himmels willen! Sie hatten Schwerter, Pferde, Rüstungen! Wie konnten Weber und Fleischer eine viertausend Mann starke französische Truppe abschlachten?«

»Die Tuchgilden haben schon vor einiger Zeit Bürgerwehren gebildet, um ihre Interessen vor dem örtlichen Adel zu schützen«, erwiderte der Bote. »Sie setzen sich aus gesunden, kräftigen Männern aus der Arbeiterschicht zusammen, die von den Gildeführern mit Waffen versehen wurden. Diese Männer haben unsere Soldaten angegriffen. Und der Angriff von Brügge war gut geplant. Er erfolgte kurz vor der Matutin, als sich der größte Teil der Garnison noch in ihrer Unterkunft befand. Die Angreifer gingen mit verborgenen Waffen von Tür zu Tür. Als die Türen geöffnet wurden, verlangten sie, dass jeder Mann drei Worte sagte: Freunde der Gilden. Das ist in ihrer Sprache sehr schwer auszusprechen. Wem dies nicht gelang, der wurde für einen Franzosen gehalten und auf der Stelle getötet. Die meisten unserer Männer waren noch nicht einmal angekleidet, geschweige denn bewaffnet.«

»Viertausend?« Philipp rang nach Atem. »*Viertausend!*« Er fuhr zu Flote herum. »Das ist ein schwerer Rückschlag für mich, Kanzler.« Er hieb mit der Faust auf die Balustrade. »Ich habe mein Volk gerade mühsam davon überzeugt, dass ich mächtig genug bin, den Papst herauszufordern. Nun werden alle sehen, wie leicht meine Macht gebrochen werden kann. Noch dazu von Bauern!«

»Wir müssen mehr Truppen dorthin schicken, Sire.« Flote trat zu ihm.

»Ich fürchte, die Probleme in Flandern beginnen gerade erst.«

Flote drehte sich zu dem Boten um.

»Die Matutin von Brügge, wie die Flamen es nennen, war das Signal für eine Revolte in der gesamten Region. Die Gildemilizen sind auf dem Marsch, und sie wachsen ständig. Als ich Courtrai verließ, hieß es, sie wären auf dem Weg zu der Burg, die vor kurzem von unseren Männern eingenommen wurde. Man nimmt an, sie wollen sie stürmen.«

»Können wir denn nicht mit Guy de Dampierre verhandeln?«, fragte Nogaret in das Schweigen hinein. »Ihm irgendwie einen Olivenzweig anbieten, der ihn zu dem Versuch bewegt, diese Männer unter Kontrolle zu bekommen?«

»Als wir Brügge besetzt haben, haben wir den Grafen als Geisel genommen«, erwiderte Flote in ätzendem Ton. »Ich bezweifle, dass er geneigt ist, unsere Bitten anzuhören.« Der Kanzler sah Philipp an. »Die Gilden haben uns die Entscheidung abgenommen, Sire.«

Philipp nickte. »Zieht mehr Truppen aus Guyenne ab«, befahl

er mit starrer Miene. »Schickt sie zusammen mit denen aus Artois unter Graf Robert nach Flandern. Flote, ich will, dass Ihr …«

»Sire …«, begann Nogaret.

»Unser König spricht, Minister«, wies Flote ihn scharf zurecht. »Haltet Eure Zunge im Zaum.«

»Ich möchte Euch an Ort und Stelle wissen, Kanzler«, fuhr Philipp fort, ohne auf den Wortwechsel zu achten. »Ihr werdet nach Flandern gehen und dort den Lauf der Dinge überwachen. Ihr werdet mein Auge und meine Stimme sein.«

Pierre Flote verneigte sich. »Wie Ihr befehlt.«

»Diesen Bauern mag es ja gelungen sein, unbewaffnete Soldaten zu töten«, murmelte Philipp. »Aber wir werden sehen, wie sie sich gegen die Blume des französischen Ritterstandes behaupten. Geben wir ihnen die Lilie zu schmecken.«

Die Straßen von Paris
4. Juni A.D. 1302

Als Rose ihre Haube abnahm, lösten sich ein paar Haarsträhnen aus den Nadeln. Sie strich sie zurück, dann fächelte sie sich mit der Haube Kühlung zu. Die Luft war stickig, von den Gerüchen des Marktes – einer ekelerregenden Mischung aus Mist- und Essensgestank – geschwängert und verursachte ihr Übelkeit. Eine Gruppe von Männern schielte beifällig zu ihr hinüber. Ohne ihnen Beachtung zu schenken fuhr Rose fort, die Haube vor ihrem Gesicht zu schwenken. Der leise Windzug verschaffte ihr sofort Erleichterung.

»Was tust du denn da? Bedeck sofort deinen Kopf!«

Rose drehte sich um. Marguerite, die älteste der Zofen der Königin, funkelte sie missbilligend an. »Ich brauche etwas Abkühlung.«

»Wenn du im Auftrag der Königin unterwegs bist, wirst du dich so benehmen, wie es sich für eine Dame von Stand schickt.«

Rose zog die Haube wieder über ihr Haar. Ein paar Löckchen klebten an ihrer feuchten Haut.

Marguerite wandte sich an die zierliche, dunkelhaarige Zofe an ihrer Seite, die Blanche hieß. »Ich habe ja immer gesagt, dass man aus Stroh kein Gold machen kann.« Sie nickte zu Rose hinüber.

Blanche legte eine Hand vor den Mund, um ein Kichern zu unterdrücken. Marguerite hakte sich bei ihr unter. »Komm, wir müssen noch Ingwerbrot kaufen. Prinz Louis würde ärgerlich werden, wenn wir ohne seine Lieblingsleckerei zurückkommen, und wenn der Prinz ärgerlich ist, verdrießt das Madame.« Gemeinsam schlenderten die beiden über den Markt und überließen es Rose, hinter ihnen herzutrotten.

Als sie an einigen Blumenverkäufern vorbeikamen, die den drei jungen Frauen in den gut geschnittenen Kleidern hoffnungsvoll etwas zuriefen, kam eine Gruppe schmutziger Kinder mit ausgestreckten Händen auf sie zugelaufen. Marguerite scheuchte sie weg und beschleunigte ihre Schritte, Blanche hielt sich dicht an ihrer Seite.

»Bitte.« Eines der Kinder baute sich vor Rose auf. »Gebt mir eine Münze.«

Rose blickte auf den zerlumpten Jungen hinab. Sie wusste, dass viele dieser Straßenkinder von ihren Eltern ausgeschickt wurden, um die Herzen der Reichen zu erweichen. Dem Jungen, der nicht älter als acht Jahre sein konnte, fehlten zwei Finger; dort, wo sie hätten sein sollen, sah man nur mit knotiger Haut überzogene Stümpfe. Rose hatte oft Geschichten von Bettlern gehört, die sich selbst verstümmelten, um Mitleid zu erregen, und sie fragte sich, ob die Entstellung des Jungen von einem Unfall herrührte oder absichtlich herbeigeführt worden war. Matt schüttelte sie den Kopf. Die Hitze setzte ihr schwer zu. »Es tut mir leid, ich habe kein Geld bei mir.« Zum Beweis spreizte sie die Hände, dabei rutschten ihre langen Ärmel zurück.

Die Züge des Jungen verhärteten sich. Sein Blick fiel auf ihre verbrannte Hand. »*Hässlich*«, zischelte er, ehe er seinen Kameraden hinterherrannte.

Rose blieb wie erstarrt stehen. Ihr war, als hätte der Junge ihr einen Schlag versetzt. Als sie sah, dass einer der Blumenverkäufer zu ihr herübersah, zog sie hastig den Ärmel herunter, um die Brandnarben zu verbergen, und eilte weiter. Der Markt wimmelte von Menschen, und sie hatte die beiden anderen Zofen aus den Augen verloren. Sie war den Tränen nah, als sie sich einmal um die eigene Achse drehte und nach ihnen Ausschau hielt. Dabei sah sie einen Templer auf sich zukommen. Robert de Paris! Sie hatte ihn seit über einem Jahr nicht mehr gesehen.

»Rose«, begrüßte er sie lächelnd. »Kann ich dich kurz sprechen?«

Sie schüttelte den Kopf. »Ich muss weiter …«

»Bitte. Es dauert nicht lange.«

Benommen ließ sie sich von ihm von dem Getümmel weg in eine ruhige Seitenstraße führen. »Woher wusstest du …« Sie brach ab. »Er hat dir gesagt, wo du mich finden kannst, nicht wahr? Er hat dich geschickt!« Wieder schüttelte sie den Kopf, diesmal mit mehr Nachdruck. »Was auch immer du mir ausrichten sollst, ich will es nicht hören.«

»Er möchte dir nur erklären, warum er Paris damals so plötzlich ohne ein Wort verlassen hat.« Robert nahm sie am Arm, als sie sich abwenden wollte. »Er ist dein Vater, Rose. Er verdient zumindest, die Möglichkeit zu erhalten, sich zu rechtfertigen.«

Sie machte sich von ihm los. »Er ist nicht mein Vater! Ich schulde ihm nichts. Garin«, zischte sie, als er verwirrt die Stirn runzelte. »Garin de Lyons war mein Vater. Meine Mutter hat mit ihm …« Rose hielt inne. Ihre Augen schwammen in Tränen.

Robert wirkte wie vor den Kopf geschlagen. Er legte ihr die Hände auf die Schultern und forschte in ihrem Gesicht. »Bist du sicher? Hat Elwen … Hat deine Mutter dir das gesagt?«

»Am Tag, als sie starb, haben sie und Garin sich in Andreas' Haus gestritten … bevor das Feuer ausbrach. Sie sagte, sie wüsste es nicht.« Rose sah ihn an. »Sie wusste nicht, wer von beiden mein Vater ist.«

»Dann kannst du es auch nicht wissen«, gab Robert sanft zu bedenken.

»Weißt du, was das Schlimmste ist? Die Erinnerung daran, wie es war, geliebt zu werden. Wenn ich die Wahl gehabt hätte, hätte ich lieber als Waise auf der Straße gelebt als jeden Morgen aufzuwachen und daran denken zu müssen, dass ich einst eine Familie hatte, die mich liebt. Ich hatte ein Zuhause.« Sie hob ihre vernarbte Hand. »Ich war nicht entstellt. Jetzt ist meine Mutter tot, mein Zuhause zu Asche verbrannt, und jedes Mal, wenn ich den Mann anschaue, der mein Vater sein könnte, werde ich an all das erinnert, was mir genommen wurde.« Rose schlug die Hände vor das Gesicht, als die Tränen über ihre Wangen zu rollen begannen.

Robert zog sie an sich, hielt sie fest und strich ihr über den Rücken, bis ihr Schluchzen abebbte.

Rose schloss die Augen. Roberts Arme umschlossen sie wie starke Eisenbänder. Sein Mantel schmiegte sich warm an ihre Wange und roch nach Rauch und Stroh. Als er sich regte, klammerte sie sich noch fester an ihn. Er sprach von ihrem Vater; davon, wie sehr er sie immer noch liebte und sich nichts sehnlicher wünschte, als dass sie ihm vergab. Rose kniff die Augen fester zusammen, blendete die Worte aus und konzentrierte sich auf die wohligen Schauer, die ihr über den Rücken liefen. Sie fühlte sich so geborgen wie schon seit Jahren nicht mehr. Ohne die Augen aufzuschlagen, schlang sie die Arme um ihn und spürte das Spiel seiner Muskeln unter dem Mantel, als ihre Finger zu seinem Nacken glitten. Robert war verstummt. Seine Hand ruhte nun flach auf ihrem Rücken. Sie konnte seinen Herzschlag wahrnehmen, der sich merklich beschleunigt hatte. Als ihre Fingerspitzen die heiße Haut seines Nackens berührten, erschauerte er ebenfalls. Während die Tränen kalt auf ihren Wangen trockneten, stellte sie sich auf die Zehenspitzen und presste ihren Mund auf den seinen. Sie spürte seinen warmen Atem, seinen Bart und dann eine leichte Feuchtigkeit, die eine heiße Welle durch ihren Körper fluten ließ, als sich seine Lippen unter den ihren öffneten.

In der nächsten Sekunde war alles vorüber.

Robert löste sich von ihr. »Rose …«

Sie starrte ihn an. All der Kummer und die Wut schlugen wieder über ihr zusammen. Sie machte auf dem Absatz kehrt, rannte die Straße hinunter und wurde von der Menschenmenge auf dem Markt verschluckt, während Robert ihr nach Atem ringend nachblickte.

Notre Dame, Paris
4. Juni A.D. 1302

»Achtet darauf, dass es genau so ausgeführt wird, wie ich gesagt habe.«

Der Soldat streckte eine Hand aus. »Glaubt mir, wenn Pfeile zu fliegen beginnen und die Schwerter geschwungen werden, fällt ein fehlgerichteter Streich niemandem auf.«

»Es kann sein, dass er sich nicht direkt am Kampfgeschehen beteiligt.«

Der Soldat zuckte die Acheln. »Wenn das, was Ihr sagt, zutrifft, wird er auf jeden Fall auf dem Feld sein. Und dann kann alles Mögliche geschehen.« Ein zufriedenes Lächeln spielte um seine Lippen, als der Beutel in seine Hand gedrückt wurde.

»Den Rest bekommst du, wenn ich die Nachricht von seinem Tod erhalten habe.«

Guillaume de Nogaret sah zu, wie der Soldat in dem Häusergewirr rings um die Kathedrale verschwand. Er verspürte ein Gefühl der Befreiung; so, als sei etwas zerrissen, was ihn fest umschlossen hatte, sodass er sich endlich wieder frei bewegen konnte. Er wusste, wie er Philipp die Mittel verschaffen konnte, die dieser brauchte, um seine Herrschaft über Frankreich zu festigen, und wie er zugleich die Kirche kontrollieren konnte. Nogaret wusste das schon eine ganze Weile, er hatte nur ebenfalls gewusst, dass der Kanzler es nie zugelassen hätte. Nun war er angenehm überrascht, wie mühelos sich sein Plan in die Tat hatte umsetzen lassen. Andererseits war es ja nicht das erste Mal, dass sein Tun jemandem den Tod brachte.

Ein Karren ratterte vorbei, wirbelte eine Staubwolke auf und zog sie hinter sich her. Nogaret blinzelte in die Sonne. Schweiß rann über seine Wangen. Er würde sich nie an diese hohe Luftfeuchtigkeit gewöhnen. Im Süden waren die Sommer heißer gewesen, aber trockener, und vom Meer und den Bergen her hatte ein frischer Wind geweht. Er konnte sich noch an den Geruch der in der Sonne glühenden Erde erinnern, die an den Reben heranreifenden saftigen schwarzen Trauben, das Surren der Insekten. An den Geruch von Rauch. Von brennendem Fleisch. Nogaret schloss die Augen … Seine Schwester kreischte, schrie nach ihrer Mutter, als die Flammen um ihre Füße züngelten und gierig an dem Holz leckten. Aber der Kopf seiner Mutter war schon nach vorne gefallen, die Flammen schlugen bis zu ihren Schenkeln empor. Plötzlich fing ihr Gewand Feuer und zerfiel sogleich zu Asche, sodass die gaffende Menge einen kurzen, unschicklichen Blick auf ihr Geschlecht erhaschen konnte, ehe ihr Körper zu brennen begann.

»Gott vergisst seine treuen Söhne nicht, Guillaume«, hatte der Dominikaner an seiner Seite gesagt und ihm feierlich eine Hand auf die Schulter gelegt. »Du wirst für das Opfer belohnt werden, das du heute gebracht hast. Ketzerei muss ausgerottet werden, wo immer man auf sie stößt. Was wir tun, ist zu unser aller Besten.«

20

In der Nähe von Bordeaux, Königreich Frankreich
18. Juli A.D. 1302

»Warte hier mit den Pferden, Gaillard.« Bertrand de Got zuckte zusammen, als er abstieg und seinem Knappen die Zügel reichte. »Es wird nicht lange dauern.«

Er umschloss das Päckchen, das er aus Bordeaux mitgebracht hatte, mit seinen schweißfeuchten Händen und ging auf das kleine weiße Haus auf der Kuppe des Hügels zu. Der Himmel leuchtete wolkenlos blau, kaum eine Brise bauschte seinen Umhang, als er sich keuchend und schnaufend den staubigen Pfad hochquälte. Kurz bevor er das Haus erreichte, drehte er sich noch einmal um und wurde mit einem atemberaubenden Blick über die Weiden und Weingärten bis hin nach Bordeaux belohnt. Er konnte sogar den Turm der Kathedrale sehen, und einen Moment lang fragte er sich, ob irgendjemand im Glockenturm über das Tal hinweg bis zu ihm herüberschauen konnte. Der Gedanke löste ein leichtes Schwindelgefühl in ihm aus, und er war froh, gegen die solide Tür hinter ihm klopfen zu können.

Eine junge Frau, die er nicht kannte, öffnete ihm. »Ja?« Sie starrte seine prunkvollen geistlichen Gewänder an.

»Seid Ihr das, Exzellenz?«, erklang eine Stimme in der Halle. Gleich darauf schob eine untersetzte Frau mit groben Zügen das Mädchen zur Seite. »Geh in die Küche zurück, Marie.«

»Ja, Madame.«

Die Frau wartete, bis das Mädchen verschwunden war, dann wandte sie sich an Bertrand. »Es tut mir leid, Exzellenz. Ich habe ihr strikt untersagt, an die Tür zu gehen.«

Bertrand zügelte seinen Zorn, bis die Frau ihn in einen kleinen, aber luxuriös möblierten Raum geschoben hatte. »Was tut sie hier, Yolande?«, zischte er. »Wer ist sie?«

»Nur ein Dienstmädchen, sonst nichts.«

»Sonst nichts?« Bertrand schäumte. Sein Kopf schwamm von dem Aufstieg und dem Schreck. »Sie hat mich gesehen! Hast du eine Ahnung, was passiert, wenn sie irgendwem davon erzählt?« Er warf das zerknüllte Päckchen auf den Tisch.

»Sie weiß nicht, wer Ihr seid«, erwiderte Yolande ungerührt. »Außerdem lebt sie jetzt hier. Wem sollte sie etwas erzählen?« Sie faltete die Hände und sah zu, wie Bertrand sich auf einen Stuhl beim Fenster sinken ließ. »Ich brauche Hilfe. Die Jungen werden älter.«

»Ich habe doch gesagt, ich finde jemanden für dich«, brummte er und wischte sich dabei den Schweiß von der Stirn. Dann verzog er das Gesicht, als ein sengender Schmerz durch seinen Magen schoss.

»Das habt Ihr schon vor Monaten gesagt, und nichts ist passiert.«

»Du hast ein Haus, Frau. Was willst du denn noch von mir?«

»Ich führe nicht das Leben, das ich für mich selbst gewählt hätte«, entgegnete Yolande steif. »Wenn es nach mir gegangen wäre, wäre mein Mann noch am Leben, und ich würde bei ihm leben. Stattdessen ziehe ich hier draußen ganz alleine mein und Euer Kind groß.« Sie schürzte die Lippen. »Ich kann jederzeit gehen.«

Bertrand sah rasch auf. »Nein.« Er schüttelte den Kopf. »Nein, Yolande. Aber du musst mir versprechen, dass dieses Mädchen den Mund hält. Ich hätte mich selbst um eine Hilfe für dich gekümmert, aber seit meiner Wahl ist alles etwas schwieriger geworden.«

Yolande, die wusste, dass sie gewonnen hatte, entspannte sich und schenkte Wein aus einem Krug in einen irdenen Becher.

»König Philipp hat trotz des Waffenstillstandes mit Edward von England nicht alle seine Truppen aus Guyenne zurückgezogen.« Bertrand seufzte, dann zuckte er zusammen, als der Schmerz in seinem Inneren erneut aufflammte. Er nahm den Becher entgegen, den sie ihm reichte. »Allerdings ist die halbe Garnison letzten Monat nach Flandern geschickt worden. Vielleicht kann der Konflikt doch noch beigelegt werden, der König ist ja jetzt anderswo beschäftigt.«

Yolande nickte, ohne das geringste Interesse an einem Gespräch über Politik zu zeigen. »Raoul freut sich schon auf Euch. Soll ich ihn holen?«

»Ja.« Bertrand lehnte sich zurück, dankbar für die Brise, die durch das Fenster hereinwehte. Vielleicht war es gar nicht so schlecht, eine jüngere Frau hier zu haben. Yolande hatte ihr eigenes Kind spät bekommen und den Jungen während seiner Säuglingszeit stillen können, aber seit der Milchfluss versiegt war, zeigte sie erste Anzeichen des Alters. Raoul hätte eine junge Mutter gebraucht, die für ihn sorgte. Die er auch gehabt hätte, wenn sie nicht bei seiner Geburt gestorben wäre.

Bertrand hatte Heloise vor fünf Jahren während eines Besuches der Kirche seines Neffen in der Nähe von Bordeaux kennen gelernt. Sie war die siebzehnjährige Tochter eines dort ansässigen Lords, etwas hausbacken, aber sanftmütig und liebevoll, und sie war die einzige Frau, die er je geliebt hatte. Nach jenem ersten Moment der Leidenschaft hatte Bertrand geschworen, dass es nie wieder dazu kommen würde. Doch er hatte seinen Schwur gebrochen, immer wieder, bis Heloise eines Nachmittags zu ihm kam und ihm unter Tränen gestand, dass sie schwanger war. Ein uneheliches Kind zu zeugen war eine Sünde, als Geistlicher zu zeugen ein Anathema! Im Rahmen der Kirchenreformen von Papst Gregor VII. hatten alle Priester und Bischöfe ihre Ehen zwangsweise annullieren lassen, ihre Frauen wurden als Konkubinen verdammt und ihre Kinder zu Bastarden erklärt. Danach war die Ehe für Geistliche verboten geblieben.

Die Ironie des Namens seiner Geliebten entging Bertrand nicht. Zweihundert Jahre zuvor hatte Heloise in Paris ein Verhältnis mit dem brillanten Theologen Abelard gehabt. Zur Strafe für seine Sünde war Abelard kastriert worden. Bertrand, der Schlimmeres als nur den Verlust seiner Pfründe fürchtete, überredete Heloise, von ihrer Familie fortzulaufen, bevor man ihr die Schwangerschaft ansah. Mit Mitteln aus der Diözese erwarb er das kleine Haus auf dem Hügel, und hier, meilenweit im Nirgendwo, brachte Heloise ihren Sohn zu früh zur Welt. Die kürzlich verwitwete Yolande war bei ihr gewesen, um sich um das Haus und das Kind zu kümmern. Sie hatte jedoch keinerlei Erfahrung als Hebamme, und so kam Bertrand eines Abends spät zu dem Haus und fand seine Geliebte kalt und leblos in einem See von geronnenem Blut und Yolande mit einem schreienden Jungen in den Armen vor.

Er begrub Heloise in dem Wald hinter dem Haus, wobei er sich selbst verwünschte. Gott verwünschte. Damals war er sicher gewesen, für seine Tat bestraft zu werden, doch als die Monate verstrichen und er seinen Sohn heranwachsen sah, kam er zu dem Schluss, dass Gott ihm mit Raoul in jeder Hinsicht nichts als ein Geschenk gemacht hatte. Nach seiner Wahl zum Erzbischof von Bordeaux – ein Amt, um das er rücksichtslos gekämpft hatte – war es einfacher, Geldmittel für den Unterhalt des Jungen abzuzweigen. Er wusste, wie er seine Kontobücher fälschen konnte, und da viele der ihm unterstellten Geistlichen Mitglieder seiner Familie waren, kam niemand auf den Gedanken, seine Bücher zu überprüfen. Heloise wurde zu einer traurigen Erinnerung – einer so entfernten Erinnerung, dass er Raoul manchmal als ein Wunder betrachtete, ein ohne Eltern geborenes Kind, das heranwachsen würde, um die Welt zu verändern. Sein Sohn würde die Sünden seines Vaters tilgen.

Die Tür wurde geöffnet, und Yolande führte einen kleinen Jungen mit dem braunen Haar und den großen schwarzen Augen seiner Mutter und seiner eigenen Hakennase in den Raum. Raoul umklammerte einen abgewetzten Lederball und schmollte, als Yolande ihn ihm wegnahm und auf Bertrand deutete. »Dein Papa ist zu Besuch gekommen, Herzchen.«

Bertrand runzelte verdrossen die Stirn, als sich Raoul an Yolandes Bein klammerte. »Was ist denn mit ihm?«

»Er ist nur schüchtern.« Yolande schwang den Jungen in die Luft und setzte ihn auf Bertrands Knie. »Ihr müsst öfter herkommen«, tadelte sie. »Dann kennt er Euch auch besser.«

»Ich habe dir ein Geschenk mitgebracht, Raoul«, sagte Bertrand, als sein Sohn zu zappeln begann und von seinem Schoß rutschen wollte. »Hier.« Er nahm das Päckchen vom Tisch. Das Tuch, in das es eingewickelt war, war immer noch feucht. Raoul hörte auf zu zappeln und griff gierig danach. »Ich packe es für dich aus.« Bertrand löste das Tuch. Ein kleines Stickbild kam zum Vorschein, das eine Kirche mit Kuppeldach auf einem Felsen zeigte. Sie war von kleinen weißen Gebäuden umgeben, darüber erstrahlte ein blauer Himmel. »Einer meiner jungen Akolyten hat es für mich angefertigt.«

Raoul starrte die Stickerei stirnrunzelnd an. »Bild.« Er deutete mit dem Finger darauf.

»Das ist nicht einfach nur ein Bild. Das ist Jerusalem.« Bertrand sprach das Wort so ehrfürchtig aus, dass Raoul verstummte und plötzlich Interesse zeigte. Keiner von beiden merkte, dass Yolande aus dem Raum huschte. »In dieser Stadt lebte einst unser Erlöser Jesus Christus. Eines Tages werde ich dich dorthin mitnehmen, Raoul«, flüsterte er seinem Sohn in das rosige Ohr. »Das verspreche ich dir. Eines Tages werden wir Jerusalem gemeinsam besuchen.«

Eine Stunde später verließ Bertrand das Haus und ging den Pfad hinunter, an dessen Ende sein Knappe im Schutz einiger Bäume mit den Pferden wartete. Der Abstieg fiel ihm leichter, weil er jetzt beschwingt dahinschritt. Sogar der Schmerz in seinem Magen, der ihn seit einigen Wochen plagte, hatte nachgelassen. Gaillard, der Einzige, der außer Yolande sein Geheimnis kannte, sagte kein Wort, sondern faltete nur pflichtgetreu die Hände, um dem Erzbischof in den Sattel zu helfen.

Als er langsam durch die Nachmittagshitze nach Bordeaux zurückritt, wurde Bertrands Freude über den Besuch bei seinem Sohn von dem Gedanken an das Versprechen verdunkelt, das er dem Jungen gegeben hatte. Aus dem Heiligen Land, wo Jacques de Molay seinen Kreuzzug führte, begannen Berichte einzutreffen. Nach anfänglicher Hoffnung im letzten Jahr, die auf der Nachricht beruhte, die Kreuzritter hätten sich mit den Mongolen gegen die Mamelucken verbündet, ließen die jüngsten Neuigkeiten nun darauf schließen, dass der Kreuzzug gescheitert war. Es hieß, die letzte Templerfestung auf der Insel Ruad sei von muslimischen Truppen eingenommen worden und der Großmeister und seine Kommandanten hätten sich nach Zypern zurückgezogen. Da die Hospitaliter sich nach wie vor weigerten, mit ihren Rivalen gemeinsame Sache zu machen, die Deutschordensritter von der Eroberung des heidnischen Preußens in Anspruch genommen wurden und König Edwards Versprechen in den Wirren des Krieges in Vergessenheit geraten war, schienen nur noch sehr wenige Männer bereit zu sein, den Kampf fortzuführen.

Bertrand hatte nie einen Fuß ins Heilige Land gesetzt, dennoch zog es ihn magisch an. Auf Gottes Spuren zu wandeln, die Orte zu besichtigen, an denen der Heiland, der Erlöser der Menschheit gelebt hatte – danach sehnte er sich mit jeder Faser seines Herzens. Er hätte in seiner Jugend eine Pilgerfahrt unternehmen können; hatte es sogar ernsthaft erwogen, aber der Gedanke an die blutigen Kämpfe an jenen fernen Ufern hatte ihn davon abgehalten. Ihm waren Geschichten über den ersten Kreuzzug zu Ohren gekommen, über blutbedeckte, mit Leichen übersäte Straßen. Solche Bilder wollte er nicht sehen. Er wollte eine goldene Stadt betreten, den Duft von Olivenbäumen einatmen und dem Vogelgezwitscher lauschen, wenn er zur Grabeskirche emporstieg, dem heiligsten Fleckchen Erde auf dieser Welt. Fremde Länder zu erobern war die Aufgabe von Herrschern, zu kämpfen die der Soldaten. Seine Aufgabe bestand darin, Gottes gläubige Kinder durch die Tore eines befreiten Jerusalem zu führen.

»Was geht da vor?«

Gaillards Stimme riss Bertrand aus seinen Gedanken. Der Knappe blickte zu einer mächtigen Eiche hinüber, die wie ein

Turm aus einem Kornfeld aufragte. Bertrand sah eine Gruppe von Männern darauf zuhalten, und merkte erst jetzt, dass er ihre Rufe über das Rascheln des Korns hinweg hören konnte. Es sah aus, als würden sie etwas zwischen sich schleifen. Es waren… Bertrand zog die Brauen zusammen. Zwei Menschen.

»Sollen wir eingreifen, Exzellenz?«

Bertrand machte Anstalten, den Kopf zu schütteln, hielt aber inne, als er feststellte, dass die Gefangenen sich in dem Griff der Männer wanden, die sie zu der Eiche zerrten. Metall blitzte auf. Vermutlich waren ihre Häscher bewaffnet.

»Soldaten des Königs«, entfuhr es Gaillard plötzlich. »Exzellenz, diese Männer sind Soldaten des Königs!«

»Mein Gott«, murmelte Bertrand, als ihm bewusst wurde, dass die Männer die leuchtend scharlachroten und blauen Überwürfe der in Bordeaux stationierten Truppen trugen. Einer ihrer Häscher warf ein Seil über einen Ast des Baumes. Die Hand des Erzbischofs fuhr zu dem juwelenbesetzten Kreuz auf seiner Brust. Er wusste, dass er gleich Zeuge eines Mordes werden würde.

»Wir müssen sie aufhalten, Exzellenz!«

»Ich kann nicht! Sie könnten fragen, was ich hier zu suchen habe.« Bertrand blickte zu dem Haus hinüber, das noch immer auf dem Hügel zu sehen war. »Mein Sohn«, stammelte er hilflos. »Geh du, Gaillard. Finde heraus, was da los ist, und gebiete ihnen Einhalt.«

Gaillard verzog ängstlich das Gesicht, lenkte aber sein Pferd von dem Pfad herunter und trieb es durch das Kornfeld. Bertrand verfolgte, wie sich zwei der Männer aus der Gruppe lösten und sich dem auf sie zugaloppierenden Knappen in den Weg stellten. Sie hoben Schwerter. Inzwischen war ein zweites Seil um den Ast geschwungen worden, und die Soldaten wurden in die Höhe gezogen. Gaillard war abgestiegen und stellte einen der Männer zur Rede. Bertrand sog zischend den Atem ein, als dieser ihm mit dem Schwert drohte. Gaillard wich zurück und stieg wieder auf sein Pferd.

Bertrand sah entsetzt zu, wie die Soldaten unaufhaltsam an den Hälsen in die Höhe gezerrt wurden.

»Eure Exzellenz«, keuchte Gaillard, nachdem er sein Pferd neben dem von Bertrand zum Stehen gebracht hatte. »Ich habe es versucht, aber ich …« Kopfschüttelnd blickte er sich zu dem Kornfeld um. »Ich konnte nichts tun.«

Bertrand erwiderte nichts darauf. Sein Blick hing wie gebannt an den sich an den Stricken drehenden Soldaten.

»Sie sagen, es gäbe einen Massenaufstand gegen König Philipps Besetzung des Landes«, fuhr Gaillard fort. »Sie akzeptieren den Waffenstillstand nicht, den Edward von England mit ihm geschlossen hat. Sie sagen, sie werden die königlichen Truppen selbst verjagen, so wie es die Flamen in Brügge getan haben. Und sie sagen, überall in der Grafschaft komme es zu ähnlichen Revolten.«

Der Louvre, Paris
10. August A.D. 1302

»König Philipp ist sich Eurer Situation durchaus bewusst, aber da Ihr einer der Hauptgeldverleiher von Paris seid, wundert er sich doch darüber, dass Ihr nicht im Stande sein wollt, den diesjährigen Tribut zu entrichten.«

»Was soll ich denn noch tun, Sire?«, klagte der alte Jude, schob sich an dem königlichen Schatzmeister vorbei und streckte beide Hände nach Philipp aus, der auf einem hochlehnigen Stuhl hinter einem mit Pergamentrollen übersäten Tisch saß. »Ich habe alles getan, was in meiner Macht steht, um die Gelder einzutreiben, die meine Kunden mir schulden, aber trotzdem stehen noch beträchtliche Summen aus. Wie Ihr ja selbst seht.« Er entrollte mehrere Pergamente und deutete auf die Zahlenlisten, die sie bedeckten. »Ich bräuchte einen Zeitaufschub.«

»Ihr habt bereits fünf Monate gewährt bekommen«, erwiderte

Philipp, ehe der Schatzmeister antworten konnte. Er beugte sich vor und stützte die Ellbogen auf den Tisch. »Ich bin sehr enttäuscht, Samuel. Es werden entsprechende Schritte eingeleitet werden müssen.«

»Sire, die von Eurem Großvater bezüglich meines Volkes erlassenen Gesetze haben es uns erschwert, Schulden von säumigen Christen einzutreiben. Es gibt für sie keinen triftigen Grund, die geliehenen Gelder zurückzuzahlen. Sie werden noch nicht einmal bestraft, wenn sie sich weigern.«

»Ich an Eurer Stelle«, gab Philipp mit gefährlich leiser Stimme zurück, »würde sehr darauf achten, in welchem Ton ich von Louis *dem Heiligen* spreche.«

»Sire, Samuel wollte gewiss niemanden kränken.«

Philipp blickte auf, als er die brüchige Stimme hörte, und starrte den gebrechlichen, weißhaarigen Juden mit dem fremdländischen Akzent an. »Ich begreife immer noch nicht, was Ihr mit der ganzen Angelegenheit zu tun habt. Warum seid Ihr hier?«

»Rabbi Elias ist mitgekommen, um für mich zu bürgen«, warf Samuel ein.

»Ich kann Euch versichern, Sire«, sagte Elias, ohne sich von dem feindseligen Blick Philipps aus der Ruhe bringen zu lassen, »dass Samuel Euch den Tribut entrichtet, sobald er …« Er brach ab, als es an der Tür klopfte.

Philipp runzelte die Stirn. »Ich sagte doch, dass ich nicht gestört werden will.«

»Ich kümmere mich darum.« Nogaret stieß sich von der Wand ab, von der aus er die Auseinandersetzung schweigend verfolgt hatte. Er drängte sich an dem Schatzmeister vorbei und öffnete die Tür.

Die Furchen auf Philipps Stirn wurden tiefer, als er einen leisen Wortwechsel hörte. »Wer ist es, Nogaret?«

»Ein Bote und ein Beamter aus dem Palast. Sie sagen, es sei dringend.«

»Beeilt euch«, befahl Philipp unwirsch, als die beiden Männer die Kammer betraten. »Ich habe heute genug zu tun, ich kann keine ständigen Unterbrechungen brauchen.«

»Ich bringe Neuigkeiten aus Flandern, Sire.« Mehr sagte der Bote nicht, sondern reichte Philipp nur stumm eine Schriftrolle.

Der König entrollte sie und überflog sie rasch. Beim Lesen wechselte sein Gesichtsausdruck von ungeduldig zu ungläubig. Als er zum Ende kam, sank seine Hand schlaff herab, das Pergament entglitt seinen Fingern, fiel zu Boden und rollte sich auf den Fliesen wieder zusammen.

»Sire?« Als der König keine Antwort gab, ging Nogaret zu der Rolle hinüber und hob sie auf.

»Als unsere Truppen in Courtrai eintrafen, belagerten die Flamen bereits die Burg«, brach der Bote das Schweigen. »Ihre Armee setzte sich nur aus Infanteristen zusammen, aber sie waren uns zahlenmäßig überlegen. Sie wurden von den Köpfen der Gilden und den Söhnen von Guy de Dampierre angeführt.« Nogaret las immer noch. Philipp hatte eine Hand flach auf den Tisch gelegt und zerknüllte eines der Pergamente, die Samuel vor ihn hingelegt hatte. »Unsere Ritter griffen sie an, wurden aber von dem sumpfigen Gelände und flämischen Bogenschützen behindert. Diejenigen, denen es gelang, in die Nähe der Feinde zu kommen, wurden mit Keulen von ihren Pferden geprügelt.«

»Vernichtet?«, murmelte Nogaret, dessen Augen immer noch über das Pergament wanderten.

»Wir schätzen, dass über tausend Ritter gefallen sind. Eine vollständige Verlustliste wird in den nächsten Tagen nachgeliefert, aber ich wurde gebeten, Euch persönlich von zwei Todesfällen in Kenntnis zu setzen. Graf Robert d'Artois wurde auf dem Feld eingekesselt, unsere Soldaten konnten nicht zu ihm durchdringen. Der andere …« Der Bote senkte den Kopf, um Philipps Blick auszuweichen. »Bei dem anderen handelt es sich um Kanzler Flote. Er wurde etwas abseits der Kampfstätte mit durchschnittener Kehle aufgefunden.« Jetzt sah er Philipp an. Seine Augen funkelten vor Zorn. »Sie haben die Sporen unserer toten Ritter als Trophäen mitgenommen. Es heißt, sie hätten sie in einer Kirche in Courtrai aufgehängt.«

Philipp schwieg noch immer. Elias und Samuel schielten unsicher zu dem Schatzmeister hinüber.

»Ich fürchte, das sind nicht die einzigen schlechten Nachrichten, Sire.« Der königliche Beamte trat vor. »Gerade vor einer Stunde erhielten wir im Palast einen Bericht über eine Rebellion gegen die königlichen Truppen in der Guyenne-Region. Wir wissen noch nicht, wie weit sich der Aufstand ausgebreitet hat, aber es sind Soldaten ermordet worden, und ...«

»Lasst mich allein.« Philipp erhob sich, die Hände noch immer auf den Tisch gestützt.

»Sire?«

»Geht!« Philipp deutete zur Tür. »Ihr alle. Hinaus!«

»Bitte«, begann Samuel zögernd. »Ich ...«

»*Hinaus!*«

Nachdem der Bote und der Beamte sich zurückgezogen hatten, schob Nogaret den Schatzmeister und die beiden Juden zur Tür und drängte sie hinaus. Dann wollte er sie hinter sich schließen, doch ein scharfer Befehl seitens des Königs hielt ihn davon ab.

»Ihr nicht, Nogaret!«

Der Minister ließ die Tür angelehnt und kam in den Raum zurück. Er holte tief Atem und verschränkte die Arme vor seiner schmalen Brust. »Sire, ich kann nicht leugnen, dass das denkbar schlechte Neuigkeiten sind, aber wir können den Schaden wiedergutmachen. Wir brauchen nur Zeit, um weitere Truppen zusammenzuziehen.«

»Zeit?«, murmelte Philipp. »Zeit habe ich. Geldmittel nicht. Wie sollen wir diese Scharte wieder auswetzen? Jetzt, wo Flote tot ist?« Er wischte mit der Hand über den Tisch und fegte dabei einige Pergamente zu Boden. »Ihr habt gehört, was der Schatzmeister gesagt hat. Die königlichen Schatztruhen sind so gut wie leer. Wie kann ich einen Kampf an zwei Fronten führen, Aufstände niederschlagen und unsere Toten rächen, wenn ich es mir nicht leisten kann, eine Armee aufzustellen?« Er begann rastlos im Raum auf und ab zu gehen. »Nichtsdestoweniger muss es mir gelingen. Irgendwie muss ich es schaffen. Wenn ich nicht handele, wird mich mein Volk für schwach halten. Die Macht, die ich im Rahmen der Versammlung der gesetzgebenden Stände errungen habe, schwindet bereits wieder. Wenn sich diese Nachrichten verbreiten und ich hier sitze und nichts tue, werde ich sie ganz einbüßen. Wer weiß, wie viele andere Feinde dort draußen noch lauern und darauf warten, sich auf mich zu stürzen, wenn ich verwundbar bin, Nogaret? Herzöge? Grafen? Bischöfe?« Er wandte sich zu dem Minister um. »Mein Großvater hätte es nie so weit kommen lassen. Er hätte das Geld irgendwie aufgetrieben und Truppen ausgeschickt, um Flandern zu unterwerfen, Vergeltung für Courtrai zu üben und diese gascognischen Rebellen am Galgen aufzuknüpfen. Ich bin geschlagen.« Philipp erschauerte und umklammerte den Kragen seines Umhangs. »Es gibt keine Rettung mehr.«

»Sire, es gäbe da eine …«

»Ich muss nachdenken, Nogaret.« Philipp fuhr sich mit einer Hand durch das Haar. »Den Klerus kann ich nicht besteuern. Es dauert zu lange, und ich darf Papst Bonifaz keine Gelegenheit mehr geben, mir weitere Steine in den Weg zu legen.«

Nogaret trat in dem Versuch, den König aus seiner fiebrigen Konzentration zu reißen, einen Schritt vor.

»Die Juden!« Philipp griff nach einem Pergament und wedelte damit vor Nogaret durch die Luft. »Das hat schon mein Großvater getan, als er Geld brauchte.«

»Was denn, Sire?«

»Er hat die Juden verbannt. Ihr Geld und ihren Besitz beschlagnahmt und sie aus dem Reich vertrieben.« Ein träumerischer Ausdruck trat in Philipps Augen. »Ich erinnere mich an das, was mein Vater mir darüber erzählt hat – mit Schätzen und Goldmünzen beladene Karren sind in den Palasthof gerollt. So werden wir vorgehen, Nogaret. Wir werden die königliche Leibgarde aussenden, um sie zu enteignen, und ihre Häuser und sonstigen Besitztümer dann versteigern. Das Gold und sämtliche Wertgegenstände werde ich behalten. Und wir werden ihre Schuldner bezüglich der noch ausstehenden Summen befragen.« Philipp hielt das Pergament in die Höhe. »*Wir* werden dafür sorgen, dass das Geld zurückgezahlt wird.«

Nogaret nickte nachdenklich. »Der Plan klingt sinnvoll und wird uns schnell eine große Summe Geld verschaffen; genug, um einen Feldzug in Flandern zu finanzieren. Aber«, fuhr er vorsichtig fort, »es ist nur eine kurzfristige Maßnahme. Diese Geldquelle versiegt rasch, und wir müssen auf die jährlichen Tribute verzichten, die die Juden an uns entrichten. Am Ende könnten wir mehr verlieren als gewinnen. Setzt Euren Plan in die Tat um, Sire, aber befasst Euch zugleich mit längerfristigen Strategien. Die Juden sind reich, aber eine relativ kleine Gruppe. Woher wollt Ihr genug Geld bekommen, um die Territorien zu sichern, die Ihr bereits erobert habt, und gleichzeitig in den nächsten Jahren Euer Herrschaftsgebiet ausweiten?« Nogaret lächelte, als Philipp mutlos den Kopf schüttelte. »Von den Templern!« Der König runzelte die Stirn, doch Nogaret fuhr rasch fort: »Abgesehen von der Kirche ist der Templerorden die größte und finanzkräftigste Organisation des Christentums. Er besitzt in ganz Europa Landgüter, von denen sich viele durch Ackerbau selbst versorgen. Sie herrschen sogar über mehrere kleine Städte.« Nogaret erwärmte sich sichtlich für das Thema. »Sie besitzen Mühlen und Backhäuser, Geschäfte und Weinberge. Sie sind Geldverleiher, die die Erlaubnis des Papstes haben, Zinsen zu erheben, wie es die Juden tun. Eure Flotte ist noch nicht fertiggestellt, Sire. Nun, dann beschlagnahmt ihre!«

»Nogaret«, murmelte Philipp.

Der Minister sprach weiter, als habe er nichts gehört. »Sie verfügen über großen Einfluss auf dem Gebiet des Wollhandels, verlangen Gebühren für die Passage auf ihren Schiffen und beschützen Kaufleute. Zweifellos sind ihre Schatzkammern bis zum Bersten gefüllt, ferner verfügen sie über heilige Reliquien, mit denen sie den Pilgern Spenden entlocken können. Sire, sie sind reicher als ihre Könige!«

»Nogaret!«, wiederholte Philipp rau. »Das führt zu nichts. Ich kann keine Schritte gegen den Orden unternehmen. Gegen die Juden schon, weil niemand in diesem Reich ihnen nachtrauern wird. Aber die Krieger Christi?« Er schüttelte den Kopf. »Das hätte einen Aufstand zur Folge.«

»Wirklich?«, meinte Nogaret gedehnt. »Ihr wisst doch, wie viele Leute den Rittern die Schuld am Verlust des Heiligen Landes gegeben haben, nachdem sie vom Fall Akkons erfahren hatten.«

»Das mag ja sein, aber jetzt ist ihr Großmeister der einzige Mann der gesamten Christenheit, der versucht, die verlorenen Gebiete zurückzuerobern.«

»Und wir wissen, dass die Templer in diesem Punkt erneut versagt haben, Sire. Die Menschen legen keinen Wert mehr auf Kreuzzüge, Ritterehre und heilige Missionen. Sie wollen Geld, Macht und Land, und sie wollen in einem starken, vor feindlichen Übergriffen gesicherten Reich leben.«

»Ihr habt recht.« Der triumphierende Ausdruck, der bei Philipps Worten auf Nogarets Gesicht trat, erstarb sofort wieder, als der König fortfuhr: »Der Orden ist eine reiche und mächtige Gemeinschaft. Und warum? Weil sich in den zwei Jahrhunderten seit seiner Gründung niemand in seine Angelegenheiten gemischt hat. Die Templer stehen außerhalb der Herrschaft von Königen; im Gegenteil, sie haben im Laufe der Jahre Monarchen beherrscht. Sie unterstehen einzig und allein der Autorität des Papstes.«

Nogaret nickte und trat einen Schritt zurück. »Dessen bin ich mir bewusst.« Er schielte zu Philipp hinüber. »Aber das wäre kein Problem, wenn ein Mann unserer Wahl die Papstkrone tragen würde.«

Philipp verstummte und starrte seinen Minister an.

»Wir hätten zwei Probleme auf einmal gelöst«, gab Nogaret zu bedenken. »Unsere versiegenden Geldmittel. Und Bonifaz.«

»Ich darf über Eure Andeutungen erst gar nicht weiter nachdenken.« Philipp wandte sich von ihm ab. »Es ist unmöglich.«

»Alles ist möglich. Auch Bonifaz ist nur ein Mann und durch und durch korrupt dazu. Ihr habt ja selbst gesehen, wie er sein Amt missbraucht. Wir könnten dafür sorgen, dass ein besserer Mann seinen Platz einnimmt. Dadurch würdet Ihr das Christentum retten, statt ihm zu schaden.« Nogaret ging zu dem König hinüber. »Ich habe lange und eindringlich darüber nachgedacht. Die Reichtümer des Ordens würden es Euch ermöglichen, die Ausweitung Eures Reiches fortzusetzen und zugleich Eure bisherigen Grenzen zu sichern. Der Papst wird unsere Axt sein. Ein Schlag zur richtigen Zeit, der die richtige Stelle trifft, und das Ende der Templer ist besiegelt.«

Elias schritt rasch über den Hof der königlichen Festung. Samuel erwartete ihn bereits ungeduldig. Der ältere Jude stellte ihm eine leise Frage, aber der Rabbi war so tief in seine Gedanken versunken, dass er nicht zuhörte. »Es tut mir leid, Samuel«, murmelte er geistesabwesend. »Was hast du gesagt?«

Samuels Gesicht umwölkte sich, als sein Blick auf Elias' leere Hände fiel. »Ich habe dich gefragt, ob er sich geweigert hat, sie dir zu geben. Meine Kontolisten«, drängte er, als Elias keine Antwort gab. »Wollte er sie dir nicht zurückgeben?« Er machte Anstalten, sich an dem Rabbi vorbeizudrängen. »Dann werde ich ihn selbst fragen. Ich brauche diese Listen dringend.«

Aus seinen sorgenvollen Gedanken gerissen, packte Elias den alten Mann am Arm. »Ich hatte keine Gelegenheit, ihn zu fragen, Samuel. Komm«, sagte er hastig, als sein Freund protestierte. »Wir werden mit dem Schatzmeister sprechen. Er wird wohl dafür sorgen können, dass du deine Unterlagen zurückbekommst. Der König war gerade in einer Besprechung mit seinen Ministern. Ich wollte ihn nicht stören.«

21

Der Königspalast, Paris
21. August A.D 1302

Will zügelte sein Pferd, als ihm eine Gestalt den Weg vertrat. »Simon?«, entfuhr es ihm überrascht. Seine Worte gingen fast in dem prasselnden Regen unter, der auf den Boden trommelte und die Straße in einen rauschenden Fluss verwandelte. Von den Dächern, die noch eine Stunde zuvor in der Mittagssonne gebacken worden waren, stiegen Nebelschwaden empor. Der Pferdeknecht trug keinen Umhang, sein schütter werdendes Haar klebte ihm am Kopf. Will schwang ein Bein über den Sattel und stieg ab. Nach dem langen Ritt fühlten sich seine Glieder steif an. »Was tust du denn hier?«

»Ich habe auf dich gewartet. Ein Palastdiener sagte mir, dass du heute zurückkommen würdest.« Simon blickte auf die an Wills Sattel festgeschnallten Taschen. »Wo warst du denn?«

»Ich habe für den König eine Botschaft überbracht.« Will runzelte angesichts von Simons grimmiger Miene die Stirn. »Weshalb bist du hergekommen? Ist etwas passiert?« Sein Blick wanderte zu dem Palast mit den mächtigen Türmen. »Mit Rose?«

»Es geht um deinen Freund, den Rabbi.«

»Elias?«

»Er hat dich gesucht. Er war – nun ja, besorgt ist nicht das richtige Wort. Als ich ihm sagte, wenn du nicht im Palast zu finden wärst, wärst du höchstwahrscheinlich im Auftrag des Königs unterwegs, wollte er mit Sir Robert sprechen, aber der war die ganze letzte Woche mit dem Visitator auf Reisen. Der Rabbi hat sich furchtbar aufgeregt. Ich musste ihm versprechen, dich direkt nach deiner Rückkehr aufzusuchen und dir etwas auszurichten.«

»Was denn?«

Simon sah sich um, als zwei Männer vorbeihasteten. Wasser spritzte unter ihren Stiefeln auf. »Er sagte: *Du bist in die Höhle eines Wolfes geraten.*«

»Das ist alles?«

»Nein, er wollte, dass du zu ihm kommst. Nur«, Simon packte Will am Arm, als dieser einen Fuß in den Steigbügel schieben wollte, »könnte das mit Schwierigkeiten verbunden sein. Will, die ganze Stadt summt heute Morgen vor Neuigkeiten. Auf dem Weg hierher habe ich mindestens ein Dutzend Leute davon sprechen hören.«

»Wovon?«

»Soldaten des Königs haben das jüdische Viertel gestürmt. Der König hat sämtliche Juden verbannt.«

»Aus Paris?«, vergewisserte sich Will ungläubig.

»Aus Frankreich.«

»Davon hatte ich keine Ahnung«, murmelte Will entgeistert. »Wann hat das angefangen?«

»Im Morgengrauen, wenn es stimmt, was die Leute sagen.« Der Pferdeknecht trat einen Schritt vor, als Will sich in den Sattel schwang. Die Hufe des Tieres, das sein Gewicht leicht verlagerte, verursachten ein schmatzendes Geräusch im Schlamm. »Soll ich mitkommen?«

»Alleine komme ich schneller vorwärts.« Will stieß dem Pferd die Knie in die Flanken und trieb es zu einem leichten Galopp an.

Die Straßen lagen im strömenden Regen nahezu verlassen da. Während er sie entlangritt, dachte Will über Elias' geheimnisvolle Botschaft nach, dann beschleunigte er sein Tempo, überquerte den Grand Pont und gelangte in das Gewirr von Straßen, das zum jüdischen Viertel führte.

Noch ehe er es erreichte, bemerkte er erste Anzeichen der Zwangsvertreibung. Ströme von samt und sonders mit dem roten Rad gekennzeichneten Menschen eilten an ihm vorbei. Ein Mann trug einen kleinen Jungen in den Armen, ein anderer klammerte sich mit rot angelaufenem Gesicht und lauthals schreiend an seiner Schulter fest. Eine Frau, die einen Sack durch den Schmutz zerrte, schleppte sich hinter ihm her. Zwei sich eng umschlungen haltende Mädchen schluchzten haltlos, während sie die Straße entlangstolperten. Der Untergrund hatte sich unter all den Füßen in einen dunklen Morast verwandelt. Will erblickte ein Paar Schuhe, die darin stecken geblieben waren. Ihr Besitzer hatte es scheinbar zu eilig gehabt, um umzukehren und sie zu holen. Ein paar Leute lehnten sich aus den Fenstern und beobachteten den Menschenstrom. Ein Mann bekundete halbherzig Beifall, doch seine Stimme ging im Rauschen des Regens unter.

Als Will in das Viertel hineinritt, wimmelte es dort von Leibgardisten des Königs. Er zügelte sein aufgeregt schnaubendes Pferd. Eine Frau kreischte, als einer der Soldaten den Mann an ihrer Seite zu Boden stieß und auf ihn einzutreten begann. Der Mann versuchte sich aufzurappeln und die Tritte abzuwehren, doch zwei weitere Soldaten kamen ihrem Kameraden sofort zu Hilfe. Kurz darauf brach ihr Opfer zusammen und verschwand unter den schweren Stiefeln. Ein anderer Jude drückte einen Sack an seine Brust und brüllte einen Soldaten an, der ihn ihm entreißen wollte. Aus dem Inneren der Häuser erklangen Schreie und das Klirren zerbrechender Gegenstände. Viele Türen waren eingeschlagen worden, überall im Schlamm lagen die Habseligkeiten ihrer Bewohner verstreut: ein roter Umhang, ein goldener Kerzenhalter, eine silberne Schale, von der der Regen abperlte. Weiter unten in der Straße sah Will etwas liegen, was er zunächst für einen Kleiderhaufen hielt, bis er er erkannte, dass es sich um einen menschlichen Körper handelte. Ob er männlich oder weiblich, tot oder nur bewusstlos war, konnte er nicht sagen. Überall standen bis zum Rand mit Beute vollgeladene Ochsenkarren. Will blickte sich um, als ein Soldat aus einem Haus kam und ihm scharf befahl, stehen zu bleiben. Ohne auf ihn zu achten, trieb Will sein Pferd in eine Seitenstraße und auf Elias' Haus zu, vorbei an einer Synagoge, aus deren zertrümmerten Fenstern Rauchwolken quollen.

Als er sich dem orangefarbenen Haus näherte, stellte er fest, dass die Tür weit offen stand. Furcht keimte in ihm auf. In dieser Straße herrschte momentan Ruhe, doch auch hier waren die Zeichen von Verwüstung nicht zu übersehen, und zu seinem Schrecken lagen zahlreiche Tote im Schmutz. Will band sein Pferd vor dem Haus eines anderen Buchhändlers an einem Pfosten an, dann betrat er die dunkle Halle. Als er Geräusche in der Küche hörte, zog er sein Breitschwert. Es lag noch immer nicht optimal in seiner Hand. Wallace hatte ihm die Waffe gegeben, nachdem sein Krummschwert bei Falkirk zerbrochen war. Da er selten Gelegenheit gehabt hatte, das Schwert einzusetzen, hatte er sich noch nicht recht daran gewöhnt. Er behielt die Tür scharf im Auge, übersah dabei aber einen umgekippten Stuhl auf dem Boden, der über die Fliesen rutschte, als er mit dem Bein dagegen stieß. Die Geräusche in der Küche verstummten. Einen Fluch unterdrückend stieß er die Tür auf und stürmte in den Raum.

Das Erste, was er sah, war eine alte Frau, die sich mit weit aufgerissenen Augen hinter einem Mann, der nicht weniger verängstigt wirkte, sich aber dennoch mit einem Messer in der Hand beschützend vor ihr aufgebaut hatte, gegen die Wand presste. In der Nähe der Feuerstelle kauerten drei weitere Männer; sie umringten eine auf dem Boden ausgestreckte vierte Gestalt. Will bemerkte Blutspritzer auf den Fliesen und dem Gewand des am Boden liegenden Mannes, und dann erkannte er ihn.

»Großer Gott!« Er schob sein Schwert in die Scheide zurück. »Elias?«

»Zurück!«, befahl einer der Juden, erhob sich und trat drohend auf ihn zu.

»William?«, erklang eine brüchige Stimme vom Boden her.

»Versucht, Euch möglichst nicht zu bewegen.« Ein anderer Mann presste eine Hand auf die Brust des Rabbis.

Der Jude, der Will den Weg versperrte, trat widerwillig zur Seite. Will drängte sich an ihm vorbei. Das Blut gefror ihm in den Adern, als er sah, warum der Rabbi auf dem Boden lag. Der alte

Mann war geblendet worden, man hatte ihm beide Augen ausgestochen. Aus den zerfetzten Höhlen rann Blut über seine Wangen. Will kniete sich neben Elias und griff nach seiner Hand. »Wer hat das getan, Elias? Was geht hier vor?«

»Soldaten des Königs«, erwiderte einer der Männer, bevor der Rabbi antworten konnte. Will meinte, ihn schon einmal gesehen zu haben. Er hatte die Hände zu Fäusten geballt, seine Augen loderten vor Zorn. »Sie kamen bei Tagesanbruch, ohne Vorwarnung, und sagten, wir würden auf Befehl König Philipps aus dem Land verbannt werden, und all unser Besitz würde an die Krone fallen. Wer protestierte, wurde verwundet oder gar getötet. Elias hat versucht, mit ihnen zu reden.«

»Ich habe etwas zu sagen.«

Der Mann drehte sich um, als er die geflüsterten Worte hörte. Elias versuchte sich aufzusetzen.

»Rabbi, bitte.«

»Nein, Isaak. Ich muss mit William sprechen. Allein.«

Die Stimme klang trotz ihrer Brüchigkeit so gebieterisch, dass sich die Männer und die Frau widerstrebend anschickten, den Raum zu verlassen. Isaak berührte Wills Schulter, beugte sich zu ihm hinunter und raunte ihm zu: »Wir sind zurückgekommen, um nach ihm zu sehen, sowie die Soldaten weitergezogen waren.« Er schielte zu Elias. »Aber ich glaube nicht, dass er noch lange durchhält, und wir müssen die Stadt so schnell wie möglich verlassen.«

»Ich bleibe bei ihm.« Nachdem die anderen Juden verschwunden waren, starrte Will auf Elias hinunter. Er konnte kaum glauben, dass der alte Buchhändler, der immer so von Leben erfüllt gewirkt hatte, auf dieses jämmerliche Bündel Mensch reduziert worden war. Im Laufe seines Lebens war er dem Tod in vielen Formen begegnet, aber dieser grausame Akt der Gewalt erschien ihm so sinnlos, dass alles in ihm nach einer Erklärung schrie. Nach Vergeltung. »Es tut mir so leid«, murmelte er. »Simon hat mir Eure Botschaft ausgerichtet. Wenn ich von diesem Angriff auf Eure Leute gewusst hätte …«

»Darum ging es nicht«, krächzte Elias. Er wandte den Kopf in Wills Richtung, wobei noch mehr Blut über seine Wangen strömte. »Damit hatte ich nicht gerechnet. Meine Botschaft hatte mit dem Orden zu tun. Ich musste Euch warnen.«

Will umklammerte Elias' Hand, als sein Kopf auf die Fliesen zurücksank.

Nach einem Moment stieß der Rabbi rasselnd den Atem aus. »Ich war im Palast, und da hörte ich, wie einer der Minister mit dem König sprach. Ein Anwalt namens de Nogaret.«

Elias' Stimme wurde so leise, dass Will das Ohr an seinen Mund legen musste, um ihn verstehen zu können.

»Ich hörte ihn sagen, der Papst würde ihre Axt sein.«

»Ihre Axt?«, hakte Will nach. »Was hat er damit gemeint?«

»Ein Schlag«, murmelte der Rabbi. »Ein Schlag zur rechten Zeit, und das Ende der Templer ist besiegelt.« Sein Kopf fuhr hoch. Will zuckte zurück. »Seine Schatztruhen sind leer. Deswegen hat er das hier heute getan.«

»Wollt Ihr damit sagen, dass er beabsichtigt, den Orden anzugreifen?«, drängte Will.

»Ich weiß es nicht«, keuchte Elias. »Mehr habe ich von dem Gespräch nicht gehört. Es war der Anwalt, der das gesagt hat.«

»Das wird nie geschehen«, sagte Will nach einer kurzen Pause. »Es ist unmöglich. Der Papst ist alles andere als ein Verbündeter des Königs.«

»Vielleicht wollen sie Druck auf ihn ausüben. Oder Schlimmeres.«

Die Frage hing schwer im Raum. Will beantwortete sie rasch. »Ja, zwischen dem König und Bonifaz ist es zu Auseinandersetzungen gekommen, aber sie sind rein politischer Natur. Er würde nie etwas gegen Rom unternehmen.«

»Ihr könnt mit ansehen, was soeben auf seinen Befehl hin geschehen ist, und das mit solcher Sicherheit sagen?«

Die Anklage in seiner Stimme traf Will wie ein Schlag. Er wandte den Blick nicht von Elias' entstelltem Gesicht ab.

»Philipp ist nicht die Antwort auf Eure Gebete, William.« Elias' Züge verzerrten sich, als bereite ihm jedes Wort Schmerzen. »Hinter diesem Thron lauert ein Teufel. Aber Ihr seht ihn nicht; Ihr wollt ihn nicht sehen, weil der König versprochen hat, Euer Verbündeter zu sein, das Instrument Eurer Rache. Woher wird denn das nächste Geld für die schottische Sache kommen?« Elias hob schwach eine Hand und führte sie zu seinem Gesicht. »Von mir. Vom Blut meines Volkes.«

Will schloss die Augen.

»Schande über Euch, William! Schande über Euch, weil Ihr Euch weigert, der Wahrheit ins Auge zu blicken. Ihr lasst Euch von Eurem selbstsüchtigen, hohlen Durst nach Rache beherrschen. Ihr habt Euch von all Euren Zielen abgewandt, jeden im Stich gelassen, den Ihr zu beschützen gelobt habt. Mehr als ein Jahrhundert lang haben Männer ihr Leben für die Ideale der Bruderschaft gegeben – diejenigen, die direkt für uns gearbeitet und die, die uns im Geheimen unterstützt haben. Und um Eurer persönlichen Blutfehde willen habt Ihr alles fortgeworfen, was Euch einst wichtig war.« Elias rang nach Atem, umklammerte aber Wills Hand mit erstaunlicher Kraft. »Ihr hättet als Kopf der Anima Templi im Orden bleiben sollen. Stattdessen habt Ihr Euch aus dem Staub gemacht, nichts getan, um den Großmeister von seinem Kreuzzug abzuhalten, nichts getan, um zu verhindern, dass die Bruderschaft ihre Ziele aus den Augen verliert. Aber es war nicht nur Eure Sache, die Ihr verraten habt, sondern auch die von Hunderten von Männern vor Euch. Die von Everard und Eurem Vater. Die von Kalawun. Meine. Wie könnt Ihr es wagen, unsere Hoffnungen zu enttäuschen und unser Blut zu vergießen, um Euren Hass zu befriedigen? Wie könnt Ihr es wagen, William!« Elias entriss Will seine Hand und wandte sich mit zusammengebissenen Zähnen von ihm ab.

Will spürte, wie seine Wangen vor Scham zu glühen begannen. »Das dürft Ihr nicht sagen, Elias. Ich habe nie…« Doch er vermochte den Satz nicht zu Ende zu bringen. All seine Rechtfertigungen dafür, dass er den Orden und die Bruderschaft verlassen hatte, blieben ihm im Hals stecken.

»Ihr wart ein Templerkommandant, ein Ehrenmann. Ihr wart, wie Everard mir oft gesagt hat, der Sohn Eures Vaters. Ihr wurdet zum Kopf einer Bruderschaft von Männern gewählt, die zum Wohle aller Menschen arbeitete, unabhängig davon, welchem Glauben sie anhängen. Ihr habt diese Ideale verkörpert. Und was ist aus Euch geworden? Ein verbitterter Mann. Ein Söldner. Der Laufbursche eines tyrannischen Königs, der seine Untertanen unterdrückt, stiehlt und lügt.«

»Elias. Bitte.«

»Indem Ihr Euch Philipps bedient, um Edward zu bekämpfen, bekämpft Ihr Dunkelheit mit Dunkelheit. Was kann daraus entstehen? Mit Sicherheit kein Licht.«

Will senkte den Kopf. Er dachte an die Entschlossenheit, die ihn erfüllt hatte, als er mit Wallace an seiner Seite nach Paris gekommen war, und dann an die Monate, die verstrichen und zu Jahren geworden waren. Während all dieser Zeit hatte Philipp Schottland immer wieder seine Hilfe zugesagt und darauf beharrt, dass seine Fehde mit Edward trotz des Waffenstillstandes noch nicht beendet war. Er dachte an die geringen Summen, die der König den Schotten dann und wann hatte zukommen lassen; kleine Gesten, um sich ihre Freundschaft zu erhalten, falls er sie einmal brauchen sollte, um Edwards Truppen im Norden in Kämpfe zu verstricken und so von ihm abzulenken. Er hatte all das gewusst, sich aber nicht gestattet, darüber nachzudenken. Seit über zwei Jahren trat er auf der Stelle, trieb hilflos in einem dunklen Wasser und ließ sich von der Strömung hierhin und dorthin treiben. Und nun hatte ihn Elias unter die Oberfläche gezogen. »Ich …« Seine Kinnmuskeln spannten sich an. »Ich weiß nicht, was ich tun soll. Hugues de Pairaud hat die Führung der Anima Templi übernommen und sich mit Edward verbündet. Von meinem persönlichen Hass auf den Mann einmal abgesehen – ich weiß, dass der König die Bruderschaft untergraben und für seine eigenen Zwecke eingespannt hat. Aber Hugues würde mir eine Rückkehr in den Orden verwehren, da bin ich ganz sicher. Mein einziger Verbündeter unter den Templern ist Robert de Paris, und selbst er kann mir in der letzten Zeit kaum in die Augen sehen. Die Dinge, die ich getan habe …« Will starrte auf seine Hände. Fast rechnete er damit, dort Male zu sehen. »Meine Tochter spricht nicht mehr mit mir. Der Krieg, für den ich gekämpft und mein Blut gegeben habe, ist zum Stillstand gekommen, Wallace und seine Männer sind untergetaucht.« Er schüttelte langsam den Kopf. »Ich habe meinen Weg aus den Augen verloren.«

»Dann müsst Ihr ihn wiederfinden.« Elias tastete nach Wills Hand und hielt sie mit letzter Kraft fest. »Schwört es mir. Schwört es mir bei dem Leben derer, die Euch vorausgegangen sind, beim Leben dieser Männer und ihrer Hoffnungen für unsere Welt. Lasst diese Hoffnungen nicht mit Euch sterben. Sorgt dafür, dass unser Werk weitergeführt wird.«

»Aber wie soll ich …« Will beugte sich vor, als Elias' Hände den seinen entglitten. »Elias?« Er packte den Rabbi bei den Schultern. »Ich schwöre es. Hört Ihr mich, Elias? Ich schwöre es!«

Nur Stille antwortete ihm. Der Rabbi war tot.

Ordenshaus, Paris
28. August A.D. 1302

»Nach vierzig Tagen erreichte Parsifal ein von der erbarmungslosen Sonne ausgedörrtes, verbranntes Land. Und in der Ferne erblickte er einen verfallenen Turm.«

Als die Gestalt in dem glitzernden Fischschuppenumhang den Arm ausstreckte, folgte Martin de Floyran ihm mit den Blicken. Schatten waberten im Kerzenschein über die Wände, und der junge Mann meinte fast, einen dunklen Turm hinter einem der maskierten Männer aufragen zu sehen, die die Kammer säumten. Die Luft war warm und stickig, trotzdem erschauerte er und widerstand dem Drang, die Arme um seine bloße Brust zu schlingen. Er trug ein Lendentuch, fühlte sich aber dennoch unter den Blicken der anderen nackt und verletzlich. Übelkeit würgte ihn in der Kehle. Sie hatte während seiner Nachtwache eingesetzt, als er allein im Dunkel gekniet und Furcht und Erregung von ihm Besitz ergriffen hatten. Er hatte diesen Moment herbeigesehnt, den Höhepunkt jahrelanger Hoffnungen und Erwartungen, nur wich die Realität weit von dem ab, was er sich ausgemalt hatte. Sein Onkel hatte ihm gesagt, dies werde der stolzeste Tag seines Lebens sein. Doch Martin empfand keinen Stolz, nur wachsende Angst, und die Übelkeit drohte ihn zu überwältigen.

»Parsifal betrat den Turm und gelangte über eine Wendeltreppe in die oberste Kammer. Er fand sich in einem leeren Raum mit kahlen Wänden wieder. Auf einem morschen Podest stand ein zerbrochener Thron. Fenster gingen auf eine öde, verlassene Wüste hinaus. Der Boden rings um das Podest war mit menschlichen Gebeinen übersät.«

Die Gestalt in dem Umhang trat zur Seite. Martin sog zischend den Atem ein, als er sah, dass der Boden hinter ihm tatsächlich mit Knochen bedeckt war, über die die Kerzen einen rötlichen Schein warfen.

»Auf dem Thron saß ein Mann mit gesenktem Kopf. Sein Körper war vom Hunger ausgezehrt.«

Zwei der maskierten Männer traten vor und zogen etwas auseinander, was Martin für eine Wand gehalten hatte und was sich jetzt als schwarzer Vorhang entpuppte. Dahinter befand sich eine Nische. Sie wurde von einem hölzernen Podest ausgefüllt, auf dem ein beschädigter Thron stand. Darauf kauerte eine zusammengesunkene Gestalt in einem Umhang mit Kapuze. Während Martin den Atem anhielt, erhob sich die Gestalt und glitt mit ausgestreckten Händen, die Handflächen nach oben gekehrt, von dem Thron herunter.

»Schließ dich mir an«, flüsterte sie heiser. »Meine Männer sind tot, meine Armee ist geschlagen. Schließ dich mir an.«

Martins Blick schweifte Trost suchend über die maskierten Männer hinweg, doch vierundfünfzig weiße Hirschköpfe starrten ohne jegliche Gefühlsregung zurück. Die Gestalt stolperte auf ihn zu, und nun stieg ihm der unangenehme Geruch in die Nase, der von ihr ausging.

»Schließ dich mir an!« Die gespenstische Erscheinung ließ den Umhang von den Schultern gleiten.

Martin hatte Mühe, einen Aufschrei zu unterdrücken. Unter dem Umhang war der Mann bis auf ein zerlumptes Lendentuch nackt. Seine Haut glänzte im Kerzenschein. Er war von Kopf bis Fuß mit Blut bedeckt, das auch aus seinem Haar tropfte, über seine Wangen rann und auf dem Boden eine Pfütze bildete. Martin sah, dass sich vom Thron eine Blutspur hinter ihm herzog.

»Was sagst du, Parsifal?«, fragte die Gestalt in dem glitzernden Umhang. »Willst du dich ihm anschließen? Für ihn kämpfen?«

»Nein.« Martin schüttelte den Kopf. »Nein!«

Der blutverschmierte Mann sank auf dem Boden zusammen, die Gestalt in dem Umhang trat vor ihn und versperrte Martin die Sicht auf ihn. »Und als Parsifal den blutigen König zurückwies, da wich der helle Tag mit einem Mal schwarzer Dunkelheit.«

Martin begann am ganzen Leib zu zittern, als alle Männer ringsum in die Hocke gingen und die Kerzen vor ihnen ausbliesen. Die einzigen Geräusche in der undurchdringlichen Finsternis waren das Rascheln von Gewändersäumen auf dem Stein und Martins abgehackte Atemzüge. Er kniete auf dem Boden, wappnete sich für das, was noch kommen würde, und sehnte verzweifelt das Ende der Zeremonie herbei.

»Dann brach plötzlich die Morgendämmerung herein, und sie war sanft und schön.« Die Stimme des in den Umhang gehüllten Mannes klang ehrfürchtig. Ein gedämpftes Glühen ließ die Fischschuppen aufschimmern und wurde heller, als er die Hand von der Kerze nahm, deren Flamme er verdeckt hatte. »Der Turm war verschwunden, und Parsifal fand sich in einem Wald wieder. Ein edler weißer Hirsch mit samtigem Geweih graste vor ihm. Zwischen den Bäumen erblickte Parsifal eine stolze Festung mit vielen Türmen. Fahnen in allen Farben leuchteten im Morgenlicht, und die Brise trug den hellen Klang von Trompeten zu ihm herüber. Parsifal sehnte sich danach, zu dieser Festung zu gelangen, denn er spürte, dass er in ihrem Inneren Zuflucht und Kameraden finden würde. Aber sie war von einem breiten Graben umgeben, und die Zugbrücke war hochgezogen. Vor ihm am Rand des Grabens stand ein Ritter in einem makellos weißen, weder mit Blut noch mit Unrat besudelten Überwurf.«

Ein anderer Mann trat an die Seite des Sprechers und hielt eine Kerze an die Flamme. Als der Docht aufflackerte, sah Martin, dass er einen hoch gewachsenen Ritter vor sich hatte, der einen schlichten weißen Überwurf und einen gesichtslosen Helm trug. Angesichts der veränderten Atmosphäre im Raum und des Lichts beruhigte sich Martins Herzschlag wieder.

»Willst du dich mir anschließen, Parsifal?«, fragte der Ritter. »Gemeinsam können wir diesen Graben überqueren und in die Burg gelangen. Drinnen werden wir endlich Sicherheit finden. Willst du dich mir anschließen?«

Martin nickte unsicher. »Ja«, flüsterte er, als ihm klar wurde, dass der Ritter auf eine deutlichere Antwort wartete. »Ich schließe mich dir an.« Er hob die Stimme und den Kopf, dabei fragte er sich, ob seine Furcht nicht doch unbegründet gewesen war. Was für einen Eindruck mochte er auf die anderen gemacht haben? Hatte irgendjemand seinen leisen Angstschrei gehört? Gesehen, wie er gezittert hatte?

»Du hast deinen Weg gewählt«, verkündete der Mann in dem glitzernden Umhang. »Und es war eine weise Wahl. Du hast den Eid geschworen und dich im Angesicht von Versuchungen und Furcht standhaft gezeigt. Nun kommt die letzte und gefährlichste Prüfung. Aber gehorche mir, und alles wird gut. Wirst du mir gehorchen, Parsifal?«

»Ich werde dir gehorchen.«

»Dann beweise es!« Die Gestalt kauerte sich vor Martin hin, schlug den Umhang zurück und enthüllte einen grinsenden Totenschädel.

Martin wich voller Entsetzen zurück, als der Mann ein kleines goldenes Kruzifix zu Tage förderte und es ihm hinhielt.

»Spucke darauf. Beweise mir, dass du nur mir allein in Treue ergeben bist. Beweise, dass du eins bist mit deinen Brüdern. Tu es jetzt – oder trage die Konsequenzen.«

Martin beugte sich vor und ließ ein paar Speicheltropfen auf das Kreuz fallen, dabei schloss er die Augen. In seinem Kopf hallte das Vaterunser wider.

Der Mann verstaute das Kreuz wieder in seinem Fischschuppenumhang. Er stellte die Kerze auf den Boden und packte das vorspringende Kinn der Totenschädelmaske. Einen Moment lang dachte Martin, er wolle sie abnehmen. Doch stattdessen drehte er sie um, und ein anderes Gesicht erschien – ein glattes, weißes Gesicht mit hohen Wangenknochen und dem kräftigen Kinn eines jungen Mannes. Braunes, oben am Rand der Maske befestigtes Haar fiel zu beiden Seiten lose herunter. Martin meinte, hinter dem Haar den Teil eines dritten Gesichts zu erkennen, aber ehe er genauer hinsehen konnte, ergriff die Gestalt erneut das Wort.

»Ihr habt die Probe bestanden. Erhebt Euch, Sir Martin de Floyran, denn jetzt seid Ihr ein Ritter und befindet Euch in der Gegenwart von Brüdern.«

Die Gestalt trat zurück, als sich Martin unsicher erhob. Die Männer, die sich in der Kammer aufgereiht hatten, kamen zu ihm, um ihn zu umarmen und auf beide Wangen zu küssen. Doch alles, was Martin vor sich sah, war sein Speichel, der das Symbol Christi entweihte.

22

In der Nähe des Château Vincennes,
Königreich Frankreich
20. Juni A.D. 1303

Auf den sumpfigen Ebenen, wo blassgoldenes Binsengras die Ufer des sich durch die Landschaft windenden Flusses säumte, stand ein Reiher und hielt nach Fischen Ausschau. Eine leichte Brise wehte über das blaue Wasser. Enten dümpelten auf der Oberfläche dahin, ihre heiseren Schreie glichen irrem Gelächter. Über ihnen kämpften kleinere Vögel gegen gelegentliche Windböen an, fedrige weiße Wölkchen zogen über den Himmel hinweg.

In einiger Entfernung vom Fluss machte die fast hundert Männer umfassende Jagdgesellschaft auf festerem Untergrund Halt. Die Pagen hielten die Hunde an kurzen Leinen und versetzten ihnen mit Stöcken einen Klaps, wenn sie leise winselten. Die Tiere hatten die Ohren eng an den Kopf angelegt und zitterten vor unterdrückter Erregung, denn sie witterten ihre Beute bereits. Hinter den Hunden und den Jägern saßen die Höflinge auf ihren nervös tänzelnden Pferden: Minister und hohe Beamte, Prinzen und andere Adlige. Alle waren in kostbare Samtumhänge gekleidet und trugen mit Schwanen- oder Pfauenfedern verzierte breitkrempige Hüte. Pagen und Knappen huschten zwischen den Pferden umher, zurrten Sattelgurte zurecht und reichten ihren Herren Wasser- oder Weinschläuche.

Henri, der oberste Falkner, lenkte sein Pferd zu der vordersten Reihe, wo zwei Männer am Rand des Feldes standen. Sie bewachten große Käfige, in denen über ein Dutzend an gepolsterte Sitzstangen gebundene Vögel saßen. Alle trugen Hauben, ihre kleinen Köpfe wandten sich nach rechts und links, wenn sie das Quaken der Enten hörten. Da gab es Geierfalken, ein paar Hühnerhabichte, einen eleganten Würgfalken und einige pudergraue

Wanderfalken. Die Falkner warteten geduldig, während die Jagdgesellschaft darüber debattierte, welche Vögel gemeinsam jagen sollten. Sie hielten sich schon seit mehreren Stunden hier auf und hatten bereits die Hühnerhabichte und vier Falken zum Einsatz gebracht. Drei von ihnen erlegte Stockenten, zwei Hasen und ein Fasan waren in den Jagdtaschen verstaut worden.

»Monsieur Henri?«, rief König Philipp. Er ritt eine schlanke schwarze Stute. »Sollen wir einmal sehen, wie sich Eure neueste Errungenschaft bewährt?«

Einige Höflinge grinsten, als Henri den Kopf neigte und einem seiner Helfer zunickte, der daraufhin einen Käfig öffnete, das gesprenkelte Würgfalkenweibchen losband und es auf seine behandschuhte Hand lockte. Er hielt sie an der Fußfessel fest, als er sie Henri reichte. Auf Philipps Handgelenk thronte Maiden. Der Wanderfalke trug eine mit ein paar zarten Federn einer Taube, die er vor einer Woche geschlagen hatte, verzierte Haube aus weichem Kalbsleder. Philipp trieb seine Stute mit den Knien vorwärts und ritt zu Henri hinüber. Sein Blick schweifte über den Fluss. Die Enten waren ein Stück flussabwärts geschwommen, der Reiher stakste noch immer am Ufer entlang.

Henri murmelte ein Gebet für den Erfolg der Jagd und die Sicherheit der Vögel. »In nomine Domini volatilia celi erunt sub pedibus tuis.«

Mögen die Vögel des Himmels im Namen des Herrn unter deinen Füßen sein.

»Auf drei.« Philipp lächelte zuversichtlich.

Beide Männer nahmen den Vögeln gleichzeitig die Kappen ab und warfen sie in die Höhe. Die silbernen Glöckchen an ihren Fußfesseln klirrten leise, woraufhin die kleineren Vögel am Himmel in allen Richtungen davonstoben. Der Würgfalke stieg in die Luft und schwenkte links vom Wasser weg, als sich der Wind unter seinen Flügeln fing. Maiden flog zu einem Baum in der Nähe und ließ sich anmutig auf einem Ast nieder. Philipp beobachtete geduldig, wie sie mit den rauchfarbenen Flügeln schlug und sich auf den Flug vorbereitete. Einen Moment später schwebte sie zum Himmel empor. Die gesamte Jagdgesellschaft verfolgte gespannt, wie sie große Kreise beschrieb, höher und höher stieg und schließlich in den Wolken verschwand. Der Würgfalke, der darum kämpfte, sie zu übertreffen, folgte ihr. Die Enten, die die Gefahr spürten, waren verstummt, doch der Reiher hatte die beiden Raubvögel noch nicht erspäht.

»Es ist eine Freude, ihr zuzusehen, Sire.« Will lenkte sein Pferd neben das von Philipp.

Philipp lächelte, erwiderte aber nichts darauf. Sein Blick war auf den Falken geheftet.

»Wie lange hat Monsieur Henri gebraucht, um sie abzurichten?«

Philipp sah ihn an. »Ich habe sie selbst abgerichtet. In genau fünfundzwanzig Tagen.«

»Noch nie zuvor habe ich gehört, dass ein Nestling innerhalb so kurzer Zeit gezähmt worden ist«, schaltete sich Henri voller Bewunderung ein, der sich in Hörweite befand.

»Ich wollte Euch dafür danken, dass Ihr mich in die Geheimnisse der Falkenjagd eingeweiht habt, Mylord«, fuhr Will fort. »Ich hatte keine Ahnung, wie aufregend sie sein kann. Mitgliedern des Ordens war jegliche Art von Jagd untersagt. Die einzigen Tiere, die wir erlegen durften, waren Löwen.«

»Um den Stolz eines Stärkeren zu brechen«, stellte Philipp trocken fest.

»Eine von vielen veralteten Regeln.«

Philipp wandte seine Aufmerksamkeit von Maiden ab und richtete sie auf Will. »Ich frage mich, warum Ihr so lange bei den Templern ausgeharrt habt, wenn Euch so vieles an ihren Regeln und Gesetzen missfallen hat, Campbell.«

Will hielt dem Blick des Königs unverwandt stand, obwohl ihm der forschende Ausdruck in seinen Augen Unbehagen einflößte. Er versuchte schon seit einiger Zeit, Philipps Vertrauen zu gewinnen, aber der König hatte die erste Hälfte des Jahres auf dem

Feldzug in Flandern verbracht, und so hatte sich bislang nur selten eine Gelegenheit zu einem Gespräch ergeben.

Nachdem er dank der Versteigerung der Besitztümer der Juden genug Geld zusammengebracht hatte, um eine Armee aufzustellen, hatte sich der König darangemacht, Rache für seine Niederlage in Courtrai zu nehmen, und schließlich war es ihm gelungen, die Flamen zu besiegen. Ein Waffenstillstand war vereinbart worden, der allerdings mehr auf Zwang als auf einem gegenseitigen Einverständnis beruhte, und die Flamen unterwarfen sich widerwillig der französischen Herrschaft. Philipp, der selbst nicht an dem Kampf teilgenommen hatte, kehrte triumphierend nach Paris zurück und verlegte seinen Hof nach Vincennes, wo sich der königliche Landsitz, das Heim seiner Kindheit befand.

»Ehrgefühl«, erwiderte Will schließlich bedächtig. »Familiäre Verpflichtungen.« Er zuckte die Achseln. »Ich bin im Orden aufgewachsen, er war alles, was ich kannte. Es kann dauern, bis man manche Dinge mit anderen Augen betrachtet, und als mir klar wurde, dass ich den Regeln und Idealen der Templer nichts mehr abgewinnen konnte, dass der Orden durch inkompetente Führer geschwächt wurde, die nur wehmütig auf eine goldene Vergangenheit zurückblickten, die nie wiederkehren würde, hatte ich zunächst Angst, einen klaren Schlussstrich zu ziehen und ihn zu verlassen. Erst das gegen mein Heimatland gerichtete Bündnis mit Edward gab mir den Mut, das in die Tat umzusetzen, worüber ich so lange nachgedacht hatte.«

Philipp nickte und wandte sichtlich befriedigt den Blick ab. »Wie ich hörte, habt Ihr letzte Woche einen Brief aus Schottland erhalten. Ich nehme an, unserem Freund Sir William geht es gut?«

Jetzt war es an Will, Philipp forschend zu mustern. Behielt ihn der König schärfer im Auge, als er gedacht hatte? »Der Brief war nicht von Wallace, sondern von meiner Schwester.« Er starrte über das Wasser hinweg, weil er nicht näher auf das Thema eingehen wollte. Ysendas Brief, der erste, den er seit Jahren erhalten hatte, hatte gemischte Gefühle in ihm ausgelöst. Seine Schwester ließ sich ausführlich über Margarets Hochzeit mit einem Neffen von Edes Mann aus. Erst als Will las, dass sie in Hoffnung war, fiel ihm auf, dass der Brief vor fünf Monaten verfasst worden war, und er fragte sich, ob seine Nichte ihr Kind bereits bekommen hatte. David war zu Wallace nach Selkirk zurückgekehrt, dann aber nach Elgin gegangen, als der Krieger untergetaucht war. Dort war er in die Dienste eines einflussreichen Lords getreten. Er hatte zwei Turniere gewonnen, und Alice wurde von einem seiner Freunde umworben. Am Ende las Will mit einem Anflug von Neid, dass Gray Christian zu ihnen geschickt hatte, weil er um ihre Sicherheit fürchtete. Edwards Bluthunde verfolgten die Rebellen immer noch.

Seit Elias' Tod fühlte er sich einsamer als je zuvor, wurde von Schuldgefühlen, Zorn und Unschlüssigkeit gepeinigt. Nach dem Eintreffen des Briefes überkam ihn der Wunsch, Frankreich zu verlassen und in seine Heimat zurückzukehren. Er hatte seine Familie schon einmal verloren, ein zweites Mal würde er es nicht ertragen. Diese Verlustängste wurden durch Rose verstärkt, die sich immer noch weigerte, seine Existenz zur Kenntnis zu nehmen. Sie glich einem Geist, einer durchsichtigen, körperlosen Gestalt, die in den Gängen an ihm vorbeihuschte, ohne sich umzudrehen, wenn er sie ansprach. Nach und nach ging er dazu über, ihr nur noch hoffnungsvoll zuzulächeln, dann beschränkte er sich auf ein höfliches Nicken, und schließlich kam es so weit, dass sie schweigend aneinander vorbeigingen.

Die Höflinge tuschelten aufgeregt miteinander und starrten mit vor die Augen gelegten Händen zum Himmel empor. Will sah den Würgfalken unter einer Wolke Kreise ziehen, Maiden jedoch konnte er nirgendwo ausmachen.

»Haltet die Federspiele bereit«, befahl Philipp den Knappen. »Nur für den Fall eines Falles.«

»Ich habe während Eurer Abwesenheit von Sir William gehört«, unternahm Will einen neuerlichen Vorstoß. »Gerüchten zufolge plant Edward für diesen Sommer einen neuen Feldzug in Schottland. Wallace legt großen Wert auf Eure Zusicherung, dass wir auch weiterhin auf Eure finanzielle Unterstützung zählen können und dass Ihr gemeinsam mit dem Papst Druck auf Edward ausübt.«

Bei der Erwähnung von Bonifaz verschloss sich Philipps Gesicht, und Will verwünschte sich für seine Unbedachtsamkeit. Der Zwist zwischen dem König und dem Papst war eskaliert; beide Gegner fochten zur Zeit ein erbittertes Willensduell aus. Er überlegte noch, wie er den König wieder in ein Gespräch ziehen und dieses auf den Templerorden zurücklenken konnte, als einer der Knappen einen lauten Ruf ausstieß.

Am Himmel rührte sich etwas. Maiden löste sich im Sturzflug aus einer Wolke und stieß wie ein graues Geschoss auf den nichts ahnenden Reiher herab. Die Jagdgesellschaft jubelte, als sie wie ein Stein auf dem Kopf des Vogels landete, die messerscharfen Klauen in Fleisch und Hirnmasse schlug und das Leben aus dem Tier herauspresste. Philipp bellte den Pagen einen Befehl zu, als der Reiher die Flügel ausbreitete und sich mit letzter Kraft zur Wehr zu setzen versuchte. Zwei Hunde wurden von der Leine gelassen und schnürten durch das Gras, um dem Falken zu Hilfe zu kommen. Die Tiere lebten und jagten schon seit Jahren zusammen, jedes wusste genau, was es zu tun hatte. Die Hunde verbissen sich in den Beinen des Reihers, während Maiden ihm den Todesstoß versetzte. Der Würgfalke stieß zu ihnen hinab, aber er kam zu spät. Das Wanderfalkenweibchen war die Siegerin und würde zur Belohnung das Herz ihrer Beute erhalten.

Will wandte sich von dem blutigen Schauspiel ab und musterte Philipp verstohlen. Auf dem Gesicht des Königs lag ein Ausdruck wilder Freude, gepaart mit Bewunderung – der Bewunderung, die von der gemeinsamen Leidenschaft für das Töten herrührte. Maidens Mut, ein Beutetier, das viel größer war als sie selbst, unbeirrt zu verfolgen und sich an ihm festzukrallen, bis es tot war, nötigte Philipp Respekt ab. Genau auf dieselbe Weise war er selbst gegen Bonifaz, Flandern und die Gascogne vorgegangen und hatte den Aufstand in Guyenne niedergeschlagen. Zum ersten Mal, seit Elias von dem Gespräch zwischen Philipp und Nogaret berichtet hatte, keimte Furcht in Will auf. Wenn Philipp tatsächlich beabsichtigte, etwas gegen den Orden zu unternehmen, würde er dies ohne Skrupel oder Erbarmen tun.

Als ob er seine Gedanken gehört hätte, materialisierte sich Guillaume de Nogaret plötzlich wie aus dem Nichts und lenkte sein Pferd auf den König zu. Der Minister trug seine üblichen schwarzen Gewänder, aber sein Umhang war jetzt an Kragen und Saum scharlachrot gesäumt – der Farbe des königlichen Siegels, zu dessen Bewahrer er nach Flotes Tod ernannt worden war.

»Sire.« Nogaret maß Will mit einem argwöhnischen Blick. »Die Kundschafter glauben, eine in den Wald führende Fährte eines Keilers entdeckt zu haben.«

»So?« Philipp wandte sich an seine miteinander schwatzenden Höflinge. »Was meint ihr? Noch eine letzte Jagd, bevor der Tag zu Ende geht und uns ein Festmahl erwartet?«

Als lauter Beifall aufbrandete, gab Philipp seinem Pferd die Sporen und galoppierte mit Nogaret an seiner Seite davon. Will blieb von düsteren Gedanken geplagt bei dem Rest der Jagdgesellschaft zurück.

Château Vincennes, Königreich Frankreich
20. Juni A.D. 1303

Rose zog den Kamm durch das dichte schwarze Haar der Königin. Ab und an verfingen sich die Zinken in kleinen Knötchen, die sie geduldig entwirrte, ehe sie mit dem Kämmen fortfuhr. Jeannes Gesicht schien im Spiegel zu schweben wie ein blasser Mond in einem Teich. Ihre Augen waren geschlossen, sodass Rose Gelegenheit hatte, sie eingehend zu betrachten. Seit sie vor zwei Wochen in dem Schloss eingetroffen waren, war die Königin ungewöhnlich still und bedrückt. Rose hatte Spannungen zwischen ihr und dem König gespürt, der auf einem Feldzug gewesen war und die Begleitung seiner Frau strikt abgelehnt hatte. In dem durch das Fenster flutenden Sonnenlicht wirkte Jeannes Gesicht bleich. Auf ihrer Oberlippe sprossen einige unübersehbare schwarze Haare. Marguerite hatte sich taktvoll erboten, sie auszuzupfen, aber die Königin hatte nur unwillig den Kopf geschüttelt.

Jeanne hatte sich schon immer mehr für Bücher und den Erwerb von Wissen interessiert als für die Schönheitspflege, mit denen die anderen Edelfrauen am Hof ihre Tage auszufüllen schienen. Sie erstanden bei den venezianischen Händlern auf dem Markt parfümierte Seife, Elfenbeinkämme und funkelnde Halsketten, bewunderten bei den Mahlzeiten in der großen Halle gegenseitig ihre Gewänder und tauschten dann hinter dem Rücken ihrer Rivalinnen boshafte Bemerkungen aus. Als Kammerzofe, bedeutend genug, um sich im selben Raum wie diese Frauen aufzuhalten, aber zu unbedeutend, um bemerkt zu werden, hörte Rose sie alle. Marguerite und die anderen Mädchen nutzten ihren Status als Zofen der Königin aus, um Jeanne billige Schmuckstücke abzuschwatzen. Damit angetan, flatterten sie dann wie bunte Schmetterlinge durch die Gänge und versuchten die Aufmerksamkeit von Adeligen und hohen Beamten auf sich zu lenken. Rose, unauffälliger als die anderen, hatte Blanche einmal mit einem Kammerdiener in einer dunklen Ecke des Palastes ertappt. Der Mann hatte sie gegen eine Wand gedrückt, die Lippen auf ihren Hals gepresst und eine Hand unter ihren Rock geschoben. Auf Blanches erhitztem Gesicht hatte ein Ausdruck gelegen, der zwischen Ekstase und Verlegenheit schwankte.

»Ich bin gespannt, was sie auf der Jagd erlegt haben.«

Rose zuckte zusammen, als sie merkte, dass die Königin die Augen aufgeschlagen hatte und sie ansah.

»Ich habe Monsieur Henri sagen hören, dass er meint, sie könnten auf Wildschweine stoßen«, erwiderte Marguerite. Sie eilte geschäftig in der Kammer umher, suchte Kleidungsstücke der Königin zusammen und reichte sie Blanche, die sie auf das Bett legte. »Was wünscht Ihr heute Abend bei dem Fest zu tragen, Madame?«

»Such du mir etwas aus.«

Im Spiegel sah Rose Marguerite lächeln.

»Das rotgoldene Gewand, denke ich. Es steht Euch so gut.« Marguerites Lächeln wurde breiter. »Der König wird den Blick nicht von Euch abwenden können.«

Rose bemerkte, wie die andere Zofe zu ihr herüberschielte. Ein feindseliger Funke glomm in ihren Augen auf. Rose überlegte, was das zu bedeuten haben mochte, wurde aber von der Stimme der Königin abgelenkt.

»Lasst mich einen Moment allein. Ich möchte mit Rose sprechen.«

Roses Verwirrung wich plötzlichem Unbehagen.

»Natürlich, Madame.« Marguerite nickte. Mit einem weiteren, fast triumphierenden Blick in Roses Richtung verließ sie, Blanche und die anderen drei Zofen vor sich her scheuchend, den Raum.

Rose zwang sich, mit dem Kämmen fortzufahren, konnte jedoch nicht verhindern, dass ihre Hände leicht zitterten.

»Ich bin in diesem Haus aufgewachsen, Rose«, begann Jeanne. Ihre Stimme nahm einen träumerischen Ton an, ihre Augen waren wieder geschlossen. »Ich war noch ein Kind, als ich nach dem Tod meines Vaters hierherkam. Philipp war bei mir, als ich Lesen und Reiten lernte. Er war bei mir, als meine Mutter erneut heiratete und nach England zog. Er war immer an meiner Seite, bis er eines Tages aufhörte, ein Bruder für mich zu sein, und mein Gemahl wurde. Ich habe ihn vom ersten Tag an geliebt.« Jeanne schlug die Augen auf. Ihre Finger schlossen sich um Rose' Handgelenk und brachten den Kamm zum Stillstand. »Ich weiß, dass er ein gut aussehender Mann ist. Aber ich fürchte, deine Schwärmerei für ihn wird allmählich zur Besessenheit. Das muss aufhören.«

Rose wollte die Vorwürfe empört ableugnen, aber ihre Schuldgefühle standen ihr deutlich in ihr flammend rotes Gesicht im Spiegel geschrieben.

Jeanne gab ihr Handgelenk frei. »Du kannst gehen. Schick mir Marguerite, sie soll mich zu Ende frisieren.«

Rose legte den Kamm auf den Tisch und ging mit unsicheren Schritten zur Tür. Als sie den dahinterliegenden Schlafraum betrat, sah sie, dass die anderen Mädchen die Köpfe zusammengesteckt hatten. Als sie eintrat, löste sich der Kreis hastig auf. Der Ausdruck auf Marguerites Gesicht verriet ihr, dass sie wusste, worüber die Königin mit ihr hatte sprechen wollen. Sie kam sich vor, als hätte Jeanne sie gerade gezwungen, sich vor allen anderen splitternackt auszuziehen, und sie konnte nur hoffen, dass Philipp nichts von all dem wusste. Bei der Vorstellung krümmte sie sich innerlich.

Marguerite tänzelte auf die Gemächer der Königin zu. »Hast du dir wirklich eingebildet, er würde dich je auch nur eines Blickes würdigen?«, raunte sie Rose im Vorübergehen zu, wobei sie den Blick bewusst auf Roses vernarbte Hand heftete.

Die anderen Mädchen folgten ihr. Rose trat zum Fenster und starrte blicklos hinaus. Sie spürte, wie jemand hinter ihr stehen blieb.

»Du solltest vorsichtig sein, Rose«, erklang Blanches ruhige Stimme. »Die Königin ist äußerst ungehalten. An deiner Stelle würde ich mit einem anderen gut aussehenden Mann anbändeln, davon gibt es am Hof ja genug. Selbst wenn du ihn gar nicht willst, kannst du zumindest so tun, damit Madame glaubt, du hättest das Interesse an ihrem Gemahl verloren.«

Rose fuhr zu ihr herum. »Und dann? Soll ich mich von ihm in einer dunklen Ecke betatschen lassen, damit die Täuschung perfekt wirkt?«

Jegliche Farbe wich aus Blanches Gesicht. Sie wandte sich ab und floh aus dem Raum. Als die Tür hinter ihr zufiel, warf sich Rose auf ihr schmales Bett. Heißer Zorn wallte in ihr auf. Sie ärgerte sich über sich selbst, weil sie sich ihre heimlichen Sehnsüchte so deutlich hatte anmerken lassen, über Marguerite und ihre schnippische Art, über Blanche, die zu wissen glaubte, was in ihr vorging. Am meisten ärgerte sie sich über die Königin mit ihrem verdrossenen, teigigen Gesicht. Sie schloss die Augen und stellte sich vor, wie Jeanne von ihrem Pferd abgeworfen wurde und sich das Genick brach. Ein tragischer Unfall. Dann malte sie sich aus, wie Philipp starr und schweigend ihrer Beerdigung beiwohnte, sie ihm tröstend eine Hand auf den Arm legte, er den Kopf an ihrer Brust barg und sich ein paar Tränen aus seinen Augen lösten. Und dann würden sie sich nach einer angemessenen Trauerzeit, die ihre Leidenschaft noch steigern würde, endlich ihre Liebe eingestehen.

Château Vincennes, Königreich Frankreich
21. Juni A.D. 1303

»Das kann doch unmöglich der einzige Weg sein.«

Nogaret runzelte die Stirn, als Pierre Dubois, einer der fünf anderen Männer in der Kammer, erneut Bedenken äußerte. »Das haben wir doch alles schon besprochen, Minister.«

»Ja, aber wir sind immer noch zu keiner Einigung gekommen«, erwiderte Dubois scharf.

»Was sollen wir denn sonst tun? Der Papst hat in seiner letzten Bulle keinen Zweifel an seinen Absichten gelassen: entweder Unterwerfung oder Exkommunikation. Wenn wir uns jetzt nicht zur Wehr setzen, können wir uns genauso gut gleich eine Leine anlegen lassen. Dann wird Frankreich zu Roms gehorsamem Hund.«

»Seid Ihr sicher, dass der Papst ausdrücklich mit Exkommunikation droht?« Die ruhige Stimme gehörte einem frühzeitig ergrauten, ernsten Minister namens Guillaume de Plaisans. Er nahm die Bulle vom Tisch. Das päpstliche Siegel wies bereits einige Sprünge auf, so oft war das Dokument in den sechs Monaten seit seiner Ankunft im Palast zur Hand genommen worden. »Ein seltsamer Brief… voller biblischer Anspielungen, aber kaum klare Äußerungen. Und Bonifaz erwähnt Frankreich niemals namentlich.«

Nogaret beugte sich über die Schulter des Ministers. »Hier.« Er deutete auf das Pergament. »›*Wenn die Griechen und andere sich nicht als Untertanen von Petrus und seinen Nachfolgern betrachten, so bringen sie damit zum Ausdruck, dass sie sich auch nicht als zur Herde Christi zugehörig betrachten. Und es gibt nur eine Herde und nur einen Hirten.*‹ Und andere?«, fuhr Nogaret fort. »Ich denke, das ist eindeutig genug. Wenn wir kein Teil der Herde sind, genießen wir auch nicht den Schutz der Kirche. Wir stehen alleine da.«

»Genau diese Drohung fürchtete Pierre Flote auch«, bemerkte Dubois düster. »Wir hätten auf seinen Rat hören sollen.«

»Flote ist tot«, versetzte Nogaret. »Seine Spekulationen sind nicht mehr von Belang.«

»Das reicht, Kanzler de Nogaret«, wies ihn Philipp zurecht, als Dubois und einige andere Männer Anstalten machten, ihrer Empörung Ausdruck zu verleihen. »Ihr werdet Eurem Vorgänger den Respekt erweisen, der ihm gebührt.«

»Sire«, gab Nogaret nach.

»Aber der Kanzler hat recht.« Philipp musterte die sich um den Tisch drängenden Männer. »Wir müssen stark bleiben, sonst wird Frankreich Schaden nehmen.« Sein Blick wanderte zu der Bulle in Plaisans' Hand. »*Unam Sanctam* ist sein bislang schwülstigster Erlass. Wie Ihr richtig bemerktet, Minister de Plaisans, werden die Absichten darin nicht klar dargelegt, aber Papst Bonifaz' Überzeugung, über allen anderen zu stehen, trat nie deutlicher zu Tage. *Daher erklären, bestimmen und verkünden wir, dass es zur Rettung des Seelenheils eines jeden menschlichen Wesens unabdingbar ist, sich dem römischen Papst zu unterwerfen.*« Der König stieß vernehmlich den Atem aus. »Er lässt mir keine andere Wahl«, murmelte er, ohne seine Minister anzusehen.

»Wir müssen in dieser Angelegenheit geschlossen vorgehen«,

ergriff Nogaret wieder das Wort. »Nächsten Monat werden wir in Paris eine zweite Versammlung der Stände einberufen, um uns die Unterstützung unserer Untertanen zu sichern. Im Rahmen dieser Versammlung werden wir *Unam Sanctam* öffentlich anprangern und Bonifaz als Ketzer brandmarken. Des Weiteren«, fuhr er unwirsch fort, als Dubois kopfschüttelnd den Blick abwandte, »wird niemand mehr den Papst bei dem Namen nennen, den er für sich gewählt hat, weder im Gespräch noch auf dem Papier. Ihr werdet seinen weltlichen Namen Benedikt Caetani verwenden. Wir erkennen ihn nicht mehr als unser geistiges Oberhaupt auf Erden an. Das Verbot der Ausfuhr von Gold nach Rom tritt wieder in Kraft, zugleich ist es vorerst jedem Angehörigen des geistlichen Standes untersagt, Frankreich zu verlassen. So verhindern wir, dass die Bischöfe, die dem Papst noch immer die Treue halten, ihm Informationen und Geldmittel zukommen lassen können.«

»Gebt Ihr dazu Euer Einverständnis, Sire?« Dubois schob sich an Nogaret vorbei und stützte die Hände auf den Tisch des Königs.

Philipp blickte auf. »Ja«, sagte er nach kurzer Pause, dann schwenkte er eine Hand. »Geht jetzt. Alle. Ich will mit Nogaret unter vier Augen sprechen. Geht!«, befahl er, als Dubois zögerte. Nachdem die Tür zugefallen war, erhob sich der König, trat zum Fenster und blickte über den Wald hinweg, der sich unter ihm erstreckte. Das Gefühl von Freiheit, das er gestern bei der Jagd empfunden hatte, war verflogen. Jetzt fühlte er sich im Kerker seines Geistes gefangen; einer dunklen Zelle voll schwarzer Gedanken, die ihn peinigten. »Wir werden es tun.«

»Mylord?«

»Sowie wir ihn öffentlich beschuldigen, wird der Papst mich exkommunzieren. Es gibt für ihn keinen anderen Weg, um diesen Konflikt zu beenden. Ihr habt recht, wir können Bonifaz' Ruf schaden, wenn wir ihn der Ketzerei bezichtigen, aber am Ende bleibt er der Stärkere. Wird Frankreich exkommuniziert, dann werden alle Abmachungen, die wir mit Edward, Flandern, Schottland und anderen getroffen haben, für ungültig erklärt. Die Verträge für die Gebiete, die ich gekauft habe, werden rückgängig gemacht. Die Ein- und Ausfuhr von Waren kommt zum Erliegen. Jeder sich im Ausland aufhaltende Bürger Frankreichs kann verhaftet, Schiffe können aufgebracht und die Ladung beschlagnahmt werden.« Philipp wandte sich an Nogaret. »Ich werde nicht zulassen, dass meine Herrschaft durch seine Machenschaften beeinträchtigt wird. Wir tun es, Nogaret. Wir setzen unseren Plan in die Tat um.«

Nogarets Augen leuchteten triumphierend auf. »Es ist die richtige Entscheidung. Und wenn Bonifaz aus dem Weg geräumt ist und ein Papst nach unseren Wünschen auf dem Thron sitzt, können wir uns mit den Templern befassen. Ihr musstet Eure Expansionspläne fast sieben Jahre lang aufschieben, Sire. Jetzt könnt Ihr es Eurem Großvater gleichtun und Frankreich zu einem so mächtigen Land machen, wie es das unter Euren kapetingischen Vorfahren war.« Er lächelte. »Kriegerkönige eines mächtigen Reiches.«

Philipp ging zum Tisch zurück und setzte sich. »Wenn die Versammlung der Stände vorüber ist, werdet Ihr Euch nach Italien begeben. Bonifaz residiert die meiste Zeit des Jahres in Anagni und reist nur nach Rom, wenn Konzile und Zeremonien anstehen. Dort kann man ihn leichter angreifen, aber Ihr werdet Hilfe brauchen, denn er hat in seiner Geburtsstadt viele Verbündete.«

»Darüber habe ich bereits nachgedacht. Wir werden uns mit den Colonnas in Verbindung setzen. Die meisten sind nach Frankreich geflohen, nachdem der Papst sie verbannt hat, aber sie verfügen noch immer über Macht und Einfluss und über viele Anhänger in Italien.«

Philipp nickte. »Ein guter Plan. Ihr werdet eine kleine Truppe mitnehmen, den Papst verhaften und ihn nach Frankreich zurückbringen.«

»Ihn verhaften?« Nogarets Brauen schossen in die Höhe. »Sire, ich bitte um Verzeihung, aber vielleicht habt Ihr mich falsch verstanden. Ich will ihn nicht vor Gericht bringen, sondern ein für alle Male unschädlich machen.«

»Es bringt nichts, ihn bei einem Angriff zu töten. Aber ihn wegen Ketzerei zu verhaften und nach Frankreich zurückzuschaffen, um ihn vor Gericht zu stellen? Das wird dem Ruf der Kirche in den Augen des Westens nicht wiedergutzumachenden Schaden zufügen. Es wird allen vor Augen führen, dass das Papsttum und der Mann, der das höchste Kirchenamt bekleidet, fehlbar sind, und der Umstand, dass ich derjenige bin, der diese Fehlbarkeit ans Licht bringt, macht meinen Thron zu dem stärkeren von beiden. Die Kirche wird dem Staat, wird Frankreich unterstehen.« Philipp faltete die Hände auf dem Tisch. »Und so soll es auch sein, nicht wahr?« Er blickte zu Nogaret auf. »Die Kirche soll sich um die Seelen meiner Untertanen kümmern, nicht um ihre irdischen Bedürfnisse. Es darf ihr nicht gestattet werden, sich in die Politik des Königs einzumischen.«

»Ganz recht«, bestätigte Nogaret. »Das dürft Ihr nicht dulden.« Er zögerte. »Aber eine Gerichtsverhandlung kann ein langwieriger, komplizierter Prozess werden, und wir können Gefahr laufen, die Unterstützung der …«

»Bonifaz wird Paris nie erreichen. Ihr werdet es wie einen Unfall aussehen lassen. Aber sorgt dafür, dass es schnell geht. Ich will nicht, dass er leidet.«

Langsam breitete sich ein Lächeln auf Nogarets Gesicht aus. »Gift wäre eine gute …«

Philipp erhob sich rasch. »Die Methode will ich gar nicht wissen. Dass Bonifaz als Ketzer verhaftet wurde und auf dem Weg zu seiner Gerichtsverhandlung war, sollte ausreichen, um uns in eine stärkere Position als die Kirche zu bringen. Wir werden behaupten, sein Herz habe versagt, es wäre durch das darin wohnende Böse vergiftet worden. Danach reist Ihr nach Rom und nehmt Kontakt zu unseren Verbündeten im Heiligen Kollegium auf. Da die Stände im letzten Jahr unser Vorgehen gegen den Papst gebilligt haben, dürften wir dort inzwischen weitere Freunde gewonnen haben. Sorgt dafür, dass ich durch sie bei der Wahl des neuen Papstes ein Wort mitzureden habe.«

»Bonifaz' Sturz wird Euer Werk sein, Sire.« Nogaret sonnte sich in seinem Sieg.

Philipp erwiderte nichts darauf, sondern faltete die päpstliche Bulle zusammen und schob sie unter einen Stapel Pergamente auf dem Tisch. »Ihr werdet einige meiner Leibwächter nach Anagni mitnehmen.« Er verlas eine Liste von sechs Namen. »Und William Campbell.«

Nogaret runzelte die Stirn. »Warum denn den Schotten?«

»Er war einmal ein hochrangiger Templer. Ich denke, er könnte uns von Nutzen sein.«

»Aber wir kennen ihn kaum.«

»Er hat bisher jeden Auftrag ausgeführt, den ich ihm erteilt habe.«

»Botschaften und Geld überbracht, sonst nichts. Woher sollen wir wissen, ob wir ihm trauen können? Vor allem, wenn man seine Verbindung zum Orden berücksichtigt.«

»Er hegt keine große Liebe für den Orden, so viel steht fest, und ich weiß nicht, ob man ihm trauen kann, deshalb soll er Euch ja begleiten. Versucht, ihn näher kennenzulernen, aber weiht ihn nicht in unsere Pläne ein – die anderen Männer übrigens auch nicht. Es reicht, wenn sie von der Verhaftung wissen. Ihr werdet die Tat alleine ausführen.«

»Sire ...«

»Wenn ich zum Schlag gegen die Templer aushole, möchte ich keine Überraschungen erleben. Falls Campbell sich als vertrauenswürdig erweist, kann er uns wertvolle Informationen liefern. Er kennt Einzelheiten über die inneren Abläufe im Orden, über die Vermögensverhältnisse und den Landbesitz.« Philipp hob eine Hand, als Nogaret den Mund öffnete. »Mein Entschluss steht fest.«

»Ja, Sire.«

»Und jetzt lasst mich allein. Ich möchte beten.«

Nachdem sich die Tür hinter dem Minister geschlossen hatte, schritt Philipp durch die Kammer. Seine Glieder fühlten sich bleischwer an, als er die mit dem Wappen Frankreichs bestickten Vorhänge zurückzog und seine private Kapelle betrat. Die kleine Nische enthielt einen Altar und ein an die Wand genageltes Kruzifix. Philipp kniete auf dem Steinboden nieder und faltete die Hände. Seine Haut fühlte sich klamm an. »Herr, vergib mir die Todsünde, die auf meinen Befehl begangen wird. Aber die Papstkrone wird von einem Mann getragen, der nur nach persönlicher Macht strebt und durch sein Vorgehen gegen deine frommen Söhne und Töchter sein Amt missbraucht hat. Zum Wohle meiner Untertanen, wenn nicht des gesamten Christentums muss dem Papst Einhalt geboten werden. Die Welt verändert sich, Vater. Wir müssen uns mit ihr verändern.« Philipp presste die Hände gegeneinander, bis sie schweißnass waren. »Ich weiß, dass dies auch dein Wille sein muss, sonst hättest du mir nicht Nogaret geschickt. Sonst würdest du dies alles nicht zulassen.« Er schlug die Augen auf und starrte das Kruzifix an. »Wenn ich das Falsche tue, gib mir ein Zeichen. Sprich zu mir, und ich werde dich hören. Befiehl mir, und ich gehorche.« Philipp zog sich auf die Füße und legte die Hände zu beiden Seiten des Kruzifixes an die Wand. »Halte meine Hand zurück, Vater«, flehte er. »So … so wie du es mit Abraham getan hast. Schick mir ein Zeichen. Irgendeines.«

Aber keine Stimme hallte in seinem Kopf wider, kein Engel stieg vom Himmel herab, keine Träne löste sich aus den Augen des hölzernen Christus. Ihn umgab nur eine schwarze, kalte Stille, die sich bis in die Ewigkeit zu erstrecken schien.

23

Ferentino, Italien
4. September A.D. 1303

Will stand am Fenster und sah zu, wie eine weitere Reitergruppe den staubigen Pfad empor auf das Burgtor zukam. In den letzten zwei Tagen waren bereits zahlreiche Kompanien verschiedener Größe eingetroffen; der Hof wimmelte von Pferden und Männern. Soldaten kauerten im Schatten, tranken aus Wasserschläuchen und unterhielten sich leise. Ihre Befehlshaber hatten sich in ihre Quartiere zurückgezogen. Von den felsigen Hügeln rings um Ferentino wehte der frische Duft von Oliven- und Eukalyptusbäumen herüber, und der Geruch wilder Kräuter milderte den Gestank von Pferdemist, der die Luft verpestete. Als Will den Blick senkte, sah er eine schwarze Eidechse über das Fenstersims huschen. Die Sonne begann zu sinken, die Zikaden stimmten ihr eifriges Zirpen an.

Als weiter unten in der Stadt eine Glocke läutete, wanderte Wills Blick zu dem nahe gelegenen Kirchturm und blieb dann an einer Reihe von Zypressen auf dem Hang unterhalb des Burgtores haften. Er kniff die Augen zusammen. Vielleicht hatte er es übersehen? Aber sosehr er auch darauf hoffte, er entdeckte nicht, worauf er wartete. Seine schwelende Ungeduld flammte auf. Es war jetzt vier Tage her, und noch immer hatte er nichts gehört. Mit jeder Kompanie, die hügelaufwärts marschierte, um die Burggarnison zu verstärken, wurde die Zeit knapper.

Hinter ihm wurde die Tür aufgestoßen. Will drehte sich zu Gautier um, einem der königlichen Leibwächter, die mit ihm von Paris hierhergereist waren.

»Minister de Nogaret wünscht uns in der großen Halle zu sehen. Colonna ist eingetroffen.«

Will verließ den Schlafsaal, in dem er untergebracht worden

war, und folgte Gautier in den unteren Bereich der Burg hinunter. Seine Ungeduld war einer bösen Vorahnung gewichen. Die letzten Puzzleteilchen von Nogarets Plan begannen sich zu einem Gesamtbild zusammenzufügen. Als er einen schmalen Gang entlangschritt, drang durch die offenen Türen der großen Halle eine Vielzahl von Stimmen an sein Ohr. In dem Raum standen ungefähr sechzig Männer in Gruppen beieinander und unterhielten sich angeregt. Die letzten Strahlen der sinkenden Sonne fielen durch die bogenförmigen Fenster und warfen einen rötlichen Schein über die Wände. Dienstboten eilten geschäftig umher und entzündeten Fackeln. Will entdeckte Nogarets weiße Seidenkappe und sein schwarzes Gewand in der Menge und kämpfte sich zu ihm durch.

Seit sie Paris im Juli verlassen hatten, hatte sich das Gesicht des Ministers immer dunkler gefärbt, je weiter sie nach Süden geritten waren. Seltsamerweise hatte sich mit der zunehmenden Rückkehr der Farbe in seine Wangen auch sein alter Akzent verstärkt, der in dem Zungenschlag des Nordens jetzt immer deutlicher mitschwang. Nogaret wirkte jünger, gesünder und mehr mit sich selbst im Einklang, als Will ihn jemals zuvor erlebt hatte. Wenn ihm sein Hass auf die Kirche nicht zu gut bekannt gewesen wäre, hätte er gemeint, der Minister befinde sich auf einer heiligen Mission, so groß war der Eifer, mit dem er seinen verräterischen Plan in die Tat umsetzte.

Bei Nogaret standen die fünf anderen Franzosen, die sie begleitet hatten, der Hauptmann von Ferentino und einige einheimische Ritter und Edelleute, ferner ein hoch gewachsener, kräftig gebauter Mann, den Will nicht kannte. Aufgrund der Aufmerksamkeit, die ihm zuteilwurde, schloss er aber, dass es sich um den mit Spannung erwarteten Sciarra Colonna handeln musste. Er hatte ein hartes, sonnengebräuntes Gesicht und kohlschwarze Augen, die wachsam über die Menge schweiften. Ein leises Lächeln zuckte um seine Mundwinkel. Er erweckte den Eindruck eines Mannes, der in einen Kampf zieht, den er bereits gewonnen zu haben glaubt.

»Wir erwarten noch einige Kompanien«, sagte Rainald, der Hauptmann von Ferentino, gerade. »Aber morgen, spätestens übermorgen sind wir zum Aufbruch bereit.«

»Wir sind froh, Euch an unserer Seite zu wissen, Sciarra.« Nogaret blickte sich um, als sich Will und Gautier zu ihnen gesellten. »Seine Majestät König Philipp wünscht, dass ich Euch in seinem Namen ausdrücklich für Eure Unterstützung in einer so heiklen Angelegenheit danke. Ihm ist bewusst, in welche Gefahr Ihr Euch begebt, indem Ihr hierher zurückkehrt. Und ich weiß natürlich, von welch unschätzbarem Wert Eure Hilfe für uns ist.« Nogaret lächelte, während er das Getümmel in der Halle anerkennend betrachtete. »Obwohl ich offen gestanden nicht erwartet hätte, dass Ihr in so kurzer Zeit eine so große Truppe auf die Beine stellen könnt.«

»Ich habe lange auf diesen Moment gewartet, Minister de Nogaret.« Sciarras Stimme klang tief und volltönend, sein Französisch war stark mit dem Akzent seiner Heimat behaftet. »Und lange darauf hingearbeitet. Hättet Ihr Euch nicht mit mir in Verbindung gesetzt, hätte ich auf eigene Faust etwas unternommen. Meine Familie hat gewichtigere Gründe als jeder andere, unseren Peiniger von seinem Thron zu stoßen.«

»Wir haben alle ebenso sehr unter Bonifaz' Herrschaft zu leiden gehabt wie Ihr, Sciarra«, rügte Rainald ihn scharf.

»In der Tat«, stimmte ein beleibter Edelmann neben ihm zu.

Sciarra richtete seine schwarzen Augen auf ihn. »Ebenso sehr? Eure Schwester ist von einem der Caetanis zur Scheidung gezwungen worden, Rainald. Und was Euch betrifft, Niccolo«, wandte er sich an den beleibten Adeligen. »Eurer Familie wurde das Besitzrecht an Eurer Stadt abgesprochen. Aber im Vergleich zu dem, was meiner Familie angetan wurde, kann man dies nur als Nichtigkeiten bezeichnen.« Sciarras Gesicht hatte sich hasserfüllt verzerrt, seine Augen glitzerten, seine Stimme glich jetzt einem bösartigen Zischen. »Mein Onkel Giacomo und mein Bruder Pietro waren angesehene Kardinäle des Heiligen Kollegiums. Unter Papst

Coelestin genossen sie zahlreiche Privilegien und standen wegen ihrer Aufopferung für das Papsttum hoch in seiner Gunst. Als der Papst Zweifel an seiner Fähigkeit, sein hohes Amt angemessen ausfüllen zu können, zu äußern begann, war es meine Familie, die ihm die Treue gehalten und ihm Mut zugesprochen hat. Aber Bonifaz vergiftete seinen Geist, redete ihm ein, er sei nicht der geeignete Mann für den Papstthron, überredete Coelestin zur Abdankung und sorgte dafür, dass er zu seinem Nachfolger gewählt wurde. Und dann ließ Bonifaz ihn wegen desselben Vergehens, zu dem er ihn selbst überredet hatte, einkerkern und schließlich in seiner Zelle ermorden!«

Ein Raunen lief durch die Halle, als Sciarra seine Stimme immer stärker erhob.

»Als meine Familie diese Ungeheuerlichkeiten öffentlich anprangerte, enthob der Papst meinen Onkel und meinen Bruder ihrer Ämter und zwang sie, ihre geistlichen Gewänder abzulegen. Dann konfiszierte er den gesamten Besitz der Familie Colonna und exkommunizierte uns. All unser über Generationen hinweg aufgebauter Wohlstand war dahin. Doch selbst damit gab sich Bonifaz noch nicht zufrieden. Er rief zu einem Kreuzzug gegen unsere Familie auf und versprach allen, die uns den Krieg erklärten, dieselben Vorrechte und Freiheiten, die den Männern zustanden, die das Kreuz genommen und gegen die Sarazenen gekämpft haben. Und vor fünf Jahren, als meine Familie praktisch zerstört und diejenigen, die nicht in Gefängniszellen verrotteten oder getötet worden waren, keinen anderen Ausweg sahen, als nach Frankreich zu fliehen, stürmten päpstliche Truppen unsere nicht ganz dreißig Meilen von hier gelegene letzte Festung Palestrina.« Sciarra wandte sich an Nogaret. »Wenn wir nach Anagni kommen, werdet Ihr es selbst sehen, Minister. Was einst eine stolze, schöne Stadt war, ist heute eine Ruine auf einem Hügel. Bonifaz hat alle Gebäude dem Erdboden gleichgemacht und nur eine einzige Kirche verschont – als Mahnung daran, wer uns das angetan hat. Die Erde wurde mit Salz vergiftet, sodass dort nie mehr etwas wachsen wird. Jeden Morgen kann Bonifaz die Fensterläden seines Palastes öffnen und auf die Stätte unserer endgültigen Niederlage blicken, und jeden Morgen während der letzten fünf Jahre musste ich auf ein fremdes Land blicken. Der Tag der Vergeltung ist überfällig.«

Als Will sich in der Halle umblickte, sah er zustimmendes Nicken und denselben glühenden Hass in den Gesichtern von Sciarras Männern und Verbündeten. Nogaret musterte die Menge mit gerunzelter Stirn und einem Anflug von Besorgnis in den Augen. Will konnte sich den Grund dafür denken. Der Minister hatte lediglich um militärische Unterstützung gebeten, doch stattdessen hatte sich hier ein Mob zusammengerottet.

»Wir müssen rasch handeln.« Nogaret drehte sich wieder zu Sciarra um. »Bei unserer Ankunft erfuhren wir, dass der Papst Vorkehrungen trifft, um König Philipp zu exkommunizieren. Zusammen mit den Rittern, die Ihr mitgebracht habt, umfasst unsere Truppe über eintausend Mann, allerdings handelt es sich bei den meisten davon um Fußsoldaten. Vor uns liegt eine schwere Aufgabe. Der Papst hat nicht nur seine Familie hinter sich, sondern in Anagni befinden sich auch die Residenzen vieler ihm treu ergebener Kardinäle. Ferner soll die Stadt gut befestigt sein, sie liegt auf einem steilen Hügel und ist von massiven römischen Mauern umgeben. Ohne Belagerungsgerätschaften könnte es einige Zeit dauern, bis es uns gelingt, uns Zutritt zu verschaffen – oder noch länger, wenn die Garnison gut geschult ist.«

Will scharrte nervös mit den Füßen, dabei fragte er sich, ob seine Hoffnungen vergebens waren.

Sciarra jedoch wirkte nicht im Geringsten beunruhigt. »Macht Euch deswegen keine Gedanken, Minister de Nogaret. Eine Belagerung erübrigt sich. Wir haben einen Mittelsmann in Anagni, der dafür sorgen wird, dass uns die Tore geöffnet werden.«

»Wer ist dieser Mann?«, erkundigte sich Nogaret überrascht. »Ist er überhaupt in der Lage, ein solches Vorhaben auszuführen?«

»Sein Name ist Godfrey Bussa«, erwiderte Sciarra. »Und ja, er ist dazu in der Lage. Er ist der Hauptmann der päpstlichen Leibwache.«

Will hatte Mühe, sich seinen Schrecken nicht anmerken zu lassen.

Nogaret schwieg einen Moment verblüfft, dann lächelte er. »Dann geht alles vielleicht viel schneller, als ich gedacht hatte.«

»Bonifaz und seine Familie haben sich in den letzten Jahren viele Feinde gemacht«, unterbrach Rainald. »Die Gemeinden sind bereit, sich gegen die Caetanis aufzulehnen. Selbst in Anagni, sogar unter seinen engsten Vertrauten gibt es viele, die ihn loswerden wollen.«

»Wir nehmen ihre Hilfe dankend an«, gab Nogaret zurück. »Aber wir müssen sicherstellen, dass dem Papst nichts geschieht. Allen muss klar sein, dass wir hier sind, um ihn im Namen Frankreichs wegen Ketzerei zu verhaften.«

Sciarra neigte den Kopf, sagte aber nichts.

Sein Schweigen verstärkte Wills Unbehagen noch. In den Gesichtern von Colonna und seinen Männern las er nicht den Wunsch nach Gerechtigkeit, sondern nackten Rachedurst. Er kannte diesen Ausdruck gut, er hatte oft genug auch auf seinem eigenen Gesicht gelegen.

Die Männer fuhren fort, über die Einzelheiten des Angriffs auf Anagni zu sprechen. Will stand, von bösen Vorahnungen erfüllt, schweigend an Nogarets Seite, bis sich die Versammlung dem Ende zuneigte. Als die Dienstboten begannen, die Halle für das abendliche Festmahl herzurichten, gelang es ihm, sich unbemerkt davonzustehlen.

Er war so in seine sorgenvollen Gedanken versunken, dass er seine Unterkunft fast verfehlt hätte. Als er an einem der bogenförmigen Fenster vorbeiging, das auf die von Fackeln erleuchtete Enceinte und die Burgmauern hinausging, spähte er unwillkürlich zu den Zypressen hinter den Mauern hinüber. Es dauerte einen Moment, bis er bewusst registrierte, dass dort jetzt tatsächlich etwas Rotes aufblitzte. Zuerst dachte er, seine Augen hätten ihm einen Streich gespielt. Aber nein, an den unteren Ästen des am weitesten vom Tor entfernten Baumes flatterte ein roter Tuchfetzen, der sich im Schein der Fackeln auf der Brustwehr wie eine riesige Beere vom Grün der Zypressen abhob.

Will hastete die Treppe hinunter, durchquerte den Turm und trat in den Hof hinaus. Die Nacht war schwül und von dem Gewirr von Männerstimmen erfüllt. Er bahnte sich einen Weg durch die Menge und gelangte in die äußere Enceinte, an deren Toren Soldaten Wache standen. Eine Fledermaus streifte sein Haar und verschwand am Himmel. Motten tanzten um die Fackeln herum, die einen rötlichen Schein über die Steine warfen. Immer wenn eine den Flammen zu nahe kam und verbrannte, war ein leises Zischen zu hören.

»Campbell.«

Die scharfe Stimme veranlasste Will, sich umzudrehen. Nogaret stand hinter ihm.

»Wo wollt Ihr hin?«

Will setzte ein unbekümmertes Lächeln auf. »Ich muss pissen, und die Abtritte sind alle besetzt.«

»Geht nicht zu weit weg. Ich möchte, dass Ihr und die anderen heute Abend an meinem Tisch sitzt.« Nogaret blickte sich um und dämpfte seine Stimme. »Wir müssen dafür sorgen, dass alles nach unseren Vorstellungen abläuft.«

»Ich bin gleich zurück.« Will wartete, bis der Minister außer Sicht war, ehe er auf das Tor zueilte.

Er hatte noch immer keine Ahnung, warum der König ihn auf diese *heikle Mission* geschickt hatte, wie Philipp sich ausgedrückt hatte, als er Will befohlen hatte, Nogaret zu begleiten. Das war Anfang Juli gewesen, kurz nach der zweiten Versammlung der drei Stände, in deren Rahmen die Männer des Reiches sich hinter Philipps Absicht gestellt hatten, Bonifaz zum Ketzer zu erklären. Will erfuhr einige Tage nach der Versammlung davon, brachte aber diese beunruhigenden Nachrichten nicht mit seinem Auftrag in Verbindung, bis sie Paris verlassen hatten und sich auf der Straße Richtung Süden befanden. Weit außerhalb der Stadt, wo sie vor Spionen sicher waren, teilte Nogaret Will und den sechs Palastwächtern endlich mit, worin ihre Aufgabe bestand und wo ihr Reiseziel lag. Der Minister ließ keinen Zweifel daran, dass es nicht seine Idee gewesen war, Will in die Gruppe aufzunehmen. Doch Will grübelte nicht lange über die Gründe für seine Beteiligung an diesem Unternehmen nach, sondern fragte sich mit Schrecken, ob es sich bei der Verhaftung des Papstes um Philipps und Nogarets ersten Schritt zu einem Schlag gegen den Orden handeln konnte. Vielleicht sollte Bonifaz auf diese Weise mürbe gemacht werden, damit er sich ihren Wünschen fügte? Vielleicht würden sie ihm anbieten, ihn freizulassen und den Prozess zu beenden, wenn er ihnen Macht über den Orden zugestand? Wie auch immer die Hintergründe aussehen mochten: Will wusste, dass er alles tun musste, was in seiner Macht stand, um zu verhindern, dass Bonifaz nach Paris gebracht wurde, weshalb er gleich nach ihrer Ankunft in Ferentino unter dem Vorwand, die Gegend erkunden zu wollen, die nächstgelegene Kirche aufgesucht und dort um Hilfe gebeten hatte.

Er nickte den Torwächtern zu und folgte dem staubigen Pfad hinunter bis zu den Zypressen, die den Fuß des steilen, mit Gestrüpp bewachsenen Hanges säumten. Nach einem Blick hinüber zur Brustwehr verschwand er zwischen den Bäumen, kauerte sich in das Unterholz und spähte in die Schatten. Dornen zerkratzten sein Gesicht und verfingen sich in seinen Kleidern, als er ein Stück vorwärtskroch. Nach einer Weile fürchtete er schon, es sei überhaupt niemand gekommen, doch kurz darauf hörte er links von sich ein Flüstern, dann tauchte das ängstliche Gesicht eines jungen Mannes im Dunkel auf.

»Ihr kommt spät«, murmelte Will, als der Priester auf ihn zurobbte.

»Es tut mir leid«, erwiderte der Mann auf Lateinisch. »Ich konnte einige Tage nicht fort.«

»Habt Ihr die Botschaft abgeschickt?«

Der Priester nickte nervös. »Mein Bruder hat sie nach Rom gebracht.«

»Wann?«

»An dem Abend, an dem Ihr zu mir gekommen seid.«

Will überlegte. Rom lag zwei Tagesritte entfernt. Die Zeit war knapp, und selbst wenn es ihnen gelingen würde, Anagni vor Nogaret und Sciarra zu erreichen, bezweifelte er, dass sich das Unheil noch aufhalten ließ, denn jetzt wusste er, dass die Männer in der Stadt einen Helfer hatten. Seine einzige Hoffnung bestand darin, dass sie beschließen würden, den Papst nach Rom zu bringen, bevor der Angriff stattfand. Er nickte dem jungen Mann zu. »Ihr habt Eure Sache gut gemacht.«

»Werden sie noch rechtzeitig dort ankommen?«, flüsterte der Priester, als Will sich abwandte, um zum Tor zurückzugehen. »Kann der Templerorden Seine Heiligkeit noch retten?«

»Das hoffe ich um seinetwillen.«

Ordenshaus Paris

4. September A.D. 1303

Esquin de Floyran eilte durch die Kreuzgänge auf die Unterkunft der Amtsträger zu. Er winkte abwesend mit der Hand, wenn ihm jemand etwas zurief, blieb aber nicht stehen. Das Pariser Ordenshaus barst fast vor Hunderten von Ordensmeistern und Rittern, die aus allen Teilen des Reiches herbeigeströmt waren, um an der jährlichen Generalkapitelversammlung teilzunehmen, bei der die Angelegenheiten der Templer in Frankreich besprochen wurden. Die Ritter tagten seit der Prim und hatten die Versammlung nur kurz zur Terz und zur Sext unterbrochen, um das Vaterunser zu beten. Jetzt war die Non bereits verstrichen.

In der kurzen Pause traten die Männer in die Sonne hinaus und diskutierten über verschiedene Themen, die zur Sprache gekommen waren. Die meisten der Gespräche, von denen Esquin Fetzen auffing, drehten sich um den gescheiterten Kreuzzug des Großmeisters. Die hohen Würdenträger des Ordens waren besorgt, aber da Jacques de Molay sich noch immer auf Zypern aufhielt und der Kreuzzug zum Stillstand gekommen war, konnten sie nichts anderes tun, als sich auf die heimischen Probleme zu konzentrieren: Strafmaßnahmen gegen Mitbrüder, die Bereitstellung von Geldern zur Renovierung mehrerer Ordenshäuser, Zwistigkeiten bezüglich bestimmter Ländereien, den Ankauf neuer Güter, die dann verpachtet werden sollten. Zwischendurch unterdrückten die Männer immer wieder ein Gähnen oder stellten Mutmaßungen bezüglich der Delikatessen an, die bei dem großen Festmahl am Abend aufgetragen werden würden. Ein alter Ordensmeister erzählte von dem denkwürdigen Jahr, in dem König Louis IX. ihnen anlässlich der Generalkapitel sieben Schwäne geschickt hatte.

Esquin betrat das Gebäude und erklomm nach Atem ringend die Treppe. Seine kurzen Beine schmerzten von der Anstrengung, der Saum seines Mantels schleifte hinter ihm über den Boden.

Als er an die große Tür am Ende des Ganges klopfte, erklang dahinter eine gereizte Stimme.

»Tretet ein.«

Esquin wappnete sich innerlich und stieß die Tür auf.

Hugues de Pairaud stand zwischen zwei Geistlichen, die Stapel von Pergamenten sortierten, an seinem Schreibtisch. Er blickte mit einem ungeduldigen Stirnrunzeln auf, das sich vertiefte, als er den Blick auf Esquin heftete.

»Visitator de Pairaud«, begann Esquin rasch, »mir ist bewusst, dass dies ein äußerst ungünstiger Moment ist, um eine Audienz zu ersuchen, aber da ich morgen in einer wichtigen Angelegenheit nach Montfaucon zurückkehren muss, habe ich nur noch heute Gelegenheit, mit Euch zu sprechen.«

Der Visitator schüttelte den Kopf. »Und Ihr seid?«

»Esquin de Floyran, Prior des Ordenshauses von Montfaucon«, erwiderte Esquin leicht verwirrt.

»Ach ja«, gab Hugues geistesabwesend zurück, während einer der Geistlichen ihm einen Pergamentbogen reichte.

Ungeachtet der Tatsache, dass sich der Visitator in das Dokument zu vertiefen schien, fuhr Esquin fort: »Ich bitte Euch in einer Familienangelegenheit um Hilfe, Visitator de Pairaud. Mein Neffe wurde letztes Jahr hier in Paris als Ritter in den Orden aufgenommen. Soweit seinem Vater und mir bekannt war, sollte er dann in mein Ordenshaus zurückkehren, um unter mir seinen Dienst zu versehen, aber nach seiner Inititation wurde ihm mitgeteilt, dass er in Paris bleiben müsse. Ich bin zwar stolz darauf, dass er unserem Haupthaus zugeteilt wurde, aber in den letzten Jahren sind immer weniger Männer von edlem Geblüt in den Orden eingetreten, und ich verfüge nur über eine kleine Schar Untergebener, von denen viele noch dazu den niederen Schichten entstammen. Dazu kommt, dass ich in den letzten Monaten zahlreiche Briefe von meinem Neffen erhalten habe, in denen er mich anfleht, seine Versetzung in seine Heimat in die Wege zu leiten. Deshalb möchte ich Euch bitten, Martin zu gestatten, morgen mit mir nach Montfaucon zurückzukehren.« Esquin schüttelte bedrückt den Kopf. »Ich glaube, es geht ihm nicht gut. Irgendetwas belastet ihn, aber er weigert sich, darüber zu sprechen.«

Hugues hatte mit dem Lesen innegehalten. Der zweite Geistliche hielt ihm ein weiteres Pergament hin, doch er griff nicht danach. »Martin?«

»Martin de Floyran. Wie ich schon sagte, er ist mein Neffe, und …«

»Es tut mir leid, aber ich kann Eurer Bitte nicht stattgeben. De Floyran ist eine wertvolle Bereicherung für dieses Ordenshaus. Als Ritter wird er überall dort seinen Dienst tun, wo er postiert wird, wie ihm bei seiner Initiation sicherlich klargemacht wurde.« Hugues' Gesicht verzog sich abfällig. »Egal, wie groß sein *Heimweh* ist.«

»Aber Visitator de Pairaud«, protestierte Esquin, als Hugues dem Geistlichen das Pergament aus der Hand riss und auf die Tür zusteuerte. »Ich habe einfach nicht genug Ritter, um Montfaucon wirkungsvoll verteidigen zu können. Mein Neffe könnte dem Orden doch sicherlich auch dort …«

Hugues drehte sich an der Tür abrupt um. »Das Thema ist beendet. Meine Entscheidung steht fest. Er bleibt!«

Esquin starrte ihm nach, als er mit den beiden Geistlichen aus dem Raum rauschte. Draußen begann eine Glocke zu läuten und rief die Männer zum Generalkapitel zurück. Nachdenklich stieg Esquin die Treppe hinunter und trat in den Hof hinaus. Die Ritter strömten zum Kapitelsaal, doch es würde eine Weile dauern, bis alle ihre Plätze eingenommen hatten. Kurz entschlossen wandte sich Esquin von der Menge ab und lief zu den Unterkünften der Ritter hinüber.

Als er den Schlafsaal erreichte, schwitzte er unter seinem Mantel. Sein Neffe stand am Fenster des leeren Raumes. Als er Esquins Schritte hörte, schrak er zusammen und drehte sich um.

Der hoffnungsvolle Ausdruck auf seinem Gesicht schnitt Esquin ins Herz. Martin musterte ihn lange, dann wandte er sich wieder zum Fenster.

»Er hat abgelehnt, nicht wahr?«

Esquin trat zu ihm. »Es tut mir leid, Martin, aber Visitator de Pairaud braucht dich hier, und darauf solltest du stolz sein. Es ist eine Ehre, ihm zu dienen.« Als Martin nichts darauf erwiderte, stieß Esquin vernehmlich den Atem aus. »Ich weiß, dass es schwer für dich ist, von deiner Familie und deiner vertrauten Umgebung getrennt zu sein, aber ich verspreche dir, im Laufe der Zeit wird alles …«

»Bitte, Onkel. Nimm mich morgen mit. Ich muss nach Hause zurück. Hier kann ich nicht bleiben.«

Esquin sah hilflos zu, wie der junge Mann das Gesicht in den Händen barg. »Ich kann mich nicht gegen Hugues de Pairauds Entscheidung stellen, dazu müsste ich mich an den Großmeister persönlich wenden.« Er fasste seinen Neffen bei den Schultern. »All diese Andeutungen in deinen Briefen, und du willst mir immer noch nicht sagen, was eigentlich nicht stimmt? Wenn du mir erklären würdest, was mit dir ist, würden wir sicher …«

»Nein«, wehrte Martin rasch ab. Er machte sich von seinem Onkel los und biss die Zähne zusammen. »Nicht hier.«

Esquin schnalzte mit der Zunge, als die Glocke verstummte. »Ich muss in den Kapitelsaal zurück, und daheim gibt es auch vieles, worum ich mich kümmern muss.« Er brach ab, dann nickte er entschlossen. »Aber ich komme zurück, so schnell ich kann. Wirst du dann mit mir reden, Martin?«, drängte er, als sein Neffe keine Antwort gab.

Nach langem Zögern nickte Martin.

Esquin lächelte ihm aufmunternd zu und klopfte ihm auf die Schulter. »Dann werden wir schon eine Lösung finden.«

Anagni, Italien
7. September A.D. 1303

Der Himmel schimmerte mitternachtsblau. Mit Schwertern und Dolchen bewaffnete Soldaten huschten lautlos über die Felsbrocken zu beiden Seiten des Pfades. Es war Neumond, nur das Licht der Sterne erhellte den Weg. Der Hufschlag der dreihundert Pferde wurde von der dicken Staubschicht auf dem Boden gedämpft, aber es ließ sich nicht verhindern, dass Zaumzeug und Rüstungen klirrten, und die Befehlshaber rechneten jeden Moment damit, dass in der schlafenden Stadt auf dem Hügel über ihnen Alarm gegeben wurde. Doch ihre Sorge erwies sich als unbegründet, denn die hohen römischen Mauern, die Anagni umgaben, schützten seine Bewohner sowohl vor störenden Geräuschen als auch vor potenziellen Angreifern, und sie blieben unbemerkt, als sie hügelaufwärts auf die Porta Tufoli zukletterten.

Sciarra Colonna, der in der Vorhut ritt, schickte zwei seiner Männer voraus, als sie sich dem Tor näherten. Nogaret verrenkte sich den Hals, um besser sehen zu können, als die Ritter ihre

Pferde auf den Eingang zur Stadt zulenkten. Zwei Fackeln flackerten in eisernen Haltern und warfen lange Schatten über die Wände. Einer der Ritter drehte sich um und hob eine Hand. Sciarras Lippen krümmten sich zu einem Lächeln, ehe er seinen Helm aufsetzte und sein Pferd antrieb. Seine Männer warfen sich erleichterte, triumphierende Blicke zu, als sie bemerkten, dass das Tor nicht nur offen, sondern auch noch unbewacht war. Sciarra riss eine der Fackeln aus ihrem Halter, zog einen Fuß aus dem Steigbügel und trat gegen die hölzerne Barrikade, bevor er, die Fackel hoch erhoben, in die Stadt einritt. Das Tor schwang knarrend weiter auf, und der Rest der Kavallerie strömte hindurch.

Sowie sie sich innerhalb der Mauern befanden, war es mit der Heimlichkeit vorbei. Sciarra wollte die Stadtbewohner wissen lassen, wer sie waren und was sie hierhergeführt hatte. »Gute Bürger von Anagni!«, brüllte er. »Wacht auf! Erhebt euch! Wir sind auf Befehl des Königs von Frankreich hier, um Papst Bonifaz als Ketzer zu verhaften und ihn in Paris vor Gericht zu stellen!«

Als seine Stimme von den Mauern der großen Palazzi rund um die Porta Tufoli widerhallte, den Heimen vieler Kardinäle des Heiligen Kollegiums, wurden überall im unteren Teil der Stadt Fensterläden aufgestoßen und Türen aufgerissen. Bürger schraken aus dem Schlaf und hüllten sich hastig in Umhänge. Mütter beeilten sich, nach ihren Kindern zu sehen, die sich ängstlich zusammenkauerten, als die Schatten von Reitern und Schwertern an Schlafkammerfenstern vorbeiglitten. Neben den Rittern einherlaufende Soldaten hielten flackernde Fackeln in den Händen und verbreiteten in den Straßen, die sich zu der Kathedrale und dem Papstpalast emporwanden, eine verfrühte Morgenröte. Vögel flatterten zwitschernd zum Himmel empor.

»Erwacht! Erhebt euch! Wir sind hier, um den ketzerischen Papst zu verhaften!«

Die Furcht auf den Gesichtern der Männer und Frauen, die auf den Türschwellen auftauchten, verwandelte sich in Neugier, als ihnen klar wurde, dass diese Armee nicht ihretwegen in die Stadt eingefallen war. Während einige ihre Türen verrammelten und begannen, Gold und Juwelen unter Bodendielen zu verstecken, traten andere auf die Straßen hinaus und betrachteten die Ritterprozession so verwirrt, als sei heute der Festtag eines Heiligen, dessen Reliquie durch die Stadt getragen wurde. Schon bald folgte ein Strom von Menschen, von denen viele noch ihre Nachtgewänder trugen, Sciarras Truppen. Ein paar umklammerten die Waffen, zu denen sie gegriffen hatten, um sich zu verteidigen, ehe sie die Türen geöffnet hatten. Als die Kompanie eine Kirche passierte, bellte Sciarra einen Befehl. Eine Gruppe von Soldaten löste sich vom Hauptteil, schob den Priester zur Seite, der gaffend in der Tür stand, und betrat das Gebäude. Der Priester eilte ihnen zeternd hinterher. Kurz darauf begann die Glocke im Turm zu läuten.

Will blickte auf, als er an der Kirche vorbeikam, und sah zu, wie die Glocke hin und her schwang und den Rest der Stadt weckte. Als er über die Schulter spähte, stellte er fest, dass aus dem Menschenstrom eine Flut geworden war. Im Osten wurde der Himmel hinter den schwarzen Hügeln allmählich heller. Der an seiner Seite reitende Nogaret wirkte im Fackelschein angespannt und verunsichert. Immer mehr Menschen scharten sich um sie. Rainald hatte recht gehabt: Bonifaz hatte sich viele Feinde gemacht, und nun wollte ihn sein eigenes Volk für all das zur Rechenschaft ziehen, wofür er in ihren Augen verantwortlich war – die Abgaben, die er ihnen auferlegt hatte, seine Weigerung, auf Bitten um Almosen zu reagieren, oder die vielen Male, die seine Neffen ihre Söhne in der Kirche verspottet hatten. Will, der in ihrer Mitte ritt und ihren anklagenden Worten lauschte, konnte sich nur mittreiben lassen wie ein auf dem Meer tanzender Korken. Während des nächtlichen Rittes von Ferentino hierher hatte Nogaret kurz mit ihm und den französischen Wächtern gesprochen und ihnen ihre Befehle erteilt.

Dafür zu sorgen, dass der Papst am Leben blieb. Ihn von Sciarra fernzuhalten.

Wills Hoffnung, durch das mühelose Eindringen in die Stadt merklich gedämpft, bestand jetzt nur noch in der Möglichkeit, dass der Papst so lange überlebte, bis Nogaret ihn verhaften konnte. Vielleicht konnte er Bonifaz auf der Rückreise nach Paris irgendwie zur Flucht verhelfen.

Als sie sich der Kathedrale näherten, starrte Will zu den fernen Mauern des Palastes hinüber und betete darum, dort eine Armee in Weiß zu erblicken, doch die Fenster des Gebäudes waren geschlossen. Sciarra schwenkte ab und führte den Mob zum Marktplatz, wo sie eine weitere Menschenmenge vorfanden. Wie es aussah, wollte niemand in Anagni am Morgen aufwachen und feststellen, dass ohne ihn Geschichte geschrieben worden war.

In der Mitte des Marktes wartete ein hoch gewachsener, muskulöser Mann mit einem dreizackig gestutzten Bart, der ein glitzerndes Kettenhemd und einen violetten Überwurf trug, mit einem Dutzend ebenso gekleideter Männer bei einem Brunnen auf sie.

Rainald stieg als Erster von seinem Pferd. »Sir Godfrey«, begrüßte er den Bärtigen.

Das musste demnach Godfrey Bussa sein, der Hauptmann der päpstlichen Leibwache. Will sprang aus dem Sattel. Nogaret war bereits abgestiegen, drängte sich zwischen Niccolo und den anderen Adeligen hindurch und folgte Sciarra und Rainald. Will hielt sich dicht hinter ihm.

Die Menge ringsum schnatterte aufgeregt; Sciarra musste seine Stimme heben, um sich verständlich zu machen. »Wir haben hinter den Palastfenstern kein Licht gesehen. Ich gehe davon aus, dass sich der Papst trotzdem noch dort aufhält?«

Godfreys Gesicht war ernst. »Ich denke schon, aber wir sind nicht sicher. Vorgestern Abend kehrten meine Männer und ich zum Palast zurück und fanden die Tore verriegelt vor. Wir waren fortgeritten, um alles für den Angriff vorzubereiten. Als ich nach den Männern rief, die ich zurückgelassen hatte, erhielt ich keine Antwort.«

»Wieso glaubt Ihr dann, dass Bonifaz noch dort drinnen ist?«, warf Rainald ein.

»Wir haben Bewegungen hinter den Fensterläden gesehen. In den Räumen halten sich eindeutig noch Menschen auf.« Godfrey schüttelte den Kopf. »Der Papst muss irgendwie von der geplanten Attacke erfahren und sich im Palast verschanzt haben. Vielleicht hat einer meiner Männer uns verraten.« Er hob die Schultern. »Ich kann es nicht mit Sicherheit sagen.«

»Wer ist denn zu seinem Schutz abgestellt?«, fragte Nogaret, bevor Sciarra das Wort ergreifen konnte.

»Wahrscheinlich die Mitglieder seiner Leibwache, die ihm nach wie vor treu ergeben sind, sein Personal, seine Familie, zwei Kardinäle. Der größte Teil des Heiligen Kollegiums befindet sich in Rom, und wir haben drei Kardinäle, die uns unterstützen, geraten, Anagni rechtzeitig zu verlassen.«

Sciarra verstummte, während die Männer ringsum fortfuhren, Godfrey auszufragen. Plötzlich bahnte er sich einen Weg durch die Menge, kletterte auf den Rand des Brunnens und hielt sich an einem der Pfosten fest. »Bürger von Anagni!«, rief er mit weithin hallender Stimme. »Mein Name ist Sciarra Colonna, ich bin der Bruder von Pietro und der Neffe von Giacomo, die beide von dem Usurpator, der sich Papst Bonifaz nennt, widerrechtlich ihrer Ämter enthoben wurden. Der Mann, der unter euch gelebt und sich an euren großzügigen Spenden und Abgaben gemästet hat, ist ein Ketzer und ein Gotteslästerer!«

Angstvolles Gemurmel, aber auch zustimmendes Raunen liefen durch die Menge. Kinder wurden auf die Schultern ihrer Väter gehoben, damit sie besser sehen konnten.

»Wir sind im Namen des Königs von Frankreich hier, um ihn zu verhaften und für seine Verbrechen zur Rechenschaft zu ziehen. Aber statt sich uns zu stellen, statt sich unsere Anschuldigungen anzuhören und sich zu rechtfertigen, verkriecht sich der Papst in seinem Palast – der beste Beweis für seine Schuld! Gute Bürger, ich verspreche euch, dass ich die sich in diesem Palast befindlichen Reichtümer unter euch aufteilen werde, wenn ihr uns helft, eure Stadt zu befreien. Als Gegenleistung für euren Beitrag dazu, Bonifaz vor Gericht zu bringen, werdet ihr reicher werden, als ihr es euch je erträumt hättet!«

Einen Moment lang herrschte Stille, seine Worte schienen in der Luft zu hängen. Dann erhob sich ein markerschütterndes Gebrüll. Will fluchte, als der Mob auf den Papstpalast zustürmte; bereit, die Tore mit bloßen Händen aufzubrechen. Sciarra sprang von dem Brunnen, schwang sich auf sein Pferd und rief seinen Männern etwas zu.

Der Nachmittag verstrich, die Sonne brannte auf die weißen Wände der Gebäude nieder. Auf der anderen Seite der Straße lag der Papstpalast, die Tore waren geschlossen und verriegelt. Stellenweise wies das Holz Beschädigungen auf, doch sie stammten von dem ersten Angriff, und seither war kein Versuch mehr unternommen worden, den Palast zu stürmen. Der Boden vor den Toren war mit Leichen übersät. Das Nachtgewand einer jungen Frau, das zerknittert in der Nähe der Mauern lag, flatterte im heißen Wind wie eine blutbespritzte Fahne, der Pfeil, der sie getötet hatte, ragte schwarz aus ihrer Brust.

Der Angriff auf den Palast hatte mit einem Chaos geendet. Der Pöbel war durch die Straßen geflutet, die steilen Gassen hochgeritten oder hochgerannt, die zu dem Geländekomplex führten, der die Residenz des Papstes, die Häuser seiner Familie und die Kathedrale beherbergte. Alles war von massiven Mauern umschlossen, darunter fiel der Hügel steil ab. Ritter, Soldaten und Stadtbewohner kämpften darum, als Erste in das Gebäude einzudringen, keiner wollte Ruhm und Beute anderen überlassen. Trotz der scharfen Befehle Sciarra Colonnas und Godfrey Bussas und der Disziplin, die deren Truppen an den Tag legten, ließ sich der aufgebrachte Mob keinen Einhalt gebieten. Pferde bäumten sich auf, Menschen wurden zu Boden gestoßen. Als die Angreifer die Tore erreichten und mit Fäusten und Waffen dagegenzuhämmern begannen, blitzte etwas am Morgenhimmel auf. Schreie ertönten, aber es dauerte einige Momente, bis die Menge begriff, dass von den Palastmauern Pfeile auf sie abgeschossen wurden.

An den Toren brach Panik aus, als sich die Angreifer zur Flucht wandten. Die Ritter galoppierten zuerst davon, gefolgt von den Soldaten, die sich ihre Schilde schützend über den Kopf hielten. Es waren die unbewaffneten, militärisch nicht ausgebildeten Bürger von Anagni, die der Widerstand innerhalb der Palastmauern mit voller Wucht traf. Diejenigen, die von den Pfeilen verschont blieben, flohen in die Gassen zurück, aus denen sie gekommen waren, oder suchten in den nächstgelegenen Häusern Schutz. Sciarra, der trotz der allgemeinen Verwirrung die Nerven behielt, befahl seinen Männern, sich in den Straßen vor den Mauern neu zu formieren.

Kurz darauf erscholl oben auf der Mauer eine laute Stimme, die fragte, was der Angriff zu bedeuten habe. Sciarra setzte zu einer Antwort an, doch Nogaret kam ihm zuvor. Verzweifelt entschlossen, die Kontrolle wieder an sich zu reißen, trat er ohne Deckung und unbewaffnet auf die mit Leichen übersäte Straße hinaus.

»Bonifaz wird auf Befehl von Philipp dem Schönen, dem König von Frankreich, des Verbrechens der Ketzerei angeklagt!«, dröhnte der Minister. »Er wird verhaftet und nach Paris gebracht, um dort vor Gericht gestellt zu werden. Sagt ihm, er soll sich ergeben!«

»Wir wollen über einen Waffenstillstand verhandeln«, klang es zurück.

»Ich gebe euch bis eine Stunde nach der Non Bedenkzeit«, erwiderte Sciarra, der sein Pferd an Nogarets Seite gelenkt hatte. »In dieser Zeit werdet Ihr die folgenden Forderungen erfüllen: Als letzte Amtshandlung als Papst wird Bonifaz Giacomo und Pietro Colonna wieder in das Heilige Kollegium aufnehmen. Danach wird er den päpstlichen Schatz den Kardinälen übergeben und sich der Autorität Frankreichs unterstellen.«

Nachdem der Waffenstillstand ausgehandelt war, konnten Sciarras Ritter vorerst nur abwarten. Ein paar Männer wurden ausgeschickt, um das Gelände rund um die Palastmauern zu erkunden, während Colonna und Bussa in einer Kapelle ihr Quartier aufschlugen und einen zweiten Angriff zu planen begannen. Die Stadtbewohner, denen die Ritter keine Beachtung mehr schenkten, zogen sich verbittert zurück. Sie hatten bei der Attacke über ein Dutzend der Ihren verloren, und nun wurde ihr Opfer überhaupt nicht zur Kenntnis genommen. Auch das Versprechen, die päpstlichen Reichtümer an sie zu verteilen, klang im klaren Morgenlicht plötzlich hohl, doch obwohl viele Männer und Frauen benommen in ihre Häuser zurückkehrten, weigerte sich eine mehrere tausend Menschen umfassende Horde, auf die ihnen zugesagten Schätze zu verzichten. Sie zogen durch die Straßen von Anagni und stürmten die großen Palazzi der Kardinäle. Später am Tag hörten Sciarra und seine Männer Schreie und sahen im unteren Teil der Stadt Rauch aufsteigen, als die Ausschreitungen ihren Fortgang nahmen.

Als der Waffenstillstand sich dem Ende zuneigte, wurde ihnen die Antwort des Papstes ausgerichtet. Bonifaz hatte nicht die Absicht, sich zu ergeben. Ergrimmt, aber nicht überrascht bereitete Sciarra den zweiten Angriff vor.

Will sah zu, wie eine Gruppe von Soldaten einen Baumstamm aufhob. Während sie die Straße entlangmarschierten und sich dabei mit ihren freien Händen ihre Schilde über die Köpfe hielten, hörte er, wie einer der französischen Leibgardisten Nogaret mit Fragen bestürmte.

»Können wir denn sicher sein, dass sich der Papst überhaupt noch im Palast aufhält? Es könnte sich auch um ein Ablenkungsmanöver handeln. Wenn der Papst von dem geplanten Angriff erfahren hat, ist er vielleicht längst geflohen.«

Nogaret wandte den Blick nicht von den Soldaten ab, die jetzt mit ihrer schweren Last auf die Palasttore zustapften. »Nein, sicher können wir nicht sein, aber laut dem, was Bussa uns berichtet hat, hatte Bonifaz kaum Gelegenheit, sich unbemerkt davonzustehlen. Wir müssen hoffen, dass er in seinem Palast in der Falle sitzt. Was auch immer geschieht, wir müssen unbedingt als Erste zu ihm gelangen.«

Der Mann nickte knapp, und Will richtete seine Aufmerksamkeit wieder auf die Soldaten. Pfeile begannen von den Mauern herabzuregnen. Ein Mann schrie auf, als einer davon seinen Stiefel durchbohrte und sich in seinen Fuß grub. Er ließ den Baumstamm los, brach auf der Straße zusammen und umklammerte den Schaft mit beiden Händen. Ein weiterer Pfeil traf ihn in die Schulter und schleuderte ihn in den Staub, wo er zusammengekrümmt liegen blieb, bis ein dritter ihn tötete. Wer auch immer sie sein mochten – die gegnerischen Bogenschützen verstanden ihr Handwerk. Auf Sciarras Befehl hin löste sich ein anderer Mann aus der Deckung einer auf der Straße errichteten provisorischen Barrikade und stürmte vorwärts, um den Platz seines gefallenen Kameraden einzunehmen. Weitere Pfeile schwirrten durch die Luft, aber in unregelmäßigen Abständen und nur von sechs oder sieben Stellen auf der Mauer her, was den Schluss nahelegte, dass die Verteidigung des Palastes ausgeprägte Schwachstellen aufwies. Die Soldaten erreichten die Tore und begannen den Stamm gegen das Holz zu rammen. Jeder Stoß ließ es heftig erzittern.

»Minister!«

Nogaret drehte sich um. Einer seiner Männer eilte auf ihn zu.

Er war völlig außer Atem. »Ich war auf der Latrine«, keuchte er, dabei deutete er auf ein Gebäude weiter oben auf der Straße. »Die Fenster gehen auf den Palast hinaus, und da habe ich eine Gruppe von Männern gesehen, die um den Hügel unterhalb der Mauern herumgeschlichen sind. Sie trugen die Farben von Sciarras Rittern.«

»Wie viele waren es?«

»Ungefähr vierzig.«

Nogaret hastete zu Sciarra, der bei der Barrikade stand und

Befehle bellte. »Colonna! Habt Ihr einige Eurer Männer auf die andere Seite der Mauern geschickt?«

Sciarra wirkte überrascht, nickte aber. »Ja. Sie versuchen, sich auf der Rückseite Einlass zu verschaffen. Bussa glaubt, das Tor bei der Kathedrale wird kaum geschützt.«

»Warum weiß ich nichts davon?«

Sciarra funkelte ihn finster an. »Ihr habt mich hinzugezogen, weil Ihr militärische Unterstützung brauchtet. Ich tue das, weswegen ich hier bin. Also haltet mich nicht länger auf.«

»Ich habe Euch gesagt, dass ich Bonifaz als Erster entgegentreten will!«

»Seid mein Gast«, versetzte Sciarra beißend. Er deutete auf die Straße, wo zwei weitere Soldaten den Pfeilen der Verteidiger des Palastes zum Opfer gefallen waren. Der Rest hämmerte verbissen auf die Tore ein. In der Mitte hatte sich ein großer Riss gebildet.

Nogaret ging zu Will und den Franzosen zurück. »Holt eure Pferde«, wies er sie grimmig an. »Und haltet euch bereit.« Er warf Sciarra einen giftigen Blick zu. »Er wird mir bei Bonifaz' Vernichtung nicht zuvorkommen!«

Die Wächter stürmten bereits zu ihren Pferden. Will hatte sich abgewandt, war aber bei Nogarets letzten Worten wie erstarrt stehen geblieben.

Der Minister musterte ihn ungeduldig. »Worauf wartet Ihr noch, Campbell?«, fauchte er. Ihm schien nicht aufgefallen zu sein, was er soeben preisgegeben hatte.

Jegliche Frage, die Will Nogaret hätte stellen können, geriet in Vergessenheit, als zwischen zwei Stößen des Rammbocks innerhalb der Mauern Alarm gegeben wurde. Sciarras Ritter waren in das Palastgelände eingedrungen.

Während der nächsten Minuten herrschte heillose Verwirrung. Befehle hallten durch die Luft, Männer stiegen auf ihre Pferde und griffen nach den Schilden und Waffen, die die Knappen ihnen reichten. Die im Schatten kauernden Soldaten sprangen auf und zogen ihre Schwerter. Der Lärm wurde vom Donnern des Rammbocks übertönt, der noch immer gegen die unter dem Ansturm allmählich nachgebenden Tore prallte. Der Pfeilbeschuss hatte aufgehört, sodass einige der Männer, die den Baumstamm hielten, ihre Schilde wegwarfen und ihre Anstrengungen verdoppelten. Will schwang sich in den Sattel und ritt mit den anderen Franzosen zu der Barrikade auf der Straße, während Nogaret zu seinem Pferd rannte. Plötzlich wurden die Tore knarrend geöffnet, dahinter erschienen die Gesichter von Sciarras Rittern. Die erschöpften Soldaten ließen den Baumstamm fallen und strömten in den Hof, dicht gefolgt von Sciarra und dem Rest seiner Männer.

Auf der anderen Seite der Mauer lagen ein paar Bogenschützen auf der Brustwehr, andere waren, von Sciarras Rittern tödlich verwundet, in den Hof hinuntergestürzt. Einige hielten noch im Tod ihre Bogen umklammert. Die Überlebenden verließen fluchtartig die Palastbalkone, um sich im Inneren des Gebäudes zu verschanzen. Im inneren Hof, hinter dem die Kathedrale aufragte, wurde noch immer gekämpft. Die Türen der Kathedrale standen offen, Schwertergeklirr hallte darin wider. Die ersten Reihen der Soldaten stürmten direkt auf die Häuser zu, in denen die Familie des Papstes lebte. Diejenigen, die mit Äxten bewaffnet waren, begannen auf die Fensterläden der unteren Stockwerke einzuhacken. Andere traten die Türen ein und drangen in die Gebäude ein. Schreie gellten über den Hof.

Will wurde mit der Flut der angreifenden Kavallerie durch die Tore gespült. Er hatte Nogaret und die französischen Wächter hinter sich zurückgelassen. Sein Blickfeld war auf die Sehschlitze seines Helms beschränkt. Er sah die Rücken der vor ihm reitenden Männer, in der Sonne aufblitzende Schwerter, erhobene Schilde, und er sah Sciarra auf einen prachtvollen Palazzo auf der anderen Seite des Hofes zuhalten. Will folgte ihm, lenkte sein Pferd geschickt durch das Gewühl, während seine Gedanken nur um die Frage kreisten, wie er den Papst schützen konnte. Als

Sciarra abstieg und einigen Soldaten befahl, brennende Fackeln vor die Türen zu legen, glitt er von seinem Pferd und jagte es mit einem Schlag auf die Kruppe davon.

Die Türen verfärbten sich schwarz und fingen dann Feuer. Will umfasste sein Schwert fester. Ein paar Ritter legten die Hände schützend vor ihre Gesichter und begannen auf die Türen einzutreten, bis sie funkensprühend in sich zusammenfielen. Will kämpfte sich ganz nach vorne durch, als der Rittertrupp in einen raucherfüllten Gang vordrang. Die Männer schwärmten sofort in verschiedenen Richtungen aus; jeder wollte den Papst und seine Schatztruhen als Erster finden.

Sciarra lief auf eine Treppe am Ende des Ganges zu, ohne sich ein einziges Mal umzublicken; er schien seinen Weg genau zu kennen. In der Hoffnung, dass keiner von Colonnas Männern es wagen würde, ohne ihn eigenmächtig etwas zu unternehmen, setzte Will ihm nach. Er stieß Ritter mit dem Ellbogen zur Seite und jagte hinter Sciarra, der wesentlich jünger und in besserer körperlicher Verfassung als er selbst war, die Stufen hoch. Sein Schwert streifte kratzend die Wand, seine Lunge brannte, seine Beinmuskeln schmerzten vor Anstrengung. Endlich erreichte er den Treppenabsatz, sammelte seine letzten Kräfte und hetzte einen mit Marmor ausgekleideten Gang entlang. Sciarra befand sich inzwischen weit vor ihm, sein erhobenes Schwert tanzte vor der kleinen Kompanie, die ihm folgte, auf und ab, als er auf eine Tür zusteuerte.

»Herr, steh mir bei«, keuchte Will, als die Tür aufgestoßen wurde und die Truppe in die dahinterliegende Kammer stürzte.

Dort blieben die Männer wie angewurzelt stehen.

Papst Bonifaz saß, angetan mit einer juwelenbesetzten Tiara und seinen kostbaren Amtsgewändern, auf einem Thron. In einer Hand hielt er ein Kreuz aus massivem Gold, in der anderen ein Schwert mit einem Kristallknauf. Sein breites, zerfurchtes Gesicht war grau vor Furcht und Erschöpfung, aber es lag ein grimmig entschlossener Ausdruck darauf – und das nicht ohne

Grund, denn er war nicht allein. Vor ihm hatten sich mit gezückten Schwertern siebenundzwanzig weiß gekleidete Tempelritter aufgereiht.

24

Anagni, Italien
7. September A.D. 1303

Wilde Freude durchströmte Will, als er in den Raum stürmte und die Ritter sah, die jetzt einen schützenden Ring um den Papst bildeten.

Sie waren gekommen!

Einen Moment lang hätte er sich am liebsten in ihren Kreis eingereiht und sich gegen Sciarra und seine Männer gewandt. Doch er unterdrückte diesen Drang, blieb auf der entgegengesetzten Seite des Raumes stehen und richtete wie alle anderen auch sein Schwert auf die Ritter, obwohl in seinem Inneren die wildesten Gefühle tobten. Durch die Fenster wehte Kampflärm herein, auf das Klirren von Schwertern folgten Schreie und die Geräusche zersplitternden Holzes, zerbrechenden Glases.

Sciarra riss sich seinen Helm vom Kopf und ließ ihn zu Boden fallen. Ihm schien daran gelegen zu sein, dass der Papst das Gesicht seines Feindes sah.

Bonifaz erhob sich. »Worauf wartet Ihr noch, Colonna? Hier ist mein Hals! Hier ist mein Kopf!«

Sciarra trat angesichts dieser Herausforderung einen Schritt vor, seine Hand schloss sich um den Griff seines Schwertes. Aber sein Blick wanderte zu den Rittern, die sich bei der Bewegung gestrafft hatten und deren Augen jetzt unverwandt auf ihm ruhten.

»Was geht hier vor? Wo ist der Papst?«, erklang Nogarets atemlose Stimme vom Rand der Menge her, die die Tür blockierte. »Lasst mich durch!« Die Soldaten gaben ihm widerstrebend den Weg frei. Er nahm gleichfalls den Helm ab, um besser sehen zu können. Auf seinem Gesicht zeichneten sich erst Schrecken, dann Wut ab, als er die Templer und den hinter ihnen stehenden Papst sah. »Was hat das zu bedeuten?«

»Haltet Euch zurück, de Nogaret«, grollte Sciarra. »Das ist nicht mehr Euer Kampf.«

Draußen wurden die Schreie lauter. Die Luft roch nach Rauch.

»Guillaume de Nogaret?« Die Stimme des Papstes klang eisig. »Ihr seid also die Schlange, die Gift in das Ohr unseres Königs träufelt? Deren Gift jetzt die gesamte Kirche bedroht?« Bonifaz' Augen glitzerten. »Man hätte Euch zusammen mit Eurer Mutter und Eurem Vater ins Feuer werfen sollen, Ihr gotteslästerlicher Bastard!«

Nogaret machte Anstalten, sich mit wutverzerrtem Gesicht auf ihn zu stürzen. Zwei von Sciarras Männern werteten das als Signal für einen Generalangriff und stürmten auf die Ritter los. Sciarras Warnruf kam zu spät, zwei Templer traten den Männern bereits entgegen. Ein Ritter duckte sich unter dem Hieb seines Gegners hinweg und rammte ihm sein Schwert in die Seite, der andere wehrte die Klinge seines Widersachers mit seiner eigenen ab, ehe er sie ihm in den Leib stieß. Die Ritter ließen die blutüberströmten Körper achtlos auf dem Marmorboden liegen und traten in die Reihe zurück. Bonifaz ließ sich erschüttert auf seinen Thron sinken. Seine Verwirrung wuchs, als Godfrey Bussa in die Kammer stolperte.

Das Gesicht des Hauptmanns war totenblass. Mit einer Hand umklammerte er seinen Arm, zwischen seinen Fingern quoll Blut hervor. Er ging sofort zu Sciarra hinüber. »Die Bürger haben einen regelrechten Aufstand angezettelt«, knirschte er mit zusammengebissenen Zähnen. »Sie sind uns durch die Tore gefolgt. Von der Stadt kommen immer mehr herauf. Sie überschwemmen das gesamte Gelände.«

Im Gang erklangen wüstes Geschrei und das Stampfen zahlreicher Füße. Die Soldaten an der Tür fuhren herum und trugen dann mit ihrem Gebrüll noch zu dem Tumult bei, als eine Welle von Menschen auf sie zuschwappte. Die Bürger von Anagni waren gekommen, um sich ihre Belohnung zu holen.

Von der Plünderung der Kardinalspaläste angefeuert, trunken von gestohlenem Wein und der Aussicht auf noch größere Reichtümer rannten sie auf die im Thronsaal zusammengedrängten Männer zu. Einige waren mit Dolchen bewaffnet, die sie überwältigten Soldaten entrissen hatten, andere nur mit Stöcken oder Steinen. Sciarras Männer hoben ihre Schwerter, doch der Schwung dieses Massenansturms ließ sich nicht mehr aufhalten, die vordersten Reihen wurden von denen hinter ihnen direkt in das Dickicht aus Klingen gedrängt. Männer traten und stachen wild um sich.

Sciarra, der sich umgedreht hatte, um seinen Soldaten Befehle zuzurufen, stieß einen Wutschrei aus, als die Templer den Papst von seinem Thron und durch eine Tür in der Wand auf der anderen Seite der Kammer zogen. Sciarra griff sie rücksichtslos an, Nogaret setzte ihm nach. Eine Hand voll Templer löste sich aus der Gruppe und kam auf sie zu. Will wollte dem Minister folgen, der von einem Ritter attackiert wurde, doch jetzt drängten sich die Bürger von Anagni durch das Gewimmel der Soldaten und drangen in den Thronsaal vor. Beißender Rauch wehte durch die hohen Fenster herein. Das gegenüberliegende Gebäude stand in Flammen. Will erhaschte einen Blick auf ein in schwarzen Qualmwolken verschwindendes Gesicht, dann kam ein eine Keule schwingender Mann auf ihn zu.

Der Papst und seine Rittereskorte waren verschwunden. Sciarra hatte einen Templer getötet und hieb mit wutverzerrtem Gesicht auf einen zweiten ein. Nogaret heulte auf, als der Ritter, mit dem er kämpfte, seine Deckung durchbrach und ihm seine Klinge in die Schulter bohrte. Der Templer riss sein Schwert zurück und holte zu einem beidhändig geführten Hieb aus, der Nogaret den Kopf vom Rumpf getrennt hätte, wenn nicht zwei Stadtbewohner gegen ihn geprallt wären und ihn von den Füßen gerissen hätten. Der Templer grunzte frustriert, als immer mehr Menschen an ihm vorbeiströmten, allesamt bestrebt, zu dem Thron zu gelangen, auf dem Bonifaz' Schwert mit dem Kristallknauf und sein goldenes Kreuz zurückgeblieben waren.

Will wich dem ungeschickten Keulenhieb seines Gegners aus und wehrte einen zweiten ab. Immer mehr Männer drängten sich in der Hoffnung, an die Schätze zu gelangen, in den Thronsaal.

»Rückzug!«, donnerte jemand. »Rückzug!«

Sciarras dem Mob zahlenmäßig unterlegene Männer begannen sich gewaltsam einen Weg aus dem Raum zu bahnen, fort von den Templern, die erbarmungslos auf das Gewimmel einhieben. Ein Mann zerrte Sciarra zurück. Der verwundete Nogaret hatte sein Schwert verloren und versuchte sich zur Tür durchzukämpfen, um dem Ritter zu entkommen, der ihn verfolgte. Will setzte seine Fäuste und das Heft seines Schwertes ein, um die ihn bedrängenden Männer zur Seite zu stoßen.

Als sich eine regelrechte Flut von Stadtbewohnern in den Palast ergoss, wurde zum allgemeinen Rückzug geblasen. Die Templer, denen es nicht gelang, den Papst sicher durch das Chaos zu bringen, verbarrikadierten ihn in einem Turm, während Sciarras Armee in den Abend hinausfloh und die Bürger von Anagni damit begannen, wertvolle Wandbehänge herunterzureißen, sich um silberne Platten zu streiten, Reliquien aus der Schatzkammer zu schleppen und bis spät in die Nacht Abendmahlswein in sich hineinzuschütten.

Palestrina, Italien
8. September A.D. 1303

Will lehnte sich gegen eine verfallene Mauer und sah zu, wie die Nachzügler – zumeist zu Fuß – den steilen Pfad emportrotteten. Auch er war immer noch erschöpft, aber er hatte zumindest

Gelegenheit gehabt, sich etwas auszuruhen, da er die Ruinenstadt Palestrina schon vor ein paar Stunden zusammen mit den Mitgliedern der Kavallerie erreicht hatte, denen es gelungen war, aus dem Papstpalast zu entkommen. Soweit er sehen konnte, fehlte immer noch die Hälfte ihrer Kompanie. Niemand wusste, wo Rainald und die Männer aus Ferentino abgeblieben waren. Sie waren nicht mehr gesehen worden, seit sie bei der ersten Angriffswelle den Palast gestürmt hatten. Sciarra, Godfrey Bussa und Nogaret hatten sich nach Palestrina retten können, obgleich der Minister zwei seiner Begleiter verloren hatte und Bussa mit vor Blutverlust aschgrauem Gesicht im Schatten lag.

Ein Adler schwebte, einen schrillen Schrei ausstoßend, über sie hinweg. Seine goldenen Schwingen glänzten in dem hellen Licht. Andere folgten ihm, durch die Eindringlinge aufgeschreckt, und zogen am Himmel misstrauisch ihre Kreise. Nachdem Bonifaz die Festung der Colonnas dem Erdboden hatte gleichmachen lassen, hatte die Natur wieder die Vorherrschaft übernommen. Es gab kaum noch Anzeichen dafür, dass einst Gebäude den Gipfel des Hügels gekrönt hatten; alle Steine und Hölzer, die die Einheimischen nicht an sich gerissen hatten, waren mit Ranken und Gräsern bedeckt, nur hier und da ragten die gezackten Überreste von Mauern oder ein abgebrochener Pfahl aus dem Dickicht hervor. Allein die Kirche war unversehrt geblieben, ein einsames Zeichen dafür, dass hier einst Menschen gelebt hatten. Baumwurzeln hatten sich durch die Risse im Mauerwerk gezwängt, der Boden war mit Fledermauskot verklebt, und mit Fliegen gesprenkelte Spinnennetze wehten wie zarte Vorhänge im Kirchenschiff.

Will wunderte sich, dass Sciarra sie ausgerechnet hierher geführt hatte, an den Ort, an dem der Papst seiner Familie ihre letzte Niederlage beigebracht hatte. Aber Colonna wollte seine Truppen von Bonifaz' Verbündeten unbemerkt erneut um sich scharen, und Palestrina war dafür vielleicht am geeignetsten. Vielleicht hoffte er auch, hier so etwas wie Trost zu finden – in einer vertrauten Umgebung, wo er seine Wunden lecken und seine

Verluste betrauern konnte. Wie auch immer, es war noch nicht vorbei. So viel stand fest.

Ein Schatten fiel über ihn. Will legte eine Hand vor die Augen und blickte zu Nogaret empor.

Das Gewand des Ministers starrte vor Blut, das aus seiner provisorisch verbundenen Schulterwunde geströmt war. »Ihr seid nicht verletzt worden.«

Es klang mehr wie eine Feststellung als wie eine Frage, dennoch gab Will ihm eine Antwort. »Nur ein paar Schrammen.« Er hob die Hände. Die Knöchel waren aufgeschürft und geschwollen, weil er sich mit den Fäusten einen Weg durch die Menge gebahnt hatte.

»Es war eine Katastrophe.«

Will zog sich mühsam auf die Füße. Er war ein gutes Stück größer als Nogaret, dennoch fuhr der Mann fort, ihm kampfeslustig in die Augen zu sehen. »Die Stadtbevölkerung hätte nicht in die Sache mit hineingezogen werden dürfen.« Will nickte zu Sciarra hinüber, der in der Nähe der Kirche im Schatten eines Baumes kauerte. »Ich habe schon öfter mit angesehen, wie sich ein solcher Mob zusammenrottet. Es bedarf nicht viel, um ihn in eine unlenkbare, plündernde und wahllos mordende Horde zu verwandeln. Eine solche Rotte ist ein gefährliches Werkzeug. Unberechenbar.«

»Ich werde Euch sagen, womit gleichfalls nicht zu rechnen war, Campbell.«

Der drohende Unterton in der Stimme des Ministers entging Will nicht.

»Mit den weiß gewandeten Rettern des Papstes«, zischte Nogaret unüberhörbar erbost. »Meine erste Frage würde lauten, wie Bonifaz von dem bevorstehenden Angriff erfahren hat. Ganz sicher nicht von einem von Bussas Männern, denn die Beteiligung seines Hauptmanns an der Verschwörung kam für ihn ganz offensichtlich völlig überraschend. Außerdem sagte der Papst, Templer hätten ihn gewarnt, dass Einheimische in die Angelegenheit verstrickt seien. Daraus ergibt sich die zweite Frage – woher wussten die Ritter das?«

»Bussa selbst hielt es durchaus für möglich, dass einer der Leibwächter den Papst gewarnt haben könnte.« Will wich dem Blick des Ministers nicht aus, obwohl sich Nogarets dunkle Augen förmlich in die seinen bohrten, voller Argwohn und darauf brennend, jemandem die Schuld zuschieben zu können. »Der Papst könnte sich auch an die Templer in Rom gewandt und um Schutz gebeten haben.«

»Das ergibt keinen Sinn. Hätte er einen Angriff befürchtet, wäre er aus Anagni geflohen.«

»Vielleicht hat er die Drohung nicht ernst genommen und die Ritter nur als Vorsichtsmaßnahme angefordert.« Will zuckte die Achseln. »Es ist sogar möglich, dass der Orden Wind von der Sache bekommen und aus eigenem Antrieb Ritter nach Anagni geschickt hat.« Er schüttelte den Kopf. »Ich bezweifle, dass wir das je herausfinden werden.«

»Möglich«, murmelte Nogaret. Er schien noch mehr sagen zu wollen, wurde aber von einem Reitertrupp abgelenkt, der in die Ruinenstadt gesprengt kam. Es waren Rainald und seine Männer.

Sciarra erhob sich und ging auf sie zu. »Ich hatte schon befürchtet, Ihr wärt nicht aus Anagni entkommen.« Er reichte dem Hauptmann die Hand.

»Wir mussten uns aufteilen. Wir sind gekommen, sobald wir konnten.«

Sciarra nickte. »Und Bonifaz? Wisst Ihr, was mit ihm geschehen ist? Bislang ist noch keiner meiner Kundschafter zurückgekehrt.«

»Einer hat mir eine Botschaft für Euch mitgegeben. Er hörte, dass die Templer den Papst nach Rom eskortieren wollen. Sie wollen beim ersten Tageslicht aufbrechen.« Rainald blickte zur Sonne empor. »Sie dürften jetzt schon auf dem Weg sein.«

Ein zufriedenes Lächeln breitete sich auf Sciarras Gesicht aus. »Genau wie ich gehofft hatte.«

Will begriff mit einem Mal, warum der Italiener sich in die Ruinenstadt zurückgezogen hatte. Palestrina lag an der Straße nach Rom. In seinem Plan lag eine gewisse grausame Logik: Er wollte von seiner früheren Heimat aus Rache an dem Mann nehmen, der sie zerstört hatte.

Während Rainald dankbar den Wasserschlauch entgegennahm, den jemand ihm reichte, und durstig daraus trank, packte Nogaret Sciarra am Arm. »Kommt mit. Ich muss mit Euch reden.«

Sciarra machte sich unwillig von ihm los, aber die stählerne Entschlossenheit in Nogarets Blick schien ihm nicht zu gefallen, denn er nickte Rainald zu und folgte dem Minister in die Kirche.

Einige Männer sahen ihnen neugierig nach, als sie im Inneren verschwanden, machten sich dann aber daran, den Neuankömmlingen zur Hand zu gehen, Pferde zu einer Grasfläche zu führen, Proviant zu verteilen und Fluchtgeschichten zu lauschen.

Will zögerte unschlüssig. Unzählige Fragen gingen ihm im Kopf herum. Nogarets Worte, die er im Tumult in Anagni vorübergehend vergessen hatte, kamen ihm wieder in den Sinn. *Er wird mir bei Bonifaz' Vernichtung nicht zuvorkommen.* Bislang hatte er sich nur darauf konzentriert, den Papst vor Sciarra zu schützen. Aber was, wenn nicht allein von Colonna Gefahr ausging? Er griff nach einem leeren Wasserschlauch und ging um die Kirche herum. »Ich hole Wasser«, sagte er zu einem der französischen Wächter, der nur teilnahmslos nickte.

Darauf achtend, nicht beobachtet zu werden, schlich Will an der Mauer entlang. Er stieß auf zahlreiche Ritzen und Spalten, doch in den meisten wuchsen Blumen oder Baumwurzeln. Will eilte weiter, bis er fand, was er suchte: einen gezackten Riss in dem Stein, durch den er in das Innere der Kirche spähen konnte.

Nogaret trat ein und stolzierte auf den Altarraum zu; dabei wischte er Spinnweben zur Seite.

»Was wollt Ihr von mir?«, fragte Sciarra, der ihm folgte, ungeduldig.

Nogaret fuhr plötzlich herum und schlug ihm mit dem Handrücken hart ins Gesicht. »*Ihr Narr!*«

Sciarra taumelte zurück, hob eine Hand zu seiner Wange, hielt mitten in der Bewegung inne und zog stattdessen sein Schwert.

Nogaret zuckte mit keiner Wimper, als die Schwertspitze direkt vor seiner Kehle zitterte. »Ihr glaubt, Eurer Familie wäre ein großes Leid zugefügt worden, als Bonifaz ihr den Krieg erklärte? Das ist nichts im Vergleich zu dem, was mein Herr, König Philipp, Euch antun könnte. Frankreich ist jetzt die Heimat der überlebenden Colonnas, nicht wahr? Ihr sicherer Hafen? Wir verwandeln es in euer Grab!«

Die Schwertspitze zitterte stärker, aber Sciarra ließ die Waffe nicht sinken. Seine Wange leuchtete flammend rot. »Ich gehöre nicht zu den Männern, die sich von Drohungen einschüchtern lassen.«

»Das ist keine Drohung.«

Sciarra zögerte, dann senkte er die Waffe langsam.

»Ihr habt das ganze Unternehmen ruiniert«, zischte Nogaret. Er begann, im Kirchenschiff auf und ab zu gehen. »Bonifaz sollte jetzt auf dem Weg nach Paris sein – ein von der Macht Frankreichs besiegter Papst, der in Ketten vor seine Ankläger geschleift wird, um sein Urteil zu erwarten!«

»Ich konnte nicht zulassen, dass er seinen Palast lebend verlässt«, erwiderte Sciarra, ohne ihn aus den Augen zu lassen. »Ihr kennt das Ausmaß der Verbrechen nicht, die er an meiner Familie begangen hat.« Er schlug sich gegen die Brust. »Ihr wisst nicht, wie glühend wir ihn hassen. Ich wollte nicht, dass er in einem Palastturm in Luxus schwelgt, während Anwälte um seine Zukunft kämpfen. Ich wollte, dass er keine Zukunft mehr hat! Ich wollte ihn tot sehen!«

»Genau wie wir!«, donnerte Nogaret zurück. Er fuhr herum, blieb stehen, als Sciarras Schwert erneut vorschoss, wich aber nicht zurück. »Der Papst hätte Paris nie erreicht. Ich sollte ihn unterwegs vergiften.«

Sciarra sah ihn verwirrt an. »Warum habt Ihr mir das nicht gesagt?«

»Ich habe meinem Herrn geschworen, dass niemand davon erfahren wird. Noch nicht einmal meine eigenen Männer waren eingeweiht. Wir hätten behauptet, der Papst wäre unter der Last seiner Verbrechen zusammengebrochen und gestorben. Es hätte keinerlei Beweise für einen Mord gegeben.« Nogaret lehnte sich gegen eine gesprungene Säule. »Und jetzt habt Ihr durch Euer übereiltes Handeln all unsere Pläne zunichtegemacht. Im selben Moment, wo der Papst in Rom eintrifft, wird er uns alle und König Philipp exkommunizieren – wenn er das nicht bereits getan hat.«

»Noch ist nicht alles verloren«, meinte Sciarra nach kurzer Überlegung. »Wir wissen, dass er auf dem Weg nach Rom hier entlangkommt.«

Nogaret schüttelte den Kopf. »Wenn wir ihn auf der Straße töten, wird bekannt werden, dass es sich um Mord gehandelt hat – und wer die Mörder sind.«

»Nicht, wenn es keine Zeugen gibt. Ihr könnt immer noch sagen, Ihr hättet den Papst wegen Ketzerei verhaften wollen, was sich ja mittlerweile herumgesprochen hat, und er wäre Euch entkommen. Ihr könnt auch angeben, er wäre während seiner Flucht gestorben.« Sciarra runzelte die Stirn, während er angestrengt nachdachte. »Einige von Bussas Männern haben sich hierher durchgeschlagen. Sie könnten den Leichnam des Papstes nach Rom schaffen und dort diese Geschichte verbreiten. Niemand würde erfahren, dass sich seine eigenen Leibwächter gegen ihn gewandt haben. Man würde ihnen Glauben schenken.«

»Und was ist mit den Templern? Selbst wenn es uns gelingt, sie alle zu töten, weiß man im Orden, wohin sie gegangen sind und weshalb. Kehren sie nicht zurück, werden zweifellos noch mehr Ritter ausgeschickt, um sie zu suchen.«

»Nur zu«, erwiderte Sciarra trocken. »Sie werden in den Hügeln keine Spur mehr von ihnen finden. Bussas Männer werden behaupten, die Gruppe sei angegriffen worden. Ihnen sei die Flucht gelungen, doch die Templer seien geblieben, um sich für ihren ketzerischen Papst zu opfern.« Er zuckte die Achseln. »Wer außer ihren Mitbrüdern würde schon um sie trauern?«

Die Straße nach Rom, Italien
8. September A.D. 1303

Bonifaz kauerte auf Kissen und Pelzen und umklammerte mit einer Hand die Seitenwand des über die unebene Straße rumpelnden Karrens. Es war später Nachmittag, die Sonne fiel durch das rote Tuch, das den Karren bedeckte, und ließ es fast wie durchscheinende Haut aussehen. Bonifaz überkam das unangenehme Gefühl, sich im Bauch eines riesigen Tieres zu befinden, das auf Rom zukroch. Das Hufgetrommel der Templerpferde auf dem harten Boden dröhnte in seinen Ohren und verstärkte den in seinem Kopf tobenden Schmerz noch. Er betupfte sich mit einem Seidentuch die Stirn. Der rechtschaffene Zorn, der in ihm aufgeflammt war, als er von dem geplanten Angriff erfahren hatte und die Wut, die ihn beim Anblick seiner Leibwächter an der Seite dieser Viper Colonna überwältigt hatte, war längst verflogen. Jetzt fühlte er sich nur wie ein verängstigter alter Mann, verwundet und verraten.

Sein Heim wäre völlig zerstört worden, wenn die Ausschreitungen nicht kurz nach Sciarras Flucht erloschen und die Bürger wieder zur Vernunft gekommen wären. Er hatte vom Palastbalkon aus eine bewegende Ansprache gehalten, und viele hatten die Waffen niedergelegt, als sie ihn, umringt von den Templern, dort hatten stehen sehen. Manche hatten sogar die gestohlenen Schätze zurückgegeben. Wie durch ein Wunder war kein Mitglied seiner Familie getötet worden, obwohl viele Diener und Wächter bei dem Angriff umgekommen waren. Die Ritter hatten ihm klargemacht, wie glücklich er sich schätzen konnte. Wären sie nicht gewesen, wäre er jetzt höchstwahrscheinlich tot oder in der Gewalt dieses Ketzers Nogaret.

Bonifaz bemerkte, dass die Hand, die das Tuch hielt, zitterte. Als er es in seinen Schoß fallen ließ, vernahm er draußen einen barschen Ruf, gefolgt von knappen Befehlen und dem ängstlichen Schnauben der Pferde. Bonifaz hörte, wie Schwerter gezogen wurden, dann schoss der Karren mit einem Ruck vorwärts. Der Papst wurde nach vorne geschleudert und landete weich auf den Pelzen, aber der Wagen schwankte so heftig, dass er sich nur auf die Hände stützen konnte. Hilflos hing er da und wurde wie ein Sack Äpfel durchgerüttelt, während das Donnern der Hufe immer näher kam. Weitere Rufe erschollen, dumpfes Krachen und die Schreie von Pferden und Männern zerrissen die Luft.

Auf Händen und Knien kroch Bonifaz zu der Öffnung am hinteren Teil des Karrens. Als er den Stoff packte, geriet das Gefährt in ein Schlagloch und wäre fast umgekippt. Bonifaz schrie auf, als er zur Seite geschleudert wurde, der Stoff in seinen Fäusten zerriss und er sich die Knöchel an dem rauen Holz aufschürfte. Er hob den Kopf und starrte ins Freie. Durch Staubwolken hindurch sah er, dass die Straße hinter ihnen vor Männern wimmelte. Hunderte von ihnen jagten grölend den mit Gestrüpp bewachsenen Hügel herunter und drangen auf die Templer ein. Der Papst hörte mehrmals den Namen Colonna aus dem Gebrüll heraus. Mindestens vier Templer galoppierten noch neben dem Karren her, wurden aber vor seinen vor Entsetzen geweiteten Augen von den Angreifern eingekesselt. Ein schwarzes Geschoss kam auf ihn zugeschwirrt. Bonifaz warf sich nach hinten, doch der Pfeil hatte nicht ihm gegolten. Er traf die Kruppe eines der Pferde, das sich schrill wiehernd aufbäumte und gegen die Seite des Karrens prallte. Ein weiterer bohrte sich in den Nacken des Kutschers und warf ihn von seinem Sitz. Der Karren schwankte und schaukelte, als die Räder über seinen leblosen Körper hinwegrollten, dann kam er von dem Weg ab, rumpelte einen steilen Hang hinunter und kam auf einem mit weißen Blumen bedeckten Feld zum Stehen. Bonifaz stieß sich den Kopf hart an einer der an der Seite aufgestapelten Kisten und blieb benommen auf den Pelzen liegen, während die erschöpften Pferde schnaubten und mit den Hufen stampften.

Noch immer erfüllte Kampflärm die Luft. Bonifaz kroch zu der Öffnung zurück, bevor die Pferde sich wieder in Bewegung setzen konnten. Gerade als er sie erreichte, erschien vor ihm ein vor Schweiß und Triumph glänzendes Gesicht darin. Mit einem Aufschrei fuhr er zurück, als Nogaret in den Karren kletterte. Der Minister hielt einen Dolch in der Hand.

»Fort mit Euch! Im Namen Gottes, wagt es nicht, mich anzurühren!«

Nogaret kam näher. Seine dunklen Augen leuchteten.

»Wie könnt Ihr Euch erdreisten, Hand an mich legen zu wollen!«, donnerte Bonifaz. »Ich bin Gottes Vikar auf Erden!«

»Ihr seid ein alter Narr, der auf einem zerfallenen Gebäude steht und es durch bloße Willenskraft vor dem Einsturz zu bewahren versucht. Die Macht der Kirche ist im Schwinden begriffen. Die Menschen werden bald nur noch an weltliche Dinge glauben und alles Geistliche in das Reich der Fantasie verbannen.«

»Warum?«, keuchte Bonifaz. »Warum arbeitet Ihr darauf hin?«

»Ihr seid korrupt bis ins Mark.« Nogaret spie die Worte förmlich aus. »Ihr alle. Eine Bande von Heuchlern! Ihr tötet im Namen Gottes, aber es ist nicht Seine Hand, die Eure Gegner niederstreckt, sondern die Eure! Ihr nutzt Euren Glauben als Vorwand, um alle zu vernichten, die sich gegen Euch und Eure Überzeugungen stellen. Was ich heute hier tue, wird die Welt von Eurem Gift reinigen.«

»Ich war nicht derjenige, der Eure Familie zum Feuertod verurteilt hat, Nogaret!« Bonifaz stieß gegen die Wand des Karrens und zog sich auf die Knie. »Ich kann sie aber von ihren Sünden lossprechen, wenn Ihr dies wünscht, und Euren Namen reinwaschen.«

Nogaret schüttelte stumm den Kopf.

»Ich kann den Bann wieder aufheben, mit dem ich Euch und Frankreich belegt habe.« Bonifaz streckte die Hände aus, als der Minister zu zögern schien. »Ich werde es noch heute Abend tun. Wenn Ihr mich am Leben lasst.«

Nogaret beugte sich über den Papst. Sein schwarzes Gewand verdeckte die Sonne. Die Kampfgeräusche erstarben allmählich. »Das wird der nächste Papst für uns tun«, zischte er, dabei schoss seine Hand mit dem Dolch auf den Hals des alten Mannes zu.

Als Bonifaz aufschrie, rammte Nogaret ihm die Phiole in den Mund, die er in seiner freien Hand gehalten hatte. Die Augen des Papstes weiteten sich, als die bittere Flüssigkeit seine Kehle hinunterrann. Seine Hände schlossen sich um Nogarets Handgelenk, er hustete würgend und versuchte den Kopf abzuwenden, aber es war zu spät, er hatte bereits die Hälfte des Gebräus geschluckt. In diesem Moment kamen Reiter vom Pfad her auf sie zugeprescht und erschreckte die vor den Karren gespannten Tiere. Sie galoppierten an, und zugleich trat Bonifaz Nogaret in den Magen. Der Minister taumelte zurück, stürzte vom Karren und landete rücklings im Gras, während die Pferde davontrabten.

Will entfuhr ein Schrei hilfloser Wut, als er Nogaret in den Karren klettern sah. Er hieb erbittert auf den Templer vor ihm ein, versuchte ihn zu entwaffnen und sich an ihm vorbeizudrängen. Doch der Ritter, der nicht älter sein konnte als zwanzig Jahre, war ein geschickter Kämpfer. Er verzog zwar das Gesicht, wenn er Wills machtvolle Streiche abwehrte, ließ aber weder sein Schwert noch seinen Schild fallen. Die meisten seiner Kameraden lagen tot auf der Straße, nur einige wenige wie dieser tapfere junge Mann kämpften noch mit grimmiger Entschlossenheit weiter. Vom Karren her erscholl ein verzweifelter Schrei, der Will einen Moment lang ablenkte. Diese Sekunde reichte dem Ritter, um ihm sein Schwert aus der Hand zu schlagen und mit seiner eigenen Waffe zum tödlichen Hieb auszuholen. Doch die Klinge verharrte in der Luft, und Will, der auf die Knie gesunken war, sah einen Pfeil aus dem Hals seines Gegners ragen. Das Schwert entglitt seiner Hand und landete klirrend im Staub, der Ritter brach zusammen, dann kam einer der französischen Leibwächter mit seinem Bogen in der Hand auf sie zugeritten.

Will zog sich benommen auf die Füße. Er sah, wie Nogaret aus dem Karren stürzte, der führerlos weiterrumpelte, bis einige von Sciarras Männern die Pferde zum Stehen brachten. Als Nogaret sich erhob und ohne jede Eile auf sie zuging, wusste Will, dass alles vorüber war. Und während er den jungen Templer anstarrte, in dessen blicklosen Augen sich der dunkler werdende Himmel widerspiegelte, stimmten die Geister in seinem Inneren ein ängstliches Gewisper an.

St. Julien le Pauvre, Paris
20. November A.D. 1303

Esquin de Floyran drehte sich um, als die Kirchentür knarrte. Er unterdrückte einen erleichterten Seufzer, als sein Neffe die Kirche betrat, doch seine Erleichterung wich ungläubiger Verwirrung, als er sah, dass der junge Mann das braune Gewand eines Dieners und ein Bündel auf dem Rücken trug. Der Schein der Kerzen vor dem Altar fiel auf sein Gesicht, als er auf seinen Onkel zueilte. Er wirkte, als sei er krank vor Angst.

Esquin schlang seinen schlichten Umhang enger um sich, da sein weißer Mantel darunter aufblitzte. Ein ebenfalls anwesender Priester hatte an ihm, einem Fremden in seiner Kirche, ohnehin schon entschieden zu großes Interesse gezeigt, und er wollte die Neugier des Mannes nicht noch schüren, indem er ihm enthüllte, wer er war. »Martin?«, fragte er, als sein Neffe vor ihm stehen geblieben war. »Was hat das zu bedeuten?« Er deutete auf das Bündel.

»Ich verlasse den Orden und gehe mit dir heim nach Montfaucon. Heute Abend noch.«

Esquins Besorgnis wurde von einem Anflug von Zorn verdrängt. »Das kommt überhaupt nicht in Frage. Dein Vater und ich haben nicht so viele Jahre auf deine Ausbildung verwandt, nur damit du bei den ersten Anzeichen von Schwierigkeiten einfach davonläufst. Ich habe mich bereit erklärt, dich hier zu treffen, weil ich versuchen will, dir dabei zu helfen, deine Probleme zu lösen. Und Flucht ist keine Lösung!«

Martin sank zu Boden. Das Bündel rutschte von seiner Schulter und blieb in seinem Schoß liegen.

Esquin holte tief Atem und kniete sich neben ihn. »Martin, bitte. Du musst mir sagen, was geschehen ist. Ist es …« Er wappnete sich innerlich, denn ein Teil von ihm wollte seine schlimmsten Befürchtungen nicht bestätigt wissen. Er hatte von Ordenshäusern gehört, wo die Meister ihr Amt auf verabscheuungswürdigste Weise missbrauchten, und hatte Angst, dies könne der Grund für die Verzweiflung seines Neffen sein. »Behandelt ein Meister dich schlecht? Oder tut etwas … Unschickliches?«

Martins furchterfüllte Augen bestärkten ihn in seinem Verdacht. Übelkeit stieg in Esquin auf. Er wusste nicht, was er als Nächstes sagen sollte, doch noch ehe er die richtigen Worte fand, begann sein Neffe zu sprechen.

»Ich wollte es nicht tun, ich schwöre es. Aber ich dachte … ich dachte, alle Initiationen würden so ablaufen. Ich dachte, jeder müsste das tun, und du und Vater hätten es auch getan. Aber ich wollte Gewissheit haben, und daher habe ich einige Ritter gefragt, mit denen ich befreundet bin.« Martins Gesicht wirkte grau und schlaff. »Sie sagten, sie hätten so etwas nie getan.«

»Was denn?«, drängte Esquin, als der junge Mann verstummte. »Was haben sie nie getan?«

»Sie haben mir gesagt, ich würde einen Beitrag zu einem großen Werk leisten, ein Teil von etwas werden, was den Orden verändern würde. Sie sagten, es wäre … *gut und richtig*.« Martin hob die Stimme. »Aber wie kann so etwas Abscheuliches gut und richtig sein? Sie zwangen mich, Blut zu trinken und einen Weg zu wählen, und ich dachte, sie wollten mir Angst einjagen, um mich auf die Probe zu stellen, aber dann …« Er ließ den Kopf hängen. Die furchtbaren Bilder zogen erneut an ihm vorbei. »Dann musste ich auf das Kreuz spucken.«

Esquin starrte seinen Neffen an. Er traute seinen Ohren nicht. Bei den Männern, über die sie sprachen, handelte es sich um Tempelritter, um Krieger Christi. Um *Christen.* Aber er las keine Lüge in den Augen des jungen Mannes, nur Angst und Verzweiflung. »Wer hat das getan? Wer hat die Zeremonie geleitet? Welcher Meister war es?«

»Er trug einen Totenschädel.« Martins Stimme klang heiser. Seine Finger krallten sich in das Bündel. »Eine Totenkopfmaske. Aber sie hatte noch andere Gesichter.« Plötzlich sah er seinen Onkel an. »Alle trugen Masken. Als wir weitere Ritter in unsere Reihen aufnahmen, bekam ich auch eine. Ich sehe die Zeremonien ständig vor mir.« Er bohrte die Fäuste in die Augen. »Ich träume davon. Ich höre die Stimme Gottes, die mir sagt, dass ich verdammt bin. Dass Satan meine Seele holen wird, weil ich mich mit Anhängern des Bösen zusammengetan und ihr Blut getrunken habe!« Er ließ die Hände sinken und umklammerte den Arm seines Onkels. »Bitte, Onkel. Sag mir, was ich tun soll.«

Esquin packte ihn bei den Schultern. »Wer hat das getan, Martin? Antworte mir! Wer sind diese Männer?«

»Kann ich Euch behilflich sein?«

Esquin drehte sich um. Der Priester kam auf sie zu. »Danke. Wir möchten uns nur einen Moment ungestört unterhalten.«

Ein leichter Windzug ließ die Kerzen vor dem Altar flackern. Der Priester blickte stirnrunzelnd zur Tür. Esquin, der noch immer zu ihm aufsah, bemerkte, dass sich sein Gesichtsausdruck veränderte.

Die Hand des Priesters fuhr zu dem hölzernen Kreuz, das er um den Hals trug. »Großer Gott!«

Esquin wandte sich in die Richtung, in die er blickte. Zwanzig oder noch mehr Männer strömten in die Kirche. Alle trugen rote, mit einem weißen Hirschkopf bemalte Masken und schlichte weiße Mäntel. Als der Letzte die Tür hinter sich schloss und seine Maske zurechtrückte, erhaschte Esquin einen Blick auf ein kantiges Kinn und einen sauber gestutzten schwarzen Bart. Dann richtete er seine Aufmerksamkeit auf die vordersten Männer, die ihre Schwerter gezogen hatten.

Martin war aufgesprungen und presste sich gegen einen Pfeiler. »Bitte nicht«, flüsterte er. »Nein …«

Esquin drehte sich nicht um, als hinter ihm Schritte davonhuschten. Der Priester ergriff die Flucht. Er zog sein eigenes Schwert und baute sich vor seinem Neffen auf. »Bleibt zurück!«, warnte er die näher rückenden unheimlichen Gestalten. »Bleibt zurück.«

»Unser Meister hat befürchtet, dass du uns verraten würdest, Martin«, sagte der vorderste Mann. »Aber ich hätte dir das nicht zugetraut. Ich dachte, du würdest die Gelübde ehren, die du abgelegt hast.«

»Ehren?«, grollte Esquin. »Wie könnt Ihr es wagen, von Ehre zu sprechen! Ich weiß, wozu Ihr ihn gezwungen habt. Welche Verfehlungen er auf Euer Geheiß begehen musste und durch die er seine Seele in Gefahr gebracht hat. Was ist aus unserem Orden geworden, dass Männer wie Ihr ihn verpesten? Ihr solltet in Merlan eingekerkert werden, ihr alle!«

»Ihr versteht nicht«, antwortete der Mann. Seine Worte wurden durch die Maske gedämpft. »Aber das werdet Ihr schon noch.« Er deutete mit dem Schwert auf Martin. »Ergreift ihn.«

»Lauf, Martin!«, brüllte Esquin, stieß seinen Neffen zur Seite und trat dem Rädelsführer entgegen. Mit zusammengebissenen Zähnen führte er einen Hieb gegen den Mann, den dieser mühelos abwehrte.

»Seid kein Narr, de Floyran. Lasst die Waffe sinken.«

Esquin griff erneut an. Der Mann duckte sich nach links weg, packte seinen Arm und rammte ihm das Knie in die Magengrube. Esquin ließ das Schwert fallen und sank nach Atem ringend auf die Knie. Aus tränenden Augen sah er weitere Männer auf sich zukommen. Einer hielt eine schwarze Haube in der Hand.

»Gebt Acht, dass ihr ihn nicht verletzt«, warnte der Rädelsführer. »Unser Meister will ihn verhören. Den Verräter könnt ihr töten.«

Martin flüchtete sich in die Sakristei, schlug die Tür hinter sich zu und schob den Riegel vor. Vor Angst keuchend zerrte er eine schwere Truhe davor, dann blickte er sich nach allen Seiten um. Hinter einem Kleiderständer, an dem mehrere Gewänder hingen, entdeckte er eine kleine schwarze Tür, die aussah, als wäre sie seit Jahren nicht mehr geöffnet worden. Er hörte seinen Onkel schwach aufschreien, dann schwere Schritte, die rasch näher kamen. Als die Sakristeitür in ihrem Rahmen zu erzittern begann, stieß er den Kleiderständer um. Der Ausgang war verschlossen, ein Schlüssel nirgendwo zu sehen. Er schrak zusammen, als hinter ihm ein Krachen ertönte, dann warf er sich gegen das vom Alter verwitterte Holz. Die Tür hielt stand. Zähneknirschend versuchte er es noch einmal. Das Krachen erfolgte jetzt in regelmäßigen kurzen Abständen. Es klang, als benutze einer der Ritter eine Bank als Rammbock. Martin trat ein paar Schritte zurück, dann warf er sich erneut mit voller Wucht gegen die Tür. Das morsche Holz zerbarst. Martin stürzte in die dahinter gelegene Gasse. Im selben Moment löste sich die Sakristeitür aus ihrem Rahmen. Martin kroch vorwärts. Seine Hände glitten in Schlamm und verrottendem Unrat aus, Ratten huschten vor ihm davon. Er zog sich auf die Füße und begann zu rennen.

Er war die Gasse halb hinuntergelaufen, als er vor sich Fackelschein sah. Die Ritter waren um die Kirche herumgekommen, um ihm den Fluchtweg abzuschneiden. Er fuhr herum, um zurückzurennen, kam aber schlitternd zum Stehen, als er Männer aus der Sakristei hinter ihm stürmen sah, und sank auf die Knie. Seine gesamte Willenskraft verließ ihn, als sie auf ihn zukamen. Er hob den Kopf. Am Abendhimmel strahlte ein einzelner Stern. Martin faltete die Hände. »Gelobt seist du, Maria. Der Herr ist mit dir«, flüsterte er und schloss die Augen, als die Schwerter niedersausten.

25

Der Königspalast, Paris
20. November A.D. 1303

»Ihr hättet Colonna nie in die Sache mit hineinziehen sollen.«

»Das sehe ich jetzt auch ein.« Nogaret betrachtete Philipps Gesicht, während sie durch die königlichen Gärten gingen. Diener fegten Laub zusammen und hatten zwei große Feuer entzündet, in denen sie es verbrannten. Der Polarstern glitzerte kalt, die Luft war bitter von Rauch und Frost. Der Minister zuckte die Achseln. »Aber letztendlich verlief alles wie geplant, Sire. Bonifaz wurde wegen Ketzerei angeklagt, und sein Herz versagte vor Schreck – so sieht es zumindest nach außen hin aus. Sein Leichnam wurde nach Rom gebracht, wo die Kardinäle, die auf unserer Seite stehen, seine Verbrechen aufgelistet haben. Und das Heilige Kollegium hat Niccolo Boccassino zum neuen Papst gewählt.«

»Ich hätte es vorgezogen, den Kandidaten selbst auszuwählen«, murrte Philipp, als sie über den Rasen auf die Mauserkäfige zuschlenderten.

»Das war nicht möglich. Das Heilige Kollegium wollte verständlicherweise rasch einen Nachfolger für Bonifaz bestimmen. Mir blieb keine Zeit, hierher zurückzukehren und Euch zu beraten.«

»Wie können wir sicher sein, dass dieser neue Papst sich unseren Wünschen fügt?« Philipp blieb stehen und drehte sich zu dem Minister um. »Das alles war eine schwere Prüfung für mich,

Nogaret. Ich möchte, dass alles wieder so wird, wie es früher war. Ich möchte wieder gute Beziehungen zu Rom unterhalten.« Er setzte sich erneut in Bewegung. »Aber wir können diese Wunden heilen, nicht wahr?« Ohne auf eine Antwort zu warten sprach er weiter, dabei faltete er die Hände, als wolle er beten. »Es war eine hässliche Geschichte, aber um der Zukunft unseres Königreiches willen mussten wir so handeln.«

»Benedikt XI., wie er sich genannt hat, ist schwach und kränklich. Unsere Verbündeten im Heiligen Kollegium waren der Meinung, dass er sich von allen in Frage kommenden Kandidaten am leichtesten manipulieren lassen würde. Er hat ja auch dem Druck schon nachgegeben und Eure Exkommunikation durch Bonifaz rückgängig gemacht.«

»Aber er hat sich geweigert, Euch und Sciarra von dem Bann zu lösen.«

Nogaret verzog säuerlich das Gesicht. »Leider war Boccassino einer der Kardinäle, die während der Ausschreitungen in Anagni geblieben sind. Er macht mich und Colonna für den an diesem Tag angerichteten Schaden verantwortlich. Aber«, fügte er steif hinzu, »ich bin sicher, dass er sich im Laufe der Zeit beschwichtigen lässt.«

»Und was ist mit Campbell?«, bohrte Philipp, duckte sich unter der bogenförmigen Öffnung in der Gartenmauer hinweg und betrat den eingefriedeten Bereich, der seinen Jagdfalken vorbehalten war.

Nogaret zog die Brauen zusammen, während er mit dem König die Mauserkäfige abschritt. Die meisten Vögel saßen darin, die Sitzstangen vor den Käfigen waren leer. Am Ende der Reihe brannten Fackeln vor den Unterkünften von Monsieur Henri und seinen Gehilfen. »Er hat getan, was ihm befohlen wurde, wenn Ihr das meint, aber ich traue ihm trotzdem nicht.«

»Wegen der Templer?«

»Das kann doch kein Zufall gewesen sein. Wir kommen, um den Papst zu verhaften, und finden ihn von Rittern umringt vor.«

»Wenn Bonifaz einen Angriff befürchtete, hätte er sich aller Wahrscheinlichkeit nach an die Templer oder die Hospitaliter gewandt, um militärischen Schutz zu erbitten. Gab es irgendwelche Beweise dafür, dass Campbell etwas mit ihrem plötzlichen Auftauchen zu tun hatte? Irgendetwas, was Euren Verdacht erweckt hat?«

»Nein«, gab Nogaret zu.

»Er hat also genau das getan, was ihm aufgetragen wurde? An Eurer Seite gegen die Ritter gekämpft?«

»Sire, wichtiger als sein möglicher Nutzen für Euch ist doch wohl die Frage, ob wir ihm trauen können oder nicht. Er stellt ein unnötiges Risiko dar. Ich würde Euch raten, ihn nach Schottland zurückzuschicken – und seine Tochter gleich mit. Ich habe vor meiner Abreise nach Italien mit der Königin gesprochen. Das Mädchen ist eindeutig in Euch verliebt, und das, wie es aussieht, schon seit geraumer Zeit. Die Königin scheint sich Sorgen zu machen …«

»Beantwortet meine Frage.«

»Ja«, erwiderte der Minister schließlich. »Er hat gekämpft wie wir anderen auch, aber trotzdem …« Er brach ab, als Henri auf sie zutrat.

»Bringt Campbell zu mir«, befahl Philipp plötzlich.

»Jetzt?«

»Ja, jetzt, Nogaret. Henri«, Philipps Ton wurde leichter. »Ist Maiden noch wach?«

»Ja, Sire. Soll ich Futter für sie holen?«

»Nicht nötig.« Philipp hielt ein in ein Tuch gewickeltes Päckchen hoch. »Ich habe die Palastköche angewiesen, etwas Fleisch für sie aufzuheben.«

Nogaret zögerte; überlegte, wie er Philipp von seinem Entschluss abbringen konnte, doch der König folgte seinem Falkner bereits zu Maidens Käfig, und sein Befehl war klar und unmissverständlich gewesen.

Will stand vor der Schlafsaaltür, eine Hand zur Faust geballt, bereit anzuklopfen. Er hob sie, hielt dann inne, als zwei Diener den Gang entlanggeeilt kamen, wartete, bis sie außer Sicht waren, und hob die Hand erneut. Doch noch immer zögerte er unschlüssig. Endlich machte er, über sich selbst verärgert, Anstalten, gegen das Holz zu klopfen. Im selben Moment vernahm er eine scharfe Stimme, die seinen Namen nannte. Er drehte sich um. Guillaume de Nogaret stand im Schatten am Ende des Ganges.

»Der König wünscht Euch zu sehen.«

Mit einem letzten Blick auf Roses Tür trat Will zu dem Minister. Er war sofort auf der Hut. Sie waren an diesem Nachmittag in Paris eingetroffen, und er hatte damit gerechnet, dass der König sie bezüglich des Verlaufs ihrer Mission befragen würde, aber etwas in Nogarets Ton und Gesicht verriet ihm, dass es hier nicht um eine einfache Berichterstattung ging.

Er folgte dem Minister durch den Palast in den Garten hinaus, wo der Wind die Flammen der Laubfeuer hoch aufzüngeln ließ. Philipp stand bei den Vogelkäfigen. Maiden saß auf seiner behandschuhten Hand und riss Federn und Fleisch von einem Hühnerbein. Der König blickte auf, als Will und Nogaret in den Fackelschein traten.

»Sire.« Will verneigte sich.

Philipp nahm einen Moment lang keinerlei Notiz von ihm, sondern beobachtete Maiden beim Fressen. Will spürte die Anspannung, die von dem stocksteif neben ihm stehenden Nogaret ausging.

»Ich nehme an, Ihr habt Fragen bezüglich der Ereignisse in Italien, Campbell«, sagte der König endlich. »Fragen, ob sich das, was dort geschah, mit Gesetz und Moral vereinbaren lässt und aus welchen Gründen es geschah.«

»Ein paar schon«, erwiderte Will bedächtig.

»Glaubt Ihr, dass der Zweck die Mittel heiligt?«, bohrte Philipp weiter. Dabei runzelte er so nachdenklich die Stirn, als wäge er selbst verschiedene Antworten ab. »Dass wir manchmal zum Wohle vieler unvorstellbare Dinge tun müssen?«

»Ich würde sagen, das hängt von den Umständen ab, aber da ich bei den Kreuzzügen mitgekämpft habe, weiß ich nur zu gut, dass für eine große Sache oft große Opfer gebracht werden müssen.«

Philipp nickte. Die Stille wurde nur von knackenden Geräuschen unterbrochen, als Maiden den Schnabel in die Knochen hieb, um an das Mark zu kommen. »Bonifaz war ein gefährlicher, unberechenbarer Mann. Er war entschlossen, meinen Ruf zu ruinieren und letztendlich dadurch Frankreich zu zerstören. Das war einer der Gründe dafür, dass Ihr ihn verhaften solltet, aber seine Verhaftung war nur ein Vorwand für seinen Tod, müsst Ihr wissen.« Er stieß vernehmlich den Atem aus und starrte zum Himmel empor. »Ich wollte nicht, dass es so weit kommt, aber er ließ mir keine andere Wahl. Bonifaz wurde zum Besten Frankreichs geopfert, was sich auch als das Beste für die gesamte Christenheit erweisen wird. Euer Heimatland eingeschlossen«, fügte er hinzu und sah dabei Will erneut an. »Vielleicht habt Ihr noch nicht gehört, dass Edward einen neuen Feldzug gegen den Norden führt. Die Siege, die Sir William Wallace und seine Männer errungen haben, verlieren durch diesen fortdauernden Krieg an Bedeutung. Edward bezeichnet sich selbst als ›Hammer der Schotten‹.«

Will knirschte mit den Zähnen. Mit einem Mal fühlte er sich weiter entfernt von seinem Heimatland und dessen Überlebenskampf als je zuvor. Sein alter Feind und die Möglichkeit, Vergeltung zu üben, schienen in noch weitere Ferne gerückt zu sein.

»Ich kann Eurem Land helfen, aber nur, wenn ich mir die Macht dazu verschaffe. Und heutzutage verhilft einem Herrscher nicht mehr wie früher die Kirche zu Macht und Einfluss, sondern sie wird von Geld und Landbesitz bestimmt. Jeder König eines christlichen Landes wird Euch das bestätigen. Dadurch, dass ich Euer Land unterstützt und in Flandern Krieg gegen Edward und seine Verbündeten geführt habe, habe ich meine Möglichkeiten, Geldmittel aufzubringen, sehr beschränkt. Trotz der jüngsten Siege über meine Feinde und der Beschlagnahmung der Besitztümer der Juden sind meine Schatztruhen so gut wie leer. Gelingt es mir nicht, sie zu füllen, kann ich nicht nur nichts für Schottland tun, sondern dann wird auch mein eigenes Volk leiden. Nun, wo wir hoffen, dass ein vernünftigerer Mann als Bonifaz die Papstkrone trägt«, fuhr Philipp fort, »gedenke ich, einen Plan zu verwirklichen, den Nogaret und ich schon vor Monaten ausgearbeitet haben.« Er hielt inne, als Maiden den Kopf zurückwarf, um Knochen und Federn zu schlucken. »Ich beabsichtige, den Templerorden zu Fall zu bringen und seine Reichtümer zu konfiszieren. So kann ich die Zukunft Frankreichs sichern und das Land wieder zu einem so mächtigen Reich machen, wie es das zu Zeiten des heiligen Louis war.«

Will spürte Nogarets bohrende Blicke. Er wusste, dass der Minister ihm nicht traute, aber in Philipps Augen las er gleichfalls Unsicherheit, wenn nicht gar Argwohn. Vielleicht traute ihm der König ebenfalls nicht. Vielleicht wurde er gerade auf eine Probe gestellt. Er war sicher, getötet zu werden, wenn er sie nicht bestand. Und er sah förmlich vor sich, wie sich Nogarets Hand um den Griff seines Schwertes schloss; bereit, zum tödlichen Streich auszuholen. Und plötzlich überkam ihn eine seltsame Ruhe, dasselbe Gefühl, das von ihm Besitz ergriff, wenn er im Begriff stand, in eine Schlacht zu ziehen. Jahrelang war er von einem Ort zum anderen gezogen, hatte verschiedenen Herren gedient und sich verschiedenen Zielen verschrieben. Jetzt lag sein Weg klar vor ihm.

Simon hatte damals in Selkirk die ganze Zeit recht gehabt: Der Krieg in Schottland war nicht sein Krieg, sondern der von Wallace und Gray und seinem Neffen. Der Kampf für den Orden und die Anima Templi, der Versuch, beide vor Feinden von außen und innerhalb der eigenen Reihen zu schützen, wie er es einst gelobt hatte – nur das zählte. Die Geister in seinem Inneren verfielen in ein erwartungsvolles Schweigen, als er mit einem Schritt auf den Weg zurücktrat, von dem er so lange abgewichen war.

»Dazu braucht Ihr die Unterstützung des Papstes«, antwortete er Philipp. »Nur mit seiner Hilfe könnt Ihr die Schätze des Ordens an Euch bringen.«

»Bereitet Euch die Vorstellung kein Unbehagen?«, warf Nogaret rasch ein. »Auch wenn Ihr Euch von dem Orden losgesagt habt, wart Ihr doch viele Jahre ein Templer, seid sogar in einem Ordenshaus aufgewachsen. Ihr habt doch sicherlich noch Freunde in ihren Reihen?«

Will drehte sich zu ihm um und sah ihm fest in die Augen. »Meine Loyalität gegenüber dem Orden ist erstorben, als sich der Großmeister mit Edward verbündet hat. Was glaubt Ihr denn, warum ich desertiert bin?«

»Ihr könntet uns eine große Hilfe sein«, sagte Philipp. »Als ehemaliges Mitglied seid Ihr über die inneren Angelegenheiten des Ordens informiert und wisst, wo wir ansetzen können. Seid Ihr bereit, uns zu helfen?«

Will wandte den Blick von Nogaret ab und heftete ihn auf den König. »Nur unter der Bedingung, dass Ihr den Waffenstillstand mit Edward beendet. Als Gegenleistung für meine Hilfe verlange ich, dass Ihr Schottland schützt.«

Als der letzte misstrauische Funke in Philipps Augen erlosch, wusste Will, dass er das Vertrauen des Königs gewonnen hatte.

»Ich habe Euch doch gesagt, Campbell, dass mein Friedensschluss mit Edward von vornherein zeitlich begrenzt war. Ihr habt mein Wort. Wird der Templerorden gestürzt, ist Schottland frei.«

Ordenshaus, Paris
20. November A.D. 1303

Robert klopfte noch einmal an die Tür und wartete. Noch immer rührte sich im Studierzimmer nichts. Er betrachtete das schwache Kerzenlicht, das unter der Tür hervorschimmerte. Hatte Hugues vergessen, die Kerzen zu löschen? Es war gefährlich, sie unbeobachtet brennen zu lassen. Entschlossen stieß er die Tür auf und betrat den Raum.

Das Feuer im Kamin war heruntergebrannt, die drei Kerzen auf dem Schreibtisch bildeten die einzige Lichtquelle in dem zugigen Raum. Der Schreibtisch des Visitators war mit Schriftrollen und Pergamentbogen übersät, einige davon waren in dem durch das Fenster hereinwehenden Wind zu Boden geflattert. Robert trat einen Schritt vor, dann blieb er stehen. Halb hinter den Papieren verborgen konnte er eine Gestalt ausmachen, deren Kopf und ein Arm auf dem Tisch lag. Das schüttere graue Haar verriet ihm, dass es sich um Hugues handelte. Eine Schrecksekunde lang dachte er, der Visitator sei tot, dann hörte er einen Grunzlaut und sah, dass Hugues' Rücken sich hob und senkte.

In sich hineinlächelnd durchquerte Robert die Kammer. Unter den Dokumenten auf dem Tisch entdeckte er auch einige Karten. Eine halb aufgerollte zeigte Preußen. Daneben lag ein Pergament, auf dem ein weißes Kreuz auf schwarzem Grund prangte: das Zeichen der Deutschordensritter. Ein anderes trug die Insignien der Hospitaliter und ein ganzer Stapel das große Siegel der Templer, das zwei Ritter auf einem Pferd zeigte. Robert las den Namen der Insel Rhodos und irgendetwas über zukünftige Pläne, ehe er auf eine Pergamentrolle trat und Hugues mit einem Ruck erwachte.

»Himmel«, grollte der Visitator, während er sich hastig daranmachte, Ordnung auf seinem Schreibtisch zu schaffen.

»Entschuldige.« Robert beeilte sich, ihm zu helfen. »Ich wollte dich nicht erschrecken.«

Hugues hielt mit seinem Tun inne, sein Blick wanderte über die Karten. »Was tust du hier?«

»Ich muss mit dir reden.« Der Ton seines Kameraden und sein durchdringender Blick setzten Robert in Erstaunen.

»Es ist spät.«

»Das ist mir klar, aber ich habe Licht in deinem Fenster gesehen und gedacht, du wärst noch wach.« Robert sah zu, wie

Hugues die Papiere mit der beschriebenen Seite nach unten auf dem Tisch aufzuschichten begann. »Da wollte ich die Gelegenheit nutzen. Sonst bist du ja ständig in einer Besprechung oder geschäftlich unterwegs.«

Hugues maß ihn erneut mit einem schwer zu deutenden Blick, während er nach den Pergamenten mit dem Templersiegel griff. »Manchmal komme ich mir vor, als würde ich den Orden ganz allein leiten.«

»Hast du etwas von dem Großmeister gehört?« Robert musterte die Schriftstücke neugierig.

»Nach dem Fall von Ruad habe ich gebetet, dass das das Ende dieses sinnlosen Kreuzzuges ist.« Hugues' Stimme klang bitter. »Aber nein, er bleibt auf Zypern und fordert ständig, ich solle ihm mehr Ritter, mehr Pferde und mehr Geldmittel schicken.« Der Visitator redete sich sichtlich in Rage. »Immer wieder habe ich ihm klarzumachen versucht, dass ich die Männer hier brauche. Ist er so blind, oder verschließt er die Augen bewusst vor der Wahrheit? England und Schottland befinden sich noch immer im Krieg, die Lage in Frankreich wird immer unruhiger, es kommt zu Aufständen, Grenzstreitigkeiten und Problemen mit Rom. All das ist ihm bekannt, trotzdem zieht er von unserem Orden genau das ab, was uns in diesen unsicheren Zeiten schützt. Ich brauche Männer. Ich brauche Geld. Warum begreift er das nicht?« Hugues schien zu merken, dass er zu viel gesagt hatte, denn er verstummte abrupt und warf den Rest der Papiere auf den Tisch. »Es ist spät, Bruder«, wiederholte er müde. »Was willst du von mir?«

Robert zögerte; er war unschlüssig, ob er Hugues noch eine weitere Last aufbürden sollte. Aber er wartete seit Monaten auf eine Antwort. »Ich wollte dich fragen, ob du in der Angelegenheit tätig geworden bist, auf die ich dich früher im Jahr angesprochen habe. Die Gerüchte, die über die Initiationsrituale im Umlauf sind.«

Hugues seufzte. »Ich habe dir doch gesagt, dass es sich höchstwahrscheinlich nur um dummes Geschwätz der Sergeanten handelt.«

»Dennoch meine ich, dass wir uns damit befassen sollten. Die Gerüchte sind ausgesprochen beunruhigend, und selbst wenn nichts dahintersteckt, muss das Gerede aufhören. Sowohl innerhalb als auch außerhalb des Ordens wurden bezüglich der Initiation der Ritter schon immer argwöhnische Vermutungen angestellt, zumal diese Zeremonien in aller Heimlichkeit vollzogen werden. Es könnte dem Ruf der Templer schaden, wenn Außenstehende den Eindruck gewinnen, wir könnten eine Art schwarze Messe zelebrieren.«

»Nun, ich bin dir dankbar dafür, dass du die Ohren offenhältst, aber ich bin der Sache nachgegangen und habe nichts in Erfahrung gebracht.«

»Überhaupt nichts? Noch nicht einmal, wo die Quelle all dieser Gerüchte zu suchen ist?«

»Bruder, ich habe wirklich mehr Arbeit als genug, da muss ich mich nicht auch noch mit der allzu blühenden Fantasie unserer jüngeren Ordensmitglieder beschäftigen.« Hugues hob eine Hand, als Robert Einwände erheben wollte. »Schluss jetzt. Ich habe zu tun.«

»Aber vielleicht könnte ich …«

»Ich will nichts mehr davon hören.« Hugues schlug mit der Faust auf den Tisch. »Und jetzt lass mich allein.«

Zähneknirschend deutete Robert eine Verneigung an und verließ die Kammer. Wenn Hugues in dieser Angelegenheit nichts mehr unternehmen wollte, gab es nicht viel, was er noch tun konnte. Als er in die kühle Nachtluft hinaustrat, hatte er sich schon fast davon überzeugt, dass der Visitator wahrscheinlich recht hatte. Die Gerüchte beruhten lediglich auf frei erfundenen Geschichten der Sergeanten.

26

In der Nähe von Bordeaux, Königreich Frankreich
11. Februar A.D. 1305

Der Soldat fuhr sich mit dem Handrücken über das Gesicht. Der durch das Unterholz pfeifende Wind war so beißend, dass er ihm die Tränen in die Augen getrieben hatte. Er brachte den salzigen, säuerlichen Geruch der Garonne mit sich.

»Wie lange sollen wir denn noch warten, Gilles?«

»Duck dich«, grollte der Soldat, dabei boxte er seinen Kameraden so fest in den Schenkel, dass sich dieser mit einem leisen Stöhnen wieder zu Boden sinken ließ. »Willst du unbedingt entdeckt werden?«

»Aus dieser Entfernung können sie uns bestimmt nicht sehen.«

»Sie nicht, Ponsard, du Schwachkopf.« Gilles runzelte gereizt die Stirn und deutete zu einer Baumgruppe, wo zwei Pferde an dem mit Raureif überzogenen Gras knabberten. Neben ihnen ging ein Mann im Kreis herum und stampfte mit den Füßen auf, um die Kälte zu vertreiben. »Aber er.«

Ponsards Blick wanderte von dem Mann zu dem kleinen weißen Haus auf dem Hügel. »Die anderen werden unruhig. Wir sind schon seit Stunden hier. Vielleicht besucht er ja nur einen entfernten Verwandten.« Er hob die breiten Schultern. »Davon hat er ja in dieser Gegend genug.«

»Warum dann diese Heimlichtuerei? Die gefälschten Bücher? Warum wusste niemand, den wir gefragt haben, wohin ihn seine Ausflüge führen?« Gilles' Züge verhärteten sich, als er zu dem Haus hinüberspähte. »Dort geht irgendetwas vor, von dem er nicht will, dass jemand davon erfährt.«

Ponsard grinste. »Du hast eine Ahnung, was das sein könnte, nicht wahr?«

»Ich hege einen ganz bestimmten Verdacht.«

»Da.« Ponsard versetzte ihm einen leichten Stoß. »Ist er das?«

Gilles blinzelte in die Ferne. »Ich glaube ja«, murmelte er, während er den Mann beobachtete, der mit wehenden Gewändern aus der Vordertür trat. Er sprach kurz mit jemandem auf der Schwelle, den Gilles nicht erkennen konnte, und kämpfte sich dann gegen den Wind den Hügel hinunter auf die Bäume zu. »Hol die anderen«, befahl Gilles, als der Mann sich von seinem Knappen in den Sattel helfen ließ. »Wir wollen uns doch einmal mit eigenen Augen ansehen, was der Erzbischof unbedingt vor aller Welt verstecken will.«

Die fünf Soldaten warteten, bis Bertrand de Got, der in Richtung Bordeaux zurückritt, außer Sicht war. Dann krochen sie durch das hohe Gras hügelaufwärts.

Gilles zog sein Schwert, als er sich dem Haus näherte und sich unter das Fenster duckte. »Ihr bleibt draußen«, wies er zwei der Männer leise an. »Behaltet die Umgebung im Auge.«

Sie nickten und lehnten sich an die weiß getünchten Wände. Grünes Moos spross in den Ritzen zwischen den Steinen. Gilles ging zur Vordertür, Ponsard und ein weiterer Soldat hielten sich dicht hinter ihm. Er blieb stehen, vergewisserte sich, dass alle ihre Positionen eingenommen hatten, und klopfte dann an die Tür.

Auf der anderen Seite erklangen Schritte, ein Riegel wurde zurückgeschoben, die Tür öffnete sich einen Spalt, und eine hübsche junge Frau erschien. Gilles grinste. Sein Verdacht hatte sich bestätigt. Ihr Blick wanderte von der scharlachroten und blauen Tunika, die unter seinem Reitumhang sichtbar war, zu dem Schwert in seiner Hand. Auf ihrem Gesicht spiegelten sich Überraschung und der erste Anflug von Furcht wider, doch da trat Gilles schon gegen die Tür, sodass sie nach hinten geschleudert wurde. Sie stürzte zu Boden und schrie laut auf, als er in das Haus eindrang. Er packte mit seiner freien Hand das Vorderteil ihres Kleides, zerrte sie auf die Füße, riss sie grob zu sich herum und schlang einen Arm um ihren Hals. »Ich wette, bei dir fühlt er sich, als wäre er gestorben und in den Himmel gekommen«, grollte er und stutzte dann, als eine zweite Frau im Gang auftauchte. Diese war korpulent und hässlich.

»Wer seid Ihr?« Sie baute sich vor ihm auf, machte aber einen verängstigten Eindruck. »Was wollt Ihr?«

»Antworten auf Fragen«, gab Gilles zurück. »Zum Beispiel, warum Erzbischof de Got so oft ein Haus mitten im Nirgendwo aufsucht. Welche von euch vögelt er denn?«

Das Gesicht der älteren Frau lief hochrot an. »Was erlaubt Ihr Euch? Erzbischof de Got ist ein Ehrenmann! Ein jahrelanger Freund meiner Familie. Ich bin lange krank gewesen, und es strengt mich zu sehr an, in die Kirche zu gehen. Also besucht er mich, um mir die Beichte abzunehmen.«

Gilles' Lippen verzogen sich zu einem grausamen Lächeln. »Die Lüge hast du gut einstudiert, nicht wahr, du alte Vettel?« Sein muskulöser Arm schlang sich fester um den Hals der jungen Frau. »Sag mir, weswegen er hierherkommt. Ich will die Wahrheit hören, sonst breche ich ihr das Genick!«

»Madame Heloise!«, stieß seine Gefangene mit erstickter Stimme hervor. »Er besucht Madame Heloise!«

»Halt den Mund, Marie.«

»Nein, Marie, sprich weiter«, beharrte Gilles. »Wo steckt diese Heloise?«

»Sie ist tot, Sir. Schon seit Jahren.«

Gilles runzelte die Stirn. Er wollte das Verhör gerade fortsetzen, als Ponsard einen lauten Schrei ausstieß.

»Wir haben etwas gefunden!«

Gilles' Kopf fuhr herum. Einer der Wächter, die er draußen postiert hatte, kam auf die Tür zu. Unter jedem Arm trug er einen zappelnden Jungen.

»Hab die zwei erwischt, als sie den Hügel hinunterschleichen wollten, Sir.«

»Nein!« Die ältere Frau trat vor. Nacktes Entsetzen flackerte in ihren Augen auf.

Gilles wandte sich zu ihr. »Warum kommt de Got her? Antworte mir«, donnerte er, als die Schreie der Jungen durch den Gang hallten.

»Um seinen Sohn zu besuchen«, platzte die Frau heraus und sank dabei auf die Knie. »Bitte«, flehte sie. »Bitte tut ihnen nichts.«

Gilles musterte die kreischenden Kinder. Sein Blick schweifte gleichgültig über den stämmigen älteren Jungen hinweg, den er für den Sohn der dicken Frau hielt, und heftete sich auf den kleineren der beiden, der dunkles Haar und ein schwach ausgeprägtes Kinn hatte und bei näherer Betrachtung eine erstaunliche Ähnlichkeit mit dem Erzbischof aufwies. Tiefe Befriedigung durchströmte ihn. »Ihr werdet sofort nach Paris zurückreiten«, wies er die beiden Wachposten an. »Wir dürfen in dieser Angelegenheit keine Zeit verlieren. Richtet Minister de Nogaret aus, dass wir gefunden haben, was er sucht.«

Der Königspalast, Paris
2. März A.D. 1305

Nogaret eilte durch die Gänge des Palastes, ohne auf die respektvollen Grüße der Diener und königlichen Beamten zu achten. Er hatte Mühe, ein Grinsen zu unterdrücken. Lange genug hatte er auf diesen Moment warten müssen, und obwohl er die Hoffnung, auf etwas Brauchbares zu stoßen, nie aufgegeben hatte, hätte er sich nicht träumen lassen, ein so nützliches und… delikates Druckmittel in die Hände zu bekommen. Aber obgleich er innerlich vor Triumph glühte, achtete er darauf, eine unbeteiligte Miene zu wahren, als er auf die königlichen Gemächer zuschritt.

Philipp saß an einem Tisch und starrte in eine Schale mit dampfender Suppe. Seine Nase war rot und verschwollen, die Augen blutunterlaufen. Er litt seit einigen Wochen an einem Fieber, weswegen sich seine Laune täglich verschlechterte. Als Nogaret die Tür hinter sich schloss, blickte er auf.

»Wir haben ihn gefunden, Mylord, wir haben ihn endlich gefunden – den Schlüssel, der uns die Schatzkammern des Ordens öffnet.«

Philipp ließ seinen Löffel sinken. »Was sagt Ihr da?«

»Die Männer, die wir ausgeschickt haben, haben nach Beweisen für Korruption Ausschau gehalten und sich umgehört, wen wir am leichtesten manipulieren könnten. Einer von ihnen hat einen potenziellen Kandidaten entdeckt.«

»Und wen?«

Nogaret musste sich erneut ein Grinsen verkneifen. »Bertrand de Got.«

»Der Erzbischof von Bordeaux?« Philipp schob seine unberührte Suppenschale zur Seite, erhob sich und ging zum Kamin, in dem ein helles Feuer prasselte. Ein Schauer schüttelte ihn. »Was hat er denn getan?«

»Ein Kind gezeugt.«

Philipp drehte sich um. »Seid Ihr sicher?«

»Unsere Soldaten halten den Jungen in seinem Haus fest. Allem Anschein nach hatte de Got vor sieben Jahren ein Verhältnis mit einer jungen Edelfrau. Sie starb im Kindbett, und er hat seither für den Jungen gesorgt. Mit Geldern der Kirche«, fügte Nogaret voller Genugtuung hinzu.

Philipp dachte angestrengt nach. »Der Erzbischof will sicherlich verhindern, dass das bekannt wird. Seine Karriere wäre dann unweigerlich beendet, und die Kirche könnte beschließen, ihn einzukerkern – oder Schlimmeres. Die Furcht davor, dass sein Geheimnis ans Licht kommt, könnte ihn kurzfristig gefügig machen. Aber wie können wir uns denn dieses Wissen auf lange Sicht zunutze machen?« Philipp sah Nogaret an. Der hoffnungsvolle Funke in seinen Augen erlosch. »Überhaupt nicht, das Risiko ist zu groß. Das Heilige Kollegium könnte ihn für dieses Vergehen aus seinen Reihen verstoßen, und wo ständen wir dann?« Seine Stimme klang tonlos. »Wieder dort, wo wir begonnen haben.«

»Ich spreche nicht davon, sein Geheimnis zu lüften. Ich spreche davon, das Kind zu benutzen.« Nogaret trat zu Philipp. »Wir behalten den Jungen als Geisel, bis de Got unsere Forderungen erfüllt. Ihm scheint viel an seinem Sohn zu liegen. Warum sollte er ihn sonst so oft besuchen und dabei sein Amt und sogar sein Leben aufs Spiel setzen? Wenn seinem Sohn Gefahr droht, wird er alles tun, was wir von ihm verlangen, da bin ich ganz sicher.«

Philipp schüttelte den Kopf. »Nein. Dazu werde ich niemals mein Einverständnis geben. Ein unschuldiges Kind?« Er fröstelte. »Es ist schon zu viel Blut vergossen worden, Nogaret. Entschieden zu viel. Wo soll das enden? Großer Gott.« Er hob eine zitternde Hand. »Wo soll das enden?«

»Diese Todesfälle waren unumgänglich notwendig, Sire«, murmelte Nogaret. »Und Ihr habt nichts zu befürchten. Ihr wart an keinem davon beteiligt.«

»Hat der Bogen nichts mit dem Abschießen des Pfeils zu tun?«

»Bonifaz hätte Frankreich vernichtet. Er war nicht bei Sinnen.« Nogaret schritt erregt im Raum auf und ab. »Ein korrupter, mörderischer Ketzer. Er hat den Tod verdient. Wir haben der Welt einen großen Dienst erwiesen.«

»Fangt Ihr schon an, an Eure eigenen Rechtfertigungen zu glauben, Minister?« Philipp sprach gefährlich leise. »Was ist mit Papst Benedikt? Wollt Ihr mir weismachen, dieser schwache alte Mann hätte den Tod verdient, wo doch sein einziges Verbrechen darin bestand, dass er sich mir widersetzt hat?« Er schlurfte zu seinem Stuhl, ließ sich darauf niedersinken, verschränkte die Arme vor der Brust und schloss die Augen. »Ich kann an nichts anderes denken als an Benedikts Seele, die zum Himmel emporsteigt und an der Himmelspforte mit vergifteten Lippen meinen Namen zischt.«

»Euch trifft nicht die geringste Schuld, Sire. Wenn er einen Namen auf seinen Lippen führt, dann meinen.«

Philipp schlug die Augen wieder auf. »Warum habt Ihr es getan, Nogaret? Warum? Ihr hättet ihn nur unter Druck setzen, ihm drohen müssen.« Er erhob sich. »Bei Gott, ich glaube fast, ich hätte Euch wegen Eures eigenmächtigen Handelns hinrichten lassen sollen.«

»Ihr habt Papst Benedikt aufgefordert, mich von dem Exkommunikationsbann zu lösen, und er hat sich geweigert. Ihr habt ihn angewiesen, Bonifaz öffentlich zu einem Ketzer zu erklären und posthum einen Prozess gegen ihn anzustrengen, und er hat sich wiederum geweigert. Dieser alte Mann hat mehr Rückgrat bewiesen, als unsere Verbündeten im Heiligen Kollegium es ihm zugetraut hätten. Keiner von uns bekam von ihm, was er wollte, und die Reichtümer des Ordens wären uns erst recht verwehrt geblieben. Das ist mir gleich bei unserer ersten Begegnung klar geworden. Ich habe nur in Eurem und im Interesse unseres Königreiches gehandelt, Sire. Niemand kann uns einen Mord nachweisen. Als er mich einen Moment allein ließ, vergiftete ich einige Feigen, die er gerade aß. Sein Tod wurde auf eine natürliche Ursache zurückgeführt. Die Einzigen, die die Wahrheit kennen, sind Ihr und ich.«

»O nein«, fauchte Philipp. »Ihr. Ich. Und Gott.« Er funkelte seinen Minister böse an. »Was hättet Ihr denn getan, wenn das Heilige Kollegium sofort einen neuen Papst gewählt hätte? Wärt Ihr in Perugia geblieben und hättet weitere Kandidaten vergiftet, bis man einem Mann die Krone zugesprochen hätte, der sich unseren Wünschen fügt?«

»Da wir im Kollegium so viele Anhänger haben, habe ich diese Möglichkeit ausgeschlossen. Die Kurie ist dank der Anstrengungen des letzten Jahres, wo nur Erzbischöfe und Kardinäle unserer Wahl gewählt worden sind, tief gespalten. Eine Hälfte unterstützt Frankreich, die andere Rom. Keiner unserer Kardinäle wird seine Stimme für einen Kandidaten abgeben, der Euch nicht genehm ist. Ihr habt eine Entscheidung getroffen, Sire.« Sein aufkeimender Zorn veranlasste Nogaret, seine Stimme zu heben. »Die Entscheidung, Frankreich zu einem großen, mächtigen Reich zu machen. Glaubt Ihr, Euer Großvater hätte bei der Verfolgung seiner

Ziele nie Blut vergossen oder Gesetze gebrochen? Ihr seid ein König, von Gott gesalbt. Ihr steht über dem Gesetz! Louis ist nicht heiliggesprochen worden, weil er Schwächen gezeigt hat. Er hat das Kreuz genommen, Hunderte zum Tode verurteilt, die Juden verbannt und Steuern und Abgaben erhoben. Er hat für sein Reich und seine Untertanen gekämpft. Je eher Ihr Euch das vor Augen führt, desto ähnlicher werdet Ihr ihm werden.«

Philipp starrte seinen Minister in unheilvolles Schweigen versunken an. Nach einer langen Pause sagte er: »Ich werde keine weiteren Morde mehr dulden.« Er hob den Kopf. »Wenn Ihr Euch meinen Befehlen noch ein einziges Mal widersetzt, Nogaret, ist Euer Tod beschlossene Sache. Wir werden das Kind vorerst in unserem Gewahrsam behalten und unsere Verbündeten im Heiligen Kollegium davon in Kenntnis setzen, dass wir einen geeigneten Kandidaten gefunden haben.«

»Vergesst nicht, dass de Got Beziehungen zu König Edward unterhält, die ihn auch auf andere Weise für uns nützlich machen könnten«, fügte de Nogaret, erleichtert darüber, dass der König endlich wieder einen Anflug von Tatkraft zeigte, rasch hinzu.

»Was, wenn die anderen Kardinäle gegen ihn stimmen?«

Nogaret schüttelte den Kopf. »Niemand war von diesem langen Schwebezustand sonderlich angetan. Alle werden sie froh sein, endlich wieder einen Papst auf dem Thron sitzen zu sehen. Außerdem denke ich, es ist hilfreich, dass Bertrand außerhalb ihres Einflussbereichs steht. Deswegen mussten wir ja auch außerhalb des Kollegiums nach einem geeigneten Kandidaten Ausschau halten – keine Seite würde für den Favoriten der anderen stimmen.«

»Erstens das, und zweitens waren sie alle entweder Bonifaz oder Benedikt zu ergeben oder zu willensstark, um für uns von Nutzen zu sein«, fügte Philipp grimmig hinzu. »Wenn sie de Got akzeptieren, ist es an uns, dafür zu sorgen, dass er sich unseren Wünschen fügt, ohne dass weiteres Blut fließen muss. Wir werden uns des Kindes bedienen, um Druck auf ihn auszuüben, aber dem Jungen darf kein Haar gekrümmt werden. Haben wir uns in diesem Punkt verstanden, Nogaret?«

»Selbstverständlich, Sire.«

»Wir werden sofort ein Treffen mit de Got arrangieren. Ich gedenke sicherzustellen, dass er genau das tut, was wir von ihm verlangen. Und ich will wissen, wie genau man diesen Schlüssel im Schloss drehen kann.«

27

Château Vincennnes, Königreich Frankreich
4. März A.D. 1305

Rose stieg langsam die Treppe empor. Die Kräuter in ihrer Hand verströmten einen würzigen Duft. Als die Sonne sich hinter einer Wolke hervorschob, fiel ein Lichtstrahl durch das Fenster oben am Treppenabsatz. Sie blieb in dem silbrigen Schein stehen, spürte die Ankündigung hellerer, wärmerer Tage. Über ihr erklang ein leises Stöhnen. Sie schlug die Augen auf, wappnete sich für das, was ihr bevorstand, und erklomm die letzten Stufen.

In dem königlichen Schlafgemach herrschte Dunkelheit, die Vorhänge hielten das Tageslicht fern. Ein beißender Gestank hing in der Luft. Er kam von dem Nachttopf neben dem großen Bett. Rose legte die Kräuter auf den Tisch, trat an das Fenster und zog die Vorhänge auf, um frische Luft in den Raum zu lassen. Wieder erklang ein Stöhnen. Die Bettlaken knisterten, als sich Jeanne auf die Seite wälzte und in das Licht blinzelte.

»Wonach riecht es denn hier?«, beklagte sie sich.

»Nach Rosmarin, Gartenraute und Schafgarbe, Madame. Für Euer Bad.«

Die schlafverquollenen Augen der Königin hefteten sich auf Rose. »Wo ist Marguerite?«

Rose zögerte. »In Paris, Madame«, erwiderte sie schließlich. »Habt Ihr das vergessen? Sie war krank und musste dort zurückbleiben, als wir gestern aufbrachen.« Als die Königin sich mühsam aufrichtete, beeilte sich Rose, die Kissen hinter ihrem Rücken aufzuklopfen. Jeannes Gesicht war aschgrau. »Soll ich den Arzt rufen?«, erbot sich Rose. Der Gedächtnisverlust der Königin bereitete ihr Sorgen, sie fragte sich, ob es sich dabei um ein neues Symptom ihrer Krankheit handelte.

»Nein, mir geht es gut. Ich bin nur müde.«

Rose trat vom Bett zurück und wartete stumm auf weitere Anweisungen. Das Schweigen drohte erdrückend zu werden. Als sie Schritte im Gang hörte, drehte sie sich erleichtert um. Eine Schar von Dienstboten mit Eimern in den Händen trat in den Raum. Sie gingen zu der vor dem Feuer aufgestellten hölzernen Badewanne hinüber und begannen sie mit Wasser zu füllen.

Sobald sich die Diener zurückgezogen hatten, kroch Jeanne aus dem Bett. »Wo ist Blanche?«, erkundigte sie sich, dann hob sie, ohne Rose anzusehen, ihr Nachtgewand und hockte sich über die Schüssel.

Rose wandte taktvoll den Blick ab. Sie vernahm ein kurzes Plätschern und ein schmerzliches Ächzen, als die Königin ihre Blase entleerte. »Seine Majestät hat sie und noch ein paar andere Mädchen ausgeschickt, um mehr Kräuter für Eure Medizin zu pflücken. Er möchte sicher sein, dass Euch während seiner Abwesenheit genug davon zur Verfügung steht.«

»Ich will Blanche«, murrte die Königin, während sie mit einer gegen den Rücken gepressten Hand zu dem Holzzuber hinüberschlurfte. »Blanche badet mich immer.«

»Sie wird noch eine Weile ausbleiben.« Rose ging zu dem Nachttopf hinüber und biss die Zähne zusammen, als ihr der faulige Geruch entgegenschlug. Als sie ihn zum Fenster hinübertrug, um ihn auszuleeren, bemerkte sie rote Schlieren in der Flüssigkeit, die während der letzten Tage dunkelgelb und trübe gewesen war. Für den Fall, dass der Arzt den Urin untersuchen wollte, schob sie die Schüssel unter den Tisch. »Ihr wollt doch nicht, dass Euer Bad kalt wird, Madame«, drängte sie; dabei griff sie nach den Kräutern, zerrieb sie zwischen den Händen und streute sie in die Wanne, wie es der Arzt Blanche am Tag zuvor erklärt hatte. Das Wasser fühlte sich lauwarm an, war auf dem Weg von der Küche hierher rasch abgekühlt, aber die Diener hatten das Feuer geschürt, und die Luft war jetzt angenehm warm. Rose schob die Ärmel hoch und rührte die Kräuter um. »Das wird Euch helfen«, sagte sie so sanft und beschwichtigend, als spräche sie mit einem Kind, obwohl sie mit ihren siebenundzwanzig Jahren fünf Jahre jünger war als Jeanne. »Und wenn Ihr gebadet habt, hole ich Euch Eure Medizin und etwas mit Wasser versetzten Wein, dann werdet Ihr schlafen können.«

Mürrisch, aber fügsam gestattete Jeanne Rose, ihr das Nachtgewand abzustreifen und ihr in den Zuber zu helfen. Rose hatte die Königin schon früher nackt gesehen, aber noch nie aus so großer Nähe, denn sie hatte sich fast ausschließlich von Marguerite und Blanche ankleiden und baden lassen. Es fiel ihr schwer, Jeannes Körper, der sich von ihrem eigenen so sehr unterschied, nicht allzu offen anzustarren: die runden Hüften und Schenkel, die olivfarbene, mit weichen schwarzen Härchen bedeckte Haut, den fleischigen, schlaffen mit den purpurfarbenen Streifen, die sieben Schwangerschaften hinterlassen hatten, überzogenen Bauch, die großen Brüste, die hin und her schwangen, als sie sich in die Wanne sinken ließ, das buschige schwarze Dreieck, das ihr Geschlecht bedeckte. Die Königin lehnte sich zurück und erschauerte, als das Wasser ihre Schultern umspielte.

Rose griff nach einem Leinentuch, trat zum Kopfende der Wanne, tauchte das Tuch ins Wasser, wrang es aus und betupfte damit Jeannes Stirn, auf die das Fieber oder die Hitze des Feuers Schweißperlen getrieben hatte. Als sie sie behutsam fortwischte, seufzte die Königin leise. Nach einem Moment verzerrte sich ihr Gesicht gequält.

Jeannes Hand glitt zu ihrer Bauchdecke und rieb darüber.

»Warum hört es nicht auf? Die Medizin hilft nicht. In meinem Inneren brennt ein Feuer. Ich spüre es. Warum lassen die Schmerzen nicht nach?«

»Das werden sie sicher bald.« Rose wollte ihr erneut das Gesicht abtupfen, doch Jeanne richtete sich plötzlich auf.

»Rühr mich nicht an!«

Rose kauerte sich auf die Fersen. »Madame?«

Jeanne drehte sich zu ihr um. Ihre schwarzen Augen glitzerten. »Das ist dein Werk. Irgendwie hast du dies zuwege gebracht. Hexerei, nicht wahr?« Sie erhob sich. Wasser rann aus ihrem Haar über ihre Brüste. Eine Rosmarinnadel klebte an der Innenseite ihres Schenkels.

Rose starrte sprachlos zu ihr auf.

»Du verzauberst mich mit deinem Lächeln, schmeichelst mir, damit ich dich behalte. Ich hätte dich hinauswerfen sollen, sowie mir klar wurde, dass du ein Auge auf meinen Mann geworfen hast.« Jeanne stieg aus der Wanne und beugte sich über die am Boden zusammengekauerte Rose. »Du kleine Hexe! Was hast du mit mir gemacht?«

»Madame, bitte. Ich habe nichts … Ich würde doch nie …«

»Was geht hier vor?«

Beim Klang der Stimme drehten sich sowohl Jeanne als auch Rose um. Philipp betrat die Kammer und eilte auf die Königin zu, die in seine Arme sank.

»Gib mir ihr Kleid«, befahl der König; dabei deutete er auf das Bett, auf dem ein zerknittertes rotes Samtgewand lag.

Rose sprang auf, um das Kleidungsstück zu holen. Als Philipp es ihr abnahm, streiften seine Finger die ihren. Sie schrak zurück und umklammerte ihre Hand, als hätte sie sich verbrannt. Der König, der nichts bemerkt zu haben schien, hüllte seine Frau in das Gewand und führte sie behutsam zum Bett.

»Was ist geschehen?«, wiederholte er.

Rose folgte ihm. »Sie sagte, in ihrem Inneren würde ein Feuer brennen. Und dann … dann beschuldigte sie mich furchtbarer

Dinge…« Sie brach ab, brachte es nicht über sich, die Worte in seiner Gegenwart zu wiederholen, und fürchtete voller Entsetzen, die schluchzende Königin könnte dies jeden Moment tun.

Philipp nickte, als er seiner Frau auf das Bett half und sie zudeckte. »Der Arzt sagt, sie leide an Fieberfantasien. Er soll sie noch einmal untersuchen.«

»Nein!« Jeanne klammerte sich an ihn, als er sich abwenden wollte. »Es tut so weh. Ich will nicht, dass er mich anfasst. Bleib bei mir, Philipp, bitte.«

Er drückte sie an sich, strich ihr über das Haar und wiegte sie sanft. »Es wird vorübergehen, Liebes. Bald ist alles vorbei.«

»Versprich mir, dass du bleibst.« Jeanne packte seine Tunika. »Lass mich nicht allein.«

»Ich kann nicht bleiben«, erwiderte Philipp ruhig. »Ich habe noch etwas zu erledigen. Aber ich bleibe nicht lange fort.« Er beugte sich vor und küsste ihr Haar. »Und wenn ich zurückkomme, geht es dir besser.«

Jeanne schniefte und blickte mit rot geränderten Augen zu ihm auf. »Versprichst du es mir?«

»Ich verspreche es.«

Auf der Treppe waren Schritte zu hören, dann traten Blanche und die anderen Zofen mit den Kräutern, die sie gesammelt hatten, in die Kammer. Jeannes Tochter Isabella folgte ihnen, sie hielt einen bunten Blumenstrauß in der Hand. Das Gesicht der Königin wurde weich, als sie ihn entgegennahm und Philipp das Mädchen lachend auf das Bett hob und sich dabei darüber beklagte, wie schwer sie geworden war. Rose wich zurück, bis sie rücklings gegen die Wand stieß, während sich die Zofen um das königliche Paar kümmerten.

Nachdem Jeanne ihr Geheimnis entdeckt hatte, hatte sie es so tief in ihrem Inneren verborgen, dass niemand, auch nicht die Königin, es je wieder erwähnt hatte. Sie sprach kaum mit dem König, antwortete nur leise auf seine Fragen und hielt in seiner Gegenwart stets den Kopf gesenkt; voller Furcht, ihre Gefühle könnten sich auf ihrem Gesicht widerspiegeln. Sie tat, was ihr aufgetragen wurde, und erfüllte alle ihre Pflichten mit äußerster Gewissenhaftigkeit – die fleißigste und gehorsamste aller Zofen der Königin. Nur des Nachts oder wenn sie allein war, gestattete sie es sich, in ihren Träumen zu schwelgen. Im Schatten und in der Einsamkeit erblühten sie wie im Dunkeln wachsende Blumen. Und jetzt, in dieser nach Schweiß und Kräutern riechenden dämmrigen Kammer schmolzen diese Fantasien zu einem Geist mit Jeannes Stimme und einem anklagend ausgestreckten Finger zusammen. Wie oft hatte sie sich vorgestellt, die Königin könne krank werden und sterben, damit sie ihre Begierden ausleben konnte?

Vor den Toren des Ordenshauses, Paris
5. März A.D. 1305

»Warum in Gottes Namen hast du mir das alles verschwiegen?«

Will blickte angelegentlich über die Felder hinweg, als sich Roberts vor Zorn umwölkte graue Augen auf ihn richteten.

Der Ritter ließ nicht locker. »Die Frage muss wohl eher lauten, warum du es mir jetzt erzählst. Warum fährst du nicht einfach damit fort, deine eigenen Kämpfe zu kämpfen? Immer der ewige Söldner!«

»Ich dachte, alles wäre vorbei. Nachdem Nogaret Bonifaz getötet und Benedikt den Papstthron bestiegen hatte, wartete ich ab, bis ich mit Sicherheit wusste, dass sie sich die Unterstützung des Papstes für ihren Plan gesichert hatten. Und als mir klar wurde, dass Benedikt ihnen Steine in den Weg gelegt hatte, ging ich davon aus, dass sie ihren Plan vorübergehend auf Eis legen würden. Ich hätte nie gedacht, dass der Anwalt so weit gehen würde.« Will schüttelte den Kopf. »Bonifaz war ein persönlicher Feind des Königs. Hätten sie darüber hinweggesehen, dass sie ihn nicht manipulieren können, hätte er über kurz oder lang

Philipps Untergang herbeigeführt. Er war eine Gefahr für Frankreich. Aber Benedikt …«

»Bist du sicher, dass der Minister des Königs ihn ermordet hat?«, fragte Robert scharf.

»Nein. Aber angesichts dessen, was ich über Bonifaz' Dahinscheiden und ihre weiteren Pläne weiß, halte ich es kaum für einen Zufall, dass der Papst ausgerechnet während Nogarets Besuch gestorben ist.«

Ein Karren rumpelte auf das Tor zu, und sie traten von der Straße herunter, um ihn vorbeizulassen. Robert blickte zum Ordenshaus hinüber, das weiß hinter den kahlen Feldern aufragte. »Ich kann nicht glauben, dass der König zu so etwas fähig ist. So kaltblütig ein Leben auszulöschen …«

»Philipp hat während seiner Herrschaft jede Möglichkeit ausgeschöpft, um sich Geld zu verschaffen: die Juden, die Gascogne, Flandern. Trotzdem sind seine Schatztruhen so gut wie leer, und er konnte seine Pläne zur Ausweitung seines Reiches bislang nicht umsetzen. Unter seinen Untertanen breitet sich Unmut aus. Angesichts seiner skrupellosen Vorgehensweise und der Steuern, die er trotz schlechter Ernten erhoben hat, beginnen sie seine Eignung als Herrscher in Frage zu stellen. Guyenne und Flandern hat er zwar unterjocht, aber gesicherte Verhältnisse herrschen dort noch lange nicht. Philipp muss seinem Volk greifbare Beweise für seine politischen Fähigkeiten liefern, sonst wird er bald kaum noch Anhänger haben. Er muss seine Macht ausspielen, aber dazu benötigt er Geld. Und dieser König schert sich nicht darum, wen er auf seinem Weg zur Heiligsprechung unter seinen Stiefeln zermalmt, Robert.«

»Wir müssen zu Hugues gehen und ihn in alles einweihen.«

»Nein. Ich möchte niemanden sonst in diese Sache hineinziehen.«

»Das kann doch nicht dein Ernst sein! Will, diese Angelegenheit wächst uns beiden über den Kopf. Wenn der König von Frankreich beabsichtigt, gegen die Templer vorzugehen, muss der Visitator des Ordens unverzüglich davon erfahren.« Robert zog gedankenverloren die Brauen zusammen. »Der Großmeister muss von Zypern zurückbeordert werden. Die meisten der hochrangigen Offiziere sind bei ihm. Sie werden jetzt alle hier gebraucht.«

»Und was dann? Was können denn Jacques de Molay und Hugues schon unternehmen? Sollen sie den Palast stürmen? Den König töten?«

»Ein vernünftiges Gespräch mit ihm suchen. Du hast es doch selbst gesagt: Der König kann immer weniger auf die Unterstützung seiner Untertanen zählen. Kannst du dir vorstellen, was passiert, wenn er den Orden angreift? Es käme zu handgreiflichen Ausschreitungen in den Straßen.«

»Glaubst du?« Will schüttelte den Kopf. »Du betrachtest den Orden immer noch nur aus der Sicht eines Ritters. Die Menschen draußen auf den Straßen haben ein ganz anderes Bild von euch. Sie sehen eine von Stolz und Gier vergiftete verschworene Gemeinschaft. Sie sehen reiche, mächtige Männer, die sich über das Gesetz erhaben fühlen. Verdächtige Männer, die im Geheimen arbeiten und deren Ziele dem gemeinen Volk nicht bekannt sind.«

»Glaubst du das auch?«

»Ich gebe nur wieder, was andere denken. Jahrelang haben sich die Templer hinter den Mauern ihrer Ordenshäuser verschanzt, waren nicht bereit, sich mit den Problemen Außenstehender zu befassen, sondern haben sich lediglich schamlos in deren Angelegenheiten eingemischt. Und nun, da der Großmeister einen Kreuzzug führt, an den die Christen nicht mehr glauben, ist alles noch schlimmer geworden. Du weißt es doch selbst am besten. Der Orden hat seine ursprünglichen Ziele aus den Augen verloren.« Will stieß zischend den Atem aus. »Seit dem Krieg, den ein Templergroßmeister begonnen und der fast das christliche Reich im Osten zerstört hat, hat die Anima Templi darum gekämpft, den Orden davon abzuhalten, von dem Weg zum Frieden abzuweichen. Großmeister wie Armand de Périgord und Guillaume de Beaujeu haben uns in Gefahr gebracht, aber dank der Bemühungen Everards, Hassans und meines Vaters, dank meiner und deiner Anstrengungen, Robert, sind wir nicht untergegangen.«

»Akkon war nicht unbedingt ein Teil unseres Plans.« Robert schob Will zur Seite, als eine Gruppe von Mönchen von Saint-Martin-des-Champs feierlich an ihnen vorbeischritt, gefolgt von einer Horde ausgelassener Jugendlicher.

»Akkon musste fallen. Zu dieser Einsicht hat mich Elias gebracht. Wie kann man einen dauerhaften Waffenstillstand zwischen Christen und Muslimen schaffen, wenn er auf Kreuzzügen beruht? Wir sind in das Heilige Land gekommen, um es zu erobern. Das war keine Grundlage für Frieden. Wenn wir unsere Armeen ganz aus dem Osten zurückgezogen haben, besteht eine weit größere Chance auf eine Versöhnung beider Völker. Wir müssen Diplomaten dorthin schicken, keine Soldaten. Jacques de Molay befindet sich im Unrecht. Wir müssen ihn von seinem verhängnisvollen Kurs abbringen.«

»Wir?«, versetzte Robert säuerlich. »Du hast den Orden verlassen, Will.«

»Aber nicht seine Seele.« Will wandte sich zu ihm um. »Ich gebe zu, dass ich aus selbstsüchtigen Motiven desertiert bin. Ich wollte mich an Edward rächen. Das will ich immer noch. Aber inzwischen gibt es etwas, was mir noch wichtiger ist: die Anima Templi wieder aufzubauen und den Orden auf den richtigen Weg zurückzuführen. Ich habe mich den Idealen der Bruderschaft verschrieben, so wie viele andere Männer auch – Männer, die ich respektiert und an die ich geglaubt habe, und das bedeutet, dass ich die Anima Templi vor sich selbst retten muss.«

»Vor sich selbst retten?«

»Hugues de Pairaud wurde in die Bruderschaft aufgenommen, aber nie zu ihrem Kopf gewählt. Er hat dieses Amt an sich gerissen, als ich den Orden verließ. Keiner von euch hat für ihn gestimmt. Ich würde deswegen weit weniger bittere Empfindungen hegen, wenn er den Weitblick hätte, euch zu führen, aber was hat er denn in all den Jahren getan, um die Ziele der Anima Templi zu verwirklichen? Du hast es selbst gesagt: Die Bruderschaft tut nichts mehr. Hugues ist zu sehr mit der Leitung des Ordens beschäftigt. Außerdem glaubt er nicht an die Anima Templi, sonst hätte er nicht tatenlos zugesehen, wie sie sich langsam auflöst. Er hätte sich nicht mit dem Mann verbündet, der uns verraten hat, er hätte Schottland nicht geopfert, und er hätte sich stärker dafür eingesetzt, den Großmeister von diesem unsinnigen Kreuzzug abzubringen – er war nämlich vermutlich der Einzige, dem dies hätte gelingen können. Hugues ist nicht mein Feind, Robert. Aber er steht ganz gewiss auch nicht auf meiner Seite. Der Orden ist zu gespalten, um von innen heraus geleitet zu werden. Wir müssen die Bruderschaft außerhalb dieser widersprüchlichen Einflüsse wieder aufbauen, wenn wir sie und den Orden vor den ehrgeizigen Plänen des Königs bewahren wollen.«

»Ich weiß immer noch nicht, wie wir das ohne Hilfe schaffen könnten.«

»Nicht ohne Hilfe. Philipp hat mir nicht alles erzählt, Nogaret traut mir immer noch nicht, aber ich weiß, wen sie auf den Papstthron bringen wollen, wenn sie das Heilige Kollegium dazu bewegen können, ihrer Wahl zuzustimmen. Der König und sein Anwalt haben das Schloss gestern verlassen, um diesen Mann zu treffen. Sie haben irgendetwas gegen ihn in der Hand – was, weiß ich nicht –, aber sie werden es benutzen, um ihn unter Druck zu setzen. Nogaret hat schon vor Monaten Männer ausgeschickt, um nach einem Kandidaten Ausschau zu halten, von dem sie meinen, er würde sich ihren Wünschen fügen. Sein Name ist Erzbischof Bertrand de Got.«

»Was schlägst du vor?«

»Ich habe de Got schon kennen gelernt; er scheint mir ein vernünftiger Mann zu sein. Schon als Erzbischof verfügt er über eine beträchtliche Macht, als Papst aber ist sein Wort Gesetz. Wenn wir ihn auf unsere Seite ziehen und dazu bringen können, mit uns gegen Philipp zu arbeiten, steht er in unserer Schuld. Ohne die Hilfe des Papstes können wir nichts tun, um den Orden zu schützen, und ohne seine Hilfe kann Philipp nichts gegen den Orden unternehmen. Wenn ein Verbündeter von uns die Papstkrone trägt, können wir vielleicht sogar Edwards Krieg gegen Schottland ein für alle Mal beenden.«

»Und was ist mit Schottland?«, beharrte Robert. »Was, wenn dir wieder Gerüchte über einen Feldzug der Engländer zu Ohren kommen und du auf und davon gehst, um die Feinde deiner Heimat zu vernichten? Du hast ja selbst zugegeben, dass du dich noch immer an Edward rächen willst.«

»Schottland ist nicht mehr mein Kampf, diesen Krieg führen andere Männer. Ich kämpfe um die Anima Templi, und dabei hätte ich dich gerne an meiner Seite, aber wie auch immer deine Entscheidung ausfällt – ich werde nicht zulassen, dass Philipp und Nogaret den Orden und damit auch den Traum meines Vaters und Everards zerstören. Du musst dir jetzt überlegen, für wen du arbeiten willst, Robert. Für mich oder für Hugues.«

28

Die Kathedrale von Bordeaux, Königreich Frankreich
20. März A.D. 1305

Bertrand de Got schritt den stillen Gang zwischen den Bankreihen entlang. Ein zufriedenes Lächeln lag auf seinem Gesicht. Die jüngsten Mitglieder des Domkapitels beugten sich über ihre Pulte, die Schreibstube war vom rhythmischen Kratzen von Gänsefedern auf Pergament und dem Geruch von Galleichentinte erfüllt.

»Sie machen sich gut, Exzellenz«, flüsterte der Kanonikus an seiner Seite. »Die meisten werden bald beim Verfassen der Predigten helfen können.«

»Welche Textstelle kopieren sie denn?« Der Erzbischof blieb stehen, um über die Schulter eines der Männer zu spähen.

»Eine, die Euch besonders gut gefällt, Exzellenz.«

»Ah ja.« Bertrand überflog die säuberlichen schwarzen Zeilen, dann schloss er die Augen. »Tochter Zion, freue dich! Jauchze laut, Jerusalem! Sieh, dein König kommt zu dir.« Als er seine Stimme hob und seine Worte in dem Raum widerhallten, drehten sich einige der jungen Männer zu ihm um. »Ja, er kommt, der Friedensfürst.«

Die Tür der Schreibstube wurde knarrend geöffnet. Ein Chorherr trat ein und eilte auf Bertrand zu. »Eure Exzellenz!«

»Leise«, tadelte Bertrand, dabei legte er einen Finger vor die Lippen.

Der Chorherr dämpfte seine Stimme. »Verzeiht, dass ich Euch störe, Exzellenz, aber hier sind Männer, die Euch zu sprechen wünschen. Ich habe ihnen gesagt, sie sollen warten, aber …« Er drehte sich ängstlich um, als die Schritte schwerer Stiefel im Gang zu hören waren.

Eine Gruppe von Männern betrat die Schreibstube. Bei zehn davon handelte es sich um königliche Leibwächter in Kettenhemden und blutroten Überwürfen. Der elfte war klein und dünn und trug ein schwarzes Gewand und eine Seidenkappe.

»Minister de Nogaret«, murmelte der Erzbischof, dessen Kehle plötzlich trocken geworden war. Hinter ihm erstarb das Kratzen der Federn, die jungen Schreiber starrten die Neuankömmlinge neugierig an. »Fahrt mit dem Unterricht fort«, wies Bertrand den Kanonikus an, dann trat er zu Nogaret. »Minister«, grüßte er, bemüht, sich sein Unbehagen nicht anmerken zu lassen. »Das ist in der Tat eine Überraschung. Was kann ich für Euch tun?«

»Ihr müsst mit mir kommen«, erwiderte Nogaret schroff, ohne Bertrand, wie es die Höflichkeit gebot, formell zu begrüßen und ihn mit seinem Titel anzureden.

Bertrands Lächeln erstarb. »Gibt es irgendwelche Probleme?«

»Nicht, wenn Ihr mich jetzt begleitet.«

Bertrand schüttelte stirnrunzelnd den Kopf. »Ich habe heute noch viel zu tun. Es steht ein wichtiges Treffen mit den Bischöfen der Provinz an, die eine lange Reise auf sich genommen haben, um mich zu sehen. Ohne triftigen Grund kann ich dieses Treffen nicht absagen.«

»Ihr habt einen triftigen Grund, Erzbischof de Got. Euer König wünscht Euch in einer dringenden Angelegenheit zu sprechen.«

»Der König?«

»Seine Majestät erwartet Euch außerhalb der Stadt.« Nogaret deutete auf die offene Tür. »Können wir gehen?«

Bertrands Blick wanderte zu den Soldaten, die zur Seite traten und ihm den Weg freigaben. Nach kurzem Zögern folgte er dem Minister aus der Schreibstube.

Nach einer unbequemen Fahrt in einer rumpelnden geschlossenen Kutsche, in der außer ihm nur zwei schweigende königliche Leibgardisten saßen, wurde Bertrand über ein weitläufiges grünes Feld auf ein in dessen Mitte aufgestelltes leuchtend rotes Zelt zugeführt. Er stieß ein leises Grunzen aus, als die chronischen Magenschmerzen, unter denen er seit Jahren litt, wieder einsetzten. Sie schienen sich zu verschlimmern, wenn Furcht an ihm nagte. Ohne ein Wort betrat er hinter Nogaret das Zelt, in dem der König auf ihn wartete.

Die Kathedrale von Bordeaux, Königreich Frankreich
23. März A.D. 1305

»Nein, das ist unmöglich. Seine Exzellenz wünscht nicht gestört zu werden.«

»Wir müssen ihn aber dringend sprechen.«

»Kommt morgen wieder und bittet um eine Audienz.«

Will wich zurück, als ihm die Tür vor der Nase zugeschlagen wurde, und warf der Gestalt, die im Schatten des Portals lehnte und einen Apfel verzehrte, einen bösen Blick zu. »Du hättest ja auch etwas sagen können. Mir den Rücken stärken.«

Robert wischte sich über den Mund und warf das Kerngehäuse in den verlassenen Hof. »Ich habe dir gleich gesagt, dass sie uns nicht hereinlassen würden, aber du wolltest ja nicht hören. Es ist spät. Was erwartest du denn? Er wird schon schlafen.«

»Es ist kurz nach der Komplet.« Will stieg die Stufen zum Vorhof hinunter und starrte zu der schwindelerregend hoch vor ihm aufragenden Kathedrale empor. Wasserspeier und Engel kauerten wie Geister auf ihren Sockeln. Dahinter zogen Wolkenfetzen über den Himmel hinweg. »Wir versuchen es auf einem anderen Weg.«

Robert blickte sich um, um sich zu vergewissern, dass sie nicht beobachtet wurden, während er Will folgte, der an der Wand der Kathedrale entlangschlich. Sie trugen beide wollene Umhänge und Tuniken, die ihre Rüstungen verdeckten. Will steuerte auf eine Tür in der hohen Mauer zu, die aussah, als führe sie zu einem offenen Platz, vielleicht einem Garten oder Hof. »Ein Dienstboteneingang«, murmelte er, als Robert hinter ihm stehen blieb. Behutsam drehte er den eisernen Ring. Er knarrte leise, doch die Tür ließ sich nicht öffnen. »Verschlossen.«

»Selbst wenn du dir Zutritt verschaffen kannst – wie willst du denn den Erzbischof finden? Woher weißt du eigentlich, dass er überhaupt hier ist? Viele Bischöfe haben heutzutage Residenzen außerhalb ihrer Kirchen.«

»Unser Freund sagte doch, er wolle nicht gestört werden.« Will war ein paar Schritte zurückgetreten und starrte zu den groben Steinen empor. »Er ist dort drinnen, da bin ich ganz sicher.«

»Warum warten wir nicht bis zum Morgen? Die paar Stunden können doch nicht so viel ausmachen.« Robert folgte Wills Blick. »Himmel, Will, wir sind keine fünfzehn mehr!«

»Verlierst du die Nerven?« Wills Zähne blitzten im Mondlicht auf. Er wich noch weiter zurück, dann warf er sich mit voller Wucht gegen die Tür.

Robert fluchte unterdrückt. Ein paar Tauben flatterten auf, weiße Flecken am Nachthimmel. Grunzend vor Anstrengung unternahm Will einen zweiten Versuch. Beim dritten Mal barst das Schloss, und die Tür sprang auf. Er bekam sie zu fassen, ehe sie wieder zufallen konnte, huschte, sich die schmerzende Schulter reibend, rasch hindurch, fand sich in einem Hof wieder und zog sein Schwert. Große, in regelmäßigen Abständen in das Gras eingelassene Steine bildeten einen Pfad, der zu einem großen Gebäude vor der Kathedrale führte. Ferner gab es einige Nebengebäude und eine Zisterne im Hof.

Robert schloss die Tür hinter sich, folgte Will und zog sein eigenes Schwert. »Hast du es reparieren lassen?«

Will schlich auf einen Eingang des vor ihnen liegenden Gebäudes zu, in dem der Pfad aus Steinen verschwand. »Was?«, murmelte er geistesabwesend.

»Dein altes Schwert.«

Die beiden Männer pressten sich gegen die beiden Seiten des Ganges. Robert blinzelte in das Dunkel, Will betrachtete das Schwert in seiner Hand. Das zerbrochene Krummschwert befand sich, eingewickelt in ein altes Hemd, in einer verschlossenen Truhe in seiner Kammer im Königspalast. Er hatte lange Zeit vorgehabt, es zu einem Waffenschmied zu bringen, weil er sicher gewesen war, dass es sich flicken lassen würde, aber er hatte es nie getan. Warum nicht, hatte er selbst nie verstanden, bis er es eines Tages genauer betrachtet und kleine Flecken getrockneten Blutes in den Ritzen und Scharten entdeckt hatte. Während er es mit einem Fingernagel abgekratzt hatte, war ihm eingefallen, wer der Letzte gewesen war, den er mit diesem Schwert getötet hatte: der unbekannte Templer bei Falkirk. Es erschien ihm irgendwie angemessen, die Klinge in ihrem zerbrochenen Zustand zu belassen. Er sah Robert an, weil es ihn drängte, ihm seine Gründe darzulegen, doch in diesem Moment vernahm er hastige Schritte im Gang.

Eine in einen grauen, mit einer Kapuze versehenen Umhang

gehüllte Gestalt erschien. Sie hielt eine brennende Fackeln in der Hand und steuerte auf die Tür zu, die sie aufgebrochen hatten. Die Kapuze schränkte das Blickfeld des Mannes ein, und so bemerkte er erst, dass er nicht allein war, als Will ihn packte.

Der Mann stieß einen Schrei aus und ließ die Fackel fallen, die zischend auf dem nassen Boden landete.

»Bring uns zu Erzbischof de Got«, befahl Will, dabei presste er die Klinge so fest gegen den Hals des Mannes, dass dieser merkte, wie ernst er es meinte, aber nicht fest genug, um ihn zu verletzen. »Jetzt sofort.«

Der Mann drehte sich um und ging zittrig in die Richtung zurück, aus der er gekommen war. Will bohrte ihm die Spitze seines Schwertes unauffällig in den Nacken und folgte ihm, Robert hielt sich an seiner anderen Seite. Sie gelangten in einen vom Mondlicht erleuchteten Kreuzgang, überquerten eine Rasenfläche und betraten ein prächtiges Gebäude. Es war spät, die meisten Bewohner der Kathedrale schliefen bereits, weil sie vor Tagesanbruch schon wieder aufstehen mussten, um die Matutin zu besuchen. Am Ende des Ganges sahen sie eine Gestalt vorbeihuschen, doch als ihr Gefangener zögerte, warnte Will ihn durch sachten Druck der Schwertspitze, keinen Laut von sich zu geben. Schließlich erreichten sie ohne Zwischenfälle eine mit üppigem Schnitzwerk verzierte Tür im oberen Stockwerk.

»Bitte«, flehte der Mann, als sie davor stehen blieben. »Tut das nicht.«

»Nun mach schon.«

Der Mann streckte eine zitternde Hand nach dem Türknauf aus, drehte ihn und stieß die Tür auf.

Die dahinterliegende dunkle Kammer war von Weihrauchduft und leisem Geflüster erfüllt. Wills Blick wanderte über die Umrisse von Möbelstücken, ein ungemachtes Bett und hohe, silberne Kerzenhalter hinweg und blieb auf den schwarzen, mit Hunderten goldener Kreuze bestickten Vorhängen haften. Als er darauf zutrat, wurde das Flüstern lauter. Will überließ es Robert, ihren Gefangenen zu bewachen, und zog einen Vorhang zur Seite.

Ein unterdrückter Schrei erklang, und ein Schatten fuhr zu ihm herum. Es war Bertrand de Got. Er kniete vor einem kleinen, mit einem weißen Tuch bedeckten Altar, auf dem ein dampfendes Weihrauchfass und eine schwarz eingebundene Bibel lagen. Durch ein bogenförmiges Fenster fiel ein Strahl fahlen Mondlichts auf die Tonsur des Erzbischofs, der erst Will und dann Robert erschrocken ansah.

»Verzeiht mir, Exzellenz.« Der Gefangene sank stöhnend auf die Knie. »Diese Schufte haben mich gezwungen, sie zu Euch zu bringen.«

Bertrand erhob sich. Er war in ein langes weißes Nachtgewand gehüllt. Auf seiner Brust glitzerte ein großes, juwelenbesetztes Kreuz. Seine Hand schloss sich darum. »Hier, nehmt das«, sagte er zu Will. »Es ist ein Vermögen wert. Nehmt alles, was Ihr wollt.«

»Wir sind keine Diebe«, knurrte Will. »Und wir wollen Euch nichts Böses, wir sind nur gekommen, um mit Euch zu sprechen.«

Als die Furcht noch immer nicht aus Bertrands Gesicht wich, schob Will sein Schwert in die Scheide zurück. »Hat Euch König Philipp kürzlich einen Besuch abgestattet?«

Die Brauen des Erzbischofs schossen in die Höhe. »Was soll das heißen? Wer seid Ihr?«

»Freunde, die nicht wollen, dass der König Euch zu seiner Marionette macht.«

Bertrand schluckte hart. Endlich wandte er sich an den Gefangenen. »Lass uns allein, Pierre.«

Der Mann erhob sich. »Exzellenz?«

»Mir wird nichts geschehen.«

Wie um seine Worte zu bestätigen, schob auch Robert sein Schwert in die Scheide zurück. Pierre, der keiner weiteren Aufforderung bedurfte, verließ hastig die Kammer. Seine Schritte verhallten im Gang.

»Ich nehme an, dass er Alarm geben wird.« Bertrand ging zu

seinem Bett, griff nach einem Samtgewand und schlang es um seine schmalen Schultern. »Ihr schuldet mir eine Erklärung. Woher wisst Ihr von dem Besuch des Königs?« Er musterte Will forschend. »Kenne ich Euch?«

»Ich habe vor ungefähr zehn Jahren an einer Ratsversammlung in London teilgenommen, bei der Ihr auch zugegen wart, und ich habe Euch einige Male im Königspalast in Paris gesehen, wo ich seit einigen Jahren Gast des Königs bin.«

»Seid Ihr einer von Philipps Männern?« Bertrand zog seine Robe enger um sich. Seine Stimme klang heiser. »Ist das eine seiner Listen?« Er schüttelte den Kopf. »Was will der König denn noch von mir?«

»Ihr versteht mich falsch, Exzellenz. Ich gehöre weder zu Philipps Männern, noch sympathisiere ich mit ihnen. Ich bin hier, um Euch zu helfen, wenn Ihr das zulasst.«

Bertrand presste die Lippen zu einem schmalen Strich zusammen, dann wandte er sich ab. »Ich weiß nicht, was ich tun soll«, murmelte er. »Ich weiß es wirklich nicht.«

»Beantwortet mir nur eine Frage – hat der König Euch gesagt, was er von Euch will? Euch verraten, welche Pläne er mit Euch hat?«

Nach einer langen Pause nickte Bertrand, ehe er auf sein Bett sank. »Er sagte mir, ich würde der nächste Papst werden«, flüsterte er. »Er hätte Verbindungsmänner in Perugia, die meine Wahl in die Wege leiten würden.«

»Wisst Ihr auch, warum?«

»Er sagte, ich müsste nach meiner Krönung fünf Forderungen erfüllen.«

»Was für Forderungen?«, drängte Will.

»Ich soll Guillaume de Nogaret vom Kirchenbann lösen, Kardinäle in das Heilige Kollegium berufen, die Philipp und Frankreich unterstützen würden, Geldmittel für seinen Kampf gegen Edward von England und die flämischen Gilden bereitstellen und Papst Bonifaz öffentlich als Ketzer brandmarken.«

»Das sind nur vier Forderungen, Exzellenz«, stellte Robert fest, als der Erzbischof in Schweigen verfiel.

Bertrand sah auf. »Und dass ich den Templerorden auflöse und seine Reichtümer Philipp und seinen Erben übergebe.«

»Jesus«, murmelte Robert.

Das Entsetzen in seiner Stimme verriet Will, dass der Ritter diese Möglichkeit bislang nie ernsthaft in Betracht gezogen hatte. »Was habt Ihr ihm geantwortet?«, fragte er Bertrand.

»Ich habe abgelehnt«, fuhr Bertrand plötzlich zornig auf. »Ich sagte, ich würde dieses heilige Amt niemals auf eine solche Weise missbrauchen. Ich sagte, die Tempelritter seien die Einzigen, die noch um Jerusalem kämpfen würden, und ich würde nichts tun, was ihnen schadet.« Er schüttelte den Kopf. »Aber sie kündigten an, ihn zu töten, wenn ich mich weigere.« Sein Gesicht verzerrte sich. »Großer Gott, sie haben meinen Sohn! Diese Bastarde haben meinen Sohn!«

Will wechselte einen verwirrten Blick mit Robert, dann trat er zu dem Erzbischof, der den Kopf in den Händen geborgen hatte. »Wo halten sie ihn fest, Exzellenz?«

»Keine sieben Meilen von hier, in dem Haus, das ich für ihn gekauft habe.« Bertrand starrte Will an. Abgrundtiefe Verzweiflung malte sich auf seinem Gesicht ab. »Ich könnte es nicht ertragen, ihn zu verlieren«, stieß er, Wills Hände umklammernd, hervor. »Meinen süßen Jungen. Bitte. Ich kann Raoul nicht verlieren.«

»Was genau sollt Ihr denn nun tun?«

Bertrand stieß zischend den Atem aus. »Sie haben mich gezwungen, eine Einverständniserklärung zu unterzeichnen und mir versichert, ich würde meinen Sohn zurückbekommen, sobald ich die päpstliche Tiara tragen würde und ihre Forderungen erfüllt hätte.«

»Wir werden Euch helfen.« Wills Gedanken überschlugen sich. »Aber im Gegenzug müsst Ihr uns behilflich sein. Wenn die Zeit gekommen ist, dürft Ihr den Forderungen des Königs nicht nachgeben. Ihr werdet den Orden nicht zerschlagen, sondern ihn schützen. Als Papst seid Ihr der einzige Mensch auf der Welt, der dazu imstande ist.«

»Nein.« Bertrand war vor Angst wie von Sinnen, stammelte immer wieder den Namen seines Sohnes. Irgendwo draußen begann eine Glocke zu läuten – zu früh für die Matutin.

»Hört mich an, Exzellenz.« Will kauerte sich vor dem Erzbischof nieder und zwang ihn, ihm in die Augen zu sehen. »Raoul wird nichts geschehen. Ihr werdet Euch vorerst Philipps Wünschen fügen. Wenn Ihr dann gekrönt worden seid, werden wir Euren Sohn befreien und den König so des Werkzeugs berauben, mit dem er Euch zu manipulieren gedenkt.«

»Ihn befreien?« Ein Anflug von Hoffnung erhellte Bertrands Gesicht. »Seid Ihr dazu in der Lage? Könnt Ihr nicht sofort etwas zu seiner Rettung unternehmen?«

»Nein. Wir müssen Philipp in dem Glauben lassen, dass Ihr tut, was er von Euch verlangt. Wir werden Raoul retten, wenn Ihr bereits gekrönt seid und somit alles zu spät ist.« Will richtete sich auf. Die dunklen, verzweifelten Augen des Erzbischofs folgten jeder seiner Bewegungen. »Das ist Eure einzige Chance, Euren Sohn vor Schaden zu bewahren.«

»Aber was ist mit Nogaret?« Bertrand sprang auf, als Schritte vor der Kammer ertönten, gefolgt von Stimmen, die den Namen des Erzbischofs riefen. Robert schob hastig den Riegel vor. Im nächsten Moment begannen Fäuste gegen die Tür zu hämmern. Bertrand drehte sich wieder zu Will um. »Ich habe gehört, Papst Bonifaz wäre nach dem Aufruhr in Anagni und der Art, wie der Minister ihn behandelt hat, an einem Schock gestorben. Und mir sind andere, dunklere Gerüchte zu Ohren gekommen, denen zufolge Papst Benedikts Tod nicht auf natürliche Ursachen zurückzuführen ist. Nogaret könnte mich ebenfalls aus dem Weg räumen.«

»Ihr müsst mir vertrauen, Exzellenz. Vertraut mir, und ich werde Euren Sohn retten.«

»Das werde ich«, versicherte ihm Bertrand, als die Tür aufflog. »Das werde ich.«

29

Château Vincennes, Königreich Frankreich
9. April A.D. 1305

Philipp gab seinem Pferd die Sporen, als sie den Waldrand erreichten. Die königlichen Leibwächter und Ratgeber hatten Mühe, mit seinem Tempo mitzuhalten. Sonnenlicht fiel durch die Baumkronen und ließ den ausgetretenen Pfad silbern aufschimmern. Philipp kannte diese Wälder gut. Er war hier aufgewachsen, war mit seinen Brüdern auf Eichen und Kastanien geklettert, hatte reiten und jagen gelernt. Hier hatte er seinen ersten Falken fliegen lassen. Dieser Erinnerung haftete ein Gefühl von Freiheit an. Hier war er weit entfernt von der Last des Erwachsenseins und der Königswürde, von den endlosen politischen Ränken und Intrigen. Jedes Mal, wenn er den Pfad zum Schloss entlangritt und den Lärm und Schmutz der Stadt hinter sich ließ, spürte er, wie seine Fesseln von ihm abfielen und er seine Jugend wiederfand.

Der Umstand, dass ihn heute das Kratzen und Jucken seines härenen Hemdes nicht plagte, steigerte seinen inneren Jubel noch. Er hatte das Kleidungsstück seit fast zwei Wochen nicht mehr getragen, und seine Haut begann zu heilen, die Narben verblassten zu einem feinen Netz auf seinem Rücken. Da seine Reise nach Bordeaux so erfolgreich verlaufen war, hatte er sich eine kurze Pause von seiner täglichen Buße gestattet, die er sich vor dem Treffen mit Bertrand de Got häufiger und länger auferlegt hatte. Doch nun, befreit von Unbehagen und Sorgen, konnte er seine Heimkehr in vollen Zügen genießen. Er konnte die warme Sonne auf seinem Gesicht und den frischen Duft der Bäume auskosten. In diesen Wäldern hatten er und seine Brüder Jagd auf Keiler und Hirsche gemacht. Diese Bäume hatten ihren Schatten über ihn und Jeanne geworfen, als sie das erste Mal beieinandergelegen und ungeschickt, aber behutsam ihre Körper erkundet hatten, und diese Bäume hatte er seine vor Aufregung jauchzenden Kinder oft erklimmen sehen.

Als die grauen Türme des Schlosses vor ihm aufragten, ließ Philipp sein Pferd in einen leichten Trab fallen, um das Gefühl unbeschwerter Freude noch ein wenig zu verlängern. Der Tag war klar und windig, ideal für einen Jagdausflug. Er beschloss, für morgen einen anzusetzen – nur für sich selbst, Monsieur Henri und ein paar handverlesene Höflinge. Er liebte das Triumphgefühl, das ihn am Ende einer erfolgreichen Jagd überkam, die kribbelnde Erregung, wenn er den Pfeil abschoss oder den Falken fliegen ließ, der die Beute erlegen und seinen Sieg besiegeln würde. Die Politik verschaffte ihm selten ähnliche Empfindungen. Alles war so unübersichtlich und verworren. Als König war er der Meinung, dass alles nach seinen Wünschen ablaufen, seine Untertanen widerspruchslos seine Anordnungen befolgen sollten. Der nicht enden wollende Zwist mit Rom, Bonifaz' Kampfgeist und Benedikts Widerspenstigkeit hatten ihn ausgelaugt. Aber jetzt sah es endlich so aus, als habe er seinen Willen durchgesetzt. Nogaret befand sich auf Reisen und sorgte dafür, dass auf die Kardinäle in Perugia genug Druck ausgeübt wurde, um sicherzugehen, dass de Got gewählt wurde, und wenn sich keine unerwarteten Verzögerungen ergaben, war er auf dem besten Weg, sein Reich zu sichern – und sein Seelenheil zu retten.

Philipp lächelte, als er auf das Château zuritt. Ihm entgingen sowohl die besorgten Blicke, die die Posten am Tor wechselten, als auch das gedrückte Schweigen der Knappen, die von den Ställen herbeieilten, um sein erschöpftes Pferd zu versorgen. Erst als sein Haushofmeister in Begleitung seiner engsten Berater auf ihn zukam, um ihn zu begrüßen, erstarb Philipps Lächeln. Er musterte ihre ernsten, bekümmerten Gesichter und meinte, eine eisige Faust würde sich um sein Herz schließen.

Sein erster Gedanke galt Isabella und Louis, seinem Liebling und seinem Erben. Er musste die Namen der Kinder unbewusst laut ausgesprochen haben, denn der Haushofmeister schüttelte den Kopf und trat auf ihn zu.

»Sire«, stammelte er. »Sire, es tut mir so leid. Die Königin …«

Doch er brachte den Satz nicht zu Ende, denn Philipp drängte sich an ihm vorbei und stürmte den Gang entlang auf das Gemach seiner Frau zu, ohne auf die Rufe hinter sich zu achten.

Der Königspalast, Paris
12. April A.D. 1305

Wasser strömte von den Dächern und verwandelte den Unrat auf den Straßen in einen grauen Morast. Der Himmel war bleigrau, dicke Regenwolken zogen darüber hinweg. Die Türme von Notre Dame waren in dem düsteren Licht kaum auszumachen, und die Menschen hasteten mit vor Kälte verkniffenen Gesichtern und gesenkten Köpfen durch den nicht enden wollenden Regen. Die Türen und Fensterläden der Geschäfte waren geschlossen, nur einige wenige Markthändler harrten unter den Planen ihrer Stände aus und versuchten erfolglos, Kunden anzulocken. Der blaue Himmel und die Wärme der letzten Wochen schienen einer anderen Jahreszeit anzugehören. Wie es aussah, war der Winter mit Macht zurückgekehrt.

Will schwang sich im Hof des Palastes aus dem Sattel und hielt nach einem Knappen Ausschau, dem er sein Pferd übergeben konnte, aber bis auf ein paar Wachposten in der Ferne lag der Hof verlassen da, also führte er das Tier selbst zu den Ställen. Seine Muskeln schmerzten von dem anstrengenden Ritt, und er war nass bis auf die Haut, aber diese Unannehmlichkeiten zählten momentan nicht. Während der letzten Tage hatte er an der Entschuldigung gefeilt, die er dem König zur Begründung seiner Abwesenheit auftischen wollte, aber jedes Mal, wenn er sie im Geiste abspulte, klang sie mehr und mehr wie die Lüge, die sie war. Bevor er mit Robert Bordeaux verlassen hatte, hatte er Pierre Dubois gegenüber behauptet, eine Botschaft von William Wallace erhalten zu haben, die ihn nach Lyon rief, um dort einen potenziellen Geldgeber für den Krieg zu treffen. Dubois hatte diese Erklärung ohne großes Interesse zur Kenntnis genommen, doch Will wusste, dass Philipp sich nicht so einfach abspeisen lassen würde. Daher hatte er gehofft, vor dem König in der Stadt einzutreffen – was ihm auch gelungen wäre, wäre er nicht in Bordeaux aufgehalten worden.

Nachdem die Chorherren der Kathedrale in Bertrand de Gots Kammer eingedrungen waren, hatten sie ihn und Robert festgenommen und einige Tage in eine Zelle gesperrt. Die Geistlichen hatten den verwirrten Erzbischof davon überzeugt, dass sie wegen ihrer Verstöße gegen das Gesetz zur Rechenschaft gezogen werden mussten, und sie wurden erst freigelassen, als de Got wieder klar denken konnte und sich auf seine Autorität besann. Aufgrund dieser Verzögerung und des Regens, aufgrund dessen sie langsamer vorankamen als geplant, kam Will zu dem Schluss, dass der König Paris vor ihm erreichen und ihn zweifellos einem eingehenden Verhör bezüglich seiner unerlaubten Abwesenheit und der Gründe dafür unterziehen würde.

In den Ställen fand er lediglich einige Stallburschen vor, die dort Schutz vor dem Regen suchten. Sie saßen auf Strohballen und tuschelten leise miteinander. Als sie Will sahen, sprangen sie erschrocken auf.

»Entschuldigung, Herr.« Einer der Jungen nahm ihm die Zügel seines Pferdes ab. »Wir haben Euch nicht gesehen.«

Will blickte sich um. Die Ställe waren wie leergefegt, die Burschen hatten anscheinend nichts zu tun. Dann starrte er durch die Regenschwaden in den Hof hinaus. Normalerweise wimmelte es hier auch bei Regen und Schnee von Menschen. »Wo sind denn alle?«

Der Stallbursche warf seinen Kameraden einen unsicheren Blick zu.

Einer von ihnen, der älter war als die anderen, trat vor. »Bei der Beerdigung, Sir.«

»Bei welcher Beerdigung?«

Der junge Mann wirkte sichtlich überrascht. »Der der Königin, Sir.«

Will sog zischend den Atem ein. Auf den Schreck folgte ein leiser Funke der Hoffnung. Sicherlich würde diese Tragödie Philipp vorerst von seinen Plänen bezüglich de Gots und des Ordens ablenken und ihm Zeit geben, Schritte dagegen zu unternehmen. Er wusste, wie nahe der König und die Königin sich gestanden hatten. Dann meldeten sich erste Zweifel. Die Erfahrung hatte ihn gelehrt, dass ein so tiefer Kummer die Entschlossenheit eines Mannes ebenso gut noch verstärken konnte, statt all seine Gedanken in Anspruch zu nehmen. Er dachte an Edward, der nach dem Tod seiner geliebten Königin nur noch skrupelloser und unbarmherziger geworden war, und an die Zeit orientierungslosen Herumirrens, die er nach Elwens Tod durchlitten hatte. Nein. Er konnte nicht vorhersehen, wie sich dieses Unglück auf Philipp und seine Pläne auswirken würde.

»Sie kommen!«

Will drehte sich um, als ein Junge in den Stall gestürmt kam. Die Stallburschen verfielen sofort in hektische Betriebsamkeit. In der Ferne war Hufgetrommel zu hören, das rasch näher kam. Will trat in den Regen hinaus und sah zu, wie die Begräbnisprozession in den Hof strömte.

Zuerst kamen die königlichen Leibwächter. Ihnen folgte der König, allein und zu Fuß. Auf seinem Gesicht spiegelten sich abgrundtiefe Trauer und ungläubige Verzweiflung wider. Seine persönlichen Berater Pierre Dubois und Guillaume de Plaisans hielten sich hinter ihm, dahinter sah er den könglichen Haushofmeister und Philipps Beichtvater Guillaume de Paris. Will registrierte verwundert, dass Nogaret an der Beerdigung nicht teilgenommen zu haben schien, denn hinter den beiden Männern schritten die Kinder. Isabella, die klein und verloren wirkte, umklammerte mit einer Hand die ihrer Kinderfrau, mit der anderen eine einzelne rote Rose. Ihnen folgten die Zofen der Königin; die leise schluchzende Marguerite wurde von Blanche gestützt. Die Nachhut bildeten die Bischöfe und Geistlichen sowie die Herzöge und anderen Würdenträger.

In der Mitte dieser feierlichen Prozession machte Will eine schmale, blasse Gestalt in einem schwarzen Kleid aus. Der Anblick seiner Tochter, die innerhalb der Menge so furchtbar allein wirkte, schnitt ihm ins Herz. In gewisser Hinsicht war sein fester Entschluss, den König daran zu hindern, den Orden zu vernichten, fast eine Erleichterung für ihn gewesen, er hatte ihn davon abgehalten, zu sehr über die Kluft nachzugrübeln, die sich zwischen ihm und Rose aufgetan hatte und die sich scheinbar kaum noch überbrücken ließ. Er hatte sich eingeredet, er werde sich mehr um seine Tochter kümmern, sobald er den Orden in Sicherheit wusste, wusste aber, dass dies nur eine weitere Form von Flucht war und dass er in den letzten Jahren schon zu viele Fehler dieser Art begangen hatte. Sie war seine Tochter, auch wenn in ihren Adern vielleicht nicht sein Blut floss, und daran hatte sich nie etwas geändert. Nur sein Mut hatte ihn verlassen.

Diese Erkenntnis trieb ihn vorwärts, direkt auf sie zu. Rose zuckte zusammen, als er sie am Arm nahm, ließ sich aber widerstandslos von ihm über den Hof und durch den Garten zu einer steinernen Bank in einer abgeschiedenen Ecke führen.

»Du bist ja nass bis auf die Haut«, murmelte er, als sie sich nebeneinander darauf niederließen. Da ihm klar wurde, dass er nichts bei sich hatte, womit er sie hätte abtrocknen können, weil er selbst triefnass war, begnügte er sich damit, ihr ein paar vor Regen dunkle Haarsträhnen aus der Stirn zu streichen. Sein Arm sank herab, während er in ihrem Gesicht forschte. Ihre Augen starrten blicklos ins Leere, ihre Haut war abgesehen von zwei auf ihren Wangen lodernden hektischen Flecken totenblass. Mit einem Mal wurde ihm bewusst, dass er sie schon seit Monaten nicht mehr aus solcher Nähe gesehen hatte. Als Kind war ihm immer ihre Ähnlichkeit mit Elwen aufgefallen, aber inzwischen hatte sie ihre eigenen charakteristischen Züge entwickelt. In ihrem Gesicht lag eine so tiefe Traurigkeit, dass es ihm den Atem verschlug. Er griff nach ihrer eiskalten Hand. »Rose, ich weiß, dass du mir nicht glaubst, und ich habe dir auch nie Grund dazu gegeben, aber ich habe nie aufgehört, dich zu lieben, und das ist die reine Wahrheit. Ich … ich hatte Angst.« Er schüttelte den Kopf. »Nein, ich war egoistisch. Ich habe zugelassen, dass das, was Elwen – deiner Mutter – zugestoßen ist, meine Gefühle für dich und meine Pflichten als Vater überschattet. Ich erwarte nicht, dass du mir verzeihst, aber ich hoffe …«

»Ich war es.«

Ihre Stimme klang so leise, dass er erst nach einem Moment begriff, was sie gesagt hatte. Sein Herz hämmerte. Sie hatte sein Ansinnen nicht sofort empört zurückgewiesen.

»Ich habe die Königin umgebracht.«

Die in Will aufkeimende Hoffnung wurde von Entsetzen verdrängt. »Was sagst du da?«

Sie starrte in den regenverhangenen Garten hinaus.

Will packte sie bei den Schultern und drehte sie zu sich. »Rose, sprich mit mir. Wie hast du das gemeint?«

Ihr Blick heftete sich auf ihn, wurde klarer. »Ich habe mir so oft gewünscht, sie würde sterben. Aber das hier … Das habe ich nicht gewollt.« Rose schüttelte den Kopf. »Ich habe sie sterben sehen. Großer Gott!« Ihr Gesicht verzog sich vor Abscheu. »Der Gestank in diesem Raum – der Gestank des Todes, als das Fieber ihr Blut vergiftete. Sie hat so gelitten; und es hat so lange gedauert. Wir konnten nichts für sie tun. Nur zusehen.«

»Dann ist sie an einer Krankheit gestorben?«, hakte Will nach, ohne sich seine Erleichterung anmerken zu lassen. »An einem Fieber?«

»Ja. Hier drinnen hat es gewütet.« Rose legte eine Hand auf den unteren Teil ihres Bauches.

Will lehnte sich seufzend zurück. »Warum hast du dann behauptet, du hättest sie getötet?«

»Hast du mir nicht zugehört?« Rose erhob sich. Ihre Züge verhärteten sich. »Ich sagte, ich habe ihren Tod herbeigewünscht.«

»Warum denn? Hat sie dich schlecht behandelt?«

Rose wollte sich abwenden, doch Will hielt sie am Arm fest. »Warum hast du der Königin den Tod gewünscht?«

»Weil ich ihn liebe.«

»Philipp?«, fragte er nach einer langen Pause.

Als sie nickte, überlegte Will grimmig, ob er wohl die Ursache für diese Obsession war. Hatte er sie dadurch, dass er sie immer wieder im Stich gelassen und enttäuscht hatte, dazu getrieben, die Zuneigung anderer auf einer so viel höheren Ebene zu suchen? Die Vorstellung, dass seine Tochter eine andere Frau tot sehen wollte, weil ihre Fantasien um einen so gefährlichen, unberechenbaren Mann wie Philipp kreisten, einen Mann, dessen Pläne er im Geheimen zu durchkreuzen versuchte, war gelinde gesagt beunruhigend. Bemüht, seine Sorgen vorübergehend zu verdrängen, konzentrierte er sich auf den Teil, den er verstand. »Du hast die Königin nicht durch bloßes Wunschdenken umgebracht.«

»Woher willst du das wissen?«

»Ich weiß es. Ich dachte früher einmal, ich hätte meiner Schwester dasselbe angetan.«

Sie sah ihn überrascht an.

»Ich habe dir das nie erzählt, kaum jemand weiß davon. Aber das war der Grund dafür, dass mein Vater mich aus Schottland weggebracht hat, als ich ein Junge war; der Grund dafür, dass er seine Rittergelübde ablegte, und der Grund dafür, dass ich so viele Jahre versucht habe, in seine Fußstapfen zu treten.«

Jetzt hörte sie ihm aufmerksam zu.

»Meine Schwester Mary und ich waren Rivalen, ich stand ihr altersmäßig näher als meinen beiden älteren Schwestern. Außerdem war sie der Liebling meines Vaters, was alles nur noch schlimmer machte. Ich habe mir oft gewünscht, sie würde verschwinden, davonlaufen, einfach verloren gehen. Ob ich mir auch gewünscht habe, sie würde sterben, weiß ich nicht mehr, aber eines stand fest: Ich wollte weder mein Heim noch meinen Vater mit ihr teilen. Ich habe dir vor langer Zeit erzählt, meine Schwester wäre ertrunken. Was du nicht weißt, ist, dass ich die Schuld daran trage.« Will senkte den Kopf. Nach all diesen Jahren brachte er es noch immer nicht über sich, jemandem in die Augen zu sehen, wenn er dieses Geständnis ablegte. »Es war ein Unfall. Wir haben uns am See in der Nähe unseres Landgutes gestritten, und ich habe sie weggestoßen – fester, als ich es beabsichtigt hatte. Sie ist gestürzt und hart mit dem Kopf auf einem Fels aufgeschlagen. Ich habe versucht, sie zu retten, aber es gelang mir nicht. Dieses Unglück hat meine Familie auseinandergerissen. Im darauffolgenden Jahr brach mein Vater ins Heilige Land auf, und ich sah ihn nie wieder. Weder ihn noch meine Mutter.« Will meinte, einen Funken von Verständnis, wenn nicht gar Mitgefühl in Roses Augen aufblitzen zu sehen, aber er erlosch, ehe er sich seiner Sache sicher sein konnte. »Ich habe diese Schuld jahrelang mit mir herumgetragen und werde es vielleicht mein Leben lang tun. Aber lange Zeit hat sie alles beeinflusst, was ich tat; hat mich dazu gebracht, übereilte und falsche Entscheidungen zu treffen, und das alles nur, weil ich versucht habe, für mein Vergehen Buße zu tun. Doch ich habe ihren Tod nicht herbeigeführt, indem ich ihn herbeisehnte, sondern indem ich einen Unfall ausgelöst habe. Heute weiß ich das. Nur habe ich diesem Irrglauben so viel geopfert, dass ich es nicht ertragen könnte, wenn du denselben Fehler machst.« Er ergriff ihre Hände. »Trag diese Last nicht länger, sondern wirf sie ab. Deine Schuldgefühle, die Furcht, diese …« Er schüttelte den Kopf. »Diese hoffnungslose Liebe.«

Ihr Gesicht verschloss sich, als hätte sie eine Maske angelegt. »Hoffnungslos? Du glaubst, er könnte mich nicht lieben?«

»Rose, ich meine nur …«

»Bin ich zu hässlich, um geliebt zu werden?« Sie streifte den Ärmel ihres Gewandes hoch und entblößte ihre Narben.

»Zu hässlich?« Will stand auf. »Himmel, nein. Du bist schön.«

»Ich frage nur, weil du nämlich daran die Schuld trägst, *Vater.*« Sie streckte anklagend den Arm nach ihm aus. Ihre Augen waren jetzt trocken und kalt wie Marmor. »So wie du die Schuld am Tod deiner Schwester trägst.«

Als sie davonlief, griff er nach ihr, bekam aber nur ihren Schleier zu fassen, der zwischen seinen Fingern flatterte, während er zusah, wie seine Tochter im strömenden Regen verschwand und in seinem Inneren eine weitere Wunde aufklaffte.

Der Königspalast, Paris
30. Juni A.D. 1305

Rose lungerte im Gang herum und lauschte auf die Geräusche, die aus der Kammer des Königs kamen – ein rasches Zischen, gefolgt von einem Klatschen und einem scharfen Atemzug. Ihr Rücken schmerzte vom langen Stehen, ihre Hand umklammerte die Tür, damit sie in der durch die Fenster wehenden warmen Brise nicht zuschlug, trotzdem rührte sie sich nicht von der Stelle, wagte aber auch nicht, über die Schwelle zu treten. Jedes Mal, wenn sie Schritte im Gang hörte, neigte sie den Kopf und achtete ängstlich darauf, ob sie näher kamen, aber das taten sie nie. In den königlichen Gemächern herrschte in der letzten Zeit Stille.

Nach dem Tod ihrer Mutter verbrachten die Prinzen und Isabella den größten Teil ihrer Zeit mit ihrer Kinderfrau. Minister de Nogaret war geschäftlich auf Reisen, den königlichen Ratgebern wurde nur selten eine Audienz gewährt, die Palastbediensteten hatten gelernt, auf Zehenspitzen herumzuschleichen und nur ja nie ihre Stimmen zu erheben oder gar zu lachen. Der einzige Mensch, mit dem Philipp mehr als ein paar Stunden verbrachte, war sein Beichtvater, der übermäßig fromme Dominikaner Guillaume de Paris. Nachdem Marguerite und zwei andere Zofen den Palast verlassen hatten, um in die Dienste der Frauen der Brüder des Königs zu treten, erschien Rose der Schlafsaal unnatürlich still und leer. Nur sie selbst, Blanche und ein anderes Mädchen waren geblieben, um sich mit um die Kinder zu kümmern. Schon waren erste Gerüchte aufgekommen, der König gedenke bald wieder zu heiraten, aber Rose wusste, dass das das Letzte war, wonach Philipp der Sinn stand.

Während der letzten Monate hatte sie sich in seiner Nähe aufgehalten, wann immer es ihr möglich gewesen war, war in seine Gemächer geschlüpft, um die Kleider aufzuheben, die er achtlos zu Boden geworfen hatte, den ausgefransten Saum seines Lieblingsumhangs auszubessern und frische Blumen an sein Bett zu stellen. All dies hätten auch andere tun können, und sie bezweifelte, dass es ihm überhaupt auffiel, aber sie wollte – nein, musste es tun.

Trotz all ihrer Fantasien, die sich um seine Person rankten, lastete der Umstand, dass die Königin nun tatsächlich tot war, schwer auf ihr. Die geheimen Wünsche, die sie so lange unterdrückt hatte, begannen sich gegen sie zu wenden, Scham und Schuldgefühle brodelten in ihr und vergifteten sie innerlich. Beim Gottesdienst in der Sainte-Chapelle betete sie inbrünstiger als je zuvor; schloss die Augen erstmals seit Jahren in aufrichtiger Bußbereitschaft und nicht, um heimlichen Träumen nachzuhängen. Sie leistete dem König all ihre kleinen Dienste nicht, um seine Zuneigung zu gewinnen, sondern weil sie auf seine Vergebung hoffte – eine fruchtlose Hoffnung, wie sie wusste, da er von ihren Gedanken und Gefühlen nichts ahnte.

Rose zuckte zusammen, als hinter den Vorhängen der Privatkapelle erneut ein schmerzliches Grunzen erklang. Seine Atemzüge kamen rasch und abgehackt, im selben Rhythmus mit dem Zischen und Klatschen. Bei jedem Schlag krümmte sie sich innerlich, als habe er sie selbst getroffen. Endlich konnte sie es nicht länger ertragen, sie öffnete die Tür, trat ein paar Schritte in den Raum und blieb stehen, als ihr Blick auf ihr Bild in dem Spiegel neben seinem Bett fiel – stocksteif, die Hände vor dem Gesicht gefaltet, die Finger gegen die Lippen gepresst. Ein neuerliches Klatschen riss sie aus ihrer Erstarrung. Sie sah zu den schwarzen, mit dem Wappen Frankreichs bestickten Vorhängen hinüber, dann trat sie ohne zu zögern darauf zu und zog sie auseinander.

Philipp kniete vor dem Altar. Er trug keine Tunika, sein bloßer Rücken glänzte in dem Licht, das jetzt in die Nische fiel, rot vor Blut. In einer Hand hielt er eine Rosshaarpeitsche, der Boden ringsum sowie das weiße Altartuch waren mit Blutspritzern übersät. Sein Kopf fuhr zu ihr herum, seine Augen glänzten fiebrig.

Rose kauerte sich vor ihn, ihr dunkelblaues Kleid bauschte sich um sie. »Bitte, Sire«, flüsterte sie, dabei streckte sie eine Hand aus, um ihm die Peitsche abzunehmen. »Bitte hört auf.«

Philipp ließ zu, dass sie die Finger um seine Faust schloss, gab die Peitsche jedoch nicht frei. »Betest du für mich?« Seine Stimme klang heiser vor Schmerz.

»Jeden Tag, Sire.«

»Glaubst du, sie reichen aus – die Gebete meiner Untertanen?«

Rose schüttelte den Kopf. Sie verstand die Frage nicht.

Philipp starrte blicklos auf den Altar. »Mein Beichtvater sagt, wenn ich genug Buße tue, werde ich sie hören.«

»Was werdet Ihr hören, Sire?« Rose hatte ihre Hand nicht von der seinen gelöst. Beide verharrten in ihrer starren, unnatürlichen Pose. Die Brandnarben auf ihrem Arm leuchteten in dem fahlen Licht, das in die Kapelle strömte, ebenso rot wie seine Wunden. Der Geruch seines Blutes würgte sie in der Kehle.

»Die Stimme Gottes.« Philipp sah sie wieder an. »So viele große Männer, Päpste, Prinzen, Könige und Gelehrte haben von der Ekstase gesprochen, die sie erfüllt, wenn sie sich eins mit Gott fühlen und Seine Stimme wie eine Glocke in ihrer Seele erklingt. Mein Vater erzählte mir, mein Großvater hätte oft beschrieben, wie Gott ihn lenkt und leitet. Aber ich habe diese Stimme nie gehört.« Seine Brauen zogen sich zusammen. »Und wenn ich Gott nicht hören kann, muss das doch heißen, dass Er mich auch nicht hört, nicht wahr? Dass Ihn keines meiner Gebete erreicht hat?«

Rose hätte ihm gerne gesagt, er solle sich nicht so quälen. Auch zu ihr hatte Gott noch nie gesprochen, obwohl sie oft meinte, Er würde sie vom Himmel aus beobachten und über sie richten. Aber sie brachte keinen Ton über die Lippen; ihr leises Flüstern würde die hallenden Stimmen so vieler erlauchter Männer ohnehin nicht übertönen können.

Philipp schien jedoch gar keine Antwort zu erwarten, denn er redete weiter. »Und deswegen ist meine Königin jetzt tot. Ich habe zu Gott gebetet, Er möge Jeanne während meiner Abwesenheit beschützen und sie wieder gesund werden lassen, aber Er kann mich nicht gehört haben. Oder Er hat mich gehört und wollte mich bestrafen.«

»Nein, Sire, ich …«

»In meinem Namen sind furchtbare Dinge getan worden. Es wurde Blut vergossen, und mein Beichtvater sagt, ich kann nur dafür büßen, indem ich mein eigenes vergieße.« Philipp löste seine Hand aus der ihren und ließ die Peitsche wieder über seine Schulter schnellen. Das Rosshaar pfiff über seine blutige Haut.

»Bitte, Sire.« Rose griff erneut nach seiner Hand. »Ich werde für Euch beten. Ich werde Euren Namen preisen. Lasst Gott durch mich hören, dass Ihr Eure Sünden bereut.«

Er atmete schwer, sein Gesicht war mit einem feinen Schweißfilm überzogen, aber als sie an der Peitsche zog, lockerte er seinen Griff und ließ zu, dass Rose sie ihm entwand und auf den Boden legte. Dann kniete sie sich vor ihn, wobei ihr Kleid das Blut auf den weißen Steinen verschmierte, legte die Handflächen gegeneinander und begann zu beten.

Zuerst gingen ihr die Worte wirr im Kopf herum, dann fanden sie allmählich zu einem Rhythmus und flossen als zusammenhängendes, aus Versprechen, Bitten, Psalmenzeilen und wiederholten Vaterunsern über ihre Lippen. Sie betete inbrünstig und aufrichtig, nahm den hinter ihr knienden König, dessen Atem wieder kräftig und regelmäßig ging, kaum noch wahr. »*Vergib ihm seine Sünden, o Herr, so wie du uns die unseren vergibst.*«

»Jeanne hat mir einmal gesagt, dass sie dich entlassen wollte.«

Rose schrak zusammen. Sie war so in ihr Gebet vertieft gewesen, dass sie einen Moment lang meinte, Gott habe zu ihr gesprochen. Ihre Augen flogen auf, als sie spürte, wie Philipp sich hinter ihr bewegte.

»Sie sagte, du würdest mich begehren. Und deine Schwärmerei für mich wäre gefährlich.«

Rose presste die Hände so fest gegeneinander, dass ihre Arme zu zittern begannen.

»Ich lachte und sagte, sie solle nicht so töricht sein. Ich sagte, es wäre eine Schande, wegen solcher Mädchenfantasien eine so pflichteifrige Zofe zu verlieren. Ich überredete sie, dich um ihrer Bequemlichkeit halber zu behalten, aber in Wirklichkeit genoss ich deine Anbetung.« Sein Atem wehte über ihren Nacken. »Untertanen sollen ihren König lieben – auf welche Weise diese Liebe gezeigt wird, ist nicht von Belang. Ich freue mich, dass du für mich betest, Rose. Ich brauche deine Gebete.«

Rose spürte, wie sich seine Hände um ihre Oberarme schlossen. Sie wagte kaum zu atmen.

»Hör nicht auf«, murmelte er.

Sie schloss die Augen und versuchte weiterzusprechen, doch sie fand keine Worte mehr, weil sie von einer eigenartigen Beklommenheit überwältigt zu werden drohte.

»Majestät.«

Beide fuhren zusammen, als sie die Stimme hörten.

Guillaume de Nogaret stand in der Kammer hinter der Kapelle. Sein bleiches Gesicht wurde von den leicht offen stehenden schwarzen Vorhängen umrahmt. Der König erhob sich und ging in den Raum zurück. »Habt Ihr während Eurer Abwesenheit Eure Manieren vergessen, Nogaret?«, grollte er. »Warum habt Ihr nicht angeklopft?«

»Das habe ich ja, aber Ihr habt es nicht gehört, Sire.«

Auch Rose war aufgestanden. Nogarets Blick ruhte kalt und wissend auf ihr. Das Blut stieg ihr in die Wangen. »Sire«, flüsterte sie, neigte den Kopf und huschte aus der Kammer. Bevor sie die Tür schloss, hörte sie den Minister erneut das Wort ergreifen.

»Ich habe auf meinem Weg durch Frankreich vom Tod der Königin erfahren, und es tut mir unendlich leid…«

»Ich will nicht Euer Mitleid, Nogaret, sondern gute Nachrichten von Euch hören.«

»Dann werden Euch meine Neuigkeiten ein Trost sein, Sire. Wir haben uns zwei Drittel der Stimmen gesichert. De Got ist gewählt, er ist der neue Papst. Der Weg zu den Schätzen der Templer ist frei.«

30

In der Nähe von Bordeaux, Königreich Frankreich
14. November A.D. 1305

»Bist du sicher, dass das der richtige Weg ist?« Robert stellte sich in den Steigbügeln auf und blickte über die windgepeitschten Felder hinweg. Die Blätter an den Reben waren trocken und gelb, die Trauben schon lange geerntet und zu Wein verarbeitet. »Vielleicht hätten wir an der letzten Gabelung links abbiegen sollen.« Er musterte den hinter ihm reitenden, immer wieder über seine Schulter spähenden Will stirnrunzelnd. »Hörst du mir überhaupt zu?«

Will trieb sein Pferd vorwärts. »Bitte?«

Robert nickte zu den vier Männern hinüber, die ihre erschöpften Tiere auf sie zulenkten. »Du machst dir doch wohl nicht immer noch Sorgen?« Die Männer trugen dieselben dunklen Reitumhänge wie Robert und Will; diese Umhänge verdeckten ihre Kettenhemden vollständig. Als Will keine Antwort gab, stieß Robert zischend den Atem aus. »Was soll ich denn noch sagen, um dich zu überzeugen?«

»Ich bin erst überzeugt, wenn wir erreicht haben, weswegen wir hier sind.«

»Es sind gute Männer – alle. Ich kenne sie schon seit Jahren. Sie werden tun, was von ihnen verlangt wird.«

»Mir liegt eher daran, dass sie hinterher den Mund halten.« Will trieb sein Pferd erneut zu einem leichten Trab an, als die Männer näher kamen. Er bemerkte, dass zwei der Ritter sich leise unterhielten. Sie waren alle ungefähr zwanzig Jahre jünger als Robert und er, was Will mit leiser Wehmut erfüllte. Es war seltsam, sich nach so langer Zeit wieder in der Gesellschaft von Templern zu befinden. Keiner trug seinen Mantel, aber ihrem Verhalten merkte man an, dass sie eine Einheit bildeten, vor allem dann, wenn sie am Straßenrand knieten, um das Vaterunser zu beten, wenn sie ihr Brot teilten, Wasserschläuche kreisen ließen und einer Wache hielt, während seine Kameraden schliefen. Er hatte vergessen, wie es war, Teil einer so verschworenen Gemeinschaft zu sein, und er stellte fest, dass er dieses Gefühl vermisste.

»Sie haben sich zum Schweigen verpflichtet«, versicherte Robert ihm.

»Du hast ihnen gesagt, du würdest auf Befehl des Ordensmeisters von Frankreich handeln. Was, wenn sie ihm nach unserer Rückkehr nach Paris davon erzählen?«

»Sie befolgen meine Befehle, nicht seine. Aber wenn du dir solche Sorgen machst, solltest du ihnen vielleicht die Wahrheit sagen. Sie wissen, dass wir hier sind, um das Kind eines hiesigen Edelmannes zu retten. Was für einen Unterschied macht es denn schon, wenn wir ihnen sagen, wer dieser Edelmann ist und warum sich das Kind im Gewahrsam der französischen Krone befindet? Dann ist ihnen wenigstens klar, wie ernst die Situation ist und dass wir auf keinen Fall versagen dürfen.«

»Je weniger sie wissen, desto besser«, erwiderte Will. »Ich will nicht Gefahr laufen, dass Hugues irgendetwas erfährt – schon gar nicht von meiner Beteiligung an diesem Unternehmen.«

»Aha, jetzt kommen wir der Sache langsam auf den Grund.«

»Wie meinst du das?«

Robert vergewisserte sich, dass sich die Ritter noch immer außer Hörweite befanden. »Bei dieser Angst, irgendjemand sonst könnte von dem Plan des Königs erfahren, geht es eigentlich um Hugues, nicht wahr? Nur weiß ich nicht, ob du ihn nicht einweihen willst, weil du Angst hast, er könnte dich wegen Desertion bestrafen, wenn er hört, dass du wieder in Paris bist, oder ob du *ihn* auf diese Weise dafür bestrafen willst, dass er deinen Platz eingenommen hat. Egal was nun zutrifft – ich fürchte, du könntest dadurch dem Orden schaden.«

»Ich habe dir doch gesagt, warum ich nicht will, dass Hugues davon erfährt.«

»Falls unser Unternehmen fehlschlägt, wird uns vielleicht gar nichts anderes übrig bleiben, als ihm alles zu sagen«, murmelte Robert. »Der Erzbischof wird wahrscheinlich gerade jetzt gekrönt. Wenn es uns nicht gelingt, das Kind zu befreien, wird de Got alles tun, was der König von ihm verlangt – auch, ihm den Orden auf einer Silberplatte zu überreichen, daran hege ich keinen Zweifel.« Als Will nichts darauf erwiderte, sah Robert zu den Rittern hinüber. »Auch wenn es dir noch so widerstrebt, andere in diese Angelegenheit mit hineinzuziehen – alleine schaffen wir es nicht. Ich habe dir von Anfang an geraten, Simon einzuweihen, aber davon wolltest du ja auch nichts hören.«

»Zu dieser Entscheidung stehe ich immer noch.«

»Sei kein Narr, Will. Er kennt uns beide lange genug, um zu wissen, dass wir andere Wege beschreiten als die restlichen Ritter. Und er hat Everard und dir geholfen, das Gralsbuch zurückzuholen.«

»Er mag einen Verdacht hegen, aber das ist nicht dasselbe wie etwas sicher wissen.«

»Du hast mir gesagt, du willst die Anima Templi neu aufbauen.

Neue Mitglieder aufnehmen. Einer der Zwölf war schon immer ein Sergeant.«

»Ich will ihn nicht dabeihaben, und das ist mein letztes Wort.«

»Warum hast du dann ...«

»Hör zu.« Will drehte sich im Sattel um und maß Robert mit einem eindringlichen Blick. »Du weißt so gut wie ich, welche Gefahren der Beitritt zu unserem Zirkel mit sich bringt. Welche Opfer wir bringen müssen. Die Bruderschaft hat das letzte Jahrhundert im Schatten gewirkt. Wir haben gegen unsere Meister gearbeitet und Gelder des Ordens dazu benutzt, unsere Ziele zu verwirklichen – Ziele, die allen Regeln der Kirche und des Ordens widersprechen. Ziele, deretwegen wir alle hingerichtet werden könnten. Wir haben für unsere Sache unser Blut gegeben und das Blut anderer vergossen. Simon würde sich uns sofort anschließen, das weiß ich, aber nicht um der Sache willen, sondern meinetwegen. Er ist mir schon nach Schottland gefolgt und wäre dort beinahe gestorben, und seinen Tod will ich nicht auf dem Gewissen haben. Er wird in Kürze zum Stallmeister befördert werden, und ich möchte, dass er den Herbst und vielleicht auch den Winter seines Lebens hier in diesem Ordenshaus zubringt. Seiner Heimat. Das ist ein Teil unseres Tuns – wir sorgen dafür, dass Männer wie Simon ein Heim und eine Zukunft haben.«

Sie ritten schweigend weiter. Der Wind wehte klagend über die kahlen Felder hinweg.

»Hast du immer noch vor, nach Lyon zu gehen, wenn wir Erfolg haben?«, fragte Robert endlich.

»Ja. Ich muss de Got mitteilen, dass sein Sohn in Sicherheit ist. Bis er das nicht weiß, besteht die Gefahr, dass er alles tut, was Philipp von ihm verlangt. Und ich muss mich beeilen. Die Reise dauert mindestens zwei Wochen.«

»Vielleicht sollte ich oder einer der anderen gehen. Der König, seine Minister, Rose ... sie alle glauben, du würdest dich mit Wallace treffen. Sie werden alle an de Gots Krönung teilnehmen. Was, wenn dich jemand sieht?«

»Rose wird nicht dabei sein«, sagte Will ruhig. »Ich habe den König gebeten, sie in Paris zu lassen; ich sagte, ich würde mir Sorgen um ihre Gesundheit machen.« Er schielte zu Robert hinüber. »Ich weiß, dass es lange her ist, seit du mit ihr gesprochen hast, aber hat sie da …«

Robert wandte den Blick ab, als Will verstummte. »Hat sie was?« Leichte Verlegenheit schwang in seiner Stimme mit.

»Hat sie von ihren Gefühlen für den König gesprochen?«

»Hegt sie denn welche für ihn?«

»Dort.« Will deutete plötzlich auf eine große Eiche in einem braunen Feld, hinter dem sich zwei Hügel erhoben. »Genau wie de Got es beschrieben hat. Wir sind auf dem richtigen Weg.« Er brachte sein Pferd zum Stehen und glitt aus dem Sattel. »Wir müssen die Pferde irgendwo verstecken. Von hier aus gehen wir zu Fuß weiter.«

Robert bedeutete den Rittern hinter ihm, gleichfalls abzusteigen. »Es wundert mich, dass sie das Kind im Haus behalten haben.«

»Es ist abgelegen, man kann sich selbst versorgen – ein perfektes Gefängnis. Der Einzige, der davon weiß, ist Bertrand de Got, und gerade er hat ihrer Meinung nach allen Grund, niemandem etwas zu verraten. Tut er es, gibt er sein Geheimnis preis und bringt sich und das Kind gleichfalls in Gefahr. Er hat es uns ja auch nur gestanden, weil wir wussten, dass der König ihn unter Druck setzt.«

Robert sprang aus dem Sattel, als die Ritter näher kamen. »Es bleibt also dabei? Wir dürfen keinen der Bewacher am Leben lassen?«

»Nein, sie könnten uns später identifizieren. Wir haben keine andere Wahl.«

»Ich dachte, wir hätten während der Kreuzzüge genug Tote gesehen.«

Will starrte über den vor ihm liegenden Pfad hinweg. »Ich fürchte, dies ist nicht das letzte Blut, das wir vergießen müssen, bis alles vorüber ist.«

Lyon, Heiliges Römisches Reich
14. November A.D. 1305

Bertrand de Got umklammerte die Thronlehne und hatte Mühe, das päpstliche Kreuz nicht fallen zu lassen, als die Sänfte gefährlich zu schwanken begann, weil die Träger immer wieder von der Menge unsanft angestoßen wurden. Der Lärm war ohrenbetäubend. Bertrand war dankbar für den steifen Baldachin, der ihn von drei Seiten her abschirmte. Von überallher wurden Blumen und Blättersträuße auf die Sänfte geworfen, doch der etwas dumpfere Aufprall, mit dem einige dieser Gaben den Stoff trafen, verriet ihm, dass ihm nicht alle Schaulustigen freundlich gesinnt waren. In seinem Magen wütete ein Feuer, bittere Säure stieg ihm in die Kehle, dennoch fuhr er fort, gemessen zu lächeln und ab und an den Zuschauern zuzuwinken, die die Straße zur Kathedrale säumten. Sie warteten auch überall entlang den Ufern der Saône, um einen Blick auf den neuen Vikar Gottes in seinen prunkvollen Zeremoniengewändern zu werfen. Tausende waren gekommen, um zu sehen, wie einer der Ihren, ein Sohn Frankreichs, mit der Papsttiara gekrönt wurde. Viele stammten aus Bordeaux und der Gascogne; sie drängten sich gegenseitig beiseite, um besser sehen zu können, sodass sich Bertrand an ein sturmgepeitschtes Meer erinnert fühlte. Immer wieder riefen sie den Namen, den er bei seiner Wahl angenommen und an den er sich noch immer nicht richtig gewöhnt hatte.

Clemens V.

Aus so vielen klaffenden Mündern zugleich gerufen klang er wie ein unheiliges Gebrüll.

Dunkle Wolken jagten über die Stadt Lyon hinweg, dazwischen blitzte immer wieder der blaue Himmel auf. Sonnenstrahlen verwandelten den Fluss in ein silbernes Tuch, verschwanden wieder und ließen das Wasser tintenschwarz schimmern. Bertrands Hand mit dem Kreuz war unter dem seidenen Handschuh schweißnass, und unter seinem Gewand fühlte sich sein Körper trotz des eisigen Novemberwindes erhitzt an, und die Haut prickelte unangenehm. In der Ferne konnte er die weißen Türme der Kathedrale erkennen, hinter der der große Hügel aufragte. Der König von Frankreich und die Kardinäle des Heiligen Kollegiums würden ihn dort erwarten. Aber inmitten all dieses Prunks und Pomps, trotz der Erhabenheit des Augenblicks konnte Bertrand nur an seinen Sohn denken.

Er hatte Raoul vor neun Monaten zuletzt gesehen. Nein, Monate waren seit dem Treffen mit dem König in jenem roten Zelt außerhalb von Bordeaux verstrichen. Während dieser Zeit hatte er kaum geschlafen, hatte ständig zwischen Wut, Verzweiflung und Hoffnung geschwankt. Heute überwog die Hoffnung. Er würde gekrönt werden, und Campbell würde entweder tun, was er geschworen hatte, oder er, Bertrand, würde dem König geben, was er und sein heimtückischer Minister wollten. Diese Entscheidung hatte er an dem Tag getroffen, an dem sie mit ihren Forderungen und Drohungen zu ihm gekommen waren. Was auch immer geschah, er würde Raoul nicht opfern, selbst wenn er dafür den furchtbaren Preis zahlen musste, an seiner Stelle die Männer zu opfern, die seinen Traum von der Befreiung Jerusalems wahr werden lassen konnten. Es gab andere Soldaten, die das Kreuz nehmen konnten. Aber er würde nie wieder einen anderen Sohn haben. Ein anderes Wunder.

Vor ihm war das Gewimmel dichter. Die Straße wurde schmaler, war zwischen dem Flussufer und der mächtigen Mauer eines Klosters eingezwängt. Hunderte von Menschen drängten sich hier und wurden von königlichen Leibwächtern zurückgehalten. Viele waren auf die Mauer geklettert. Die Jubelrufe erstarben hinter ihm, hier klang der Lärm der Menge anders, tiefer und lauter. Bertrand schlug die Augen auf. Protestrufe drangen an sein Ohr. Erst dachte er, sie gälten den Wächtern, die den Leuten den Weg versperrten und sie zurücktrieben, um Platz für die Prozession zu schaffen. Doch als sie näher kamen, erkannte er, dass die aufgebrachten Menschen alle in seine Richtung blickten. Hunderte von Fäusten wurden geschüttelt.

»Falscher Papst!«, skandierte die Menge. »Falscher Papst!«

Sie schrien die Worte auf Französisch, doch selbst in dem Getöse konnte Bertrand hören, dass dies nicht ihre Muttersprache war. Hier und da fing er Wortfetzen einer anderen Sprache auf, die ihm entgegengeschleudert wurden wie zuvor die Blumen. Es dauerte nicht lange, bis er zu dem Schluss kam, dass es Italienisch war. Er wusste, dass seine Wahl in Italien Unruhen ausgelöst hatte; viele glaubten, die Kardinäle seien gezwungen worden, für ihn zu stimmen. Die Menschen dort wussten von Bonifaz' gewaltsamer Festnahme und den darauf folgenden Forderungen des Königs, ihn posthum als Ketzer zu brandmarken und seine sterblichen Überreste exhumieren und verbrennen zu lassen. Zugleich rankten sich immer mehr Gerüchte um Benedikts vorzeitigen Tod. De Got konnte den Leuten daraus keinen Vorwurf machen; er wusste, dass die Gerüchte der Wahrheit entsprachen. Aber trotzdem traf ihn diese so direkt auf seine Person gerichtete Wut bis ins Mark und ließ ihn innerlich erbeben.

Als sich die Sänfte durch die schmale Lücke zwängte, die die königliche Leibwache in dem Menschengewühl geschaffen hatte, prallten ein oder zwei wesentlich schwerere Gegenstände gegen den Baldachin. Die Sänfte kippte zur Seite, als einer der Träger von einem Stein am Kopf getroffen wurde und zu Boden stürzte. Die anderen Träger beschleunigten ihre Schritte, die Menge wogte ebenfalls vorwärts. Bertrand sah, wie ein Wächter einem Mann den Griff seines Schwertes ins Gesicht rammte. Blut spritzte auf, dann verschwand der Mann unter den ringsum erhobenen Fäusten. Ein weiterer folgte ihm, dann noch einer, als die Wächter begannen, mit ihren Schilden auf die vordersten Reihen einzuschlagen und dabei Finger zerquetschten und Kiefer brachen.

Die rücksichtslose Gewaltanwendung versetzte die Menge in Panik. Die Menschen versuchten zurückzuweichen, fort von ihren Peinigern, stießen sich dabei gegenseitig zu Boden und trampelten dann achtlos über die Gestürzten hinweg. Die Männer und Frauen an der Mauer schrien vor Angst und Schmerz, weil sie zerquetscht zu werden drohten. Die oben auf dem Rand Sitzenden versuchten Freunde und Familienangehörige zu sich hinaufzuziehen und in Sicherheit zu bringen, doch die Mauer konnte so viel Gewicht nicht standhalten. Überall begannen Steine abzubröckeln und sich zu lösen. Ein Mann glitt aus und stürzte mit einem Schrei in einem Geröllregen in das Gewühl unter ihm. Es kam zu immer weiteren dumpfen Aufschlägen und Schreien, lauter und lauter, bis ein unheimliches Rumpeln erklang, das sich zu einem Donnern steigerte, als die Mauer in einer Wolke von Staub und Trümmern in sich zusammenstürzte. Markerschütternde Schreie zerrissen die Luft. Bertrand de Got schloss die Augen und versuchte die furchtbaren Geräusche hinter sich zu ignorieren, während seine Träger sich beeilten, ihn aus diesem Chaos fortzuschaffen. Seine Eingeweide brannten, und das Gesicht seines Sohnes stand verzerrt vor seinen Augen.

In der Nähe von Bordeaux, Königreich Frankreich
14. November A.D. 1305

Ponsard stapfte über den Hof und fluchte, als seine Stiefel im Matsch ausglitten. Er stopfte sich ein Stück Brot in den Mund und wischte sich die Krümel vom Kinn, während er auf den Stall zuging und sich dabei immer wieder verstohlen umsah. Es war später Nachmittag, das Licht wurde schwächer, die Fensterläden des Hauses hinter ihm waren geschlossen. Vor der Stalltür blieb er stehen und blinzelte in den Schatten. Es roch nach feuchtem Stroh und Mist. Sein Blick fiel auf eine schmale Gestalt, die auf einem Schemel kauerte und eine Ziege molk.

Als er sich unter der Tür hinwegduckte, fuhr die Gestalt erschrocken herum. »Nein, Marie«, zischte Ponsard, als sie aufsprang. Er bedeutete ihr, sich wieder hinzusetzen, und durchquerte den Stall. Seine schweren Schritte wurden von dem Stroh gedämpft. Ein paar Ziegen in einem Pferch unter dem Heuboden meckerten nervös. »Lass dich von mir nicht stören«, beharrte er, dabei lehnte er sich gegen einen Pfahl, an dem ein Zaumzeug an einem Haken hing.

Marie beugte sich steif vor und griff unter das Tier.

Ponsard sah mit einem verkniffenen Lächeln zu, wie sie die Zitzen bearbeitete. Ein Milchstrahl ergoss sich in ihren Eimer. Ihr Kleid wurde allmählich fadenscheinig, unter den Armen war es schon fast durchsichtig. Er konnte ihre Rippen zählen. Yolande hatte gebeten, in Bordeaux Vorräte einkaufen zu dürfen, aber Gilles war kein Narr. Er war der Einzige von ihnen, der während der letzten neun Monate in die Stadt gegangen war, und auch das nur selten, manchmal, um ihren Lebensmittelbestand aufzustocken, und einmal, um sich mit einigen von König Philipps Männern zu treffen.

Ponsard stieß sich von dem Pfahl ab, um besser sehen zu können. Ihm fiel auf, wie angespannt sie war und wie weiß und blass ihre Finger schimmerten. Sein Mund wurde trocken. Er trat hinter sie.

»Bitte, Monsieur«, flüsterte sie.

»Mach kein Theater, Mädchen«, murmelte er, als sie vor seiner Berührung zurückwich. »Du weißt, dass ich das nicht mag.« Seine tellergroßen Pranken wanderten von ihren Schultern zu ihren kleinen Brüsten, die er gierig umklammerte und knetete. »Dreh dich um«, befahl er heiser vor Erregung. Sie begann zu schluchzen, tat dann aber, wie ihr geheißen, und rutschte auf dem Schemel herum. Ponsard begann seine Hose aufzuschnüren. Mit seiner freien Hand packte er ihr Kinn und brachte ihren Kopf in die richtige Position, hielt aber inne, als er hinter sich ein Geräusch hörte. Erschrocken fuhr er herum, rechnete damit, Gilles oder einen der anderen in der Tür stehen zu sehen. Aber es war niemand da.

Ponsard zog seine Hose ungeschickt wieder hoch. Nachdem er einen Finger warnend an die Lippen gelegt hatte, um Marie am Schreien zu hindern, schlich er zum Eingang. Er ärgerte sich über sich selbst. Es war unvorsichtig gewesen, das Mädchen am helllichten Tag zu überrumpeln. Wenn Gilles wüsste, dass er seinen Posten verlassen hatte, würde er ihn kreuzigen lassen. Ponsard spähte vorsichtig über den Hof zum Haus hinüber. Hinter den Ritzen der Fensterläden schimmerte Kerzenlicht, aber der Hof war leer. Einen Moment lang zögerte er unschlüssig. Er wusste, dass er zu seinen Pflichten zurückkehren musste. Mit dem Mädchen konnte er sich später befassen, wenn alle schliefen. Doch seine Begierde trieb ihn schließlich in den Stall zurück.

Langsam trat er auf Marie zu und öffnete dabei mit einer Hand erneut seine Hose. Das schrille Meckern der Ziegen übertönte die Schritte, die sich ihm rasch und leise von hinten näherten. Als sich die Augen des Mädchens weiteten, führte er das auf ihre Angst vor ihm zurück. Den im Dämmerlicht aufblitzenden Dolch bemerkte er erst, als er ihm die Kehle durchtrennte.

Will ging rasch zu dem wie erstarrt auf dem Schemel sitzenden Mädchen hinüber. Als sie die Lippen öffnete, um einen gellenden Schrei auszustoßen, legte er ihr eine Hand auf den Mund und kauerte sich vor ihr nieder. »Hab keine Angst. Wir tun dir nichts.« Ihr Blick wanderte von ihm zu dem toten Ponsard, der in einer Blutlache auf dem Boden lag. Robert hatte seinen Dolch in die Scheide zurückgeschoben und packte den Mann bei den Armen. Die anderen vier Ritter halfen ihm, ihn unter den Heuboden zu schieben, einer streute Stroh über das Blut. »Wie ist dein Name?« Will zog seine Hand vorsichtig weg.

»Marie.«

Will lächelte ihr aufmunternd zu. »Erzbischof de Got hat von dir gesprochen. Hör mir gut zu, Marie. Wir sind hier, um den Jungen zu befreien – Raoul. Dabei könnte ich deine Hilfe brauchen.«

Sie schüttelte den Kopf, hob eine zitternde Hand und presste sie auf den Mund. Ihr Blick war wieder auf den Wächter gerichtet. Robert und die anderen nahmen ihm seine Waffen und die rote und blaue Tunika ab. Die goldene Lilie auf der Brust war jetzt schwarz vor Blut. Das Mädchen erhob sich unsicher. Will hinderte sie nicht daran, auf den Toten zuzugehen.

Marie blieb neben ihm stehen, schlang die Arme um den Oberkörper und starrte auf die klaffende Wunde in seinem Hals. Dann beugte sie sich vor und spuckte auf ihn. Nachdem sie sich den Mund abgewischt hatte, wandte sie sich wieder an Will. Ihr Gesicht war blass, aber gefasst. »Was soll ich tun?«

»Wie viele andere Wächter sind noch hier?«

»Sieben. Ihr Hauptmann heißt Gilles.«

»Sind sie alle im Haus?«

Marie nickte. »Ponsard sollte draußen Wache stehen, aber …« Sie sah auf den Toten hinab und sog tief den Atem ein. »Gilles und die anderen werden jetzt im unteren Stockwerk darauf warten, dass Yolande ihnen ihr Essen bringt. Raoul bleibt meistens in seinem Zimmer. Sie sehen es nicht gern, wenn er das Haus verlässt.«

»Sehr gut.« Will vergewisserte sich mit einem raschen Blick, dass Robert und die restlichen Ritter die Worte gehört hatten. »Das hast du gut gemacht, Marie. Nur eines noch.« Er deutete in den dunkler werdenden Hof hinaus und setzte ihr rasch auseinander, was sie zu tun hatte.

Marie hörte ihm mit furchterfülltem Gesicht zu, nickte aber.

Wills Lächeln erstarb, als sie aus dem Stall huschte. Er trat zu Robert und den anderen. »Jean.« Er winkte einen der Templer zu sich. »Versteck dich im Hof. Wenn die Wächter aus dem Haus kommen, schleichst du dich hinein. Suche Raoul. Was auch immer geschieht, bring das Kind lebend dort heraus. Verstanden?«

Jean sah Robert an. Der Ritter nickte. »Du hast deine Befehle gehört.«

»Ihr anderen verbergt euch ebenfalls«, wies Will die restlichen Ritter an, als Jean den Stall verließ. »Robert, du kommst mit mir.« Er sah Robert ernst an, als sie zur Tür gingen. »Dass dieser Ponsard seinen Posten verlassen hat, war ein Glücksfall. Hoffentlich bleibt uns das Glück auch weiterhin hold.«

Im Haus ertönten Rufe, und sie hörten Maries ängstlich erhobene Stimme.

»*Es ist jemand im Stall! Bitte kommt schnell!*«

Robert hob sein Breitschwert. »Wir brauchen kein Glück.«

Die beiden Männer bezogen ein Stück vom Eingang entfernt einander gegenüber Position. Ihre dunklen Umhänge ließen sie mit den Schatten verschmelzen. Auf ihren mit Kampfnarben übersäten und von Falten durchzogenen Gesichtern – eines bärtig, das andere glatt rasiert – lag ein Ausdruck grimmiger Entschlossenheit.

Auf Maries Angstschrei folgten schwere Schritte, die über den Hof stampften.

»Wer ist da?«, erklang eine raue Stimme. »Zeig dich!« Die Stimme wurde schwächer, offenbar hatte sich der Sprecher umgedreht. »Du da! Such Ponsard. Frag ihn, ob er irgendjemanden gesehen hat.«

Wills Hand schloss sich fester um den Griff seines Schwertes, als die Schritte eines Fußpaares draußen verhallten.

Einen Moment später erschien eine Gestalt im Eingang. Etwas Rotes und Blaues leuchtete im Dämmerlicht.

»Das Mädchen kann sich auch geirrt haben, Gilles«, ertönte eine Stimme hinter der Gestalt. »Vielleicht war es ein Tier.«

»Sie hat gesagt, sie hat einen Mann gesehen«, murmelte Gilles, ohne sich von der Stelle zu rühren. »Zur Hölle mit dieser Finsternis! Man kann ja nicht die Hand vor Augen sehen!« Er trat einen Schritt vor, blieb erneut stehen und blickte sich nach allen Seiten um. Die Ziegen meckerten ohrenbetäubend. »Wenn du jetzt herauskommst, geschieht dir nichts.« Gilles drang weiter in den Stall vor und nahm Kampfhaltung ein. Zwei seiner Kameraden folgten ihm, dann ein dritter. Sie verteilten sich im Stall.

Ein Mann schwenkte nach rechts ab, trat gegen einen Heuballen und stieß dann einen Alarmruf aus, als etwas auf ihn zugeschossen kam. »Hölle und Teufel!«, fluchte er mit einem erleichterten Lachen, als eine Ziege aus dem Stall in den Hof hinausfegte.

»Alles in Ordnung?« Ein vierter Wächter gesellte sich zu ihnen.

Sein Kamerad drehte sich um. »Ich …« Die Worte erstarben ihm in der Kehle, als sich ein wesentlich größerer Schatten mit funkelnden Augen aus der Dunkelheit löste. Er hob sein Schwert gerade noch rechtzeitig, um einen wuchtigen Hieb abzufangen.

Will biss die Zähne zusammen, als die Klingen aufeinanderprallten. Sein Gegner duckte sich kampfbereit, als ringsum Schreie erschollen. Der fünfte Wächter eilte seinen Kameraden zu Hilfe.

»Nein!«, rief Gilles, der erbittert auf einen Templer einhieb. »Hol das Kind!«

Der Mann verschwand. Will begann seinen Gegner zu umkreisen, der genau wie er selbst ein Kettenhemd unter seinem langen Überwurf und Kettenhandschuhe trug. Zweifellos schützten auch metallene oder lederne Schienen seine Beine. Keiner von ihnen hatte jedoch einen Schild. Will hatte den Rittern befohlen, diese bei den Pferden zurückzulassen. Die Templerschilde waren zu groß und zu unhandlich; sie behinderten ihre Träger nur, wenn diese sich rasch und geräuschlos zu Fuß bewegen mussten. In Schottland hatte er gelernt, sich mit dem kleineren Rundschild zu behelfen, den die Infanterie einsetzte.

Der Wächter vollführte plötzlich einen Angriff auf seine rechte Seite. Der Hieb war so linkisch angesetzt, dass Will ihn sofort als Finte erkannte. Wie er es vorausgesehen hatte, wurde das Schwert im letzten Moment nach links gerissen. Er beschrieb mit seiner Waffe einen weiten Bogen, parierte den Hieb und trat dem Mann gleichzeitig mit voller Kraft in den Rücken. Als sein Gegner sich vor Schmerz krümmte, trieb Will ihm sein Schwert in den Nacken. Die Klinge fraß sich bis zur Hälfte ins Fleisch und blieb dann in den dicken Muskeln stecken. Als Will es herausriss, sank der Mann mit einem blutigen Gurgeln auf die Knie und ließ seine Waffe fallen. Er tastete nach der klaffenden Wunde, doch im nächsten Moment tötete Will ihn auch schon mit einem mächtigen, zweihändig geführten Streich seines Breitschwerts.

Als er Schritte hinter sich hörte, fuhr er herum und sah sich Gilles gegenüber. Der Hauptmann griff augenblicklich an. Will erkannte rasch, dass der Mann ein ausgezeichneter Kämpfer war. Die blitzende Klinge schien aus allen möglichen Winkeln auf ihn zuzusausen. Sie traf erst seinen Nacken, dann seine Schenkel, pfiff an seiner Kehle und Leistengegend vorbei, drohte ihm die Seite aufzuschlitzen. Will vergass alles andere um sich herum, achtete nicht auf das Grunzen und Keuchen der anderen, sondern konzentrierte sich nur darauf zu verhindern, dass Gilles' Schwert seine Deckung durchbrach und ihn tötete. Fast jeder von Gilles' machtvollen Hieben riss winzige Metallsplitter aus beiden Klingen, die funkensprühend zwischen ihnen aufstoben. Innerhalb kürzester Zeit triefte Will vor Schweiß, und die Muskeln seines Schwertarms verkrampften sich bei jeder Parade und jedem Gegenangriff stärker.

Gilles' Züge glichen einer starren, konzentrierten Maske, doch als sie einander auf den Stalleingang zutrieben, fiel das graue Zwielicht auf Wills Gesicht, und die Augen des Hauptmanns weiteten sich. »Ich habe Euch gesehen«, keuchte er. »Im Palast.« Er holte aus. »Zusammen mit dem König!«

Er war nur einen kurzen Augenblick lang abgelenkt, doch das genügte Will, um mit seinem Schwert einen weiten Bogen über den Kopf des Gegners zu beschreiben und es dann niedersausen zu lassen. Der Hieb hätte Gilles' Schädel gespalten, wenn er sein Ziel getroffen hätte, doch Gilles hatte sich schon von seiner Überraschung erholt und riss seine eigene Klinge hoch. Die beiden Schwerter bildeten ein Kreuz in der Luft, als sie aufeinandertrafen, dann packte Gilles mit einem wütenden Fauchen mit seiner freien, von dem Kettenhandschuh geschützten Hand den Schaft seiner Waffe und drückte Wills Schwert zur Seite. Die Klingen rieben sich knirschend aneinander, dann gelang es Gilles, sein Schwert zu drehen und Will aus dem Gleichgewicht zu bringen.

Als dieser zur Seite taumelte, hob Gilles seine Waffe und rammte Will den Griff in das Gesicht.

Als seine Nase brach und Tränen ihn blendeten, spürte Will einen leichten Luftzug. Er wappnete sich innerlich für den tödlichen Streich, hörte Stahl auf Kettengeflecht treffen und eiserne Ringe klirrend zerspringen, dann einen hohen keuchenden Laut und schließlich einen dumpfen Aufprall. Einen Moment lang dachte er, wegen des Schmerzes in seiner Nase gar nicht gespürt zu haben, wie sich die Klinge in seinen Leib bohrte. Aber als er sich die Tränen aus den Augen wischte und zur Seite torkelte, sah er Gilles vor sich auf den Knien liegen. Roberts Schwert ragte aus seinem Rücken. Robert riss die Klinge zurück, und der Hauptmann kippte vornüber ins Stroh.

Will ließ seinen getrübten Blick durch den Stall wandern und stellte fest, dass alle königlichen Leibwächter niedergestreckt worden waren. Allerdings lehnte einer der Templer mit schneeweißem Gesicht an der Stallwand und umklammerte mit einer Hand seine Schulter. »Mir nach«, befahl er den Unverletzten. »Zwei sind noch übrig.« Er nickte Robert zu, als sie in den Hof hinaustraten. »Danke.«

»Ich wollte vermeiden, dass du mir die ganze harte Arbeit hinterlässt.«

»Gute Idee.« Will presste einen Finger gegen ein Nasenloch, um Blut aus dem anderen hinauszuschnauben. »Das wäre unser aller Ende gewesen.«

Sie erstarrten, als die Tür des Hauses aufgestoßen wurde. Doch im Kerzenlicht, das sich in den Hof ergoss, erschien Jean mit drohend vorgestrecktem Schwert. Ihm folgte Marie, die einen verängstigten Jungen an sich drückte.

»Hast du die beiden Wächter überwältigt?« Will ging auf den Ritter zu.

»Die beiden?« Jean schüttelte den Kopf. »Da war nur einer, der versucht hat, den Jungen zu holen.«

Sie drehten sich um, als sie Schritte hörten. Eine große, korpulente Frau, die ein Küchenmesser schwenkte, kam um die Hausecke. Ihr Atem ging schwer. »Dem Herrn sei Dank! Dem Herrn sei Dank, dass Ihr gekommen seid!« Sie spähte zum Stall hinüber. »Sind sie …« Als Will nickte, beugte die Frau sich vor. »Ich habe versucht, den anderen aufzuhalten, aber er hat sein Pferd genommen und ist geflohen.«

Robert trat zu ihnen. »Einer ist entkommen?« Er warf Will einen besorgten Blick zu. »Kann er uns gesehen haben?«

»Ich glaube nicht. Aber trotzdem …« Will murmelte einen unterdrückten Fluch und schob sein Schwert in die Scheide zurück. »Ich hatte gehofft, mir würde mehr Zeit bleiben, um unsere Spuren zu verwischen.«

Die Kathedrale von Lyon, Heiliges Römisches Reich
30. November A.D. 1305

Philipp betrat die Kammer und streifte seine Handschuhe ab. »Ihr könnt gehen«, befahl er den bei der Tür stehenden Dienern knapp. Dann starrte er die gekrümmt auf einem Stuhl unter dem Fenster sitzende Gestalt an. Sein Gesicht verzog sich zornig, aber er wartete, bis die Tür wieder geschlossen war, ehe er das Wort ergriff. »Ihr lasst mich zwei Wochen lang warten und empfangt mich dann so? Keine Verneigung, keine Begrüßung? Warum habt Ihr mein Gesuch um eine Audienz abgelehnt?« Als sich die Gestalt weder rührte noch umdrehte, ging Philipp auf sie zu. »Die Kardinäle sagten mir, Ihr wärt krank und nicht in der Lage gewesen, Besucher zu empfangen. Aber ich sehe keine Zeichen von Fieber an Euch.« Noch immer drehte sich der Mann nicht um. »Antwortet mir, de Got! Warum habt Ihr mich abweisen lassen?«

Der Mann erhob sich langsam vor dem Hintergrund des feurigen Sonnenunterganges hinter dem Fenster, hob den Kopf und sah den König an. »Ich bin nicht mehr Bertrand de Got. Ich bin

Papst, und Ihr werdet mir gegenüber einen respektvollen Ton anschlagen.« Die Augen des Königs loderten vor Zorn, doch der Papst sprach unbeirrt weiter. »Die Kardinäle haben die Wahrheit gesagt. Ich war krank. Falls das Eure Pläne durchkreuzt hat, bitte ich dafür um Entschuldigung.«

Philipp zögerte. Das Auftreten des neuen Papstes brachte ihn aus der Fassung. Er meinte mit einem völlig anderen Menschen zu sprechen. Das war nicht mehr der schwächliche kleine Mann, der verängstigt und eingeschüchtert in sein Zelt vor Bordeaux geführt worden war; der Mann, der bei der Nachricht, dass sein Bastardsohn gefangen gehalten wurde und getötet werden würde, wenn er ihre Forderungen nicht erfüllte, zusammengebrochen war. Der Mann vor ihm war auf der Hut, das verrieten seine gerade, aber steife Haltung und die fest gegen die Seiten gepressten Hände. Doch trotz seiner offenkundigen inneren Anspannung wirkte Bertrand de Got stärker, gefestigter und entschlossener, als Philipp ihn je gesehen hatte. Dieser Umstand flößte ihm Unbehagen ein. Traten diese Männer durch die Besteigung des Papstthrons in eine direkte Verbindung mit Gott? Wurden sie von einer Art heiliger Macht durchdrungen, die ihnen göttliche Kraft verlieh?

Philipp räusperte sich und trat einen Schritt vor. Er hatte auf einmal Angst, in diese dunklen, unerschrockenen Augen zu sehen; fürchtete, es könne ihm daraus etwas weit Größeres und Furchtbareres entgegenblicken, als er es sich in seinen schlimmsten Träumen je hätte ausmalen können. Jetzt verwünschte er sich dafür, Nogaret nach der Zeremonie nach Paris zurückgeschickt zu haben, aber Unruhen wegen der neuen Steuern hatten zu gewalttätigen Ausschreitungen in der Stadt geführt, und der Minister sollte dafür sorgen, dass wieder Ruhe einkehrte. »Ich nehme Eure Entschuldigung an«, sagte er kühl. »Aber nun, da es Euch wieder gut geht, muss ich darauf bestehen, dass Ihr den Verpflichtungen nachkommt, die Ihr vor Eurer Wahl eingegangen seid.« Philipp hielt inne, um sich an den Rat zu erinnern, den Nogaret ihm gegeben hatte. »Als Erstes und Wichtigstes werdet Ihr Großmeister Jacques de Molay aus Zypern zurückrufen. Wir brauchen den Kopf des Ordens, wenn wir seinen Leib vernichten wollen. Nach de Molays Ankunft im Westen werden wir in Paris eine Versammlung der drei Stände einberufen, deren Vertreter Ihr vorher schriftlich instruieren werdet. Ihr werdet verkünden, dass der Templerorden von keinerlei Nutzen für das Reich mehr ist und dass er mit seinen fruchtlosen Versuchen, das Heilige Land zurückzugewinnen, das Volk und das Papsttum über Gebühr belastet. Ihr werdet darauf hinweisen, dass die Reichtümer des Ordens besser dazu verwendet werden, statt im Osten hier im Westen Frieden zu schaffen, dass die Bürger Frankreichs davon profitieren werden, weil die Steuern gesenkt und unsere Grenzen gesichert werden. Dann werdet Ihr gemäß Eurem gottgegebenen Recht den Templerorden auflösen und all seinen irdischen Besitz der Krone übertragen.«

Schweigen folgte auf seine Worte. Stirnrunzelnd machte Philipp, der sich fragte, ob Clemens ihm überhaupt zugehört hatte, Anstalten, noch etwas hinzuzufügen, doch der Papst kam ihm zuvor.

»Seid Ihr fertig, Sire?«

Angesichts des schneidenden Tons vertieften sich die Furchen auf Philipps Stirn. »Ja, ich bin fertig, aber …«

»Das ist gut, Sire, denn ich bin auch fertig, und zwar mit Euch. Ich bin es leid, von Euch und dieser Giftschlange Guillaume de Nogaret schikaniert zu werden; ich bin es leid, unter Druck gesetzt und bedroht zu werden. Ich bin Papst, der Vikar Christi und Gottes Stimme auf Erden – und nicht länger Eure Marionette! Ich werde Eure Forderungen nicht erfüllen, und ich erkläre unsere Abmachung für ungültig, da sie unter Zwang unterzeichnet wurde.« Clemens' Stimme wurde lauter und sicherer. »Ich werde Jacques de Molay unter keinen Umständen zurückbeordern, denn er und seine Ritter sind die Einzigen, die noch an dem Traum eines christlichen Heiligen Landes festhalten. Hat Euer heiliger Großvater umsonst dort gekämpft und ist umsonst auf jenem fremden Sand gestorben? Wollen wir diesen Traum so einfach aufgeben?« Der Papst schüttelte den Kopf. »Ich werde es mir zum Ziel setzen, die Templer auf Zypern nach Kräften spirituell und finanziell zu unterstützen, damit sie ihren heiligen Kampf fortsetzen können!«

Philipp starrte ihn entgeistert an. »Ihr unterliegt einem schweren Irrtum, wenn Ihr glaubt, ich würde meine Drohung nicht wahrmachen.« Seine Hand fuhr zum Griff seines Breitschwerts. »Habt Ihr es schon vergessen, Clemens? Ich habe Euren Sohn! Und ich schwöre bei Gott, dass ich ihn töten werde, wenn Ihr Euch mir widersetzt!«

»Ihr werdet nichts dergleichen tun«, erwiderte Clemens, ohne den Blick von dem Schwert an Philipps Hüfte zu wenden. »Mein Sohn befindet sich nicht länger in Eurem Gewahrsam. Ich habe heute Morgen erfahren, dass er in Sicherheit ist. Ihr werdet ihn nie finden, und wenn Ihr es versucht, werde ich das tun, wozu mein Vorgänger Bonifaz nicht mehr gekommen ist, und Euch exkommunizieren.« Er ging zu dem König hinüber, wobei er mit jedem Schritt zu wachsen schien, bis Philipp gezwungen war, zurückzuweichen. »Ihr könnt seine Existenz im ganzen Land bekannt machen, wenn Ihr versuchen wollt, mich zu ruinieren, aber ich werde alles ableugnen, und Euer Wort allein reicht in diesen Tagen nicht aus, Sire. Das Volk, *Euer* Volk, ist mit Eurer Herrschaft und Eurer engen Verbindung zu diesem Mörder Nogaret äußerst unzufrieden. Viele haben sich schon gegen Euch gewandt. Glaubt Ihr, die Männer und Frauen in Guyenne hätten Eure Grausamkeiten so schnell vergessen? Die Verhaftungen der Edelleute und die Beschlagnahmung ihres Besitzes? Ich weiß, dass Ihr weder über das Geld noch über die Truppen verfügt, um dort einen weiteren Aufstand niederzuschlagen, Mylord. Wenn Ihr mich bedroht oder gar angreift, werdet Ihr es bereuen.«

Philipp schüttelte den Kopf, brachte aber keinen Ton heraus. Er spürte, wie sein Rücken die Wand berührte. Die flammenden dunklen Augen des Papstes bohrten sich in die seinen, bittere Anklagen und wilder Zorn loderten darin – der heilige Zorn Gottes. Er musste an sich halten, um nicht zum Schutz vor diesem durchdringenden Blick die Hände vor das Gesicht zu schlagen.

»Ihr seid von den Männern, mit denen Ihr Euch umgebt, vergiftet worden. Ihr seid ebenso gottlos geworden wie Euer bis ins Mark verderbter ketzerischer Minister! Ihr habt zwei Vikare Christi auf dem Gewissen!«

»Nein«, stöhnte Philipp. »Nein, ich habe es doch nur indirekt auf Euer Geheiß getan.« Er sank auf die Knie, hob die Hände und faltete sie demütig. »Ich habe es für Euch getan! Für Euch und die heilige Mutter Kirche!«

Clemens stutzte ob dieser Antwort. »Für mich?«

Doch Philipp hörte ihm schon nicht mehr zu. Er hatte die Augen geschlossen. »Herr, vergib mir«, murmelte er nahezu unhörbar. »Vergib mir meine Sünden.«

Die Kathedrale von Lyon, Heiliges Römisches Reich
1. Dezember A.D. 1305

»Es ist alles in die Wege geleitet.«

»Glaubt Ihr, der König wird Eure Entscheidung akzeptieren?« Will sah zu, wie der Papst sich erhob und zu dem Stuhl unter dem Fenster trat. Er wirkte erschöpft und schien, seit Will ihn zuletzt in Bordeaux gesehen hatte, übermäßig stark gealtert zu sein. Sein rotes Seidengewand schlotterte um seinen mageren Körper, als er Platz nahm und die Hände im Schoß faltete.

»Es bleibt ihm kaum eine andere Wahl. Wenn ich mich weigere, den Orden aufzulösen, kann er seine ehrgeizigen Pläne nicht verwirklichen.« Der Papst blickte plötzlich auf. »Meinem Sohn ist nichts geschehen?«

Will schüttelte ungeduldig den Kopf. Clemens hatte ihn schon gestern Morgen ausführlich bezüglich des Wohlergehens seines Sohnes befragt. »Meine Männer haben ihn gemäß Euren Befehlen zusammen mit Yolande und Marie in das Dorf im Süden gebracht. Dort wird Philipp ihn nicht finden.«

»Gut.« Clemens lächelte zaghaft. »Meine Schwester wird sich um sie kümmern.«

»Dann ist es also vorbei? Wir haben getan, was nötig war, um den Orden zu retten?«

Clemens zog die Brauen zusammen. »Nein, vorbei ist es noch nicht. Nicht, solange Minister de Nogaret fortfährt, den König gegen die Kirche aufzuhetzen.«

»Der König weiß, was er tut, Eure Heiligkeit. Nogaret mag den größeren Weitblick haben, aber Philipp ist weder dumm noch willensschwach.«

»Möglich, möglich.« Clemens winkte ab, als wäre dies völlig unerheblich. »Aber trotzdem glaube ich, dass es sich auf die Entscheidungen des Königs günstig auswirken wird, wenn er dem Einfluss dieser Schlange entzogen ist.« Er erhob sich. »Ich kann Philipp nichts anhaben, dazu reicht selbst meine Macht nicht aus. Es würde zu schweren Konflikten in diesem Land führen. Aber mit Guillaume de Nogaret verhält es sich anders. Ich könnte ihn für die an meinen Vorgängern begangenen Verbrechen zur Rechenschaft ziehen, aber Gerüchte allein reichen dazu nicht aus. Ich brauche hieb- und stichfeste Beweise.«

»Ich weiß mit Sicherheit, dass der König und Nogaret ein Komplott bezwecks des Mordes an Papst Bonifaz geschmiedet haben. Der König hat das in einem Gespräch mit mir offen zugegeben. Im Verlauf dieses Gesprächs hat er auch zugegeben, den Orden zu Fall bringen zu wollen.«

Clemens' Gesicht blieb ernst, aber er schüttelte den Kopf. »Euer Wort reicht nicht aus, nicht gegen diese Männer. Ein Templer, der zum Söldner geworden ist? Der König hat sich mit Männern des Gesetzes umgeben; Männern, die so gerissen sind wie Füchse. Wir brauchen mehr als die Aussage eines Deserteurs, wenn wir sie mit diesen Vorwürfen konfrontieren wollen.« Er schritt jetzt rastlos im Raum auf und ab. »Außerdem liegt mir mehr daran, die Wahrheit über Papst Benedikts Tod herauszufinden. So verabscheuungswürdig das an ihm begangene Verbrechen auch sein mag… Bonifaz hat sich im Heiligen Kollegium viele Feinde gemacht; Feinde, denen es relativ gleichgültig sein dürfte, ob er ermordet wurde oder nicht. Vergesst nicht, dass sich die Hälfte meines Kollegiums aus französischen Kardinälen zusammensetzt, die auf der Seite von Philipp stehen. Bei Benedikt liegt die Sache anders. Er war sehr beliebt, und die Gerüchte, die sich um seinen vorzeitigen Tod ranken, werden von Zorn und dem Ruf nach Gerechtigkeit begleitet.« Clemens blickte zu Will auf. »Bringt mir unwiderlegbare Beweise dafür, dass Guillaume de Nogaret Papst Benedikt ermordet hat, und ich werde rechtliche Schritte gegen ihn unternehmen. Wenn er aus Philipps engstem Kreis entfernt wird, leben wir alle sicherer.«

»Ich werde mit äußerster Vorsicht zu Werke gehen müssen. Ich sagte ja bereits, dass uns einer der königlichen Leibwächter entkommen ist.«

»Ihr sagtet auch, er hätte Euch nicht gesehen.«

»Ich denke nicht, dennoch spielen wir ein gefährliches Spiel. Nogaret hat mir noch nie getraut. Aber ich werde alles daransetzen, ihn Euch auszuliefern, wenn Eure Heiligkeit auch weiterhin den Orden schützt.«

»Ihr habt mein Wort darauf.« Clemens ging zu einem Tisch, auf dem ein Weinkrug und zwei Becher standen. »Und jetzt lasst uns über ebendiesen Orden sprechen. Ihr sagt, Templer hätten Euch bei der Rettung meines Sohnes geholfen. Hat einer von ihnen den Großmeister erwähnt? Oder seine Pläne bezüglich eines neuen Kreuzzugs in das Heilige Land?«

Will schüttelte den Kopf. »Das Letzte, was wir gehört haben, war, dass Jacques de Molay versucht, die nötigen Mittel und Unterstützung für ein solches Unterfangen aufzubringen. Leider war ihm dabei bislang wenig Erfolg beschieden.«

Clemens wirkte enttäuscht, als er den Wein einschenkte. »Nun, vielleicht erhalten wir ja bald bessere Nachrichten.«

»Ja«, murmelte Will. »Vielleicht.«

31

Der Königspalast, Paris
21. Dezember A.D. 1305

»Ich kann mir nicht erklären, wie das geschehen konnte, Sire.« Nogaret folgte dem König, der eine halb hinter Efeuranken verborgene niedrige Tür aufstieß. Der Minister duckte sich unter ihr hindurch und fand sich an einem ihm unbekannten Ort wieder. Sie befanden sich an der Spitze der Ile de la Cité; hinter ihnen erhob sich die Mauer, die die königlichen Gärten umschloss. Vor ihnen fielen die schlammigen Ufer zu der nach den Winterstürmen angeschwollenen grauen Seine ab. Drei kleine Inseln ragten aus dem Wasser empor wie der höckrige Rücken eines riesigen Tieres, das regungslos in der Mitte des Flusses schwebt. Eine alte Holzbrücke führte über das schäumende Wasser zu der am nächsten gelegenen Insel. Nogaret hatte die Konstruktion sowohl vom rechten als auch vom linken Ufer aus schon des Öfteren gesehen, aber von der Tür in der Palastmauer hatte er nichts gewusst.

»Mein Vater hat sie erbauen lassen«, sagte Philipp neben ihm. Sein Blick war auf die Brücke gerichtet. Er deutete auf die vorderste Insel. Auf dem windgepeitschten gelblichen Höcker wuchsen nur ein paar dürre, knorrige Bäume, und einige Seevögel wateten im seichten Wasser herum. »Er wollte von der Ile des Juifs aus fischen.«

»Sire.« Nogaret versuchte den König wieder auf ihr eigentliches Gesprächsthema zurückzulenken.

»Ich glaube nicht, dass er es je getan hat, die Last seiner Pflichten hat ihn davon abgehalten. Er war ein schwacher Mann, mein Vater, ließ sich von seinen Ratgebern und seiner Familie willenlos lenken; dachte nie selbständig und tat nie, was er wollte. Die Menschen seines Reiches werden sich kaum noch an ihn erinnern. Ihnen ist nur im Gedächtnis geblieben, dass sein Vater ein

Heiliger war.« Philipp drehte sich zu Nogaret um. Der kalte Wind fuhr durch sein Haar. »Werden sie über mich nach meinem Tod ebenso reden? Dass ich mich wie ein hirnloser Schwächling nur von meinen Ministern habe leiten lassen? Dass ich nie etwas Großes vollbracht habe? Werde ich immer nur der Enkel eines außergewöhnlichen Mannes sein?«

»Man wird Euch als den Mann in Erinnerung behalten, der Frankreich vereint hat«, erwiderte Nogaret glatt. »Den Mann, der sein Reich in ein neues Zeitalter von Wohlstand, Sicherheit und Ordnung geführt hat; ein Zeitalter, in dem statt blindem Glauben Vernunft und Weitblick herrschen.«

»Ich habe unseren neuen Papst unterschätzt.« Philipp starrte wieder zu der einsamen Insel hinüber. »Kann uns der Soldat denn überhaupt nichts über die Männer sagen, die das Kind befreit haben?«

Nogaret presste die Lippen zusammen. »Er hat sie nicht gesehen. Als ihm klar wurde, dass Gilles und seine Kameraden den Kampf verlieren würden, ist er geflohen. Hätte sich dieser Narr doch nur irgendwo in der Nähe des Hauses versteckt, um sich das Aussehen der Angreifer genau einprägen zu können! Ich fürchte, jetzt werden wir nie erfahren, wer sie waren.«

»Ich nehme an, es waren Söldner, die Clemens angeheuert hat, um sein Kind zu retten.« Philipp schritt zu der Brücke hinunter. Der Saum seines schwarzen Umhangs schleifte über den schlammigen Untergrund. »Er hat mehr Rückgrat, als ich gedacht hatte.« Der König packte das hölzerne Geländer, trat aber nicht auf die moosüberwucherten Bohlen.

»Wir könnten versuchen, das Kind aufzuspüren.« Nogaret rieb sich nachdenklich über das Kinn. »Ich bin fast sicher, dass irgendjemand in Clemens' engerer Umgebung weiß, wohin der Junge gebracht worden ist.«

Philipp schüttelte den Kopf. »Nein. Es ist vorbei. Ohne die Unterstützung des Papstes können wir dem Orden nichts anhaben.« Er blickte über die Brücke hinweg. »Meine Eroberungspläne werden jetzt das bleiben, was sie sind: bloße Pläne. Ohne Geldmittel kann ich nichts mehr tun.« Seine Brauen zogen sich zusammen. »Vielleicht können wir die Steuern noch etwas anheben?«

»Das wäre ein riskantes Unterfangen. Die Stimmung in der Stadt und im Rest des Reiches ist düster, Sire. Die Aufstände sind gerade erst niedergeschlagen worden. Die Lage bleibt unberechenbar.« Nogaret seufzte. »Der Orden ist …«

»Die Schätze des Ordens sind für uns verloren«, unterbrach Philipp, wandte sich von der Brücke ab, stieg das Ufer empor und steuerte auf die Tür in der Wand zu. »Das ist das Ende.«

»Es gibt sicherlich noch einen Weg, Sire.« Nogaret folgte ihm hastig. »Wir müssen nur gründlich darüber nachdenken.«

»Ich habe lange genug nachgedacht. Mein Kopf ist so voller Gedanken, dass er bald platzt. Und jetzt lasst mich allein.«

Nogaret machte Anstalten, Einwände zu erheben, besann sich dann aber und fiel ein Stück zurück, um den König allein durch den Garten gehen zu lassen. Jetzt war nicht der richtige Zeitpunkt, Philipp zu bedrängen. Er würde warten, bis sich die Wogen geglättet hatten, bevor er einen neuen Vorstoß unternahm. Die Dinge hatten eine katastrophale Wendung genommen. Er war so sicher gewesen, Bertrand de Got fest in der Hand zu haben. Innerlich vor Wut über die Unfähigkeit der königlichen Leibwächter und den plötzlichen Meinungsumschwung des Papstes kochend, betrat Nogaret den Palast. Die Ordensschätze boten ihnen die beste Möglichkeit, das Königreich zu sichern und zu stärken, aber Philipp hatte recht: Ohne die Hilfe des Papstes konnten sie die Templer nicht für ihre eigenen Zwecke einspannen.

Der Minister war auf dem Weg zu seinen Gemächern so in seine düsteren Gedanken versunken, dass er Will erst bemerkte, als sie aneinander vorbeigingen. Er blieb stehen und drehte sich um. Seine Augen wurden schmal. »Campbell?«

»Minister de Nogaret.« Will neigte grüßend den Kopf.

»Ihr seid früher zurück, als ich erwartet hatte. Ich dachte immer, die Reise nach Schottland wäre lang und anstrengend.«

»So weit musste ich gar nicht reisen. Ich habe mich in England mit einem von Wallace' Generälen getroffen.«

Nogarets Blick wanderte zu dem zusammengefalteten Pergamentbogen in Wills Hand. »Eine Botschaft?«

»Ein Brief von meiner Schwester«, erwiderte Will, dabei hielt er den Bogen in die Höhe, sodass Nogaret seinen auf die Vorderseite gekritzelten Namen sehen konne. »Der Brief wartete bei meiner Rückkehr auf mich.« Er lächelte. »Vermutlich lässt sie sich darin lang und breit darüber aus, wie viele Worte das Kind meiner Nichte schon sagen kann und wie viele Zähne das Jüngste hat. Aber ich bezweifle, dass Euch das interessiert, Minister. Wie ist die Zeremonie in Lyon verlaufen?«

»Es kam zu Unruhen.« Nogaret musterte Will forschend und schöpfte erneut Verdacht, ohne zu wissen, warum. »Zwölf Menschen wurden beim Einsturz einer Mauer getötet, aber der Papst blieb unverletzt.«

»Ich nehme an, der König wird jetzt mit der Umsetzung seiner Pläne fortfahren.«

»Es hat ein paar unvorhergesehene Entwicklungen gegeben«, sagte Nogaret nach einer kleinen Pause. »Aber dies ist weder der richtige Zeitpunkt noch der richtige Ort, um darüber zu sprechen. Vermutlich wird der König ohnehin bald nach Euch schicken. Er wird wissen wollen, was für Nachrichten Ihr aus England mitbringt. Wir haben in der letzten Zeit nicht mehr viel von unserem Nachbarn gehört.«

»Ich werde ihm gerne Bericht erstatten.«

Nogaret sah Will nach, ehe er in der entgegengesetzten Richtung davonging. Seine Frustration wuchs zusehends und begann schließlich mit glühenden Zähnen an ihm zu nagen.

Philipp schritt wie betäubt die Gänge der königlichen Gemächer entlang. In irgendeinem nahe gelegenen Raum hörte er helles Kinderlachen – vermutlich seine Tochter. Das Geräusch schnitt ihm ins Herz. Er beschleunigte seine Schritte, sehnte sich nach der Einsamkeit seiner Schlafkammer. Die Luft in den dämmrigen Gängen war eiskalt, aber er spürte die Kälte kaum, sie wurde von dem Feuer verschiedenster Gefühle ausgelöscht, das in seinem Inneren brannte: Wut, Verzweiflung und Erniedrigung. Vor seiner Kammer blieb er stehen, eine Hand gegen die Tür gepresst, und sah sich wieder vor dem verwirrten Papst auf den Knien liegen. In diesem Moment hatte er nichts als nacktes Entsetzen verspürt, doch nachdem er Clemens verlassen hatte, um geschlagen und gedemütigt den Rückweg nach Paris anzutreten, war heiße Scham in ihm aufgeflammt. Wie hatte er sich nur so leicht einschüchtern lassen können? Er stieß die Tür mit einem Ruck auf und blieb dann wie angewurzelt stehen, als er die Frau sah, die sich von seinem Bett erhob.

Rose blieb schweigend stehen. Ärger verhärtete das Gesicht des Königs, seine Brauen zogen sich unwillig zusammen, und seine Lippen wurden schmal. Sie machte hastig Anstalten, den Raum zu verlassen; hörte fast, wie er ihr befahl, unverzüglich zu gehen, blieb dann aber stehen, als ihr bewusst wurde, dass er kein Wort gesagt hatte. Er schloss die Tür und drehte sich wieder zu ihr um. Ihr kam es vor, als seien viel mehr als nur drei Monate verstrichen, seit sie ihn zuletzt gesehen hatte. Er war am Tag zuvor aus Lyon zurückgekehrt, seither aber ununterbrochen mit Besprechungen mit seinen Ministern beschäftigt gewesen.

»Was tust du hier drinnen, Rose?« Philipp wandte den Blick von ihr und legte seinen Umhang ab.

Sie starrte ihn an, als er ihn auf das Bett warf, und fragte sich, wo er gewesen war, denn der Saum des Kleidungsstückes starrte vor Schlamm. »Ich wollte Euch sehen.« Die Worte glichen einem scheuen Flüstern, dabei hatte sie gehofft, ihrer Stimme einen unbefangenen Klang verleihen zu können. Philipps blaue Augen blickten frostig. Sie schüttelte den Kopf, weil ihr plötzlich bewusst wurde, in welch gefährliche Situation sie sich gebracht hatte. »Ich… Es tut mir leid«, stammelte sie, während sie eilig den Raum durchquerte. »Ich lasse Euch jetzt allein.«

»Warte.«

Rose verharrte unschlüssig bei der Tür.

»Bleib.« Philipp streifte seine Stiefel ab, setzte sich auf das Bett und lehnte sich gegen die Seidenkissen. »Setz dich zu mir.«

Rose machte langsam kehrt; dabei hielt sie den Blick gesenkt, damit er die sich in ihren Augen widerspiegelnden widersprüchlichen Emotionen nicht sehen konnte, sonst wäre sie sich nackt und verletzlich vorgekommen. Neben einem der geschnitzten Pfosten ließ sie sich linkisch auf das große Bett sinken. Von dem nassen Umhang tropfte Schlamm auf den Boden. Philipp hatte die Augen geschlossen und den Kopf gegen die Wand gelehnt. Im Gegensatz zu ihr atmete er ruhig und gleichmäßig. Noch während sie ihn betrachtete, schob er eine Hand auf den freien Teil der Matratze neben sich.

»Setz dich hierher.«

Rose beugte sich vor, um ihre Schuhe auszuziehen. Er zog seine Hand weg, als sie neben ihn glitt. Sie konnte jeden Teil ihres Körpers spüren: das Blut in ihren Wangen, das Zittern ihrer Hände, ihren rasenden Pulsschlag. Sie meinte, sich noch nie so lebendig und zugleich noch nie so angsterfüllt gefühlt zu haben, als sie sich steif gegen die Kissen sinken ließ. Etwas Eisiges berührte ihre Knöchel. Sie schrak zusammen, dann begriff sie, dass es seine Finger waren. Ohne die Augen zu öffnen strich er langsam über ihre Hand, ihr Handgelenk und die Haut unter dem Ärmel ihres schwarzen Kleides. Rose versuchte ebenfalls die Augen zu schließen, aber im Dunkeln lösten seine Berührungen Schwindelgefühle in ihr aus. Der Rhythmus seiner Atemzüge hatte sich verändert. Mit einem Mal setzte er sich auf, nahm seinen goldenen Stirnreif ab, legte ihn auf den Tisch neben dem Bett und wandte sich wieder zu ihr. Er beugte sich über sie, stützte sich mit beiden Händen ab, und als sich sein Mund auf den ihren presste, schloss sie endlich doch die Augen. Sie konnte den Fluss an ihm riechen. Nach einer Weile richtete er sich wieder auf. Sie sahen einander wortlos an, als er die Schnüre an den Seiten ihres Kleides löste.

Rose erschauerte, als er es ihr abstreifte. Die Luft strich kalt über ihre Haut, und sie verschränkte die Arme verlegen vor der Brust, einen über den anderen gelegt, um die Brandnarben zu verbergen.

Philipp zog sich seine Tunika über den Kopf und entledigte sich des härenen Hemdes. Ihr Blick wanderte über die rote, geschwollene Haut, folgte den Spuren, die die Peitsche hinterlassen hatte – ein Muster, das von Scham, Schuld und Strafe zeugte. Zögernd breitete sie die Arme aus und entblößte ihre eigenen Narben. Am liebsten hätte sie die Hand ausgestreckt und seine Wunden sacht berührt. Die Worte der Königin hallten in ihren Ohren wider.

Als ob alle seine Adern über die Hautoberfläche verlaufen würden.

Er bewegte sich jetzt schnell, ungeduldig und fordernd, schob ihre Schenkel auseinander und fuhr mit der Hand dazwischen. Seine Finger waren immer noch eiskalt. Rose wünschte sich, er würde behutsamer, zärtlicher mit ihr umgehen; wollte ihm ihre Gedanken, Ängste und Wünsche zuflüstern, ihm gestehen, wie lange sie auf diesen Moment gewartet hatte. Sie wollte, dass er sie erneut küsste. Aber da sie nicht wusste, wie sie solche Bitten an einen König richten sollte, lag sie nur starr da, als er sich mit fiebrig erhitztem Gesicht über sie rollte. Er hielt die Augen noch immer geschlossen; so sah er nicht, wie sie den Kopf abwandte, als sie ein stechender Schmerz durchzuckte und sich ihre Hände in das Laken krallten. Rose kniff die Augen zusammen, als sie spürte, wie etwas in ihr zerriss, doch durch den Schmerz hörte sie, wie er leise zu sprechen begann. Sie drehte den Kopf zu ihm, um ihn besser hören zu können. Nach einem Moment erklang das Flüstern erneut.

»Jeanne«, murmelte er, während er blind in sie hineinstieß. »*Jeanne.*«

Will spürte Nogarets Blick im Rücken, als er den Gang hinunterschlenderte. Ohne sich umzudrehen bog er um eine Ecke und ging auf seine Unterkunft zu. Das gefaltete Pergament war in seiner Hand weich und ein wenig feucht geworden.

Sobald er den kleinen Raum erreicht hatte, der schon so lange sein Heim war, schloss er erleichtert die Tür hinter sich. In dem auf einen großen Hof hinausgehenden Fenster klaffte ein langer Sprung, sodass in der Kammer eisige Kälte herrschte. Abgesehen von einer verschlossenen Truhe in einer Ecke, auf der sein Schwert, sein Kettenhemd und sein Reiseumhang lagen, gab es nur noch einen Stuhl und einen Tisch, auf dem ein Wasserkrug und ein paar fast heruntergebrannte Kerzen standen. Als er am Morgen zurückgekehrt war, hatte eine dünne Staubschicht über allem gelegen, doch als er jetzt mit dem Finger über den Tisch strich und kein Schmutz daran haften blieb, wurde ihm klar, dass die Diener hier gewesen sein mussten. Er fragte sich, wer sonst noch alles seine Ankunft mitbekommen hatte. Mit einem Mal keimte Unbehagen in ihm auf, als wimmele es im Palast vor wachsamen Augen, die nur darauf lauerten, dass er einen Fehler machte und sich verriet. Will verdrängte diesen Gedanken entschlossen und sank auf seine Pritsche. Er war ein allgemein angesehener Gast des Königs, natürlich nahmen die Leute Notiz von seinem Kommen und Gehen. Ihn hatte lediglich Nogarets frostiger Empfang beunruhigt, aber die misstrauische Einstellung des Ministers ihm gegenüber war ihm nicht neu. Nein, niemand verdächtigte ihn.

Statt weiter darüber nachzugrübeln, widmete er sich nun dem Pergament in seiner Hand. Neuigkeiten von seiner Familie waren ein seltenes Vergnügen, das er sich nicht verderben wollte. Voller Vorfreude erbrach er das Wachssiegel und faltete die Seiten auseinander. Als er den ersten zerknitterten Bogen überflog, erstarb sein Lächeln.

Lieber Bruder,

ich hoffe, du bist bei guter Gesundheit, wenn dich dieser Brief erreicht. Leider kann ich nicht behaupten, dass bei uns alles zum Besten steht, und ich bezweifle, dass dies auch je wieder der Fall sein wird. Es tut mir leid, dass ich dir so lange nicht geschrieben habe, aber die Zeiten waren schwer, und wir hatten genug damit zu tun, uns am Leben zu halten. Die Ernten sind nicht gut ausgefallen, was an sich schon hart genug für uns gewesen wäre, aber zusammen mit König Edwards Krieg dazu geführt hat, dass wir immer ärmer und unsere Speisekammern immer leerer geworden sind. John Balliol befindet sich noch immer in Frankreich im Exil, und wir haben die Hoffnung aufgegeben, je wieder einen König auf unserem Thron zu sehen – es sei denn den »Hammer« persönlich, was Gott verhüten möge. Wir hier im Norden können uns noch glücklich schätzen, wir sind von seinen Feldzügen weitgehend verschont geblieben, aber seit dem Fall von Stirling Castle im letzten Jahr hat es nicht mehr so viele Kämpfe gegeben. Vielleicht hast du gehört, dass die schottischen Edelleute damals gezwungen wurden, sich dem König zu unterwerfen und einen Waffenstillstand mit ihm zu schließen, aber was viele außerhalb unserer Grenzen nicht wissen, ist, dass ihnen ihre Freiheit nur unter der Bedingung geschenkt wurde, dass sie den einen Mann jagen, der sich dem englischen König noch immer widersetzt: deinen Freund und General Sir William Wallace. Sogar Sir David Graham wurde dazu verpflichtet, hat aber natürlich nie etwas in dieser Richtung unternommen.

Dasselbe lässt sich von anderen leider nicht behaupten. Von den Männern, die Edward ausgeschickt hat, um Sir William zu ergreifen, hatte Sir John Menteith unseligerweise Erfolg. Er fand heraus, dass sich Sir William zusammen mit Gray in einem Haus in den Wäldern bei Glasgow versteckt hielt. Sir John und seine Männer überfielen sie in der Nacht. Es schmerzt mich, dir mitteilen zu müssen, dass Gray durch das Schwert der Feinde starb. Christian kann vor Kummer kaum noch sprechen. Sir William kämpfte tapfer und tötete viele der Angreifer, aber deren Übermacht war zu groß, sodass er am Ende überwältigt wurde. Dann wurde er auf sein eigenes Pferd gebunden, hastig nach Carlisle gebracht und dort englischen Edelleuten übergeben, die ihn Richtung Süden nach London schafften. All dies geschah so schnell, dass es einige Zeit dauerte, bis wir in Elgin davon erfuhren. David hatte allerdings mit seinem Herrn geschäftlich in der Nähe der Grenze zu tun, und so beschlossen sie, Sir Williams Häschern zu folgen. Ich weiß bis heute nicht, was sie damit erreichen wollten, aber ich glaube, mein Sohn hoffte wider besseres Wissen, es würde ihnen irgendwie gelingen, Wallace zu befreien. Doch sobald sie in London eintrafen, erkannten sie, dass dieses Unterfangen undurchführbar war. David sagt, die Stadt hätte all die Leute kaum fassen können, die aus allen Teilen des Landes gekommen waren, um sich dieses Schauspiel nur ja nicht entgehen zu lassen. Sir William stand unter schwerer Bewachung, und die Straßen rund um das Gefängnis waren so überfüllt, dass sie noch nicht einmal in seine Nähe gelangten.

Am 23. August wurde Sir William Wallace nach Westminster gebracht; angeblich, um dort vor Gericht gestellt zu werden, aber ich denke, du weißt so gut wie wir, dass diese angebliche Gerichtsverhandlung nur eine Farce war. Sir William, der dem König von England nie den Treueeid geleistet hat, wurde des Verrats an der englischen Krone angeklagt und zum Tode verurteilt. Das Urteil wurde noch am selben Tag vollstreckt. David hat mir einiges von dem erzählt, was dann folgte, aber bei weitem nicht alles. Ich glaube, er wollte mir das Entsetzen ersparen, das ihn bis heute verfolgt, obgleich er in seinem Leben schon viel gesehen hat. Wenn ich daran denke – die johlende Menschenmenge, die Hitze, die grausame Todesart –, dann wird mir übel. Wir alle haben schon Blut fließen sehen, zu viel Blut, aber nichts lässt sich mit dem vergleichen, was diesem stolzen

Mann an jenem Tag in London angetan wurde. Ich wollte dir davon berichten, aber nun finde ich keine Worte. Ich kann das Entsetzliche nicht niederschreiben …«

Der Brief entglitt Wills Hand und flatterte zu Boden. Die Zeilen verschwammen vor seinen Augen, als sein Kopf sich mit den Bildern und Geräuschen füllte, die seine Schwester nicht in Worte zu fassen vermochte.

Er sah die grölende Menge die Straßen von Westminster bis zum Hinrichtungsplatz säumen; sah erhobene Fäuste und rote, aufgerissene Münder. Er hörte die Schreie und Beschimpfungen, die Hohnrufe und das Gelächter, als ihnen das Ungeheuer aus dem Norden nackt und gefesselt vorgeführt wurde. Er spürte, wie sie ihm ins Gesicht spuckten, ihre Tritte ihn trafen. Er roch ihren Gestank, den säuerlichen Schweiß der Erregung, während sie sich gegenseitig zur Seite stießen, weil alle einen Blick auf den verhassten Feind erhaschen wollten. Er spürte die nagende Angst beim Anblick des hoch aufragenden Galgens und der einzelnen daran baumelnden leeren Schlinge – des Symbols nicht des Endes, sondern des Anfangs unvorstellbarer Qualen. Er stellte sich vor, wie es war, alleine auf diese Plattform zu steigen und auf ein riesiges, vor Hass schäumendes Menschenmeer hinabzublicken. So viele Gesichter, so wenig Menschlichkeit. Er spürte förmlich, wie seine Hände hinter seinem Rücken gefesselt wurden und wie das Seil bei jeder Bewegung in sein Fleisch schnitt; spürte das Kratzen der rauen Schlinge an seiner Wange, die dann um seinen Hals gelegt wurde. Er hörte den Jubel der Menge, als er von den schwarz gewandeten Henkern in die Höhe gezogen wurde, erstickt nach Luft rang und seine Zunge anzuschwellen begann.

Will versuchte, die über ihn hereinbrechende Bilderflut auszublenden, doch es gelang ihm nicht. Edwards Stimme, die ihn vor Jahren in jener Zelle in Stirling verhöhnt hatte, dröhnte in seinem Kopf.

In dieser Zeit entleert sich erst die Blase, dann der Darm.

Er versuchte sich an William Wallace so zu erinnern, wie er gewesen war, als er ihn zum letzten Mal auf den Docks von Paris gesehen hatte; versuchte sich die kräftige Hand ins Gedächtnis zu rufen, die die seine gedrückt hatte, das seltene Grinsen, das seine blauen Augen erhellt hatte. Aber alles, was er sah, war sein geschundener Körper, der von dem hin und her schwingenden Seil geschnitten wurde – noch nicht tot, sondern grimmig entschlossen, an den letzten Lebenstropfen festzuhalten, so wie er an seiner Hoffnung auf Freiheit festgehalten hatte.

Ihr werdet auf einen Tisch gelegt, sodass Euch jeder sehen kann. Ein wahres Schauspiel.

Er spürte das harte Holz unter sich, den weißglühenden Schmerz, als seine Genitalien abgetrennt und er mit diesem Akt seiner Männlichkeit und Stärke beraubt wurde. Er spürte das wütende Zerren der Instrumente der Henker, die seine Brust und seinen Bauch aufschlitzten. Lieber Gott, lass ihn spätestens da gestorben sein.

... werden Eure Eingeweide herausgerissen und vor Euren Augen verbrannt.

Will erhob sich plötzlich, trat zum Fenster und stützte die Hände auf den Stein. Er schloss die Augen und konzentrierte sich auf den kalten Luftzug, der durch den Sprung wehte. Im Geiste spürte er auch den letzten sengenden Schmerz, als der Henker seine Hand in seine offene Brust schob, um sein noch schlagendes Herz herauszureißen; hörte das seine Ohren beleidigende Gebrüll der Menge, als es triumphierend in die Höhe gehalten wurde. Er biss die Zähne zusammen, verdrängte die Bilder und dachte stattdessen an Wallace, wie er in das Boot gestiegen war, an das Auf und Ab der Ruder, die ihn auf die blaue Seine hinausgetragen hatten. Er hatte eine Hand gehoben, ein letztes Mal, und dann das Gesicht in den Wind gehalten, der ihn in seine Heimat zurückbringen würde.

Will grub die Finger in den Stein. Wallace war tot. Welche Hoffnung gab es denn jetzt noch für sein Heimatland, für seine Familie?

Edward hatte gesiegt.

Will fühlte den alten Hass, den sein Kampf, den Orden zu schützen, vorübergehend unterdrückt hatte, heiß lodernd wieder in sich aufflammen. Schwarze, bittere Wut würgte ihn in der Kehle. Mit einem erbitterten Schrei versetzte er dem Tisch einen Tritt, sodass dieser umkippte und Krug und Kerzen auf dem Boden zerschellten. Edwards arrogantes lächelndes Gesicht formte sich vor seinem geistigen Auge. Will schmetterte eine Faust gegen die Wand, drehte sich um, presste sich mit dem Rücken dagegen und ließ sich schwer atmend, mit blutigen Knöcheln zu Boden gleiten. Doch noch inmitten seines hilflosen Zorns und seiner Verzweiflung spürte er, wie sich eine andere Empfindung in ihm regte. Die Züge von Papst Clemens nahmen in seinem Kopf Gestalt an. Wenn er ihm Nogaret auslieferte, konnte er vielleicht ein Geschäft aushandeln: den Minister als Gegenleistung für einen päpstlichen Erlass, der Edward zwang, den Krieg zu beenden? Dieses schwache Gefühl, erkannte er, hieß Hoffnung.

Es bestand immer noch Hoffnung.

Gefängnis Merlan, Königreich Frankreich

25. Dezember A.D. 1305

Der Mann kauerte im Dunkel und lauschte auf die leisen Geräusche ringsum: das ferne Klirren von Schlüsseln, eine zuschlagende Tür, ein Riegel, der vorgeschoben wurde, ein gellender Schrei, der ihn zusammenzucken ließ. Während er die Ohren spitzte, wiegte er sich vor und zurück und spürte, wie sein Rücken gegen das harte Felsgestein prallte. Er hatte sich angewöhnt, diese Bewegungen zu zählen – jede Berührung der Mauer ergab eine Zahl. Eins. Zwei. Hundert. Zweitausend. So konnte er an einem Ort, wo es weder Tage noch Jahreszeiten gab, die Zeit notdürftig nachhalten. Unter der Erde ging die Sonne niemals auf, es gab nur verschiedene Abstufungen der Dunkelheit, die davon abhingen, wie nah die Wärter mit ihren Fackeln kamen. Inzwischen neigte er dazu, nach den ersten hundert Malen den Faden zu verlieren. Seine Gedanken schweiften ab, er vergaß, wie oft sein Rücken den Stein berührt hatte, und verlor sich in Tagträumen.

In diesen Träumen sah er Orte und Menschen, aber sie waren auf eigenartige Weise ihrer Farben beraubt. Bäume waren schwarz, der Himmel aschgrau. Blau war unvorstellbar. Hier drinnen war alles grau, sein Haar, seine Haut, die Fetzen seiner Kleidung, die Wände und der Boden, sogar seine Mahlzeiten, alles war grau und schmutzig – bis auf eine Farbe. Es war eine üble Farbe, die Farbe von Blut und Sünde und Feuer. Die Farbe der Kreuze auf den weißen Mänteln seiner Gefängniswärter. Sie schmerzte ihm in den Augen, wenn sie drohend über ihm aufragten und ihre Peitschen knallten; brannte sich in seinen Verstand ein, wenn das Blut an seinen Armen herablief, die er zum Schutz vor den Schlägen flehend erhoben hatte. Er hatte gelernt, diese Schläge zu fürchten; hatte gelernt, welche Worte er nicht in den Mund nehmen durfte. Schmerzhafte Worte wie Schuld und Unschuld, Strafe und Vergeltung. Ketzerei. Mord.

Ein neues Geräusch zerriss den unaufhörlichen Hintergrund von Summen und Flüstern, Stöhnen und Wimmern – das Geräusch sich nähernder Schritte. Der Mann beugte sich vor. Die Ketten, die seine Fußgelenke umschlossen, klirrten. Er neigte den Kopf, lauschte in das Dunkel. Die Schritte verklangen vor seiner Tür. Hinter den Ritzen des verwitterten Holzes konnte er Flammen tanzen sehen und schloss in Erwartung des gleißenden Lichts hastig die Augen. Der Riegel knarrte, die Tür wurde geöffnet, das Licht und die Wärme der Fackel hüllten ihn ein. Er hob die Hände und blinzelte zwischen seinen Fingern hindurch. Hinter dem Fackelschein erkannte er das Gesicht eines jungen Mannes, der in seiner freien Hand eine Schale hielt. Der Junge stellte sie behutsam auf den Boden. Er musste sich auf der Schwelle ducken, weil die Zelle so klein war.

Der Gefangene spähte vorsichtig zu ihm hinüber. Er sah, dass die Schale mit dicker Sauce gefüllt war, in der Fleischstücke schwammen. »Was ist das, Gérard?« Seine Stimme glich einem heiseren Krächzen.

»Ich habe Euch Reste aus der Küche gebracht«, flüsterte der junge Mann. »Die Wärter haben bereits gegessen. Sie werden nichts merken.«

»Fleisch?«

Gérard nickte. »Wir haben zu Weihnachten einen Hirsch geschickt bekommen.«

»Es ist Weihnachten?«

»Ja, Sir. Heute.«

Der Mann lehnte sich gegen die Wand. Er wagte nicht, die Schale noch länger anzusehen. »Nimm sie lieber wieder mit, Gérard. Wenn sie herausfinden, dass du mir heimlich Essen bringst, könntest du streng bestraft werden.«

Der junge Mann zögerte. Auf seinem vom Fackelschein beleuchteten Gesicht lag ein Ausdruck, der zwischen Erregung und Besorgnis schwankte. »Davor habe ich keine Angst«, sagte er schließlich. »Heute ist mein letzter Tag hier. Morgen reise ich nach Paris. Meinem Vater ist es gelungen, mir dort einen Posten zu verschaffen, vorerst nur im Stall. Aber wenn ich hart genug arbeite, werde ich vielleicht eines Tages zum Ritter geschlagen.«

Beim Anblick des ernsten, eifrigen Gesichts, das einem Gesicht, das er einst gekannt und geliebt hatte, so ähnlich sah, zog sich der Magen des Mannes zusammen. »Tu das nicht, Gérard«, sagte er und streckte dem jungen Mann beide Hände hin. Die rund um die eisernen Handschellen verlaufenden Striemen leuchteten blutrot. »Geh nicht nach Paris. Dort gibt es Männer, die vom Bösen besessen sind. Ketzer.« Seine Stimme wurde schrill. »Mörder!«

Gérard blickte sich nervös um. »Sagt so etwas nicht, Herr. Ihr wollt doch nicht, dass die Ritter Euch hören. Ihr wisst doch, was sie dann mit Euch tun werden.«

Aber der Mann hörte ihm nicht zu. Er packte den Jüngeren am Arm, spürte die Wärme der Haut eines anderen menschlichen Wesens unter der grob gewebten Tunika. »Dann sag jemandem, dass ich hier bin. Bitte. Sag ihnen, dass ich unschuldig hier festgehalten werde!«

Gérard machte sich hastig von ihm los, stand auf und schüttelte den Kopf. »Still, Herr. Passt auf, dass sie Euch nicht hören. Und jetzt esst, ehe alles kalt wird.«

Die Tür wurde zugeschlagen, die Wärme der Fackel erlosch. Als die Schritte des jungen Mannes im Gang verhallten, sank Esquin de Floyran vornüber auf seine Hände und begann zu schluchzen.

Dritter Teil

32

Ordenshaus, Paris
7. November A.D. 1306

Der junge Mann ging nervös auf und ab und zupfte dabei an einem losen Faden seiner Tunika herum. In der Sattelkammer herrschte ein strenger Geruch nach feuchtem Stroh, Mist und gegerbtem Leder, an den er sich immer noch nicht gewöhnt hatte. Zügel hingen an Haken in der steinernen Wand, Sättel waren ordentlich auf Regalen gestapelt. Die gewölbte Decke war mit Spinnweben verhangen. Ihm war noch nie zuvor aufgefallen, wie viele es waren, obwohl er den größten Teil des letzten Jahres in diesem Raum verbracht hatte. Erschauernd wich er vor einem besonders großen, vor Schmutz und Fliegen schwarzen Netz zurück. Er erinnerte sich daran, wie er im Dunkel der Gefängnisgänge einmal in eines hineingelaufen war und das Gefühl gehabt hatte, ekelerregende klebrige Finger strichen über sein Gesicht.

Er schrak zusammen, als die Tür geöffnet wurde und zwei Männer die Kammer betraten. Bei einem davon handelte es sich um den Stallmeister, dessen offenes Gesicht und freundliches Lächeln er als beruhigend empfand. Der andere flößte ihm Unbehagen ein. Der junge Mann hatte den hoch gewachsenen Ritter schon im Ordenshaus gesehen, aber nie mit ihm gesprochen. Der Ritter hatte aschgraues Haar und ein kantiges, von einem sauber gestutzten weißen Bart umrahmtes Gesicht. In seinem langen Mantel und dem Überwurf und mit dem Breitschwert an seiner Hüfte bot er einen beeindruckenden Anblick.

»Gérard«, sagte der Stallmeister. »Das ist Monsieur Robert de Paris.«

Der junge Mann verbeugte sich und zupfte wieder an dem Faden seiner Tunika herum, als der Ritter ihn musterte.

»Bruder Simon meint, du hast mir etwas zu sagen?«

Gérard warf Simon einen verunsicherten Blick zu.

»Es ist alles gut, Gérard. Sag nur die Wahrheit. Du hast nichts zu befürchten. Erzähl Sir Robert, was du mir gestern erzählt hast.«

Gérard kämpfte gegen die Stimme in seinem Inneren an, die ihm zuflüsterte, der Stallmeister irre sich und er habe sehr wohl etwas zu befürchten, wenn das, was er zu sagen hatte, wirklich der Wahrheit entsprach. Aber diese Stimme gehörte einem Mann, dessen Gesicht ihn immer noch verfolgte, und Gérard wusste, dass er keine Ruhe finden würde, bis er das getan hatte, worum der Mann ihn gebeten hatte. Er hatte lange genug mit seinem Wissen gelebt und darüber nachgegrübelt, mit wem er darüber reden konnte. Schließlich hatte er sich vor ein paar Wochen einem anderen Stallburschen anvertraut. Er hatte gehofft, dieses Gespräch würde ausreichen, um die Last von seinen Schultern zu nehmen, doch sein Freund hatte ihm geraten, sich an ein höherrangiges Ordensmitglied zu wenden. Gérard räusperte sich und begann zu sprechen. »Vor einem Jahr wurde ich vom Ordensgefängnis Merlan, wo mein Vater als Wärter arbeitet, hierher versetzt. Dort gab es einen Gefangenen namens Esquin de Floyran.«

»De Floyran?«, vergewisserte sich Robert scharf. »Der Prior von Montfaucon?«

»Ja, Herr, er sagte, er sei einst Prior gewesen.«

Robert sah Simon an. »De Floyran verschwand vor drei Jahren, ungefähr um die Zeit herum, als sein Neffe ermordet aufgefunden wurde. Man hat angenommen, er hätte etwas mit seinem Tod zu tun gehabt und sei aus Angst vor Strafe geflohen.«

Gérard schüttelte den Kopf. »Nein, das stimmt nicht. Esquin hat seinen Neffen geliebt. Er sagte mir, Martin sei …« Er brach ab, dann holte er tief Atem und straffte sich. »Martin sei von Rittern getötet worden.«

»Von Templern?«

Wieder schielte Gérard zu Simon hinüber, der ihn mit einem Nicken zum Weitersprechen aufforderte. »Ja, Herr. Aus diesem Ordenshaus.«

»Woher wusste de Floyran das?«

»Er war dabei, als es geschah. Sein Neffe hat sich mit ihm in einer Kirche getroffen, um ihm zu beichten, dass er von Ketzern innerhalb des Ordens verhext worden war, die ihn zu obszönen Praktiken verleitet hatten. Doch der Neffe war verfolgt worden und wurde getötet. Esquin meinte, da er einen hohen Rang bekleidete, hätten die Männer Angst gehabt, auch Hand an ihn zu legen, und ihn stattdessen nach Merlan geschickt. Vielleicht hofften sie, er würde dort sterben.« Gérard blickte auf seine Hände hinab, während er sich an die entsetzlichen Dinge erinnerte, die er dort gesehen hatte. »Viele Männer überleben dort nicht lange. Es ist ein furchtbarer Ort, Sir.«

»Erzähl mir mehr über diese Ritter. Du sagtest, de Floyrans Neffe hätte sie der Ketzerei bezichtigt?«

»Das behauptete Esquin jedenfalls. Aber er wusste nicht, wer sie waren. Die Männer, die ihn gefangen nahmen und Martin töteten, trugen Masken. Esquin wurde zum Verhör gebracht – in das Pariser Ordenshaus, wie er glaubte, aber sicher war er sich nicht, denn man hatte ihm die Augen verbunden.« Gérard brach ab, als Robert sich fluchend mit der Hand durch das Haar fuhr. »Er hat in Merlan lange seine Unschuld beteuert. Aber jedes Mal, wenn er davon anfing, dass der Orden von Ketzern durchsetzt sei, die entlarvt und für ihre Verbrechen zur Rechenschaft gezogen werden müssten, wurde er geschlagen oder gefoltert. Nach einer Weile sprach er dann nur noch mit mir darüber.« Gérard zuckte die Achseln. »Ich glaube, er meinte, mir vertrauen zu können. Als er erfuhr, dass ich Merlan verlassen würde, flehte er mich an, jemandem seine Geschichte zu erzählen.«

»Warum hast du ein Jahr lang damit gewartet?«

Gérard wich Roberts Blick aus. »Ich hatte Angst, dass mir dasselbe zustoßen könnte, wenn ich etwas sage.« Er hob den Kopf. »Ich könnte es nicht ertragen, dorthin geschickt zu werden. Der Tod ist gnädiger als Merlan. Aber ich konnte nicht länger schweigen. Ich sehe ihn ständig in dieser winzigen Zelle im Dunkeln kauern.«

»Du hast richtig gehandelt, Gérard«, versicherte Simon ihm.

»Bruder Simon hat recht«, fügte Robert hinzu. »Aber du musst mir versprechen, mit niemandem darüber zu reden. Überlass alles Weitere uns.«

»Selbstverständlich, Monsieur.«

»Du kannst gehen.«

Gérard verneigte sich und trat hastig aus der Sattelkammer in das helle Sonnenlicht hinaus. Nun, da er seine Bürde auf andere abgewälzt hatte, war ihm schon leichter ums Herz.

Sobald der Sergeant außer Sicht war, wandte sich Simon an Robert. »Ich dachte, das würde dich interessieren. Als er mir seine Geschichte erzählt hat, musste ich sofort an die Gerüchte denken, deretwegen du mich gebeten hast, mich unter den Sergeanten umzuhören. Ich muss allerdings zugeben«, fügte er hinzu, »dass ich damals nicht ernsthaft geglaubt habe, es könnte wirklich etwas dahinterstecken.«

»Offen gestanden bin ich zu demselben Schluss gekommen. Alle Spuren verliefen im Sande.«

»Oder führen nach Merlan.« Simon runzelte die Stirn. »Du hast mir erzählt, Visitator de Pairaud habe damals Nachforschungen anstellen lassen. Wieso wusste er dann nichts von Esquin de Floyrans Einkerkerung?«

»Alle hochrangigen Templer, zum Beispiel der Ordensmeister von Frankreich und der Marschall, um nur zwei zu nennen, können die Verhaftung eines Ritters anordnen. Hugues muss nicht unbedingt davon erfahren haben, vor allem dann nicht, wenn die

Beteiligten im Geheimen gearbeitet haben.« Robert schüttelte verdrossen den Kopf. »Wie dem auch sei, ich kann ihn nicht fragen. Er wird noch einige Zeit in England bleiben.«

»Gérard glaubt dem Gefangenen offensichtlich, und seine Geschichte kommt den Gerüchten, die du gehört hast, entschieden zu nah, als dass es sich um so etwas wie Zufall handeln könnte.« Simon blickte zu der geschlossenen Tür hinüber. Dahinter war Pferdegewieher und das Lachen einiger Stallburschen zu hören. »Aber Templer, die in Ketzerei verstrickt sind? Das kann doch nicht wahr sein.« Er musterte Roberts ernstes Gesicht. »Oder doch?«

Gefängnis Merlan, Königreich Frankreich
19. Dezember A.D. 1306

Robert starrte zu der grauen Festung empor, als er unter dem Bogengang hervorritt. Die Hufe seines Pferdes klapperten auf den Pflastersteinen. Hinter ihm wurde das Fallgitter klirrend wieder heruntergelassen, und die Ritter, die ihm geöffnet hatten, nahmen ihre Position vor den eisernen Gitterstäben wieder ein. Die Trostlosigkeit, die dieser Ort ausstrahlte, wurde durch die unwirtliche Umgebung noch verstärkt. Kahle Felder zogen sich um die hohen Mauern herum. Die Erde war so dunkel wie der Winterhimmel, wo Krähen krächzend die Gefängnistürme umkreisten.

Robert wusste von Merlan, seit er ein Junge war, und sein erster Eindruck entsprach ziemlich genau den Beschreibungen, die er im Lauf der Jahre gehört hatte – die meisten davon furchterfüllt in den Schlafsälen der Sergeanten geflüstert. Als er in dem windigen Hof von seinem Pferd stieg und einem schwarz gekleideten Knappen die Zügel reichte, erinnerte er sich an die mitternächtlichen Geschichten über die Foltern, denen die Gefangenen – allesamt Mitglieder des Templerordens, die ihre Gelübde gebrochen oder ihren Meistern nicht gehorcht hatten – unterworfen wurden. Nach seiner Initiation hatte er oft voller Unbehagen an diese Schauergeschichten und an die berüchtigten Todeszellen zurückgedacht: Löcher im Boden, gerade so groß, dass ein Mann darin kauern konnte, in denen die Gefangenen in völliger Dunkelheit ohne Essen und Wasser ausharren mussten, bis sie starben.

Robert warf sich sein Bündel über die Schulter und stieg die Stufen zu dem Eingang empor, der über ihm gähnte. Zwei Wachposten an der Tür sahen ihn schweigend an. Ihre Hände ruhten auf den Griffen ihrer Schwerter. Er nickte einem von ihnen zu. »Ich möchte einen der Gefangenen sehen.«

»Da müsst Ihr mit dem Oberaufseher sprechen.« Der Templer deutete hinter sich. »Zweite Tür links.«

Robert trat in einen kühlen Gang, blieb vor einer Tür stehen und klopfte zweimal an. Als ihn eine ungeduldige Stimme zum Eintreten aufforderte, duckte er sich unter dem Türsturz hindurch. Der dahinterliegende Raum war klein und stickig. Ein korpulenter Mann saß hinter einem Tisch, verzehrte ein Hühnerbein und blinzelte auf einen eng beschriebenen Pergamentbogen hinab. Sein Mantel war eher grau als weiß und sah aus, als wäre er seit Monaten nicht mehr gewaschen worden. Er blickte stirnrunzelnd auf, als Robert eintrat.

»Ja?«

»Ich wünsche Euch einen guten Tag. Mein Name ist Robert de Paris. Ich komme aus dem Pariser Ordenshaus und möchte mit einem Gefangenen sprechen.«

»Habt Ihr eine Vollmacht?«

Robert zog eine Pergamentrolle aus seinem Bündel.

Mit noch immer gerunzelter Stirn leckte sich der Aufseher geräuschvoll Fett von den Fingern, dann nahm er das Pergament entgegen. Nachdem er es entrollt hatte, blickte er auf und spähte an Robert vorbei, als rechne er damit, hinter ihm noch jemanden zu sehen. »Ist Visitator de Pairaud auch hier?«

»Nein, nur ich.«

»Um welchen Gefangenen geht es?« Als Robert ihm die gewünschte Auskunft gab, war der Mann augenblicklich auf der Hut. »Esquin de Floyran? Bezüglich seiner Person hat man mir strikte Anweisungen erteilt. Niemand außer den Wärtern der unteren Zellen darf ihn sehen.«

»Diese Vollmacht stammt vom Visitator persönlich.« Robert deutete auf das rote Siegel am Ende des Pergamentbogens. Er schlug einen bewusst gebieterischen Ton an, doch sein Unbehagen wuchs angesichts des offenkundigen Misstrauens des Aufsehers. Eine kindliche Stimme flüsterte ihm zu, die Todeszellen befänden sich direkt unter seinen Füßen, und erinnerte ihn daran, dass es ein äußerst schweres Vergehen war, in Hugues' Studierzimmer einzudringen und widerrechtlich sein Siegel zu benutzen. Jeden Moment würde alles auffliegen, der Boden würde sich unter ihm auftun und er würde in ewiger Dunkelheit verschwinden. Er hätte die Finger von dieser Sache lassen sollen. Er hätte niemals …

»Nun gut.« Der Aufseher erhob sich steif. »Ich bringe Euch hinunter.«

Robert griff erleichtert nach der Pergamentrolle und folgte dem Mann aus dem Raum. Sie passierten ein Labyrinth aus Gängen und Treppen und drangen in die unteren Ebenen des Gefängnisses vor. Je weiter sie kamen, desto schmaler und kälter wurden die Gänge, und nachdem sich Robert zweimal den Kopf an der rauen Decke gestoßen hatte, war er gezwungen, gebückt weiterzugehen und eine Hand gegen sein Schwert zu pressen, damit die Spitze nicht gegen die Wand schlug. Der Aufseher schien solche Probleme nicht zu kennen, denn er bewegte sich trotz seiner Leibesfülle fast anmutig in dieser Enge.

Endlich gelangten sie zu einer Nische, in der mehrere Pritschen, ein Tisch und eine Bank standen. An dem Tisch saßen einige in schwarze Tuniken gekleidete Sergeanten. Ein paar von ihnen waren in ein Brettspiel vertieft. Alle erhoben sich, als sie den Oberaufseher erblickten.

»Öffnet de Floyrans Zelle.«

Einer der Sergeanten nahm eine Fackel aus ihrem Halter und einen Ring mit rostigen Schlüsseln von einem Haken. Er schob sich an den beiden Männern vorbei, ging auf eine große schwarze Tür zu, hob den Balken an, der sie versperrte, und schob sie auf. Vor ihnen fiel ein Tunnel ins Dunkel ab; zu beiden Seiten waren in regelmäßigen Abständen Türen in das Mauerwerk eingelassen. Es stank nach Fäulnis, und Robert trat immer wieder auf etwas, was unter seinen Füßen ein ekelerregendes schmatzendes Geräusch erzeugte. Er meinte, hinter einer der Türen ein leises Wimmern zu hören, als der Schein der Fackel daran vorbeizog, aber ansonsten herrschte eine gespenstische Stille. Am Ende des Ganges blieben der Aufseher und der Sergeant stehen. Ein Schlüssel wurde in das Schloss gesteckt, ein Riegel zurückgeschoben, die Tür öffnete sich knarrend und gab den Blick auf eine winzige Zelle frei.

Darin kauerte eine Gestalt, die die Hände vors Gesicht geschlagen hatte. Die Arme des Mannes waren dürr wie Stecken, Kleiderreste hingen davon herunter, und unter den Lumpen sah Robert ein Gitter von Narben, einige alt und rosafarben, andere ganz frisch. Einige wiesen Anzeichen einer Entzündung auf, das Fleisch war rot und geschwollen und teilweise mit gelbem Schorf bedeckt. Ihm fiel auf, dass sich weder der Aufseher noch der Sergeant vom Fleck gerührt hatten. »Ich muss alleine mit ihm sprechen.« Seine Stimme klang belegt, der Gestank schnürte ihm die Kehle zu.

Der Aufseher schüttelte den Kopf. »Nein, das ist unmöglich.«

»Ich bin auf Befehl von Visitator de Pairaud hier«, wies Robert ihn scharf zurecht, wobei er die Pergamentrolle in die Höhe hielt. »Ihr werdet tun, was ich sage, oder dem Visitator erklären müssen, warum Ihr mich bei der Ausübung meiner Pflicht behindert habt.«

Die Augen des Aufsehers wurden schmal, aber nach einem Moment nickte er dem Wärter zu. »Lass ihm Licht da.«

Robert trat zur Seite, damit der Sergeant eine Fackel an der Wand des Ganges entzünden konnte. Dabei fiel ihm etwas ein, was er über die Furcht, man könne ihm nicht gestatten, de Floyran zu sehen, ganz vergessen hatte. »Ihr sagtet, man hätte Euch bezüglich dieses speziellen Gefangenen besondere Anweisungen erteilt. Von wem kamen sie?«

»Ich weiß nicht, wer den Befehl gegeben hat.« Der Aufseher deutete auf das Pergament in Roberts Hand. »Aber er trug gleichfalls das Siegel des Visitators.«

Robert hatte Mühe, sich seine Überraschung nicht anmerken zu lassen. Als er sich in die Zelle zwängte und die Tür hinter sich schloss, presste sich der Gefangene ängstlich gegen die Wand. Mittlerweile hatte er die Hände sinken lassen. In dem flackernden Fackelschein, der durch die Ritzen der Tür fiel, sah er wie ein Geist aus. Seine Haut, seine Augen, sein ausgemergelter Körper, alles an ihm war blass und durchscheinend. Die grauen Lippen waren aufgesprungen und bluteten, das Haar hing ihm in zottigen Knoten um das Gesicht. Während Robert ihn betrachtete, sprang ein schwarzer Fleck auf Esquins Wange und verschwand in der filzigen Mähne. Der Mann wimmelte vermutlich vor Läusen. Während er noch überlegte, was er zu diesem lebenden Leichnam sagen sollte, hörte Robert ein atemloses Schnarren und begriff, dass der Gefangene als Erster das Wort ergriffen hatte.

»Sterbe ich jetzt?«

Die Frage klang hoffnungsvoll.

Robert kauerte sich vor ihm nieder. »Nein, Esquin. Ich bin gekommen, weil ich mit Euch sprechen muss.« Er dämpfte seine Stimme zu einem Flüstern, weil er davon überzeugt war, dass der Aufseher zu lauschen versuchen würde. »Ich muss wissen, was Euch zugestoßen ist. Warum Ihr hier eingekerkert worden seid.«

Esquin schüttelte furchterfüllt den Kopf.

»Ich will Euch nichts zuleide tun. Ihr habt mein Wort darauf.« Robert runzelte gereizt die Stirn, als Esquin begann, sich stumm hin und her zu wiegen. »Wir haben nicht viel Zeit.«

Die letzte Bemerkung entlockte Esquin ein keckerndes Lachen.

Robert zuckte zusammen und spähte zu der geschlossenen Tür. »Gérard hat mir Eure Geschichte erzählt. Aber ich möchte sie in Euren eigenen Worten hören.«

Esquin beugte sich vor. Seine Ketten klirrten. »Gérard? Geht es ihm gut?« Er lächelte zahnlos, als Robert nickte. »Er ist ein guter Junge, sein Vater wird stolz auf ihn sein.« Sein Lächeln erstarb. »Nein, das wird er nicht. Er ist ja tot.«

»Gérard ist nicht tot, Esquin.«

»Nicht Gérard, Ihr Narr.« Esquin zog die knochigen Knie an den Leib. »Martin.«

»Martin? Ihr meint Euren Neffen?«

»Ich werde nichts sagen«, zischelte Esquin. »Ihr werdet ihn nicht finden. Er ist jetzt in Sicherheit. In der Sicherheit der Arme Gottes.«

»Bitte, Esquin. Ich muss es wissen.«

»Ihr müsst?« Esquins Augen verengten sich zu schmalen Schlitzen. »Ich muss auch etwas, Bruder. Ich muss aus diesem Loch hier heraus.«

»Das ist nicht möglich.«

»Dann werdet Ihr nichts von mir erfahren. Bringt mich hier heraus oder Ihr kehrt mit leeren Händen nach Paris zurück.« Erschöpft, aber sichtlich entschlossen lehnte sich Esquin gegen den Stein.

Robert erwog, ihm zu drohen, glaubte aber nicht, dass er diesem Mann noch irgendetwas antun konnte, was dieser nicht schon erlitten hatte. »Das kann ich nicht. Noch nicht. Aber wenn Eure Geschichte der Wahrheit entspricht …«

»Wärter!«, rief Esquin. »Wärter, ich möchte, dass dieser Mann augenblicklich geht.«

Als er Schritte im Gang hörte, fluchte Robert unterdrückt und starrte Esquin, der seinen Blick kampfeslustig zurückgab, finster an, dann erhob er sich gebückt. In der Hand hielt er das Dokument mit Hugues' Siegel. Dieses Schriftstück verlieh ihm die Autorität, Esquins Forderung zu erfüllen. Aber dann gab es kein Zurück mehr. Ginge es nur um die Gerüchte oder auch nur um Gérards Aussage, hätte er diesen Ort vielleicht verlassen und wäre nie wieder dorthin zurückgekehrt. Aber der Befehl, Esquin in der Isolation zu halten, war von demselben Mann gekommen, der seinen eigenen Untersuchungen bezüglich möglicher Ketzerei innerhalb des Ordens ein abruptes Ende bereitet hatte. Er konnte nicht mit all diesen unbeantworteten Fragen nach Paris zurückkehren. Wenn er die Wahrheit hinter diesen Mauern des Schweigens herausfinden wollte, konnte ihm nur der Mann vor ihm dabei helfen.

Der Aufseher kam mit dem Sergeanten zurück. Robert duckte sich unter der Tür hindurch. »Kettet den Gefangenen los. Ich nehme ihn in Gewahrsam.«

»Kommt.« Robert schob den zitternden Mann in die Scheune. Beide waren sie nass bis auf die Haut. Draußen grollte ein Donnerschlag.

Esquin zuckte zusammen, als direkt darauf ein Blitz aufflammte und die Welt in ein grelles Weiß tauchte. Er stand da und schlang seine dünnen Arme eng um sich, während der Regen durch eines der klaffenden Löcher im Dach auf ihn niederprasselte.

Robert nutzte die gleißenden Blitze, um sich im anderen Teil der verfallenen Scheune genauer umzusehen. Der Boden war mit herabgefallenen Brettern übersät. Als der Ritter gegen eines davon trat, zerfiel das morsche Holz. »Hier sind wir vor dem Regen besser geschützt«, rief er Esquin zu. Als der Mann sich nicht rührte, trat Robert zu ihm und nahm ihn am Arm. Esquin zuckte zusammen, ließ sich aber durch die Pfützen führen. Robert streifte seinen Mantel ab und hängte ihn an einen an der Wand lehnenden zerbrochenen Balken. Dann löste er seinen Schwertgurt und zog sich seinen Überwurf über den Kopf. Als er ihn Esquin reichte, wich der Mann zurück und betrachtete das

Kleidungsstück so angewidert, als starre es vor Ungeziefer. »Er ist wenigstens trocken«, drängte Robert. »In diesen Fetzen holt Ihr Euch ja den Tod.«

»Nein«, flüsterte Esquin.

Es war das erste Wort, das Robert von ihm hörte, seit er ihn aus der Zelle von Merlan befreit hatte. Über ihnen ertönte ein neuer Donnerschlag.

»Ich werde dieses … dieses Ding nicht anziehen.«

Robert musterte seinen Mantel. Im Schein der Blitze wirkte das rote Kreuz fast schwarz. »Wie Ihr wollt«, knurrte er; dabei zog er den Überwurf wieder über sein Kettenhemd. »Ich finde schon etwas anderes für Euch. Jetzt mache ich erst einmal Feuer.« Nach kurzem Zögern griff er nach seinem Gürtel und zog die Schwertscheide herunter. »Legt Eure Arme um diesen Balken.«

Esquin starrte ihn an.

Einen Moment lang dachte Robert, er würde sich nicht von der Stelle rühren, doch dann schlurfte der Mann wie ein getretener Hund zu dem Balken hinüber, setzte sich auf den Boden und hob die knochigen Arme. Robert, der sich wie ein Lump vorkam, schlang das Leder um Esquins Handgelenke und befestigte das andere Ende des Gürtels an dem Balken. Sowie er den Mann gefesselt hatte, ging er zum vorderen Teil der Scheune, wo er sein Pferd angebunden hatte, löste sein Bündel vom Sattel und zog eine Decke heraus. Diese schlang er um Esquins Schultern, dann sammelte er so viel trockenes Holz, wie er finden konnte, und setzte es unter Zuhilfenahme von altem Stroh und Gras in Brand. Während er damit beschäftigt war, das Feuer zu schüren, beobachtete Esquin ihn schweigend. Seine blassen Augen glitzerten im Dunkel. Als die Flammen hell aufzüngelten und Licht und eine erste zaghafte Wärme spendeten, nahm Robert ein Stück trockenes Brot aus seinem Bündel, brach es in zwei Hälften und reichte Esquin eine davon. Als ihm klar wurde, dass der Mann mit gefesselten Händen nicht essen konnte, lockerte er den Gürtel und befreite Esquins rechte Hand. »Also gut«, brummte er, als Esquin mit seinem zahnlosen Gaumen gierig an dem Brot zu saugen begann. »Ich habe Euch aus Merlan herausgeholt und bin dabei das Risiko eingegangen, mich selbst in einer dieser Zellen wiederzufinden. Jetzt seid Ihr an der Reihe. Ich möchte, dass Ihr mir alles erzählt, was vor Eurer Verhaftung geschehen ist.«

Esquin nahm das Brot aus dem Mund. Sein Gaumen hatte zu bluten begonnen. »Ich will Gerechtigkeit«, schnarrte er heiser. »Ich will, dass die Männer, die meinen Neffen ermordet und mir das angetan haben, dafür bezahlen. Könnt Ihr mir helfen, dafür zu sorgen?« Er zögerte, als Robert nickte. Ein argwöhnischer Funke glomm in seinen Augen auf, dann begann er zu sprechen.

Robert hörte sich Esquins Geschichte schweigend an, angefangen mit Hugues de Pairauds strikter Weigerung, seinen Neffen nach Hause zurückkehren zu lassen, bis hin zu ihrem heimlichen Treffen in der Kirche St. Julien le Pauvre, dem Auftauchen der maskierten Männer und dem Mord an seinem Neffen. Als er geendet hatte, saß er mit dem kaum angerührten Brot in der Hand da und wirkte, als sei er zu Tode erschöpft.

»Ihr habt keinen der Männer erkannt, die Euch angegriffen haben?«

»Bruder, ich sagte doch, sie trugen alle Masken.«

»Was ist mit ihren Stimmen? Haben sie mit einem Akzent gesprochen? Sind Namen gefallen?«

»Ich hatte gerade mit angesehen, wie sie den Leichnam meines Neffen aus einer Gasse schleiften. Ich war vor Angst und Kummer wie von Sinnen. Ihr verlangt, dass ich mich an das Unmögliche erinnere!«

Robert hob beschwichtigend eine Hand. »Würdet Ihr denn eine Stimme wiedererkennen, wenn Ihr sie noch einmal hört?«

Esquins papierdünne Brauen zogen sich zusammen. »Vielleicht.« Doch plötzlich brach er ab. »Nein. Das hieße ja, dass ich dorthin zurückkehren müsste!« Er schüttelte nachdrücklich den Kopf. »Ich werde keinen Fuß mehr in dieses Ordenshaus setzen.

Es wimmelt dort von Gotteslästerern und Bluttrinkern. Männern, die das Kreuz bespucken! Söhnen des Teufels!«

»Ihr sagtet doch, Ihr wolltet Gerechtigkeit.«

Im gelben Schein des Feuers glänzten Esquins Augen fiebrig. »Ich werde sie mir auf anderem Weg verschaffen. Aber dorthin kehre ich nicht zurück. Niemals!«

Robert lehnte sich mit sorgenumwölkter Miene zurück. Wenn er nicht herausbrachte, wer in diese Angelegenheit verstrickt war, wusste er nicht, welche Schritte er als Nächstes unternehmen oder was er mit Esquin anfangen sollte. Vielleicht gab es irgendwo einen sicheren Ort, wo er den Mann unterbringen konnte, bis er mehr herausgefunden hatte? Oder vielleicht sollte er mit Hugues sprechen, wenn der Visitator aus England zurückkehrte? »Schlaft jetzt«, sagte er endlich. »Wenn der Sturm abgeklungen ist, setzen wir unsere Reise fort. Ich möchte möglichst viele Meilen zwischen uns und Merlan legen. Der Oberaufseher hatte keine andere Wahl, als uns gehen zu lassen, aber glücklich war er darüber nicht. Ich hoffe nur, er kommt nicht zu dem Schluss, die falsche Entscheidung getroffen zu haben, und schickt uns einige seiner Männer hinterher.«

Esquin lehnte gehorsam den Kopf gegen den Balken und schloss die Augen. Nachdem er das Feuer noch ein letztes Mal geschürt hatte, zog Robert seinen feuchten Mantel über sich, lehnte sich zurück und lauschte dem Heulen des Sturms und den unregelmäßigen Atemzügen des Gefangenen.

Esquin schlug die Augen auf. Das Feuer war heruntergebrannt, die Luft still und kalt. Dem ihm gegenübersitzenden Ritter war das Kinn auf die sich gleichmäßig hebende und senkende Brust gesunken. Der Himmel zwischen den zersplitterten Dachbalken leuchtete strahlend blau. Der Anblick jagte Esquin einen Schauer über den Rücken. Seit wann hatte er den Himmel nicht mehr gesehen? Er wollte sich rühren, merkte aber, dass seine Hände an den Balken gebunden waren. Der Ritter musste ihn wieder festgebunden haben, während er geschlafen hatte. Er öffnete die aufgesprungenen Lippen, um ihn zu wecken, weil ihm einfiel, dass der Mann fürchtete, sie könnten verfolgt werden. Doch noch ehe die Worte heraus waren, besann er sich eines Besseren.

Warum sollte er dem fremden Ritter mehr trauen als seinen Peinigern im Gefängnis und den Männern, die ihn dorthin gebracht hatten? Sie trugen alle dieselbe Uniform. Esquins Blick heftete sich auf das verhasste rote Kreuz auf dem Mantel. Was, wenn auch dieser Ritter ein falsches Spiel mit ihm trieb? Vielleicht wollten seine Häscher herausfinden, woran er sich noch erinnerte, ehe sie ihn töteten. In seiner Zelle hatte er den Gedanken an den Tod dem langsamen Verrotten im Dunkel bei weitem vorgezogen. Doch jetzt, wo der Himmel draußen heller wurde und der eisige Morgen nach Freiheit roch, Leben versprach, stellte er fest, dass er nicht sterben wollte. Er wollte weiterleben.

Vorsichtig streckte Esquin einen bloßen Fuß in Richtung des Feuers aus und ertastete einen glimmenden Holzspan. Er schloss die Zehen darum und zog ihn zu sich hin, hielt aber inne, als das Feuer leise flackerte und der Ritter im Schlaf grunzte. Als der Mann nicht erwachte, vollführte Esquin schlängelnde Handbewegungen, die bewirkten, dass der Ledergürtel langsam an dem Balken herunterrutschte. Sorgsam darauf achtend, dass er nicht an Splittern im Holz hängen blieb, gelang es ihm schließlich, den Gürtel über das schwelende Holzstück zu halten. Sein Kopf berührte dabei fast den Boden, und die Erschöpfung drohte ihn zu überwältigen, doch endlich begann sich das Leder schwärzlich zu verfärben. Er schloss die Augen, als die Hitze die Haare auf seinen Handgelenken versengte und seine Haut sich rötete. Der beißende Gestank verschmorenden Leders stieg ihm in die Nase. Nach einer Zeitspanne, die ihm wie eine Ewigkeit vorkam, zerriss der verbrannte Gürtel endlich.

Von seinen Fesseln befreit huschte Esquin durch die Scheune. In dem verfallenen Eingang blieb er stehen und ließ den Blick über die nebelverhangenen Felder schweifen, dann band er behutsam das Pferd des Ritters los.

33

Sainte-Chapelle, Paris
21. Februar A.D. 1307

»Meine Gebete reichen nicht aus.« Philipps Stimme klang erstickt, seine Worte ergossen sich in seine vor das Gesicht geschlagenen Hände. Demütig kniete er auf dem steinernen Boden. »Bei weitem nicht.«

»Jedem Mann auf Gottes Erdboden werden seine Sünden vergeben, egal wie schwer sie wiegen, wenn er nur bußfertig genug ist.«

Philipp starrte zu dem über ihm aufragenden Mann auf. Sein bodenlanges schwarzes Gewand ließ ihn noch größer und furchteinflößender erscheinen. Sein schmales Gesicht wurde von eisengrauem Haar umrahmt. Auf seinem Hinterkopf prangte eine sorgfältig ausrasierte Tonsur, und er verströmte einen schwachen Weihrauchduft, der ihm eine Art heiliger Ausstrahlung verlieh; so, als sei er ein kleines Stück der Kirche selbst, das Gott abgebrochen und vor Philipp aufgestellt hatte, um über ihn zu richten und ihn zu bestrafen. Bei diesem Gedanken wanderte der Blick des Königs an Guillaume de Paris vorbei und heftete sich auf die geflügelten Cherubim über dem Altar. Fast rechnete er damit, dass sie jeden Moment von ihren Sockeln herabsteigen, sich vor ihm aufbauen und ihn mit blitzenden goldenen Augen der Verdammnis überantworten würden.

»Seid Ihr bußfertig, Sire?«

Philipp richtete seine Aufmerksamkeit wieder auf den Dominikaner. »Das wisst Ihr doch.«

»Aber weiß Gott es auch?«

»Was soll ich denn noch tun?«, flüsterte Philipp. Er schloss die Augen, weil er den unnachgiebigen Blick seines Beichtvaters nicht länger ertragen konnte. »Jeden Tag bete ich und tue Buße. Trotzdem höre ich Ihn nicht. Er spricht noch immer nicht zu mir.«

»Vielleicht mangelt es Euren Gebeten an Aufrichtigkeit? Oder Ihr tut nicht genug Buße.«

Philipp riss die Augen auf. »Nicht genug Buße?« Er erhob sich. »Ich habe mich für Ihn fast in Fetzen gerissen. Um Seine Liebe zu gewinnen. Was verlangt Er denn noch von mir?« Der König riss sich sein Gewand vom Leib und zupfte an seinem härenen Hemd. »Ich trage es seit Wochen ununterbrochen. Ich habe sogar darin geschlafen!« Seine Stimme hallte durch die stille, dämmrige Kapelle. Schwacher Kerzenschein beleuchtete seine bloße Brust. »Stellt Euch das nicht zufrieden?«, schrie er, hob die Arme und sank vor dem Altar auf die Knie. Die Cherubim blickten teilnahmslos auf seinen mit Narben übersäten Körper herab.

»Ihr habt es ununterbrochen getragen, Sire?« Guillaumes Stimme klang eisig. »Auch wenn Ihr bei Eurer Hure gelegen habt?«

Philipp starrte ihn nur stumm an.

Der Dominikaner trat zu ihm und kauerte sich neben ihm nieder. Seine grauen Augen blickten kalt und unversöhnlich. »Ihr mögt Eure Sünden vor mir und Gott zu verbergen versuchen, aber Ihr könnt sie nicht vor Eurer Dienerschaft verbergen. Die Gerüchte sind in aller Munde. Ihr habt mit einer der Zofen Eurer Frau das Lager geteilt, nicht wahr?« Als Philipp den Kopf sinken ließ, erhob sich Guillaume abrupt. »Wie kann ich Euch die Absolution erteilen, wenn Ihr diese Sünde nicht aufrichtig bereut?«

»Ich vermisse meine Frau. Sie fehlt mir so sehr, dass ich die Gegenwart meiner Kinder kaum ertragen kann, weil sie mich an sie erinnern. Die Zofe ist …« Philipp schüttelte wie betäubt den Kopf. »Ein Trost.«

»Jeanne ist bei Gott, Majestät. Sie hat ihren Frieden gefunden.

Aber Ihr müsst hier auf Erden Euren Frieden mit Euch machen, ehe Ihr Euch zu ihr gesellen könnt. Ihr müsst jeden Tag für die Erhaltung des christlichen Glaubens kämpfen. Euer Volk blickt zu Euch auf. Ihr müsst es führen und leiten.«

»Mein Volk? Alles, was ich getan habe, geschah zum Wohle meiner Untertanen, und trotzdem hassen sie mich. Wenn sie in den Kirchen Kerzen entzünden, dann nur für Louis, nie für mich. Die Ernten fallen schlecht aus, und sie geben mir die Schuld daran. Ich erhöhe die Steuern, um die Grenzen Frankreichs zu sichern, und sie lehnen sich gegen mich auf. Ihr kennt die Stimmung in der Stadt genauso gut wie ich.« Philipp lehnte sich zurück. Seine Stimme klang rau vor Bitterkeit. »Jedes Mal, wenn ich einen neuen Erlass herausgebe, scheint es zu Aufständen in den Straßen zu kommen. Aber wenn Gott mich nicht anhört, wie soll ich dann ohne die Gebete meiner Untertanen in den Himmel gelangen? Sie müssen mich lieben, Guillaume.«

»Ihr dürft Euch bei der Rettung Eures Seelenheils nicht auf andere verlassen, Mylord. Ihr müsst Euch aus freien Stücken und voll und ganz Gott unterwerfen; Euch Ihm ausliefern, um Vergebung zu erlangen. Wenn Eure Gebete und Eure Buße bedingungslos aufrichtig sind, dann wird Er Euch hören, daran hege ich keinen Zweifel.«

»Dann ist es noch nicht zu spät?«, murmelte Philipp. »Mir bleibt noch Zeit, Vergebung zu erlangen? Um Gottes Liebe zu spüren, was immer ich auch getan habe?«

»Selbstverständlich.« Der stählerne Unterton war aus Guillaumes Stimme gewichen, obwohl sein Blick unnachgiebig blieb. »Die Zeiten sind schwer, Mylord. Ihr müsst Eurem Volk jetzt mehr denn je mit gutem Beispiel vorangehen. Ihr wisst, was ich von den Taten Eures Anwalts halte, aber es steht mir nicht zu, über Minister de Nogarets Schicksal zu entscheiden, er wird von einem höheren Gericht abgeurteilt werden. Aber nun, wo die Kirche und Frankreich nicht mehr im Krieg miteinander liegen, lege ich Euch nahe, zum Wohle Eurer Untertanen auf das gute

Verhältnis zu setzen, das Ihr zu Papst Clemens aufgebaut habt. Durch Euer Handeln werden sie erkennen, wonach sie streben sollten.« Der Dominikaner trat zu dem Altar. »Man muss ihnen den rechten Weg weisen, den Weg, den die Rechtschaffenen bestreiten. Zügel- und Respektlosigkeit beginnen in diesem Reich um sich zu greifen. Zum Glück ist es meinem Orden gelungen, den schädlichen Einfluss der Katharer im Süden zu brechen, deren verabscheuungswürdige Freveltaten mit dem heiligen Feuer bestraft wurden. Aber der Fall Akkons hat uns gezeigt, wie wankelmütig viele der Unseren in ihrem Glauben sind – denkt an all die, die zu den Ungläubigen übergelaufen und zum Islam konvertiert sind. Wir alle müssen all unsere Kraft darauf verwenden, zu verhindern, dass solche widerwärtigen Ketzer auch weiterhin ihr Unwesen treiben.«

»Das werden sie nicht«, erwiderte der auf den Knien liegende Philipp tonlos. »Die wenigen Katharer, die nicht im Rahmen der Kreuzzüge umgekommen sind, die die Kirche gegen sie geführt hat, halten sich versteckt. Es sind nicht genug übrig geblieben, um andere zum Bösen zu bekehren.« Er warf dem Dominikaner einen giftigen Blick zu. »Ich bin sicher, Minister de Nogaret kann Euch das bestätigen.«

»Dennoch werden mir in meiner Rolle als Inquisitor jeden Tag neue Vergehen vorgetragen.« Guillaume drehte sich wieder zu dem König um. »Erst letzte Woche musste ich mich mit einer Angelegenheit befassen, die mir schwer auf der Seele liegt. In unserem Kloster in der Stadt befindet sich ein Mann, der behauptet, der Templerorden wäre mit Ketzern durchsetzt.«

»Wie bitte?«

»Er traf vor zehn Tagen bei uns ein, halb von Sinnen und halb verhungert, und bat um Asyl. Er sprach zunächst mit einem meiner Brüder, aber als sich abzeichnete, wie schwerwiegend seine Vorwürfe waren, wurde ich hinzugezogen. Ich habe mehrere Unterredungen mit diesem Mann geführt, der angibt, von Ordensmitgliedern in den Kerker geworfen worden zu sein, als er entdeckte, dass sie in gewisse verwerfliche Zeremonien verwickelt waren. Wie es aussieht, hat sich sein eigener Neffe von diesen Männern blenden lassen und wurde von ihnen ermordet, als er sich weigerte, ihnen noch länger zu gehorchen.«

Philipp war aufgesprungen. Sein härenes Hemd und sein Gewand hatte er achtlos am Boden liegen gelassen. Sein Blick folgte seinem Beichtvater, der sich anschickte, eine tropfende Kerze zu löschen.

»Der Mann weist unverkennbare Folterspuren auf und lechzt aufgrund seiner langen, qualvollen Haft nach Rache, und ich bin immer misstrauisch, wenn Rachegelüste das Motiv für Männer und Frauen sind, eventuelle Ketzer anzuzeigen. Ich fürchte, in der Vergangenheit sind viele Menschen aufgrund falscher Beschuldigungen hingerichtet worden.« Guillaume de Paris sog zischend den Atem ein. »Aber ich folge der Maxime unseres Ordens, der zufolge es besser ist, hundert Unschuldige zu verbrennen als auch nur einen einzigen Ketzer am Leben zu lassen.« Er wandte sich an den König. »Aber ob er nun nur den Wunsch hegt, seine Peiniger zu vernichten oder ob er die Wahrheit spricht – seine Geschichte klingt sowohl überzeugend als auch im höchsten Maße beunruhigend, und ich bin der Meinung, man muss ihr nachgehen. Da der Templerorden nicht unserer Gerichtsbarkeit untersteht, hatte ich die Absicht, mich in dieser Angelegenheit an den Papst zu wenden, aber ich wollte zuvor anderswo Rat einholen, bevor ich Seine Heiligkeit mit etwas behellige, was sich am Ende vielleicht als unbegründet herausstellt. Ich hatte gehofft, Ihr könntet mir in dieser Sache behilflich sein, Sire, da Ihr ja bekanntermaßen gute Beziehungen zu Papst Clemens unterhaltet.«

Philipp trat rasch an die Seite seines Beichtvaters. »Ich möchte mit diesem Mann sprechen.«

Die Entschlossenheit in der Stimme des Königs veranlasste den Dominikaner, überrascht die blassen Brauen hochzuziehen, doch er nickte. »Eure Meinung bezüglich des Wahrheitsgehaltes seiner

Behauptungen wäre mir höchst willkommen, aber ich muss Euch warnen. Er ist von Zorn und Irrsinn erfüllt.«

»Wir werden ihn sofort hierherbringen lassen.«

Guillaume de Paris hob eine Hand. »Nein, Sire. Zuerst nehme ich Euch die Beichte ab.«

Nach einer kurzen Pause sank Philipp erneut vor dem schwarz gewandeten Dominikaner auf die Knie und begann seine Sünden aufzuzählen, dabei faltete er die Hände vor dem Gesicht, damit Guillaume seine angespannte Miene nicht sah.

Die Ufer der Seine, Paris
2. März A.D. 1307

»Hör zu, ich kann ihn immer noch finden, wenn du mir genug Zeit lässt.« Robert trat zu Will, der sich auf eine der Aalreusen hatte sinken lassen, mit denen das schlammige Ufer übersät war. »Zumindest wissen wir jetzt, dass im Pariser Ordenshaus einiges vor sich geht, dem wir nachgehen müssen. De Floyran sagte, er könne die Männer nicht identifizieren, also ist seine Aussage nicht allzu viel wert, und …« Robert brach ab, als er Wills Gesicht sah. »Was ist denn?«

»Ich weiß, wo Esquin de Floyran ist.«

»Was? Wie …?«

»Vor über einer Woche wurde ein Mann unter schwerer Bewachung vom Dominikanerkloster in den Palast gebracht. Der König und Nogaret haben ihn tagelang in aller Abgeschiedenheit befragt, nur der Beichtvater des Königs, Guillaume de Paris, durfte an diesen Besprechungen teilnehmen. Mir ist das aufgefallen, weil Philipp ein Festmahl und eine Jagd abgesagt hat, um Zeit für diesen Mann zu haben. Warum er im Palast war, hat mir niemand gesagt, aber ich habe seinen Namen aufgefangen.«

Roberts Gesicht umwölkte sich, als ihm klar wurde, was Will da sagte. »Großer Gott. Warum ist de Floyran nach Paris zurückgekommen? Als ich ihm diesen Vorschlag unterbreitet habe, war er außer sich vor Angst.«

»Du sagtest, er wollte Gerechtigkeit. Wenn ich jemanden der Ketzerei beschuldigen wollte, wären die Dominikaner die Ersten, an die ich mich wenden würde. Wo sonst bekommt er alles, was er braucht – Essen, ein Dach über dem Kopf, Schutz? Rache?«

»Heiliger Christus.« Robert fuhr sich mit der Hand durch das Haar und begann, am Ufer auf und ab zu gehen. Am Wasserrand trugen ein paar Jungen mit Stöcken spielerische Schwertkämpfe aus. Ihr aufgeregtes Geschrei vermischte sich mit den Rufen der Vögel, die über der Ile des Juifs ihre Kreise zogen. »Kannst du ihn irgendwie da herausholen?«

»Er ist vor fünf Tagen mit Nogaret und einer bewaffneten Eskorte nach Poitiers aufgebrochen.«

»Warum denn ausgerechnet dorthin?«

»Papst Clemens reist im Königreich umher und besucht die Provinzen. Er hält sich seit einigen Monaten in Poitiers auf. Ich nehme an, Esquin wird zu ihm gebracht.«

»Das ist es also, nicht wahr?«, sagte Robert nach langem Schweigen, das nur von dem Kreischen der Jungen zerrissen wurde. »Genau das braucht der König, um zu bekommen, was er will. Sowie dem Papst de Floyrans Aussage vorgetragen wird, wird er sich gezwungen sehen, Nachforschungen anzustellen. Eine Anklage wegen Ketzerei ist immer eine ernste Sache, aber wenn der mächtigste religiöse Orden des Christentums beschuldigt wird … Seine Heiligkeit hat keine andere Wahl, als etwas zu unternehmen.« Der Ritter starrte über die im Sonnenlicht türkisfarben schimmernde Seine hinweg. »Ich hätte de Floyran nie aus Merlan befreien dürfen.«

Will schwieg eine Weile. »Ich wünschte, du wärst gleich zu mir gekommen, nachdem Simon dir die Geschichte des Sergeanten erzählt hat.«

Robert maß ihn mit einem herausfordernden Blick. »Ich dachte, du wärst zu sehr mit anderen Dingen beschäftigt.«

»Mit anderen Dingen?« Wills Züge verhärteten sich. »Ich habe versucht, mein Land und meine Tochter zu retten.« Als der Ritter den Blick abwandte, erhob sich Will. »Du klingst, als würde ich für all das die Verantwortung tragen. Woher soll ich denn von diesen Dingen wissen, wenn du mich nicht informierst?«

Robert sah ihn eindringlich an. »Kaum waren wir nach der Rettung von Clemens' Sohn wieder in Paris, bist du auch schon im Palast verschwunden. Du sagst, du wärst immer noch ein Teil der Anima Templi, aber im letzten Jahr habe ich dich kaum zu Gesicht bekommen.«

»Papst Clemens hat mich beauftragt, Beweise dafür zu finden, dass Nogaret Benedikt ermordet hat. Wenn mir das gelingt, wird er sowohl damit fortfahren, Druck auf Edward auszuüben als auch den Orden vor Philipp zu schützen.« Wills Stimme klang gepresst. »Ich tue alles, was in meiner Macht steht, um das zu gewährleisten. Ich habe Clemens schon dazu bewogen, päpstliche Briefe nach England zu schicken, in denen er fordert, dass Edward seinen Krieg mit Schottland beendet. Nach Wallace' Hinrichtung war das die einzige Überlebenschance meines Heimatlandes – meiner *Familie*! Kannst du mir einen Vorwurf daraus machen, dass ich sie genutzt habe?« Er wartete Roberts Antwort nicht ab. »Aber ich bewege mich auf immer dünnerem Eis. Seit ihnen klar ist, dass sie ihre Pläne bezüglich des Ordens nicht umsetzen können, brauchen Philipp und Nogaret mich nicht mehr, und ich habe alle Mühe, als Gast im Palast geduldet zu werden, geschweige denn mir so weit ihr Vertrauen zu erschleichen, um Beweismaterial für den Papst zusammentragen zu können.«

»Glaubst du wirklich, du findest unwiderlegbare Beweise dafür, dass Nogaret bei Benedikts Tod die Hand im Spiel gehabt hat?«

Will schwieg. Er hatte von dem Moment an, als der Papst ihn mit dieser Aufgabe betraut hatte, gewusst, wie schwierig es werden würde. Schließlich hatte Nogaret sich gehütet, irgendetwas schriftlich festzuhalten. »Ich muss es versuchen«, sagte er mehr zu sich selbst als zu Robert. »Ich muss alles tun, was ich kann, damit der Papst auf unserer Seite bleibt. Der König bringt mir jedenfalls immer stärkeres Misstrauen entgegen.« Er stieß vernehmlich den Atem aus. »Ich glaube, der Bastard hat mich nur deshalb noch nicht fortgeschickt, weil er meine Tochter in sein Bett genommen hat.«

Robert starrte ihn fassungslos an. »Was sagst du da?«

Will winkte ab und ging zum Wasser hinunter. »Ich will nicht darüber sprechen«, knirschte er grimmig, als Robert ihm folgte. »Belassen wir es dabei, dass ich versuche, das zu retten, was von den Zielen der Anima Templi noch übrig geblieben ist, indem ich am königlichen Hof bleibe, auch wenn es mich all meine Kraft kostet, diese elende Ratte nicht im Schlaf zu erdrosseln.«

»Kannst du Rose nicht aus Paris fortbringen?«, fragte Robert ruhig.

»Um sie dadurch endgültig zu verlieren?« Will blinzelte in die Sonne, bückte sich, grub einen Stein aus dem Schlamm und warf ihn in den Fluss. »Wenn ich Rose gegen ihren Willen aus dem Palast hole, spricht sie vermutlich nie wieder ein Wort mit mir. Lasse ich sie dort, habe ich wenigstens die Möglichkeit, in ihrer Nähe und der des Königs zu bleiben. Vielleicht bin ich ein Narr, aber ich bilde mir immer noch ein, meine Tochter könnte mich eines Tages brauchen. Und dann möchte ich für sie da sein.«

»Was ist mit Robert Bruce?«, erkundigte sich Robert. »Jetzt, da Schottland einen neuen König hat, besteht doch sicherlich wieder Hoffnung für deine Heimat.«

»Zuletzt habe ich gehört, dass Bruce und seine Anhänger auf der Flucht sind. Sie haben zwar anfangs einen Sieg errungen, aber Gerüchten zufolge zieht Edward trotz Clemens' Protesten eine große Armee zusammen, um sie gen Norden zu schicken. Wenn es nach ihm geht, starrt Schottlands neuer König im nächsten Herbst von einem Pfahl aus über die Themse.«

Robert beobachtete die zwei Jungen, die sich jetzt gegenseitig am Ufer entlangscheuchten. Vögel stoben in weißen Wolken vor ihnen auf. »Es war vermutlich blauäugig von mir, aber als wir aus dem Heiligen Land zurückkehrten, habe ich mir alles viel einfacher vorgestellt. Glaubst du, wir werden in unserem Leben jemals Friedenszeiten erleben? Ist ein dauerhafter Frieden überhaupt möglich?«

»Ich neige mehr und mehr dazu, diese Frage zu verneinen. Aber dann denke ich an Everard und meinen Vater und Kalawun und an all die Männer, die so fest an Frieden geglaubt haben, dass sie alles, was ihnen wichtig war, dafür aufgegeben haben. Ich muss eben hoffen…« Will brach ab und schüttelte den Kopf. »Was ich hoffe, ist jetzt nicht mehr von Belang. Wenn Philipp seinen Willen durchsetzt, zählen alle unsere Wünsche und Hoffnungen nicht mehr. Hast du übrigens schon mit Hugues gesprochen?«

»Nein. Er ist noch in England.«

»Glaubst du, er hat irgendetwas mit de Floyrans Inhaftierung zu tun?«

»Das kann ich mir nicht vorstellen«, erwiderte Robert.

»Aber der Befehl, de Floyran in der Isolation zu halten, trug das Siegel des Visitators.«

»Ich denke, ich habe bewiesen, dass es durchaus möglich ist, sein Siegel ohne sein Wissen zu benutzen.«

»Das schon, aber wir dürfen nicht darüber hinwegsehen, dass de Floyrans Beschuldigungen starke Ähnlichkeit mit den Lehren und Praktiken der Anima Templi aufweisen. Geheime Initiationen. Blut von Mitbrüdern trinken. Auf das Kreuz spucken. All diese Dinge werden im Gralsbuch aufgelistet.«

»Blut trinken?«

»Das Gralsbuch wurde auf Befehl des früheren Großmeisters Armand de Périgord verfasst, der ebenfalls ein Mitglied der Anima Templi war. Everard zufolge war der Großmeister von den Sagen über Parsifal und König Artus regelrecht besessen und wünschte sich für die Anima Templi Initiationsriten, die sich von denen des Ordens unterschieden. Everard hat Armands Kodex als Grundlage für sein Buch benutzt.«

»Das weiß ich«, schnitt Robert ihm das Wort ab.

Will ging auf die Unterbrechung nicht ein. »In dem Buch fanden sich wie in anderen Gralsromanzen auch viele ungewöhnliche, ja, heidnische Bilder und Metaphern, aber im Gegensatz zu diesen sehr viel weniger komplizierten Geschichten enthielt es auch die Ziele und Glaubenssätze der Bruderschaft, die, wie wir beide wissen, ebenso unorthodox sind wie das Gralsbuch selbst. Nachdem Armand in einem Mameluckengefängnis starb, wurde es nie wieder benutzt, aber da hatten wir einige Philosophien schon zu tief verinnerlicht. Denk daran, wie Everard Akkon immer als unser Camelot bezeichnet hat«, fügte er hinzu, als Robert zweifelnd die Stirn runzelte. »Es waren alles natürlich nur Allegorien. Niemand musste Blut trinken, das war nur ein Symbol für die Zusammengehörigkeit der Bruderschaft. Aber man kann auch nicht behaupten, dass das Gralsbuch sich als Romanze für die Damen bei Hof geeignet hätte. Es war gefährlich, teilweise sogar gotteslästerlich, und was noch schwerer wiegt – es war ein Beweis für unsere Existenz. Deswegen haben die Hospitaliter es auch gestohlen – sie hofften, uns zu entlarven und so den Templerorden zu stürzen. Aus demselben Grund wollte auch Edward es an sich bringen. Er hätte das Buch benutzen können, um uns zu erpressen und dadurch frei über unsere Geldmittel verfügen zu können. Everard hat immer bereut, es nach Armands Tod nicht vernichtet zu haben.«

»Aber wer sollte denn davon wissen? Du hast mir erzählt, dass Everard das Buch verbrannt hat. Der Priester ist seit Jahrzehnten tot, und seit deiner Desertion gibt es nur noch eine Hand voll Brüder.«

»Ein oder zwei kämen in Frage«, gab Will zu bedenken. »Einer besonders.«

Robert musterte ihn scharf. »Ich kenne Hugues seit meiner Jugend. Genau wie du.«

»Vor dem Fall Akkons habe ich ihm Everards Aufzeichnungen geschickt. Er könnte sich einiges daraus angeeignet haben.«

»Ich kann nicht glauben, dass du ihn für fähig hältst, einen Unschuldigen zu ermorden und einen anderen einfach in Merlan verrotten zu lassen.« Als Will nichts darauf erwiderte, sog Robert zischend den Atem ein. »Du kennst Merlan nicht, Will. Der Mann, den wir so lange kennen, würde so etwas nicht über sich bringen.«

Die Burg von Carlisle
11. März A.D. 1307

Hugues de Pairaud folgte dem Pagen, der ihn in eine Kammer führte. Die bemalten Fensterläden waren geschlossen, im Raum herrschte Dämmerlicht, und es dauerte einen Moment, bis der Visitator die von den Flammen des Kaminfeuers beleuchtete Gestalt in dem großen Bett ausmachen konnte. Auf ein Nicken des Mannes verließ der Page die Kammer und schloss leise die Tür hinter sich.

»Majestät.« Hugues verneigte sich vor Edward, dessen Gesicht im Feuerschein fiebrig glänzte. Er registrierte erstaunt, wie alt der König aussah – alt und gebrechlich. In den Jahren, seit Hugues ihn zuletzt gesehen hatte, war Edwards weißes Haar dünn und strähnig geworden, die kahlen Stellen waren mit braunen Flecken übersät und runzelig. Seine Wangen waren eingefallen, die Augen lagen tief in den Höhlen. Er wirkte wesentlich älter als seine siebenundsechzig Jahre.

»Tretet näher«, befahl Edward. Seine Stimme, obwohl brüchig, klang immer noch so gebieterisch, dass Hugues prompt gehorchte.

»Es tut mir leid, dass Ihr krank wart, Mylord.«

»Ein Fieber, Visitator de Pairaud«, versetzte Edward knapp. »Nichts weiter. Ihr habt demnach meine Nachricht endlich erhalten?« Der Tadel war nicht zu überhören.

Hugues neigte den Kopf. »Ich bitte um Verzeihung, dass ich so spät geantwortet habe, aber ich war mit der Besichtigung der

Ordenslandsitze in Britannien beschäftigt.« Er trat noch einen Schritt näher, spürte die Hitze des prasselnden Feuers. »Aber ich war froh über Eure Botschaft, Mylord, denn ich wollte ohnehin vor meiner Rückkehr nach Paris noch mit Euch sprechen.«

Edward starrte ihn aus seinen von Falten umringten blassen Augen an. »So?«

»Die letzten Jahre haben uns beiden schwere Bürden auferlegt, Mylord – Euren Kampf gegen die Rebellen in Schottland, meine Anstrengungen, dem Orden ein Basislager zu verschaffen. Ich weiß, dass wir, als wir übereinkamen, uns gegenseitig bei unseren Bemühungen zu unterstützen, nie damit gerechnet hätten, uns nach all dieser Zeit noch immer in derselben Position zu befinden wie am Anfang. Aber ich darf Eure Majestät daran erinnern, dass ich meinen Teil der Abmachung gehalten habe. Der Orden hat bei zwei Feldzügen auf Eurer Seite gekämpft, und wir haben dabei einen unserer fähigsten Ordensmeister verloren.« Hugues' Stimme wurde unmerklich schärfer. »Großmeister de Molay befindet sich immer noch auf Zypern, und trotz meiner wiederholten Aufforderungen zur Rückkehr besteht er darauf, dort zu bleiben, bis er Unterstützung für einen neuen heiligen Krieg gefunden hat.« Er trat näher an das Feuer und hielt die Hände an die Flammen. »Ich habe kürzlich erfahren, dass Papst Clemens den Plan der Hospitaliter, die Insel Rhodos einzunehmen, um sich dort eine permanente Basis zu schaffen, gebilligt hat. Ihr Großmeister hat geschworen, sich auf einen Kreuzzug zu begeben, sobald sich die Insel in ihrer Hand befindet.«

»Mir will nicht recht einleuchten, was das alles mit mir zu tun hat«, entgegnete Edward ungerührt.

Hugues knirschte mit den Zähnen. Es verdross ihn ungemein, dass Edward entschlossen zu sein schien, ihm diese Angelegenheit so schwer wie möglich zu machen. »Ich hatte gehofft, mit Euch über unsere Vertragsbedingungen und Euer Versprechen zu sprechen, dem Orden bei der Suche nach einem angemessenen Hauptquartier behilflich zu sein.«

»Ich liege hier auf meinem Krankenbett, meine Schatzkammern sind leer, und meine Männer vergießen ihr Blut auf dem Schlachtfeld – und Ihr erdreistet Euch, mir Forderungen zu stellen?« Edward beugte sich vor. »Was glaubt Ihr eigentlich, wen Ihr vor Euch habt, de Pairaud?«

Doch Hugues war nicht gewillt, einen Rückzieher zu machen. »Wir haben eine Abmachung getroffen, Mylord.«

»Pah!« Edward sank in die Kissen zurück. Sein Atem rasselte in seiner Brust. »Diese Vereinbarung wurde unterzeichnet, bevor dieser Hurensohn Wallace und seine Anhänger mein Königreich vergiftet haben. Jetzt habe ich Robert Bruce gegen mich und weder die Zeit noch die Absicht, Euch irgendwelche Zugeständnisse zu machen.« Er starrte mit schmalen Augen ins Feuer. »Ich werde die Schotten in die Knie zwingen, und wenn es das Letzte ist, was ich in diesem Leben tue. Meine Frau und die meisten meiner Kinder sind gestorben, während ich auf Feldzügen war, und der Arm meines einzigen überlebenden Sohnes ist so schwach wie sein Geist. Wer wird nach meinem Tod den Hammer gegen den aufrührerischen Norden schwingen? Ich muss zu Ende bringen, was ich begonnen habe, sonst hätte ich achtzehn Jahre meiner Herrschaftszeit verschwendet.«

»Soll das heißen, dass Ihr Euch weigert, mir zu helfen, Mylord?«

Der König schwieg. Ein Scheit zerbarst im Kamin, Funken stoben auf. »Es soll heißen, dass ich Euch nicht helfen kann. Nicht jetzt.« Er hielt inne. »Aber wenn ich Bruce und seine Anhänger vernichtet habe, werde ich Euch geben, was Ihr wollt.«

»Land?«, hakte Hugues rasch nach.

»Ich könnte mich bereitfinden, dem Orden ein kleines Stück von Schottland zu überlassen, wenn dieser Feldzug erfolgreich verläuft. Aber ich stelle eine Bedingung. Sie ist der Grund, warum ich Euch herbefohlen habe.«

Hugues wartete geduldig ab.

»Wenn ich in Schottland siegen will, brauche ich jede Hilfe

meiner Untertanen, die ich bekommen kann. Ich benötige die Unterstützung der Barone, die Zustimmung meines Volkes, mit dessen Steuern dieser Feldzug finanziert wird, und die Billigung der Kirche, von der ich gleichfalls weitere Abgaben fordern muss. Der letzte Punkt dürfte sich als der schwierigste erweisen. William Wallace hatte die Rückendeckung von Papst Bonifaz, der bei früheren Feldzügen mein erbittertster Widersacher war. Im letzten Jahr begann sein Nachfolger Clemens eine ähnliche Haltung einzunehmen. Als ich Boten mit Antworten auf seine Protestbriefe zu Seiner Heiligkeit schickte, machten diese eine interessante Entdeckung. Wie es aussieht, hat sich der Papst mit einem alten Feind von mir verbündet. Die Einzelheiten dieses Bündnisses entziehen sich meiner Kenntnis, aber darauf kommt es auch nicht an. Was zählt, ist, dass dem ein Ende gemacht wird. Und dazu brauche ich Eure Hilfe.«

»Ihr wollt diesen Feind vernichten?« Hugues runzelte die Stirn.

»Nein. Ich will, dass er gefangen genommen und zu mir gebracht wird.«

»Mylord, ich bin sicher, ein Mann von Euren Fähigkeiten ist auch ohne meine Hilfe in der Lage, diesen Mann ausfindig zu …«

»Er hält sich zur Zeit als Gast König Philipps im Palast auf, wo er mir zweifellos weitere Schwierigkeiten eingebrockt hat.« Edwards Augen bohrten sich in die von Hugues. »Der Mann heißt William Campbell.« Als der Visitator nichts darauf erwiderte, nickte der König. »Ich sehe es Euch an, dass dies für Euch überraschend kommt. Ich hatte mich schon gefragt, ob Ihr Bescheid wisst.«

»Ich dachte, er wäre tot«, murmelte Hugues.

»Er war vor Jahren in Stirling mein Gefangener, konnte aber entkommen. Seither war er wenig mehr als eine Wespe, die mich ärgert, aber jetzt beginnt sein Stachel zu schmerzen. Ich will ihn unschädlich machen – eigenhändig, versteht Ihr?« Er deutete mit einem Finger auf Hugues. »Bringt mir Campbell, und Ihr sollt Euer Stück Land haben, Templer.«

34

Franziskanerkloster, Poitiers
8. April A.D. 1307

Guillaume de Nogaret strich sein schütter werdendes Haar zurück und setzte vor dem Spiegel seine Kappe auf. Einen Moment lang betrachtete er sein bleiches Spiegelbild mit einem leisen, zufriedenen Lächeln, ehe er seinen frisch gewaschenen Reiseumhang anlegte. In diesem Moment klopfte es an der Tür. Als Nogaret öffnete, stand ein Akolyth vor ihm, der einen mit einem Tuch bedeckten Korb in der Hand hielt. Der Duft würzigen Käses stieg Nogaret in die Nase.

»Seine Heiligkeit sagte, Ihr hättet für die Rückreise nach Paris um Proviant gebeten.« Der Akolyth hielt ihm den Korb hin.

»Gebt ihn meinem Knappen.« Als der Mann nickte und sich abwandte, hielt Nogaret ihn zurück. »Und wenn Ihr schon einmal dabei seid, sorgt dafür, dass er mein Pferd sattelt. Ich möchte so schnell wie möglich aufbrechen.« Der Minister schloss die Tür und fuhr fort, seine wenigen Habseligkeiten in einer Ledertasche zu verstauen. Als er damit fertig war, verließ er den Raum.

Während er eine Galerie entlangschritt, die auf einen Innenhof hinausging, wehte aus der Kapelle, die sich hinter den Dächern der Unterkünfte der Mönche erhob, schwacher Gesang zu ihm herüber. Er blieb stehen, um zu lauschen. Die Sonne fiel warm auf sein Gesicht. Sein Lächeln wurde breiter, und unwillkürlich wunderte er sich, warum ein Geräusch, das normalerweise an seinen Nerven zerrte, ihm heute Freude bereitete. Nach einem Moment wurde ihm klar, dass seine Zufriedenheit nichts mit den Gebeten der Mönche zu tun hatte, sondern vielmehr mit dem Umstand, dass er von der Kirche zum ersten Mal in seinem Leben etwas anderes als Qualen und Schmerz zu erwarten hatte. Sein Lächeln besiegelte einen lange herbeigesehnten Sieg.

Dieses Gefühl verflog jedoch schnell, und als er in den Hof hinaustrat, hatte sich seine Stirn wieder in die üblichen Furchen gelegt. Er hatte irrtümlich angenommen, sein Ziel schon früher erreicht zu haben. Dass der Papst Esquin de Floyrans Aussage mit wachsender Besorgnis gelauscht hatte, als Nogaret ihm den ehemaligen Gefangenen vorgeführt hatte, war eine Sache. Dass Clemens dann nach einiger Überredung tatsächlich einen Brief an den Templergroßmeister verfasst hatte, war ein greifbarer Beweis für den Erfolg seiner Mission. Nun war die Botschaft auf dem Weg durch Frankreich, Esquin de Floyran befand sich in einem sicheren Versteck, und Nogaret konnte beruhigt nach Paris zurückkehren und seine nächsten Schritte planen.

Er durchquerte einen Kreuzgang, betrat das Gebäude auf der gegenüberliegenden Seite und schritt einen breiten, sonnendurchfluteten Gang entlang, als er drei Männer auf sich zukommen sah. Der erste war ein Mönch in einer grauen Kutte, die anderen beiden trugen Reitumhänge. Einen von ihnen erkannte Nogaret sofort. Einen Moment lang war er unschlüssig, ob er ihn ansprechen sollte, doch irgendetwas hielt ihn davon ab. Stattdessen schlüpfte er durch eine der Türen, die den Gang säumten, und gelangte in eine leere, mit mehreren Schreibpulten ausgestattete Kammer. Er blieb an der Tür stehen, eine Hand um den Knauf gelegt, und lauschte angestrengt, als die Schritte näher kamen und er einen Gesprächsfetzen auffangen konnte.

»… aber Ihr könnt gerne warten …«

Die Worte verklangen zu unverständlichem Gemurmel, die Schritte verhallten. Nogaret schob die Tür vorsichtig auf und erhaschte einen Blick auf die sich entfernenden Rücken der Männer. Seine Augen blieben auf dem in der Mitte haften, bis sie um eine Ecke bogen und nicht mehr zu sehen waren. Nogaret setzte seinen Weg fort. Er war so tief in Gedanken versunken, dass er beinahe mit einem durch den Gang eilenden Akolythen zusammengeprallt wäre. Es war der junge Mann, der ihm den Proviantkorb gebracht hatte. Nogaret packte ihn am Arm. »Habt

Ihr die beiden Männer und den Mönch gesehen?« Er deutete in die Richtung, in die die drei verschwunden waren. »Ich möchte wissen, wer sie sind und was sie hier tun.«

»Aber …«

»Folgt ihnen«, befahl Nogaret und grub dabei dem Mann die Finger tief in das Fleisch. »Und seid vorsichtig. Ich will nicht, dass sie erfahren, wer sich nach ihnen erkundigt hat. Habt Ihr verstanden?«

Der Akolyth nickte hastig. »Ja, Minister.«

»Ihr findet mich im Stall.«

Als der junge Mann sich den Arm reibend verschwand, ging Nogaret in den Hof hinaus. Dort wartete sein Knappe mit den Pferden. Die Satteltaschen waren mit Vorräten und Decken gefüllt – Gaben des Klosters. Nogaret wies ihn knapp an, auf die Tiere Acht zu geben, und verbarg sich im Schatten des Stalls. Ein paar Stallburschen sattelten gerade zwei erschöpft wirkende Pferde ab. Den gescheckten Hengst kannte der Minister. Bei dem anderen handelte es sich um ein kräftiges Schlachtross mit schlichtem, aber gut gearbeitetem Zaumzeug. Er fragte die Jungen über die Reiter aus, aber keiner konnte ihm genauere Auskunft geben. Die Minuten verstrichen, Nogarets Ungeduld wuchs. Der Gesang und die Gebete waren verstummt, das Kloster erwachte zum Leben.

Endlich öffnete sich eine Tür auf der gegenüberliegenden Seite des Hofes, und der Akolyth huschte heraus.

»Und?«, fragte Nogaret schroff.

»Ich habe mit Bruder Alain gesprochen, Minister. Er sagte, die Männer haben gefragt, ob Esquin de Floyran hier sei. Als ihnen gesagt wurde, er habe das Kloster bereits wieder verlassen, verlangten sie mit Seiner Heiligkeit zu sprechen.«

»Habt Ihr ihre Namen in Erfahrung gebracht?«

»William Campbell und Sir Robert de Paris.«

»De Paris?«

»Ja. Habt Ihr noch einen Wunsch, bevor Ihr … Minister?«

Nogaret hörte ihm schon nicht mehr zu, sondern ging zu seinem Pferd hinüber. Er winkte seinem Knappen und schwang sich in den Sattel. »Sagt ihnen nicht, dass ich mich nach ihnen erkundigt habe«, wies er den Akolythen an, ehe er sein Pferd unsanft herumriss. »Das ist ein königlicher Befehl!«

»Selbstverständlich.«

Der junge Mann beeilte sich, das Tor zu öffnen. Nogaret drehte sich noch einmal zu dem Kloster um. Campbell würde zweifellos bald herausfinden, dass er hier gewesen war, aber das machte nichts. Zu dieser Zeit würde er, Nogaret, sich schon auf der Straße nach Paris befinden. Er rechnete ohnehin damit, dass die beiden Männer eine Weile aufgehalten werden würden. Clemens war seit einigen Tagen krank und empfing keine Besucher.

Der Minister stieß seinem Pferd die Fersen in die Flanken und ritt durch das Tor. Er war froh, auf seine innere Stimme gehört und den Schotten nicht angesprochen zu haben. Anfangs hatte er angenommen, der König müsse Campbell geschickt haben – vermutlich mit neuen Instruktionen für den Papst. Aber der zweite, ihm unbekannte Mann hatte ihn von dieser Vermutung abgebracht – er und der Argwohn, den er seit jeher gegen Campbell hegte.

Jetzt schien dieser Argwohn berechtigter denn je zuvor zu sein. Robert de Paris war der Name des Templers, der Esquin de Floyran aus Merlan befreit hatte. Dazu kamen der Umstand, dass Campbell es so geschickt verstanden hatte, sich in das Vertrauen des Königs einzuschleichen, das unerwartete Auftauchen der Ritter, die Bonifaz in Anagni beschützt hatten, die Befreiung von Clemens' Kind und der Mord an den königlichen Soldaten. All diese Ereignisse glichen Pfeilen auf einer Karte, die alle in dieselbe Richtung wiesen. In die des Templerordens. In die William Campbells.

Franziskanerkloster, Poitiers
23. April A.D. 1307

»Ihr habt bis zur Vesper Zeit.«

Der Mönch schloss die Tür hinter Will und Robert und ließ sie mit dem ausgemergelten Mann mit der aschgrauen Haut allein, der auf einem Stuhl am Fenster saß.

Sein Anblick linderte Wills Ungeduld, die seit über zwei Wochen in ihm brannte, ein wenig. Der Papst sah aus, als stünde er auf der Schwelle des Todes; sein Gesicht war so blass, dass es fast durchscheinend wirkte. »Es hat mir sehr leidgetan, von Eurer Krankheit zu hören, Eure Heiligkeit«, sagte er und stellte im selben Moment fest, dass er es auch so meinte. Clemens war jetzt sein einziger Verbündeter.

»Das Schlimmste ist vorbei«, erwiderte der Papst mit brüchiger Stimme. Er hielt einen Stoffbeutel in der Hand, der einen beißenden Kräutergeruch verströmte. »Gott sei gedankt.« Er machte Anstalten, sich zu erheben, sank dann aber seufzend auf den Stuhl zurück. »Obwohl ich noch immer sehr schwach bin.« Er hob den Beutel an die Nase, sog tief den Atem ein und verzog das Gesicht. »Der Siechenmeister erklärt mir ständig, die Kräuter würden mir helfen, aber ich glaube, sie verschlimmern meine Beschwerden eher.« Seine blutunterlaufenen Augen hefteten sich auf Will. »Die Brüder haben mir von Eurer Ankunft berichtet. Ihr seid aus demselben Grund hier wie der Minister des Königs, nehme ich an?«

Will trat zu ihm. »Wo ist Esquin de Floyran, Eure Heiligkeit? Niemand hier wollte unsere Fragen beantworten.«

»Die meisten wissen gar nichts von dieser Sache. Ich hatte vor ein paar Wochen, bevor ich krank wurde, eine lange Unterredung mit de Floyran. Danach hat Nogaret ihn mitgenommen. Er sagte, er wolle ihn an einen sicheren Ort bringen, vertraute mir aber nicht an, wohin, obwohl ich darauf bestand. Entweder liegt dieser Ort nicht weit von hier, oder es haben Männer in der Nähe gewartet, um de Floyran fortzuschaffen, denn der Minister kehrte noch am selben Tag zurück.«

»Was hat Esquin Euch erzählt?«

»Dass im Templerorden Ketzer ihr Unwesen treiben würden, die seinen Neffen ermordet und ihn selbst ins Gefängnis geworfen hätten.«

»Habt Ihr ihm geglaubt?«

»Seine Geschichte klang überzeugend.« Clemens zögerte. »Aber es ist die Behauptung eines einzelnen, von Rachedurst zerfressenen Mannes.«

»Also habt Ihr Nogaret unverrichteter Dinge zum König zurückgeschickt?«

Clemens erhob sich. Er musste sich an dem Stuhl festhalten, weil seine Beine stark zitterten. »Mir blieb nichts anderes übrig, als zu handeln. Immerhin war es eine sehr schwere Beschuldigung.«

»Ihr wisst, warum Nogaret mit dieser Angelegenheit an Euch herangetreten ist.« Will warf Robert einen besorgten Blick zu. »Auf eine solche Gelegenheit dürften der König und sein Minister gewartet haben – auf irgendeine dubiose Anschuldigung, die es ihnen ermöglicht, ihre eigenen Pläne bezüglich des Ordens voranzutreiben.«

»Dubios?« Clemens' Stimme klang jetzt schärfer. »Ihr seid sicher, dass de Floyran nicht die Wahrheit gesagt hat? Ihr habt Beweise dafür?«

»Es ist doch wohl Sache des Ordens herauszufinden, ob diese Behauptungen wahr sind oder nicht«, warf Robert ein. »Nur ihm obliegt es, über seine Mitglieder zu richten. Dies ist eine interne Angelegenheit und hätte auch intern abgewickelt werden müssen.«

»Ganz recht«, erwiderte der Papst. »Deswegen habe ich auch eine Botschaft nach Zypern geschickt und Jacques de Molay zurückbeordert.«

»Hat Nogaret das von Euch verlangt?«, hakte Will nach.

»Ich treffe meine eigenen Entscheidungen. Wenn es um Ketzerei geht, habe ich grundsätzlich das letzte Wort.«

Der gereizte Ton des Papstes verriet ihm, dass der Minister ihn tatsächlich eingeschüchtert haben musste. Ehe er über mögliche Folgen nachdenken konnte, sprach Clemens bereits weiter.

»Großmeister de Molay und seine Offiziere werden mir bei der Lösung dieses Problems helfen können. Gemeinsam werden wir herausfinden, ob de Floyrans Aussage der Wahrheit entspricht. Der König und sein Minister mögen denken, einen Weg zum Vermögen des Ordens gefunden zu haben, aber ich verspreche Euch, dass die Templer nur dann Schaden nehmen werden, wenn es unumgänglich ist. Außerdem«, fügte Clemens hinzu, »kann ich es kaum erwarten, mit dem Großmeister zu sprechen. Ich habe schon lange keine Neuigkeiten mehr aus dem Osten erhalten und möchte endlich hören, welche Fortschritte seine Kreuzzugspläne machen und was ich tun kann, um ihm dabei behilflich zu sein.« Er lächelte schwach. »Vielleicht erweist sich die ganze Sache ja doch noch mehr als Segen denn als Fluch.«

Will schwieg dazu. Die offenkundige Zuversicht des Papstes steigerte sein Unbehagen noch. Er hatte Clemens' Wunsch nach einem neuerlichen Kreuzzug kaum Bedeutung beigemessen, sondern es vorgezogen, darauf zu hoffen, die Weigerung von Herrschern wie Edward und Philipp, das Kreuz zu nehmen, sowie Jacques' Scheitern im Osten würden ihn zu der Einsicht bringen, dass er einem unerfüllbaren Traum nachhing. Aber nun deutete alles darauf hin, dass ein Treffen zwischen dem Papst und dem Großmeister unabhängig vom Ausgang der Ereignisse ein hohes Gefahrenpotenzial barg. Er erwog, selbst nach Zypern zu reisen, um Jacques vor der Teilnahme an diesem Treffen zu warnen, aber der zweiwöchige Vorsprung der Botschaft des Papstes würde schwerlich einzuholen sein, und wenn er Jacques nicht die Wahrheit sagte, was dem Orden immensen Schaden zufügen konnte, würde dem Großmeister nichts anderes übrig bleiben, als der Aufforderung des Papstes Folge zu leisten.

»Nun, Campbell.« Clemens' Ton ließ keinen Zweifel daran, dass die Diskussion für ihn beendet war. »Jetzt wüsste ich gern, was Ihr über Guillaume de Nogaret herausgefunden habt. Habt Ihr Beweise dafür zusammentragen können, dass er bei Benedikts Tod die Hände im Spiel hatte?«

»Leider nein. Nogaret selbst spricht kaum mit mir, und der König schottet sich nach dem Tod der Königin sogar von seinen engsten Ratgebern ab.«

»Ihr solltet versuchen, möglichst bald etwas zu finden«, meinte Clemens nachdenklich. »Ich fürchte, diese Schlange hat genug Gift in sich, um uns alle zu vernichten, wenn man sie nicht unschädlich macht.«

Der Königspalast, Paris
14. Mai A.D. 1307

Will war in seiner Kammer, als er ein leises Klopfen hörte. Nach einigen Momenten ertönte es erneut, und erst jetzt begriff er, dass jemand an seine Tür klopfte – so leise, als hoffe er, niemand würde darauf reagieren. Während er den Raum durchquerte, wiederholte er im Geist noch einmal die Lüge über seine angebliche Englandreise, falls es sich bei dem unerwarteten Besucher um Nogaret handeln sollte, und öffnete. »Rose«, murmelte er, zu überrascht, um sonst noch etwas zu sagen. Nicht einmal in all den Jahren, während derer er im Palast wohnte, hatte seine Tochter ihn in seiner Kammer aufgesucht. Freude glomm in ihm auf, doch er unterdrückte sie rasch, weil er nicht zu hoffen wagte, dieser Besuch könne das erste Zeichen für eine Veränderung ihrer Gefühle ihm gegenüber sein.

Rose öffnete den Mund, brachte aber keinen Ton heraus. Sie unternahm einen neuerlichen Versuch, dann trat ein gequälter Ausdruck auf ihr Gesicht, sie wandte sich ab und eilte den Gang hinunter.

»Warte!« Will lief ihr nach und fasste sie am Arm. »Bitte, Rose. Komm herein.«

Sie zögerte, dann ließ sie sich widerwillig in den Raum zurückführen.

Will schloss die Tür hinter ihr und trat zu seinem Bett, auf dem sein Reiseumhang und sein Schwert lagen. Er hob beides auf und ließ es auf eine Truhe fallen. »Ich bin gerade erst zurückgekommen«, erklärte er, wich zurück und fuhr sich mit der Hand durch das Haar.

Auf eine Geste von ihm kauerte sich Rose auf die Bettkante und stützte die Hände zu beiden Seiten ihrer Beine auf die Matratze. In ihrem weiten blauen Umhang wirkte sie sehr klein und verletzlich. »Ich wusste nicht, wo du bist.«

Die Trostlosigkeit in ihrer Stimme traf Will wie ein Schlag. »Es tut mir leid.« Er verschränkte die Arme vor der Brust und seufzte tief. »Aber es ist mir offen gestanden gar nicht in den Sinn gekommen, dir zu sagen, dass ich verreisen musste. Ich dachte, es würde dich ohnehin nicht interessieren.«

Rose blickte zu Boden und murmelte etwas, was er nicht verstand. Als er keine Antwort gab, hob sie den Kopf. »Ich habe dich gebraucht.«

Will setzte sich neben sie. Es fiel ihm schwer, die Gefühle zu verbergen, die ihn bei diesen Worten zu überwältigen drohten. Vorsichtig nahm er ihre schmale, vernarbte Hand in seine eigene schwielige. »Jetzt bin ich ja da. Sag mir, was du auf dem Herzen hast.«

»Philipp.«

Außer diesem Namen sagte sie lange Zeit nichts, und gerade als Will zu befürchten begann, sie würde nicht weitersprechen, stieß sie stockend ein paar Worte hervor.

»Er und ich, wir haben … Wir sind … ein Liebespaar«, schloss sie, wobei sie ihn mit einem fast herausfordernden Blick bedachte. Als er darauf schwieg, fuhr sie fort: »Aber er hat sich in den letzten Monaten verändert. Er ist kalt und abweisend geworden.« Roses Augen flackerten. »Beinahe gewalttätig.«

Wills Hand schloss sich fester um die ihre. Er spürte, wie sich in ihm eine heiße Wut aufbaute, aber er bezwang sich.

»Ich habe Angst vor dem, was er als Nächstes tun könnte. Ich weiß von seinen Plänen; er bespricht sie mit Guillaume de Nogaret, wenn sie glauben, ich würde nicht zuhören. Vater, ich weiß, dass er das Vermögen des Templerordens an sich bringen will. Er ist fest dazu entschlossen.«

»Das wird ihm nicht gelingen.«

»Du weißt davon?«

»Schon seit einiger Zeit. Aber er wird scheitern, dafür werde ich sorgen.«

Rose schüttelte den Kopf. »Du weißt nicht, wozu er fähig ist.« Sie biss sich auf die Lippe. »In ihm brodelt eine solche Wut. Das macht mir Angst.«

»Warum gehst du dann immer noch zu ihm?«

Rose entriss ihm ihre Hand und sprang auf. »Wie soll ich mich einem König verweigern?«

Auch Will, der fürchtete, sie würde zur Tür hinausstürmen und erneut aus seinem Leben verschwinden, erhob sich hastig. »Es tut mir leid, das war gedankenlos von mir.« Er umfasste ihre Schultern. »Hör mir zu, Rose. Du hast guten Grund, Angst vor dem König zu haben. Er ist ein rachsüchtiger, hartherziger Mann, der erbarmungslos alles zermalmt, was seinem Ehrgeiz im Weg steht. Aber ich kann verstehen, dass du dich mit ihm ...« Er knirschte vernehmlich mit den Zähnen. »Dich mit ihm eingelassen hast, denn ich weiß, dass er auch sehr gewinnend und überzeugend sein kann. Ich habe ihn viele Jahre lang als brauchbaren Verbündeten betrachtet, bevor seine Grausamkeit mir die Augen geöffnet hat. Aber diese Sache muss aufhören. Du musst dir von mir helfen lassen. Wirst du das tun?« Als sie nickte, lächelte Will und strich ihr mit einem Finger über die Wange. »Ich kann dich von hier fortbringen. An einen Ort, wo du vor ihm sicher bist.«

»Wo soll ich denn hin?«, fragte sie tonlos.

»Nach Schottland. Zu meinen Schwestern Ysenda und Ede.«

»Und was ist mit dir?«

Will zögerte. Er wünschte sich nichts mehr, als mit seiner Tochter zu den Ställen zu gehen, zwei Pferde zu stehlen und zur Küste zu reiten. Sie konnten in Honfleur an Bord eines Handelsschiffes gehen, und er würde mit seinem Schwert für die Überfahrt bezahlen. Im Juni konnten sie schon in Schottland sein. »Ich muss hierbleiben.« Noch nie war es ihm so schwer gefallen, vier Worte über die Lippen zu bringen. »Ich muss versuchen, den Schaden zu begrenzen, den Philipp und Nogaret anrichten können.«

»Wie denn?«

»Ich genieße das Vertrauen des Papstes.« Will trat zu der Truhe, auf die er seinen Umhang und sein Breitschwert geworfen hatte. »Seine Heiligkeit wird dafür sorgen, dass Philipp dem Orden keinen Schaden zufügt.« Er griff nach seinem Schwertgurt, schlang ihn um seine Taille und rückte die Waffe zurecht.

Sie beobachtete ihn besorgt. »Wo willst du denn hin?«

»Ich treffe mich beim Ordenshaus mit Robert. Er wollte mit dem Visitator über eine dringende Angelegenheit sprechen, und ich muss wissen, was dabei herausgekommen ist. Ich werde ihn bitten, mit Simon zu reden und ihm zu erklären, dass du schnellstmöglich nach Schottland reisen musst.« Er trat zu ihr. »Und ich möchte, dass du in der Zwischenzeit in deine Kammer gehst und deine Sachen packst. Achte darauf, dass dich niemand sieht. Ich komme in ein paar Stunden zurück und hole dich. Simon wird unten bei den Docks bestimmt einen Platz auf einem Schiff ergattern. Aber was auch kommt, ich bringe dich in Sicherheit.«

Rose ließ sich benommen von ihrem Vater zur Tür führen. Im Gang sah sie ihm nach, wie er mit schnellen Schritten davonging. Sein Umhang bauschte sich um seine breiten Schultern. Ein Teil von ihr wollte ihm etwas hinterherrufen, aber Furcht und Unschlüssigkeit gewannen die Oberhand, und sie kehrte schweigend durch die düsteren Gänge zu den königlichen Gemächern zurück.

Als sie die Kammer des Königs betrat, sprang Nogaret auf. Sein erhitztes Gesicht spiegelte Ungeduld wider.

Philipp dagegen blieb mit unergründlicher Miene sitzen. »Nun?«

Rose wandte sich ab, denn sie konnte die Blicke der beiden Männer nicht ertragen. Sie spürte die Tür im Rücken, das kühle, feste Holz, und sie spürte, wie Scham in ihr aufstieg und einen unerwarteten Schmerz in ihr auslöste. Das Gesicht ihres Vaters, erfüllt von Sorge um sie und Liebe, stieg vor ihr auf. Seit Jahren hatte niemand sie mehr so angesehen, seit Akkon nicht mehr. Seit ihrer Kindheit nicht mehr. Übelkeit überkam sie, als sie den Kopf hob und den Blick auf Philipp richtete. In seinem Gesicht las sie kein Zeichen von Liebe, nur harte, gefühllose Arroganz. Er wirkte so unmenschlich. Selbst wenn er in ihr war, blieb er kalt und unbeteiligt. Es war, als würde man eine steinerne Statue lieben.

»Mach den Mund auf, Mädchen!«, herrschte Nogaret sie an.

»Er weiß, dass Ihr die Schätze des Ordens an euch bringen wollt«, murmelte sie. Die Worte drohten ihr in der Kehle stecken zu bleiben.

Philipp stand auf und ging zu ihr. »Das wissen wir. Was hat er sonst noch gesagt?« Er umfasste ihr Kinn, sodass sie gezwungen war, ihm in die Augen zu blicken. »Was hat dein Vater noch gesagt, Rose? Arbeitet er gegen mich; versucht er, meine Pläne zu durchkreuzen? Steckt er mit dem Papst unter einer Decke?«

»Bitte. Ihr tut mir weh.«

Seine Stimme wurde weicher, aber er lockerte seinen Griff nicht. »Du musst jetzt darüber nachdenken, was das Beste für dich ist, Rose. Wer am besten für dich sorgen kann. Ein Vater, der dich schon vor langer Zeit im Stich gelassen hat? Oder ein König, der dir alles geben kann, was du brauchst?« Er schob die Falten ihres blauen Umhangs zurück und legte eine Hand auf ihren Bauch. »Ich werde mich um dich kümmern.«

Rose blickte auf seine Hand, die ihren bereits leicht gewölbten Bauch umschloss.

Nachdem sie ihren Bericht zu Ende gebracht hatte, zog Philipp seine Hand weg und ließ zu, dass sie davonhuschte. Rose zog sich in ihre Kammer zurück und schloss die Tür. Durch das Holz war ihr Schluchzen zu hören.

Nogarets Augen loderten vor Zorn. »Dieser verräterische Hundesohn!« Er schritt erregt im Raum auf und ab. »Wir sollten ihm bei lebendigem Leib die Haut abziehen!«

Philipp trat zum Fenster und sah hinaus. »Wir müssen herausfinden, wie groß der von ihm angerichtete Schaden wirklich ist. Weiß außer de Paris noch jemand im Orden von unserem Plan? Wie lange genießt Campbell schon Clemens' Vertrauen? Wurde die Botschaft an Jacques de Molay überhaupt abgeschickt?«

»Ja«, unterbrach Nogaret, der noch immer wütend durch die Kammer stapfte. »Ich habe einen unserer Männer beauftragt, den päpstlichen Boten zu begleiten, um ganz sicherzugehen.« Er blieb vor Philipp stehen und senkte die Stimme. »Aber wenigstens habt Ihr nun zwei Probleme weniger, Sire.« Er deutete auf die Zwischentür, hinter der noch immer Rose' Schluchzen erklang. »Ihr könnt Euch von dem Verräter und seiner Tochter befreien.«

Philipp musterte ihn scharf. »Nein, das Mädchen kann uns noch von Nutzen sein. Wir können sie als Druckmittel benutzen, wenn Campbell sich verstockt zeigt.«

»Oh, er wird reden, Sire. Er wird reden, bis er keine Worte mehr findet.« Nogarets Augen wurden schmal. »Aber seine Tochter ist unnützer Ballast, und der Bastard, den sie erwartet, wird Euch nur Kummer bescheren. Was ist, wenn er zur Welt kommt? Eine Affäre lässt sich mit der Trauer um Eure Frau erklären, aber ein illegitimes Kind wird …«

»Das reicht!« Philipp fuhr zu Nogaret herum. »Bringt mir Campbell. Das ist ein Befehl. Wenn er auf dem Weg zum Ordenshaus ist, kann er noch nicht weit gekommen sein. Seht zu, dass Ihr ihn abfangt. Nehmt die Palastwache mit.«

»Und was dann, Sire? Werden wir wie geplant weitermachen,

wenn wir ihn in unserem Gewahrsam haben und genau wissen, was er gegen uns unternommen hat?«

Philipps blaue Augen glitzerten. »Wenn Jacques de Molay auf die Aufforderung des Papstes reagiert, leiten wir die nächsten Schritte ein. In der Zwischenzeit werden wir Esquin de Floyrans Anschuldigungen öffentlich bekannt machen. Clemens ist dann unabhängig von seinen persönlichen Ansichten zum Handeln gezwungen, wenn genug Leute dies fordern. Nachdem Ihr Campbell unschädlich gemacht habt, werdet Ihr Anklageschriften aufsetzen, mittels derer wir den Großmeister und seine engsten Vertrauten verhaften können. Diese Schriften werden auf de Floyrans Aussagen basieren, aber sie müssen aufsehenerregend genug sein, um mir die Unterstützung meiner Untertanen zu sichern. Ketzerei ist ein Wort, das immer auf offene Ohren stößt, aber wir dürfen nicht vergessen, mit wem wir es zu tun haben. Die Tempelritter stehen für zweihundert Jahre Macht und Ruhm. Ihr Mantel symbolisiert die Ideale von Reinheit und Unschuld, sie befolgen die Regel eines Heiligen und sind als Ritter Christi bekannt. Die Anklagepunkte gegen sie dürfen keine Schwachstellen aufweisen.«

»Ich weiß, wie man solche Schriften formuliert, Sire.« Nogarets Stimme war nahezu unhörbar. »Ich kann mich gut erinnern, was man meinem Vater und meiner Mutter vorgeworfen hat.«

35

Rue du Temple, Paris
14. Mai A.D. 1307

Wills Lunge brannte, als er die Rue du Temple entlangrannte. Die Sonne war hinter den Dächern und Türmen untergegangen und hatte die schmalen Straßen in ein fahles Zwielicht getaucht. Hinter ihm begannen die Glocken von Notre Dame zur Vesper zu läuten. Die Klänge hallten über die Seine und breiteten sich wie Wellen in der Stadt aus, als andere Glocken einfielen. Will versuchte, sich auf das Treffen mit Robert und das Ergebnis der Unterredung des Ritters mit Hugues zu konzentrieren, aber es gelang ihm nicht, seine Gedanken kreisten einzig und allein um seine Tochter. Zorn, Hoffnung, Furcht und Freude brodelten in ihm, als er auf das Tempeltor zujagte. Ein Teil von ihm fürchtete, Rose könne ihre Meinung noch ändern und sich weigern, den Palast zu verlassen, wenn er zu ihr zurückkehrte. Diese Furcht trieb ihn dazu, sein Tempo noch zu beschleunigen und sich rücksichtslos an einer Gruppe von Händlern vorbeizudrängen, die in eine Auseinandersetzung mit der Stadtwache verstrickt waren.

Er lief die Straße hinauf, die zum Ordenshaus führte, bis er einen kleinen Eichenhain direkt vor der Mauer erreichte. Hier machte er Halt und bog von dem Weg ab. Schweiß brannte in seinen Augen, als er sich nach Atem ringend vorbeugte. Die Bäume vor ihm verschwanden schon fast im Schatten, aber Robert war nirgendwo zu sehen. Will richtete sich auf, wischte sich mit dem Arm über das Gesicht und blickte sich um, weil er Hufschläge hörte. Fünf Reiter trabten, eine Staubwolke hinter sich herziehend, die Straße entlang. Will beobachtete sie, als sie an ihm vorbeikamen. Die Hufe ihrer Pferde wirbelten kleine Steinchen vom Boden auf.

»Campbell.«

Beim Klang der Stimme fuhr er herum. »Robert?« Er blinzelte zwischen den Bäumen hindurch. Als er dort eine Bewegung bemerkte, trat er unter den Schatten der Äste. Kleine Zweige knackten unter seinen Füßen. Er war erst ein paar Schritte weit gekommen, als ihm eine Gestalt den Weg vertrat. Wills Blick heftete sich auf die Klinge in der Hand des Unbekannten. Er griff nach seinem eigenen Schwert, spürte aber im selben Moment überall ringsum Gefahr. Er wirbelte herum, als sich vier – nein, fünf Schatten von allen Seiten auf ihn stürzten, riss sein

Schwert aus der Scheide und drang damit auf den Angreifer ein, der den Hieb geschickt parierte. Ein schwerer Stiefel traf seine Kniekehlen. Er brach grunzend zusammen und hob sein Schwert, um einen weiteren Streich abzuwehren, den sein Gegner gegen ihn führte. Doch der Hieb diente lediglich dazu, ihn abzulenken, damit er dem zweiten Tritt nicht ausweichen konnte, der seine Nierengegend traf. Ein dritter Stiefel bohrte sich hart in seinen Rücken. Will schrie vor Schmerz und Wut laut auf, als jemand auf sein Schwert trat und seine Finger darunter einklemmte. Er hob seine freie Hand, um die Tritte und Fausthiebe abzuwehren, die auf ihn niederprasselten. Das Letzte, was er spürte, war ein heftiger Schlag gegen seinen Hinterkopf, dann wurde die Welt dunkel um ihn.

Überall ringsum hallten dumpfe, an rasche Herzschläge erinnernde Geräusche wider. Er kam sich vor, als triebe er von der Welt losgelöst unter Wasser dahin. Plötzlich tauchte er auf, kam wieder zu sich. Mit dem Gesicht nach unten wurde er einen Gang entlanggeschleift. Fackelschein blitzte auf, und der Saum eines Umhangs streifte über sein Gesicht. Er spürte, dass Hände ihn an den Armen gepackt hielten, doch seine Beine waren frei. Will fühlte sich seltsam desorientiert und schwach; war nicht im Stande, den Kopf zu heben. Eine Tür wurde aufgestoßen. Seine Häscher blieben kurz stehen, ein kratzendes Geräusch ertönte, schale, nach bitterem Weihrauch stinkende Luft schlug ihm entgegen, dann wurde er eine schmale Treppe hinuntergezerrt, bis sie endlich in einen warmen, von Kerzen schwach erleuchteten Raum gelangten, wo man ihn auf einen Stuhl hievte. Jemand fesselte ihm die Hände auf dem Rücken. Er rang keuchend nach Atem, als ihn etwas Eisiges traf, und hob den Kopf. Wasser tropfte von seinem Gesicht auf seine Brust. Als sein Blick klar wurde, sah er eine sich entfernende Gestalt, die einen Eimer in der Hand hielt.

Als Will sich umblickte, stellte er fest, dass er sich in einer dämmrigen Kammer befand. An einer Wand hingen schwarze Vorhänge, vor denen ein von Kerzenschein beleuchteter Mann in einem aus Hunderten schimmernder Seidenkreise gefertigten Umhang stand. Als der Mann seine Kapuze zurückschob, starrte Will benommen in das darunter zum Vorschein gekommene Gesicht.

Hugues de Pairauds dunkle Augen blickten ihn an. Die Wangen des Visitators waren von tiefen Altersfurchen durchzogen, sein einst schwarzer Bart mit zahlreichen grauen Strähnen durchzogen. Er sagte kein Wort, sondern musterte Will nur nachdenklich und fragend zugleich.

Im Schatten bewegte sich etwas. Eine zweite Gestalt erschien. Sie trug einen schlichten weißen Mantel und eine rote, mit einem Hirschkopf bemalte Maske, die genauso aussah wie die der Männer, die ihn in dem Wäldchen verprügelt hatten. Die Gestalt raunte Hugues etwas zu, woraufhin dieser nickte und Will wieder ansah.

»Du warst all diese Jahre in Paris? Wie lange weiß Robert schon, dass du im Palast wohnst?«

Will schluckte mühsam, schmeckte Blut und Erde. Der Weihrauchgestank war unerträglich. »Was hast du mit ihm gemacht?«, fragte er gepresst. »Wo ist Robert?«

»Wie hast du es geschafft, ihn gegen mich aufzubringen?« Hugues trat einen Schritt vor. »Wie hast du ihn dazu gebracht, mich zu verraten?«

»Du klingst, als wäre Verrat eine Todsünde, dabei fällt er dir selbst doch so leicht.«

Will spürte, dass sich ihm jemand von hinten näherte. Eine mit einem Kettenhandschuh bewehrte Faust traf seine Schläfe so hart, dass er auf dem Stuhl zur Seite geschleudert wurde. Seltsamerweise brachte ihn der Schock wieder voll zu Bewusstsein. Er spie einen Klumpen Blut aus, ehe er den Visitator scharf fixierte. »Ich habe dir vertraut, Hugues, deshalb habe ich dich in die Bruderschaft aufgenommen. Ich dachte, du würdest unsere Ziele und unser Wirken verstehen, statt alles in ein perverses Zerrbild umzukehren.«

Der maskierte Mann trat erneut vor, doch Hugues gebot ihm mit erhobener Hand Einhalt. »Du bist derjenige, der sich von der Bruderschaft losgesagt hat, Campbell. Wenn sie dir so viel bedeutet, hättest du bleiben sollen. Auf jeden Fall hast du mir durch deine Desertion die Möglichkeit gegeben, das zu tun, was getan werden musste und was du nie getan hättest. Du und Robert, ihr wart beide so kurzsichtig. Everard… ja, das war ein Mann, der uns zu wahrer Größe hätte verhelfen können, wenn er länger gelebt hätte. Er hat verstanden, was die Anima Templi wirklich ist.«

»Du weißt nichts von Everard und seinen Zielen«, grollte Will. Er ärgerte sich über die Unterstellung, seinen alten Freund und Mentor nicht gekannt zu haben.

»Nein?« Hugues trat zu einer Art Altar und nahm etwas herunter.

Als er in den Lichtkreis zurückkehrte, erkannte Will das ledergebundene Buch, das Everards Lebensaufzeichnungen enthielt.

»Ich denke, ich kenne ihn recht gut.« Hugues blätterte in dem Buch. »Ich weiß, dass er an die Notwendigkeit von Opfern geglaubt hat und davon überzeugt war, dass der Preis für die Freiheit manchmal in Blut entrichtet werden muss. Ich weiß, dass er an die Macht der Anima Templi geglaubt und sich immer dafür ausgesprochen hat, sie müsse notfalls den Orden vom Einfluss eines Großmeisters befreien, der ihre Ziele durchkreuzt. Und ich weiß, dass er an die Kraft von Mythen geglaubt hat.« Hugues schüttelte den Kopf. »Er hat das Gralsbuch geschrieben. Hast du denn daraus überhaupt nichts gelernt?«

»Du hast doch keine Ahnung, wovon du sprichst.« Will beobachtete, wie Hugues den Band wieder auf den Altar legte. »Das Gralsbuch wurde Jahre vor deiner Aufnahme in die Bruderschaft verfasst. Ich habe Everards Aufzeichnungen gelesen. Er hat sorgfältig darauf geachtet, dass seine Worte nur für diejenigen einen

Sinn ergeben, denen das Buch und sein Inhalt schon bekannt ist.«

»Nicht unbedingt. Ich habe in Akkon viel über die Geschichte der Anima Templi gelernt und aus mehreren Quellen von dem Buch und den Geschichten darin erfahren: von dir und Robert, von Bruder Thomas in England und König Edward, obgleich seine Bemerkungen zu diesem Thema für gewöhnlich vor Hohn und Verachtung zu triefen pflegten. Im Laufe der Zeit habe ich die Einzelteile zusammengesetzt und so begriffen, worum es ging.«

»Aber du hast die Teile in der falschen Reihenfolge zusammengesetzt«, erwiderte Will barsch. »Du hast Everards Worte verzerrt. Männer, die Blut trinken? Ritter, die auf das Kreuz spucken? Das waren doch nur Sinnbilder!«

»Daran hat sich auch nichts geändert. Nur nehmen wir sie jetzt ernst, was ihnen eine wesentlich größere Macht verleiht.«

»In Worte gefasst wohnt ihnen nichts Böses inne. In die Tat umgesetzt ist es Ketzerei.«

»Ketzerei!«, höhnte Hugues. »Du bist genauso in dem alten Glauben gefangen wie Jacques de Molay. Everard hat sich zwar über Armand de Périgords Besessenheit von den Gralsgeschichten lustig gemacht, aber dennoch genau gewusst, wie viel Macht sie beinhalten. Aber er hat diese Macht nie genutzt. Er hatte keine Gelegenheit dazu. Ich habe sein und Armands Werk weitergeführt und dabei eine bloße Fantasie erwachsener Männer in etwas Reales verwandelt – etwas, was den Orden retten kann.«

»Wie in Gottes Namen willst du den Orden dadurch retten, dass du aus jungen, leicht zu beeindruckenden Rittern Blut trinkende Sünder machst?«

»Das Blut steht für das Band, das uns als Brüder verbindet«, erwiderte Hugues im Brustton der Überzeugung. »Deswegen hat Everard es in die Parsifalsgeschichten einfließen lassen. Ich bin nur einen Schritt weiter gegangen und habe dadurch die Symbolwirkung noch verstärkt. Diese Ritter …« Er deutete auf weitere schattenhafte Gestalten innerhalb von Wills Blickfeld. »Sie sind wahre Brüder.«

»Ich bezweifle, dass Martin de Floyran deine Vorstellungen von Bruderschaft geteilt hat.«

Hugues' Gesicht umwölkte sich. »Meine Männer sind in dieser Nacht zu weit gegangen. Aber sie sind mir und einander gegenüber bedingungslos loyal, und Martins Verrat hat sie tief getroffen. Es war meine Schuld. Er war für die Initiation noch nicht bereit. Bei manchen Männern dauert es länger.«

»Und Esquin?«

»Ein weiteres unglückliches Opfer.« Hugues holte tief Atem. »Wir sind weder Sünder noch Ketzer, Campbell. Ich glaube genauso an Gott wie du. Die Männer, die ich für die Aufnahme in die Anima Templi auswähle, kommen in diese Kammer, um unter meiner Führung Parsifals Reise nachzuvollziehen.« Er deutete auf seinen schimmernden Umhang. »Ich verkörpere den Fischerkönig, der sie durch ihre Prüfungen geleitet. Sie werden aufgefordert, zwischen zwei Wegen zu wählen: dem Weg des alten Ordens unter einem Großmeister, einen Weg des Blutes, der Gewalt und des Krieges – oder dem Weg, der zu einem neuen Orden führt. Aber dieser Weg ist steinig. Folgen sie ihm, müssen sie ihre Rittergelübde brechen und ihre Meister sowie ihre Familien verraten. Sie müssen mir blind vertrauen und ich ihnen. Sie speien auf das Kreuz. Durch diesen Akt akzeptieren sie, dass ich in allen Angelegenheiten der Bruderschaft die höchste Autorität bin. Everard hat die Bedeutung solcher Handlungen verstanden, sonst hätte er das Gralsbuch nicht geschrieben. Deswegen hat er Akkon auch als sein Camelot bezeichnet. Die Vorstellung, ein mythisches Ideal zu retten, wiegt stärker als der Gedanke an die Rettung eines staubigen Stückes Land, nicht wahr?«

Will schüttelte ungläubig den Kopf. »Du hast die ganze Zeit neue Mitglieder in die Anima Templi aufgenommen? Robert hat mir gesagt, du würdest überhaupt nichts mehr tun. Die Bruderschaft würde kaum noch zusammenkommen.«

»Ich hatte einmal gehofft, Robert würde sich uns anschließen, aber ich wusste auch, dass er ebenso tief in den alten Zeiten verwurzelt ist wie du und Jacques. Aber jetzt ist die Zeit für einen neuen Orden gekommen. Für eine neue Bruderschaft. Die Kreuzzüge sind vorüber; sie sind in dem Moment endgültig gescheitert, als Akkon in die Hände der Mamelucken gefallen ist. Und während die Deutschordensritter in Preußen einfallen, um sich Land und Reichtümer zu verschaffen, und die Hospitaliter planen, Rhodos einzunehmen, stolpern unsere eigenen Führer blind in Zypern umher und sehnen sich nach Jerusalem und einem verlorenen Traum zurück. Jetzt ist die Zeit, neue Reiche aufzubauen und auszuweiten, statt Männer und Geld für fruchtlose heilige Kämpfe zu verschwenden. Die Welt hat sich verändert, während du versucht hast, dich an die Idee einer Rückeroberung des Ostens zu klammern. Die Könige des Westens haben ihre Macht gefestigt und ihre Reiche stetig vergrößert. Wir müssen dasselbe tun, wenn wir überleben wollen. Auch wir müssen uns ändern und alles daransetzen, uns eine sichere Basis zu schaffen. Wir sehen einer neuen Zeit entgegen, einer Zeit neuer Entdeckungen und Erkenntnisse, einer Zeit des Friedens und des Wohlstands.« Hugues' Augen glänzten im Kerzenschein. »Aber mir war von Anfang an klar, dass ich den Orden nur langsam von innen heraus verändern konnte, also begann ich, Ritter zu rekrutieren, die mir und nicht Jacques und seinem Kreuzzugswahn die Treue halten würden.«

»Was hast du denn vor? Mit deiner privaten Armee ein fremdes Land zu erobern?«

»Das ist nicht nötig. König Edward hat mir und dem Orden einen Teil des eroberten Schottlands zugesagt.«

Will beugte sich vor. Seine Augen verdunkelten sich vor Schmerz und Zorn. »Wenn er es denn erobert. Noch ist es nicht so weit.«

»Aber bald«, erwiderte Hugues ruhig. »Robert Bruce und seine Anhänger sind untergetaucht, und Edwards Truppen befinden sich just in diesem Moment auf dem Marsch in Richtung Norden. Er befehligt die größte Armee seit Falkirk. Schottland wird fallen, ergo wird der Orden eine sichere Basis aufbauen können – fernab der Unruhen in Frankreich, England, Deutschland und Italien.«

»Du bist ein Narr, Hugues«, murmelte Will. »Edward kämpft seit achtzehn Jahren um die Herrschaft über Schottland. Bildest du dir wirklich ein, er würde dir einen Teil davon abtreten? Du hast dich von deinen eigenen Fantasien blenden lassen, und du hast die Bruderschaft dazu benutzt, sie zu verwirklichen. Das ist nicht das, was Everard, mein Vater, Elias oder Kalawun beabsichtigt und wofür sie gelebt und ihr Blut gegeben haben. Das ist nicht die Seele des Tempels!«

»Jetzt schon. Du hast dich davongemacht, Will. Du bist schon seit Jahren kein Mitglied des Ordens und der Bruderschaft mehr. Während du versucht hast, König Edward kleine Nadelstiche zu versetzen wie eine Maus, die einen Löwen besiegen will, habe ich den Orden in eine goldene Zukunft geführt.«

»Eine goldene Zukunft? Just in diesem Moment ist eine Botschaft auf dem Weg nach Zypern, die Großmeister de Molay zu einem Treffen mit dem Papst befiehlt, bei dem er sich zu Anklagen wegen Ketzerei innerhalb dieses Ordenshauses äußern soll. König Philipp und Guillaume de Nogaret versuchen seit Jahren, die Kontrolle über die Templer an sich zu reißen, weil sie unsere Reichtümer ihren Schatztruhen einverleiben wollen. Durch das, was du getan hast, hast du jeden Mann hier dem Untergang geweiht!«

»Lächerlich. Niemand weiß von der Bruderschaft.«

»Doch. Esquin de Floyran, und er befindet sich im Gewahrsam des Königs.«

»Das ist unmöglich. Nur ich verfüge über die Autorität, de Floyran aus Merlan zu befreien.« Hugues starrte Will an, als ihm zu dämmern begann, was geschehen sein musste. »Ist Robert de Paris eine noch falschere Schlange, als ich bislang gedacht habe?«

»Noch können wir retten, was zu retten ist. Ich habe das Ohr des Papstes, aber du musst alle Beweise für das, was du hier getrieben hast, vernichten. Dann musst du die Anima Templi auflösen und ...«

»Sie auflösen?« Argwohn glomm in Hugues' Augen auf. »Was für ein Spiel spielst du mit mir, Campbell?«

»Es ist kein Spiel, das schwöre ich dir ...«

»Genug! Ich will diese Lügen nicht länger hören.« Hugues winkte die Männer im Schatten zu sich. »Schafft ihn mir aus den Augen.«

»Mich in Merlan vermodern zu lassen ändert auch nichts!«, rief Will, als die maskierten Brüder seine Hände losbanden und ihn unsanft auf die Füße zerrten.

»Du kommst nicht nach Merlan, sondern du wirst nach England gebracht. Das war Edwards Preis für das Land, das er der Bruderschaft versprochen hat. Du – für einen Teil Schottlands.«

»Tu das nicht!«, brüllte Will. »Um Gottes willen, tu das nicht!«

Doch Hugues hatte sich schon abgewandt, und dann wurde Will eine Kapuze über den Kopf gezogen, und die Welt wurde dunkel um ihn.

36

Die Straße nach Carlisle, Königreich England
1. Juli A.D. 1307

Der Karren rumpelte über die unebene Straße. Will wurde unsanft durchgerüttelt; er spürte jede Faser seines schmerzenden Körpers. Durch das Gewebe seiner Kapuze sah er Licht aufblitzen; anhand dieser Lichtstrahlen und des veränderten Geruchs in der Luft schloss er, dass sie durch einen Wald fuhren. Er hatte eine Weile lang versucht herauszufinden, wo sie sich ungefähr befanden, aber da er jegliches Gefühl für Zeit und Entfernungen verloren hatte, gab er bald auf.

Er war noch in der Nacht seiner Begegnung mit Hugues aus Paris fortgebracht worden. Seine Häscher hatten ihn zum Ufer der Seine hinuntergeschafft, wo sie an Bord eines Schiffes gegangen waren. Will erholte sich nur langsam von den Verletzungen, die ihm Hugues' Männer beigebracht hatten, und verlor immer wieder das Bewusstsein. Von anderen Menschen abgesondert, noch immer gefesselt und mit verbundenen Augen musste er in dem engen, stinkenden Laderaum ausharren. Nur die Schreie der Möwen, die das Plätschern des Wassers übertönten, und das Knarren der Planken verrieten ihm, wann sie das offene Meer erreicht hatten. Dann wurde er an Deck gebracht, wo er die salzige Luft in tiefen Zügen in sich einsog, und in Honfleur auf ein größeres Schiff umgeladen. Doch noch ehe es die Segel setzen konnte, zog ein Sommersturm auf, sodass es mehrere Tage lang am Pier vertäut liegen bleiben musste.

Will, der unter Deck von den Wellen durchgeschüttelt wurde, die sich im Hafenbecken brachen, konzentrierte all seine Gedanken auf seine Tochter, die sich vermutlich noch immer im Palast aufhielt. Die Vorstellung, dass sie auf ihn wartete, einmal mehr glauben musste, er habe sie im Stich gelassen, trieb ihn fast zum Wahnsinn. Er bäumte sich wild in seinen Fesseln auf und überschüttete seine Häscher mit Flüchen und Beschimpfungen, bis zwei Männer zu ihm herunterkamen und ihn mit Schlägen zum Schweigen brachten. Danach nahm er die Überfahrt nach England nur noch wie im Nebel wahr. Nach ihrer Ankunft in London wurde er zu einem Gebäude in der Nähe der Docks geschafft, wo er ungefähr eine Woche in Ketten in einem Kellerloch verbrachte und nichts als Brot und brackig schmeckendes Wasser erhielt, bis man ihn endlich herausholte und auf den Karren warf.

Den Gesprächsfetzen, die er während der langen Reise gen Norden aufschnappte, entnahm er, dass die ungefähr dreißig Männer, die ihn begleiteten, zu König Edwards Leibwache gehörten und der englischen Armee mit zusätzlichen Vorräten nach Schottland folgten. Außer dem ihren waren noch andere Karren auf der

Straße unterwegs, doch der, in dem er lag, war mit Fässern mit übel riechendem Wein beladen, deren Gestank ihm den Mageninhalt in die Kehle trieb. Die Tageshitze sickerte durch den Stoff seiner Kapuze, und schon bald rang er schweißüberströmt nach Atem und lechzte nach Wasser, das er gierig hinunterstürzte, wann immer ihm eine Schale hingeschoben wurde.

Die Lichtstrahlen, die hinter der Kapuze aufblitzten, wichen bald einem permanenten Leuchten, woraus Will schloss, dass sie den Wald verlassen hatten. Der würzige Duft der Bäume machte dem staubigen Geruch trockenen Grases Platz, und die Soldaten begannen sich über die Insektenschwärme zu beklagen, die sie unaufhörlich plagten. Ungefähr eine Stunde später stieg Will Lagerfeuerrauch in die Nase, und in der Ferne hörte er die leisen, unzusammenhängenden Geräusche, die eine größere Menschenansammlung verursachte. Das Vogelgezwitscher erstarb, dann waren Hundegebell, Pferdegewieher, Rufe und Gelächter zu hören. Der Karren rumpelte über Felder, kam schließlich zum Stehen und schwankte leicht, als zwei Männer zu Will hineinkletterten. Sie packten ihn an den Armen und rissen seinen steifen Körper unsanft in die Höhe. Nachdem er so lange Zeit in fast völliger Stille verbracht hatte, dröhnte das Stimmengewirr schmerzhaft in seinen Ohren. Plötzlich zog ihm jemand die Kapuze vom Kopf, und grelles Sonnenlicht blendete ihn.

Er befand sich auf einer weitläufigen, grasbewachsenen Ebene, die, soweit er sehen konnte, mit Hunderten, wenn nicht gar Tausenden von Zelten bedeckt war. Überall flatterten bunte Fahnen und Banner; eine Vielzahl von Farben und Emblemen, von denen er einige von seinen Feldzügen mit Wallace her kannte. Ritter und Edelleute standen in Gruppen beieinander oder saßen vor ihren Zelten, während Knappen und Diener wie geschäftige Ameisen zwischen ihnen umherhuschten. Als die Männer Will durch das Lager führten, sah er zahlreiche Schmiede, die damit beschäftigt waren, Kettenhemden anzufertigen. Ihre geschickten Hände fügten die Metallringe mit äußerster Sorgfalt zusammen, bis die Hemden aussahen wie aus Fischschuppen gefertigt. Köche in schmutzigen Schürzen arbeiteten an großen Feuern, und eine Gruppe von Bogenschützen überprüfte unter den wachsamen Augen ihres Hauptmanns die Befiederung ihrer Pfeile. Hugues hatte gesagt, die Armee sei so groß wie die, die die schottischen Truppen bei Falkirk so vernichtend geschlagen hatte. Während er den Blick über die Männer und Zelte hinwegschweifen ließ, kam Will zu der Überzeugung, dass sie sogar noch beeindruckender sein konnte.

In einiger Entfernung stand neben ein paar größeren Zelten ein scharlachroter königlicher Pavillon. Wills Magen krampfte sich zusammen, als er die goldenen Löwen auf dem davor aufgestellten Banner erkannte. Dahinter stieg das Gelände leicht an, doch diese Steigung und der Hitzeschleier, der über dem Land lag, machten es ihm unmöglich, das auszumachen, was sich dahinter befand, daher hatte er auch keine Ahnung, wo er hier war. Plötzlich wurde ihm bewusst, dass die beiden Soldaten ihn zu einem aus zusammengebundenen Holzpfählen errichteten Käfig führten, der von Männern in der Livree des Königs bewacht wurde. Einer öffnete die Tür, und die Soldaten stießen ihn hinein. Er musste sich bücken, weil das Gefängnis so niedrig war. Vier zerschlagene Gesichter starrten ihn voller Argwohn an, als die Käfigtür hinter ihm geschlossen wurde.

Burgh-upon-Sands, Königreich England
3. Juli A.D 1307

Will kaute gierig auf dem ledrigen Fleischstreifen herum. Aufgrund des Mangels an gesunder Nahrung hatten sich in seinem Mund Blasen gebildet, und das Kauen bereitete ihm Schmerzen, aber wenn dies seine Henkersmahlzeit war, war er entschlossen, sie zu genießen. Es war später Abend, der Himmel schimmerte tief dunkelblau über dem bernsteinfarbenen Schein der Fackeln und Feuer. Seit man ihn in den Käfig geworfen hatte, war die Sonne zweimal aufgegangen, und doch lagerte die Armee noch immer auf der Grasebene. Allerdings war sie beträchtlich angewachsen.

Im Laufe der letzten beiden Tage waren Verstärkungstruppen sowie Versorgungstrosse auf die Ebene geströmt. Mit Keulen und Äxten, Speeren und Schilden bewaffnete Infanteristen mit sonnenverbrannten Gesichtern trotteten erschöpft in das Lager, Edelleute, die Ritterkompanien befehligten, trafen ein. Abends, wenn die Essensrationen ausgegeben wurden, lauschte Will dem Gelächter und den Liedern. Diese Soldaten kämpften schon seit Jahren gegen die Schotten. Sie kannten das Gelände und die Taktiken des Feindes und waren von Zuversicht erfüllt. Gerüchten zufolge plante Robert Bruce, sich ihnen im Kampf zu stellen, wofür die Engländer nur Hohn und Spott übrig hatten. Obgleich Schottlands neuer König einige anfängliche Erfolge zu verzeichnen hatte, beherrschte Edward den größten Teil des Landes. Nun, fast zehn Jahre nach ihrer furchtbaren Niederlage bei der Stirling-Brücke waren seine Männer entschlossen, das rebellische Königreich noch einen letzten blutigen Preis dafür zahlen zu lassen.

Einige dieser Informationen hatte Will seinen Mitgefangenen entlockt. Alle vier waren schottische Kundschafter – zwei stammten aus Bruce' Lager –, die ausgeschickt worden waren, um die englische Vorhut auszuspionieren. Sie waren gefoltert worden, damit sie Informationen bezüglich des Aufenthaltsortes der Schotten preisgaben, hatten bislang aber eisern geschwiegen, obwohl Will nicht sicher war, wie lange sie noch durchhalten konnten. Einer der vier war heute Morgen abgeholt worden und bis jetzt noch nicht zurückgekehrt. Trotz der nagenden Angst um sein Land und sich selbst kreisten Wills Gedanken unablässig um das, was er hinter sich zurückgelassen hatte. Er dachte an Hugues in seinem Fischerkönigumhang und seine Armee maskierter Soldaten, die im Pariser Ordenshaus darauf warteten, dass der Hammer für sie ein Stück Land dem Erdboden gleichmachte. Er dachte an

Robert, einen seiner ältesten Kameraden, der jetzt vermutlich im Kerker schmachtete oder gar nicht mehr am Leben war. Er dachte an seine Tochter, die in Philipps Palast in der Falle saß, und an Papst Clemens' Botschaft auf ihrem Weg nach Zypern. Und er dachte an Esquin de Floyran, der in irgendeinem königlichen Turm verborgen auf Rache an seinen Peinigern sann.

»Campbell.«

Will schluckte den letzten Bissen des trockenen Fleisches hinunter, als er zwei königliche Wächter auf sich zukommen sah. Einer winkte ihn herrisch zu sich.

»Komm heraus.«

Will kroch zu der Käfigtür, wohl wissend, dass Widerstand zwecklos war, und fing ein aufmunterndes Nicken von einem der schottischen Gefangenen auf, als die Wächter ihn auf die Füße zogen. Englische Soldaten starrten ihn an, als er zwischen den Lagerfeuern hindurchgeführt wurde. Einer spie sogar in seine Richtung. Will hielt den Blick starr geradeaus gerichtet. Er registrierte, dass seine beiden Bewacher auf das scharlachrote Zelt zusteuerten.

Es war luxuriös ausgestattet; nichts fehlte, was ein König auf einem Feldzug an Bequemlichkeit verlangen konnte: ein Badezuber, ein Tisch, an dem die Mahlzeiten eingenommen werden konnten, Diener und Musiker, die ihm aufwarteten und ihn unterhielten. Trotzdem herrschte im Zelt eine gedrückte Atmosphäre. Von der lebhaften Zuversicht im Lager war innerhalb dieser Segeltuchwände nichts zu spüren, die Diener verhielten sich ungewöhnlich ruhig und verhalten und trugen sorgenvolle Mienen zur Schau. Will blieb genug Zeit, um das alles in sich aufzunehmen und über den Grund dafür nachzusinnen, ehe er in ein abgeteiltes Privatgemach geführt wurde. Darin stand ein riesiges Bett, dessen vier geschnitzte Pfosten sich bis zu dem wogenden roten Dach erstreckten. Zwei Becken mit glühenden Kohlen spendeten Wärme, aber sehr wenig Licht. In dem Bett lag eine schemenhafte Gestalt.

König Edward war fast siebzig und trug seine Jahre wie einen verblichenen Mantel, der schwer um seine Schultern lag. Will hörte seine rasselnden Atemzüge, roch Uringestank und schalen Schweiß. Der arrogante Gesichtsausdruck, der gebieterische Blick und das würdevolle Gebaren waren verschwunden. Statt des Königs, der ihm sein Leben vergällt hatte, sah er nun einen inkontinenten alten Mann vor sich.

»Habt Ihr meine Armee gesehen, Campbell?«

Die Stimme klang immer noch herrisch, und aus dem spöttischen Ton hörte Will etwas von dem alten Selbst des Königs heraus. »Sie ist schwerlich zu übersehen«, erwiderte er und wurde für seine Unverschämtheit sofort mit einem Schlag in die Nierengegend bestraft, den einer der Wächter ihm versetzte.

»Ihr solltet sie Euch ganz genau ansehen«, krächzte Edward. Seine blutunterlaufenen Augen glühten. »Es ist nämlich das Letzte, was Ihr in Eurem Leben je sehen werdet. Morgen werde ich mit Euch genauso verfahren wie mit diesem Bastard Wallace. Und dann, während Eure Eingeweide im Feuer schmoren, werde ich meine Armee nach Schottland führen, und dann …« Edward brach ab, weil er von einem Hustenanfall geschüttelt wurde. Einer der Wächter trat vor, doch der König hob eine zitternde Hand. Er würgte in ein Leinentuch, dann holte er keuchend Atem und heftete seine wässrigen Augen erneut auf Will. »Dieser Verräter Bruce und seine zerlumpte Horde werden den Tag verfluchen, an dem sie beschlossen haben, sich mir zu widersetzen. Sie werden von ihren Pferden gestoßen und auf den Feldern zertrampelt werden, zu Hunderten und Tausenden niedergemetzelt werden. Die Erde Schottlands wird mit ihrem Blut gereinigt werden, und anstelle der Lehmhütten ihrer Stämme werden stolze englische Städte entstehen. Auch Eure Familie wird dieses Schicksal erleiden, Campbell.« Edward beugte sich vor. »Ich wollte, dass Ihr das erfahrt, bevor ich Euch hinrichten lasse. Ihr sollt wissen, dass die Euren grausam für Euren Verrat bezahlen werden. Ich will, dass Ihr …«

Edward fuhr fort, sein Gift zu verspritzen, doch seine Worte drangen nicht mehr zu Will durch. Er sah nur das verzerrte Gesicht des Königs, den Speichel, der von seinen grauen Lippen spritzte, spürte nur den Hass, der von diesem Mann ausging. Er strömte aus jeder Pore des Königs, schwarz und bitter wie Pech, und stank nach Ohnmacht und hilfloser Wut. Edward wurde von diesem Gewicht beinahe erdrückt. Und in einem Anflug von Hellsichtigkeit erkannte Will, dass er trotz allem – trotz des Todes all derer, die er geliebt hatte, trotz Irrungen und Täuschungen – nie seine Seele eingebüßt hatte. Er spürte sie in sich; spürte, wie sie vor Edwards hinfälliger, dennoch noch immer vor Bosheit sprühender sterblicher Hülle hell aufflammte. Trotz des Hasses, der ihn so lange beherrscht hatte, hatte er nie zugelassen, dass dieser Hass ihn im Laufe der Jahre langsam vergiftete. Und mit einem Mal wusste er mit absoluter Gewissheit, dass Edward auch dann keinen Frieden finden würde, wenn es ihm tatsächlich gelang, Schottland zu unterwerfen. Diese Gnade war ihm schon vor langer Zeit für immer verwehrt worden.

Edwards Tirade endete in einem weiteren heftigen Hustenanfall, der die Diener dazu veranlasste, hastig mit frischen Tüchern herbeizueilen, in die er Schleim spucken konnte. »Morgen, Campbell«, stieß er röchelnd hervor. »*Morgen!*«

Will wurde, von seiner Erkenntnis noch immer wie betäubt, in die schwüle Nacht hinausgeführt. Edwards Husten verklang hinter ihm, als die Soldaten ihn zu dem Käfig zurückbrachten.

Der größte Teil der Armee schlief bereits, nutzte die Gelegenheit, sich vor dem Marsch nach Schottland und der bevorstehenden Nacht noch nach Kräften auszuruhen. Ohne auf die Fragen seiner Mitgefangenen einzugehen, kniete Will nieder und senkte den Kopf. Er betete für seine Tochter, verlieh der Hoffnung Ausdruck, sie möge erfahren, dass er sie nicht im Stich gelassen hatte; betete, dass sie zu Simon gehen und er ihr helfen würde, Philipps Fängen zu entkommen. Er betete, Hugues möge zur Vernunft kommen und Clemens die Nerven behalten; betete, dass Robert noch am Leben war und Jacques de Molays Kreuzzug scheitern würde. Danach streckte er sich auf dem warmen Gras aus und schloss die Augen. Obgleich er Angst vor dem hatte, was ihm bevorstand, wusste er, dass der Schmerz vergänglich war und ihm am Ende des langen Tunnels ein helles Licht erwartete.

Morgen würde er seinen Vater und seine Mutter wiedersehen. Er würde von Everard, Hassan und Elias begrüßt werden und die Hände von Kalawun und Owein schütteln. Morgen würde er wieder mit Elwen vereint sein. Er würde ihnen mit Frieden im Herzen und dem Wissen, am Ende den richtigen Weg beschritten zu haben, gegenübertreten.

Doch am nächsten Morgen erschienen keine Soldaten, um ihn zum Galgen zu bringen. Die Stunden nach Tagesanbruch krochen dahin, die Armee erwachte zum Leben, Männer versorgten ihre Pferde und brachen ihr Fasten. Will spürte, wie seine Ruhe nach und nach innerer Anspannung wich. Er wollte alles endlich hinter sich bringen. Das Warten zerrte an seinen Nerven, dennoch ließ man ihn den ganzen Tag lang und die Hälfte des nächsten im Ungewissen. Der Himmel über ihm verfärbte sich von Rot zu Gold zu Blau. Am nächsten Nachmittag merkte Will, dass sich die Stimmung im Lager verändert hatte. Keiner der Schotten wurde mehr zum Verhör abgeholt, und die Wächter, die ihnen ihr Essen hinwarfen, pressten die Lippen zusammen und wechselten kein Wort mit ihnen. Es erklangen keine Lieder mehr im Lager, keine zotigen Scherze, kein Gelächter. Und Will wartete immer noch.

Am Morgen des vierten Tages, nachdem er zum König befohlen worden war, zog ein Sturm über der Ebene auf. Will hockte nass bis auf die Haut in seinem Käfig und leckte sich Regentropfen von den Lippen, als Bewegung in das Lager kam. Er kroch zu den Gitterstäben und sah zu, wie ein paar Kompanien in den strömenden Regen hinausmarschierten. Wasser glitzerte auf ihren Helmen und Schilden. Im Laufe der nächsten Stunden verließen immer mehr Männer das Lager. Einige wirkten niedergeschlagen, andere sichtlich erleichtert – keines von beidem sah einem Soldaten ähnlich, der sich anschickt, in die Schlacht zu ziehen. In der Ferne konnte er eine große Menschenmenge ausmachen, die sich um das königliche Zelt geschart hatte.

Etwas später, als der Regen in Richtung Norden weitergezogen war und die Männer nun in Scharen aus dem Lager strömten, kam ein Soldat zu dem Käfig. Er war schlichter gekleidet als die königlichen Wächter, die sie bis zu diesem Morgen bewacht hatten. Er öffnete die Tür und bedeutete den Gefangenen, ins Freie zu treten.

»Ihr könnt gehen.«

Die anderen Schotten wechselten erstaunte Blicke, dann krochen sie rasch aus dem Käfig hinaus.

Will blieb, wo er war. »Wer lässt uns frei?«, fragte er, als der Mann sich abwandte.

Der Soldat drehte sich zu ihm um. »Der neue König. Er will sich nicht mit unnötigem Ballast aufhalten.«

Will stockte der Atem. »Edward ist tot?«

»Er ist an diesem Morgen gestorben«, erwiderte der Soldat barsch. »Sein Sohn hat seine Nachfolge angetreten und den Rückzug befohlen. Er hat nicht die Absicht, den Krieg seines Vaters fortzuführen.«

Als der Mann sich entfernte, sank Will auf dem feuchten Gras auf die Knie. So verharrte er einige Zeit, während die englische Armee langsam die Ebene verließ. Endlich raffte er sich auf und erklomm den niedrigen Hügel, ohne dem roten Zelt und der noch immer davor versammelten Menschenmenge Beachtung zu schenken. Als er die Kuppe erreichte, sah er, dass die Felder zu Marschen abfielen, hinter denen eine breite Flussmündung lag. Hinter dem Wasser erhoben sich die dunkelgoldenen Hügel vom Dumfries. Er dachte an seine hinter diesen Hügeln lebende Familie. Nun, da ihm ein zweites Leben geschenkt worden war, wollte er die Überlebenden wiedersehen: Ysenda und David, Margaret und Alice, die schöne rothaarige Christian. Die Verlockung war überwältigend, doch er gestattete sich nur eine kurze

Pause, bevor er sich umdrehte, das in die Schleier des Sommerregens gehüllte Schottland hinter sich ließ und Richtung Süden marschierte.

37

Franziskanerkloster, Poitiers
18. August A.D. 1307

»Eure Heiligkeit.« Jacques de Molays raue Stimme hallte durch den Kapitelsaal. Er ließ sich auf ein Knie nieder, ergriff Clemens' ausgestreckte Hand und küsste seinen Ring.

Clemens lächelte freundlich. »Werter Herr Templer, eigentlich bin ich es, der in der Gegenwart der wenigen tapferen Männer niederknien sollte, die noch immer für die Freiheit Jerusalems kämpfen.« Er nickte zu den Rittern hinüber, die sich hinter dem Großmeister aufgereiht hatten.

Es waren ungefähr vierzig, alle trugen Rüstungen, in ihren Schwertgurten steckten Breitschwerter, und sie hatten sich ihre Helme unter den Arm geklemmt. Bei den meisten handelte es sich um hochrangige Offiziere des Ordens. Einige der Älteren kannte Clemens bereits: den Ordensmeister von Frankreich, der sich dicht hinter de Molay hielt, und den Provinzmeister der Normandie, einen hakennasigen Mann namens Geoffroi de Charney. Den Rittern war angeboten worden, sich vor der Audienz bei ihm zu waschen und ein wenig auszuruhen, aber sie hatten es vorgezogen, sich direkt nach ihrer Ankunft im Kloster bei ihm melden zu lassen. Als Folge davon sahen sie aus, als kämen sie direkt von einem Schlachtfeld: Ihre Mäntel waren mit Flecken übersät, die Gesichter sonnenverbrannt und mit Narben bedeckt.

Clemens empfand einen Anflug von Bedauern, Nogarets Drängen nachgegeben und diese Männer grundlos von ihren Pflichten fortgerufen zu haben. Aber er freute sich, sie zu sehen. Allein ihre bloße Gegenwart bestätigte ihn in seinem Verlangen, den Kampf um das Heilige Land trotz des Widerstandes der Herrscher des Westens fortzusetzen. Vielleicht würde er jetzt die Antwort bekommen, auf die er so begierig wartete. Der Papst schlurfte zu dem gepolsterten Stuhl hinüber, den die Mönche für ihn aufgestellt hatten, und winkte den Dienern zu, die sich an der Tür zur Verfügung hielten. »Bringt unseren edlen Gästen eine kleine Mahlzeit und etwas Wein.«

Das breite, von struppigem, eisengrauem Haar umrahmte Gesicht des Großmeisters behielt seinen grimmigen Ausdruck bei. »Eure Heiligkeit, meine Männer und ich haben eine weite Reise auf uns genommen, um Eurer Aufforderung nachzukommen. In Eurer Botschaft erwähntet Ihr ein ernstes Problem innerhalb des Ordens. Ich selbst weiß nichts von irgendwelchen Schwierigkeiten, und daher würde ich gerne hören, welche wichtige Angelegenheit mich von Zypern fortgerufen hat, bevor ich das Brot mit Euch breche.«

Clemens zögerte. Jacques' schroffe Art hatte ihn aus der Fassung gebracht. Nach einem Moment nickte er den Dienern zu. »Lasst uns allein, und sagt den Brüdern, dass wir später essen.« Nachdem die Tür leise geschlossen worden war, verlagerte er sein Gewicht auf dem Stuhl und versuchte, eine hoheitsvolle Miene aufzusetzen. Das dumpfe Schweigen der Ritter vor ihm flößte ihm Unbehagen ein. Er kam sich vor wie ein unfähiger Kommandant, dem die stumme Verachtung seiner Truppen entgegenschlug. »Kennt Ihr einen Ritter namens Esquin de Floyran?«, fragte er schließlich.

Jacques schüttelte den Kopf. »Unter mir dienen viele Ritter, ich kann mir unmöglich jeden einzelnen Namen merken.«

»So heißt der ehemalige Prior von Montfaucon, Großmeister. Vor einigen Jahren erhielt ich einen Brief des Visitators, der besagte, dass man ihn wegen Ketzerei verhaftet habe. Er wurde in Merlan eingekerkert.«

Der Ordensmeister von Frankreich meldete sich zu Wort. »Das ist richtig. Aber Anfang des Jahres entkam de Floyran aus dem Gefängnis und wurde unter den Schutz des Königs gestellt. Er beteuert seine Unschuld und beschuldigt die Ritter des Pariser Ordenshauses, die ihn nach Merlan geschickt haben, der Gotteslästerung und des Mordes.«

»Er steht unter dem Schutz des Königs?« Der Großmeister zog die Brauen zusammen. »Warum sollte Philipp de Floyran seinen Schutz angeboten haben?«

Clemens wog seine nächsten Worte sehr sorgfältig ab. Er hatte noch nicht entschieden, in welchem Maß er die Templer in Philipps Pläne bezüglich des Ordens einweihen sollte. Das Letzte, was er wollte, war, seine Hoffnungen auf einen neuen Kreuzzug endgültig begraben zu müssen, indem er die Ritter von ihren Zielen abbrachte und sie dazu bewog, sich gegen die Krone zu wenden. »Der König war besorgt und wollte sichergehen, dass de Floyrans Anschuldigungen jeglicher Grundlage entbehren. Er will verhindern, dass der Ruf des Ordens in den Schmutz gezogen wird. Sowohl Seine Majestät als auch ich hielten es für unabdinglich, Euch und Eure Mitbrüder aus Zypern zurückzubeordern, um diese Angelegenheit eingehender zu untersuchen. Schließlich wollen wir ja vermeiden, dass die Bürger des Westens an der Ehre der Krieger Christi zweifeln. Seit dem Fall von Akkon scheinen sie ohnehin etwas von ihrem Vertrauen in Euch verloren zu haben.«

Die Furchen auf Jacques' Stirn vertieften sich, und die Männer hinter ihm scharrten unruhig mit den Füßen. Sie wirkten eher gekränkt als besorgt. Der Großmeister nickte Clemens jedoch zu. »Das ist eine schwere Beschuldigung, die wir aus der Welt schaffen müssen. Ich werde persönlich mit diesem de Floyran sprechen und ergründen, ob er die Wahrheit sagt, und dann werde ich mir die Aussagen der Männer anhören, die für seine Verhaftung verantwortlich sind.«

»Das lässt sich sicherlich in die Wege leiten.« Darauf bedacht, nicht das Vertrauen der Ritter zu verlieren und durch Jacques' bestimmte Antwort ermutigt, kam Clemens auf das Thema zu sprechen, das ihm am meisten am Herzen lag. »Ich habe Euch noch aus einem anderen Grund hierhergebeten, Großmeister – ich möchte hören, was Ihr für Fortschritte im Osten macht. Die Nachrichten aus Zypern treffen leider nur sehr schleppend ein. Jeder, mit dem ich spreche, scheint davon überzeugt zu sein, dass ein neuer Kreuzzug immer noch Eure oberste Priorität ist, aber niemand scheint etwas Genaueres zu wissen.«

Bei diesen Worten entspannte sich der Großmeister leicht, obgleich sein Gesicht ernst blieb. »Seit dem Fall unserer letzten Festung auf der Insel Ruad scheitern unsere Bemühungen an der mangelnden Unterstützung des Westens. Sogar unser eigener Orden konnte uns nur ein Minimum an Männern und Vorräten zur Verfügung stellen – was ich nun, wo ich schon einmal hier bin, umgehend zu ändern gedenke. Ich habe den Herrschern des Westens auf meiner Reise durch ihre Reiche unmissverständlich klargemacht, dass ein neuer Kreuzzug nur dann erfolgreich verlaufen kann, wenn alle geschlossen dahinterstehen. Kleine, zersplitterte Armeen ohne ein einheitliches Ziel und ein klar definiertes Feindbild sind zum Scheitern verurteilt.«

Clemens vermochte seine Enttäuschung nicht zu verbergen. »Ihr meint, Ihr werdet das Heilige Land nicht zurückerobern können, Meister Templer? Ich hatte auf bessere Nachrichten gehofft, denn ich bin nach wie vor entschlossen, Euch zu helfen.«

Geoffroi de Charney ergriff das Wort. »Wir danken Euch dafür, Eure Heiligkeit, aber wir sind noch immer davon überzeugt, dass wir geschlossen vorgehen müssen, wenn wir die Sarazenen zurücktreiben und die uns entrissenen Gebiete wieder unter unsere Herrschaft bringen wollen. Wir haben versucht, uns die Hilfe des Königs von Zypern und des Mongolenreichs zu sichern, aber es dauert seine Zeit, solche Bündnisse zu schließen.«

Jacques neigte bestätigend sein Löwenhaupt. »Was wir brauchen, ist die bedingungslose Unterstützung eines mächtigen Königs des Westens. Wenn einer dieser Herrscher das Kreuz nimmt, das Feuer des Krieges in seinen Untertanen entfacht und sie persönlich anführt, dann können wir noch siegen. Vielleicht wäre König Edward der richtige Mann dafür? Oder König Philipp?«

»König Edward ist im Juli verstorben. Wir haben erst vor wenigen Tagen von seinem Tod erfahren. Sein Sohn, der Prinz von Wales, hat seine Nachfolge angetreten.« Clemens schürzte die Lippen. »Ein Mann, dessen Interesse eher ausschweifenden Festen und zügellosen Vergnügungen gilt, wie ich hörte.«

Der Papst lehnte sich zurück, als die Ritter die schlechten Nachrichten stumm in sich aufnahmen. Er fühlte sich, als laste eine bleischwere Bürde auf ihm. All die Hoffnungen, die er auf Jacques und seine Krieger gesetzt hatte, waren auf diese stolze, aber erschöpfte und ausgelaugte Ritterschar reduziert worden. In dem Moment, da die Kardinäle des Heiligen Kollegiums ihn in der Kathedrale von Lyon mit der päpstlichen Tiara gekrönt hatten, hatte Clemens seinen Weg mit glasklarer Deutlichkeit vor sich gesehen – er würde der Papst sein, der die Christenheit zu einem neuen Kreuzzug aufrufen würde. Sein ganzes Leben war auf dieses Ziel ausgerichtet. Doch nun verblasste der Traum, in den Fußstapfen des Herrn durch die Tore der goldenen Stadt zu schreiten, vor seinen Augen. Er dachte an den Rat des Großmeisters und las die Möglichkeiten aus seinen Worten heraus. Doch Philipp war der letzte mächtige König, der dem Westen geblieben war, und seine Aufmerksamkeit konzentrierte sich zurzeit auf andere Dinge.

Der Königspalast, Paris,
13. September A.D. 1307

Rose saß, ihren blauen Umhang eng um sich geschlungen, regungslos in der von Hitze und Lärm erfüllten großen Halle. An den riesigen Tischen, die zwischen den an marmorne Soldaten erinnernden Säulen aufgestellt worden waren, labten sich die hochrangigsten Adligen des Königreiches an dem Festmahl, das soeben aufgetragen worden war. Überall ringsum sah sie weit geöffnete Münder, in die blutige Fleischstücke geschoben wurden. Ein einige Plätze von ihr entfernt sitzender Herzog erzählte einen zotigen Witz, wobei ihm das Essen aus dem Maul fiel, und die ihn umringenden Damen brachen in schallendes Gelächter aus. Steife Anwälte und juwelengeschmückte Bischöfe schlürften Wein, der ihre Lippen und Zähne schwärzlich verfärbte. Silberne Platten bogen sich unter einer Vielzahl von Speisen. In der Mitte der Tafel prangte die Krönung des Abends: eine riesige, mit Rebhühnern, Wachteln, Lerchen und einem Dutzend winziger Spatzen gefüllte Pastete.

Rose blickte direkt auf die Stelle, wo die Pastete aufgeschnitten worden war. Sie konnte den Blick nicht von den kleinen dunklen, vor Fett glänzenden Leibern im Inneren des Teigmantels abwenden. Der Geruch der Eier, die unter das Mehl gemischt worden waren, und der beißende Duft von Rosmarin und Thymian kitzelte sie in der Nase. Alle ihre Sinne schienen unnatürlich geschärft zu sein, das Geräusch eines einen Käselaib zerteilenden Messers glich einem Axthieb, die Stimme eines Bischofs einem Donnergrollen.

»Rose, du musst etwas essen.«

Rose blickte sich um. Blanche musterte sie voller Sorge.

Die zierliche Zofe nickte ihr ermutigend zu. »Nur ein paar Bissen.« Sie dämpfte ihre Stimme zu einem nahezu unhörbaren Flüstern. »Du musst an das Kleine denken.«

Rose blickte auf ihren unter dem Tisch und den Falten ihres Umhangs verborgenen Bauch hinab. An das Kleine denken? Sie konnte an nichts anderes denken.

Ihre Bauchdecke war so straff gespannt wie das Fell einer Trommel, und sie wusste, dass die Blicke der meisten Männer und Frauen in der Halle verstohlen darüber hinwegschweiften, wenn sie aufstand. Hier und da wurden Hände vor Münder geschlagen, wenn sie mit ihren Nachbarn über die Hure des Königs und ihren Bastard tuschelten. Die Damen warfen ihre verschleierten Köpfe zurück, die Lords grinsten und vollführten mit ihren klebrigen Fingern unanständige Gesten. Sie hatte sich im Palast nie wirklich daheim und geborgen gefühlt, aber sie hätte auch nie gedacht, ihr könnte eines Tages eine solche Feindseligkeit entgegenschlagen. Manchmal lag sie des Nachts schweißüberströmt und steif wie ein Brett in ihrem Bett und lauschte darauf, ob sich Schritte ihrer Tür näherten.

Wenn man sie mitten in der Nacht holen kam – ob es irgendjemanden kümmern würde?

Das Bild ihres Vaters stieg vor ihr auf. Sie hatte ihn stets nur als einen Schatten oder einen Geist betrachtet; etwas Vages, Körperloses, das sie verfolgt hatte. Wie grausam das Schicksal doch war! Jetzt, da er fort war, stand ihr sein Gesicht glasklar vor Augen. Philipp hatte entrüstet geleugnet, ihn in jener Mainacht getötet zu haben und sie sogar beschuldigt, etwas mit seinem Verschwinden zu tun zu haben, aber sie wusste, dass der König log und ihr Vater tot war. Manchmal genoss sie die heftigen Tritte sogar, mit denen ihr Kind sie weckte, sie nahm sie als Strafe für ihren Verrat hin. Als Buße für ihre Sünde.

Roses Blick wanderte zum König. Dieser saß auf einem Podest, das das hintere Ende der Halle einnahm. Er war von seiner Familie umringt: seinen Brüdern und seinen Söhnen, die zu gut aussehenden jungen Männern heranwuchsen, und seiner geliebten Isabella. Die knapp zwölfjährige Prinzessin war Edward II., dem neuen König von England anverlobt und würde Anfang des nächsten Jahres zur Hochzeit zu ihm reisen. Seit Monaten hatte Philipp, der diese vorteilhafte Heirat in die Wege geleitet hatte, sie kaum aus den Augen gelassen; so, als wolle er sich mit aller Kraft an die letzten kostbaren Momente der Kindheit seiner Tochter klammern. Zu einer Seite des Königs saß sein aschgesichtiger Beichtvater Guillaume de Paris, zur anderen Nogaret. Die erhöhte Position dieser Tafel sollte jedermann klarmachen, welche bevorzugte Stellung diejenigen einnahmen, die daran Platz nehmen durften. Philipp brauchte ihr erst gar nicht ausdrücklich zu sagen, was er von ihr und ihrem ungeborenen Kind hielt. Ihr Platz auf dem Boden sagte mehr als tausend Worte.

Nogaret raunte Philipp etwas zu, woraufhin der König nickte. Er stand auf, sein schwarzer, mit weißen Lilien bestickter Mantel bauschte sich um seine hohe Gestalt, und ein Page beeilte sich, den Thronsessel zurückzuziehen. Die Spielleute ließen ihre Melodien verklingen, und nach und nach erhoben sich alle Männer und Frauen am Tisch respektvoll. Ohne auf ihre Verbeugungen und Ehrenbezeugungen zu achten steuerte Philipp auf die geschnitzten Türen zu, die zu den königlichen Gemächern führten. Nogaret hielt sich an seiner Seite. Während die Menge ihre Plätze wieder einnahm und die Musikanten erneut zu ihren Instrumenten griffen, blieb Rose stehen. Sie spürte Blanches warnende Hand auf ihrem Arm, schüttelte sie aber ab und huschte aus der Halle, dabei hielt sie den Kopf gesenkt, um all die feindseligen, höhnischen Gesichter nicht sehen zu müssen.

Die kühle Luft, die ihr im Gang entgegenschlug, tat ihr gut. Sie eilte eine offene Galerie entlang. Der Regen, der über den Hof wehte, benetzte ihr Gesicht. Seit drei Tagen regnete es pausenlos, und das Palastgelände hatte sich in einen dunklen Morast verwandelt. Unter ihr schimmerten die Pfützen wie Tinte, und die Unterhaltung der Wachposten wurde vom Trommeln der Wasserfluten gedämpft. Hinter den Mauern gurgelte die angeschwollene Seine dahin.

Rose gelangte in einen breiteren Gang und verlangsamte ihre Schritte, als sie sich dem Gemach des Königs näherte; teils, um Atem zu schöpfen, teils, um ihre Gedanken zu ordnen. Der Impuls, der sie aus der Halle getrieben hatte, hielt unvermindert an, doch jetzt verspürte sie außerdem noch Angst. Philipp hatte sich in den letzten Monaten ihr gegenüber immer abweisender verhalten, und sie konnte seine Stimmungen überhaupt nicht mehr einschätzen. Aber das Festmahl an diesem Abend und all die feindseligen, sie verurteilenden Blicke hatten ihr bestätigt, dass ihre Situation im Palast immer heikler wurde, und sie sehnte sich verzweifelt nach Trost und Zuspruch. Seit einigen Wochen trug sie sich mit dem Gedanken, dass der König ihr vielleicht erlauben würde, sich ins Château Vincennes zurückzuziehen, vielleicht sogar gemeinsam mit Blanche, die nun, da Isabellas Abreise unmittelbar bevorstand, nicht mehr gebraucht wurde. Dort könnte sie ihr Kind fernab von Hofintrigen und dem Gift zur Welt bringen, das Nogaret unaufhörlich in Philipps Ohr träufelte.

Hinter der geschlossenen Tür konnte sie zwei Stimmen hören. Die des Königs klang nachdenklich.

»Ihr seid sicher, dass Clemens getan hat, was von ihm verlangt wurde?«

»Die Pariser Würdenträger müssten schon auf dem Weg nach Poitiers sein.«

»Müssten sie das? Ich will Gewissheit, Nogaret. Ihr werdet das herausfinden.«

»Ja, Sire.«

»Ich möchte, dass uns die Tore des Ordenshauses weit offen stehen, wenn wir kommen. Ich will, dass die einfacheren Mitglieder von ihren Anführern getrennt werden. De Molay hält sich jetzt in Frankreich auf. Es gilt, schnell zu handeln.«

»Es ist alles vorbereitet, Sire. Der Papst und die Führer des Ordens werden einige Zeit mit Esquin de Floyrans Anschuldigungen beschäftigt sein. Wenn sie ihre Besprechungen beenden, sind unsere Männer bereit, blitzschnell zuzuschlagen. Die Vorladung für de Molay kann auf Euren Befehl hin jederzeit losgeschickt werden.«

Die Worte trafen Rose wie Messerstiche; ein jedes erinnerte sie an die Lawine, die sie durch den Verrat an ihrem Vater in Bewegung gesetzt hatte. Sie war sich nicht bewusst gewesen, wie viel Unheil sie angerichtet hatte. Über welch furchtbare Macht sie unbewusst verfügt hatte.

Sich innerlich wappnend, klopfte sie an die Tür. Die Stimmen verstummten abrupt. Die Tür wurde geöffnet, und Nogaret erschien. Hinter ihm stand Philipp am Kamin, die Flammen beleuchteten seine harten Züge. Auf einem Tisch neben ihm häuften sich Schriftrollen in schwarzen Lederhülsen. Als der Schreck aus ihren Gesichtern wich und in Nogarets Zügen Ärger, in denen Philipps Ungeduld Platz machte, begriff sie, wie wenig sie diesen beiden Männern bedeutete. Es kümmerte sie noch nicht einmal, ob sie ihr Gespräch mit angehört hatte; sie war so unbedeutend, dass sie genauso gut überhaupt nicht hätte existieren können. Rose öffnete den Mund, um ihre Bitte an den König zu richten, aber heraus kamen nur Worte, die sie gar nicht hatte aussprechen wollen, bis sie über ihre Lippen strömten. »Bitte, Sire, sagt mir, was Ihr meinem Vater angetan habt?«

Nogaret fuhr mit einem unterdrückten Fluch herum.

Die Brauen des Königs zogen sich zusammen. »Du wagst es, mir schon wieder diese Frage zu stellen?«

»Sire, ich flehe Euch an.« Rose stürmte in den Raum und warf sich vor ihm auf die Knie. »Sagt mir nur, was in jener Nacht geschehen ist, und ich werde nie wieder ein Wort darüber verlieren. Aber ich muss es wissen.«

»Du musst es wissen?«, herrschte Nogaret sie an. »Ich bin fast sicher, dass Campbell allein durch deine Schuld nicht in einer unserer Zellen verrottet! Hast du ihn gewarnt?« Er packte ihre Schulter und grub seine Spinnenfinger in ihr Fleisch. »Hast du das getan?«

Roses Augen weiteten sich vor Entsetzen, als der König sich abwandte und nach einem Kelch griff, der auf dem Tisch stand. Der Minister verstärkte seinen Griff, was ihr ein schmerzliches Keuchen entlockte.

»Lasst sie los, Nogaret«, befahl Philipp, nachdem er einen Schluck getrunken hatte. »Sie hat mich nicht verraten. Sie weiß, was ich dann mit ihr machen würde.« Er leerte den Kelch und blickte auf Rose hinab. »Das weißt du doch, nicht wahr?«

Rose rieb sich ihre schmerzende Schulter, als Nogaret widerstrebend zur Seite trat, aber sie wandte den Blick nicht vom König ab. »Ich wünschte, ich hätte es getan«, flüsterte sie, nachdem sie sich wieder aufgerichtet hatte. »Ich wünschte bei Gott, ich hätte ihn gewarnt. Ich hasse mich für das, was ich getan habe.« Die Worte waren heraus, ehe sie sich eines Besseren besinnen konnte. »Und ich hasse Euch, weil Ihr mich dazu gezwungen habt.«

Nogaret trat wutentbrannt einen Schritt vor, doch der König hob eine Hand. »Dich gezwungen?« Seine Lippen krümmten sich zu einem verächtlichen Lächeln. »Du warst ja ganz erpicht darauf.« Er ging zu dem Tisch, auf dem sich die Schriftrollen türmten. Es mussten Dutzende sein. Philipp kehrte ihr den Rücken zu und winkte Nogaret zu sich. »Ich möchte, dass sie morgen früh den Seneschallen von Frankreich zugestellt werden.«

»Was ist denn mit Eurem Kind?« Rose umfasste ihren Bauch. »Bedeutet es Euch gar nichts?«

Philipp wirbelte zu ihr herum. »Kind? Dieses Ding in dir ist kein Kind!« Seine Stimme glich einem Peitschenknall. »Es ist angeschwollener, verfaulender Schmerz! Ein Geschwür! Eine Eiterbeule!« Rose taumelte zurück, als er den Weinkelch durch den Raum schleuderte und auf sie zukam. »Bei Gott, es hätte gleich nach seiner Entstehung gespalten werden sollen! Stattdessen ist es zu dieser Monstrosität herangewachsen, die mich jeden Tag an meine Sünden erinnert!« Er stieß sie zur Tür. »Hinaus mit dir, ehe ich es eigenhändig aufschneide!«

Rose torkelte den Gang entlang, derweil die Tür hinter ihr zugeschlagen wurde. Sie prallte gegen die Wand und glitt kraftlos daran hinunter. Das Ungeborene strampelte blind in ihr.

38

Ordenshaus, Paris
14. September A.D. 1307

Es war lange nach Mitternacht, die Stadt dunkel und regenverhangen. Ab und an blitzte in den Fenstern der höheren Türme Fackelschein auf und verschwand wieder, wenn die Regenschwaden sich verdichteten.

Will hielt sich dicht am Straßenrand. Der Regen trommelte auf seine lederne Kappe. Er zwinkerte Wassertropfen aus seinen Augen, als er den Blick auf das zwischen den schwankenden Bäumen schwach auszumachende Tor des Ordenshauses heftete. Über dem Turm des Torhauses hing das schwarzweiße Banner schlaff und nass herab. Zwei Männer bewachten den Eingang, ihre Kettenhemden schimmerten im Licht einer flackernden Fackel. Gebückt kroch er in das Gewirr des Unterholzes, das sich an der Mauer entlangzog. Der Gebäudekomplex des Pariser Ordenshauses war riesig, und normalerweise brauchte man eine Viertelstunde, um vom Haupttor zum Dienstboteneingang am anderen Ende zu gelangen. Im strömenden Regen, der Dunkelheit und dem Schlamm benötigte Will fast eine Stunde, um sich einen Weg durch das Dickicht zu bahnen. Als das Dornengestrüpp einem Pfad wich, der zu einem kleinen Tor in der Wand führte, war er erschöpft.

Nachdem er die schottische Grenze überquert hatte, hatte er sich – mit lediglich Beeren, Nüssen und Flusswasser als Nahrung – nach London durchgeschlagen. In der Stadt hatte es ihn fast zwei Wochen gekostet, um sich die Überfahrt auf einem Schiff nach Frankreich zu erbetteln. Dies war der härteste Teil der Reise gewesen. Die Docks wimmelten von Huren, Bettlern und Dieben, die alle versuchten, sich irgendwie über Wasser zu halten oder aus der Stadt zu fliehen. Da er sich jetzt nicht mehr an den Früchten der Felder bedienen konnte, war er gezwungen, in den mit Kot und Unrat übersäten Straßen vor Schänken und Freudenhäusern nach Essbarem zu suchen.

Nach einer rauen, unbequemen Überfahrt landete er in Honfleur und folgte den Biegungen der Seine bis Paris. Seit Wochen hatte er sich nicht mehr rasiert, und sein Bart war wieder so voll und buschig wie zu seinen Zeiten als Ritter. Als er sich über einen Bach gebeugt hatte, um Wasser in die hohle Hand zu schöpfen, war er beim Anblick seines Spiegelbildes zusammengezuckt: Von Falten umringte grüne Augen starrten zu ihm empor, zum größten Teil ergrautes Haar hing zottig um ein sonnenverbranntes, mit Kampfnarben übersätes Gesicht.

Will achtete nicht auf die bleierne Müdigkeit in seinen Gliedern und schlich auf das Tor zu. Direkt davor blieb er stehen und lauschte, hörte aber nur das Rauschen des Regens. Es war mitten in der Nacht, die Zeit zwischen Mitternacht und der Matutin, und die meisten Männer im Ordenshaus würden in tiefem Schlaf liegen. Nachdem er an der Tür gerüttelt hatte, die erwartungsgemäß verschlossen war, ging er zu einer knorrigen Kastanie hinüber, deren dicke Äste über die Mauer ragten. Er war erleichtert, sie noch vorzufinden. Vor vielen Jahren war er einmal zu spät von einem Botengang für Everard zurückgekehrt, hatte das Tor verriegelt vorgefunden und war, da er eine Auseinandersetzung mit den Wächtern vermeiden wollte, auf den Baum geklettert und auf der anderen Seite hinuntergesprungen. Aber heute war er sechzig, keine sechzehn mehr.

Will nahm all seine Kraft zusammen und schwang sich auf den untersten Ast. Blätter streiften sein Gesicht, als er weiter in die Höhe kletterte. Dann setzte er sich breitbeinig auf den vierten Ast und kroch vorwärts bis auf die Mauer hinauf. Während er Atem schöpfte, hielt er nach einem weichen Landeplatz Ausschau. Der Boden unter ihn schien sehr weit entfernt. Nach kurzem Zögern biss er die Zähne zusammen und sprang in die schwarze Finsternis hinunter. Als seine Füße den Untergrund berührten, rollte er sich über die Schulter ab, dann blieb er auf dem

Rücken liegen, starrte in den Regen und wartete darauf, dass sengende Schmerzen gebrochene Knochen ankündigten. Doch da der Schmerz ausblieb, rappelte er sich eilig auf.

Will huschte durch die morastigen Gärten, vorbei am Backhaus und den Fischteichen und durch die Obstgärten in den Bereich der Dienstbotenunterkünfte. Alles war ihm so vertraut. Sogar im Dunkeln, nach so vielen Jahren, kannte er seinen Weg noch ganz genau. Die Hauptgebäude des Ordenshauskomplexes ragten vor ihm auf. Hinter einigen Fenstern brannten Fackeln, und einmal musste er sich gegen eine Mauer pressen, weil jemand mit gesenktem Kopf dicht an ihm vorbeieilte. Doch ansonsten lag das Gelände verlassen da, und er gelangte unbemerkt bis zu den Ställen, wo Pferdegewieher an sein Ohr drang. Direkt neben den Ställen lagen die Unterkünfte der Stallburschen. In der Hoffnung, dass er sich nicht irrte und ein kleineres Haus noch immer den Stallmeister beherbergte, pirschte sich Will auf die Tür zu. Er schob den Riegel zurück und trat ein.

Der Raum wurde von einem niedrigen Feuer erleuchtet. Neben dem Kamin stand ein Stuhl, und neben ein paar Werkzeugen lagen einige Geschirre auf dem Boden. Will ging auf eine hölzerne Treppe zu, die steil nach oben führte. Als er ein Dielenbrett knarren hörte, blieb er stehen. Im nächsten Moment erklang eine verschlafene Stimme.

»Gérard? Stimmt etwas nicht?«

»Simon … ich bin es.«

Eine Weile herrschte Schweigen, dann ertönten direkt über seinem Kopf schwere Schritte. Zwei Füße erschienen in der Öffnung über der Treppe, gefolgt von Beinen, dann kam der Rest von Simon in Sicht. Am Fuß der Stufen blieb er stehen.

Bei seinem Anblick musste Will unwillkürlich grinsen. Simons Haarschopf, grau wie sein eigener, stand an der Seite, auf der er geschlafen hatte, wirr vom Kopf ab. Ein Strohhalm ragte daraus hervor. Sein Nachtgewand war zerknittert, seine Augen schimmerten im Feuerschein.

»Ich dachte, du wärst tot«, murmelte Simon. Er umarmte Will fest, obgleich dieser nass bis auf die Haut und mit Schlamm bedeckt war. »Ich habe vor Monaten einen Stallburschen mit einer Botschaft in den Palast geschickt, aber man sagte ihm, du würdest vermisst. Wo in Gottes Namen hast du gesteckt?«

»In England. Hör zu, ich habe keine Zeit für lange Erklärungen. Ich darf nicht riskieren, dass Hugues mich hier findet, aber ich muss wissen, ob Robert hier ist.«

»Hugues ist nicht da.« Simons Stimme klang ernst. »Der Visitator und seine engsten Vertrauten sind vor fünf Tagen abgereist. Vor ein paar Wochen erfuhren wir, dass sich der Großmeister in Frankreich mit dem Papst trifft. Hugues und die anderen sind aufgefordert worden, in Poitiers zu ihnen zu stoßen. Will, die Leute sagen, der König bezichtige den Orden der Ketzerei. Hat das irgendetwas mit Esquin de Floyran zu tun? Hat der Prior wirklich Ketzer im Orden entdeckt?«

»Hast du Robert seit Mai gesehen?«, drängte Will.

»Nein. Aber ich weiß, wo er ist.«

»Wo?«

»Im Kerker. Ich habe versucht herauszufinden, warum man ihn eingesperrt hat, aber niemand wollte mir etwas sagen. Hier herrscht seit einiger Zeit nur noch heillose Verwirrung, Will. Niemand weiß, was vor sich geht, und es ist ummöglich, etwas in Erfahrung zu bringen. Ich habe versucht, mich mit dir in Verbindung zu setzen, aber als das nicht gelang, wusste ich auch nicht mehr weiter.«

Will nickte entschlossen. »Gut. Als Erstes müssen wir Robert befreien. Ich werde ihn brauchen.« Er sah Simon an. »Dich übrigens auch, alter Freund. Wirst du mir helfen?«

»Musst du das wirklich fragen?«

»Nein.« Will lächelte leicht. »Aber vielleicht möchtest du dich erst anziehen?«

Nachdem er seine schwarze Sergeantentunika über sein Kettenhemd gestreift hatte und in ein Paar Stiefel geschlüpft war, folgte

Simon Will in den Hof hinaus. Sie stapften durch Pfützen zu dem Turm hinüber, in dem die Verliese lagen. Wachposten waren nirgendwo zu sehen; zu dieser Stunde und bei diesem Wetter saßen sie vermutlich im Wachraum oder hielten sich in den unteren Stockwerken des Turms auf. Will presste sich gegen die Wand, während Simon durch die Tür trat. Sein Haar klebte ihm regennass am Kopf. Will hörte seine raue Stimme, dann die eines anderen Mannes. Einen Moment später näherten sich ihnen Schritte. Ein junger Ritter erschien.

»Bist du sicher, dass du nicht einen der Diener gesehen hast, Bruder?«, fragte er, ehe er widerstrebend in den Regen hinaustrat.

In diesem Moment packte Will ihn von hinten und legte ihm einen Arm um den Hals. Der Ritter setzte sich keuchend und wild um sich schlagend zur Wehr, als er in den Turm zurückgezerrt wurde. Als sich sein Gesicht violett zu verfärben begann, stieß Will ihn mit der Stirn hart gegen die Wand. Der junge Mann fiel wie ein Stein zu Boden.

»Heiliger Christus«, murmelte Simon.

»Er kommt bald wieder zu sich.« Will packte das Handgelenk des Bewusstlosen. »Nimm seine Beine, ja?«

Gemeinsam trugen sie den Ritter in den Wachraum.

»Was mache ich, wenn Rainier aufwacht und sich daran erinnert, dass ich hier war?«, fragte Simon, während Will sich bückte und dem Ritter seinen weißen Mantel abnahm.

Er streifte seinen schlammbespritzten Umhang ab, schlang den Mantel um sich und zog die Kapuze über sein nasses Haar. »Dann weiß er, dass wirklich ein Eindringling hier war.« Er griff nach dem Breitschwert des Ritters und stieg die steinernen Stufen hinunter, die in die feuchte Dunkelheit führten. Bald glomm Fackelschein auf, und ein Gang erstreckte sich vor ihnen. »Warte hier«, flüsterte Will Simon zu. »Du musst mir den Rücken decken. Aber pass auf, dass du hier unten nicht gesehen wirst, sonst wird man dir unliebsame Fragen stellen.«

Simon blieb im Treppenhaus zurück, während Will mit dem Schwert in der Hand zielstrebig den Gang entlangschritt.

Er kam an einer Nische vorbei, in der mehrere Männer schnarchend auf Pritschen lagen. Vor ihm saß ein schläfriger Sergeant mit auf eine Hand gestütztem Kopf auf einer Bank. Dahinter führte der Gang weiter ins Dunkel. Zu beiden Seiten lagen mit Eisenstäben vergitterte Zellen. Der Sergeant blickte auf, als Will auf ihn zutrat. Seine Augen weiteten sich überrascht.

»Bruder Rainier? Stimmt etwas nicht?« Sein Blick wanderte zu der Klinge in Wills Hand, dann zu seinem von der weißen Kapuze beschatteten Gesicht. Er stand auf und griff nach seinem eigenen Schwert, doch da stürzte sich Will schon auf ihn und schleuderte ihn gegen die Wand.

Dann setzte er dem Sergeanten sein Schwert an die Kehle. »Zieh deine Waffe aus der Scheide«, befahl er leise. »Aber langsam.«

Der Sergeant tat, wie ihm geheißen.

»Und jetzt leg das Schwert auf den Tisch.« Als der junge Mann zögerte, ritzte Will ihm die Haut leicht auf. Der Sergeant zuckte zusammen und gehorchte widerspruchslos. »Und jetzt bring mich zu der Zelle von de Paris.« Er bedeutete dem Sergeanten, sich von der Wand zu lösen, trat hinter ihn und bohrte dem Mann die Spitze seines Schwertes in den Rücken.

Vor der dritten Zelle blieb der Sergeant stehen und löste einen Schlüsselbund von seinem Gürtel. Als er ihn im Schloss drehte und die Tür aufschob, erhob sich eine auf dem Boden kauernde Gestalt und sah sie an.

»Jetzt komme ich also nach Merlan«, erklang eine raue Stimme.

»Noch nicht«, murmelte Will, dabei schob er den Sergeanten mit leisem Druck seines Schwertes in die Zelle.

Robert trat in den Fackelschein. Überraschung malte sich auf seinem Gesicht ab. Will hob sein Schwert und versetzte dem Wächter mit den Griff einen kräftigen Hieb gegen den Hinterkopf. Der

Mann sackte in sich zusammen, und Robert folgte Will in den Gang hinaus. Er hielt kurz inne, um das auf dem Tisch liegende Schwert an sich zu nehmen, dann berührte er Wills Schulter. »Es tut mir leid, Will. Nachdem ich Hugues zur Rede gestellt hatte, ließ er mich in den Kerker werfen und zwang mich, ihm zu verraten, wo wir uns treffen wollten, damit er dich dort festnehmen konnte. Ich wollte es ihm nicht sagen, aber …« Er wandte den Blick ab. »Ich war wohl nicht stark genug.«

»Verstehe. Jetzt komm.«

Sie schlichen geräuschlos an den schlafenden Männern in der Nische vorbei, von denen einer einen Grunzlaut ausstieß, aber nicht erwachte. Simon erwartete sie an der Treppe. Er wirkte sichtlich angespannt.

»Wo ist Hugues?«, flüsterte Robert, als sie die Stufen hochstiegen. »Wie bist du hier hereingekommen?«

»Das erzähle ich dir, wenn wir auf der Straße nach Poitiers sind.«

»Poitiers?« Simon sah Will verdutzt an. »Ich würde sagen, das ist der letzte Ort, wo ihr hingehen solltet.«

»Der Papst hat geschworen, den Orden nicht in Philipps Hände fallen zu lassen«, erwiderte Will schwer atmend. »Aber ich möchte sicherstellen, dass er sein Versprechen auch hält.«

»Und wie willst du das bewerkstelligen?«, knurrte Robert.

»Wir müssen Nogaret irgendwie dazu bringen, den Mord an Benedikt zu gestehen. Ich weiß, das ist nahezu unmöglich, aber es könnte unsere letzte Chance sein.«

Der Königspalast, Paris
14. September A.D. 1307

Philipp schlug die Augen auf und setzte sich auf, ohne zu wissen, was ihn geweckt hatte. Die Kerze auf dem Tisch neben seinem Bett flackerte in dem Luftzug, der von irgendwoher in den Raum wehte. Draußen trommelte Regen gegen die Fenster. Er schwang die Beine über die Bettkante, setzte die Füße auf den eisigen Steinboden und durchquerte die Kammer, um die Vorhänge aufzuziehen. Der Himmel verfärbte sich im Osten grau. Der Tag würde bald anbrechen.

Philipp ließ den Vorhang los, warf sich seinen mit Hermelinpelz gesäumten Umhang um und trat zu seiner Waschschüssel. Er war gerade dabei, sich Wasser ins Gesicht zu spritzen, als es an der Tür klopfte und Nogaret den Raum betrat.

»Sire.«

Philipp richtete sich auf und betupfte seine Stirn mit einem Leinentuch. »Es ist sehr früh«, knurrte er stirnrunzelnd. »Was führt Euch zu dieser Stunde schon her?« Sein Blick wanderte zu der großen Tasche, die der Minister über der Schulter trug.

»Ich bitte um Verzeihung, Sire, aber ich wollte diese hier holen.« Nogaret ging zu dem Tisch, auf dem sich die Schriftrollen stapelten. »Je eher die Boten aufbrechen, desto besser. Bei diesem Wetter kommen sie ohnehin nicht allzu schnell voran.«

Philipp zögerte. Nogarets Eifer verdross ihn, denn er spürte, dass der Minister wieder versuchte, die Kontrolle über die Umsetzung ihrer Pläne zu übernehmen. Aber er schluckte seinen Ärger hinunter, denn er wusste, dass der Anwalt letztlich recht hatte. Sollte ihr Plan aufgehen, mussten die Seneschalle aller bedeutenderen französischen Städte den Befehl vor dem festgesetzten Tag erhalten haben. Es war ein heikles Unterfangen. Ein kleiner Fehler hier oder da konnte über Erfolg und Scheitern entscheiden, und was die Templer betraf, hatte er in der letzten Zeit schon zu viele Fehlschläge hinnehmen müssen. »Also gut.« Philipp sah zu, wie Nogaret die Rollen in der Tasche verstaute. Als er nach der letzten griff, runzelte er die Stirn und murmelte einen Fluch. »Was ist?«, fragte der König unwillig.

»Ich muss mich vertan haben.« Nogaret packte die Schriftrollen wieder aus und begann, sie laut durchzuzählen. »Nein«, stellte er endlich fest. »Eine fehlt.«

»Ich habe sie gestern noch überprüft. Ihr müsst Euch verzählt haben.«

Nogaret schüttelte den Kopf, zählte die Rollen aber dennoch ein weiteres Mal. Als er bei der letzten angekommen war, trat Philipp zu ihm und nahm ihm die Dokumente ungeduldig aus der Hand. Das Ergebnis blieb dasselbe.

Besorgnis malte sich auf Nogarets vom Kerzenschein beleuchteten Gesicht ab, als er um den Tisch herumschritt und den Boden absuchte. »Könnte irgendjemand eine an sich genommen haben?«

Philipp blickte auf. »Außer uns beiden weiß niemand, worum es sich handelt. Warum sollte jemand eine dieser Rollen entwenden?«

In der darauffolgenden Stille nickte Nogaret vielsagend zu der verschlossenen Tür hinüber, die das königliche Gemach von der Schlafkammer der Zofen trennte.

»Nein«, widersprach Philipp, aber es klang wenig überzeugend. Während Nogaret zu der Tür hinüberging, musste der König an den hasserfüllten Ausdruck in Roses Augen denken, als er sie aus dem Raum geschoben hatte. Jetzt flog die Tür auf, und Nogaret stürzte in die Kammer. Eine flackernde Kerze warf seinen hageren Schatten an die Wand. Trotz des schwachen Lichtes sah Philipp sofort, dass Roses Bett leer war.

Der Königspalast, Paris
14. September A.D. 1307

Rose rannte auf die große Halle zu. Ihre nackten Füße tappten leise über den Marmorboden des Ganges. Die bestickten Vorhänge vor den bogenförmigen Fenstern bauschten sich im Wind; ab und an blitzte graues Licht dahinter auf. In einer Hand hielt sie ihre Schuhe, die sie ausgezogen hatte, damit ihre Schritte nicht von den Wänden widerhallten, mit der anderen umklammerte sie den Riemen der prall gefüllten Tasche auf ihrem Rücken. Ihre zusammengeknüllten Kleider dämpften jegliche Geräusche, die die anderen Gegenstände darin verursachen konnten: die steife Lederhülle, die die Schriftrolle enthielt, und das zerbrochene Schwert ihres Vaters, das sie nach seinem Verschwinden aus der Truhe in seiner Kammer gestohlen hatte. Sie konnte es nicht ertragen, irgendetwas von ihm hier zurückzulassen. Wenn dieses Schwert alles war, was ihr von ihm geblieben war, dann würde sie es an seiner Stelle begraben, wenn die Zeit dafür gekommen war.

Sie stieß die Tür der großen Halle auf und schlüpfte hinein. Menschenleer und still schien sich der riesige Raum endlos vor ihr zu erstrecken, die Säulen glichen einem Wald aus Marmor, über den die Glut der vier großen Kamine einen blutroten Schein warf. Rose huschte zwischen den Säulen hindurch. Auf halbem Weg erstarrte sie. Links von ihr schlich ein niedriger dunkler Schatten über den Boden. Nach einem Moment erkannte sie, dass es ein großer Hund war, der ihr einen argwöhnischen Blick zuwarf und sich dann vor einer der Feuerstellen niederließ. Die Diener mussten eine Tür nicht richtig geschlossen haben, und das Tier war von der Wärme angelockt worden.

Rose lief weiter. Die Hand, die den Taschenriemen umklammerte, war schweißnass. Einen Moment später hörte sie, wie vor ihr eine Tür geöffnet wurde, dann erklangen Schritte. Hastig verbarg sie sich hinter einer Säule und beobachtete, wie eine Gestalt die Halle durchquerte. Sie eilte in die Richtung, aus der Rose gekommen war. Als der Mann an einem Kamin vorbeikam, konnte sie einen Blick auf sein Gesicht erhaschen. Eine eisige Hand schloss sich um ihr Herz, als sie die verkniffenen, wachsbleichen Züge von Guillaume de Nogaret erkannte. Der Minister trug eine Tasche über der Schulter, die auf und ab hüpfte, als er auf die Tür zu den königlichen Gemächern zusteuerte. Philipp hatte geschlafen, als sie sich hineingeschlichen hatte, um die Schriftrolle zu holen, aber Nogaret konnte nur aus einem einzigen Grund zu ihm wollen – um ihn zu wecken. Sie wusste nicht, ob der Diebstahl bemerkt werden würde, aber wenn Blanche und die anderen Zofen in ungefähr einer Stunde erwachten, würde ihre Abwesenheit auffallen. Mit angehaltenem Atem wartete sie, bis der Minister außer Sicht war, dann lief sie so rasch weiter, wie ihr angeschwollener Bauch es zuließ.

Rose stolperte eine Treppe hinauf, die zu einer Tür führte. Als sie sie gegen den Wind kämpfend aufstieß, peitschte ihr eisiger Regen ins Gesicht. Nachdem sie ihre Schuhe angezogen und sich die Kapuze ihres Mantels in die Stirn gezogen hatte, blieb Rose auf den Stufen stehen. Sie hatte sich bereits zurechtgelegt, was sie zu den Wachposten sagen wollte, aber obwohl im Wachhaus Licht brannte, konnte sie an dem Tor, das von den Händlern benutzt wurde, die das Ordenshaus mit Waren belieferten, niemanden entdecken. Ein überwältigendes Gefühl von Freiheit ergriff von ihr Besitz, als sie über den Hof lief, den Riegel zurückschob und das Tor öffnete. Die schmalen Straßen der Ile de la Cité erstreckten sich wie ein Labyrinth vor ihr, aber sie kannte sich hier aus und trottete zuversichtlich auf die Straße zum Grand Pont zu. Am Flussufer blieb sie jedoch abrupt stehen.

Die rasch durch die Nacht strömende Seine war über die Ufer getreten und bildete jetzt ein offenes graues Meer, aus dem die Kastanien, die sonst den Fluss säumten, wie schwankende Schiffe herausragten. Das Wasser schwappte bis zu der Stelle, wo sie stand, die Straße verschwand unter der schäumenden Flut. Beim Anblick der Brücke in der Ferne, wo das Gelände wieder anstieg, unterdrückte Rose einen Schrei hilfloser Wut. Bestrafte Gott sie? Stellte er sie auf die Probe? Biblische Szenen schossen ihr durch den Kopf: das Rote Meer, das sich vor Moses teilte, Jesus, der über das Wasser schritt, Noah, der seine Tiere in die Arche trieb. Aber das waren mächtige, gottesfürchtige Männer gewesen, und sie war eine schwangere Frau mit einem Herzen voller Furcht und Schuld, deren einzige Hoffnung auf Erlösung in dem hilflosen Leben, das in ihr wuchs, und der Schriftrolle in der Tasche auf ihrem Rücken bestand.

Rose blickte über ihre Schulter. Sie konnte zum Palast zurückkehren und die Rolle irgendwie wieder in das Gemach des Königs schmuggeln. In ihr Bett kriechen. Doch noch während sie diese Möglichkeit erwog, dachte sie an die nackte Wut in Philipps Gesicht. *Dieses Geschwür hätte gleich nach seiner Entstehung gespalten werden sollen. Hinaus mit dir, bevor ich es eigenhändig aufschneide.* Warum hatte er ihr diese furchtbaren Worte entgegengeschleudert? Tief in ihrem Inneren wusste sie es. Sie war ein Gefäß gewesen, in das der König seinen Schmerz und seine Verzweiflung ergossen hatte, und da sie sich selbst so leer gefühlt hatte, hatte sie sich mit der Schwärze seiner Seele füllen lassen. Für ihn war das Kind, das in ihr strampelte und träumte, nur ein Same, den er versehentlich ausgesät hatte, ein Grashalm, den er am liebsten ausgezupft hätte. Doch für sie war es, nachdem sie Kummer und Zorn überwunden hatte, eine Realtiät geworden. Eine wundervolle Realität. Sie hoffte auf einen Jungen. Sie würde ihn William nennen, und er würde ein besseres Leben haben als sie selbst. Aber wenn dieser Traum wahr werden sollte, konnte sie nicht mehr zurückgehen.

Rose drehte sich um und betrachtete die überfluteten Straßen vor ihr. Das Letzte, was ihr Vater vor seiner Abreise zu ihr gesagt hatte, war, dass er mit Robert und Simon sprechen und sie bitten würde, sie aus Paris herauszuschaffen. Das Ordenshaus lag hinter der Wasserflut. Ihre letzte Hoffnung lag dahinter. Rose wappnete sich innerlich, trat in das eisige Wasser und kämpfte sich auf die Brücke zu.

Das Wasser wurde rasch tiefer, reichte ihr bald schon bis zu den Schenkeln. Sie rang nach Atem, als der Wind ihr die Kapuze vom Kopf riss und der Regen wie Nadeln in ihre Wangen stach. Ihr Mantel trieb hinter ihr her, drohte sie in die Tiefe zu ziehen, ihr nasses Kleid erschwerte ihr jede Bewegung. Vor ihr ragte der Grand Pont auf, das gefährlich tiefe Wasser gurgelte zwischen den Pfeilern hindurch. Zweige und Unrat wirbelten um sie herum, verfingen sich in ihren Röcken und peitschten gegen ihre Beine.

Mehrmals glitt sie auf irgendetwas aus und hätte fast die Tasche fallen lassen. Sie konnte Menschen auf der Brücke ausmachen, die sie voller Sorge beobachteten. Ein Mann rief ihr zu, sie solle umkehren, aber sie tastete sich, nun fast schwimmend, mit dem Mut der Verzweiflung weiter. Als sie sich vor Anstrengung keuchend der Brücke näherte, kam der Mann, der gerufen hatte, mit ausgestreckten Armen auf sie zu.

»Dummes Mädchen!«, übertönte er das Rauschen des Wassers und der knarrenden Brückenplanken. »Du hättest ertrinken können!«

Rose ergriff seine Hände und ließ sich von ihm auf die Brücke ziehen. Nachdem sie ihm mit klappernden Zähnen gedankt hatte, hastete sie den Grand Pont entlang. Auf der anderen Seite waren die Ufer höher und das Wasser nur knöcheltief, und als sie in die Straßen der Innenstadt gelangte, beschleunigte sie ihre Schritte, eilte durch die gewundenen Gassen, und als sie endlich das Tempeltor erreichte, schmerzte ihr ganzer Körper so sehr, dass sie sich nur noch mühsam weiterschleppen konnte. Es war noch früh, die Tore sollten erst in einer halben Stunde geöffnet werden, doch sie flehte die Stadtwächter so lange an, bis sie sie aus Mitleid oder Ungeduld durchließen.

Sie humpelte die Straße entlang auf das Ordenshaus zu. Die Wolken klafften im Osten auf, stumpfgoldenes Licht schimmerte zwischen ihnen. Rose presste eine Hand gegen ihre Seite, blieb stehen und zuckte zusammen, als das Ungeborene ihr einen Tritt versetzte. Während sie versuchte, genug Kraft zu schöpfen, um die letzten Meter zum Ordenshaus zurücklegen zu können, hörte sie plötzlich einen Ruf. Der Wind trug ihn schwach zu ihr herüber, und erst als er erneut ertönte, begriff sie, dass er vertraut klang. Jemand rief ihren Namen. Rose fuhr herum und sah vier Männer die Straße entlangrennen. Hinter ihnen ragte die Stadtmauer auf. Drei der Männer trugen wehende scharlachrot und blau gemusterte Umhänge, der vierte, der sich an die Spitze gesetzt hatte, war schwarz gekleidet. Auf seinem Kopf prangte eine weiße Kappe.

Rose stand einen Moment lang wie angewurzelt da. Allmählich dämmerte ihr, was ihr schon längst hätte klar sein müssen – natürlich wussten sie, wo sie sie suchen mussten. Wohin sonst hätte sie sich in dieser Stadt auch schon wenden können? Unglücklicherweise hatten auch sie es geschafft, die Brücke zu überqueren. Wieder erklang die Stimme, und diesmal löste sie sich aus ihrer Erstarrung, drehte sich um und rannte mit brennender Lunge weiter. Das Ordenshaus vor ihr wurde immer größer. Sie umklammerte die Tasche fester, spähte über ihre Schulter und stellte erschrocken fest, dass ihre Verfolger stetig aufholten. Dann stolperte sie über einen Stein, ließ die Tasche fallen, riss sie wieder an sich und spürte im selben Moment, wie ein sengender Schmerz durch ihre Seite schoss.

Das Tor lag vor ihr. Noch ein paar Schritte, dann hatte sie es erreicht, warf sich dagegen und hämmerte mit den Fäusten gegen das Holz. »Lasst mich ein! Bitte! In Gottes Namen, helft mir!«

»Ergreift sie!«, brüllte Nogaret.

»*Helft mir!*«

Eine kleine Tür in dem Tor wurde geöffnet, sie taumelte hindurch, wurde von starken Armen aufgefangen und blickte in die überraschten, besorgten Gesichter zweier Ritter. Einer der beiden bemerkte die Soldaten, warf die Tür zu und schob einen schweren Balken davor.

Als die Männer des Königs gegen das Tor zu hämmern begannen, wandte sich der Templer zu Rose um. »Wer seid Ihr? Warum werdet Ihr von königlichen Leibwächtern verfolgt?«

»Bitte«, keuchte sie. »Ich muss mit Bruder Robert de Paris sprechen.« Mit zitternden Fingern schnürte sie die Tasche auf und zog die Schriftrolle heraus. »Er muss das hier lesen.«

Wieder wurde gegen das Holz getrommelt, dann erklang Nogarets Stimme.

»Öffnet im Namen des Königs!«

Einer der Ritter ging auf die Tür zu.

Rose wich zurück. »Bitte«, flüsterte sie. »Er wird mich töten.«

Der Blick des Ritters wanderte von der Rolle zu ihrem Bauch, der sich unter den Falten ihres Mantels wölbte. Rose schlug verzweifelt die Hände vor den Mund, als er zum Tor trat, aber statt es zu öffnen schob er ein kleines Brett zurück, das eine in das Holz geschnittene Öffnung verbarg.

»Was wollt Ihr?«

Rose hörte Nogaret antworten. »Die Frau bei Euch ist aus dem Palast geflohen. Sie hat etwas gestohlen, was dem König gehört.«

»Habt Ihr Beweise dafür?«

»Beweise?«, giftete Nogaret. »Die brauche ich nicht! Ihr werdet sie mir jetzt sofort übergeben oder die Konsequenzen tragen!«

»Es tut mir leid, aber ohne eine offizielle Vollmacht kann ich das nicht tun. Seht Ihr, die Frau befindet sich jetzt auf dem Ordensgelände, und da wir nicht der königlichen Gerichtsbarkeit unterstehen, gilt dies auch für sie.«

»Habt Ihr mich nicht gehört, Mann? Sie hat den König bestohlen!«

Das Gesicht des Ritters verzog sich vor Abscheu. »König Philipp scheint mit unbegründeten Anschuldigungen sehr schnell bei der Hand zu sein, daher sehe ich keinen Anlass, Euch irgendjemanden oder irgendetwas auszuhändigen, bevor Ihr mir keine hieb- und stichfesten Beweise dafür vorlegt, dass diese Frau ein Verbrechen begangen hat. Einen guten Tag noch.« Er schob das Brett wieder vor und ging zu Rose, ohne auf das wütende Gebrüll hinter ihm zu achten. »So, da ich soeben einen königlichen Befehl missachtet habe, sagt Ihr mir besser, wer Ihr seid.« Er deutete auf die Schriftrolle. »Und was das da ist.«

Rose presste die Lippen zusammen. »Das muss ich Bruder Robert geben.«

»Bruder Robert ist im Gefängnis.«

Rose sah etwas über das Gesicht des Ritters huschen. Sie hielt es für Zorn, aber es war zu schnell verflogen, als dass sie hätte sicher sein können.

Nach kurzer Überlegung nickte er seinem Kameraden zu. »Bleib hier. Ich schicke dir Verstärkung, falls sie auf die Idee kommen, irgendwelche Dummheiten zu machen. Ich bringe die junge Frau zu den Unterkünften der Amtsträger.«

»Dort ist niemand.« Der andere Ritter musste die Stimme heben, um den Lärm der Soldaten zu übertönen.

»Ich weiß«, knurrte sein Kamerad. »Aber hier kann sie nicht bleiben. Die Brüder werden jeden Moment zur Matutin geweckt.« Er bedeutete Rose, ihm zu folgen, und ging auf ein großes Gebäude zu.

Sie hatten den Eingang fast erreicht, als drei Männer aus einem Turm auf der anderen Seite des Hofes gestürmt kamen. Roses Gesicht hellte sich hoffnungsvoll auf, als sie Robert sah, dann heftete sich ihr Blick auf den Mann hinter ihm, und ihre Züge erstarrten.

Will blieb mitten auf dem Hof stehen. Zuerst erblickte er den Ritter, was ihm einen unterdrückten Fluch entlockte, doch noch ehe er sich wieder in Bewegung setzen konnte, bemerkte er die Frau. Sie starrte ihn an, dann sank sie auf dem feuchten Boden auf die Knie. Ihre Haube klebte ihr am Kopf, nasse Haarsträhnen fielen ihr über die Schultern, ihr Mantel war durchweicht und starrte vor Schmutz. Aber sie war hier. Und sie schien unversehrt. Ein leises Gebet stahl sich über seine Lippen. Er trat ein paar Schritte auf seine Tochter zu, dann blieb er erneut stehen. Sein Blick fiel auf ihren vorgewölbten Bauch. Simon drängte sich an ihm vorbei und eilte auf die zusammengesunkene Rose zu, die etwas in einer Hand hielt.

Robert richtete das Schwert, das er aus dem Verlies mitgenommen hatte, auf den Ritter, der seine eigene Waffe gezogen hatte und ihm und Will damit drohte. »Bruder Laurent«, rief er. »Ich möchte nicht mit dir kämpfen. Aber ich muss hier weg.«

Der Ritter ließ sein Schwert langsam sinken. »Ich halte dich nicht auf, Bruder.«

Robert trat zu ihm. Seine Erleichterung war ihm deutlich anzumerken. »Danke.« Er drückte dem Ritter die Hand. »Ich weiß, dass du dich bei Hugues für meine Freilassung eingesetzt hast.«

»Ich war nicht der Einzige.«

Will achtete nicht auf den leisen Wortwechsel. Er hatte seinen Schock überwunden und stürzte zu seiner Tochter. Simon hatte sie aus dem Schlamm gezogen, doch sie hob die Hände und ließ den Gegenstand, den sie darin gehalten hatte, fallen, als Will auf sie zukam.

»Nein«, schluchzte sie. »Bitte nicht. Fass mich nicht an. Ich habe dich verraten. *Ich habe dich verraten.*«

Ohne auf ihre Proteste zu achten, schloss Will sie in die Arme; dabei erinnerte er sich mit schmerzhafter Klarheit an den Moment, in dem er sie in Akkon so gehalten hatte, nachdem er gedacht hatte, sie im Feuer verloren zu haben. Er empfand dieselbe überwältigende Liebe für sie wie damals. Robert hatte sich derweilen gebückt und die Schriftrolle aufgehoben.

»Die wollte sie dir geben, Bruder«, sagte Laurent. »Sie wurde von königlichen Leibwächtern verfolgt. Sie haben verlangt, dass wir sie ihnen ausliefern.« Er blickte zum Tor. Das Hämmern hatte aufgehört. »Ich glaube, sie sind weg.«

Will sah zu, wie Robert die Rolle aus der Hülse zog, gab aber seine Tochter nicht frei. »Da steht etwas auf der Seite«, bemerkte er, als der Ritter die Rolle in den Händen drehte.

Robert hielt sie hoch und blinzelte in das Dämmerlicht. »Vom Seneschall von Troyes am Abend des Donnerstages, des 12. Oktobers zu öffnen und keinen Augenblick früher, sonst droht die Todesstrafe.« Er schielte zu Will, erbrach das Wachssiegel und begann laut zu lesen.

Eine Ungeheuerlichkeit, über die man kaum nachdenken darf, eine verabscheuungswürdige Freveltat, für die es keine Worte gibt, eine Schande für das Christentum. Dies ist im Wesentlichen der Kern der Angelegenheit, die uns vorgetra-

gen wurde. Ich, König Philipp IV., habe das Zeugnis rechtschaffener und gottesfürchtiger Männer gehört, die die Ritter des Templerordens beklagenswerterweise, aber leider wahrheitsgemäß des übelsten aller Verbrechen bezichtigen. Wie ein Wolf im Schafspelz haben sich diese so genannten Krieger Christi gegen Gott versündigt und gegen alle Regeln des Christentums verstoßen.

Es hat sich herausgestellt, dass Brüder dieses Ordens im Rahmen geheimer Zeremonien Ketzerei und Götzenverehrung praktizieren. Noch verwerflicher ist es, dass sie Christus verleugnen und auf das Kreuz spucken. Sie betreiben schwarze Magie, Teufelsanbetung und vollziehen, da sie die Gesellschaft von Frauen meiden, obszöne Handlungen aneinander. Durch ihr lasterhaftes Treiben besudeln die Tempelritter das Land und vergiften die Luft. Daher sehe ich, der Herrscher dieses Reiches und Gesalbter Gottes, mich schweren, aber reinen Herzens zum Handeln gezwungen.

Kraft meiner königlichen Autorität befehle ich Euch, die Euch unterstehenden Offiziere sowie alle Ritter, Sergeanten, Priester und Anhänger des Templerordens, die unter Eure Zuständigkeit fallen, zu verhaften. Dies soll morgen, am Freitag, dem 13. Oktober des Jahres unseres Herrn 1307, bei Tagesanbruch geschehen.

Sobald die Verhaftungen erfolgt sind, werdet Ihr das Ordenshaus und das umliegende Gelände streng bewachen lassen. Alle Schätze, Reliquien und Unterlagen werden zusammengetragen und sicher verwahrt werden, bis sie nach Paris geschafft werden können. Der gesamte Besitz des Ordens fällt an die Krone. Sobald dies geschehen ist, werdet Ihr auf weitere Anweisungen derselben warten.

Verfasst im Namen Unseres Edlen Königs von Guillaume de Nogaret, Oberster Anwalt des Reiches und königlicher Siegelbewahrer.

Als Robert geendet hatte, wandte Laurent sich ab. Er wirkte genauso verwirrt wie Simon. Robert wechselte einen Blick mit Will. »Er kann doch unmöglich die Macht dazu haben? Der Papst muss derartige Maßnahmen ausdrücklich genehmigen.«

Rose wandte den Kopf. Ihre Wange ruhte auf Wills Brust. »Der König hatte beabsichtigt, diese Botschaften heute abzuschicken. In seiner Kammer liegen noch viel mehr als die, die ich genommen habe. Sie sind für alle Seneschalle des Reiches bestimmt.«

Will strich ihr abwesend über das Haar. In ihm stritten sich Stolz über ihre Tapferkeit mit Sorge wegen der Gefahr, in die sie sich gebracht hatte. Er konnte noch immer kaum fassen, dass sie schwanger war, und es fiel ihm schwer, sich zu konzentrieren, aber nach einer Weile gelang es ihm, seine Gedanken zu ordnen. »Ich denke, der König ist so davon überzeugt, die Öffentlichkeit auf seine Seite ziehen zu können, dass er meint, Papst Clemens' Zustimmung nicht zu benötigen. Tatsächlich wird dem Papst nichts anderes übrig bleiben, als Philipps Vorgehensweise zu billigen, wenn genug Leute eine Untersuchung der Vorwürfe fordern. Vergesst nicht, dass über die Hälfte der Kardinäle im Heiligen Kollegium mit Philipp verbündet sind. Gemeinsam können sie einen beträchtlichen Druck auf Clemens ausüben.«

Laurent musterte Will, der für ihn ein Fremder war, stirnrunzelnd und wandte sich dann mit einem benommenen Kopfschütteln an Robert. »Der Visitator, der Großmeister und alle hochrangigen Offiziere sind in Poitiers, um dem Papst bezüglich dieser Anschuldigungen Rede und Antwort zu stehen. Ich begreife nicht, warum der König einen solchen Schritt gegen uns unternimmt, wo doch ohnehin schon Untersuchungen im Gange sind.«

»Ein Ablenkungsmanöver«, erklärte Will, ehe Robert antworten konnte. »Sie wollen die Offiziere vom Rest der Ritter trennen. Bei Angriffen im Morgengrauen stoßen sie auf den geringsten Widerstand, und ohne ihre Kommandanten werden die Männer sich nicht geschlossen verteidigen.«

»Dann ist der Papst also in die Sache verstrickt?«, fragte Robert.

»Ich denke nicht. Sie benutzen Clemens vermutlich, um die Ordensführer beschäftigt zu halten. Es dürfte völlig egal sein, wie diese Versammlung ausgeht oder ob der Großmeister sich überzeugend rechtfertigen kann. Der König ist entschlossen, gegen den Orden vorzugehen, und gegen einen solchen kühnen Plan lässt sich wenig ausrichten. Sobald sich die Templer in seinem Gewahrsam befinden, wird es ihnen schwerfallen, eine wirksame Verteidigungsstrategie zu verfolgen. Ich fürchte, wenn es so weit kommt, ist ein öffentlicher Prozess unvermeidbar.«

Die Männer schwiegen betreten.

»Uns bleiben vier Wochen, bis sie kommen«, murmelte Simon. »Was sollen wir tun?«

»Wir haben nicht die Zeit, alle zu warnen«, meinte Laurent. »Noch nicht einmal alle Ordenshäuser, aber vielleicht können wir mit den Rittern hier in Paris fliehen ...« Er brach ab. »Nein, das ist ohne die Zustimmung des Marschalls oder des Visitators nicht möglich. Ich erinnere mich an eine Geschichte von einer Rittergarnison im Heiligen Land, die vor den Sarazenen geflohen ist und ihr Ordenshaus ohne Schutz zurückgelassen hat. Sie mussten ihre Mäntel abgeben. Wir können nicht weglaufen.« Er zog die Brauen zusammen. »Ich werde es jedenfalls nicht tun.«

»Wir müssen den Papst warnen«, erwiderte Will. »Ich wollte ohnehin nach Poitiers.« Er sah Robert an. »Wenn ich dort bin, kann ich auch mit Jacques de Molay sprechen. Der Großmeister muss entscheiden, was jetzt zu tun ist. Dein Bruder hier hat recht, die Rangordnung muss eingehalten werden, sonst bricht Chaos aus.« Er dachte fieberhaft nach. »Aber eines können wir jetzt schon tun. Wir wissen, dass die Beschuldigungen des Königs auf Esquin de Floyrans Aussagen basieren, aber wenn sie sie nicht mit handfesten Beweisen untermauern können, wird kein Richter Strafmaßnahmen gegen den Orden verhängen – nicht aufgrund der Anklage eines einzelnen Mannes. Wir wissen, dass

Hugues hier Initationsriten durchgeführt hat, also müssen wir alles vernichten, was gegen den Orden verwendet werden könnte. Wir können König Philipp durchaus ein paar Steine in den Weg legen.« Will hielt inne. Ein Grinsen breitete sich auf seinem Gesicht aus. »Und wir können seinen erhofften Gewinn beträchtlich schmälern. Mir ist klar, dass wir nicht den gesamten Besitz des Ordens retten können.« Er spreizte die Hände, als wolle er den schattigen Hof und die umliegenden Gebäude umfassen. »Aber wir stehen in einem der reichsten Ordenshäuser der Welt.«

»Was soll das heißen?«, begehrte Laurent auf. »Bruder Robert, wer ist dieser Mann?«

Doch Robert achtete nicht auf ihn, sondern sah Will an. Er hatte ebenfalls zu grinsen begonnen. »Wir schaffen die Ordensschätze fort.«

»Wir brauchen ein Schiff und genug Männer als Besatzung«, spann Will den Faden weiter. Er nickte Simon zu. »Ich möchte dich mit an Bord haben. Und dich, Rose«, fügte er mit einem Blick auf seine Tochter hinzu.

»Es gibt einige Männer hier, auf die ich mich verlassen kann«, entgegnete Robert. »Männer, die nicht unter Hugues' Einfluss stehen.« Er wandte sich an Laurent. »Wirst du uns helfen?«

Laurent starrte ihn einen Moment lang ungläubig an, dann hob er die Schultern. »Wir könnten vielleicht bis heute Abend ein Schiff zum Auslaufen bereit machen, aber …«

»Dann an die Arbeit. Ich spreche mit den anderen, bevor ich nach Poitiers aufbreche.«

»Ich möchte, dass du gleichfalls auf dem Schiff bist, Robert«, widersprach Will.

»Was? Nein.«

»Es gibt niemanden, dem ich mehr vertraue, und jemand, der genau weiß, was hier vorgeht, muss sich in Sicherheit bringen, bevor die Männer des Königs mit den Verhaftungen beginnen. Es müssen nicht zwei von uns mit dem Großmeister und dem Papst sprechen.«

Robert schwieg. »Wo geht die Reise hin?«, fragte er endlich.

»Nach Schottland. Dort könnt ihr euch verbergen, bis all dies vorbei ist, und da Edward tot ist, wird kein Engländer euch Schwierigkeiten machen.« Will löste sich behutsam aus der Umarmung seiner Tochter. »Geh mit Simon, Rose. Er wird dir trockene Kleider besorgen. Bleib bei ihm. Wenn es so weit ist, wird er dich auf das Schiff bringen.« Er sah Simon eindringlich an. »Wenn ihr in Schottland angekommen seid, möchte ich, dass du sie zu meinen Schwestern nach Elgin bringst.«

»Ich sorge dafür.« Simon lächelte schwach, als Will ihm auf die Schulter klopfte.

Rose starrte ihren Vater an, als Simon sie am Arm nahm. »Vater …«

»Später, Rose. Jetzt ist keine Zeit dafür.« Will sah ihr nach, als sie mit Simon davonging und dabei immer wieder über ihre Schulter spähte. Dann wandte er sich an Robert. »Komm. Wir müssen uns beeilen.«

»Du musst in die Verliese hinuntergehen«, sagte Robert zu Laurent. »Wir mussten einen Mann niederschlagen, aber er wird bald wieder zu Bewusstsein kommen. Sag ihm …« Er schüttelte den Kopf. »Sag ihm irgendetwas.«

Gemeinsam hasteten er und Will über den Hof zu Hugues' Gemächern hinüber.

Die Tür war verschlossen, deshalb mussten sie sie aufbrechen. Will hatte eine Fackel aus einem Halter im Gang genommen und beleuchtete damit die Kammer. Abgesehen von Hugues' Schreibtisch, dem großen Schrank und ein paar Stühlen und Truhen war sie leer.

Will begann, die Pergamentbogen auf dem Tisch durchzusehen, während Robert die Truhen öffnete. »Hast du etwas gefunden?«, fragte er.

»Nichts. Nur Kleider.«

Will blickte sich um. »Das ist nicht der Raum, in den ich gebracht worden bin. Er muss die Initiationen anderswo durchführen.«

»Im Kapitelsaal?«

»Nein, den hätte ich erkannt. Außerdem wäre er dort das Risiko eingegangen, gesehen zu werden.« Will versuchte sich stirnrunzelnd an Einzelheiten zu erinnern. »Sie haben mich ein paar Stufen hinuntergeführt. Ziemlich schmale Stufen.«

»Die Verliese?«

»Ich glaube nicht.« Will ging zu dem Schrank und öffnete ihn. Er enthielt einen Kelch, eine Bibel, einige Pergamentrollen und einen mit Münzen gefüllten Beutel. Nichts Belastendes. Er wollte sich enttäuscht abwenden, hielt dann aber inne, weil ihm ein seltsamer Geruch in die Nase stieg – bitter und eigenartig vertraut. Er beugte sich vor und versuchte sich zu erinnern, wo er diesen Geruch zum letzten Mal wahrgenommen hatte, und dann fiel es ihm plötzlich wieder ein. Will schloss die Tür und trat zur Rückseite des Schrankes. Hier war der Geruch stärker. Sein Puls begann zu rasen, als er einen leichten Luftzug spürte. »Hilf mir«, rief er Robert zu und schob dabei einen Finger in die Lücke zwischen Schrank und Wand.

Zu ihrer Überraschung ließ sich das sperrige Möbelstück so mühelos zurückschieben, als sei es schon häufig bewegt worden, worauf auch Kratzer auf den Steinfliesen hindeuteten. Vor ihnen führten einige Stufen in einen Gang hinab. Die beiden Männer wechselten einen Blick, dann stiegen sie hinein. Robert zückte sein Schwert, Will hielt die Fackel in die Höhe.

Sie gelangten in eine kleine Kammer aus grob gehauenem Stein. Der Fackelschein tanzte über unvollendete Statuen auf steinernen Sockeln – vielleicht Heiligenfiguren oder Engel. An einer Wand hingen schwarze Vorhänge, die Will sofort wiedererkannte. Er zog sie zur Seite. Dahinter kam eine Nische zum Vorschein, in der ein primitiver Thron auf einem hölzernen Podest stand. Die Kammer war zwar sauber, doch die Blutflecken auf dem Boden und den Wänden sowie der unverkennbare metallische Geruch, der von dem schalen Weihrauch kaum überdeckt wurde, hatten sich nicht beseitigen lassen.

»Was ist das hier nur?« Robert betrachtete eine Statue, die einen Schild mit einem eingemeißelten Georgskreuz in der Hand hielt. Die Figur hatte kein Gesicht.

»Eine Privatkapelle, vermute ich«, entgegnete Will. »Vielleicht hat ein früherer Ordensmeister sie bauen lassen, und dann ist ihm das Geld ausgegangen, oder er ist ins Heilige Land gezogen und hat sie vergessen. Sie scheint ziemlich alt zu sein.« Er ging zu dem Altar. Er war mit Kelchen, Weihrauchfässern und mit Hugues' Handschrift bedeckten Pergamenten übersät. Will strich wehmütig über ein abgewetztes ledergebundenes Buch, das er sofort erkannte. Everards Lebenswerk.

Robert hatte eine der in einer Ecke aufgestapelten Truhen geöffnet. »Jesus!«

Will starrte die hölzerne Scheußlichkeit an, die der Ritter in die Höhe hielt. Die Totenschädelmaske schimmerte im Fackelschein gelblich, der lange Kieferknochen stand hervor, die großen Augenhöhlen waren schwarz und leer. Robert drehte die Maske um. Das geschickt gearbeitete Bild eines jungen Mannes kam zum Vorschein. Als er sie erneut drehte, erblickte Will das ernste, zerfurchte Gesicht eines alten Mannes, dem ein paar weiße Haarsträhnen in die Stirn hingen. »Hugues sagte, er würde bei den Initiationen die Rolle des Fischerkönigs spielen.« Er gesellte sich zu Robert. »Ich erinnere mich, dass Everard mir erzählt hat, in der Parsifalsage würde der Fischerkönig Christus verkörpern. Gott.« Er deutete auf jedes der geschnitzten Gesichter. »Das ist die Dreifaltigkeit. Der Vater, der Sohn und der Heilige Geist.«

»Hugues war schon immer ehrgeizig.«

Will beugte sich vor und spähte in die Truhe. Darin glitzerte Hugues' Fischschuppenumhang. »Wir müssen das alles vernichten.« Mit der Fackel zündete er die Kerzen auf dem Altar an, dann stürmte er die Stufen zu Hugues' Kammer hoch. Neben dem Kamin stapelten sich Holzscheite. Er warf einige in den Kamin, dazu ein paar Pergamentbogen, und setzte alles mit der Fackel in Brand. Dann kehrte er zu Robert zurück, um ihm zu helfen.

Die anderen Truhen enthielten Kleider: weiße Mäntel, die ohne das rote Kreuz seltsam gewöhnlich wirkten, und rote Masken mit aufgemalten weißen Hirschköpfen, einem Symbol der Wiedergeburt, wie Will dem staunenden Robert erklärte. Er fand auch eine Anzahl Bücher, allesamt Romanzen, von der Gralsgeschichte von Chrétien de Troyes bis hin zu Verfassern und Werken, von denen Will noch nie gehört hatte.

Robert und er leerten gemeinsam Truhe um Truhe, trugen Arme voll Bücher in Hugues' Kammer hoch und verbrannten sie dort. Die Flammen leckten gierig an den Seiten, das Pergament rollte sich auf und färbte sich schwarz.

»Die Kleider können wir nicht alle verbrennen«, meinte Will. »Aber wir können sie in die Kleiderkammer bringen. Man wird sie für unfertige Mäntel halten.«

»Was ist hiermit?« Robert hielt die dreigesichtige Maske und den glitzernden Umhang hoch.

Will nahm beides und warf es ins Feuer. Die leichte Seide geriet sofort in Brand, und einen Moment lang flackerten die Flammen blau auf.

»Und das?« Robert bückte sich und hob Everards Buch auf, das Will auf den Boden gelegt hatte.

Will überlegte kurz, dann schüttelte er den Kopf. »Nein, das nicht.«

Robert nickte verständnisvoll. »Ich lege es in eine der Schatztruhen.«

Nachdem sie die letzten Pergamente in die Flammen geworfen hatten, sahen die beiden Männer stumm zu, wie Rauch aus den Augenhöhlen des Totenschädels quoll und Funken aus seinem Mund sprühten. Als die Glocke zur Matutin läutete, verließen sie hastig die Kammer und überließen die scheußliche Maske dem Feuer. Die drei Gesichter verschwanden in den hoch aufzüngelnden Flammen.

39

Ordenshaus, Paris
12. Oktober A.D. 1307

»Ich will alles wissen, jede noch so kleine Kleinigkeit«, verlangte Jacques, der wutentbrannt durch den Gang des Ordenshauses rauschte. »Habt Ihr mich verstanden, Rainier?«

»Ja, Sire«, erwiderte der Ritter, der Mühe hatte, mit dem Großmeister Schritt zu halten. Jacques de Molay war vor einigen Stunden unangemeldet in Begleitung des Provinzmeisters der Normandie, Geoffroi de Charney, in Paris eingetroffen.

»Wer war alles an diesem Komplott beteiligt?«

»Ich bin mir nicht ganz sicher, Sire, aber ich glaube, der Stallmeister Simon Tanner hat mit dem Mann, der mich angegriffen und Robert de Paris befreit hat, gemeinsame Sache gemacht. Sie haben Paris vor einem Monat zusammen mit zwanzig unserer Männer verlassen. Ihre Namen habe ich aufgeschrieben. Ich selbst und einige Mitbrüder haben versucht, sie aufzuhalten, aber sie waren in der Überzahl.«

»Ihr hättet den Schatz mit Eurem Leben verteidigen sollen!«, herrschte Jacques ihn an.

»Sire.« Rainier ließ den Kopf hängen. Auf seiner Stirn prangte immer noch die schwache Prellung, die er davongetragen hatte, als er gegen die Wachraumwand geschleudert worden war.

Der Großmeister musterte den jungen Ritter finster. Seine massige Gestalt schien den ganzen Gang auszufüllen. »Wer hat das Schiff bereit machen lassen?«

»Bruder Laurent, Großmeister.«

»Und er ist noch hier, sagt Ihr?«

Als Rainier nickte, begannen Jacques' alte Augen zu glitzern. »Bringt ihn zu mir.« Der Ritter eilte davon, und Jacques stieß die Tür seines Gemachs auf.

»Das sind schlechte Nachrichten«, sagte de Charney, der hinter ihm die Kammer betrat. »Wir haben mit den Beschuldigungen des Königs und den Untersuchungen, die der Papst anstellen lässt, schon genug Probleme. Wenn jetzt auch schon unsere eigenen Brüder gegen uns arbeiten, ist das das Letzte, was wir brauchen können. Dafür muss es eine Erklärung geben. Es erscheint mir unbegreiflich, dass so viele Brüder in ein so schweres Verbrechen verstrickt sind.«

»Wir werden sehen, Geoffroi«, murmelte Jacques. Er trat zu seinem Schreibtisch, der während seiner Abwesenheit mit einem weißen Tuch abgedeckt gewesen und vor kurzem gründlich abgestaubt worden war. Ein Wasserkrug und ein Becher standen darauf. Jacques schenkte sich ein und ließ sich schwer auf einen Stuhl sinken. Seine Hand zitterte, als er den Becher hob, was er mit einem Stirnrunzeln quittierte. Das passierte in der letzten Zeit immer häufiger, und er fürchtete, es könnte ein erstes Zeichen altersbedingter Schwäche sein. Aber vielleicht hatte ihn auch nur die Reise übermäßig angestrengt.

Jacques war im August in Poitiers eingetroffen, dankbar für eine kurze Unterbrechung der Reise und eine Ruhepause im Franziskanerkloster bei Clemens, auch wenn die Umstände alles andere als erfreulich gewesen waren. Lange hatte er jedoch nicht rasten können. Einige Tage nach der Ankunft von Hugues de Pairaud und den Ordenswürdenträgern hatte er eine Botschaft des Königs erhalten, die ihn nach Paris befahl. Er hatte dem Visitator und dem Papst versichert, sofort nach dem Gespräch mit Philipp, der ihm versprochen hatte, dass er Esquin de Floyran würde sehen dürfen, wieder zurückzukehren, und war mit de Charney abgereist. Dann war der Papst erkrankt und konnte die Untersuchung der Anklagepunkte gegen den Orden nicht fortführen, und der Großmeister gedachte die Gelegenheit zu nutzen, mit dem König persönlich über die ungeheuerlichen Anschuldigungen zu sprechen. Ein paar Tage hatte er im Ordenshaus von Orléans verbracht, um dort das Michaelisfest zu feiern, trotzdem hatte ihn die Weiterreise nach Paris über Gebühr angestrengt.

Er stürzte das Wasser hinunter. »Ich möchte wissen, warum Bruder Robert de Paris im Gefängnis war. Er hat mich auf der Reise begleitet, die ich nach dem Fall Akkons durch die christlichen Länder unternommen habe. Ich kenne ihn gut, aber Visitator de Pairaud kennt ihn seit seiner Kindheit. Es ist mir ein Rätsel, weshalb sich Hugues genötigt gesehen hat, ihn zu verhaften.«

»Vielleicht kann Euch dieser Laurent das sagen, Sire.«

Jacques stieß einen unbestimmten Grunzlaut aus, trat zum Fenster, blickte über den Hof hinweg und beobachtete die Männer, die dort umherhuschten: Ein Sergeant führte ein kastanienbraunes Pferd zu den Ställen, zwei Diener trugen mit Gemüse gefüllte Körbe, vier Ritter gingen einträchtig nebeneinander her. Seine ledrigen Brauen zogen sich zusammen, als er an die Verbrechen dachte, die ihm und seinen Männern vorgeworfen wurden. Nein, keine Verbrechen. *Sünden.* Allein der Gedanke traf Jacques tief in seiner Ehre. Dass die Krieger Christi, die seit fast zweihundert Jahren für das Christentum gekämpft und ihr Blut gegeben hatten, der Ketzerei bezichtigt wurden, überstieg sein Begriffsvermögen.

Die kurze Versammlung, die vor der Erkrankung des Papstes einberufen worden war, hatte zu keinem Ergebnis geführt, und es erschien Jacques unvorstellbar, dass all dieser Wirbel durch die Behauptungen eines einzigen Mannes ausgelöst worden war. Er hatte heute von einigen Brüdern gehört, dass der König diesem Mann Glauben schenkte und seine Anschuldigungen sogar öffentlich bekannt gemacht hatte, aber obwohl ihn diese Neuigkeiten beunruhigten, bemühte er sich, sie bis nach seiner morgigen Audienz bei Philipp beiseitezuschieben. Der Orden hatte schon früher schwierige Zeiten durchgestanden. Erst vor zwölf Jahren war er im Westen gewesen, um sich gegen Papst Bonifaz' Absicht, den Templerorden mit dem der Hospitaliter zusammenzuschließen, zur Wehr zu setzen. Wenn sie keine Schwäche zeigten, würde man ihnen auch nichts anhaben können.

Jacques wandte sich vom Fenster ab, weil im Gang Lärm aufbrandete, und bedeutete de Charney, die Tür zu öffnen. Rainier und ein anderer Ritter führten einen dritten Mann zwischen sich. Er wand sich in ihrem Griff und schrie etwas, verstummte aber, als er den Großmeister sah.

»Sire«, keuchte er. »Ich hörte schon, dass Ihr gekommen seid. Ich wollte schon eher mit Euch sprechen, aber Eure Diener sagten mir, Ihr wärt beschäftigt gewesen.«

»Was wolltet Ihr denn von mir, Bruder Laurent?«, bellte Jacques. »Ein Geständnis ablegen? Euch meiner Gnade ausliefern?«

»Ich wollte Euch warnen. Vor einigen Wochen hat ein Mann dieses Ordenshaus verlassen, um Euch in Poitiers aufzusuchen, aber scheinbar hat er Euch nicht gefunden, denn sonst hättet Ihr gewusst, dass der König Euch eine Falle gestellt hat, und wärt nicht hergekommen.«

»Eine Falle?«, warf de Charney rasch ein. »Wie meint Ihr das?«

Jacques ergriff das Wort, ehe Laurent antworten konnte. »Ich will alles über das Verschwinden des Ordensschatzes wissen. Wer hat ihn gestohlen, und wo wurde er hingebracht? Jede Einzelheit.«

»Der Schatz wurde fortgeschafft, um ihn vor dem Zugriff des Königs zu schützen, Sire. Letzten Monat flüchtete sich eine Frau aus dem Palast zu uns. Sie brachte einen Befehl Philipps mit, alle Templer in Frankreich wegen Ketzerei zu verhaften. Diese Verhaftungen sind für morgen geplant. Am heutigen Abend werden die Seneschalle des Königreichs die Schriftstücke öffnen. Wenn der König Euch hierherbefohlen hat, wie Bruder Rainier sagte, dann bin ich sicher, dass er Euch ebenfalls festnehmen lassen will. Der Mann, der Robert de Paris befreit hat, sollte Euch diese Nachricht überbringen, aber als Vorsichtsmaßnahme haben zwanzig Ritter dieses Ordenshauses den Schatz per Schiff nach Schottland gebracht.«

»Woher wollt Ihr wissen, dass das nicht eine ausgeklügelte List war, um Euch dazu zu bringen, diesen Männern den Schatz auszuhändigen?«, fragte der Provinzmeister der Normandie. »Was, wenn sie in einen Hinterhalt geraten und der Schatz gestohlen wird?«

»Ich habe die Schriftrolle selbst gesehen, Monsieur de Charney. Sie trug das Siegel des Königs.« Laurent wandte sich an Jacques. »Glaubt mir, Sire, wir haben zum Besten des Ordens gehandelt, auch wenn wir dabei auf bedauerliche Weise die Regel übertreten mussten.«

»Kann jemand Eure Behauptungen bestätigen?«, wollte de Charney wissen.

Laurent schüttelte den Kopf. »Wir sind übereingekommen, die anderen nicht einzuweihen, um Unruhen zu vermeiden. Wir hofften, Großmeister de Molay würde rechtzeitig zurückkommen, um zu entscheiden, wie es jetzt weitergehen soll.«

De Charney schielte zu Jacques hinüber. »Wenn er die Wahrheit sagt, Sire, dann …«

»Nein«, grollte Jacques. »Das muss ein Missverständnis sein. König Philipp hat nicht die Macht, Angehörige eines religiösen Ordens zu verhaften. Das kann nur der Papst tun, und ich weiß mit Sicherheit, dass Seine Heiligkeit keinen Befehl dazu gegeben hat. Ich werde den König wie vereinbart treffen und dieser Verwirrung und den Lügen auf den Grund gehen.« Er maß Laurent mit einem giftigen Blick. »Auch wenn die Männer, die den Schatz genommen haben, der Ansicht waren, das Richtige zu tun, kann ich ihr Verhalten nicht billigen. Sobald ich diese Anklagen entkräftet habe, werde ich sie aufspüren und streng bestrafen lassen.« Er nickte Rainier zu. »Bringt ihn ins Verlies. Und gebt ihm eine Abschrift der Regel, um ihn an unsere Gesetze und die Folgen einer Übertretung zu erinnern.«

»Sire! Morgen bei Tagesanbruch kommen die Männer des Königs! Wir können nicht hierbleiben!«

De Charney wartete, bis die Türen geschlossen worden und Laurents Proteste verklungen waren, ehe er sich an Jacques wandte. »Vielleicht wäre es klüger, die Stadt zu verlassen«, gab er zu bedenken. »Nur für heute. Wir könnten …«

»Nein, Geoffroi«, beschied Jacques ihn. »Ich lasse mich nicht von Gerüchten und Panik aus meinem Ordenshaus vertreiben. Dadurch würde ich diesen falschen Beschuldigungen nur noch Nahrung geben. Wie würde es denn aussehen, wenn wir davonliefen? Wäre das nicht in den Augen unserer Ankläger ein Schuldeingeständnis? Würden uns die Leute nicht für Feiglinge halten? Wir sind die Ritter des Salomontempels. Die Schwerter Gottes.« Die Stimme des Großmeisters klang unnachgiebig. »Ich werde nicht vor dem Feind fliehen. Das hieße die Gelübde zu brechen, die ich bei meiner Initiation abgelegt habe. Ich werde diesen Orden und meine Ehre notfalls mit dem Leben verteidigen. In der Wüste habe ich zwanzigtausend Kriegern gegenübergestanden, die alle darauf abzielten, mich zu ergreifen und zu töten. Von ein paar Stadtwächtern lasse ich mich nicht in die Flucht schlagen.«

Ordenshaus, Paris
13. Oktober A.D. 1307

Es begann mit einem dumpfen, an langsame Trommelschläge gemahnenden Dröhnen. Vögel flatterten erschrocken auf, da das Geräusch die morgendliche Stille zerriss. Pferde warfen die Köpfe hoch und drehten sich in ihren Ställen um, Stallburschen kamen aus ihren Unterkünften getaumelt. In den Küchen legten die Köche, die das Morgenmahl bereiteten, die Messer weg und sahen sich an. Diener standen mit Gemüsebündeln oder Kaninchen in den Händen unschlüssig da. Die Priester, die in der Kapelle die Kerzen für die Matutin entzündeten, hielten in ihrem Tun inne und blickten sich erschrocken um. Ritter und Sergeanten erhoben sich von ihren Pritschen, rüttelten schlaftrunkene Kameraden wach und streiften Stiefel und Hemden über. Ein paar

Kreuzzugsveteranen, die die Geräusche erkannten, griffen nach ihren Schwertern und wiesen die Jüngeren an, es ihnen gleichzutun. Männer und halbwüchsige Jungen strömten in den unter einem kühlen blauen Himmel daliegenden Hof.

Jacques de Molay, der neben seinem Bett kniete, hob den Kopf. Als er sich erhob, klirrte sein Kettenhemd leise. Da er keinen Schlaf gefunden hatte, hatte er die Nacht im Gebet verbracht. Langsam ging er zu seinem an der Wand lehnenden Breitschwert hinüber. Nachdem er es in die Scheide geschoben hatte, schlang er sich seinen weißen Mantel mit dem goldgeränderten roten Kreuz um die Schultern. Sein im fahlen Licht silbrig schimmerndes Haar wehte hinter ihm her, als er aus dem Raum rauschte. Über sich hörte er Türenknallen und erregte Rufe, und all dies wurde von dem Dröhnen des Rammbocks übertönt, der gegen die Tore des Ordenshauses prallte.

Geoffroi de Charney erwartete ihn unten an der Treppe. »Es sieht aus, als hätte Bruder Laurent recht gehabt, Sire.« Er gesellte sich zu dem Großmeister. »Wie lauten Eure Befehle? Kämpfen wir?«

Der Großmeister gab keine Antwort, sondern blieb auf der untersten Stufe stehen und musterte die vor ihm versammelten Männer. Es waren fast einhundertfünfzig Ritter, dazu kamen die Sergeanten, Priester und die große Zahl von Dienern, Knappen, Stallburschen und Arbeitern. Falls nötig, konnten sie die Männer des Königs monatelang zurückschlagen, sogar von den Mauern aus Angriffe führen, um Attacken auf das Tor abzuwehren, und sich dann auf eine Belagerung einstellen. Aber sie befanden sich nicht in Palästina. Zwischen ihnen und den Männern dort draußen lagen keine zweihundert Jahre Krieg, sondern nur ein schweres Missverständnis und ein selbstherrlicher Monarch. »Nein, wir werden nicht kämpfen.« Der Großmeister schritt in die Menge hinein, die sich vor ihm teilte. »Ich werde mit Philipp von Angesicht zu Angesicht über diese Angelegenheit sprechen. Wenn wir heute hier das Blut seiner Männer vergießen, geben wir dem König nur einen neuen Grund, uns zu verurteilen. Wir dürfen nicht handeln, als wären wir schuldig. Wir werden uns mit Worten und Taten verteidigen, nicht mit Schwertern.« Er ging zu dem Tor, wo eine Gruppe von Rittern mit gezückten Schwertern bereitstand. Der Rammbock krachte gegen das Holz und ließ es erzittern. Er hörte die Rufe zahlreicher Männer, Pferdegewieher und das Bellen der Hunde hinter den Mauern. »Öffnet das Tor«, befahl Jacques zwei Rittern. »Sofort!«, bellte er, als sie zögerten.

Gemeinsam hoben die beiden Männer den schweren Balken an, der das Tor sicherte. Zwei andere kamen ihnen zu Hilfe, dann zogen sie das Tor auf.

Davor hatte sich eine ganze Armee versammelt. Über zweihundert königliche Leibwächter waren dort, die meisten beritten, dazu eine große Anzahl von Beamten und Ordnungshütern. Die Soldaten an dem Rammbock, die gerade zu einem neuen Stoß ansetzten, hielten auf einen Befehl ihres Hauptmanns inne. Andere kamen näher und richteten ihre Armbrüste auf den Großmeister.

Jacques trat mit zusammengebissenen Zähnen vor. Die Ritter, die sich schützend hinter ihm aufgebaut hatten, gaben ihm Kraft. Hinter den Soldatentruppen sah er eine kleine Menge von Schaulustigen, die die Straße säumten und das Geschehen neugierig verfolgten. Sie erinnerten ihn an am Rand eines Schlachtfeldes wartende Krähen. Links von ihm bewegte sich etwas. Ein Mann in einem schwarzen, scharlachrot gesäumten Gewand lenkte sein Pferd aus der Menge heraus.

»Jacques de Molay?«, fragte er, dabei musterte er den Großmeister von der Höhe seines Reittiers herab. Als Jacques knapp nickte, hielt er eine Schriftrolle in die Höhe. »Auf Befehl des Königs von Frankreich werdet Ihr und Eure Männer festgenommen, und Eure Besitztümer verbleiben im Gewahrsam der Krone, bis in einem Gerichtsverfahren über Eure Verbrechen verhandelt und ein Urteil über Euch verhängt worden ist. Legt Eure Waffen nieder und weist Eure Männer an, dasselbe zu tun.«

»Wer seid Ihr, dass Ihr Euch anmaßt, mir Befehle zu erteilen?«, fuhr Jacques ihn an.

»Mein Name ist Guillaume de Nogaret.« Der Mann sprang aus dem Sattel. »Ich bin der Siegelbewahrer und Oberste Anwalt des Reiches. Ihr könnt den Befehl lesen, wenn Ihr wollt«, fügte er hinzu und hielt Jacques das Schriftstück hin.

Die Züge des Großmeisters verhärteten sich.

Als er die Rolle nicht entgegennahm, lächelte Nogaret. »Natürlich, ich vergaß, dass die meisten Templer nicht lesen können. Nun, dann wird es Euch jemand vorlesen.« Mit einem Fingerschnippen befahl er einen der Beamten zu sich.

Als der Mann vortrat, hob Jacques ärgerlich eine Hand. »Genug! Ich möchte mit König Philipp verhandeln.«

»Seine Majestät verhandelt nicht mit Ketzern.«

»Weder Ihr noch der König habt die Amtsgewalt, uns zu verhaften oder unseren Besitz zu beschlagnahmen.« Geoffroi de Charney stellte sich neben Jacques und fixierte Nogaret mit kalten Augen. »Euer königlicher Befehl ist ungültig, was auch immer er beinhalten mag.«

Nogaret winkte einen hoch gewachsenen Mann mit aschgrauem Gesicht zu sich, der das schwarze Gewand eines Dominikaners trug. »Als Vorsteher des Dominikanerklosters der Stadt ist Bruder Guillaume de Paris ermächtigt, jeden zu verhaften, der der Ketzerei verdächtigt wird. Diese Autorität wurde den Mönchen vor über siebzig Jahren von Papst Gregor IX. verliehen, der die heilige Inquisition ins Leben gerufen hat.«

»Das gilt nur für das gemeine Volk«, konterte de Charney, »aber nicht für einen religiösen Orden. Dazu bedarf es des ausdrücklichen Befehls des Papstes.«

»Soweit ich weiß, hat er diesen Befehl bereits erteilt, indem er eine Untersuchung bezüglich der Ketzereivorwürfe gegen Euren Orden eingeleitet hat«, erwiderte Nogaret.

»Eine Untersuchung?«, höhnte Jacques. »Es war wenig mehr als ein Gespräch zwischen mir und Papst Clemens. Sicher, Seine

Heiligkeit ist bestrebt, die Angelegenheit aus der Welt zu schaffen, aber er glaubt nicht wirklich an Esquin de Floyrans Anschuldigungen. Er hat mir selbst gesagt, welchen Groll dieser Mann gegen den Templerorden hegt.«

»Wenn dem so ist, habt Ihr ja nichts zu befürchten. Ein Prozess wird Eure Unschuld beweisen.«

»Wir wissen beide, dass es die Aufgabe der Inquisition ist, die Schuld zu beweisen, nicht die Unschuld.«

Nogaret hielt Jacques' Blick unverwandt stand. »Ergebt Euch. Meine Soldaten haben Anweisung, notfalls auch Gewalt anzuwenden.« Als Jacques sich nicht rührte, gab Nogaret den Soldaten mit den Armbrüsten ein ungeduldiges Zeichen. »Legt Euer Schwert nieder, oder meine Soldaten werden Euch erschießen.«

Jacques blickte sich um und spürte dabei, dass seine Ritter näher rückten, um ihn zu schützen. Er wollte sie anweisen, stehen zu bleiben, doch bevor er einen Ton über die Lippen brachte, ließ Nogaret seine Hand sinken, und zwei Soldaten feuerten ihre Bolzen ab. Eines der Geschosse traf einen direkt hinter dem Großmeister stehenden jungen Ritter in die Brust. Jacques sah, wie der Mann nach hinten geschleudert wurde, zu Boden stürzte und das Schwert seiner Hand entglitt. Ein anderer sackte leblos in sich zusammen, Blut sprudelte aus einer Halswunde. Hinter ihm entstand ein Tumult, als seine Männer sich anschickten, sich auf die Angreifer zu stürzen. Einen Moment lang stand Jacques regungslos da, den Blick ungläubig auf die beiden toten Ritter geheftet. Es war ein Verbrechen, einen Templer zu beleidigen, und wer einen verwundete, wurde mit der Exkommunikation bestraft. Doch der Anblick seiner vorrückenden Ritter und Nogarets Männern, die ihre Waffen zückten, riss ihn aus seiner Erstarrung. Er würde nicht zulassen, dass es zu einem Massaker kam. »Halt!«, brüllte er aus vollem Hals. »Legt Eure Waffen nieder!«, bellte er dann seinen Rittern zu. »Tut, was ich euch sage!«

Einer nach dem anderen legten die Templer ihre Schwerter auf den Boden, was Nogaret lächelnd verfolgte, dann bedeutete er den königlichen Leibwächtern, den Ordenshauskomplex zu stürmen.

Die Soldaten gingen mit äußerster Gewalt vor, fesselten Hände grob auf dem Rücken, traten die Ritter in die Kniekehlen oder droschen mit den Fäusten auf sie ein. Stallburschen, Köche und Priester wurden ebenso rau behandelt, und bald erschollen Schmerzensschreie, als die Soldaten in den Kapitelsaal, die Gebäude, den Turm des Donjon und die Kapelle eindrangen und alles rasch und aufgeregt durchsuchten. Diese Männer waren mit geflüsterten Geschichten über die geheimen Zeremonien der stolzen, unberührbaren Ritter in ihren makellosen weißen Mänteln, ihre Tapferkeit im Kampf, ihre Heldentaten auf der anderen Seite des Meeres und ihren unschätzbaren Reichtum aufgewachsen. Jetzt wurden diese Legenden entzaubert, knieten gedemütigt vor ihnen im Staub, und sie konnten sich endlich ihrer Schätze bemächtigen.

Während die Ritter und Sergeanten in den Räumen des Ordenshauses zusammengetrieben wurden, die jetzt ihre Gefängnisse darstellten, nahm man Jacques de Molay und Geoffroi de Charney ihre Mäntel ab, fesselte sie und warf sie in einen Karren, der sie in den Louvre, die königliche Festung am Ufer der Seine bringen sollte. Der Tag war klar und kalt angebrochen, doch zum ersten Mal seit fast zwei Jahrhunderten läuteten die Glocken nicht zur Matutin.

Quartier Latin, Paris
27. Oktober A.D. 1307

Während er durch die gewundenen Straßen ging, musterte Will die Gebäude. Läden und Werkstätten drängten sich eng zusammen, schienen sich über die schlammigen Gassen zu neigen. In der Ferne erhob sich die Kuppel einer Kirche über dem Dächergewirr. Der Himmel zeigte sich bleigrau und mit dünnen Rauchsäulen durchsetzt. Die Luft war kühl, die Menschen auf der Straße eilten, in dicke Gewänder und Umhänge gehüllt, hastig an ihm vorüber. Bei den meisten handelte es sich um Gelehrte und Priester von den zahlreichen Schulen des Quartier Latin. Will wusste, wie fehl am Platz er hier wirkte. Sein lederner Umhang war abgewetzt und mit Flecken übersät, Haar und Bart ungekämmt, die Stiefel mit Schlamm bedeckt. Auch sein Pferd, ein schwarzes Schlachtross, das Simon für ihn gesattelt hatte, als er das Ordenshaus verließ, erregte Verdacht; Will konnte die Neugier der Passanten, die versuchten, den abgerissenen Mann mit dem prächtigen Tier einzuschätzen, förmlich spüren. Er hoffte, sich als Knappe ausgeben zu können, falls jemand ihm Fragen stellte, obwohl sein Alter dagegen sprach. Will verdrängte den Gedanken an mögliche Verhöre entschlossen, während er sich auf die Gebäude konzentrierte. Er hatte nicht vor, sich auch nur einen Augenblick länger hier aufzuhalten als nötig, er musste nur finden, was er suchte, und dann konnte er sich aus dem Staub machen.

Die Reise nach Poitiers hatte länger gedauert als geplant, die Herbststürme hatten ihn aufgehalten. Sobald er sich in der Stadt befand, hatte er sich von den Hauptstraßen ferngehalten, wohl wissend, dass er keinesfalls auffallen durfte. Hugues de Pairaud hielt ihn für tot, aber Will zweifelte nicht daran, dass der Visitator sein Werk eigenhändig zu Ende bringen würde, wenn er ihm in die Hände fallen sollte. Von einem Mönch, den er von früheren Besuchen her kannte, erfuhr er, dass er Jacques de Molay um zwei Tage verpasst hatte. Der Großmeister war nach Paris gereist und hatte den Visitator und seine anderen Mitbrüder im Ordenshaus der Stadt zurückgelassen, wo sie auf seine Rückkehr warten sollten. Clemens war ernsthaft erkrankt, und trotz Wills flehentlichem Drängen durfte er den Papst erst einen Tag vor den geplanten Verhaftungen sehen.

Clemens, der ihm, erschöpft von seiner Krankheit, eine einstündige Audienz gewährt hatte, konnte ihn weder beruhigen noch ihm helfen. Will blieb in der Hoffnung, er würde sich weit genug erholen, um die Pläne des Königs zu durchkreuzen, im Kloster, und hier erfuhr er auch, dass das Templerordenshaus bei einem frühmorgendlichen Angriff von einer Kompanie königlicher Leibgardisten eingenommen worden war. Alle Ritter waren zusammengetrieben, Hugues und die anderen hochrangigen Offiziere in königlichen Gewahrsam genommen und nach Paris geschafft worden. Da sich die in den Schriftrollen enthaltene Drohung bewahrheitet hatte und Will nicht wusste, ob es seiner Tochter, Simon und Robert gelungen war, mit dem Schiff zu entkommen, beschwor er Clemens, die Taten des Königs schriftlich zu verdammen und die sofortige Freilassung der Ritter und die Rückgabe ihrer Besitztümer zu fordern. Der Papst erklärte sich einverstanden, den König zu treffen, sobald er wieder gesund war, doch Will, der sich über seinen mangelnden Eifer ärgerte, beschloss, nach Paris zurückzukehren. Er hoffte, Clemens zum Handeln bewegen zu können, wenn er etwas Konkretes vorweisen konnte, vielleicht Berichte über das brutale Vorgehen des Königs oder die Bestätigung, dass er die Reichtümer des Ordens seinen eigenen Schatztruhen einverleiben wollte.

Als er in Paris eintraf, begab er sich auf direktem Weg zum Ordenshaus, wo es von königlichen Leibgardisten wimmelte, sodass er sich nicht nah heranwagte. In der Stadt wurde von nichts anderem gesprochen als vom Sturz des Ordens. Will empfand den sensationslüsternen Klatsch als abstoßend. Einige Leute sprachen von ausgleichender Gerechtigkeit und meinten, die Ritter würden jetzt ihre wohlverdiente Strafe für den Verlust des Heiligen Landes erhalten. Andere tuschelten über die gegen die Templer erhobenen Vorwürfe, während sie beim Metzger Fleisch erstanden, und tönten laut, sie hätten schon immer gewusst, dass diese Ritter nichts Gutes im Schilde führten. Durch diesen Tratsch erfuhr Will, dass nicht alle Bewohner des Ordenshauses an diesem Tag verhaftet worden waren. Es hieß, einigen Rittern und Sergeanten wäre während des anfänglichen Durcheinanders die Flucht gelungen. Diese Flüchtigen hatte Will während der letzten Tage aufzuspüren versucht, und deswegen war er jetzt auch im Quartier Latin, betrachtete die Gebäude und suchte nach einem Zeichen.

Endlich fand er es: eine schwarze Tür mit einem aufgemalten abblätternden goldenen Kreuz. Zu dieser frühen Stunde waren die Läden der Fenster im unteren Stock noch geschlossen. Will führte sein Pferd durch einen Durchgang an der Seite des Gebäudes und gelangte in einen kleinen Hof, an dessen hinterer Wand sich einige Ställe befanden. Ein Junge kehrte gerade den Boden. Als er Will sah, blickte er auf. Seine Augen weiteten sich beim Anblick des Pferdes.

»Wo finde ich den Wirt?« Will reichte ihm die Zügel.

»In der Küche«, erwiderte der Junge, drehte das mächtige Tier geschickt zur Seite und führte es zum Stall.

»Sattele ihn nicht ab«, rief Will, während er auf die Hintertür zuging. »Ich bleibe nicht lange.«

Zwei Männer in der Küche drehten sich um, als er eintrat, und runzelten verwirrt die Stirn.

Einer hielt ein Messer in der Hand, mit dem er gerade einen Fisch ausnehmen wollte. »Was wollt Ihr hier?«

»Ich suche den Wirt.«

»Er ist vorne.« Der Mann ließ das Messer niedersausen, schlug dem Fisch den Kopf ab und deutete mit dem Daumen auf eine Tür hinter ihm. »Aber wir haben keine Kammer mehr frei, falls Ihr deswegen hier seid.«

Will schob sich an ihm vorbei in einen dämmrigen, modrig riechenden Schankraum, in dem ein hagerer Mann mit karottenrotem Haar ein Fass über die unebenen Fliesen zerrte und fluchte, als es an einer Bank im Raum hängen blieb.

»Lasst mich mit anfassen.« Will packte die andere Seite des Fasses.

Der Mann wirkte überrascht, ließ sich aber von Will helfen, das Fass zu einer Ecke hinüberzuschieben, wo bereits mehrere andere standen. Er richtete sich ächzend auf. »Sucht Ihr eine Kammer? Wir haben leider keine…«

»Nein«, schnitt Will ihm das Wort ab. »Ich suche ein paar Männer, die bei Euch wohnen.«

»Oh?«

Der Mann bemühte sich, einen unbekümmerten Ton anzuschlagen, doch Will hörte die Anspannung aus seiner Stimme heraus. »Ich glaube, Ihr wisst, wen ich meine.«

Der Mann lachte nervös auf. »Woher soll ich das wissen, wenn Ihr mir die Namen nicht nennt?«

»Es sind Templer.«

Der Mann hob die Hände und schüttelte den Kopf. »Tut mir leid.« Er wich in Richtung der Küche zurück.

»Ich bin nicht hier, um sie zu verhaften«, versicherte ihm Will rasch. »Ich möchte nur mit ihnen sprechen. Es ist sehr wichtig.«

Der Mann schrak zusammen, als er gegen eine Bank stieß. »Hört zu, ich lasse sie nur hier wohnen.« Im Dämmerlicht wirkte sein Gesicht blass und verängstigt. »Bis sie aus der Stadt fliehen können. Ich habe mit dem Orden Geschäfte gemacht, und die Ritter haben mich immer gut behandelt. Ich war es ihnen schuldig, ihnen zu helfen, als sie um Asyl baten.«

Will nickte beruhigend. »Und dafür werdet Ihr belohnt werden, wenn alles vorüber ist.«

Der Wirt zögerte, dann nickte er zu der Treppe hinüber. »Es sind vier, drei Ritter und ein Sergeant. Ich habe ihnen die oberste Kammer gegeben.«

»Danke.« Will steuerte auf die Treppe zu. Die Bretter knarrten, als er in den vierten Stock emporstieg, wo die Stufen vor einer Tür endeten. Er klopfte an. Im Raum erklangen gedämpfte Stimmen. Die Tür wurde einen Spalt breit geöffnet, und ein Gesicht erschien.

»Ja?«

»Mein Name ist William Campbell. Ich bin ein Freund von Robert de Paris und Simon Tanner. Ich muss mit Euch sprechen.«

»Es tut mir leid«, erwiderte die Stimme. »Ich kenne diese Männer nicht.«

»Warte, Gui«, mischte sich eine andere Stimme ein. »Lass ihn herein.«

Die Tür wurde geschlossen, und Will hörte einen leisen Wortwechsel. Dann wurde sie ganz geöffnet, sodass er in den Raum treten konnte. Augenblicklich berührte ein Schwert seine Kehle, und er erstarrte.

»Nimm ihm seine Waffe ab, Albert«, sagte der Mann hinter ihm, dabei schloss er die Tür mit einem Fußtritt.

Ein junger Mann mit breitem, rötlichem Gesicht zog Wills Schwert aus der Scheide. Will schielte zu den beiden anderen Männern im Raum hinüber. Beide waren bewaffnet und sahen aus, als wären sie bereit, auf ihn loszugehen, falls es sich als notwendig erweisen sollte. Sie hatten sich ihre Bärte abrasiert, doch an ihrem Gesicht war ein verräterischer weißer Fleck zurückgeblieben, weil die Haut dort seit Jahren keine Sonne mehr gesehen hatte. Ihre Kleider waren grob gewebt und entweder zu lang oder zu kurz. Allen gemein war der wachsame, argwöhnische Gesichtsausdruck der Verfolgten und Gehetzten.

»Was wollt Ihr?«, fragte der Mann namens Gui, der Will noch immer sein Schwert an den Hals hielt.

»Informationen.«

»Wie habt Ihr uns gefunden?«, erkundigte sich Albert besorgt.

»Ein Diener, der aus dem Ordenshaus fliehen konnte, hat mir gesagt, wo ihr euch versteckt haltet.«

Gui murmelte einen Fluch. »Ich habe doch gleich gesagt, wir hätten nicht bleiben sollen. Wenn er uns finden konnte, können die Männer des Königs es auch. Wir müssen aus Paris verschwinden.«

»Wie denn?«, versetzte einer der anderen Ritter. »Wir haben kein Geld, und wir sind in der Stadt bekannt.« Er zupfte an seiner Tunika herum. »Ohne eine bessere Verkleidung kommen wir noch nicht einmal an den Posten am Tor vorbei. Du hast doch gehört, was Martin gesagt hat. Sie befragen jeden, der die Stadt verlassen will.«

»Was wollt Ihr denn wissen?«, fragte Gui Will.

»Könnt ihr mir sagen, ob eine Gruppe von Templern letzte Woche das Ordenshaus verlassen hat? Robert de Paris und Simon Tanner gehörten dazu. Sie sollten an Bord eines Schiffes gehen.«

Gui schwieg eine Weile. Dann ließ er die Waffe langsam sinken, hielt sie aber weiterhin auf Will gerichtet. »Ja. Niemand weiß, was geschehen ist oder warum sie geflüchtet sind, aber später hörte ich, sie hätten den Ordensschatz mitgenommen. Man glaubt, der Visitator hätte den Befehl dazu gegeben.«

Will stieß den Atem aus. »Was ist mit dem Tag der Verhaftungen? Könnt ihr mir berichten, was passiert ist? Hat der König einen Prozess eingeleitet? Werden die Ritter einfach nur festgehalten oder werden sie verhört?«

Albert schüttelte den Kopf. »Das wissen wir nicht. Wir vier waren in der Krankenstube, als die Verhaftungen begannen. Als wir sahen, wie die Wächter einige der Unseren töteten, beschlossen wir zu fliehen. Wir hofften, uns zu einem anderen Ordenshaus durchschlagen und dort Alarm geben zu können.«

»Das hätte Euch nichts genutzt«, erwiderte Will. »Diese Aktion beschränkte sich nicht allein auf Paris.«

Gui runzelte nachdenklich die Stirn. »Wer seid Ihr? Woher wisst Ihr das alles?«

»Ich bin jemand, der nicht möchte, dass der König von seinem skrupellosen Handeln profitiert«, gab Will zurück. »Aber um das zu erreichen, brauche ich Beweise dafür, dass König Philipp gegen die Gesetze verstoßen hat, um sie dem Papst vorzulegen.«

»Dem Papst?«, vergewisserte sich Albert hoffnungsvoll.

In diesem Moment drangen Hufgetrommel und Alarmrufe zu ihnen herauf. Will und Gui stürzten zum Fenster. Eine Truppe königlicher Leibwächter ritt, die Menschen auf der Straße rücksichtslos zu Seite drängend, auf das Gasthaus zu. Will stieß einen Fluch aus, als sie vor der Tür Halt machten. Die Pferde stampften und schnaubten.

»Habt Ihr sie hergeführt?«, fragte Gui drohend.

»Nein.«

Unten wurde ein Befehl gebrüllt. »Im Namen des Königs! Öffnet!«

»Verdammt!« Gui riss die Tür auf.

Will folgte den die Treppe hinunterstampfenden Männern hastig.

»Die Hintertür!«, rief Gui, als sie den nächsten Absatz erreichten. »Wir nehmen die Hintertür!«

»Nein«, widersprach Will. »Sie werden sie besetzt haben. Die Fenster! Vielleicht können wir auf das Dach klettern.«

Aber die Ritter achteten nicht auf ihn, sondern folgten Gui die morsche Treppe hinunter. Überall im Gang flogen Türen auf, Gäste sprangen aus ihren Betten.

»Was zur Hölle geht hier vor?« Ein Mann trat aus einer Kammer, wich aber zurück, als Will auf ihn zukam.

Will drängte sich an ihm vorbei, rannte zum Fenster und fluchte, als er sah, dass die Wand steil zum darunterliegenden Hof abfiel. Eine Gruppe von Soldaten strömte durch die Hintertür. Als er aus dem Raum in den Gang stürmte, hörte er lautes Geschrei. Er rüttelte an einer Tür. Sie war verschlossen. Er versuchte es mit einer anderen, und diesmal gelang es ihm, sie mit einem Schulterstoß aufzubrechen. Ein Mann stürzte sich, einen Nachttopf schwingend, wütend auf ihn. Will duckte sich und rammte ihm ein Knie in die Magengrube. Der Mann brach zusammen, dann zerriss ein Schrei die Luft, und eine Frau schoss von dem zerwühlten Bett hoch. Sie war nackt und setzte gerade zum nächsten Schrei an, als schwere Schritte die Treppe hochkamen. Ohne auf die Frau zu achten, lief Will zum Fenster und stieß die Läden auf. Davor verlief ein Sims, über das er vielleicht das Nachbargebäude erreichen konnte. Er schwang ein Bein über das Fensterbrett und hielt sich am Rahmen fest. Im selben Moment stürmten drei Soldaten in den Raum. Die Schreie der Frau wurden schriller, als einer von ihnen Will bei der Kapuze seines Umhangs packte. Er wurde in den Raum zurückgerissen und stürzte hart zu Boden. Einer der Männer trat ihm ins Gesicht. Blut stieg ihm in die Kehle, und er hustete würgend, als er grob in den Gang hinausgeschleift wurde.

Draußen auf der Straße sah Will, dass die anderen Männer gleichfalls festgenommen worden waren. Gui lag mit schmerzverzerrtem Gesicht auf dem Boden. Eine Zuschauermenge hatte sich eingefunden; immer mehr Menschen strömten aus den Geschäften und Schänken, um den Tumult zu verfolgen. Jubel brandete auf, als ein Soldat dem sich heftig wehrenden Albert einen Stoß in die Seite versetzte, woraufhin dieser nach Atem ringend zusammenbrach.

»Noch mehr Ratten, die das sinkende Schiff verlassen«, erklang eine kalte Stimme. »Verhaftet auch den Wirt und seine Leute.« Der Befehl wurde so laut gegeben, dass alle Umstehenden ihn hören konnten. »Jedem, der Ketzern Unterschlupf gewährt, wird es ebenso ergehen.«

Will senkte rasch den Kopf, als ein schwarzes Gewand in sein Blickfeld geriet.

»Wer ist uns da ins Netz gegangen? Ritter oder Sergeanten?«

»Ich bin mir nicht sicher«, antwortete der Soldat. »Aber das finden wir heraus, sobald wir sie weggesperrt haben.«

»Allerdings. Bringt sie alle zum Ordenshaus.«

Unter gesenkten Lidern hervor beobachtete Will, wie das schwarze Gewand davonrauschte. Er spürte, wie er weggeführt wurde, dann erscholl die kalte Stimme erneut.

»Wartet!«

Will erstarrte.

»Dieser Mann dort … Ich will sein Gesicht sehen.«

Will versuchte sich loszumachen, doch einer der Männer, die ihn gepackt hielten, riss seinen Kopf am Haar zurück, und er blickte direkt in die dunklen Augen von Guillaume de Nogaret.

Auf dem Gesicht des Ministers malten sich erst Unglauben, dann tiefe Befriedigung ab.

»Sollen wir ihn zusammen mit den anderen fortschaffen, Minister?«, fragte einer der Wächter zögernd.

»Nein«, murmelte Nogaret. »Dieser hier kommt in den Louvre.« Seine Stimme triefte vor Genugtuung. »Ich lasse eine ganz spezielle Zelle für ihn vorbereiten.«

40

Der Louvre, Paris
31. Oktober A.D. 1307

Will schritt seine Zelle ab – fünf Schritte vor, fünf zurück. Während der letzten vier Tage hatte er die Stunden, die in dem winzigen, stickigen Raum nicht verstreichen wollten, mit dieser kleinen Illusion von Freiheit ausgefüllt. Da er nicht gefesselt war, konnte er wählen, ob er sitzen und nachdenken, sich hinlegen und schlafen, um Kräfte zu sparen, oder auf und ab laufen wollte, damit seine Muskeln nicht erschlafften.

Die Zelle – vier kahle Wände, kein Fenster und eine Tür, durch die ihm sein Essen hineingeschoben wurde – war eine Überraschung für ihn. Aus dem Blick, mit dem Nogaret ihn bedacht hatte, als er schlaff zwischen den beiden Wächtern hing, hatte er geschlossen, dass ihn Schläge und Folter erwarteten. In gewisser Hinsicht war diese Leere, dieser fast völlige Mangel an menschlichem Kontakt noch schwerer zu ertragen. Seine Furcht vor dem, was kommen würde, wuchs stetig, bis jede Faser seines Körpers davor zu vibrieren schien und er all seine Willenskraft aufbieten musste, um nicht im Wahnsinn zu versinken. Er musste die Nerven behalten, auf alles vorbereitet sein, und so schritt er auf und ab und konzentrierte sich auf die simple Aufgabe, einen Fuß vor den anderen zu setzen.

Irgendwann hörte er Schritte. Will blieb stehen und lauschte. Sie kamen näher. Er schätzte, dass es sich um drei, vielleicht vier Männer handelte. Das Klirren ihrer Kettenhemden war unverkennbar. Er presste sich mit dem Rücken gegen die Wand, als die Schritte vor seiner Tür Halt machten und der Riegel zurückgeschoben wurde.

»Stell dich mit dem Gesicht zur Wand«, erklang eine barsche Stimme.

Will zögerte. Er wollte keine Schwäche zeigen, sah aber auch keinen Grund, einen so einfachen Befehl zu missachten, also drehte er sich um. Sein Rücken kribbelte, als die Tür geöffnet wurde und ihn ein kalter Luftzug streifte. Hände packten seine Arme und zogen sie nach hinten, ein Seil wurde um seine Handgelenke geschlungen. Er hörte die Atemzüge eines Mannes hinter sich, als der Strick immer fester angezogen wurde, das Blut in seinen Adern zu pulsieren und seine Hände heiß zu prickeln begannen. Dann wurde er herumgerissen und von je zwei Männern an jeder Seite davongeführt.

Die Wächter sprachen kein Wort, weder mit ihm noch miteinander, als sie ihn durch die zahllosen Gänge des Gefängnisses schleiften. Will versuchte, sich einzig und allein auf einen Punkt tief in seinem Inneren zu konzentrieren; einen Punkt, wo ihn Drohungen und Schmerzen nicht erreichen würden, aber es fiel ihm unendlich schwer. Seine Gedanken kreisten wirr in seinem Kopf umher. Auf die Erinnerung an seine Tochter, die sich über ihre Schulter hinweg zu ihm umgeblickt hatte, als Simon sie fortführte, folgte ein Bild von William Wallace, wie er vom Galgen geschnitten wurde. Zähneknirschend verdrängte er das alles und achtete nur noch darauf, genau wie in seiner Zelle einen Fuß vor den anderen zu setzen.

Die Männer blieben mit ihm vor einer Tür stehen. Als sie geöffnet wurde, schlug Will stickige Hitze entgegen. Schweißperlen bildeten sich auf seiner Stirn. Das Erste, was er wahrnahm, war die unmissverständliche Drohung in den erbarmungslosen Gesichtern der neun Männer in der Kammer. Er erkannte Nogaret sofort. Außer den vier königlichen Wächtern, die ihn hergebracht hatten, sah er noch vier schwarz gewandete Dominikaner. Einen kannte er vom Sehen, einen großen, dünnen Mann mit eiskalten Augen – Guillaume de Paris, Philipps Beichtvater und Kopf der Pariser Inquisition. Als die Tür hinter ihm geschlossen wurde, blieb Wills Blick auf einer Vielzahl von Gegenständen und Gerätschaften haften, die eine noch viel dunklere Drohung ausstrahlten.

Neben einem dreieckigen Rahmen, an dessen Spitze etwas befestigt war, was wie eine mit Stricken versehene Winde aussah, war ein Seil um den Deckenbalken geschlungen. Vor einem Kohlenfeuer lehnte ein rußgeschwärztes Brett neben einem mit einer öligen Substanz gefüllten Tiegel. Ferner gab es zwei Tische. Auf einem stand eine Art Metalltrichter und ein großer Krug, der andere war mit einem Tuch bedeckt, unter dem sich Dinge abzeichneten, deren Verwendungszweck er nur erahnen konnte. Schlimmer als diese Gegenstände waren die Flecken auf dem Boden, einige frisch, andere älter. Er roch Blut und Urin, Kot und Schweiß. Jeder Fleck stand für Schmerz, Schreie oder ein qualvolles Wimmern. Er befand sich in einem Raum des Schreckens, in dem ein Mann seiner Menschenwürde beraubt und auf einen Klumpen aus Fleisch, Blut, Knochen und Sehnen reduziert wurde. Benommen erinnerte er sich an das, was Everard ihm über die Foltern erzählt hatte, denen die Katharer unterworfen worden waren, doch seither hatten die Inquisitoren viel praktische Erfahrung erworben und ihre Methoden verfeinert, ohne dabei die Auflagen der Kirche zu verletzen. Da es ihnen verboten war, Blut zu vergießen, es sei denn, es geschah unabsichtlich im Rahmen eines Verhörs, waren sie gezwungen gewesen, sich ausgeklügelte Wege auszudenken, um den der Ketzerei angeklagten Männern und Frauen, aus denen sie Geständnisse herauspressen wollten, Schmerzen zuzufügen. So konnten Gliedmaßen gebrochen, verbrannt, gequetscht und ausgerenkt werden, ohne dass ein Tropfen Blut die Kirche besudelte.

Nogaret wartete, bis Will den ganzen Raum in sich aufgenommen hatte, ehe er das Wort ergriff. »William Campbell, Ihr werdet der Ketzerei beschuldigt. Ihr werdet jetzt kraft der Autorität der Kirche peinlich befragt werden, damit festgestellt werden kann, ob diese Anschuldigungen der Wahrheit entsprechen. Ihr erhaltet Gelegenheit, Eure Schuld einzugestehen, und wenn Ihr Eure Sünden aufrichtig bereut, wird Euch vergeben werden. Bekennt Ihr Euch schuldig?«

Will sah die anderen Männer an, dann wieder Nogaret. »Wie kann ich denn schuldig sein? Ich bin kein Templer mehr, ich habe den Orden schon vor Jahren verlassen. Was für Beweise liegen denn gegen mich vor?«

Nogaret lächelte. Das Spiel bereitete ihm sichtliches Vergnügen. »Das Geständnis eines hochrangigen Ordensmitgliedes belastet Euch schwer.« Er hielt inne und musterte Will. »Was ist die Anima Templi?«

Will erwiderte nichts darauf, hielt aber Nogarets Blick unverwandt stand.

»Eure Verstocktheit wundert mich, Campbell. Der Visitator der Templer, Hugues de Pairaud, hat jedem im Raum hier glaubhaft versichert, dass Ihr der Kopf dieser Organisation wart.«

Will schwieg immer noch beharrlich.

»Tatsächlich«, fuhr Nogaret fort, »stimmt vieles, was de Pairaud sagte, mit den Aussagen Esquin de Floyrans und anderer überein, unter anderem der des Großmeisters.«

»Das ist eine Lüge.«

»So?« Nogaret ging zu dem dreieckigen Rahmen. »Jacques de Molay hat unter der Streckfolter ein Geständnis abgelegt. Er bekannte, Christus verleugnet und auf das Kreuz gespien zu haben. Er bekannte, während der Kapitelversammlungen einen dreiköpfigen Götzen angebetet und andere Ritter ebenfalls dazu ermutigt und Brüder auf den Mund und andere Körperteile geküsst zu haben.«

Will entging nicht, wie sich Guillaume de Paris' Lippen angewidert verzogen. Einer der Dominikaner bekreuzigte sich. Er spürte, wie ihm in der Hitze der Fackeln und des Feuers Schweiß über den Rücken zu rinnen begann. Er konnte alles ableugnen, was ihm vorgeworfen wurde, ohne dass es einen Unterschied machte, erkannte er. Auch ein Geständnis würde nichts ändern; nicht, wenn Nogaret diese Untersuchung leitete. Aber vielleicht konnte er an de Paris' Menschlichkeit appellieren und anderen Unschuldigen diese Tortur ersparen. Zumindest so lange, bis Papst Clemens eingriff. Er fixierte den hoch gewachsenen Dominikaner. »Die Anima Templi existiert, und ich war einst ihr Kopf. Aber sie war nie ein Ketzerzirkel, sondern wir haben uns dem Frieden verschrieben. Leider verdrehten, nachdem ich den Orden verlassen hatte, einige Männer unsere ursprünglichen Ziele, um ihre eigenen Zwecke verfolgen zu können. Aber auch diese Männer waren keine Ketzer, sie waren nur fehlgeleitet. Ihre Fehler lagen in ihrer Gier und Überheblichkeit, nicht in Verbrechen gegen den Glauben, und sie sollten von dem Einzigen abgeurteilt werden, der Macht über die Tempelritter hat: Seiner Heiligkeit, dem Papst. Wie ich schon sagte, handelt es sich nur um eine kleine Anzahl von Männern. Verschont den Rest der Brüder, denn sie wissen nichts von Ketzerei, ebenso wenig wie der Großmeister.«

»Kennt Ihr die Namen dieser Männer?«, fragte Guillaume de Paris nachdenklich.

Will dachte noch über eine möglichst unverfängliche Antwort nach, als Nogaret eingriff.

»Lasst Euch nicht von ihm täuschen. Er versucht uns abzulenken. Ihr habt doch de Molays Geständnis gestern selbst mit eigenen Ohren gehört.«

Wills Augen wurden schmal. »Jeder Mann würde alles gestehen, wenn er an diesem Ding hängt«, knurrte er. »Ihr vermutlich zuallererst.«

Zwei rote Flecken loderten auf Nogarets Wangen auf, aber er bezwang sich, ehe er antwortete. »Es freut mich, dass Ihr so schnell gestanden habt, Campbell. Ich betrachte das als ein gutes Vorzeichen für die nächsten Fragen, die ich Euch stellen werde und auf die der König unverzüglich Antworten zu hören wünscht.« Er gab den Männern ein Zeichen. »Entkleidet ihn.«

Will erstarrte, als die Wächter vortraten. Sein Hemd wurde aufgerissen. Einer schnitt die Ärmel mit seinem Messer auf. Er zuckte zusammen, als die Klinge seine Haut ritzte. Seine Hose erlitt dasselbe Schicksal, dann empfand er nur noch die hilflose Verletzlichkeit bloßen Fleisches. Er erinnerte sich, sich bei seiner Initiation ähnlich gefühlt zu haben, aber damals hatte er die Gewissheit gehabt, dass die Prüfungen irgendwann zu Ende gehen würden. Hier konnte er kaum darauf hoffen.

Als er zu dem Tisch mit dem Trichter und dem Krug darauf geschleift wurde, sah Will Wasser- und andere Flecken auf dem Boden. Sein Blick wanderte über die Geräte, obwohl er keine Ahnung hatte, wozu sie dienen mochten.

»Wo ist der Ordensschatz, Campbell?«

»Ich weiß es nicht. Fragt die Ritter.«

»Das habe ich bereits. Einige sagten, Ihr wärt an seiner Fortschaffung aus Paris beteiligt gewesen.« Die Stimme des Ministers verwandelte sich in ein scharfes Schnarren. »In der Nacht, in der Eure Hure von Tochter einen der königlichen Befehle meines Herrn gestohlen hat. Ich hätte dieser Dirne die Kehle aufschlitzen sollen, als ich die Gelegenheit dazu hatte.«

Ein roter Schleier legte sich vor Wills Augen. Er wollte sich auf den Minister stürzen, wurde aber zurückgerissen und auf einen Befehl Nogarets hin auf den Tisch gehoben. Einer der Inquisitoren griff nach dem Krug, ein anderer nach dem Trichter. Als Will sich zur Wehr setzte, traten die anderen Soldaten dazu, und gemeinsam drückten sie ihn auf den Tisch nieder, nackt, mit auf den Rücken gefesselten Händen, sodass sein eigenes Gewicht schmerzhaft auf seine Arme drückte.

»Wo ist der Schatz?« Nogaret stand so nah bei ihm, dass Will seinen Atem riechen konnte.

Er wandte das Gesicht zur Seite, doch einer der Soldaten packte seinen Kopf. Ein Inquisitor beugte sich vor, schob ihm die Tülle des Metalltrichters in den Mund und drückte sie so fest zwischen seine Lippen, bis sie bluteten und er gezwungen war, sie zu öffnen. Dann schwebte der Rand des Kruges über ihm. Sein ganzer Körper krampfte sich zusammen, als sich ein Strom von Wasser in den Trichter ergoss. Es füllte seinen Mund aus, floss seine Kehle hinunter und ließ ihm keine Gelegenheit zum Schlucken. Immer mehr kam nach, bis er würgte und hustete und sich vorkam, als würde sich ein ganzer Fluss in ihn entleeren. Er bekam keine Luft mehr. Er ertrank. Das war es dann. Er starb, und die ganze Zeit lang dröhnte Nogarets Stimme in seinen Ohren.

»Wo ist der Schatz? *Wo?*«

Der Louvre, Paris
24. Dezember A.D. 1307

Will kam mit einem Ruck zu sich, als die Tür seiner Zelle aufflog. Er versuchte sich aufzurappeln, aber sein Körper war von Hunger und Erschöpfung geschwächt, und ehe er sich rühren konnte zerrten ihn drei Wächter auch schon auf die Füße. Einer streifte ihm eine grobe Wolltunika über den Kopf und zog sie an seinem vernarbten Körper herunter. Die Hände fühlten sich wie Klauen auf seiner Haut an. Er hatte seit Wochen keinen Menschen mehr zu Gesicht bekommen und empfand den plötzlichen körperlichen Kontakt als geradezu schmerzhaft. Als sie ihn aus der Zelle führten, wuchs seine Angst. Beim letzten Mal waren sie sehr weit gegangen, hatten seine weichsten und empfindlichsten Körperteile mit ihren Instrumenten bearbeitet, bis er vor Schmerz ein paar Mal das Bewusstsein verloren hatte. Vielleicht würden sie jetzt noch weiter gehen, und er würde die Folterkammer nicht mehr lebend verlassen.

Nogarets grausame, höhnische Stimme hallte in seinen Ohren wider, beschrieb ihm ausführlich, wie sie einem Ritter, dessen Füße sie mit Fett eingerieben und dann über ein Kohlenfeuer gehalten hatten, seine abgefallenen Zehenknochen mit in seine Zelle gegeben hatten. Wills fiebriger Verstand hatte ihm Bilder verstümmelter, ihrer Gliedmaßen beraubter Männer vorgegaukelt, die überall in Frankreich wimmernd in Zellen wie der seinen umherkrochen. Nogaret hatte ihm erzählt, dass über fünfzehntausend Mitglieder des Ordens festgenommen worden waren. Wie viele von ihnen hatte auch er alles gestanden, was der Minister des Königs hören wollte, nur um seinen Qualen ein Ende zu setzen. Während der Folter pflegten die Inquisitoren die Worte förmlich in den Mund zu legen, und er hatte alles zugegeben, während sie ihn mit heißem Wachs übergossen oder eine Kerze an seine bloßen Schenkel gehalten hatten, bis ihm der Gestank seines eigenen verschmorenden Fleisches in die Nase gestiegen war. Das Schlimmste war die Streckfolter gewesen. Die Stricke an seinen Handgelenken und Knöcheln waren an der Winde befestigt worden, die ein Inquisitor dann vor Anstrengung grunzend gedreht hatte, bis er meinte, seine Glieder würden jeden Moment aus den Gelenken gerissen.

Aber selbst während der ärgsten Torturen war ihm stets verschwommen bewusst gewesen, dass seine Peiniger ihn am Leben lassen mussten. Nogaret glaubte, dass er wusste, wo der Schatz war, und solange er das glaubte, war sein Leben nicht in Gefahr. Unter der Folter hatte Will dem Minister gestanden, dass der Schatz nach Zypern gebracht worden war, doch als er kurz darauf aufgefordert wurde, sein Geständnis zu wiederholen, gab er Portugal an. Nogaret hatte keine Möglichkeit herauszufinden, welche Aussage wahr und welche falsch war, was ihn vor hilfloser Wut schäumen ließ und Will inmitten seiner Qualen einen kleinen Triumph verschaffte.

Seine Furcht schlug in Verwirrung um, als die Wächter ihn ein paar Stufen hinaufführten. Dies war nicht der Weg zu der Folterkammer. Nachdem sie ein paar fensterlose Gänge passiert hatten, näherten sich die Soldaten einer schweren Tür. Als diese geöffnet wurde, sog Will zischend den Atem ein, denn er wurde in helles Tageslicht hinausgeschleift. Es war früh am Morgen und bitterkalt, doch er genoss die klare, frische Luft in vollen Zügen. Als er

Stimmen und Hufgeklapper hörte, sah er sich um. Er fühlte sich so wach und lebendig wie schon seit Wochen nicht mehr. Hier draußen warteten noch mehr Soldaten und vier Karren. Will entdeckte Nogaret und Guillaume de Paris. Der Minister wirkte angespannt und verärgert. Als sein Blick über die Menge wanderte, sah er andere, wie er in schäbige Tuniken gekleidete Männer, die von Soldaten bewacht wurden. Er erkannte Jacques de Molay und Geoffroi de Charney. Der Großmeister machte einen gebrechlichen Eindruck, er musste von zweien seiner Bewacher gestützt werden. Er hatte erschreckend viel Gewicht verloren, sein Bart war grob abgeschnitten worden. Will konnte weitere Männer in den Karren ausmachen, als er in den ihm am nächsten stehenden gestoßen wurde. Darin drängte sich eine Hand voll Gefangener, die er nicht kannte, und vier Soldaten kletterten hinter ihm hinein. Eine Peitsche knallte, dann rumpelte der Karren aus dem Hof.

Die Gefangenen wechselten Blicke miteinander, sprachen aber kein Wort. Alle waren sich der Gegenwart der Soldaten, die mit ihren Schwertern in den Händen stumm dasaßen, nur allzu sehr bewusst. Will versuchte zu ergründen, wo sie hingebracht wurden. Sobald sie den Hof der Festung verlassen hatten, konnte er den Fluss riechen und den Gesang der Vögel am Ufer hören. Die Luft roch nach feuchtem Gras und Rauch. Der Karren verlangsamte kurz seine Fahrt und gelangte dann in die Innenstadt. Wills Erregung wuchs, als sie den Grand Pont zur Ile de la Cité überquerten, doch statt auf den Palast zuzuhalten, bogen sie in eine der Straßen ein, die zur Kathedrale Notre Dame führten.

Auf dem kleinen Platz vor der Kathedrale wurden Will und seine Mitgefangenen aus dem Karren gezerrt. Ein Mann stolperte, Will packte ihn, damit er nicht stürzte, wurde aber sofort von einem Soldaten angeherrscht, ihn loszulassen. Als Will zurückwich, stieß er mit einem anderen Gefangenen zusammen. Seine Augen weiteten sich vor Entsetzen, als er sich Hugues de Pairaud gegenübersah. Das Gesicht des Visitators war totenbleich und eingefallen, Haar und Bart starrten vor Blut, die Lippen waren ausgedörrt und aufgesprungen.

»Es tut mir leid«, krächzte er Will zu, als einer der Wächter ihn vorwärtsstieß. »Es tut mir leid.«

Will starrte ihm nach, während sie die Stufen empor in einen dunklen Raum der Kathedrale geführt wurden. Er roch Weihrauch und hörte den Gesang des Morgengottesdienstes, dann wurden die Türen des Kapitelsaals hinter ihnen geschlossen.

Auf einem Podest saßen drei Männer in schwarzen und scharlachroten Gewändern, die goldene, juwelenbesetzte Kreuze um den Hals trugen. Bei ihrem Anblick keimte zaghafte Hoffnung in Will auf. Aus Nogarets verdrossenem Gesichtsausdruck schloss er, dass die drei Kardinäle des Heiligen Kollegiums sicherlich nicht auf Geheiß des Königs hier waren. Vielleicht hatte der Papst doch noch seinen Einfluss geltend gemacht? Er taumelte nach vorne, als die Soldaten ihn und die anderen zwangen, sich in der Mitte des Raumes in einer Reihe aufzustellen. Die Wächter traten zurück. Die vierundzwanzig ausgemergelten Ritter waren nun den abschätzenden Blicken der Kardinäle ausgesetzt.

Nach einem Moment erhob sich ein alter, ehrwürdig wirkender Mann, der in der Mitte saß. Er hielt eine Pergamentrolle in der Hand. »Wir sind von Seiner Heiligkeit, Papst Clemens V., hierherbestellt worden, um über den Fall des Templerordens zu verhandeln.« Die Stimme des Kardinals wurde fester. »Seine Heiligkeit hat ebenso wie wir bestürzt zur Kenntnis genommen, dass ein jeder von euch die furchtbaren Verbrechen gestanden hat, derer ihr angeklagt seid. Mit großer Betrübnis hat er uns die ernste Aufgabe übertragen, uns ein Bild von diesen Geständnissen zu machen, um begreifen zu können, wie ein so alter und angesehener Orden so weit vom Weg des Herrn abweichen konnte.« Er räusperte sich. »Jacques de Molay, tretet vor, während die Anklagepunkte gegen Euch und Eure Mitbrüder verlesen werden.«

Eine Pause trat ein, dann setzte sich der Großmeister bewusst langsam in Bewegung. Er schleppte sich mühsam hinkend vorwärts, bei jedem Schritt verzog sich sein Gesicht vor Schmerz, aber er hielt den Kopf hoch erhoben.

Die Ritter lauschten den einhundertsiebenundzwanzig gegen sie erhobenen Beschuldigungen schweigend. Hinter jedem einzelnen Punkt erkannte Will Nogarets Hand, und tatsächlich wirkte der Minister fast stolz, als sie mit der brüchigen Stimme des alten Kardinals vorgetragen wurden. Den Rittern wurde vorgeworfen, im Rahmen ihrer Initiationszeremonie auf das Kreuz uriniert und getreten, eine Katze und einen dreiköpfigen Götzen angebetet, wohltätige Spenden für sich selbst behalten und geheime Messen abgehalten zu haben. Obwohl er innerlich vor Zorn kochte, wurde Will klar, wie geschickt Nogaret seine langatmige Anklage verfasst hatte. Er erkannte Dinge wieder, derer die Katharer, Juden und Sarazenen beschuldigt worden waren – alles Feinde der Kirche. Es waren Vorwürfe, die die Öffentlichkeit kannte und fürchtete. Einige Anschuldigungen entsprachen sogar der Wahrheit: Die Ritter hielten ihre Kapitelversammlungen im Geheimen ab und gestatteten nur Ordensmitgliedern, die Regel zu lesen – ein Umstand, der den Deutschordensrittern und den Hospitalitern nur zu gut bekannt war und der die Schuld der Beklagten noch wahrscheinlicher erscheinen ließ. Eine Lüge war glaubwürdiger, wenn sie mit dem Mantel der Wahrheit umhüllt wurde, und Nogaret hatte die täglichen Praktiken des Ordens, von denen viele Menschen wussten, meisterhaft in den Prozess einfließen lassen, um den Verdacht gegen die Templer noch zu schüren.

Während der fünfzehn Minuten, die der Kardinal benötigte, um die Liste zu verlesen, senkte Jacques de Molay nicht ein einziges Mal den Kopf. Hugues de Pairaud dagegen starrte zu Boden, seine schlaff an den Seiten herabhängenden Hände zitterten merklich. Ein Ritter brach vor Erschöpfung oder Angst zusammen und wurde achtlos auf dem Boden liegen gelassen.

Als der Kardinal geendet hatte, hob er den Kopf und sah den Großmeister an. »Ihr habt dem Inquisitor Guillaume de Paris all diese Verbrechen gestanden. Bleibt dieses Geständnis auch vor unserem Angesicht bestehen?«

Jacques schwieg einen Moment. Dann hob er die Hände, packte den Saum seiner fadenscheinigen Tunika und riss den Stoff mit einem Ruck auseinander, sodass er mit bloßer Brust vor den drei päpstlichen Bevollmächtigten stand. Sein Rücken, seine Arme und seine Brust waren mit schwarz verfärbten, blasenübersäten tiefen Schnitten übersät. Die Inquisitoren hatten den Großmeister mit Zangen bearbeitet, mit denen dem Opfer das Fleisch aus dem Leib gerissen wurde, die aber rotglühend erhitzt worden waren, um die Wunden gleich nach ihrer Entstehung zu veröden und so das verbotene Blutvergießen zu vermeiden. Einige schimmerten noch feucht, und Will konnte sich nur zu gut vorstellen, welche Schmerzen der Großmeister auch jetzt, Tage nach der Folter, noch litt.

Der Kardinal wurde blass. Er hob die Hand, wie um seine Augen zu bedecken, ließ sie dann aber sinken und wandte stattdessen den Blick ab. Ein anderer wirkte, als würde ihm gleich übel, der dritte verzog vor Abscheu das Gesicht.

»Ich habe gestanden«, krächzte Jacques. »Aber ich bin nur der Schwäche schuldig. Wie unser Heiland, der, als ihn die Kraft verließ, darum bat, dass seine Last von ihm genommen werden möge, habe auch ich dieser meiner Schwäche nachgegeben. Ich habe meinen Folterknechten alles gesagt, was sie hören wollten, um meine Qualen zu beenden. Aber jetzt gestattet mir, das zu tun, was ich damals schon hätte tun sollen, und mein Geständnis zu widerrufen, da es mir unter der Folter abgepresst wurde.«

Nogarets Gesicht erstarrte zu einer steinernen Maske. »Eure Exzellenz …«

Der Kardinal schnitt ihm schroff das Wort ab. »Minister de Nogaret, Seine Heiligkeit wünscht klare und unwiderlegbare Beweise für die Schuld dieser Männer, bevor er der Forderung des Königs nachgibt und den Orden auflöst.« Er trat von dem Podest herunter und durchquerte den Saal. »Dies hier …«, er deutete mit unverhohlenem Entsetzen auf Jacques, »... können wir nicht gelten lassen.«

»Die Inquisitoren sind vom Papst ermächtigt, die Folter anzuwenden, um Schuldeingeständnisse zu erhalten. Eure Exzellenz, jeder einzelne dieser Männer hat gestanden!«

»Und was werden wir finden, wenn wir sie entkleiden, Minister? Es tut mir leid, ich muss Seiner Heiligkeit mitteilen, dass unter solchen Bedingungen erzwungene Geständnisse mit äußerstem Argwohn zu betrachten sind.«

41

Franziskanerkloster, Poitiers
26. Mai A.D. 1308

»Geht mir aus dem Weg!«

»Sire«, protestierte der Mönch, der sich vor der Tür aufgebaut hatte. »Seine Heiligkeit ist noch nicht fertig. Wenn Ihr noch einen Moment warten wollt, wird er ...«

»Aus dem Weg! Oder ich lasse Euch von meinen Leibwächtern verhaften, weil Ihr Euch Eurem König widersetzt habt!«

Der Mönch zögerte, doch als zwei Soldaten auf Philipps Befehl hin vortraten, wich er widerstrebend zurück. Der König drängte sich an ihm vorbei, stieß die Tür auf und stapfte in den Raum.

Als er die Tür hinter sich zuschlug, schrak der Mann in der Kammer zusammen. »Majestät«, murmelte Clemens. Er war gerade dabei, sich ein karminrotes Seidengewand überzustreifen. »Was tut Ihr hier? Mir wurde gesagt, Ihr würdet im Kapitelsaal warten.«

»Ich bin das Warten leid.« Die blauen Augen des Königs glitzerten wie Eis. Er überragte den Papst, der im letzten Jahr zusammengeschrumpft zu sein schien und dessen Körper von den Schmerzen, die ihn ständig plagten, gebeugt worden war, um mehr als eine Haupteslänge. Philipp empfand kein Mitleid mit ihm. Er hatte die Reise von Paris hierher innerhalb kürzester Zeit zurückgelegt und gedachte keinen Moment länger zu bleiben als nötig. Seine Geduld, die während der Ereignisse der letzten sieben Monate ohnehin schon strapaziert worden war, drohte ihn nun ganz zu verlassen.

Philipps Maßnahmen gegen den Templerorden hatten vielversprechend begonnen – weit besser, als er nach Roses Diebstahl der Schriftrolle gedacht hatte. Freilich, der Inhalt der Pariser Schatztruhen blieb nach wie vor verschwunden, trotzdem befand sich ein beträchtlicher Teil des Ordensvermögens in seinem Besitz, und Nogaret war überzeugt, dass einige Ritter, Campbell eingeschlossen, wussten, wo der Schatz versteckt war. Jacques de Molay hatte dank des Geschicks der Inquisitoren, die ihrem Ruf mehr als gerecht geworden waren, innerhalb weniger Tage ein umfassendes Geständnis abgelegt, und nachdem dieses öffentlich bekannt gemacht worden war, war der Widerstand der anderen Ritter rasch erlahmt. Als einer nach dem anderen gleichfalls unter der Folter zusammenbrach, wuchs der öffentliche und politische Rückhalt für einen Prozess gegen den Orden. Nach den ersten Verhaftungen hatte Clemens ihm einen erzürnten Brief geschickt und wissen wollen, was er da eigentlich tat, aber in dem sicheren Wissen um die Unterstützung seiner Untertanen hatte sich Philipp erst gar nicht die Mühe gemacht, darauf zu antworten. Kurz darauf waren die drei Kardinäle in Paris eingetroffen und hatten darauf bestanden, die Ritter persönlich anzuhören.

Als die Kardinäle dem Papst Bericht erstatteten, untersagte Clemens den französischen Inquisitoren, ihr Werk fortzusetzen, und ohne seine Folterknechte war Philipp gezwungen, den Prozess vorläufig auszusetzen. Als Gegenmaßnahme hatte der von seiner absoluten Herrschergewalt überzeugte König Theologen von der Universität von Paris mit der Beurteilung der Verhandlungen gegen die Templer beauftragt, aber ihr Anfang des Monats verkündetes Urteil hatte nicht seinen Erwartungen entsprochen. Ein König, hatten die Doktoren übereinstimmend erklärt, konnte, wenn es um Ketzerei ging, nur mit ausdrücklicher Billigung des Papstes handeln – weswegen Philipp jetzt vor Wut schäumend vor dem aufmüpfigen Vikar Christi stand. »Ich habe genug! Diese Farce hat heute noch ein Ende!«

Clemens schüttelte den Kopf. »Ich weiß nicht, wovon Ihr redet.«

Philipp unterdrückte den überwältigenden Drang, sein Schwert zu ziehen und den kleinen gebeugten Mann vor ihm an Ort und Stelle niederzustrecken. »Die Templer! Ich lasse nicht zu, dass Ihr meine Absichten vereitelt!«

»Eure Absichten?« Der Papst schloss sein Gewand am Hals. »Hängen die nicht in erster Hinsicht davon ab, ob sie schuldig sind oder nicht?«

»Spielt nicht mit mir, Clemens«, warnte der König. »Vergesst nicht, dass ich es war, der Euch auf den Papstthron gebracht hat. Ich kann Euch genauso leicht wieder stürzen.«

Clemens starrte ihn an. »Wie denn? Ein Papst wird auf Lebenszeit gewählt.«

Philipp senkte den Kopf. Der prüfende Blick des Papstes verursachte ihm Unbehagen, und er spürte, dass er etwas gesagt hatte, was er besser für sich behalten hätte. Sah Clemens in sein Innerstes, direkt in sein sündiges Herz? Flüsterten die Geister seiner Vorgänger ihm etwas zu, zeigten mit den Fingern auf den Mann, der ihren Untergang herbeigeführt hatte? »Wir hatten eine Abmachung, Ihr und ich. Ihr habt ein Dokument unterzeichnet, in dem Ihr Euch zu fünf Dingen verpflichtet habt – unter anderem dazu, den Templerorden aufzulösen und seine Reichtümer auf mich und meine Erben zu übertragen.«

»Diese Abmachung erfolgte ebenso wie die Geständnisse der Ritter unter Zwang. Ich habe sie nur unterzeichnet, um das Leben meines Sohnes zu retten, wie wir beide wissen. Wenn Ihr mich also nicht wie Bonifaz und Benedikt ermorden lassen wollt –

wie wollt Ihr mich dann aus meinem heiligen Amt entfernen, Majestät?«

Philipps Furcht wuchs angesichts dieser offenen Beschuldigung, aber er zwang sich, in das von der Krankheit ausgezehrte Gesicht des Papstes zu blicken. »Ich habe nichts mit ihrem Tod zu tun. Meine Schuld besteht nur darin, einen Ketzer und Gotteslästerer verhaftet zu haben.«

»Ich fürchte wirklich um Euer Seelenheil, Philipp.«

»Ich habe mein Königreich ausgeweitet, seine Macht verstärkt, bin meinen Feinden entschlossen entgegengetreten und habe die belohnt, die Frankreich die Treue gehalten haben. Ich bin ein guter christlicher König, Clemens. Ihr müsst nicht um mich oder mein Seelenheil fürchten.«

»Ihr habt nichts für Euer Volk und alles für Euch selbst getan. Ihr habt Euer Land in den Krieg geführt, ja, aber gegen andere christliche Nationen, nicht gegen die Heiden in Palästina. Ihr habt Eure Königswürde missbraucht, Männern mit üblem Charakter große Macht verliehen und die Kirche mit heimtückischen Übergriffen auf Personen und Besitz verunglimpft. Ihr habt Geld entwertet und dadurch Armut und Unruhen hervorgerufen und seid unter Vorspiegelung falscher Tatsachen gegen Männer vorgegangen, die auf der anderen Seite der Meere für die Christenheit gekämpft haben. Ein guter König, Sire?« Clemens' Stimme wurde hart. »Das war Euer Großvater Louis. Er hat das Kreuz genommen, um Jerusalem zu befreien, und zwei Kreuzzüge angeführt. Wäre sein von Ehrgeiz zerfressener Bruder nicht gewesen, hätte er Erfolg gehabt, denn er war ein großer Mann – furchtlos, ritterlich und fromm. Ihr setzt sein Andenken wie ein Schwert ein, aber in Eurer Hand ist diese Waffe stumpf. Ihr seid nicht wie er, Philipp. Ihr teilt nur dasselbe Blut.«

Philipp spürte, wie die in diesen Worten enthaltene Wahrheit ihn zu erdrücken drohte. Sein Gesicht verzerrte sich zu einer hasserfüllten Grimasse, dann fuhr er zu Clemens herum. »Ich bin nicht unter Vorspiegelung falscher Tatsachen gegen die Templer vorgegangen. Ihr habt Esquin de Floyrans Aussage gehört. Ketzerei! Er hat das behauptet, nicht ich. Egal was Ihr von mir denkt, Ihr könnt nicht aufhalten, was ich ins Rollen gebracht habe, Ihr könnt mich nur behindern. Die Leute verlangen einen Prozess!«

Nach einer kurzen Pause verschränkte Clemens die Hände hinter dem Rücken. »Ihr habt recht, ich kann dem Lauf der Dinge jetzt keinen Einhalt mehr gebieten. Von nun an werden die Templer immer mit Misstrauen betrachtet werden, davor kann auch ich die Augen nicht verschließen. Die Menschen wollen wissen, ob wirklich Ketzerei begangen wurde. Sie brauchen Antworten auf ihre Fragen und die Sicherheit, dass ihre geistlichen und weltlichen Führer alles tun werden, um das Reich vor dem Bösen zu schützen.« Er nickte langsam, als habe er eine Entscheidung getroffen. »Der Prozess gegen die Templer wird fortgesetzt, aber ich werde eine Kommission einsetzen, die ihn überwachen und dafür sorgen wird, dass alles seinen gerechten Gang geht. Werden genug Beweise für Ketzerei und Gotteslästerung gefunden, werde ich den Orden auflösen.«

Philipp starrte den Papst, dessen plötzlicher Meinungsumschwung ihn verwirrte, stumm an. »Und seine Reichtümer?«, unternahm er dann einen zaghaften Vorstoß.

Clemens begegnete dem hoffnungsvollen Blick des Königs. »Sie gehen auf Euch über.« Als Philipp scharf den Atem ausstieß, hob der Papst eine Hand. Sein Gesicht war ernst. »Unter einer Bedingung.«

»Nennt sie.«

»Dass Ihr das Kreuz nehmt und Euch auf einen neuen Kreuzzug begebt.«

42

Der Louvre, Paris
8. September A.D. 1308

Will kroch zu der Wand zurück und schlug die Arme vor das Gesicht, als vier Männer seine Zelle betraten. Das Licht ihrer Fackel blendete ihn, und er schrie auf, als zwei von ihnen ihn packten. Er war so abgemagert, dass sie ihn fast in die Höhe hoben, als sie ihn auf die Füße zerrten.

»Ich weiß nicht, wo er ist«, krächzte er, als sie ihn den Gang entlangschleiften. »Ich weiß es nicht!« Will schrie die Worte wieder und wieder, aber die Wächter verlangsamten noch nicht einmal ihre Schritte.

Sie gelangten zu einer Tür, hinter der eine dämmrige Kammer lag. An einem Tisch in der Mitte saßen zwei Männer, die schwarze Beamtengewänder trugen. Einer hielt eine Schreibfeder in der Hand, die über einem Pergamentbogen schwebte. Die Wächter traten zurück und ließen Will allein vor ihnen stehen. Ohne ihre stützenden Arme schwankte er und wäre beinahe gestürzt, doch dann erlangte er das Gleichgewicht wieder und blieb unsicher, aber aufrecht stehen. Mit einer zitternden Hand rückte er den schmutzigen Leinenstreifen über seinem rechten Auge zurecht, der sich auf dem Weg hierher gelockert hatte.

»William Campbell?«, fragte einer der beiden Männer scharf.

Will blickte sich zu den Wächtern um, die hinter ihm zu beiden Seiten der Tür standen, dann nickte er.

»Antwortet bitte laut.«

Will räusperte sich. »Ja«, sagte er. Seine ausgedörrte Kehle schmerzte.

»Die Tempelritter beteuern nach wie vor ihre Unschuld und weisen die Vorwürfe zurück, die gegen sie erhoben werden. Laut der Kommission, die Seine Heiligkeit Papst Clemens eingesetzt hat, steht ihnen das Recht zu, sich zu verteidigen. Zwei Ordensmitglieder haben die Erlaubnis, sie als Anwälte zu vertreten, und viele Brüder haben sie gebeten, bei einer öffentlichen Anhörung für sie zu sprechen. Wärt Ihr bereit, Euch vor einem Tribunal zu verantworten und Euch für unschuldig zu erklären?«

»Ja.« Will vermochte allmählich wieder klar zu denken. »Dazu bin ich bereit.«

»Seid Ihr sicher?«

»Ja.«

Der Beamte kritzelte etwas auf das Pergament, dann nickte er den Wächtern zu.

Will spürte, wie sie ihn erneut bei den Armen packten. »Wann soll das geschehen?«, stieß er hervor, als die Männer ihn aus dem Raum führten. »*Wann?*«

Aber er erhielt keine Antwort.

Zurück in seiner Zelle lehnte sich Will gegen die feuchte Wand und richtete den Blick auf die Tür. Sie war mit Kratzern übersät, die er dort hinterlassen hatte, als er sie wie von Sinnen vor Durst, Hunger oder Schmerzen traktiert hatte.

Fast ein Jahr war verstrichen, seit die Verhaftungen begonnen hatten. Vor fast einem Jahr hatten sie ihn in dieses Loch gesperrt. In dieser Zeit hatten sie ihn Foltern unterzogen, die weit über das Maß des Erträglichen hinausgegangen waren und ihn fast in den Wahnsinn getrieben hatten. Es hatte Momente gegeben, wo er Gott angefleht hatte, seinen Qualen ein Ende zu bereiten und seine Peiniger zu weit gehen zu lassen. Aber die Inquisitoren schienen immer genau zu wissen, wie viel ein menschlicher Körper aushalten konnte, bevor das Leben aus ihm wich, und so überstand er alles, was sie ihm antaten – Hunger und Isolation, Drohungen und Versprechen, Streckbank und Feuer. Er überlebte sogar den Verlust seines rechten Auges. Die Inquisitoren hatten ihn auf einen Tisch gedrückt und seine Lider auseinandergezogen, dann hatte sich die Klinge in sein Auge gebohrt und ihm Schreie entlockt, denen nichts Menschliches mehr anhaftete.

Vor einiger Zeit, als die Folter für ein paar Monate ausgesetzt wurde, erfuhr er, dass der Papst eingegriffen hatte. Eine Weile schöpfte er wieder Hoffnung, die aber rasch erstarb, als ihm klar wurde, dass sich Clemens lediglich vorübergehend eine Machtposition verschafft hatte, indem er eine päpstliche Kommission eingesetzt hatte, die die Befragungen der Gefangenen überwachte, ihnen jedoch keinen Einhalt gebot. Die Folterungen begannen von neuem, nur gingen die Inquisitoren jetzt weniger grausam vor, wenn ein Kardinal zugegen war, und Wills Verzweiflung erreichte ihren Höhepunkt, als Nogaret ihm mittteilte, der Papst habe Briefe an alle Könige des Westens geschickt und ihnen befohlen, sämtliche Templer innerhalb ihrer Herrschaftsgebiete zu verhaften und ihre Besitztümer zu beschlagnahmen. Er versuchte sich einzureden, dass der Minister log; er hatte Nogaret nie verraten, wo der Pariser Ordensschatz hingebracht worden war, und wusste, dass es den Anwalt zur Weißglut trieb, seinen Starrsinn nicht brechen zu können. Doch tief in seinem Inneren kannte er die Wahrheit. Clemens hatte sie im Stich gelassen.

Bis jetzt.

Will versuchte, seinen benebelten Verstand zu zwingen, die Möglichkeiten zu erwägen, die der ihnen in Aussicht gestellte Prozess bot. Wenn sich die Ritter öffentlich verteidigen durften, konnten der König und seine Männer den Umstand, dass die Geständnisse unter der Folter erpresst worden waren, nicht länger vertuschen. Die Qualen der Gefangenen hatten bereits das Mitleid der Kardinäle erweckt. Vielleicht würden sich auch andere davon erweichen lassen.

Er wurde aus seinen Gedanken gerissen, als sich Schritte seiner Zelle näherten. Sein Herz begann zu hämmern, als Fackelschein durch die Ritzen der Tür drang. Der Riegel wurde zurückgeschoben. Will schlug eine Hand vors Gesicht. Zwischen den Fingern hindurch konnte er die Gesichter dreier oder vierer Wächter ausmachen, dann zwängte sich jemand mit einer Fackel in seine Zelle. Nogaret.

Ein seltsam gieriger Ausdruck lag auf dem Gesicht des Ministers, als er auf Will hinabblickte. »Es freut mich, dass Ihr bereit seid, den Orden zu verteidigen, Campbell. Das bedeutet, dass ich Euch noch eine letzte Hoffnung rauben kann.« Ein böses Lächeln spielte um seine Lippen, als Will ihn verständnislos ansah. »Habt Ihr wirklich geglaubt, ich würde Euch die Gelegenheit geben, Euch zu den gegen Euch erhobenen Anklagen zu äußern? Euch und all den anderen?«

»Dann war es eine Lüge?« Will ließ sich gegen die Wand sinken. »Diese Männer – sie haben gelogen?«

»Im Gegenteil, sie haben die Wahrheit gesagt. Clemens, dieser Narr, versucht, Euch einen gerechten Prozess zu verschaffen. Er möchte der Öffentlichkeit zeigen, dass alles seinen geregelten Gang geht; dass er die Zügel fest in der Hand hält, obwohl er nur eine Marionette ist. Und schon immer war.«

Will wandte den Kopf ab, um das rachsüchtige Glitzern in den Augen des Ministers nicht mehr sehen zu müssen. »Warum hasst Ihr uns so?«

Nogaret schien sich über die Frage zu wundern. »Ich hasse Euch nicht, Campbell. Ihr seid zu unbedeutend, als dass ich derartige Gefühle an Euch verschwenden würde.«

»Dann Clemens. Bonifaz. Benedikt. Was hat Euch dazu getrieben, solche Verbrechen an ihnen zu verüben?«

Nogaret schloss rasch die Zellentür und versperrte die Sicht auf die Wachposten im Gang. »Ihr solltet Eure Zunge im Zaum halten, wenn Ihr Wert darauf legt, sie zu behalten.«

»Es ist allgemein bekannt, was Ihr getan habt.«

»Und doch hat mich niemand dafür zur Rechenschaft gezogen.«

»In diesem Leben vielleicht nicht. Aber wer weiß, was im nächsten kommt.«

»Im nächsten?« Nogaret lachte bellend auf. »Man muss an ein Leben nach dem Tod glauben, um sich davor zu fürchten.« Seine Augen wurden schmal. Er kauerte sich vor Will nieder. Die Fackel flackerte zwischen ihnen. »Ihr glaubt daran, nicht wahr? Sogar jetzt stellt Ihr Euch noch vor, Gott würde auf Euch herabblicken und Euch erlösen oder verurteilen.« Er dämpfte seine Stimme. »Mein Vater und meine Mutter haben das auch geglaubt. Nur waren sie keine Christen, sondern Katharer. Als ich geboren wurde, waren die Kreuzzüge der Kirche gegen ihre Sekte bereits vorüber. Das Katharerbollwerk Montségur war fast zwanzig Jahre zuvor gefallen, und danach erstarb der letzte Widerstand rasch. Meine Eltern entkamen den Verbrennungen und ließen sich wie viele andere ihrer Glaubensgenossen in einer anonymen Stadt im Süden Frankreichs nieder. Sie gaben vor, Christen zu sein, feierten die christlichen Feste und gingen jede Woche in die Kirche. Aber nachts zelebrierten sie ihre ketzerischen Zeremonien. Jahrelang habe ich sie dieses Doppelleben führen sehen. Sie lebten in ständiger Angst vor der Entdeckung, waren aber nicht bereit, sich von ihrem Glauben loszusagen. Ich spielte den pflichtgetreuen Sohn und folgte dem Beispiel meines Vaters, aber in Wirklichkeit fand ich ihre furchterregenden Rituale abstoßend.« Seine Lippen kräuselten sich verächtlich. »Da drängten wir uns alle in einer winzigen Vorratskammer, meine Schwester hielt eine Kerze in der Hand, und mein Vater murmelte seine Gebete … Es war unerträglich.

Sobald ich konnte, verließ ich meine Familie und besuchte eine Universität in Montpellier. Dort studierte ich römisches und kanonisches Recht, und dadurch lagen die Geheimnisse des Glaubens bald offen und durchschaubar vor mir. Ich sah, wie die Kirche alles manipulierte und kontrollierte und wie ihre Führer von der Leichtgläubigkeit ihrer Herde profitierten. So wurden meine Augen geöffnet, und ich begriff, wie auch ich das Gesetz nutzen konnte, um mir das zu verschaffen, was ich wollte; wie der Staat mächtiger werden konnte als die Kirche. Ich war mit Feuereifer bei der Sache, aber ich machte den Fehler, meinen Vater davon überzeugen zu wollen, dass er seine heidnischen Rituale nicht länger brauchte. Wir stritten, und er verstieß mich. Trotz seiner

Vergangenheit genoss er in seiner Gemeinde Respekt, und er ließ mich sein Missfallen spüren, indem er dafür sorgte, dass ich meinen guten Lehrerposten in Montpellier verlor.

Ich tat das Einzige,was mir möglich war, um ihn in Verruf zu bringen, und informierte die Dominikaner, dass er noch immer dem Kathererglauben anhing.« Nogaret hielt inne. Ein seltsam entrückter Ausdruck war auf sein Gesicht getreten. »Ich wollte ihm klarmachen, dass ich recht hatte, dass das Gesetz mächtiger ist als jeder Gott. Ich dachte, dann würden er und meine Mutter ihrem falschen Glauben abschwören, gestehen und um Vergebung bitten. Ich wollte sie erniedrigt und gedemütigt sehen.« Sein Blick heftete sich auf Will. »Beide weigerten sich trotz der Folter, der die Inquisitoren sie unterzogen, ihre Vergehen zu gestehen und Buße zu tun. Sie und meine Schwester gingen fast stolz zu dem für sie errichteten Scheiterhaufen. Als die Soldaten das Holz unter ihnen in Brand setzten, begannen sie ebenjene Gebete zu rezitieren, die ich in der kleinen dunklen Vorratskammer hatte sprechen müssen, und zwar so laut, dass die gesamte Menge es hören konnte.«

»Also wolltet Ihr Euch an der Kirche rächen?«

»Beweise«, widersprach Nogaret scharf. »Ich wollte Beweise. Nur ein Mensch kann einen anderen Menschen verurteilen. Die Kirche hat das bewiesen, als sie meine Familie ermordete. Ich habe es bewiesen, als ich Bonifaz und Benedikt tötete.« Er erhob sich abrupt. »Und ich werde es erneut beweisen, wenn ich die Krieger Christi zu Fall bringe.« Er wandte sich ab und öffnete die Tür. »Schafft ihn fort«, befahl er den Wächtern.

Nogaret schritt voraus. Die Wächter führten Will durch die Festung und auf den Haupthof hinaus, wo ein Karren und mehr als zwei Dutzend berittene Soldaten in königlicher Livree warteten. Der Nachthimmel war mit Sternen übersät. Als Will in den Karren gestoßen wurde, sah er fünf blasse Gesichter, die sich ihm zuwandten. Tempelritter, vermutete er, als der Trupp sich in Bewegung setzte.

Es stellte sich rasch heraus, dass die Fahrt nicht in die Stadt ging, denn der Karren bog Richtung Norden ab und rumpelte eine Straße entlang, die sich mehrere Meilen durch sternenbeschienene Felder wand. Will und die anderen Gefangen sprachen weder miteinander, noch sahen sie sich an. Will vermutete, dass sie ebenso wie er fürchteten, dies würde eine Reise ohne Wiederkehr werden. Schweigend bereitete jeder Mann sich innerlich vor, betete stumm oder hing seinen Gedanken nach. Will konzentrierte sich auf seinen Vater. Er fragte sich, was James empfunden haben mochte, als er zu der Hinrichtungsstätte vor den Mauern der Templerfestung Safed geführt worden war und den heißen, staubigen Boden unter seinen Füßen gespürt hatte. Er stellte sich vor, dass er hoch erhobenen Hauptes dahingeschritten war, ohne dass ihn ein Mameluckenschwert im Rücken dazu hatte zwingen müssen.

Der Karren bog von dem Pfad ab und kam auf einem Feld zum Stehen. Die Soldaten befahlen den Rittern auszusteigen, woraufhin sie nacheinander unbeholfen in das lange Gras sprangen. In der Ferne konnte Will die Stadtmauern von Paris ausmachen, die sich blass vom Nachthimmel abhoben. Etwas näher raschelte eine Reihe von Eichen im Wind. Ungefähr fünfzehn Soldaten waren im Sattel sitzen geblieben und bildeten einen großen Kreis. Alle hatten ihre Schwerter gezogen und die Schilde gehoben. Will fiel auf, dass sie sich nicht ihren Gefangenen zuwandten, sondern ins Dunkel hinausstarrten. Ehe er über einen Grund dafür nachdenken konnte, hörte er ein furchterfülltes Gemurmel und sah einen der Ritter zu etwas hinüberblicken, was von dem Karren verdeckt wurde. Will trat ein paar Schritte vor, und dann begriff er, was die Aufmerksamkeit des Mannes fesselte. Auf der Kuppe eines nicht weit entfernten niedrigen Hügels ragten drei Schatten bedrohlich in den Nachthimmel – Scheiterhaufen, deren Pfähle wie erhobene Finger aus einem Berg von Zweigen, Ästen und Stroh herausstachen. Als ein anderer Ritter sie sah, bekreuzigte er sich und begann zu beten.

»Bindet die Gefangenen fest!«, befahl Nogaret. »Immer zwei an einen Pfahl!«

Die ruhige Gelassenheit, die die Ritter in dem Karren an den Tag gelegt hatten, schwand, und sie begannen Widerstand zu leisten, aber nach einem Jahr im Gefängnis waren sie keine Gegner für die Soldaten, die sie erbarmungslos den Hügel hinaufschleiften.

»Wozu all diese Mühe?«, fragte Will, als Nogaret dem Mann, der ihn gepackt hatte, zu Hilfe kam. »Warum habt Ihr uns nicht einfach in unseren Zellen getötet?«

»Narr!«, keuchte Nogaret. »Clemens würde uns nie geben, was wir wollen, wenn wir euch kaltblütig ermorden würden.« Er wich zurück und ließ zu, dass der Soldat Will mit Hieben in die Seite traktierte, bis dieser nach Atem ringend zusammenbrach. »Aber Guillaume de Paris hat auf Philipps Drängen hin alle, die bereit sind, sich öffentlich zu verteidigen, für rückfällige Ketzer erklärt. Das Gesetz sieht vor, dass diejenigen, die ihre Geständnisse widerrufen haben und somit als unbußfertig gelten, der weltlichen Autorität überantwortet und auf dem Scheiterhaufen hingerichtet werden.«

Will lag auf den Knien und grub die Hände in die feuchte Erde. Die Rufe der Soldaten ringsum wurden von dem Wiehern der Pferde übertönt. Über ihm erklang erneut Nogarets kalte, mitleidlose Stimme.

»Der König will den Templerorden schnellstmöglich aufgelöst sehen, und er will keinen öffentlichen Prozess. Auf diese Weise werden wir die Ritter los, die eine Aussage machen wollen, und das alles im Rahmen des Gesetzes. Clemens kann nichts dagegen tun.«

Wills Finger schlossen sich um etwas Hartes im Boden.

»Wenn Eure Brüder erfahren, was mit denen passiert ist, die ihre Geständnisse widerrufen, wird ihr Widerstand rasch erlahmen, und mein Herr bekommt, was er will.« Nogaret beugte sich über ihn. »Übrigens, Campbell – einer der Ritter hat vorige Woche sein Schweigen gebrochen. Ein Mann namens Laurent. Er verriet mir, dass der Ordensschatz in Schottland ist.«

Will betastete den Gegenstand: ein langer, dünner Schaft, der in einer eisernen Spitze endete. Ein Pfeil. Einen Moment lang fragte er sich, wie er wohl hierhergekommen war, dann überwältigte ihn das Gefühl, dass die Welt und Gott sich in perfektem Einklang bewegten. Der Pfeil hatte hier sein sollen, und es war ihm bestimmt gewesen, ihn zu finden.

»Zwanzig Ritter haben ihn fortgeschafft, sagte Laurent, den Schatz und eine schwangere Frau. Das war Rose, nicht wahr? Wenn ich den Schatz finde, finde ich auch sie.«

Will nahm seine letzte Kraft zusammen und schloss die Finger um den Schaft. Er gab sich nicht dem Irrglauben hin, lebend von diesem Feld entkommen zu können, aber zumindest konnte er Nogaret mitnehmen. So würde es enden. So sollte es enden. Er zog sich auf die Füße und stürzte sich auf den Minister, doch bevor er mit dem Pfeil zustoßen konnte zerrissen die Schreie von Menschen und Pferden die Nacht.

Im nächsten Moment herrschte heillose Verwirrung. Will fuhr herum, als jemand einen markerschütternden Schrei ausstieß. Eine Gruppe Soldaten ritt auf die Eichen zu. Er sah, wie sich im Unterholz etwas regte, schwarze Schatten erhoben sich daraus, dann bäumten sich zwei der Pferde auf, stürzten zu Boden und begruben ihre Reiter unter sich. Stahl blitzte auf. Will drehte sich zu der Stelle um, wo Nogaret gerade eben noch gestanden hatte, und sah den Minister zu dem Karren flüchten, um dahinter Deckung zu suchen.

»Wächter!«, brüllte er. »Nehmt sie fest!«

Die wenigen Soldaten, die abgestiegen waren, rannten zu ihren Pferden. Ein Mann schob den Fuß in den Steigbügel und packte den Sattel, doch ehe er sich auf sein Pferd schwingen konnte traf ihn etwas in den Rücken, er kippte nach hinten und blieb im Steigbügel hängen. Sein Pferd schoss über das Feld davon und schleifte ihn mit sich. Ein anderer Soldat brach zusammen und ließ seine Fackel fallen, die Flammen über den Boden blies.

»Tötet die Gefangenen, ihr Tölpel!«, rief Nogaret den Soldaten zu, die sich nicht an dem Kampf beteiligten. »Nun macht schon! Tötet sie!«

Will verfolgte entsetzt, wie ein Ritter von dem Mann, der ihn zu den Scheiterhaufen geschleppt hatte, erstochen wurde. Ein weiterer erlitt dasselbe Schicksal. Die anderen Ritter jedoch begannen mit neu erwachter Kraft zu kämpfen. Als er Metall hinter sich klirren hörte, wirbelte Will herum. Einer der königlichen Wächter holte gerade mit seinem Schwert zu einem tödlichen Hieb aus. Im nächsten Moment kam ein Pfeil aus der Nacht geschwirrt und bohrte sich in den Hals des Mannes, der sein Schwert fallen ließ und mit einem gurgelnden Laut in sich zusammensackte. Benommen vor Anstrengung griff Will nach dem Schwert, doch ehe er Nogaret verfolgen konnte löste sich jemand aus dem Dunkel und rannte auf ihn zu.

Es war ein hoch gewachsener Mann mit einem blonden Haarschopf und kantigem Gesicht. Er hielt einen Bogen in der Hand. Will starrte ihn so entgeistert an, dass ihm beinahe das Schwert entglitten wäre. Zehn Jahre waren verstrichen, seit er dieses Gesicht zum letzten Mal gesehen hatte. »David?«

»Rückzug!«, brüllte einer der Soldaten. »Rückzug!«

Nogaret befahl den Männern mit vom vielen Schreien heiserer Stimme, den Angreifern entgegenzutreten, doch da ein wahrer Pfeilhagel auf die Soldaten niederprasselte, konnten diese nicht viel mehr tun, als sich mit ihren Schilden zu schützen und sich in Sicherheit zu bringen. Ein weiterer Mann wurde unter seinem Pferd zermalmt, das von zwei Pfeilen in die Kruppe getroffen worden war. Im nächsten Moment galoppierte der Rest der königlichen Kompanie davon und ließ den Karren und die Gefangenen zurück.

Will, der seinen Neffen noch immer fassungslos anstarrte, schenkte ihnen keine Beachtung. Als der junge Mann ihn fest umarmte, durchströmte ihn tiefe Erleichterung.

»Bist du verletzt?« David trat einen Schritt zurück und betrachtete ihn im Licht der noch immer am Boden brennenden Fackel.

Er runzelte die Stirn, als er die blutige Binde über Wills rechtem Auge sah. »Was haben sie mit dir gemacht?«

Will tastete nach der Binde. Er berührte sie nicht gern. Als er sich umblickte, sah er weitere Gestalten zwischen den Bäumen hervorhuschen. Sie schwärmten aus, hielten nach auf dem Feld zurückgebliebenen Soldaten Ausschau und halfen den drei überlebenden Rittern. Einer kam zu David und ihm herübergeeilt.

»Ist er es?«, erklang eine drängende Stimme.

Sie gehörte Robert. Bei ihm waren sechs der Ritter, die den Schatz nach Schottland gebracht hatten. Es dauerte einen Moment, bis Will sie erkannte, denn keiner von ihnen trug seinen Templermantel. Robert blieb stehen, als sein Blick auf Will fiel. »Heiliger Christus!«

Will nahm ihn am Arm. »Robert, wieso bist du hier? Und David?« Er schüttelte den Kopf. »Wie kommt das?«

»Wir haben keine Zeit für Erklärungen, Will.«

Will lockerte seinen Griff nicht. »Dann nimm dir die Zeit«, verlangte er unerbittlich.

Robert zögerte, dann nickte er den Rittern zu. »Durchkämmt die Gegend. Es kann sein, dass die Soldaten schneller wiederkommen, als uns lieb ist. Diesmal waren sie auf einen Angriff vorbereitet.« Er wandte sich an Will, als die Männer mit schussfertig gespannten Bogen davonschlichen. »Nachdem wir Frankreich verlassen haben, sind wir in der Nähe von Aberdeen vor Anker gegangen. Während die meisten Männer an Bord blieben, um den Schatz zu bewachen, begleiteten Simon und ich Rose zu deiner Familie nach Elgin. Es stellte sich heraus, dass das das Beste war, was wir hätten tun können.« Sein Blick wanderte zu David. »Dein Neffe war uns eine unschätzbare Hilfe, als es darum ging, einen sicheren Hafen für uns zu finden.«

Wills Herz schwoll vor Stolz.

»Wir blieben lange in Elgin und warteten auf dich«, fuhr Robert fort. »Aber als du nicht kamst, begannen wir, das Schlimmste zu befürchten. Im Sommer erfuhren wir, dass in Paris ein Prozess gegen den Orden begonnen hatte. Also kamen wir hierher, um zu sehen, ob wir unseren Brüdern irgendwie beistehen konnten.«

»König Philipp sabotiert jeden derartigen Versuch. Er tut alles, um den Papst davon abzuhalten, seine Pläne zu durchkreuzen. Wenn du gefangen genommen wirst, kommst du in den Kerker und wirst höchstwahrscheinlich hingerichtet.«

»Das wissen wir«, versetzte Robert grimmig. »Aber unsere Tage hier sind gezählt. Heute haben wir unseren letzten Angriff durchgeführt.«

»Nogaret hat so etwas schon einmal getan?«

»Mehrere Male, soweit wir wissen. Wir haben uns in der Stadt versteckt und versucht, Informationen darüber zusammenzutragen, wer wo gefangen gehalten wird und …«

»Wir hofften, dich zu finden«, unterbrach David. »Aber niemand wusste etwas. Wir hatten uns schon damit abgefunden, dich nicht mehr lebend wiederzusehen, bis ich dich aus diesem Karren klettern sah.«

Will nickte langsam. Jetzt begriff er die Anspannung der Soldaten, und das Auftauchen des Pfeils war auch nicht mehr so wundersam, wie er gedacht hatte. Nogarets Reaktion kam ihm wieder in den Sinn. »Ich glaube, der Minister hat gehofft, euch überwältigen zu können, wenn ihr es noch einmal versuchen solltet. Er jagt die Templer, die den Verhaftungen entkommen sind, wie ein Bluthund. Er will nicht, dass irgendjemand am Leben bleibt, der sich verteidigen kann. Er …« Will brach ab, als ihm die letzten Worte des Ministers einfielen, dann lief er zum Feld hinüber, wo Roberts Männer überprüften, ob die Soldaten wirklich alle tot waren. Robert und David folgten ihm, als er sich die Gesichter der Toten genau ansah. »Einer der Soldaten muss ihn fortgebracht haben.« Will erhob sich, schwankte und wäre fast gestürzt, wenn Robert ihn nicht gestützt hätte. »Wir müssen ihn finden.«

»Nein. Wir müssen dich von hier fortschaffen.« Robert winkte einen seiner Männer zu sich. »Hilf ihm auf den Karren.«

»Er weiß von dem Schatz, Robert. Er weiß, dass er in Schottland ist. Und er weiß, dass Rose dort ist.«

»Er wird weder den Schatz noch sie finden, das verspreche ich dir.«

Will schüttelte den Kopf. »Er weiß, dass meine Familie in Elgin lebt. Er weiß, wo er Rose suchen muss.«

Robert packte ihn bei den Schultern. »Dort sind sie nicht mehr. Will, bitte. Unten am Fluss wartet ein Schiff. Wir müssen los.«

»Clemens«, murmelte Will. »Er kann uns immer noch helfen.«

»Das glaube ich nicht. Während unseres Aufenthaltes hier hörten wir, dass der Papst eine Bulle herausgegeben hat, in der er Pläne für einen heiligen Krieg bekanntmacht. Es heißt, Philipp würde für ihn das Kreuz nehmen. Ich vermute, sie haben eine Abmachung getroffen: der Templerorden im Austausch für einen neuen Kreuzzug.«

Will schwieg einen Moment. »Nogaret hat mir in meiner Zelle gestanden, dass er Papst Benedikt getötet hat«, sagte er schließlich. »Wenn Clemens das erfährt, beendet er das Bündnis mit dem König vielleicht.« Er sah Robert an. »Es ist einen Versuch wert, nicht wahr?«

Nach einer langen Pause nickte Robert. »Gut. Ich sorge dafür, dass vor unserer Abreise eine Botschaft an Clemens abgeht. Danach liegt alles bei ihm. Wir können nicht mehr tun.«

Mit David an seiner anderen Seite humpelte Will über das Gras auf den Karren zu und ließ die Scheiterhaufen hinter sich zurück.

Franziskanerkloster, Poitiers
24. November A.D. 1308

Clemens stand am Fenster und blickte über den in Mondlicht getauchten Kreuzgang hinweg. Die Kammer hinter ihm lag im Schatten. Vor einer Weile hatte sich ein Diener erboten, das Feuer zu schüren und Kerzen zu entzünden, aber der Papst hatte abgelehnt. Es erschien ihm angemessener, heute Abend im Dunkeln zu verharren. In der Hand hielt er ein zerknittertes Stück Pergament. Er blickte auf die Worte, aber seine Sehkraft hatte stark nachgelassen, und außerdem war es zum Lesen zu dunkel. Er wusste auch so, was darauf stand.

Es klopfte an der Tür.

Der Papst legte das Pergament auf den Tisch und drehte sich um. Säure brodelte in seinem Magen. »Herein.«

Die Tür wurde geöffnet, zwei Männer betraten den Raum. Der erste trug eine graue Kutte. Er verbeugte sich tief. »Euer Gast ist eingetroffen, Eure Heiligkeit.«

Clemens neigte den Kopf. »Danke, Renaud. Du kannst gehen.« Der Mönch verließ die Kammer und schloss die Tür hinter sich. Die zweite Gestalt hielt sich im Schatten. Clemens konnte nur erkennen, dass der Mann groß und breitschultrig war. Er räusperte sich. »Ich hoffe, Eure Reise ist ohne Zwischenfälle verlaufen?«

»Eure Heiligkeit, es ist spät, und ich war lange unterwegs. Sparen wir uns die überflüssigen Floskeln und kommen wir zur Sache. Warum habt Ihr mich herbestellt?« Er sprach Französisch mit schwerem Akzent.

Clemens nickte, wusste aber nicht recht, wie er beginnen sollte. »Eure Familie ist von der Kirche nicht gut behandelt worden. Mein Vorgänger Papst Bonifaz war für Euren Sturz verantwortlich, und Ihr habt große Verluste erlitten.«

»Ich brauche keine Geschichtslektion, ich weiß sehr wohl, was meine Familie durchgemacht hat.«

»Papst Benedikt hat sich geweigert, die von Bonifaz ausgesprochene Exkommunikation rückgängig zu machen. Seither lebt Ihr als Flüchtling in Frankreich und könnt weder in Eure Heimat zurückkehren noch Euch ein neues Leben aufbauen.« Clemens hielt inne. »Ich kann Euch von diesem Bann lösen.«

Unüberhörbares Misstrauen schwang in der Stimme des Mannes mit. »Warum solltet Ihr das tun?«

»Ich würde es als Bezahlung für geleistete Dienste betrachten.« Clemens blickte auf seine Hände hinab. Sein Magen brannte wie Feuer.

Die hoch gewachsene Gestalt trat näher zum Fenster. »Welche Dienste?«

Clemens betrachtete das zerknitterte Pergament, das in dem durch das Fenster wehenden Luftzug flatterte. Er hob den Kopf. »Ihr sollt das Leben des Ministers des Königs, Guillaume de Nogaret, beenden – als Strafe für die Herbeiführung des Todes der Päpste Bonifaz und Benedikt.«

Der Mann schwieg darauf, Clemens hörte nur seine Atemzüge. »Nun?«, drängte er, als die Stille erdrückend zu werden drohte. »Seid Ihr dazu bereit?«

Endlich löste sich der Mann aus dem Schatten. Sciarra Colonnas schwarze Augen glitzerten im Mondlicht.

43

Argyll, Königreich Schottland
20. Dezember A.D. 1308

Die Pferde trotteten mit hängenden Köpfen unter dem tropfenden Baldachin der Baumkronen her, ihre Hufe knirschten in den gefrorenen Pfützen. Der mit Graupel durchsetzte Wind, der den größten Teil des Morgens gegen die Rücken der Männer getrommelt war, hatte nachgelassen, und die Reisegruppe konnte jetzt das Rauschen und Dröhnen der Wellen in der Ferne vor ihnen hören. Die dunklen Berge, die seit fünf Tagen ihre Wegweiser bildeten, waren nur noch wolkenverhangene Schatten weit im Norden. Der höchste Gipfel, Ben Cruachan, erhob sich wie ein granitener Riese über den nördlichen Ufern des Loch Awe. Es war erst später Nachmittag, trotzdem brach die Dämmerung bereits an. Der See, dessen Farbe von dunklem Jadegrün zu gläsernem Schwarz umgeschlagen war, war noch immer Meilen hinter ihnen zu sehen, als der Pfad zur Küste hin anstieg.

Will, der in einen feuchten, pelzgesäumten Umhang gehüllt zusammengekauert im Sattel saß, hatte vergessen, wie kurz die Wintertage hier oben im Norden waren. An der seegepeitschten Westküste kamen sie ihm sogar noch kürzer vor. Dies war nicht das Schottland, das er kannte, dieses wilde Königreich aus Bergen und Wasser war das Reich seiner Vorväter. Sein Großvater Angus Campbell hatte es einst verlassen, sich im fruchtbaren Osten angesiedelt und es vier Generationen von Campbells überlassen, sich in der alten Heimat einen Namen zu machen. Nun, als weitverzweigte, mächtige Familie, von deren Mitgliedern einige hoch in der Gunst von König Robert standen, besaßen sie in Argyll eine Reihe stolzer Burgen. Als sie auf ihrer Reise an einigen davon vorbeigekommen waren und sein Neffe ihm die Geschichte einer jeden Festung erzählt und ihm den Namen des momentanen Lords genannt hatte, hatte Will eine eigenartige Wehmut überkommen. Dies war eine Gegend, in der Verwandtschaftsbande und Familientreue vor allem anderen kamen. Die karge, feindselige Landschaft schweißte die Menschen zusammen. Hier wurden Erinnerungen bewahrt, und der Zusammenhalt ging tief. Aber der Preis für diese Bande war die Isolation. Der Weg hier herauf war schwierig zu bewältigen, vor allem im Winter, und für Will, hinter dem ein Jahr des Hungers und der Folter lagen, war es die kräftezehrendste Reise seines Lebens.

Im September hatten sie die französische Küste verlassen. Roberts Truppe begleitete Will und die dreizehn Ritter, die sie vor Nogarets Scheiterhaufen gerettet hatten, nach London, wo zwei Templer mit Pferden und Vorräten warteten. Edward II. hatte lange nicht auf Papst Clemens' Brief reagiert, in dem er auf der Verhaftung der englischen Templer bestand, und erst auf wachsenden Druck des Papstes und Philipps hatte er sich endlich einverstanden erklärt, die Inquisitoren in sein Reich zu lassen.

Als die Reisegruppe an der Themse anlegte, waren die Prozesse gegen den englischen Orden in vollem Gange, und sie schlugen sich mit den geschärften Sinnen der Gejagten gen Norden durch, wobei sie von Schnee in den Bergen und von Wölfen behindert wurden. Nachdem sie die Grenze überschritten hatten, wurde die Gegend noch gefährlicher und schwerer passierbar, und in einer bitterkalten Nacht verloren sie zwei Männer, aber trotz der körperlichen Anstrengungen, die die Reise ihm abverlangte, empfand Will die Abgelegenheit des Landes als beruhigend. Mit jedem morastigen Tal, das sie durchquerten, jedem grauen Berg, um den sie sich herumschlängelten, jedem See, der hinter der nächsten Biegung gähnte, legte er mehr Abstand zwischen sich und seine Feinde. Nogaret konnte sein Leben lang nach ihm suchen, ohne ihn hier zu finden.

»Wir müssten bald da sein.«

Will blickte sich um. Sein Neffe hatte sein Pferd an das seine herangelenkt. Sein Gesicht war vor Kälte gerötet.

David lächelte leicht. »Du wirkst nervös, Onkel.«

»Ich bin nur müde«, gab Will barsch zurück. Der Scharfblick seines Neffen ärgerte ihn. David hatte recht, er war nervös. So viele Dinge erwarteten ihn am Ende dieses unvertrauten Weges; so viele Hoffnungen, von denen sich eine jede entweder erfüllen oder zunichtegemacht werden konnte. Er spähte über die lange Reihe der von der Reise ausgelaugten Männer hinweg. »Ich hoffe, dass deine Mutter einen großen Kessel über dem Feuer hat. Sie muss einen Haufen hungriger Münder stopfen. Wir können doch sicherlich nicht alle auf dem Landgut ihres Mannes bleiben, oder?«

»Nicht auf Dauer, nein, aber ich habe dir ja gesagt, dass wir schnell Unterkünfte für die Ritter finden werden. Ich könnte ein paar fähige Männer in Elgin brauchen, und König Robert nimmt mit Freuden weitere loyale Krieger in seine Dienste. Er hat schon sieben Templer in sein Gefolge aufgenommen, die letztes Jahr mit Robert nach Schottland gekommen sind.«

Will sah auf Davids Gesicht einen Ausdruck, der ihm nur allzu vertraut war. Die Miene seines Neffen spiegelte den Stolz wider, den er jedes Mal empfand, wenn er von Schottlands neuem König sprach. Während der Reise gen Norden hatte er von David viele Geschichten über Bruce und seine Anhängerschar gehört, von seinen Kämpfen gegen Edwards Truppen bis hin zu seinem ehrgeizigen Plan, ganz Schottland unter seiner Herrschaft zu vereinen und seine Rivalen, die ihm den Thron streitig machen wollten, auszuschalten. Die Engländer waren fort, aber die Narben eines mehr als ein Jahrzehnt langen Krieges blieben. Immer wieder kam es zu Unruhen und Blutfehden, die sich zu einem Bürgerkrieg auszuwachsen drohten. Vor Robert Bruce lag eine schwere Aufgabe, aber aus dem Respekt, den die Schotten in ihrer Gruppe ihm entgegenbrachten, schloss Will, dass er durchaus im Stande war, sie zu bewältigen.

»Für den Anfang«, fuhr David fort, »können wir die meisten Männer in unserer näheren Umgebung unterbringen. John ist mit vielen Familien hier gut befreundet.«

Will nickte, sagte aber nichts dazu. Er gewöhnte sich nur langsam an all die Veränderungen, die sich in seiner Familie vollzogen hatten, an all die unverhofften Bindungen und Blutsbande und nicht zuletzt an den Umstand, dass sieben der Männer, die ihr Leben riskiert hatten, um ihn zu retten, zu seiner Verwandtschaft zählten.

Zuerst hatte er von dem, was um ihn herum vorging, kaum etwas mitbekommen; er war so erschöpft und benommen, dass er noch nicht einmal Erleichterung empfand. Doch als seine Kräfte allmählich zurückkehrten, wuchs auch seine Neugier bezüglich seiner Retter. Abgesehen von Robert und den sechs ehemaligen Templern wurden sie von zwei lebhaften jungen Männern begleitet – Knappen von David, der jetzt der Herr eines bescheidenen, durch Heirat auf ihn übergegangenen Landsitzes war. Will hatte in stummem Staunen gelauscht, als sein Neffe mit vor Freude geröteten Wangen von seinen zwei Kindern erzählt hatte, die bei ihrer Mutter in Elgin zurückgeblieben waren, ganz in der Nähe von Margaret und ihrer jungen Familie. Völlig überraschend war für ihn die Nachricht von der Eheschließung seiner Schwester Ysenda mit einem Witwer namens John Campbell gekommen, einem alleseits respektierten Ritter, der einem kleineren Zweig der riesigen Familie entstammte und ein großes Landgut in Argyll besaß. Sie hatten sich während König Roberts Feldzug im Norden kennengelernt, kurz darauf geheiratet, und im Frühsommer war Ysenda mit ihrem Mann in den Süden gezogen. Zwei von Johns jüngsten Söhnen, kräftige, sehnige Burschen mit kastanienbraunem Haarschopf, befanden sich in Roberts Kompanie. Aber den vielleicht größten Schock erlitt Will, als ihm sein Neffe Colin vorgestellt wurde, der Sohn seiner Schwester Ede, der nur fünfzehn Jahre jünger war als Will selbst. Er hatte seine drei Söhne mitgebracht, alle breitschultrig, schwarzhaarig und vom Gesicht her Ebenbilder von James.

Die Empfindungen, die ihn hier, im Land seiner Ahnen und im Kreis von Männern von seinem Blut überkamen, waren überwältigend. Während der letzten zwölf Monate hatte er sich damit abgefunden, dass sein Leben und alles, was es beinhaltete, zu Ende war. Hier zu sein, zu wissen, dass dieses Leben in gewisser Hinsicht gerade erst begann, kam ihm wie ein Geschenk Gottes vor, das er vor lauter Furcht, es zu zerbrechen, mit äußerster Vorsicht behandelte. David hatte ihm gesagt, man werde ihn freudig willkommen heißen, aber er hatte nicht gewagt, seinen Neffen zu fragen, wieso er sich da so sicher war, und als sie aus dem Wald herausritten und sich weit hinten am Horizont das Meer erstreckte, spürte er, wie nagende Zweifel in ihm aufkeimten.

John Campbells Söhne führten sie den felsigen Klippenpfad hinunter. Der schneidende Wind zerrte an ihren Kapuzen und trieb ihnen die Tränen in die Augen. Unter ihnen brachen sich die Wellen an den Klippen und warfen Gischtwolken auf. Im letzten Tageslicht sah Will eine Reihe von Inseln aus dem Wasser aufragen, über die graue, niedrige Wolken hinwegzogen. Unter ihnen lag in einer geschützten Bucht mit einem natürlichen Hafen ein kleines Dorf. Ein Dutzend oder mehr Häuser drängten sich an dem grasigen Ufer um eine Kapelle. Er roch Rauch und hörte das Brüllen von Vieh.

Johns Söhne schlugen einen Bogen um das Dorf und lenkten ihre Pferde einen steilen Pfad hinauf, der zu einem wesentlich größeren Steingebäude auf halber Höhe der Klippe führte. Es war mit braunem Heidekraut gedeckt, von einer Mauer umgeben, die einige Nebengebäude, eine Scheune, Ställe und eine Koppel umschloss, und erinnerte Will ein wenig an das alte Landgut seiner Familie. Als sie näher kamen, sah er hinter ein paar Fenstern Feuerschein aufflackern. Plötzlich flog die Vordertür auf, und eine aufgeregt schnatternde Kinderschar stürmte heraus, gefolgt von einer Gruppe von Erwachsenen. Der Wind wehte ihre freudigen Stimmen zu den Neuankömmlingen hinüber. Will sprang aus dem Sattel, als eine Frau auf ihn zugelaufen kam. Ysendas sandfarbenes Haar war mit silbernen Strähnen durchzogen, aber ihr erhitztes Gesicht wirkte unverändert jugendlich. Hinter seiner Schwester trat Christian ins Freie, strich ihr rotes Haar zurück und ließ den Blick suchend über die Männer schweifen, bis er schließlich auf Will haften blieb. Simon kam breit grinsend aus dem Haus, danach eine alte weißhaarige Frau, die seiner Mutter so ähnlich sah, dass es Will einen Stich versetzte. Sie ging gebeugt und war offensichtlich blind, denn sie wurde von einer jungen, hübschen Frau geführt – seiner Nichte Alice, wie ihm plötzlich klar wurde. Andere, ihm unbekannte Männer griffen nach den Zügeln der Pferde oder nahmen ihnen die Satteltaschen ab. Will musterte all die fremden Gesichter verwirrt.

Und dann sah er sie.

Sie lief einem kleinen, pummeligen Jungen hinterher, der hinter den kreischenden Kindern herstapfte. Als sie ihn hoch in die Luft schwang und auf die rosige Wange küsste, registrierte Will, wie frisch und gesund seine Tochter wirkte. Er nahm all dies innerhalb weniger Sekunden in sich auf, dann schlang Ysenda die

Arme um ihn, und David und lachte und weinte zugleich, und Wills Zweifel und Ängste fielen mit einem Schlag von ihm ab.

Die Ile de la Cité, Paris
21. Dezember A.D. 1308

Guillaume de Nogaret hob eine Hand, um ein Gähnen zu verbergen, als er sein Pferd über den Grand Pont auf die Insel lenkte. Es war spät, die Luft eisig, und die Kälte fraß sich durch seinen Pelzumhang in seine Knochen. Die Ufer waren mit Reif überzogen, der im silbernen Licht des Halbmondes glitzerte. Hinter Nogaret ritten zwei königliche Leibwächter, sie nickten den Stadtwachposten auf der Brücke zu, die respektvoll die Köpfe neigten, als sie den Minister des Königs erkannten.

Ein weiterer langer Tag lag hinter ihm, den er teilweise im Ordenshaus, teilweise im Louvre verbracht und weitere Tempelritter verhört hatte. Zumindest war er an diesem Abend mit zwei Todesfällen belohnt worden. An manchen Tagen erntete er überhaupt keinen Lohn für seine Mühe, noch nicht einmal ein Geständnis, und seine Berichte für Philipp ließen sich immer schwieriger verfassen. Der König ärgerte sich zunehmend über die Verzögerungen des Prozesses, der zusätzlich dadurch behindert wurde, dass die Verbrennungen verboten worden waren.

Nach dem Angriff, in dessen Verlauf Campbell hatte entkommen können, führte Nogaret zwei weitere Hinrichtungen durch, diesmal in der Sicherheit des Louvre, doch auf irgendeinem Weg erfuhr der Papst, dass alle Ritter, die zu einer Aussage bereit waren, auf dem Scheiterhaufen endeten. Als Clemens drohte, die Verhöre durch die Inquisition vorübergehend auszusetzen, falls ohne seine Erlaubnis weitere Verbrennungen stattfanden, protestierten Philipp und Nogaret heftig und beriefen sich darauf, dass unbußfertige Ketzer laut Gesetz hingerichtet werden konnten, wenn sie den Henkern von den Dominikanern übergeben worden waren, doch der kampfeslustige Papst hatte sich nicht umstimmen lassen, und am Ende hatten sie nachgeben und sich mit der Folter begnügen müssen.

Erschwerend kam hinzu, dass es ihnen meist nur gelang, den Willen der Sergeanten und Diener zu brechen. Die meisten dieser Männer hatten noch nie auf einem Schlachtfeld gestanden und nie ein Schwert geführt. Sie waren nicht abgehärtet genug, um wie die Ritter Schmerzen und Entbehrungen ertragen zu können. Verwirrt und verängstigt wurden sie – viele von ihnen entweder sehr jung oder alt und gebrechlich – in die Folterkammer gebracht und dort gezwungen, die Ritter der auf Nogarets Liste aufgeführten Verbrechen zu bezichtigen. Gestanden sie, drohte ihnen eine lebenslange Kerkerhaft, aber die meisten verließen die Folterkammer nicht mehr lebend. Sowohl ihnen als auch den Rittern wurden die Sterbesakramente verweigert, obwohl sie darum baten, vor ihrem Tod noch beichten zu dürfen. Ihre Leichen wurden in Massengräber in ungeweihter Erde geworfen – eine unmissverständliche Warnung an die Überlebenden, sich den Inquisitoren nicht zu widersetzen. Auf diese Weise wurden in ganz Frankreich fünfzehntausend Ordensangehörige nach und nach ausgelöscht. Zum Leidwesen des Königs handelte es sich bei denen, die durchhielten, durchweg um hohe Templeroffiziere, Kommandanten und kampfgestählte Ritter, die allesamt die Geständnisse, die sie unter der Streckfolter oder auf der Wippe abgelegt hatten, immer wieder widerriefen.

Nogaret hatte alles versucht, was sein Anwaltsgehirn auszuhecken vermochte, um den Lauf der Dinge zu beschleunigen und Clemens dazu zu bringen, den Orden aufzulösen und dessen Reichtümer gemäß der Abmachung, die er mit dem König getroffen hatte, auf Philipp zu übertragen. Das Problem bestand darin, dass der König sich weigerte, das Kreuz zu nehmen, bevor der Templerorden vernichtet war, und der Papst ebenso hartnäckig darauf bestand, dass die Ritter einen gerechten Prozess erhielten. Dazu kam, dass der Papst in der letzten Zeit häufig krank war, was zu zusätzlichen Verzögerungen führte. Inzwischen stand auch Nogarets Stolz auf dem Spiel. Der Angriff auf den Orden war nicht nur seine Idee gewesen, sondern er hatte auch viel Zeit und Mühe auf die Umsetzung dieses Plans verwandt. Außerdem hatte ihn Campbells Flucht, für die Philipp ihn ebenso verantwortlich machte wie für den Umstand, dass der Ordensschatz nach wie vor verschwunden blieb, tief getroffen. Er hatte dem König versprochen, persönlich nach Schottland zu reisen, sobald der Papst den Orden aufgelöst hatte, um den Schatz dort zu suchen und sowohl die noch lebenden Ritter, die an dem Diebstahl beteiligt gewesen waren, als auch Rose und ihr Kind zu vernichten. Philipp hatte sich mürrisch einverstanden erklärt. Die Erwähnung seines illegitimen Kindes verdross ihn scheinbar zutiefst.

Der Klang seines Namens riss Nogaret aus seiner Versunkenheit. Zuerst nahm er an, einer der königlichen Wächter hätte ihn gerufen, doch als er über seine Schulter blickte, sah er, dass beide ihre Pferde gezügelt hatten und in eine der schmalen Gassen starrten, die nach Notre Dame führten. Er ritt zu ihnen hinüber. »Was gibt es? Wer hat mich gerufen?«

»Es kam von dort unten, Minister.« Einer der Männer spähte stirnrunzelnd in das Dunkel.

Nogaret kniff die Augen zusammen, als sich unter den überhängenden Dachtraufen eines Hauses etwas bewegte. Im nächsten Moment löste sich eine Gestalt aus den Schatten und kam auf sie zu.

»Wer seid Ihr?« Ein Wächter zog sein Schwert. »Was wollt Ihr?«

Nogaret stieß überrascht den Atem aus, als der Mann näher kam. »Colonna?«, murmelte er, dabei bedeutete er dem Wächter, die Waffe sinken zu lassen. »Mit Euch hätte ich am allerwenigsten gerechnet. Was führt Euch her?«

»Ich muss mit Euch sprechen.«

Nogaret blickte zu den vor ihnen aufragenden Palasttürmen hinüber, dann wieder zu dem Italiener. »Das muss bis morgen warten. Ich habe jetzt König Philipp Bericht zu erstatten.«

»Es geht um Papst Clemens. Glaubt mir, Minister, das wollt Ihr bestimmt hören.«

Nogaret zögerte, doch seine Neugier war geweckt. »Nun gut.« Er schwang sich aus dem Sattel.

»Eure Männer bleiben hier«, beschied ihn Sciarra knapp, als die Wächter Anstalten machten, gleichfalls von ihren Pferden zu steigen. »Ich spreche nur mit Euch allein.«

Nogaret nickte den königlichen Soldaten zu. »Wartet hier«, befahl er, dann folgte er Sciarra, der im Schatten der Straße verschwand, wich verrottenden Unrathaufen aus und fluchte, als ein paar Ratten vor ihm davonhuschten. »Fasst Euch kurz«, zischte er giftig.

Sciarra gab keine Antwort, sondern setzte seinen Weg unbeirrt fort. Hinter den Dächern der Häuser schimmerten die Zwillingstürme von Notre Dame im Mondlicht gespenstisch weiß. Endlich blieb Colonna stehen.

Nogaret blickte sich um und stellte fest, dass seine Männer nicht mehr zu sehen waren. »Nun?«

Sciarras Atem ging schnell und abgehackt, kleine Wölkchen bildeten sich vor seinem Mund. Unbehagen keimte in Nogaret auf. Seine Hand fuhr zum Griff seines Schwertes. Er wollte den Italiener gerade anherrschen, endlich den Mund aufzumachen, als Sciarra zu sprechen begann.

»Als Ihr Anagni verlassen habt, Nogaret, habt Ihr uns den Wölfen zum Fraß vorgeworfen.« Seine Stimme zitterte vor unterdrückter Erregung. »Bei dem Angriff auf Bonifaz habe ich viele Männer verloren. Ihr habt mir versprochen, König Philipp würde uns als Lohn für unsere Opfer wieder zu Macht und Wohlstand verhelfen. Aber weder von ihm noch von Euch habe ich je ein Wort gehört. Kein Gnadenerlass, kein Dank, keine Reichtümer. Ich habe dem König mehrfach geschrieben, aber er hielt es noch nicht einmal für nötig, mir zu antworten. Dann erfuhr ich, dass Papst Clemens Euch von dem Exkommunikationsbann gelöst hat, der wegen des an Bonifaz begangenen Verbrechens über Euch verhängt worden ist. Für mich hat er nichts dergleichen getan, dabei hätte ein Wort Eures Königs genügt.«

Nogarets Unbehagen schlug in Ärger um. »Habt Ihr mich hierhergelockt, um mir Vorwürfe zu machen? Zur Hölle mit Euch, Colonna! Dafür habe ich wirklich keine Zeit.« Er wollte sich abwenden, dann drehte er sich mit säuerlich verzogenem Gesicht noch einmal um. »Außerdem habt Ihr bekommen, was Ihr wolltet.«

»Nein!«, fauchte Sciarra. »Rache an Bonifaz war nur ein Teil davon. Was ich wollte, war die Wiederherstellung der Macht meiner Familie. Ich wollte unsere Ländereien zurück. Meine Brüder sollten wieder in das Heilige Kollegium aufgenommen werden, der Name Colonna sollte wieder gleichbedeutend mit Ruhm und Ehre sein!« Er dämpfte seine Stimme. Nackter Hass schwang darin mit. »Ihr habt uns betrogen, Nogaret. Ihr und Euer König.«

Nogaret bemerkte, dass Sciarras Blick nach links wanderte, zu einem Punkt irgendwo hinter ihm. Eine Ratte schoss an ihm vorbei, dann knirschten Schritte auf dem gefrorenen Boden. Er zog sein Schwert und fuhr herum. Zwei Gestalten lösten sich aus einem Hauseingang und kamen direkt auf ihn zu. Einer hielt etwas in der Hand, was wie ein Seil aussah. Wohl wissend, dass er sich nicht gegen alle drei zur Wehr setzen konnte, wirbelte Nogaret erneut herum und stürzte sich auf Sciarra, der sein eigenes Schwert gezogen hatte. Die Klingen prallten aufeinander. Nogaret brüllte nach seinen Leibwächtern, aber während er Sciarras Hiebe parierte, ohne dass Hufgetrommel ertönte, kam er zu dem Schluss, dass sie nicht mehr in der Lage waren, ihm zu helfen. Er duckte sich unter der Klinge seines Gegners hinweg, richtete sich auf und versetzte dem Italiener einen so kräftigen Tritt in den Magen, dass dieser gegen einen Stapel verrotteten Holzes geschleudert wurde. Ein Hund begann zu bellen. In einem Haus über ihnen wurde ein Fenster aufgerissen, und jemand donnerte, sie sollten endlich Ruhe halten. Als die beiden anderen Männer näher kamen, ergriff Nogaret die Flucht. Nach wenigen Schritten glitt er auf einer Eispfütze aus, stürzte vornüber und schürfte sich die Hände an dem harten Untergrund auf. Sein Schwert schlitterte über die Straße. Als er sich umblickte, sah er Sciarra und seine Männer auf sich zustürmen. Da ihm keine Zeit blieb, nach seiner Waffe zu suchen, sprang er auf und jagte auf das Ende der Gasse zu. Es kam rasch näher, die mächtigen Türme von Notre Dame ragten vor ihm auf. Plötzlich prallte jemand gegen ihn, er verlor das Gleichgewicht und landete mit einem schmerzlichen Stöhnen auf dem Bauch. Sein Angreifer rollte sich von ihm herunter. Nogaret spürte, wie Hände ihn packten und auf die Knie zerrten. Seine Arme wurden grob nach hinten gerissen. Der Minister setzte sich wild zur Wehr, als er spürte, wie das Seil um seinen Hals gelegt wurde. »Ich verschaffe Euch, was Ihr wollt«, keuchte er. »Ich gehe zu Philipp und bitte ihn, mit dem Papst zu sprechen und eine Begnadigung für Euch zu erwirken. Ich schwöre es Euch, Sciarra!«

Sciarra kauerte sich vor ihn. Sein blasses Gesicht glänzte vor Schweiß. »Clemens hat mir die Begnadigung bereits zugesagt. Von Euch brauche ich nur eines, Nogaret – das Rasseln Eures letzten Atemzuges!« Er nickte den Männern zu, die den Minister gepackt hielten.

»Nein!«, kreischte Nogaret schrill, doch der Schrei erstarb abrupt, als der Mann das Seil fest zuzog. Nogaret spürte, wie ihm die Luft abgeschnürt wurde. Heiße Wut flammte in ihm auf. Clemens war seine Marionette! Sein Werkzeug! Und nicht der Herr über seinen Tod! Doch seine Wut machte rasch nackter Panik Platz, als er zu würgen begann. Seine Zunge schwoll an und quoll zwischen seinen Zähnen hervor. Er begann konvulsivisch zu zucken, doch die beiden Männer lockerten ihren Griff nicht. Nogarets Blick begann sich zu trüben. Benommen nahm er wahr, dass Sciarra sich erhob. Hinter ihm erhob sich Notre Dame, weiß und majestätisch, das Sinnbild unerschütterlichen menschlichen Glaubens, und verschwamm vor seinen brechenden Augen.

44

Der Königspalast, Paris
18. März A.D. 1314

Philipp starrte in den Spiegel, während ringsum Diener geschäftig tätig waren. Sein Spiegelbild schimmerte, in den Juwelen an seinen Fingern fing sich das Licht, das durch die hohen Fenster der Kammer fiel. Staub und geisterhafte Weihrauchschwaden glitzerten in der Luft. Philipp hob eine Hand und rückte seine Krone zurecht. Er bot in der Tat einen majestätischen Anblick: Sein bodenlanges Gewand aus golddurchwirkter weißer Seide symbolisierte Keuschheit und Unschuld, der schlichte Goldreif auf seinem ergrauenden Haar war ein Sinnbild stolzer Würde. Ein Lächeln, das puren, kalten Triumph ausdrückte, spielte um seine Lippen, als der Diener ehrfürchtig einen verblichenen zinnoberroten, mit Hermelinpelz gesäumten Mantel ausschüttelte. Das zeremonielle Kleidungsstück hatte seinem Großvater gehört, und nun würde er, Philipp, den Mantel eines Heiligen anlegen. Als seine Leibdiener ihn ihm um die Schultern legten, die Falten glatt strichen und die goldene Spange am Hals schlossen, holte er tief Atem. Er war bereit. Nach sieben Jahren des Wartens war es endlich so weit.

Der Prozess gegen den Templerorden war eine der mühsamsten Aufgaben seiner gesamten Herrschaftszeit, ja seines Lebens gewesen, er hatte mehr Rückschläge und Verzögerungen mit sich gebracht, als er es sich in seinen schlimmsten Träumen ausgemalt hätte, als Nogaret erstmals mit dem Vorschlag an ihn herangetreten war. Nach der erzwungenen heimlichen Abmachung mit Clemens hatte Philipp im permanenten Kampf mit dem Papst gelegen, der mit zunehmendem Alter und Fortschreiten seiner Krankheit immer störrischer und aufmüpfiger geworden war. Monatelange Befragungen und Untersuchungen gingen in jahrelange

Versammlungen, Beratungen, Besprechungen und heftige Dispute über. Der noch immer ungeklärte Mord an Nogaret war ein schwerer Schlag für den König gewesen, aber obgleich er den Urheber des Prozesses verloren hatte, blieben die Liste der Anklagepunkte des Ministers sowie Esquin de Floyrans vernichtende Aussage erhalten.

Überall in Zypern, Portugal, Spanien, Deutschland, England, Italien und Irland wurden Ritter verhaftet und nach Frankreich gebracht. In all diesen Königreichen wichen der anfängliche Schock und die Ungläubigkeit rasch Volkszorn und den Rufen nach Gerechtigkeit, und Philipps Minister sorgten nach Kräften dafür, dass die Templer nirgendwo mehr Unterstützung fanden. Clemens bestand darauf, dass sämtliche Besitztümer der Ritter aus diesen Ländern auf direktem Weg zu ihm geschickt wurden, und verkündete, dass die Reichtümer im Fall einer Auflösung des Templerordens auf die Hospitaliter übergehen würden. Aber nur wenige wussten, dass Philipp zum neuen Großmeister der Johanniterritter gewählt werden würde.

Drei Jahre zuvor hatte Clemens in Vienne ein Generalkonzil einberufen, in dessen Rahmen unter anderem die Pläne des Papstes für einen neuen Kreuzzug besprochen wurden, doch der einzige Punkt, der Philipp interessierte, war der Erlass einer bestimmten Bulle – *Vox in excelso*. Sie enthielt zwar nicht die ausdrückliche Billigung seiner Pläne, auf die der König gehofft hatte, aber am Ergebnis änderte das nichts. Clemens befand den Templerorden der einhundertsiebenundzwanzig Anklagepunkte für nicht schuldig, da die Schuld laut Angaben der päpstlichen Kommission nicht klar bewiesen werden konnte. Ferner verkündete er, der Ruf des Ordens sei so unwiderruflich beschädigt worden, dass es für ihn unmöglich war, der Christenheit auch weiter zu dienen, weshalb er aufgelöst und die im Laufe zweier Jahrhunderte angehäuften Reichtümer dazu verwendet werden sollten, das zu finanzieren, was die Ritter letztendlich nicht erreicht hatten: die Befreiung Jerusalems.

Noch lange danach hatte sich Philipp ungeachtet des Versprechens, das er dem Papst gegeben hatte, dagegen gesträubt, das Kreuz zu nehmen. Er verspürte wenig Verlangen danach, sein Leben auf der anderen Seite des Meeres für etwas aufs Spiel zu setzen, was er als ein närrisches Unterfangen betrachtete. Doch da er keinen anderen Weg sah, sich das zu verschaffen, was er wollte, hatte er Clemens' Drängen schließlich nachgegeben.

Aber als er jetzt, gefolgt von seinen Ministern und Leibwächtern, seine Gemächer verließ und den gedämpften Jubel der Menge vor den Palastmauern und die rhythmischen Trommelschläge hörte, verspürte Philipp eine seltsame kribbelnde Erregung. Es stand noch gar nicht fest, ob er sich wirklich auf einen Kreuzzug begeben musste, viele Könige vor ihm hatten das Kreuz genommen und sonst nichts weiter getan. Für ihn zählte nur, was sein Volk an diesem Tag von ihm dachte. Was zählte, war, dass er in die Fußstapfen seines Großvaters trat. Als er durch die Palasttore schritt, schlug der Jubel seiner Untertanen wie eine Welle über ihm zusammen.

An der Spitze der königlichen Prozession ging Guillaume de Paris, Philipps schwarz gekleideter Beichtvater, der Hunderte von Templern zum Tode verurteilt hatte. An seiner Seite hielt sich der Bischof von Paris mit hoch erhobenem Amtsstab, gefolgt von Prälaten, Erzbischöfen und Bischöfen, die alle ihre prunkvollen geistlichen Gewänder trugen. Weihrauchfässer schwingende Akolythen stimmten Hymnen an, die den Lärm der die Straße vom Palast nach Notre Dame säumenden Menge übertönte. Rotwangige, in goldene Gewänder gehüllte Kinder mit Lorbeerkränzen auf den Köpfen streuten vor dem König Rosenblütenblätter, sodass Philipp mit jedem Schritt über eine leicht flatternde rotweiße Decke zu schweben schien. Neben ihm gingen seine Söhne und ihre Frauen sowie seine Brüder mit ihren Kindern. König und Grafen, Prinzen und Barone waren mit ihren in silberne Rüstungen gekleideten Rittern aus allen Teilen des Königreiches gekommen. Das größte Gefolge gehörte zu König Edward II. von

England und seiner Braut, Philipps Tochter Isabella. Die beiden hielten Abstand zueinander, Isabella war von ihren Zofen umgeben, Edward von seinen Rittern.

Königliche Leibwächter hatten Mühe, die Menge zurückzudrängen. Der König hatte dem Volk eine arbeitsfreie Woche gewährt, und überall in der Stadt hatten seine Diener die Gebäude tagelang mit Bannern geschmückt, bis die Straßen Farbenmeeren glichen. Von königlichen Wagen, die durch Paris rollten und denen Scharen von Kindern und Hunden folgten, wurden Süßigkeiten und Ingwerbrot geworfen. Die Steuern waren für eine Woche lang ausgesetzt worden, Brückenzoll wurde nicht erhoben. Philipp hatte dafür gesorgt, dass seine Untertanen ihm an diesem Tag begeistert zujubeln und allen Edelleuten in seinem Gefolge beweisen würden, wie sehr sie ihren König liebten. Dieses Fest heute würde sein Volk im Gedächtnis behalten, nicht die erdrückenden Steuern und die schlechten Ernten, die Geldentwertung und den Prozess gegen die Templer, das Massaker an den Juden und die Angriffe auf die Kirche. Den heutigen Tag, davon war Philipp überzeugt, würden sie nie vergessen. Und als er durch die großen Tore von Notre Dame schritt, betrat er das Haus Gottes zum ersten Mal in seinem Leben ohne lähmende Furcht.

Clemens und fünf Kardinäle des Heiligen Kollegiums erwarteten ihn bereits. Der Papst, ein blasses Gespenst von einem Mann, der in seinen Gewändern beinahe verschwand, saß zusammengesunken auf seinem vor dem Altar aufgestellten Thron. In seinen zitternden Händen hielt er ein schlichtes goldenes Kreuz. Während sich die Edelleute und ihre Frauen hinter dem König aufreihten und der Gesang des Chores zur Decke emporstieg, sank Philipp auf ein Knie. Der Mantel seines Großvaters bauschte sich um ihn. Nachdem die Psalmen rezitiert und die Gebete gesprochen worden waren, beugte sich der Papst vor, und der König von Frankreich streckte eine Hand aus, um das goldene Kreuz entgegenzunehmen.

Als sich seine Finger darum schlossen, wurde Philipp von einer

Frömmigkeit erfüllt, die er noch nie zuvor empfunden hatte. Erregung stieg in ihm auf, da er damit rechnete, jeden Moment Gottes Stimme in seinen Ohren widerhallen zu hören, doch ehe er darauf lauschen konnte, scharten sich schon seine Edelleute um ihn und sagten ihm ihre Unterstützung im Kampf gegen die Sarazenen zu. Philipp nahm ihre Treueschwüre abwesend entgegen; er überlegte bereits, wie er die Reichtümer des Templerordens aus den Truhen der Hospitaliter in seine eigenen umleiten konnte. Wenn die Zeremonie vorüber war und er seinen Teil der Abmachung erfüllt hatte, würde Clemens keine andere Wahl bleiben, als ihm zu geben, was er ihm versprochen hatte. Aber ehe das geschah, musste noch ein letztes Problem aus der Welt geschafft werden.

Nach der Auflösung des Ordens waren die Templer, die den Prozess in Frankreich überlebt hatten, entweder zu Kerkerhaft verurteilt worden, oder sie beschlossen ihren Lebensabend im Gebet in verschiedenen Klöstern. In anderen Königreichen waren die Strafen weniger streng ausgefallen; den Rittern wurde gestattet, ihrer Wege zu gehen und zu tun, was ihnen beliebte, doch da die meisten von ihnen ihr ganzes Leben im Orden verbracht hatten, wo für ihre irdischen Bedürfnisse gesorgt worden war, boten sich ihnen nicht viele Möglichkeiten. Einige wurden Söldner, andere Bettler. Die Einzigen, über die das endgültige Urteil noch nicht gefällt worden war, waren die überlebenden hochrangigen Offiziere von Paris. Diese wurden jetzt durch die gaffende Menge, die sie mit Hohnrufen überschüttete und sie anspie, zu den Stufen von Notre Dame geführt, wo Clemens über ihr Schicksal entscheiden würde.

Jacques de Molay musste sich zusammen mit Geoffroi de Charney, Hugues de Pairaud und Geoffroi de Gonneville, dem Provinzmeister von Aquitanien, vor dem Papst aufstellen. Alle vier Männer waren unterernährt und ausgezehrt, ihre Gesichter aschfahl, weil sie seit langer Zeit keine Sonne mehr gesehen hatten, Haare und Bärte lang und verfilzt. Trotz alledem hielt der

Großmeister, dessen mächtiger Körper von der Folter gezeichnet war, den Kopf stolz erhoben, als der Papst mit zittriger Stimme zu sprechen begann.

Obgleich dem Orden keine Schuld nachgewiesen werden konnte, hatten diese vier Männer ihre Verbrechen wiederholt gestanden. Daher, so verkündete Clemens, hatten sie alle mit langer Kerkerhaft unter erschwerten Bedingungen zu rechnen. Hugues de Pairaud und Geoffroi de Gonneville sprachen kein Wort, schienen weder zu hören noch zu verstehen, was der Papst sagte. Sie waren kaum im Stande, sich auf den Beinen zu halten. Jacques de Molay jedoch trat mit schmerzverzerrtem Gesicht vor. Sogar von der untersten Stufe aus schien der Großmeister den König und die versammelten Edelleute zu überragen.

»Der Templerorden wurde gegründet, um die Christenheit zu schützen. Seine Söhne haben auf dem Boden Palästinas für euch alle ihr Blut gegeben. Unsere Ziele waren ehrenhaft, wir haben uns auf dem Schlachtfeld tapfer geschlagen und unserem Herrn und Gott stets reinen Herzens gedient. So war es bis zum heutigen Tag, und so wird es immer sein, wenn nicht in diesem Königreich, dann im nächsten.« Jacques' alte Augen bohrten sich in die von Philipp. »Eines Tages werden die Lügen, die bösartige Menschen wie Spinnweben um uns gesponnen haben, weggewischt werden, und die Welt wird unsere Unschuld erkennen. Ich widerrufe hiermit alles, was ich gestanden habe, weil dies nur unter der Qual der Folter geschah.« Er hob die Stimme, als er sich an die Menge wandte, die in betretenes Schweigen verfallen war. »Ich weise jeden Vorwurf zurück, der gegen mich und meine Brüder erhoben wurde. Der Templerorden ist unschuldig!«

Philipp verfolgte, innerlich vor Wut schäumend, wie Geoffroi de Charney an Jacques' Seite trat und gleichfalls alle Anklagen zurückwies. De Pairaud und de Gonneville hatten bislang geschwiegen, doch der König gedachte nicht, sie auch noch zu Wort kommen zu lassen. Ein unruhiges, erregtes Raunen lief durch die Menge. Er spürte, wie ihr Respekt und ihre Bewunderung für seine Person erstarb und Neugier, ja sogar Ehrfurcht angesichts der unbeugsamen Haltung des Großmeisters wich. Philipp ging rasch auf Clemens zu, den die Wende der Ereignisse eindeutig aus der Fassung gebracht hatte.

»Eure Heiligkeit«, zischte er durch seine zusammengebissenen Zähne hindurch. »Diese beiden Männer sind unbelehrbare Ketzer. Sie müssen unschädlich gemacht werden, damit sie ihr Gift nicht verbreiten können. Ihr müsst sie zum Tode verurteilen.«

Clemens starrte ihn entgeistert an. »Zum Tode verurteilen?«

»Zum Feuertod.« Philipp fixierte den Papst mit einem unerbittlichen Blick. »Ihr müsst de Molay und de Charney meiner weltlichen Autorität unterstellen, damit ich sie so hinrichten lassen kann, wie es einem Ketzer gebührt. So lautet das Gesetz.«

Clemens musterte Jacques, der wie ein gekreuzigter Christus mit erhobenen Armen vor der schweigenden Menge auf den Stufen der Kathedrale stand. Er schloss die Augen. Der Großmeister hätte seine Sünden bereuen und sein Leben retten können, aber mit seinen Worten hatte er sein Schicksal besiegelt. Philipp hatte recht – so lautete das Gesetz. »So sei es«, murmelte er schließlich.

45

Der Königspalast, Paris
18. März A.D. 1314

Die Rasenflächen der königlichen Gärten schimmerten feucht im Abendlicht. Der Regen, der während des Nachmittags über die Stadt hinweggefegt war, war langsam Richtung Westen weitergezogen, jetzt stand die Sonne tief am Himmel und tauchte Paris in ein bernsteinfarbenes Licht.

Die Schatten der Männer fielen lang über den Boden, als sie

durch den Garten auf eine von tropfenden Efeuranken verdeckte Tür zusteuerten und einer nach dem anderen hindurchschritt. Hinter ihnen begannen die Glocken von Notre Dame zu läuten, der Klang hallte über die Insel hinweg, doch die Straßen der Innenstadt und das Quartier Latin blieben gespenstisch still, auch als andere Glocken die Gläubigen zur Vesper riefen. Die Bürger von Paris waren nicht auf dem Weg zur Kirche. Sie säumten zu Tausenden die Ufer der Seine; ihr Blick war auf eine aus dem breiten Fluss herausragende kahle Insel gerichtet, auf der ein Scheiterhaufen errichtet worden war. Die Menge, die stetig angewachsen war, seit sich die Nachricht von dem Urteil des Papstes wie ein Lauffeuer herumgesprochen hatte, vibrierte förmlich vor erregter Erwartung. Als die Männer jetzt durch die Tür auf die hölzerne Brücke zuschritten, die das Wasser überspannte, erhob sich ein gedämpftes Gemurmel. Alle Augen waren auf zwei Gestalten inmitten der Gruppe gerichtet, deren Tod sie mit ansehen wollten.

Jacques de Molay und Geoffroi de Charney, die zwischen den königlichen Leibwächtern dahinstolperten, waren bis auf ein Lendentuch entkleidet worden. Ihre Körper wiesen unübersehbare Spuren siebenjähriger Folter auf. Beiden war Kopf- und Barthaar grob abgeschoren worden, sodass die bloße Haut rot entzündet loderte. Ihnen folgten der Dominikaner Guillaume de Paris, drei Kardinäle und zwei schwarz vermummte Henker, dahinter kam der König, der am Ufer wartete, während der Rest der Gruppe die Brücke betrat. Der Papst war nirgendwo zu sehen.

Jacques stolperte, bevor er die Brücke erreichte, und stürzte zu Boden, weil seine bloßen Füße in dem glitschigen Schlamm ausglitten. Die Soldaten machten Anstalten, ihm beim Aufstehen behilflich zu sein, doch er stieß ihre Hände weg, packte den morschen Brückenpfosten und zog sich aus eigener Kraft daran hoch. Das erregte Gemurmel der Menge erstarb, als der Großmeister einen Fuß auf die Brücke setzte und auf die Ile des Juifs und den für ihn errichteten Scheiterhaufen zuzuhumpeln begann. Geoffroi de Charney schleppte sich hinter ihm her, den Blick auf den geschundenen Rücken des Großmeisters geheftet. Die schweren Stiefel der Wächter ließen die hölzernen Bohlen erzittern.

Sobald sie auf der anderen Seite angelangt waren übernahmen die Henker das Kommando und bedeuteten den Soldaten, die beiden Männer an den Pfahl zu binden, der aus der Mitte des Scheiterhaufens aufragte. De Charneys Beine gaben unter ihm nach, als die Männer ihn packten. Die Menge grölte, jeder stieß seinen Nachbarn zur Seite, um besser sehen zu können. Jacques drehte sich um und bahnte sich mit den Ellbogen einen Weg zu der Stelle, wo Geoffroi zusammengebrochen war. Er bückte sich und reichte seinem Mitbruder die Hände. Der König trat stirnrunzelnd einen Schritt vor, die Wächter verharrten unschlüssig, wo sie waren. Niemand am Ufer hörte, was der Großmeister sagte, aber als er geendet hatte, rappelte Geoffroi sich hoch. Seite an Seite schritten die beiden alten Männer ohne Hilfe auf den Scheiterhaufen zu.

Über den aufgeschichteten Stapel aus Zweigen und Stroh war eine breite Planke gelegt worden. Die beiden Templer wurden Rücken an Rücken an den Pfahl gebunden. Der Scheiterhaufen war hoch genug, dass alle Zuschauer das Geschehen genau verfolgen konnten. Die Henker entfernten die Planke. Einer nahm aus der Hand Guillaume de Paris' eine brennende Fackel entgegen. Als er sie an das Stroh hielt, das zwischen die Äste und das Holz gestopft worden war, brandete Jubel in der Menge auf. Rauch kräuselte sich in der Luft, kleine orangefarbene Flammen züngelten hoch. Der zweite Henker griff zu einer weiteren Fackel und wiederholte die Prozedur auf der anderen Seite. Nachdem sie alle vier Ecken in Brand gesetzt hatten, traten die beiden Männer zurück und sahen zu, wie das Feuer sein Werk tat.

Der Fuß des Stapels begann zu glimmen, das Holz knackte, Funken stoben auf. Der Rauch wurde dichter, die beiden Männer begannen zu husten und sich in ihren Fesseln aufzubäumen, doch die Henker hatten gute Arbeit geleistet; das Holz war so trocken, dass es sofort in Flammen aufging, statt zu qualmen und zu rauchen. Der König hatte ausdrücklichen Befehl gegeben, so wenig Stroh wie möglich zu verwenden, damit die Männer verbrannten, statt vorher zu ersticken. In dem Moment, wo die Hitze die Fußsohlen der Opfer zu versengen begann, fingen diese für gewöhnlich an, zu protestieren, um Gnade zu flehen oder zu beten, so überraschte es die wartende Menge nicht, als Jacques' dröhnende Stimme über das Wasser hallte. Doch mit den Worten, die er hervorstieß, hatte niemand gerechnet.

»Im Angesicht von Himmel und Erde und allen hier Anwesenden sage ich euch, dass der Templerorden unschuldig ist.« Die Stimme des Großmeisters klang rau vor Rauch und dennoch so gebieterisch, dass alle, die ihn hören konnten, eingeschüchtert schwiegen. »Christus weiß, dass uns keine Schuld trifft, genau wie er weiß, wer falsches Zeugnis gegen uns abgelegt hat. Und glaubt mir, diese Männer, diese sündigen, schuldigen Männer werden sich für ihre Verbrechen vor Gott verantworten müssen, denn kein Mensch, weder König noch Papst, kann sich dem Strafgericht des Herrn entziehen!«

Diesmal waren keine Hochrufe und kein Jubel zu hören. Einige Leute wandten sich ab, als die Flammen höher aufzüngelten und das Holz unter den Füßen der Männer verzehrten. Vom Ufer aus sah Philipp mit totenblassem Gesicht zu, wie sie langsam verbrannten.

Am linken Ufer, gegenüber der Insel, lauschten zwei Männer in mit Kapuzen versehenen Umhängen mit grimmigen Mienen Jacques' letzten Worten. Beide waren hoch gewachsen und trotz ihres Alters noch kräftig gebaut, obgleich einer sich schwer auf einen Stock stützte. Das graue Haar hatte er aus seinem harten, kantigen Gesicht zurückgestrichen.

»Als ob er es wüsste.«

Will blickte sich zu Robert um. Er musste den Kopf ganz drehen, um seinen alten Freund vollständig sehen zu können, da eine Lederklappe die vernarbte Höhle bedeckte, in der einst sein rechtes Auge gesessen hatte. »In gewisser Weise weiß er es auch. Er ist unschuldig. Gott wird in dieser Sache sein letzter Richter sein.«

Robert vermochte den Blick nicht von dem Großmeister und de Charney abzuwenden, die sich nun in Todesqualen wanden, als die Flammen an ihnen hochschlugen. »Was ist mit uns? Trifft uns hieran nicht auch ein Teil der Schuld?«

Will wandte sich wieder zu dem Scheiterhaufen um. Der Feuerschein spiegelte sich im Wasser zwischen dem Ufer und der Insel wider und verwandelte die Seine in geschmolzenes Gold. »Nein.«

Robert musterte ihn forschend. »Das ist das erste Mal, dass du so überzeugt klingst.«

»Es war eine lange Reise, und ich hatte viel Zeit zum Nachdenken.« Will begriff, dass sich sein Kamerad nicht damit zufrieden gab. »Alle großen Reiche werden irgendwann einmal gestürzt, Robert. Nichts bleibt je, wie es war. Die Welt ändert sich, und diejenigen, die sich weigern, sich mit ihr zu ändern, gehen unter.« Er hielt stirnrunzelnd inne. »Ich glaube, das ist etwas, was Everard nie verstanden hat. Sein Glaube war stark, immer stärker als der meine, wurde aber von der Sturheit beschränkt, mit der er daran festhielt. Er konnte nicht über die Grenzen seines eigenen Ehrgeizes hinwegblicken; konnte nicht sehen, dass sich die Welt in eine Richtung bewegte, die einige seiner Pläne vereitelte. Er hat immer gesagt, die Anima Templi könnte nur mit Hilfe des Ordens überleben, könnte nur dank der Geldmittel der Templer ihre Ziele verwirklichen. Ich bin da anderer Ansicht. Ein Traum lebt nicht innerhalb von Mauern und Organisationen, Gesetzen und Geld. Dasselbe gilt für Hoffnungen. Diese Dinge leben in uns und warten darauf, durch Taten und Worte freigesetzt zu werden. Wir verkörpern unsere Träume, Robert, und sie verkörpern uns. Richtig müsste es heißen, die Anima Templi kann ohne uns nicht existieren.«

»Also glaubst du, dass wir unser Werk fortsetzen können?«

»Das tun wir doch schon.«

Robert lachte trocken auf. »Vermutlich hast du recht.«

Will wandte seinen Blick von dem Scheiterhaufen und bahnte sich mit Hilfe seines Stockes einen Weg durch die Menge. Einige der Wunden, die er im Kerker des Königs davongetragen hatte, waren nie richtig verheilt, und die Reise von Schottland hierher hatte an seinen Kräften gezehrt. Robert folgte ihm. Sowie sie die Menge hinter sich gelassen hatten, reichte Will ihm das Bündel, das er bei sich getragen hatte.

Als Robert es entgegennahm, klaffte es ein Stück auf und gab weißes Tuch frei, ehe er es über seine Schulter schlang. »Ein letztes Mal noch«, sagte er ruhig.

Will senkte den Blick. »Es kommt mir nicht richtig vor, dich dies allein tun zu lassen. Ich sollte bei dir sein.«

»Ich bin nicht allein.« Robert nickte zu den zwei Männern hinüber, die am Ende einer Straße ganz in der Nähe warteten. Beide trugen dieselben Wollumhänge wie er und Will. »Und ich will dich ja nicht kränken«, fügte er mit einem Blick auf Wills Augenklappe hinzu, »aber du bist seit einigen Jahren ein lausiger Bogenschütze.« Sein Grinsen erstarb. »Es muss getan werden. Du hast die richtige Entscheidung getroffen. Wir dürfen keinen weiteren Kreuzzug riskieren.«

»Ich weiß. Aber heute kommt es mir eher wie Rache vor.«

»Du kennst den Preis für Frieden, Will. Er ist immer hoch.«

Will musste an Everards Überzeugung denken, dass Frieden manchmal mit Blut erkauft werden musste. Lange war er in diesem Punkt anderer Ansicht gewesen, aber während der letzten Jahre war er mehr und mehr zu dem Schluss gelangt, dass der alte Mann recht gehabt hatte. Er ergriff Roberts ausgestreckte Hand und wartete, bis sein alter Kamerad und die beiden Männer außer Sicht waren, dann ging er allein davon. Hinter ihm flammte der Scheiterhaufen sonnenhell auf und verschlang die beiden Männer in seiner Mitte.

Dominikanerkloster, nahe Carpentras,
Königreich Frankreich
20. April A.D. 1314

»Ich fürchte, die Reise von Paris hierher hat ihn so angestrengt, dass meine Kunst hier nichts mehr ausrichten kann, Exzellenz. Wenn er sich während des letzten Anfalls Ruhe gegönnt hätte, dann hätte man vielleicht …«

»Er wollte zurückkehren, um den Kreuzzug zu planen.« Der Kardinal zog die Brauen zusammen. »Können wir denn gar nichts tun?«

»Ich würde Euch raten, für ihn zu beten«, versetzte der Arzt ruhig.

Der Kardinal nickte. »Ich verstehe. Danke.« Er wartete, bis der Arzt von zwei schwarz gekleideten Dominikanern den Gang hinuntergeleitet wurde, ehe er die Kammer betrat. Dort scharten sich drei weitere Kardinäle des Heiligen Kollegiums um ein großes Bett. Alle drehten sich mit erwartungsvoller Miene zu ihm um, als er die Tür hinter sich schloss. Er schüttelte nur stumm den Kopf.

In dem Bett lag Clemens. Der Papst atmete flach, seine Augen blickten trübe, die Lider flatterten schwach. Er regte sich, als der Kardinal, der die Kammer betreten hatte, seine Hand ergriff. Sein Gesicht war totenbleich, die Haut spannte sich so straff über den Knochen, als lägen keine Muskeln und kein Fleisch mehr darunter. Die Krankheit, an der er seit so vielen Jahren litt, hatte seine Organe und seine Kraft aufgezehrt und nur eine leere, aller Hoffnungen und Träume beraubte Hülle zurückgelassen.

Draußen rief eine Glocke zum Nachmittagsgottesdienst, Türen wurden zugeschlagen, als die Mönche in die Kapelle eilten. Clemens schlug die Augen auf. Sein Blick wanderte über die gesenkten Köpfe der Kardinäle hinweg und blieb an einem Bild am Ende des Bettes hängen. Es zeigte das in Seide gestickte Jerusalem. Eine Träne löste sich aus seinem Augenwinkel, als er die weißen und goldenen Kuppeln unter dem blauen Himmel betrachtete. »Nein«, murmelte er, dabei spürte er, wie sein Herz einen unregelmäßigen Satz beschrieb. »Noch nicht. Erst muss es vollbracht werden.«

»Eure Heiligkeit.« Einer der Kardinäle beugte sich vor, um die brüchige Stimme besser verstehen zu können.

Clemens wandte schwach den Kopf in seine Richtung. »Ich habe es Raoul versprochen.«

»Wer ist Raoul?«, fragte der Kardinal sanft. Als der Papst keine Antwort gab, sah er seine Amtsbrüder an, doch diese schüttelten nur verwirrt die Köpfe.

Als die Glocke zur Non verklang, entglitt die Hand des Papstes der des Kardinals, und sein Kopf sank auf das Kissen zurück.

Château Vincennes, Königreich Frankreich
29. August A.D. 1314

Philipp trieb sein Pferd an, ohne auf die anderen zu warten. Der grüne Wald vor ihm versprach ihm die Freiheit, nach der er sich sehnte. Die weiße Stute galoppierte den Pfad entlang, der sich zwischen den Bäumen hindurchwand, ihre eisenbeschlagenen Hufe wirbelten Staub auf. Der König passte sich ihrem Rhythmus an. Mit einer behandschuhten Hand hielt er die Zügel, auf der anderen saß ein Falke mit einer Haube über dem Kopf, dessen Fußriemen er sich um die Finger geschlungen hatte. Es war ein junges, pfeilschnelles Wanderfalkenweibchen, ein Geschenk seines Schwiegersohnes, König Edward. Maiden war im Jahr zuvor gestorben, und seither war er nicht mehr auf die Falkenjagd gegangen, doch er vermisste sie und hatte in den letzten Monaten oft vom Wald und den Flussufern des königlichen Landsitzes geträumt. Monsieur Henri hatte den Falken ausgebildet, und nun waren sie beide bereit, einander auf die Probe zu stellen.

Monatelang hatte er in Paris festgesessen und sich eingesperrt und ruhelos gefühlt. Der Tod von Papst Clemens hatte ihm zusätzliche Probleme beschert, denn der Papst hatte zwar verfügt, dass die Schätze des Templerordens auf die Hospitaliter übergehen sollten, aber es gab kein Dokument, das besagte, dass Philipp der neue Großmeister dieses Ordens werden sollte. Der König hatte viele schlaflose Nächte damit verbracht, zusammen mit Guillaume de Plaisans und Pierre Dubois einen Ausweg aus seiner Misere zu finden. Endlich hatten die gewitzten Anwälte eine lange Liste der Kosten erstellt, die dem König während der Beschlagnahmung des Besitzes des Templerordens entstanden waren. Wenn die Hospitaliter die zahlreichen größeren und kleineren Landsitze der Templer an sich bringen wollten, würden sie dafür bezahlen müssen. So hatte Philipp am Ende bekommen, was er wollte. Clemens' Tod befreite ihn von der Bürde, einen unerwünschten Kreuzzug führen zu müssen, und das Geld der Hospitaliter floss nach und nach in seine Schatztruhen.

Der König spürte, wie das härene Hemd auf seiner Haut kratzte. Er hatte es seit längerer Zeit nicht mehr getragen. Über ihm verfärbte sich der Himmel im Osten rotgolden. Es war noch früh, die Sonne ging gerade erst auf. Der Tag versprach heiß zu werden; Nebel stieg von dem taufeuchten Gras auf und verwandelte den Wald in eine ätherische Welt aus silbernen Netzen und tanzenden Schatten. Vögel flatterten aus dem Geäst auf, als der König vorbeigaloppierte. Als die Hunde irgendwo hinter ihm zu bellen begannen, blickte Philipp über seine Schulter. Er konnte die Gruppe von Höflingen, die ihm folgte, nicht mehr sehen. Er zügelte die Stute, wendete sie und trabte den Weg zurück, den er gekommen war. Vor ihm erklangen Rufe und eine Hornfanfare. Als der Pfad eine Biegung beschrieb, sah er die Jagdgruppe. Sie scharte sich um den Rand des Waldes und starrte in das grüne Dickicht. Die Jäger, die zu Fuß hinter den Pferden hereilten, hatten Mühe, die bellenden, wild an ihren Leinen zerrenden Hunde zu bändigen.

»Was gibt es?«, rief Philipp ihnen zu.

»Sie müssen eine Fährte gewittert haben, Sire«, erwiderte einer der Männer; dabei versetzte er seinem Hund einen Schlag mit seinem Stock. »Vermutlich die eines Hirsches.«

»So nah am Schloss?«, fragte Philipps Sohn Louis zweifelnd.

Philipp lenkte sein Pferd auf die Bäume zu und spähte in das dämmrige Grün.

»Was meint Ihr, Sire?« Henri gesellte sich zu ihm. Der alte Falkner lächelte, sein wettergegerbtes Gesicht legte sich in unzählige Fältchen. »Stellen wir unsere Beute hier oder am Fluss?«

Philipp nickte den Jägern zu. »Lasst die Hunde los.«

Die Höflinge nahmen unter aufgeregtem Gemurmel ihre Positionen ein, die Jäger ließen die Hunde von der Leine, die laut kläffend im Unterholz verschwanden. Die Jagd hatte begonnen.

Philipp setzte sich an die Spitze des Trupps. Er preschte den Grasdamm hinunter, der vom Pfad in den Wald führte, wendete sein Pferd geschickt und duckte sich unter den tief hängenden Ästen hinweg, als die Stute an den Bäumen vorbeischoss. Der Jagdtrupp folgte ihm und schwärmte aus. Einmal mehr ließ Philipp alle anderen hinter sich zurück. Keiner wagte es, mit seinem wilden Galopp mitzuhalten. Ein breites Grinsen spielte um seine Lippen, als das Jagdfieber von ihm Besitz ergriff. Er war die personifizierte Macht, der Herr über alle Dinge: sein Pferd, den geflügelten Mörder auf seinem Handgelenk, die Erde, über die er ritt. Er war der König; wurde angebetet und gefürchtet. Er hatte seine Feinde geschlagen und in die Knie gezwungen, sein Königreich ausgeweitet und seine Schatztruhen gefüllt. Jetzt konnte Gott nicht mehr umhin, Notiz von ihm zu nehmen. Er war der mächtigste und berühmteste Mann des gesamten Christentums.

Die Hundemeute vor ihm teilte sich auf, die Tiere schossen in verschiedenen Richtungen davon. »Wir haben zwei Fährten!«, rief Philipp, ehe er den drei Hunden folgte, die nach links abgeschwenkt waren. Er schwankte leicht im Sattel, als seine Stute über einen schmalen Bach hinwegsetzte. Der Wald hinter und rechts von ihm war von den Rufen der anderen Männer erfüllt, von denen jeder die Beute als Erster aufspüren wollte. Die Geräusche drangen verzerrt durch das Labyrinth der Bäume. Vor ihm wurde das Bellen lauter und drängender. Philipp zügelte sein

Pferd, als er auf eine Lichtung gelangte. Er konnte die Hunde nicht sehen, sondern nur knurren und hecheln hören. Zwischen zwei Eichen regte sich etwas im Unterholz. Ob sie einen Keiler aufgestöbert hatten? Philipp sprang aus dem Sattel. Der Falke saß noch immer auf seiner linken Hand.

Mit der rechten zog er sein Schwert und pirschte sich vorsichtig an die Bäume heran. Ein in die Enge getriebener Keiler konnte eine tödliche Gefahr darstellen. Hinter ihm schnaubte sein Pferd. Goldenes Licht fiel durch die Baumkronen, als die Sonne aufging. Hörnerfanfaren und Männerstimmen hallten im Wald wider. Es klang, als hätten die Hunde sie im Kreis herumgeführt. Philipp runzelte enttäuscht die Stirn. War er der falschen Fährte gefolgt? Er trat näher zu der Stelle, wo er die Hunde hörte. Als er das Buschwerk teilte, sah er einen toten Hirsch, an dem die Tiere herumzerrten. Er wollte gerade nach den Jägern rufen, als er das Loch in der Seite des Hirsches entdeckte. Es sah aus wie eine Pfeilwunde. Er richtete sich auf. Jetzt war seine Stirn vor Ärger gefurcht. Wilddiebe? Auf seinem Grund und Boden? Wieder raschelte es im Unterholz. Der König drehte sich um und erstarrte.

Drei Gestalten lösten sich aus dem nebligen Grün. Ihre weißen Mäntel schienen im Licht der ersten Sonnenstrahlen zu glühen, das Kreuz über ihren Herzen schimmerte rot wie Blut. Einer der Männer hielt einen Bogen in den Händen. Als der Pfeil von der Sehne schnellte, erwachten Philipps sämtliche Sinne zum Leben, schrien ihm zu, sich zur Seite zu werfen, doch das Geschoss war schneller. Als sich die eiserne Spitze in seine Brust bohrte, wurde der König nach hinten geschleudert. Noch im Fall breitete er die Arme weit aus, das Schwert mit dem goldenen Griff flog aus seiner Hand und beschrieb einen weiten Bogen durch die Luft, ehe es klirrend auf dem Boden landete. Das Falkenweibchen stieß einen heiseren Schrei aus, dann schlug es mit den Flügeln. Seine Leine entglitt Philipps erschlaffenden Fingern, sodass es sich ungehindert zum Himmel emporschrauben konnte. Der

König schlug hart auf dem Boden auf, blieb auf dem Rücken liegen und rang mühsam nach Atem, während er benommen zusah, wie der Vogel über ihm immer höher zu den Wolken emporstieg, während er selbst allmählich in schwarzer Dunkelheit versank.

46

Argyll, Königreich Schottland
2. November A.D. 1314

Der Wind trug die Rufe der Kinder zu den Erwachsenen hinüber, die langsam den Hügel hinaufstiegen. Etwas näher flüsterte und seufzte das Meer, schwappte in Wellen über den Sand und zog sich wieder zurück. Will blieb an dem abbröckelnden Klippenrand stehen. Der Wind zerrte an seinem Umhang und peitschte das steife Gras gegen seine Beine. Die Sonne war bereits untergegangen, doch der Himmel im Westen glühte noch, und die Inseln hoben sich schwarz vom goldenen Horizont ab.

Manchmal saß er stundenlang hier oben. Er empfand es als beruhigend, nach so vielen Jahren der Unsicherheit alles klar vor sich sehen zu können. Doch auch innerhalb dieser fest umrissenen Grenzen vollzogen sich ständig Veränderungen. Das Wasser konnte sich in Sekundenschnelle von Grün zu Grau verfärben, Nebel konnte unerwartet über den mit Farn bewachsenen Hügeln aufziehen und sich wie ein weißer Schleier über die Seen legen, von denen manche so tief waren, dass ganze Berge in ihnen ruhten. Die Sommer hier waren herrlich, die Nächte lau und mild, aber die Winter konnten bitterkalt werden. Im Gegensatz zu den anonymen Labyrinthen von London und Paris, wo sich kein Mensch um den anderen scherte, galt Zusammenhalt hier alles. In gewisser Weise erinnerte ihn das Leben hier an das in Akkon. Auch dort, auf diesem kargen, felsigen Küstenstreifen, hatten sich die Menschen aufeinander verlassen müssen, um zu überleben. Everard hätte es hier gefallen, dachte Will wehmütig. Und Elwen auch.

Plötzlich spürte er, wie eine Hand seinen Arm berührte.

Ysenda lächelte ihn an. »Willst du nicht ins Haus kommen? Es wird eine kalte Nacht werden.« Sie blickte sich um, als ihr Mann einen Arm um ihre Taille legte.

John Campbell nickte Will zu. »Die Messe war sehr schön.« Er sah auf, als er seinen Namen hörte. Sein braunes Gesicht verzog sich zu einem Lächeln, als ein Junge hügelabwärts auf ihn zugerannt kam.

Er blieb atemlos vor ihnen stehen und strich sich das Haar aus der Stirn. »Können wir noch ein paar Äpfel aus der Vorratskammer holen?«

»Wozu brauchst du sie denn?« John stöhnte leise auf, als er ihn in die Luft schwang.

Der Junge war gertenschlank und sehnig, aber groß für sein Alter. Manchmal entdeckte Will Züge von Philipp in seinem Gesicht, was ihn eine Weile lang beunruhigt hatte, aber als er seinen Enkel besser kennen gelernt hatte, waren diese Ängste verflogen, denn er war seinem Vater vom Charakter her so unähnlich wie nur möglich.

»Für diese, diese Lammwolle, ihr wisst schon. Christian sagt, ich soll sie machen.«

Johns Lächeln wurde breiter. Das Getränk aus gerösteten Äpfeln, Ale und Muskat wurde von allen Familienmitgliedern sehr geschätzt. »Bist du für eine so verantwortungsvolle Aufgabe nicht noch etwas zu jung?«

»Ich kann das!«

»Davon bin ich überzeugt.« John setzte den Jungen leise kichernd wieder auf die Füße. »Vielleicht kann dein Großvater dir ja helfen.«

Will nickte, als der Junge ihn hoffnungsvoll ansah. »Ich komme gleich, William.«

Ysenda fing seinen Blick auf. Sie nahm den Jungen bei der Hand und führte ihn, ohne sich aus der Umarmung ihres Mannes zu lösen, zum Haus hinauf. Der Rest der Kinder und Erwachsenen folgte ihnen.

»Du wirst bald überhaupt nichts mehr ohne ihn machen können.«

Will drehte sich nicht um. Eine kalte Hand schob sich in die seine, und er schloss die Augen, als seine Tochter den Kopf an seiner Schulter barg. Eine Weile standen sie schweigend so da.

Endlich drückte Rose seine Hand. »Ich helfe besser bei den Vorbereitungen für das Fest.« Sie schlang ihren Umhang fester um sich, als der Wind daran zerrte. »Ich decke den Tisch für sie.«

Will blickte über das Meer hinweg, als seine Tochter Ysenda und den anderen folgte.

Heute war ein Festtag. Sie würden auf das nahe Ende des Jahres trinken und Gott für seine Gaben danken. Aber es war auch eine Nacht der Trauer, ein Fest für die Toten, derer heute gedacht werden würde. In der Kapelle hatten sie für die gebetet, die ihnen vorangegangen waren und für die am Tisch ein Ehrenplatz frei gehalten werden würde. Am heutigen Abend war die Luft von Erinnerungen erfüllt. Hier am Klippenrand, im goldenen, in Blau übergehenden Licht konnte er ihre Gegenwart spüren: Seine Mutter und sein Vater waren bei ihm, Elwen und Owein, Everard und Elias, William Wallace, Jacques de Molay und sogar Garin. Er verharrte noch eine Weile dort, bevor er den Pfad erklomm.

Als er auf das Haus zuging, hörte er drinnen Davids klare, sonore Stimme. Sein Neffe war vor einer Woche eingetroffen und hatte viel Neues von König Robert zu berichten gewusst. Im Laufe der letzten Jahre hatte es immer wieder kleinere Gefechte mit den Engländern gegeben, aber Edward II. war nicht der Krieger, der sein Vater gewesen war, und in einer entscheidenden Schlacht im Sommer hatte Robert Bruce den König und seine Männer über die Grenze zurückgetrieben. Doch hier an dieser abgelegenen Küste schienen alle diese Ereignisse weit entfernt zu sein, fand

Will. Es war die Zeit für jüngere Männer, den Lauf der Geschichte zu verändern und zu Legenden zu werden. Für ihn war es eine Zeit der inneren Einkehr. Letztes Jahr hatte er damit begonnen, Everards Lebenserinnerungen seine eigenen hinzuzufügen. Das vergilbte alte Pergament hatte die Tinte aus seiner Schreibfeder hungrig aufgesogen. Es erschien ihm nicht mehr wichtig, die Geheimnisse der Anima Templi zu wahren; er fand es angemessener, endlich die Wahrheit ans Licht zu bringen, und so schrieb er offen über die Bruderschaft und über die Männer des Ordens.

Als Will auf die Tür zuging, hörte er Hufschlag hinter sich. Er drehte sich um. Ein Pferd kam den Klippenpfad hochgetrabt. Mit gerunzelter Stirn spähte er in die einsetzende Dunkelheit und versuchte den Reiter zu erkennen. Die Furchen auf seiner Stirn vertieften sich, als sein Name das Hufgeklapper übertönte. Doch plötzlich wusste er, wer da kam.

Als Robert sein Pferd zügelte und steifbeinig aus dem Sattel stieg, rief Will den anderen im Haus über seine Schulter hinweg etwas zu, dann ging er, von tiefer Erleichterung durchströmt, auf seinen alten Kameraden zu.

»Es ist vollbracht«, sagte Robert ruhig, als Will ihn begrüßte.

John erschien auf der Schwelle. »Stellt noch einen Teller auf den Tisch!«, bellte er, als Will und Robert ihm ins Haus folgten und einer der Diener sich beeilte, das erschöpfte Pferd des Ritters zu versorgen.

»Ich habe sie wieder mitgebracht.« Robert hielt Will das Bündel hin, das er in der Hand trug. »Es erschien mir nicht richtig, sie zu verbrennen.«

Will nahm das Bündel entgegen und spähte hinein.

Das Gesicht seines Enkels tauchte in der Küchentür auf. »Christian sagt, du sollst uns helfen!«

»So, tut sie das?« Will lächelte. »Sag ihr, ich komme gleich.« Er winkte Robert in einen leeren Raum am Ende des Ganges. Als sie an der Küche vorbeikamen, sah er seinen Enkel auf einen Stuhl klettern, um an den Tisch heranzukommen, an dem Christian und Rose schrumpelige Äpfel in Stücke schnitten. Ysenda kauerte vor der am Feuer sitzenden Ede, und Simon unterhielt sich mit David, der zwei Becher Ale einschenkte.

»Wirst du ihm die Wahrheit sagen?«, fragte Robert, als sie den Raum betraten. Die Diener hatten das Feuer geschürt, die Flammen loderten in dem Luftzug und erfüllten die Kammer mit dem beißenden Geruch brennenden Holzes. »Deinem Enkel?«

Will schloss die Tür. »Über seinen Vater, meinst du?« Er drehte sich zu Robert um. »Zu gegebener Zeit ja. Er soll wissen, woher er kommt. In dieser Familie hat es schon zu viele Lügen gegeben.« Er ging zu einer Truhe am Fenster, öffnete das Bündel, zog drei zusammengefaltete weiße Mäntel heraus und legte sie zu Everards Buch und dem zerbrochenen Schwert seines Vaters, das Rose aus dem Palast gerettet hatte, in die Truhe.

»Viel ist nicht übrig geblieben, nicht wahr?« Robert spähte über Wills Schulter. »Nicht nach zweihundert Jahren.«

»Das ist nicht alles.« Will sah ihn an. »Wir haben immer noch den Schatz.«

»Hast du schon entschieden, was damit passieren soll?«

»Ich glaube, es steht uns nicht zu, darüber eine Entscheidung zu treffen«, erwiderte Will nach kurzem Zögern.

»Wem denn dann?«

»Denen, die nach uns kommen.« Will betrachtete das zerbrochene Schwert und die weißen Mäntel. »All jenen, denen die Zukunft gehört.«

»Und wir? Was werden wir jetzt tun?«

Will klappte den Deckel zu und richtete sich auf. »Lass uns morgen darüber sprechen.« Er legte dem Ritter eine Hand auf die Schulter und lächelte. »Heute Abend wird gefeiert.«

Die beiden Männer verließen Seite an Seite den Raum. Will stützte sich schwer auf seinen Stock. Gemeinsam betraten sie die warme, überfüllte Küche und wurden von freudigen Stimmen und Gelächter empfangen.

Anmerkungen der Autorin

1999 saß ich in einer Bar und hörte zwei Freunden zu, die über die Tempelritter diskutierten. Ich hatte noch nie von ihnen gehört, war aber von diesen Kriegermönchen sofort fasziniert. Einige Zeit später stieß ich auf *The Trial of the Templars* von dem Historiker Malcolm Barber, der den Untergang des Ordens detailliert beschreibt. Ich las das Buch an einem Nachmittag aus, und als ich zum Ende gekommen war, wusste ich, dass ich diese Geschichte erzählen musste. Eigentlich hatte ich einen Einzelroman geplant, aber je mehr Recherchen ich über die Ritter anstellte, desto mehr erfuhr ich über diese spannende, farbige Periode der Geschichte: die Kreuzzüge, der Aufstieg der Mamelucken, die politischen Intrigen, die höfischen Dramen, und es dauerte nicht lange, bis aus dem Konzept für ein Buch das für eine Trilogie wurde. Als ich letztes Jahr mit *Die Blutsfeinde* begann, kam es mir vor, als würde sich der Kreis schließen, denn das Ende der Templer war es, das mich zu diesem Roman inspirierte. Ich zeichnete Charaktere, die ich fast ein Jahrzehnt lang im Kopf mit mir herumgetragen hatte, aber ich beschrieb auch das, was in der von der Trilogie abgedeckten Zeitperiode wohl am bekanntesten ist.

Genau wie in *Die Blutschrift* und *Die Blutritter* habe ich die geschichtlichen Fakten leicht verändert, hauptsächlich in chronologischer Hinsicht, aber da vieles in *Die Blutsfeinde* auf realen Ereignissen und Personen beruht, erschien es mir ratsam, darauf hinzuweisen, wo Fakten und Fiktion aufeinandertreffen. Die meisten Änderungen dienten dazu, Geschehnisse zu vereinfachen, die ansonsten ausgeufert wären. Als historischer Schriftsteller muss man sich oft entscheiden, ob man sich strikt an die geschichtlichen Fakten hält oder sie leicht abwandelt, um die Handlung spannender zu gestalten. Dies ist noch zwingender notwendig, wenn man neunzehn Jahre in einem Roman abdeckt.

Ich habe zum Beispiel den Krieg zwischen Frankreich und Flandern vereinfacht, obwohl Ereignisse wie die Matutin von Brügge, die Niederlage der Franzosen in Courtrai und das Bündnis zwischen Edward I. und Guy de Dampierre auf Fakten basieren. Der Aufstand gegen die französischen Truppen in der Gascogne fand 1303 statt, nicht 1302, und Bertrand de Got befand sich zu dieser Zeit in Rom. Philipp IV. hat die Juden aus Frankreich vertrieben, aber nicht vor 1306, und sein Großvater Louis IX. wurde etwas später als angegeben heiliggesprochen. Bonifaz' Bulle *Clericis laicos* wurde im Februar 1296 erlassen, *Unam Sanctam* im November 1302. Guillaume de Nogaret starb um 1313 herum, nicht 1308, und Philipp hat zwar das Kreuz genommen, aber ein Jahr früher als in diesem Roman. Der König selbst starb im November 1314 – bei einem Reitunfall.

Um Konsistenz in der Hierarchie der Templer zu schaffen, habe ich es vermieden, bestimmte hochrangige Amtsträger zu beschreiben, die in der Realität wichtige Figuren innerhalb des Ordens gewesen waren, wie zum Beispiel der Ordensmeister von Frankreich. Manchmal dauerte es lange, bis ein Posten nach dem Tod des Inhabers wieder besetzt wurde, und es war nicht ungewöhnlich, dass ein Mann zwei Ämter zugleich bekleidete. So war Hugues de Pairaud eine Zeit lang Visitator und Ordensmeister von Frankreich.

Unglaublicherweise hat sich der von Guillaume de Nogaret und Sciarra Colonna angeführte Angriff auf Papst Bonifaz VIII. in Anagni tatsächlich ereignet, und zwar weitgehend so, wie ich ihn beschrieben habe (es gibt sogar Quellen, die behaupten, der Papst sei wirklich von Templern beschützt worden). Auch hier habe ich die Ereignisse zugunsten des Handlungsflusses etwas zusammengefasst. Es gibt Theorien, denen zufolge der aus der Stadt fliehende Bonifaz von Colonnas Männern angegriffen wurde, aber keine sicheren Beweise dafür. Fest steht, dass der Papst einige Wochen später in Rom starb. Einige Historiker behaupten, er wäre verrückt geworden, andere vertreten die Ansicht, sein Herz hätte nach dem Angriff vor Schreck versagt. Wie sein Nachfolger Benedikt zu Tode kam, weiß man nicht genau, obwohl es Hinweise darauf gibt, dass er nach dem Genuss vergifteter Feigen starb, und es wurde auch gemunkelt, Philipp und seine Anwälte hätten dabei die Hand im Spiel gehabt.

Was König Edwards ersten Schottlandfeldzug betrifft, so hat John Balliol den französischen Vertrag nicht vor Juli rückgängig gemacht, und Edward erfuhr in Perth, nicht in Edinburgh davon. Balliol erschien dann in Montrose vor dem König, wo er der Zeichen seiner Würde beraubt wurde, und Edwards verächtliche Bemerkung darüber, dass ein Mann erst dann gute Arbeit leisten kann, wenn er sich von Unrat befreit hat, fiel vermutlich, als er im Sommer 1296 die Grenze nach England überschritt.

Auch aus schottischer Sicht entsprechen einige in dem Roman geschilderte Ereignisse nicht immer den Tatsachen. William Wallace versuchte im August, Dundee zu befreien, und er rückte von dort aus, nicht von den Wäldern von Selkirk auf Stirling vor. Er verbrachte jedoch den größten Teil des Vormonats im Wald, wo er seine Armee zusammenzog und seine Männer ausbildete, und er benutzte ihn auch oft als Basis.

Der Prozess gegen die Templer war eine unglaublich langwierige und komplizierte Angelegenheit, die sich, sosehr sie mich auch fasziniert und zum Schreiben dieses Romans bewogen hat, nicht rasch und flüssig erzählen lässt. Jedem, der sich näher dafür interessiert, empfehle ich Barbers *The Trial of the Templars* als Lektüre. Vieles von dem, was ich in diesem Roman beschreibe, basiert allerdings wirklich auf Fakten oder zumindest logischen Schlussfolgerungen.

Ein Chronist gibt an, Philipp IV. habe sich heimlich mit Bertrand de Got getroffen, bevor dieser Papst wurde, und ihn überredet, gewisse Verpflichtungen einzugehen. Moderne Wissenschaftler weisen dies zumeist zurück, aber Tatsache ist, dass der König große Anstrengungen auf sich genommen hat, um bei der Papstwahl ein Mitspracherecht zu haben. So befahl er Nogaret, Druck auf das Heilige Kollegium auszuüben, damit es jemanden wählte, der mit der französischen Politik sympathisierte. Bertrands Sohn habe ich erfunden, obgleich dem Erzbischof eine Affäre mit einer Edelfrau unterstellt wurde. Esquin de Floyran, ein recht fragwürdiger Charakter, war ein Templer, der verhaftet wurde und dann die Ritter als Erster der Ketzerei bezichtigte. Er schrieb sowohl König Philipp als auch König James von Aragon und behauptete, Beweise für seine Anschuldigugen vorlegen zu können. Seinen Neffen habe ich allerdings ebenfalls frei erfunden. Zu der Einsetzung der päpstlichen Kommission und der Erlaubnis für die Ritter, sich zu verteidigen, kam es später in dem Prozess, ebenso zu den systematischen Verbrennungen der Ritter außerhalb von Paris. Was mit dem legendären Ordensschatz geschah, ist nicht bekannt. Einiges deutet jedoch darauf hin, dass zwanzig Ritter den anfänglichen Verhaftungen in Paris entkommen konnten und vielleicht gewarnt wurden. Wohin diese Männer flohen und ob sie den Schatz mitnahmen, hat jahrhundertelang Anlass zu wilden Spekulationen gegeben.

Der Templerorden wurde aller einhundertsiebenundzwanzig gegen ihn erhobenen Anklagepunkten für nicht schuldig befunden; Clemens löste ihn nur auf, weil sein Ruf im Prozess schwer gelitten hatte. Mit den hohen Amtsträgern verhielt es sich anders. Jacques de Molay und Geoffroi de Charney wurden im März 1314 als unverbesserliche Ketzer auf dem Scheiterhaufen verbrannt. De Molays berühmte Anschuldigungen gegen den König und den Papst geben auch heute noch Anlass zu den verschiedensten Vermutungen, Fakt ist jedoch, dass sowohl Philipp als auch Clemens innerhalb dieses Jahres starben. Die kapetingische Dynastie, auf die Philipp so stolz war, endete in Skandalen und Katastrophen, seine drei Söhne starben ebenfalls kurz nacheinander.

Die Templer in Frankreich und anderswo gestanden fast alles, was ihnen vorgeworfen wurde, doch wurden ihnen diese Geständnisse unter furchtbaren Foltern abgepresst, und viele Ritter widerriefen sie, sowie sie sich davon erholt hatten, so auch de Molay und de Charney, die noch auf dem Scheiterhaufen ihre Unschuld beteuerten. Die Anklage gegen den Orden weist erstaunliche Ähnlichkeit mit den Vorwürfen auf, die gegen die Katharer und andere Gruppen erhoben wurden, die im Krieg der Kirche gegen die Ketzer in das Visier derselben gerieten. Wer im Mittelalter die Öffentlichkeit auf seine Seite ziehen wollte, musste nur die Angst der Menschen vor Hexerei und Teufelsanbetung schüren, und Philipp und seine Minister haben eindrucksvoll bewiesen, dass sie dieses Spiel meisterhaft beherrschten. Ein Vorwurf taucht jedoch immer wieder auf und fast immer im Zusammenhang mit Hugues de Pairaud: die Unterstellung, Ritter würden auf das Kreuz spucken. Eine diesbezügliche Theorie lautet, dass einige Ordensmitglieder dies als eine Art Gehorsamsbeweis forderten. Die Wahrheit über die Hintergründe des Prozesses und die Motive der Beteiligten wird nie ganz ans Licht kommen, aber was immer auch wirklich geschah, sagt einiges über das Wesen der Templer aus. Nicht umsonst üben diese Kriegermönche in ihren weißen, Sündenfreiheit symbolisierenden Mänteln auch noch Jahrhunderte nach ihrem Niedergang eine so starke Faszination auf uns aus.

Robyn Young
Brighton, Juli 2008

Hauptpersonen

* steht für real existierende historische Persönlichkeiten

*ADAM: Vetter von William Wallace
ALBERT: Tempelritter
ALICE: Ysendas Tochter, Wills Nichte
*ANDREW MORAY: schottischer Edelmann und Anführer des schottischen Aufstands
*ANTHONY BEK: Bischof von Durham
*BENEDIKT XI.: Papst von 1303–1304
*BERNARD SAISSET: Bischof von Pamiers, von Philipp IV. der Ketzerei bezichtigt
*BERTRAND DE GOT (1216–1314): Erzbischof von Bordeaux, seit 1305 Papst Clemens V.
BLANCHE: Kammerzofe von Jeanne von Navarra
*BONIFAZ VIII. (1234–1303): Papst von 1294–1303
*BRIAN LE JAY: Meister des englischen Templerordens
*COELESTIN V. (1215–1296): Papst im Jahre 1294
*CHARLES DE VALOIS: Bruder Philipps IV.
CHRISTIAN: Grays Schwägerin
COLIN: Edes Sohn, Wills Neffe
DAVID: Ysendas Sohn, Wills Neffe
*DAVID GRAHAM: schottischer Edelmann, Sohn Patrick Grahams
DUNCAN: Ysendas erster Mann
EDE: Wills Schwester
*EDWARD I. (1239–1307): König von England (1272–1307)
*EDWARD II. (1284–1327): König von England (1307–1327)
*ELEANOR VON KASTILIEN: erste Frau von Edward I., Königin von England

ELIAS: Rabbi
ELWEN: Wills Frau, 1291 in Akkon umgekommen
*ESQUIN DE FLOYRAN: Templermeister von Montfaucon
EVERARD DE TROYES: Templerpriester und ehemaliger Kopf der Anima Templi, 1277 in Akkon gestorben
GAILLARD: Knappe von Bertrand de Got
GARIN DE LYONS: ehemaliger Tempelritter im Dienste Edwards I., von Will 1291 in Akkon getötet
GAUTIER: Soldat des französischen Königs
*GEOFFROI DE CHARNEY: Provinzmeister der Templer in der Normandie
*GEOFFROI DE GONNEVILLE: Provinzmeister der Templer in Aquitanien
GÉRARD: Templersergeant
GILLES: Soldat des französischen Königs
*GODFREY BUSSA: Hauptmann der päpstlichen Leibwache
*GRAY: Gefährte von William Wallace
GUI: Tempelritter
*GUILLAUME DE NOGARET (?–1313): Anwalt und Berater Philipps IV., seit 1302 königlicher Siegelbewahrer
*GUILLAUME DE PARIS: Dominikaner und Beichtvater Philipps
*GUILLAUME DE PLAISANS: Anwalt und Berater Phillipps IV.
*GUY DE DAMPIERRE: Graf von Flandern
HASSAN: ehemaliger Weggefährte von Everard de Troyes
HELOISE: Geliebte von Bertrand de Got
HENRI: Oberfalkner Philipps IV.
*HENRY PERCY: englischer Edelmann
*HUGH DE CRESSINGHAM: englischer Königsoffizier, unter Edward I. Schatzmeister von England
*HUGUES DE PAIRAUD: Visitator des Templerordens
ISAAK: jüdischer Kaufmann
*ISABELLA: Tochter von Philipp IV. und Jeanne, heiratet 1308 Edward II. von England

*JACQUES DE MOLAY: Großmeister der Templer (1293 bis 1314)

JAMES CAMPBELL: Tempelritter und Wills Vater, 1266 im Heiligen Land hingerichtet

*JEANNE VON NAVARRA: Frau Philipps IV., Königin von Frankreich und Navarra

*JOHN BALLIOL: König von Schottland (1292–1296)

*JOHN BLAIR: Kaplan von William Wallace

JOHN CAMPBELL: schottischer Ritter, Ysendas zweiter Mann

*JOHN DE WARENNE: Earl of Surrey

*KALAWUN: Sultan von Ägypten und Syrien (1280–1290)

LAURENT: Tempelritter

*LOUIS IX.: König von Frankreich (1226–1270); 1297 von Bonifaz VIII. heiliggesprochen

MARGARET: Ysendas Tochter, Wills Nichte

MARGUERITE: Kammerzofe von Jeanne von Navarra

MARIE: Dienstmagd von Bertrand de Got

MARTIN DE FLOYRAN: Tempelritter, Esquins Neffe

*NICCOLO: italienischer Edelmann

OWEIN AP GWYN: Tempelritter und Wills ehemaliger Herr, 1260 in Honfleur getötet

*PATRICK GRAHAM: schottischer Edelmann

*PHILIPP IV. (1268–1314): König von Frankreich (1285–1314)

PIERRE DE BOURG: französischer Edelmann

*PIERRE DUBOIS: Anwalt Philipps IV.

*PIERRE FLOTE: Anwalt und Berater Philipps IV.; bis 1302 königlicher Siegelbewahrer

PONSARD: Soldat des französischen Königs

*RAINALD: Hauptmann von Ferentino

RAINIER: Tempelritter

RAOUL: Sohn von Bertrand de Got

*ROBERT BRUCE: Earl of Carrick (1306–1329 König von Schottland)

ROBERT DE PARIS: Tempelritter und Mitglied der Anima Templi

ROSE: Wills und Elwens Tochter
SAMUEL: jüdischer Geldverleiher
*SCIARRA COLONNA: italienischer Edelmann
SIMON TURNER: Templersergeant
STEPHEN: ein irischer Krieger
THOMAS: Tempelritter und Mitglied der Londoner Basis der Anima Templi
WILL CAMPBELL: Templerkommandant und Kopf der Anima Templi
WILLIAM: Roses Sohn
*WILLIAM WALLACE (ca. 1270–1305): schottischer Ritter und Anführer des schottischen Aufstands
YOLANDE: Dienerin von Bertrand de Got
YSENDA: Wills jüngste Schwester; Davids, Margarets und Alices Mutter

Glossar

AKKON: eine an der Küste Palästinas gelegene, 640 n. Chr. von den Arabern besetzte Stadt. Sie wurde Anfang des 12. Jahrhunderts von den Kreuzrittern erobert und bildete den wichtigsten Hafen des neuen Königreiches Jerusalem. Akkon wurde von einem König regiert, doch in der Mitte des 13. Jahrhunderts entbrannte unter den einheimischen fränkischen Edelleuten ein Streit um die Herrschaft, und von dieser Zeit an wurde die Stadt mit ihren siebenundzwanzig eigenständigen Vierteln oligarchisch regiert.

ANIMA TEMPLI: lateinisch für »Seele des Tempels«, ein von Großmeister Robert de Sablé 1191 nach der Schlacht von Hattin gegründeter fiktionaler Zirkel innerhalb des Templerordens. Er besteht aus zwölf aus den Reihen der Ordensmitglieder ausgewählten Brüdern und einem Hüter, der bei Zwistigkeiten die Vermittlerrolle übernehmen soll, und hat sich der Versöhnung der christlichen, muslimischen und jüdischen Glaubensgemeinschaften verschrieben.

BERNARD DE CLAIRVAUX (1090–1153): Abt und Gründer des Zisterzienserklosters in Clairvaux in Frankreich. Bernard sympathisierte von Anfang an mit den Templern und trug maßgeblich zur Erstellung der Ordensregeln bei.

DEUTSCHORDENSRITTER: ein ähnlich wie die Templer und Hospitaliter aufgegliederter militärischer Orden, der seinen Ursprung in Deutschland hat. Der Deutschritterorden wurde 1198 gegründet, und während seiner Zeit im Heiligen Land war er für die Bewachung des nordöstlich von Akkon gelegenen Gebietes zuständig. Mitte des 13. Jahrhunderts eroberten die Ritter das Land Preußen, das später ihr Sitz wurde.

DOMINIKANER: Dieser Orden, dessen Regel auf der des heiligen Augustinus basiert, wurde 1213 in Frankreich von Dominic de Guzman gegründet. Guzman, der einen asketischen Katholizismus vertrat, bediente sich des neuen Ordens, um der Kirche bei der Ausrottung der als Ketzer geltenden Katharer zu helfen. In England waren sie als Schwarze Mönche, in Frankreich als Jakobiner bekannt. Die Dominikaner, die auch nach Guzmans Tod viel Zulauf fanden, verurteilten den Luxus, in dem viele Priester lebten, und waren sehr gebildete Männer. 1233 wurden sie vom Papst beauftragt, die Ketzerei mit allen Mitteln zu bekämpfen, und offizielle Inquisitoren wurden ernannt. Ab 1252 war es diesen Inquisitoren gestattet, die Folter anzuwenden, um Geständnisse zu erzwingen, und viele Dominikaner wurden Mitglieder dieser neuen Institution, die später als Inquisition Angst und Schrecken verbreitete.

ENCEINTE: Umwallungslinie einer Festung mit allen Einzelwerken bzw. äußere Umwallung als Verbindung der Außenforts.

FLANDERN: eine für ihre Tuchindustrie berühmte Grafschaft in den Niederlanden. Während des Mittelalters versuchten die Könige von Frankreich, die Herrschaft über die Grafschaft an sich zu reißen, die sich oft mit England verbündete. Die daraus resultierenden Unruhen führten zum Aufstand der Kaufmannsgilde und schließlich zu einer offenen Revolte, die ihren Höhepunkt mit der Niederlage der französischen Königstruppen in Courtrai/Kortrijk im Jahr 1302 erreichte. Flandern wurde schließlich im 14. Jahrhundert vom Herzog von Burgund annektiert.

GASCOGNE: eine Region im Südwesten Frankreichs, die im 11. Jahrhundert Teil des Herzogtums Aquitanien wurde und nach dem Vertrag von Paris von 1258 der Autorität der englischen Könige unterstellt war, die über das Herzogtum Guyenne herrschten, das dann von Aquitanien abgespalten wurde.

GRALSROMANZEN: ein im 12. und 13. Jahrhundert sehr populärer Zyklus von Romanzen; die erste davon war Robert de Barrons am Ende des 12. Jahrhunderts entstandenes Werk *Joseph d'Arimathie*. Von dieser Zeit an wurde der Gral, dessen Ursprung der prächristianischen Mythologie zugeordnet wird, christianisiert und in die Artussage aufgenommen und erlangte durch die Werke des französischen Dichters Chrétien de Troyes, der auch spätere Schriftsteller wie Malory und Tennyson beeinflusste, große Berühmtheit. Im darauffolgenden Jahrhundert wurde die Gralsthematik häufig aufgegriffen, unter anderem auch von Wolfram von Eschenbach, dessen *Parsifal* Wagner zu seiner Oper inspiriert hat. Romanzen waren höfische, häufig in mundartlichen Versen gehaltene Geschichten, in denen sich historische, mythische und religiöse Themen vereinten.

GROSSMEISTER: das Oberhaupt eines militärischen Ordens. Der Großmeister der Templer wurde von einer Ordensversammlung auf Lebenszeit gewählt und hatte sein Hauptquartier bis zum Ende der Kreuzzüge in Palästina.

GUYENNE: ein Herzogtum im Südwesten Frankreichs mit der Hauptstadt Bordeaux. Guyenne wurde nach dem Vertrag von Paris 1258 von den Königen von England als Vasallen des französischen Königs regiert, doch nach dem Tod von König Louis IX. machten die Franzosen den Engländern die Herrschaft über die Grafschaft streitig.

derlage 1260 bei Ayn Jalut hinnehmen, wo sie von Baybars und Kutus besiegt wurden; im 14. Jahrhundert begann der endgültige Niedergang ihres Reiches.

ORDENSHAUS: In diesen Gebäudekomplexen, zu denen Unterkünfte für die Bewohner, Werkstätten und für gewöhnlich eine Kapelle gehörten, war die Verwaltungseinheit eines militärischen Ordens untergebracht.

REGEL, die: Die Templerregel wurde 1129 mit Hilfe des heiligen Bernard de Clairvaux im Rahmen des Konzils von Troyes aufgestellt, wo der Templerorden offiziell anerkannt wurde. Sie ist zum Teil ein religiöser, zum Teil ein militärischer Kodex, der den Mitgliedern des Ordens vorschreibt, wie sie sich in ihrem täglichen Leben und im Kampf zu verhalten haben. Im Laufe der Jahre wurde die Regel ständig erweitert, und im 13. Jahrhundert gab es über sechshundert Gebote, einige ernst zu nehmender als andere, die, wenn ein Ritter sie brach, seinen sofortigen Ausschluss aus dem Orden zur Folge hatte.

SARAZENEN: ein Begriff, den die Europäer des Mittelalters für alle Araber und Muslime verwendeten.

SCHWARZER STEIN: arabisch »al-Hajar al-Aswad«, eine in die östliche Ecke der Kaaba in Mekka eingelassene, von einem Silberband gehaltene heilige Reliquie, die von den Muslimen im Rahmen der Pilgerfahrtsrituale geküsst oder berührt wird. 929 eigneten sich die Karmatiner (ismailische Schiiten) den Schwarzen Stein an, schafften ihn aus Mekka heraus und behielten ihn bis zur Zahlung eines Lösegeldes als Pfand, bis er 22 Jahre später wieder an seinen Platz zurückkehrte.

SENESCHALL: der Verwalter eines Templergutes. In der Ordenshierarchie bekleidete er einen der höchsten Ränge.

TEMPELRITTER: ein im frühen 12. Jahrhundert nach dem ersten Kreuzzug ins Leben gerufener Ritterorden. Er wurde von Hugues de Payns gegründet, der mit acht französischen Rittern nach Jerusalem reiste, und nach dem Salomontempel benannt, wo sich das erste Hauptquartier befand. Die Templer, die 1128 bei dem Konzil von Troyes offiziell anerkannt wurden, folgten sowohl einer religiösen Regel als auch einem strikten Militärkodex. Ihre ursprüngliche Aufgabe sahen sie darin, christliche Pilger im Heiligen Land zu beschützen, aber sie wurden dank ihrer militärischen und kaufmännischen Fähigkeiten sowohl im Mittleren Osten als auch in Europa rasch zu einer der reichsten und mächtigsten Organisationen ihrer Zeit. Der Orden setzte sich aus drei Klassen zusammen: Sergeanten, Priester und Ritter, doch nur den Rittern, die ein Keuschheits-, Armuts- und Gehorsamsgelübde ablegen mussten, war es gestattet, den weißen Mantel mit dem roten Kreuz zu tragen.

ÜBERWURF: langes, ärmelloses Kleidungsstück aus Leinen oder Seide, das für gewöhnlich über einem Kettenhemd oder einer Rüstung getragen wurde.

VISITATOR: ein Posten innerhalb der Ordenshierarchie, der im 13. Jahrhundert geschaffen wurde. Dem Visitator, der nur dem Großmeister unterstand, oblag die Verantwortung für die Verwaltung des gesamten Besitzes des Ordens im Westen.

Danksagungen

Wenn dieses Buch veröffentlicht wird, liegen fast zehn Jahre Arbeit an der Trilogie hinter mir. Es hat nicht nur viel Zeit gekostet, sie zu verfassen, sondern wäre ohne die Hilfe meiner Familie, meiner Freunde und von Experten, die mich an ihrem Wissen bereitwillig teilhaben ließen, gar nicht möglich gewesen. Dies ist ein kleines Zeichen der Dankbarkeit für ihre Unterstützung.

Ich danke Deborah Druba und allen von Univers Poche für den warmen Empfang in Paris und dafür, dass sie mir Joffrey Seguin vorgestellt haben, der mir die verborgene mittelalterliche Vergangenheit der Stadt zeigte. Dank geht auch an Alison West, die mir die Ergebnisse ihrer Nachforschungen über Philipp IV. zur Verfügung stellte, und an Christine Tomkins, die die französischen Texte übersetzt hat.

Ganz herzlich bedanke ich mich bei allen, die sich die Zeit genommen haben, mir die Geschichte der Orte nahezubringen, die ich in Schottland besucht habe, vor allem aber bei Allan Kennedy vom Bannockburn Heritage Center, David Frame von Stirling Castle und Sarah vom Touristeninformationszentrum von Berwick-upon-Tweed, die mich mit historischen Details versorgt hat.

Ein dickes Dankeschön geht an Steven Charlton, dem ich unvergessliche Erlebnisse mit seinen Jagdvögeln verdanke, sowie an Wayne de Strete, Jeff Baker, Karl Alexander, Mark Griffin und Seán George von den Stunt Action Specialists, die mir die besten Methoden gezeigt haben, einen Gegner unschädlich zu machen. Mark hat mir darüber hinaus Lesestoff empfohlen und meine Schlachtszenen überprüft.

Dem Third Monday Club verdanke ich redaktionelle Unterstützung, und Dr. Mark Philpott vom Centre for Medieval & Renaissance Studies und vom Keeble College, Oxford, hat sich dankenswerterweise bereit erklärt, mein Manuskript gründlich zu lesen und mich so vor Fehlern zu bewahren.

Großer Dank gebührt auch meinem Agenten Rupert Heath, der von Anfang an an diese Trilogie geglaubt und mir immer wieder Mut gemacht hat. Danke auch an Dan Conaway von Writers House.

Ich bin allen Mitarbeitern von Hodder & Stoughton zu Dank verpflichtet, weil mir durch sie die Arbeit an der Trilogie zum Vergnügen wurde. Ganz besonders danke ich meinem Redakteur Nick Sayers, aber auch Anne, Emma, Tara, Kelly, Laurence, Gray, Richard, Aslan, Melissa, Laura, Hellen und vor allem Tori, Charlotte und Emma, die sich mit aller Kraft für dieses Projekt eingesetzt haben. Ferner danke ich Alasdair Oliver und Larry Rostat für die wundervolle künstlerische Gestaltung.

Mein besonderer Dank gilt dem Team von Dutton, das sich so für die Trilogie eingesetzt hat, sowie meiner amerikanischen Redakteurin Julie Doughty und allen anderen Redakteuren und Verlegern für ihre harte Arbeit.

Zu guter Letzt danke ich meiner Familie und meinen Freunden, die mit mir durch alle Höhen und Tiefen dieses unglaublichen, alles fordernden, manchmal erschreckenden, aber immer lohnenden Schaffensprozesses gegangen sind. Alles Liebe an Lee, meinen Mitarbeiter, Kritiker, Rechercheur und so vieles mehr in einer Person.

Literaturauswahl

Baigent, Michael and Leigh, Richard, *The Inquisition*, Penguin Books, 2000

Barber, Malcolm, *The Trial of the Templars*, Cambridge University Press, 1978

Barrow, Geoffrey W.S., *Robert Bruce and the Community of the Realm of Scotland*, Edinburgh University Press, 1988

Bryant, Nigel (trans.), *The High Book of the Grail: A Translation of the Thirteenth-Century Romance of Perlesvaus*, D. S. Brewer, 1978

Campbell, Alastair of Airds, *A History of Clan Campbell Vol. 1: From Origins to Flodden*, Polygon at Edinburgh, 2000

Chancellor, John, *The Life and Times of Edward I*, Weidenfeld and Nicolson, 1981

Cummins, John, *The Hound and the Hawk: The Art of Medieval Hunting*, Phoenix Press, 1988

Delon, Monique, *The Conciergerie, Palais de la Cité (Guide)*, Monum, Éditions du Patrimoine, 2000

Fawcett, Richard, *Stirling Castle (Official Guide)*, Historic Scotland, 1999

France, John, *Western Warfare in the Age of the Crusades, 1000–1300*, UCL Press, 1999

Grabois, Aryeh, *The Illustrated Encyclopedia of Medieval Civilization*, Octopus, 1980

Houston, Mary G., *Medieval Costume in England and France, The 13th, 14th and 15th Centuries*, Dover Publications, 1996

Mackay, James, *William Wallace: Brave Heart*, Mainstream Publishing, 1995

Maurois, André, *A History of France*, Jonathan Cape, 1949

McNair Scott, Ronald, *Robert the Bruce, King of Scots*, Canongate, 1988

Menache, Sophia, *Clement V*, Cambridge University Press, 1998

Nicholson, Helen, *The Knights Templar: A New History*, Sutton Publishing, 2001

Prigent, Serge, *Paris: Dates, Facts and Figures*, Éditions Jean-Paul Gisserot, 2006

Read, Piers Paul, *The Templars*, Weidenfeld and Nicolson, 1999

Tabraham, Chris (ed.), *Edinburgh Castle (Official Guide)*, Historic Scotland, 2003

Upton-Ward, J.M., *The Rule of the Templars*, The Boydell Press, 1992

Walker, Jim, *Berwick Upon Tweed, History and Guide*, Tempus, 2001

Weir, Alison, *Isabella: She-Wolf of France, Queen of England*, Pimlico, 2006

Wood, Charles T. (ed.), *Philip the Fair and Boniface VIII, State vs. Papacy*, Holt, Rinehart and Winston, 1967

Zacour, Norman, *An Introduction to Medieval Institutions*, St James Press, 1977